AF286591

Rosie Lu

Ein Stück aus unserem Leben

Klangsplitter

ROSIE LU

ein stück aus unserem leben

Klangsplitter

IMPRESSUM

Bibliografische Information der Deutschen Nationalbibliothek:
Die Deutsche Nationalbibliothek verzeichnet diese Publikation in der Deutschen
Nationalbibliografie; detaillierte bibliografische Daten sind im Internet über
http://dnb.dnb.de abrufbar.

Deutschsprachige Erstausgabe Dezember 2024

Lektorat: Raphaela Schöttler-Potempa | zeilenfeuerlektorat.com

Buchsatz: Rosie Lu

Umschlaggestaltung: inspirited books Graphikdesign | inspiritedbooks.at

Verlag: BoD · Books on Demand GmbH, In de Tarpen 42, 22848 Norderstedt

Druck: Libri Plureos GmbH, Friedensallee 273, 22763 Hamburg

ISBN: 978-3-7693-0241-7

VORWORT

Hallo du,

wie schön, dass du zu der Geschichte über Theo und Yong-Joon gegriffen hast. In diesem ruhigen Slice-of-Life-Roman begleitest du die beiden Charaktere in ihrem alltäglichen Leben mit all seinen Höhen und Tiefen, mit all den Tränen und Lachen, das endlich wieder echt ist und von Herzen kommt.

Damit du ein angenehmes Leseerlebnis hast, findest du hinten im Buch auf der Seite 439 einige Hinweise zu Themen, die dir möglicherweise nicht guttun. Achte bitte auf dich und deine Gefühle.

Viel Spaß beim Lesen.

Rosie Lu

Für alle, die ihre wahren Gefühle hinter einem Lächeln verstecken.
Für alle, die sich verloren fühlen.
Für alle, die endlich wieder leben wollen, anstatt nur zu überleben.

PROLOG
I FEEL LOST BUT YOUR MELODY SAVES ME

Theo

Düsseldorf, Ende Dezember 2010

Ich will hier nicht sein. Alles in mir sträubt sich dagegen. Seit zwei Stunden stehe ich mir die Beine in den Bauch, damit meine Schwester Lisa und ihre Freundin Tanja Plätze vor der Bühne ergattern können. Einige verrückte Fans haben sogar vor dem Eingang übernachtet – manche in mitgebrachten Zelten, andere im Schlafsack.

Den beiden Mädchen macht das lange Warten nichts aus. Ständig stellen sie sich auf die Zehenspitzen und recken die Hälse in die Luft, um einen Blick auf die Eingangstür zu erhaschen, die sich kurz zuvor geöffnet hat. Dabei hüpfen sie freudig auf und ab.

Ich hingegen friere mir den Hintern ab.

Schneeflocken rieseln auf die aufgeregte Menge und bilden einen beruhigenden Kontrast zu den hibbeligen Menschen um mich herum. Ich hauche in meine Handflächen. Wer kommt auf die bescheuerte Idee, Ende Dezember, im tiefsten Winter, ein Konzert zu veranstalten?

»Zieh nicht so ein Gesicht, Theo. Du verdirbst uns sonst den Abend.« Lisa sieht mich mit einem wütenden Blick an, den nur fünfzehnjährige jüngere Schwestern draufhaben.

»Dank mir lieber, dass ich euch heute Abend babysitte.« Ich verschränke die Arme vor der Brust und verdrehe die Augen.

Unsere Eltern wollten die beiden Mädchen nicht alleine zu dem K-Pop-Konzert der aktuell angesagtesten Band Südkoreas gehen

9

lassen. Obwohl meine Schwester seit einem halben Jahr nur noch davon redet, habe ich schon wieder vergessen, wie die Band heißt.

Ich hatte im letzten Jahr andere Probleme. Seufzend betrachte ich meine linke Hand. Eine Bandage stützt das Handgelenk. Vorsichtig balle ich die Finger zu einer Faust zusammen. Es schmerzt mittlerweile nicht mehr. Der Bruch ist verheilt, doch mein Traum, an einer bekannten Musikhochschule zu studieren, ist zerplatzt. Seit dem Unfall habe ich kein Klavier angerührt und keinen Ton mehr gespielt.

»Theo«, kreischt meine Schwester mir zu laut ins Ohr. »Wir können gleich rein!«

Ich blinzle kurz, murmle ein »Okay« und hole eine schwarze Maske aus meiner Jackentasche heraus. Wenn ich daran denke, gleich stundenlang zwischen brüllenden Jugendlichen zu stehen, dreht sich mir der Magen um. Nicht angesichts der vielen Teenies, sondern wegen der tausend Gerüche. Ich war schon immer empfindlich gegenüber chemischen Düften wie zum Beispiel Parfums. Deswegen trage ich dauernd eine Maske, wenn ich mich längere Zeit in großen Menschenmengen aufhalte. Das hat zum Vorteil, dass die Leute um mich herum nicht merken, wenn ich genervt das Gesicht verziehe.

»O mein Gott, ich bin so aufgeregt!« Lisa brüllt lautstark und ich reibe mit der Handfläche übers Ohr. Wir sind zwei Meter vom Eingang entfernt und jetzt fängt Tanja ebenfalls an, wie verrückt zu kreischen. Die Mädchen kennen kein Halten mehr.

Gleich geht's los. Ich ziehe mir die Maske auf.

»Mint ist so süß.« Meine Schwester jauchzt euphorisch, ihr Blick ist schmachtend auf den Eingang gerichtet.

Tanja nickt mit glänzenden Augen. »Ob er seine Haare wieder neu gefärbt hat? Im Interview letzte Woche waren sie rosa.«

Ich schnaube leise. »Wer nennt sein Kind denn Mint?« Ich bemühe mich um einen möglichst neutralen Tonfall, da ich weiß, wie empfindlich Lisa ist, wenn ich ihre geliebten Jungs nur falsch von der Seite angucke.

»Das ist sein Künstlername.« Sie sagt das in einem Ton, der mir zu verstehen gibt, dass sie mich für blöd hält.

Natürlich, als hätte ich das wissen müssen.

Zum Glück sind wir jetzt am Eingang. Die Mädchen platzen fast vor Aufregung und verzichten auf eine Unterhaltung. Ich rücke die Maske zurecht und ziehe meine Mütze tief ins Gesicht, weil ich gerne unsichtbar wäre. Als gefühlt einziger Mann zwischen den Teenagern komme ich mir ziemlich auffällig vor.

Wir zeigen unsere Karten vor und der Wahnsinn beginnt. Lisa und Tanja schmeißen mir ihre Winterjacken entgegen und sprinten los. Völlig perplex bleibe ich stehen, was sich eine Sekunde später als Fehler herausstellt. Alle Mädchen und Jungs, die den Eingang passieren, rennen sofort los. Also hetze ich wie in Irrer mit, bis ich in die riesige Konzerthalle gelange und nach Lisa suche.

Sie steht ganz vorne und schreit glücklich in Richtung der leeren Bühne. Bestimmt hat sie sich mit ihren spitzen Ellbogen zusammen mit ihrer Freundin den Weg dorthin freigeboxt.

Kopfschüttelnd und mit zwei fetten Winterjacken bepackt, kämpfe ich mich zu ihnen. Dank meiner Größe weichen die meisten Mädchen vor mir zurück und ich muss meine Ellbogen nicht einsetzen. Allerdings würde ich alles für eine Garderobe geben, denn in der Konzerthalle ist es glühend heiß.

»Ich glaube, ich falle in Ohnmacht, wenn ich die Jungs sehe«, ruft meine Schwester und krallt sich an Tanjas Hand fest.

»Bitte nicht«, murmle ich in die Maske, die mir die Luft zum Atmen raubt. Der Schweiß läuft mir über die Stirn und den Rücken. Wenn das so weitergeht, dann kippe ich gleich um.

Die Minuten schleichen dahin und es versammeln sich immer mehr Jugendliche um die vierzehn, fünfzehn vor der Bühne. Die Techniker bauen fleißig auf und eine halbe Stunde später, mittlerweile sind meine Beine taub und ich komplett schweißgebadet, verdunkelt sich die Halle. Das Gekreische rauscht in meinen Ohren und ich würde am liebsten im Boden versinken. Ich kann von hier aus mit Sicherheit die Pickel der Musiker sehen, wenn sie an den Rand treten. Obwohl Lisa andauernd betont hat, wie perfekt sie sind.

»Da sind Shin und JJ«, schreit sie in mein Ohr und zeigt auf die beleuchtete Bühne.

Zwei Jungs mit bunten Haaren treten hervor. Der, wie ich glaube, Ältere von ihnen setzt sich hinters Schlagzeug und der Andere mit türkiser Mähne tritt mit seiner Gitarre ans Mikro.

»안녕하세요!«, ruft der Gitarrist ins Publikum und die Menge kreischt aus vollem Hals. Ich verstehe, was er sagt: *Hallo.*

Hinter ihnen werden der Bandname und ihr Logo an die Wand gestrahlt: 더 순 앤드 더 스타르스. Was so viel heißt wie *The Sun and the Stars.* Ich frage mich, ob die Jungs in der Schule nicht aufgepasst haben, immerhin ist die Sonne ebenfalls ein Stern. Aber das nennt sich wohl künstlerische Freiheit.

»Hello Germany!« Der Junge am Schlagzeug begrüßt die schreiende Menge. »We're happy to be here.«

»Shiiiin«, brüllen die Teenager um mich herum. »JJ!!!!«

Die Menschenmasse rückt weiter vor, nimmt mir jede Bewegungsfreiheit und macht eine Flucht unmöglich. Mühsam drücke ich die Winterjacken an mich. Meine Eigene klebt mir am Rücken fest und ich wechsle von einem Fuß auf den Anderen.

Drei weitere Bandmitglieder treten hinter dem Vorhang hervor und die Konzerthalle eskaliert komplett. Die Musiker schlagen die ersten Töne an. Es sind rhythmische Songs, die die Menge zum Tanzen bringen. Meine Schwester und Tanja singen begeistert jede Zeile mit.

Die Musik ist okay für Jungs zwischen fünfzehn und siebzehn. Sie sind voller Energie und schaffen es, trotz ihrer Instrumente Tanzeinlagen zum Besten zu geben. Ehe ich mich versehe, nicke ich langsam im Takt des Basses. Mit den Augen verfolge ich die jungen Musiker und beneide sie. In ihrem Alter eine solche Leidenschaft gefunden zu haben und diese zu zeigen, habe ich nicht häufig gesehen. Ihre Gesichter glühen vor Aufregung und Freude. Als ihre Fans mitsingen, hören sie kurz auf und genießen den Anblick. Das ist gewiss ein unglaublicher Moment.

Von einigen Auftritten am Klavier weiß ich, wie es ist, auf der Bühne zu stehen. Aber vor einer so riesigen Menge zu spielen, muss ein total anderes Gefühl sein. Die Halle ist abgedunkelt und du blickst in die glücklichen Gesichter der Menschen, die deine Texte inbrünstig mitsingen. Das ist bestimmt der Wahnsinn. Fast schon berauschend.

Das Konzert dauert schon über eine Stunde. Zwischendurch gab es eine kurze Pause, in der die Band Backstage verschwand, und ich finde es nicht mehr so schlimm hier. Mir wird bewusst, dass ich das ebenfalls haben könnte. Nicht mit den kreischenden Fans. Aber eine Bühne zum Klavierspielen. Etwas, das früher mein Traum war.

»마지막 노래«, sagt der Drummer. *Letzter Song.*

Die Menge verstummt, als wüsste sie, was passiert. Um mich herum holen die Menschen ihre Handys heraus und dann werde ich von tausenden Taschenlampen geblendet. Die Mädels und Jungs strecken ihre Arme mit den Smartphones in die Luft und erleuchten die Konzerthalle.

Der Sänger mit dem türkisenen Haar tritt ans Mikro. In diesem Moment sieht er so jung aus, dass ich mich älter als meine zwanzig Jahre fühle.

Die ersten Töne erklingen und seine warme Stimme trifft mich mitten ins Herz. Es gibt im Leben diese eine Melodie, diesen einen Klang, der dich mehr berührt, als alles, was du bisher gehört hast. Du kannst es nicht beschreiben, es passiert einfach.

Eine Melodie, von der du sofort weißt, dass sie dich durch deine schlimmsten Zeiten bringt. Eine Melodie, die dich jeden Tag aufs Neue inspiriert. Eine Melodie, die ein Leben lang an deiner Seite bleibt.

Wie erstarrt blicke ich auf die Bühne. Der Sänger hat die Augen geschlossen und umfasst mit beiden Händen das Mikro, als müsse er sich davor bewahren, auseinanderzubrechen. Er wirkt gleichzeitig verletzlich und stark.

Meine Finger klammern sich krampfhaft um die Winterjacken. Jetzt bin ich froh, sie zu haben. Ich weiß nicht warum, aber ich weiß, dass dieser Moment, diese Melodie mein Leben verändern wird.

SOMETIMES I WISH FOR THE SILENCE OF SPACE

Theo

Shanghai, Mitte März 2020

Der Vorhang der Konzertbühne schließt sich langsam, doch das schrille Johlen und übertriebene Klatschen des Publikums frisst sich weiterhin in meine Ohren. Mit zitternden Fingern und klitschnassem Rücken verlasse ich die Bühne. Der Geruch nach starkem Desinfektionsmittel und Schweiß dringt mir in die sensible Nase. Ich brauche unbedingt eine Dusche.

Ich kratze mich hektisch am Hals, an dem sich mit Sicherheit ein roter Ausschlag gebildet hat. Diese verdammte Allergie. Mein Kopf dröhnt und ich möchte mich am liebsten hier und jetzt übergeben.

Reiß dich zusammen, Theo!

Ich schlucke die saure Galle herunter und gehe kerzengerade in den angrenzenden Backstage-Bereich. Mit der rechten Hand greife ich an den unteren Rücken, in dem sich vom langen Sitzen auf dem Klavierhocker ein unangenehmes Ziehen ausbreitet. Hoffentlich verschwindet der Rückenschmerz irgendwann in diesem Leben.

Backstage erwartet mich mein Freund und Manager Alex in seinem dunkelblauen, maßgeschneiderten Anzug mit strahlenden Augen. »Du warst fantastisch!« Er klopft mir voller Freude auf den Rücken und lächelt breit.

Eine Ladung Pfefferminz rauscht mir direkt in die Nase und ich sehne mich nach einer Maske. Mein Magen tanzt Cha-Cha-Cha.

»Die Menge ist begeistert!«, sagt Alex und klatscht in die Hände.

Ich zucke zusammen, bringe keinen Ton heraus.

Er streicht meinen Anzug glatt und grinst. »Ich hätte nicht gedacht, dass trotz der neuartigen Coronaauflagen so viele Leute hier in Shanghai zum Konzert kommen. Das war echt ein Glück für uns!«

»Na klar, ein totales Glück.« Ich sinke auf einen gepolsterten Sessel im Raum und vergrabe das Gesicht in den Händen. Himmel, mein Kopfschmerz wird schlimmer. Und dieser Duftcocktail. Vielleicht sollte ich nach einem Eimer fragen, nur für den Fall.

Jemand berührt mich an der Schulter. »Hörst du mir zu?«

Langsam hebe ich den Blick und massiere mir die schmerzenden Schläfen. Alex steht vor mir und sieht mich erwartungsvoll an. Der kräftige Geruch nach Minze bringt meine Sinne um den Verstand.

»Was? Sorry, ich bin fix und fertig.« Mit den Zeigefingern drücke ich fester gegen die Schläfen. Im Hintergrund brüllen die Fans auf Chinesisch nach einer Zugabe. »Können wir gehen?« Bittere Galle kriecht meine Speiseröhre hoch.

Alles, nur nicht kotzen!

Alex seufzt und drückt meine Schulter. »Luca wartet mit dem Wagen, der uns zum Flughafen bringt. Wir fliegen direkt weiter nach Tokio.«

Ich nicke nur, kratze meinen Hals und richte mich unter Stöhnen auf. »Okay, gib mir nur 'ne Minute.«

Alex' Reaktion warte ich nicht ab. Mit schnellen Schritten verlasse ich den Backstage-Raum und hetze zur nächsten Toilette. Ich reiße die Tür zur Kabine auf. Schweißtropfen sammeln sich auf der Stirn. Im letzten Moment hänge ich mich übers Klo, umklammere die Klobrille.

Mein Körper gibt den Anstrengungen der vergangenen Monate nach.

Im Flugzeug ist mir weiterhin speiübel. Hoffentlich übergebe ich mich nicht direkt in die Maske. Ich fahre den Sitz nach hinten und mein Kopf sinkt gegen die weiche Lehne. Mit geschlossenen Augen massiere ich mit dem Daumen einen Punkt unterhalb des Handgelenks. Angeblich hilft das gegen den rebellierenden Magen. Habe ich in einer Doku gesehen.

»Die Reaktionen auf das Konzert sind wie immer überwältigend.« Alex' Stimme so nah neben mir zu hören bringt meinen Rhythmus aus dem Takt und ich verfehle den Akupressurpunkt.

Langsam öffne ich die Augen und drehe mich zu ihm. »Ach, ist das so?« Meine Stimme klingt monoton und schleppend.

»Ja, guck dir die Screenshots von den Kommentaren an.« Er streckt mir sein Handy entgegen.

Ich werfe einen kurzen Blick auf das Foto. Es wurde von der Bühnenseite aus aufgenommen, von Luca – Alex' Assistent und unser Dolmetscher. Ich stehe stocksteif vor dem Flügel und lächle gezwungen in Richtung Publikum. Meine Augen wirken starr und angespannt. Den Konzertanzug trage ich auch jetzt noch.

»Wann hast du das denn gepostet?« Ich fahre mir mit der Hand übers Gesicht und wische mir die Schweißperlen von der Stirn.

Alex führt meinen einzigen Social Media Account. Ich habe da keinen Bock drauf. Mir geht es nur um die Musik.

»Kurz vor der Pause.« Er zeigt mir den nächsten Screenshot. »Nur positive Resonanz, schau.«

Mit einem Seufzen nehme ich ihm das Telefon aus der Hand und überfliege die Kommentare.

> Ahhh! Didn't our piano god look super-hot today? As always!!
>
> Yess!!! The suit looks so well on him!
>
> We love you!!! The concert was awesome!!
>
> How cute he is! Look at this smile!
>
> Why didn't you give us an encore?

Das sind positive Rückmeldungen? Ich schnaube. Niemand spricht über die Musik. Niemand hört, was ich mit meinen Melodien ausdrücken möchte. Für die Menschen zählen nur das Aussehen und das Fakelächeln, das am Gesicht festgetackert ist, seit ... Ja, seit wann?

Alex nimmt das Handy zurück und schiebt es in die Hosentasche. »Und, was sagst du?«

»Alles wie immer.« Ich widme mich dem kleinen Punkt unterhalb des Handgelenks. »Alles wie immer ...«

»Theo, ist alles in Ordnung?« Alex streift kurz meinen Arm. »Du wirkst mitgenommen.«

»Ich bin erschöpft. Wir sind seit Monaten unterwegs, meine Energiereserven sind leer.« Ausweichend starre ich auf meinen Daumen.

Was soll ich sonst sagen? Alles, was der Wahrheit entspräche, würde ihn nur verletzten. Er hat in den letzten fünf Jahren viel für mich und meine Musik gemanagt. Ich will ihn nicht enttäuschen.

»Dann ruh dich aus. Ich wecke dich, wenn wir in zwei Stunden in Tokio landen«, sagt er mit gesenkter Stimme, steht auf und rutscht an seinen Platz zurück.

Mein Kopf fällt an die Lehne und ich schließe die Augen. Ich drücke so fest auf den Akupressurpunkt, dass es schmerzt. Doch die aufwallende Übelkeit verschwindet den restlichen Flug nicht mehr.

Wie im Nebel zieht die Fahrt zum Hotel an mir vorbei. Alex bringt mich, meinen Rucksack und den Koffer auf direktem Weg zum Zimmer, wo ich die nächsten zwei Wochen die Quarantäne verbringe. Er winkt knapp und verschwindet.

Die Tür fällt hinter mir ins Schloss und ich sinke auf den Boden, als hätten mich meine Kräfte verlassen. Mit fahrigen Händen reiße ich mir die Maske vom Gesicht und atme vorsichtig ein.

Kein komischer, gefährlicher Geruch liegt in der Luft. Beruhigt seufze ich und richte mich auf. Ich mache ein paar tiefe Atemzüge und meine Lungen füllen sich mit der klaren Luft. Mühsam hieve ich mich hoch.

»Okay«, sage ich zu mir selbst, knacke mit den Handgelenken. »Ich schaffe das. Ausziehen, duschen und schlafen. Morgen sieht die Welt wieder anders aus.« Vielleicht nicht besser, aber anders als heute. Kurz scanne ich den Raum. Obwohl es dunkel ist, erkenne ich die schemenhaften Umrisse einer Couch im westlichen Stil mit einem Tisch davor. Mein Blick wandert über den Fernseher an der Wand, vorbei an einer Fensterfront, bis ich das Bad entdecke. Im Laufen kicke ich die unbequemen Anzugschuhe von den Füßen. Meine Zehenspitzen spreizen sich erfreut. Als Nächstes folgt das Jackett. Das weiße Hemd reiße ich mir vom Körper und schmeiße es achtlos auf den Boden.

Ich strecke die Arme über den Kopf, zur Seite und dehne meinen Brustkorb. Ein lautes Knacken hallt durch den Raum. Puh, das habe ich gebraucht. Das Atmen klappt direkt besser und meine Brust fühlt sich freier an.

Beim Betreten des Bads fällt auch Anzughose samt Boxershorts zu Boden. Seufzend stelle ich mich unter die warme Dusche. Ich will endlich alle Spuren und Gerüche der letzten Stunden abwaschen. Sowohl vom Flug als auch von dem Konzert.

Vielleicht verschwinden so die mulmigen Gedanken, die sich den ganzen Tag in mir ausgebreitet haben. Gedanken an die Menschen, die meiner Musik zwar zuhören, aber sie nicht wirklich hören.

Ich habe schon längere Zeit das Gefühl, dass sich die Leute, vor allem kreischende Teenager, nur berieseln lassen und nicht die Emotionen hören, die ich mit meiner Musik vermitteln möchte. Das ist mir heute einmal mehr bewusst geworden. Die Leute reduzieren mich auf mein Aussehen.

Doch was ist mit meiner Musik?

Bin ich nicht gut genug?

Können meine Melodien die Menschen nicht mehr erreichen?

Die Bühne ist nicht mehr der besondere Ort für mich, der er einst war. Das Feuer und die Euphorie, die ich dort oben empfunden habe, sind fast erloschen.

Meine Hand krallt sich um den Duschkopf. Heißes Wasser prasselt auf meinen Körper. Es dauert einige tiefe Atemzüge, bis sich die Muskeln entspannen. Aber erst, als sich die Hand nicht mehr wie ein Schraubstock um den Duschkopf klammert, verlasse ich die Dusche.

Vorsichtig rieche ich am Kissen und der Decke. Nichts. Kein Geruch von aufdringlich parfümierten Waschmitteln dringt mir in die Nase. Erleichtert atme ich auf, schmeiße mich in meinem bequemsten Jogginganzug aufs Hotelbett und kuschle mich unter die Bettdecke. Hier werde ich heute Nacht nicht an einem allergischen Schock sterben.

Schon in meiner Jugend war ich sehr empfindlich gegenüber extremen Gerüchen, wie Waschmitteln, aufdringlichen Parfums, intensiven Blütendüften oder Deos. Manchmal reichte ein nicht zu identifizierender Duftstoff aus, um meine Haut zum Jucken zu bringen. Die Ärzte wollten damals nicht glauben, dass ich an einer Multiplen Chemikalien-Sensitivität leide. Mit Anfang zwanzig wurden die allergischen Reaktionen schlimmer. Manchmal sind es nur hektische Flecken am Hals oder ganzen Körper, so wie heute nach dem Konzert. Aber ich hatte schon eine geschwollene Zunge, entzündete Nasenschleimhäute, Atemnot und Herzrasen. Trotzdem ist MCS kein etabliertes Krankheitsbild.

Die Auswirkungen bekommen nur die Betroffenen zu spüren: In der Öffentlichkeit und unter fremden Menschen laufe ich mit speziellen Masken herum und halte generell Abstand. Ich habe nicht viele Freunde, da ich mich selten Menschen nähern kann, ohne fast abzunippeln. Außerdem ist niemand bereit, auf zig Dinge zu verzichten, um sich mit mir zu treffen. Ausnahmen sind meine Familie, Alex und Luca, die sich im Laufe der Jahre darauf eingestellt haben. Ich bin ihnen unendlich dankbar.

Aber nicht alle Menschen sind wie sie.

Mein Ex-Freund trug jedes Mal ein dermaßen penetrantes Aftershave und benutzte ohne Rücksicht auf Verluste Weichspüler, dass meine Allergie förmlich explodierte. Während des Studiums habe ich mich von ihm getrennt. Lisa hat gesagt, auf so einen Kerl könne ich gut verzichten.

Das ist jetzt ewig her, ich glaube sieben oder acht Jahre – und seitdem habe ich es nicht mehr gewagt, einem anderen Menschen näher zu kommen.

Wer will schon jemanden wie mich, für den man auf zig Sachen verzichten und achten muss?

Ich wälze mich auf dem Bett hin und her, bis ich eine bequeme Position gefunden habe. Warum überkommen mich diese ganzen Gedanken heute so enorm? Liegt es an der Erschöpfung?

Seufzend taste ich nach dem Handy auf dem Nachttisch. Ich öffne YouTube und scrolle mich durch die neusten Videos. Wenn ich rastlos bin, hilft es mir, der Musik von meinen Lieblings-YouTubern zu lauschen. Den meisten folge ich seit über zehn Jahren und ihre Melodien haben meine eigene Musik beeinflusst.

So ist das als Musiker. Alles, was wir sehen, hören oder fühlen, fließt in unsere Kompositionen ein.

Wir finden Inspiration in jedem Ton, in jedem Klang.

Genau wie diese Melodie, die mich nach meiner Verletzung aus meinem Loch hervorholte und dafür sorgte, dass ich dem Klavierspielen eine zweite Chance gab.

Mein Finger verharrt über der Displayoberfläche. Ich starre aufs Handy, ohne etwas wahrzunehmen.

Wow, daran habe ich ewig nicht gedacht. Nicht an die Melodie, nicht an ihn. Der Sänger, dessen Stimme und Musik mir unerwartet Zuspruch und Motivation gegeben hatte. Was wohl aus ihm geworden ist? Steht er noch auf der Bühne und versprüht diese jugendliche Leidenschaft?

Eine Leidenschaft, die ich in letzter Zeit verloren habe ...

Damals nach dem Konzert habe ich heimlich Lisas CD ausgeliehen und jeden Tag dieses eine Lied gehört. Wann habe ich damit aufgehört?

Es ist ewig her, die Erinnerungen sind verblasst. Ich weiß nur noch, dass sich die Musik der Band irgendwann veränderte und ich sie nicht weiterverfolgt habe. Warum also denke ich jetzt daran?

Mein Daumen schwebt über der Suchzeile von YouTube. In meinem Gehirn rattert es auf der Suche nach dem Bandnamen.

Wie war der noch gleich?

Irgendwas mit *The* ...

Ich seufze frustriert und fahre mir mit der Hand übers Gesicht. Meine Erinnerung lässt mich im Stich. Es ist zu lange her.

Gibt es die Band überhaupt noch?

Ich könnte Lisa fragen, sie wüsste es zweifellos. Mir entfährt ein Schnauben und ich verwerfe den Gedanken sofort wieder. Früher habe ich mich so oft über ihr Fangirl-Dasein lustig gemacht. Wie peinlich wäre es, wenn ich sie all die Jahre später danach frage ...

Schnell lenke ich mich mit zwei Videos von einer Cellistin ab und gebe den Namen meines Lieblings-YouTubers ein.

SoloViolin hat kein einziges Video auf seinem oder ihrem Kanal veröffentlicht, obwohl er oder sie seit mehr als zehn Jahren dort aktiv ist. Diese Person geht nur live, kündigt dies allerdings nie an. Ich freue mich immer, wenn ich zur richtigen Zeit am Handy bin. Früher hat *SoloViolin* jede Woche einen Liveauftritt gegeben, aber in den letzten Jahren ist es weniger geworden. Manchmal nur alle drei Monate.

Enttäuscht, weil *SoloViolin* nicht online ist, schließe ich YouTube und starre an die Decke.

Ich habe ihn oder sie seit über vier Monaten nicht mehr live gesehen. Die Musik fehlt mir. Sie hat mich inspiriert und Gefühle in mir geweckt, die ich nicht beschreiben kann. Ich muss den Menschen dahinter nicht sehen, um zu wissen, welche Ängste und Sorgen, welcher Schmerz ihn begleitet. Allein durch die klagenden Töne der Violine kann ich den Menschen fühlen, ihn erkennen.

Ich lege mein Smartphone zur Seite und schließe die Augen. Nach dem langen Tag überkommt mich eine bleierne Müdigkeit und ich schlafe traumlos ein.

Ein leises Wimmern, gefolgt von einem verzweifelten Ausruf reißt mich aus dem Schlaf. Verwirrt öffne ich die Augen. Sie fühlen sich verquollen an. Ich sehe mich im dunklen Zimmer um.

Wo bin ich noch gleich?

Ach ja. Tokio, Hotelzimmer, Hotelbett.

Aber, was war das für ein Geräusch?

Ich richte mich auf, als ich ein lautes Schluchzen vernehme. Es klingt so schmerzhaft, dass es meinem eigenen Herzen einen dumpfen Stich versetzt.

Woher kommt das?

Orientierungslos lausche ich in die Dunkelheit und meine Augen gewöhnen sich langsam daran. Gegenüber vom Bett steht ein Schrank und daneben ist die Badezimmertür. Dort sollte kein wimmernder Mensch sein. Neben dem Bett stehen Nachttisch und ein altes Klavier mit Holzverkleidung und Schmuckelementen.

»Nein, nicht«, tönt es jetzt durch die Wand hinter mir.

Zumindest glaube ich, das gehört zu haben. Es ist eine Mischung aus Englisch und Koreanisch. Ein qualvolles Stöhnen, das mir eine Gänsehaut beschert, folgt. Es klingt, als käme es von einem Geist.

Was für ein Hotel hat Alex dieses Mal gebucht? Gruselig.

Ich rolle mich aus dem Bett, wobei ich mir den schmerzenden Rücken verdrehe. Mit dreißig sind die Gelenke nicht mehr das Wahre. Ständig ziept es irgendwo.

Jetzt komme ich mir dämlich vor, als ich mein Ohr gegen die Wandfläche zwischen Bett und Klavier presse. Das Wimmern wird deutlicher, je näher ich zum Klavier rutsche.

»Jetzt ist es soweit«, murmle ich zu mir selbst, »ich werde wahnsinnig.«

»Es tut mir leid.« Die helle, zitternde Stimme erklingt unerwartet nah.

Ich stoße vor Schreck mit dem nackten Zeh gegen das Klavier.

»Au, verdammt.« Ich fluche leise und fasse mir an den Fuß.

Puh, der Zeh ist noch dran.

Die klagenden Laute werden deutlicher. Es klingt, als hätte die Person enorme Schmerzen oder einen schlimmen Albtraum. Mir tut der Geist so leid, dass ich mich danach sehne, dieses Leid zu lindern.

Bevor ich weiter darüber nachdenke, sitze ich auf dem Klavierhocker und hebe vorsichtig den Deckel an. Meine langen Finger legen sich instinktiv auf die schwarzen und weißen Tasten der

Klaviatur. Sofort durchzuckt sie ein leichtes Zittern, obwohl diese Bewegung wie ein Teil von mir ist. Das passiert in letzter Zeit häufiger.

Ich schüttle die Hände aus und das Kribbeln verschwindet.

Das Weinen durch die Wand hingegen nicht. Es erinnert mich an ein trauriges Schlossgespenst, das nachts durch die Gänge rauscht. Wie eine ruhelose Seele, die nach Erlösung sucht.

Ich will für diese Erlösung sorgen.

Keinen Schimmer, warum mich dieses Bedürfnis überkommt. Vielleicht will ich auch nur den Stich in meinem Herzen beruhigen.

Wie von selbst spiele ich das Wiegenlied, das ich erst kürzlich für meine zukünftige Nichte komponiert habe. Aber hier in diesem Moment weiß ich, dass dieser Mensch – oder Geist – hinter der Wand das Lied mehr braucht als jeder andere.

Langsame Töne fügen sich nach und nach zu einer warmen, beruhigenden Melodie zusammen. Sie ist wie eine schützende Umarmung, wie ein sanfter Kuss auf die Stirn. Ich schließe die Augen und meine Finger fliegen über die Tasten.

Es ist das erste Mal seit Jahren, dass ich nur für eine Person spiele und nicht für ein Publikum. Trotzdem fühlt es sich befriedigender an, als alles, was ich zuvor gemacht habe. Das Ziehen im Herzen wird schwächer, meine Hände gleiten federleicht über die Klaviatur. Die Anstrengung des Konzertes ist wie weggeblasen.

Zu hören, wie das Weinen leiser und das Wimmern stiller wird, erfüllt mich mit tiefer Zufriedenheit. Mein Körper verfällt in einen seltsamen Modus. Ich glaube, das nennt sich Entspannung. All die angestaute Anspannung verflüchtigt sich und eine lange verloren geglaubte Ruhe umhüllt mich.

Mit zwei sanften Akkorden beende ich das Wiegenlied und mit dem letzten Ton ist der innere Kampf der Person hinter der Wand ausgefochten.

Ich bleibe einen Moment still sitzen und lausche bedächtig. Mit einem Lächeln auf den Lippen verlasse ich das Klavier und lege mich ins Bett.

»Schlaf besser«, murmle ich in Richtung Wand und schlummere mit dem Gedanken ein, dass meine Musik doch noch gut genug ist. Zumindest für den Geist hinter der Wand.

Am folgenden Morgen werde ich vom Zimmerservice geweckt, der mir das Frühstück klirrend vor die Tür stellt. Das ist der neue Ablauf für die nächsten zwei Wochen.

Mit dem Tablett in der Hand setze ich mich aufs Sofa und hebe die Abdeckung an. Warmer Dampf und der Geruch von Reis dringen mir in die Nase. Wie schon in den letzten Wochen meiner Asientour ist der Reis umgeben von einigen Beilagen.

Langsam habe ich das Gefühl, selbst zu einem Reisball zu werden. Ich vermisse leckeres deutsches Brot in all seinen Varianten: Vollkornbrot, Roggenbrot, Weizenmischbrot … Allein bei dem Gedanken läuft mir das Wasser im Mund zusammen.

Ich würde ja in der Küche nachfragen, ob ich selbst ein Brot backen darf, aber die Quarantäne hindert mich daran. Also esse ich den Reis und die Beilagen – Tamagoyaki, Miso-Suppe, die heute extrem nach Fisch schmeckt, und eingelegten Gurkensalat – und stelle die leeren Schüsseln wieder vor die Tür.

Mit vollem Bauch räume ich die Sachen aus dem Koffer in den Schlafzimmerschrank. Da schrillt mein Handy los.

Ich gehe zum Nachttisch und nehme das Smartphone hoch. Auf dem Display grinst mich meine Schwester an und meldet einen eingehenden Videoanruf. Mein Daumen schwebt kurz über dem roten Button, bevor ich auf *Annehmen* klicke. Mit dem Telefon vor dem Gesicht sinke ich aufs Bett.

»Wie siehst du denn aus?« Lisa begrüßt mich mit zusammengezogenen Augenbrauen, aber einem Lächeln auf den Lippen.

Ich blicke an meinem schwarzen Jogginganzug herunter und zucke mit den Schultern. »Mein Aussehen wird sich in den nächsten zwei Wochen nicht ändern.«

»Gut, dass dich deine Fans nicht so sehen«, sagt sie und schüttelt ihr dunkelbraunes Haar, das meinem ähnelt. Die Spitzen kräuseln sich leicht über ihren Schultern. »Die würden den Schock des Jahrhunderts erleben.«

Aber ich würde wissen, wer wegen meiner Musik zu einem Konzert kommt und nicht aufgrund meines Erscheinungsbildes. Ein Bild, das meine Agentur über Jahre erschaffen und gepflegt hat. Mein wahres ›Ich‹, das kennt kaum jemand. Ich balle die Hand zu einer Faust.

»Ich hatte nicht vor, im Anzug und mit gemachten Haaren auf dem Sofa zu liegen.« Zur Verdeutlichung wuschle ich mir einmal durch die Haare. Das angetackerte Fakelächeln klebt auf meinem Gesicht, obwohl ich es gegenüber meiner Familie eigentlich ablegen wollte. Wenn das nur so einfach wäre ...

Sie verdreht die Augen. Das Bild wackelt, ich sehe nur noch eine Wand, Treppenstufen und plötzlich schwarz. Wurde die Verbindung gekappt? Ich halte mir das Handy näher vor die Nase.

»Jetzt erzähl aber mal genau: Bist du gut angekommen? Ist das Hotelzimmer angemessen ausgestattet? Hast du genug Masken dabei? Tut dir etwas weh? Fieber? Ausschlag? Kopfschmerzen?« Lisas Stimme erklingt laut an meinem Ohr.

Ich strecke ruckartig das Telefon von mir und kugle mir fast die Schulter aus. Stöhnend rutsche ich ans Ende des Bettes, bis mein Hinterkopf gegen die Wand stößt. Mit der freien Hand reibe ich mir über den schmerzenden Punkt. »Welche Frage soll ich dir zuerst beantworten?«

»Geht es dir gut?«, fragt sie atemlos und leicht schnaufend, als wäre sie einen Marathon gelaufen. Aber wahrscheinlich ist sie nur in die nächste Etage im Haus unserer Eltern hochgestiegen, was im siebten Monat ihrer Schwangerschaft kein Zuckerschlecken ist.

»Es ist alles paletti. Nichts ziept oder zwickt.« Ich lege den Arm als Stütze unter den Kopf und hoffe, sie bemerkt die leichten roten Flecken am Hals nicht. »Wir hatten wenig Menschenkontakt am Flughafen und hier ist nur ein weiteres Zimmer auf dem Flur.«

Der Raum mit dem Geist. Von ihm habe ich heute noch keinen Mucks vernommen.

Lisa hält sich die Kamera jetzt direkt vors Gesicht. Vermutlich berührt ihre Nasenspitze das Display. »Ist das Zimmer sauber?«

Ich weiß, was sie fragen will.

»Alles picobello, Lisa.« Ich schwenke kurz mein Handy hin und her, damit sie das Schlafzimmer sieht. »Ich werde schon nicht aufgrund eines allergischen Schocks abnippeln.«

Sie verzieht ihr Gesicht mit zusammengezogenen Augenbrauen zu einer wütenden Grimasse. »Das ist nicht witzig, Theo!«

Meine Mundwinkel zucken bei dem Anblick. »Ich weiß, Schwesterchen. Das Zimmer ist sauber, frei von jeglichen Gerüchen und Parfums. Du weißt doch, wie akribisch Alex in diesen Dingen ist.«

»Dafür liebe ich deinen Manager«, sagt sie mit einem warmen Ton in der Stimme. Ihre Augenbrauen glätten sich. Die Grimasse wandelt sich in ein liebevolles Lächeln.

»Natürlich nur aus diesem Grund ...«

»Na gut, dass er mein Mann und Vater unseres Kindes ist, spielt eventuell auch eine Rolle.«

Ich verdrehe die Augen, freue mich aber, dass sie glücklich ist. Wenn ich sie so strahlen sehe, spüre ich für einen kurzen Augenblick Wärme im Körper.

Und tief in mir drinnen, wünsche ich mir das, was Lisa hat, auch für mich. Jemanden, der mein Gesicht erhellt und alle meine Grimassen und Monster vertreibt.

Schnell dränge ich die Gedanken zurück in mein Unterbewusstsein. »Sag mal, hat dein Mann dir eigentlich die Änderungen der Tour mitgeteilt?«

»Ja, durch die Quarantäne verschieben sich die Konzerte in Tokio um zwei Wochen«, sagt sie gefasst, doch ich erkenne anhand ihrer zitternden Stimme, dass sie sich etwas anderes wünscht.

»Tut mir leid, dass Alex deswegen länger unterwegs ist.«

»Ist okay«, ihre Augenbrauen ziehen sich wieder zusammen, »wie waren die Konzerte bisher? Auf Instagram habe ich ja nur positive Kommentare gelesen, aber du erzählst so wenig.«

Weil ich dir nicht die Wahrheit anvertrauen kann ...

»Gut, wie immer«, sage ich knapp und weiche ihrem Blick aus. Meine Hand zuckt leicht am Kopf. »Ausverkaufte Hallen trotz Corona, schreiende Fans.«

Niemand, der meine Musik versteht.

Ich umklammere das Smartphone so fest, dass der Schmerz das Zucken in der anderen Hand überlagert.

Nachdem ich nach der Handverletzung vor über zehn Jahren den Mut gefasst hatte und an die Musikhochschule gegangen bin, wurde mein Talent erstaunlich schnell erkannt. Ich hatte mir umsonst Sorgen gemacht, meine Hand spielte nach der Pause besser als je zuvor. Mit dreiundzwanzig schloss ich das Studium als ambitionierter Pianist ab und gab erste Konzerte in Deutschland und Europa. Mit fünfundzwanzig nahm mich eine Agentur unter Vertrag und Alex wurde mein Manager. Seitdem regelt er alles und ich kann mich auf die Musik konzentrieren.

Die Musik, die niemand mehr wahrnimmt.

Plötzlich überkommt mich eine düstere Stimmung, die ich meiner Schwester nicht zeigen will. Also spreche ich schnell weiter, bevor sie reagieren kann. »Lisa, ich lege jetzt auf. Der Jetlag macht sich bemerkbar.« Außerdem ertrage ich ihre sorgenvollen Fragen nicht länger. Aber das sage ich ihr nicht, sie meint es gut.

Sie seufzt und schüttelt den Kopf. »Pass auf dich auf. Ich rufe jetzt Alex an und quetsche ihn zu all dem aus, was du mir nicht sagst. Bye.«

»Bye, Lisa«, murmle ich und trenne unseren Videoanruf.

Die Hand, die das Telefon umklammert, schmerzt und mein Arm hinter dem Kopf ist eingeschlafen. Ich stöhne frustriert, als ich die tauben Gliedmaßen in eine normale Position zurückbringe.

Scheiße tut das weh. Ich massiere den Arm, bis er wieder wach ist, und denke an das Gespräch mit Lisa.

Hört sie irgendwann auf, sich um mich zu sorgen?

Manchmal wünsche ich mir einfach einen Tag, an dem mich völlige Stille und Ruhe umgibt – wie im Weltall. Besonders nach Konzerten, bei denen die Fans laut geschrien und gejohlt haben.

Die nächsten Tage fühle ich mich nicht besser. Mein Körper, der sich nur langsam an die plötzliche Auszeit gewöhnt, schmerzt jedes Mal, wenn ich mich falsch bewege. Selbst die Wärmepflaster, die ich mir nach dem Aufstehen mühevoll auf den unteren Rücken klebe, helfen nicht.

Irgendwie gelingt es mir, einen gewissen Rhythmus zu entwickeln. Ich schlafe lange, frühstücke, lümmle auf der Couch rum, esse und halte ein Nickerchen. Stundenlang schaue ich Serien, Dokus oder hänge auf YouTube (*SoloViolin* ist nie online) herum.

Nur Klavier spiele ich nicht – zumindest fast nicht.

Wenn ich nachts von dem Wimmern aus der Wand geweckt werde, setze ich mich, manchmal im Halbschlaf, ans Klavier und stimme das Wiegenlied an. Meine Finger sind mittlerweile so an die Tonfolgen und Akkorde gewöhnt, dass sie ein Eigenleben entwickelt haben.

Ich spiele, bis ich keine Geräusche mehr wahrnehme.

Nicht nur dem Geist helfen die sanften Melodien. Ich merke, dass die Anspannung der letzten Monate langsam von mir abfällt und die Anstrengung verschwindet. Mit jedem Mal werden die Klänge geschmeidiger und meine Schultern sacken entspannt nach unten. Danach falle ich wieder ins Bett.

Die Bewegungen sind mir in Fleisch und Blut übergegangen, so schnell habe ich mich an dieses Ritual gewöhnt.

Als ich am letzten Tag der ersten Quarantänewoche mein Frühstück ins Zimmer hole, klebt ein Zettel auf der Abdeckung des Essens.

Thank you!

But can I wish for another song tonight?

AND SUDDENLY YOU'RE MORE THAN A GHOST

Theo

Tokio, Ende März 2020

Oh, der Geist lebt und kommuniziert. Seine Handschrift ist unordentlich, fast kindlich. Als würde er nicht häufig auf Englisch schreiben.

Ich krame einen Stift aus meinem Rucksack und setze ein ›Yes‹ unter die Frage des Geistes. Verbotenerweise wage ich mich mit Maske auf den Hotelflur und klebe das Post-it an die einzige andere Tür auf dem Gang. Mein Herz schlägt schneller und meine Handflächen schwitzen.

Liegt das an dem Verstoß gegen die Quarantäneauflagen?

Oder an der Nachricht?

Ich halte sogar das Ohr an die Tür und lausche nach einem Lebenszeichen. Es ist vollkommen still. Schnell verschwinde ich wieder im Zimmer.

Den ganzen Tag tigere ich durch den Wohnraum und linse in regelmäßigen Abständen durch das kleine Guckloch an der Eingangstür. Ich will unbedingt den Geist dabei erwischen, wie er mir eine Antwort schreibt.

Doch die einzige Person, die ich bis zum Mittagessen beobachte, ist ein maskierter Hotelangestellter.

Frustriert stopfe ich mir den Reis in den Mund, bis ich fast daran ersticke. Ich huste kräftig und ein verklebter Reisklumpen fliegt auf den Couchtisch.

Wie es wohl wäre, wenn mir jemand auf den Rücken klopft?

Seufzend trinke ich die Miso-Suppe zum Nachspülen und stelle das leere Tablett wieder vor die Tür. Von dem Geist ist nichts zu sehen.

Damit ich mich nicht verrückt mache und durchs Zimmer renne, schaue ich mir eine Doku an. Unruhig rutsche ich auf dem Sofa hin und her, mein Blick huscht ständig zur Tür. Die Zeit bis zum Abendessen vergeht kaum und ich penne ein.

Ich öffne die Augen. Dunkelheit umgibt mich. Mein Kopf ist im Schlaf nach hinten gekippt und der Nacken steif. Na wunderbar. Mühsam und unter Stöhnen richte ich mich auf. Ich dehne und strecke den Körper, lockere die Gelenke. Mein Magen knurrt laut und ich tätschle mir den Bauch. Wie lange habe ich geschlafen?

»Ach, scheiße, das Abendessen!« Ich springe auf. Sternchen tanzen vor meinen Augen und ich stütze mich an der Lehne ab. »Großartig ...«

Ich spurte zur Tür und spanne durch den Türspion. Nichts ist zu sehen. Ich öffne sie und blicke nach unten. Auf dem Tablett mit dem Essen klebt ein neuer Zettel mit der groben Handschrift.

Bei dem Anblick der Nachricht lächle ich. Meine Brust fühlt sich warm an und die Unruhe des Tages fällt von mir ab.

So ist es also, nicht mehr alleine zu sein.

Mein Geist – ähh, der Geist – wünscht sich *Clair de Lune* als Schlaflied, zufälligerweise eines meiner Lieblingslieder. Mein Lächeln vertieft sich.

Ich schnappe mir das Tablett, bringe alles in den Wohnraum und schlinge das Essen herunter, ohne etwas zu schmecken. Bevor ich dem Geist das Lied vorspiele, übe ich in Gedanken schwierige Griffe und Übergänge. Meine Hände kribbeln. Dieses Mal ist es ein positives Gefühl.

Gegen halb elf – ich gucke auf dem Bett liegend eine Doku über Finnwale, die zweitgrößten Tiere der Erde – klopft es an die Wand. Vor Schreck lasse ich das Handy fallen und es landet direkt auf meiner Nase.

»Autsch.«

Jedes Mal, wenn ich Geräusche aus der Wand höre, verletze ich mich. Wenn das kein schlechtes Omen ist. Ich reibe mir über die Nase, die soweit intakt ist, rolle mich aus dem Bett und zupfe meinen frischen Jogginganzug zurecht.

Das Klopfen erklingt erneut und ich setze mich mit schwitzigen Händen ans Klavier. Ich denke, der Geist möchte mir mitteilen, dass er jetzt im Bett liegt und sich ein Schlaflied wünscht. Ob er sich dabei unter die Bettdecke kuschelt? Das würde ich gerne sehen.

Der Gedanke bringt meinen Herzschlag aus dem Gleichgewicht. Es ist ein wohliges Gefühl, zu wissen, dass ich in diesen zwei Wochen nicht alleine bin. Dass da eine andere Person ist, mit der ich auf diese Art kommuniziere. Es ist das erste Mal seit langem, dass ich einem fremden Menschen so nah bin, wenn auch durch die Wand getrennt.

Meine Finger gleiten über die schwarzen und weißen Tasten und erwecken die sanfte Melodie von *Clair de Lune* zum Leben. Leise dringen die gemütlichen Klänge durch die Wand. Die Tonabfolgen werden rasanter, lauter, gipfeln in einem Crescendo, bevor sie wieder abflachen und nicht nur den Geist umschmeicheln.

Ich beende das Stück, hebe den Blick und spüre ein Lächeln auf den Lippen. Hinter der Wand ist es friedlich.

Und als ich im Bett liege, weiß ich eins sicher: Für diese Person zu spielen, macht mich für kurze Zeit glücklich. Das Fakelächeln hat sich aufgelöst und ich habe ein wirklich echt gelächelt. Ein Lächeln, das meine gesamten Gesichtszüge entspannt und mir auch im Nachklang diese Wärme in der Brust spendet.

Ich lege eine Hand übers Herz und schließe die Augenlider. Wann habe ich mich zuletzt so gelöst gefühlt?

Es schenkt mir Zufriedenheit, zu wissen, dass der kleine Geist auf der anderen Seite der Wand dank mir in Ruhe und ohne Albtraum schlafen kann.

Zwischen dem Geist und mir entwickelt sich ein stilles Spiel, wodurch die Quarantäne wie im Flug an mir vorbeizieht. Jeden Morgen erwarten mich beim Frühstück eine Guten-Morgen-Botschaft und die Frage, ob ich ein anderes Lied spiele.

Der Geist ist wohl ein Frühaufsteher. Ich erwische ihn nie, wenn ich die Tür öffne oder vorher durch den Türspion linse. Das stört mich. Ich möchte wissen, wer da hinter der Wand zu meiner Musik einschläft.

Wenn ich die Nachricht beantworte, taucht abends ein Liedwunsch auf. Ich spiele von Mozart, über Schubert bis hin zu Bach und einigen nicht klassischen Stücken alles Mögliche.

Alles, was der Geist sich wünscht.

Jedes Lied, das ihm hilft, zur Ruhe zu kommen.

Jede Melodie, die für einen Moment die Schwere der Welt von seinen Schultern nimmt.

Zwei Tage vor Aufhebung der Quarantäne taucht ein Arzt auf und führt einen Coronatest durch. Wenn dieser negativ ausfällt, darf ich mich frei bewegen. Der Kerl schiebt mir das Stäbchen tief in die Nase und ich niese laut. Mir schießen Tränen in die Augen. Immerhin hat der Arzt genug Anstand und schaut mich entschuldigend an.

Der Kerl ist nach getaner Arbeit kaum verschwunden, da schrillt das Hoteltelefon.

»Na, wie war's?« Alex' Stimme dröhnt in mein Ohr.

Ich lache trocken auf, bin noch dabei mir die Tränen aus den Augenwinkeln zu wischen. »Super und bei dir?«

»Ich dachte kurz, der Stab kommt mir aus dem Mund wieder raus, so weit hat er ihn hineingeschoben«, sagt Alex hustend. »Das Stäbchen konnte ich sogar im Rachen spüren, ich sag's dir. Danach habe ich drei Taschentücher verbraucht, weil meine Nase so erregt wurde.«

»Danke für diese ausführliche Schilderung.« Ich schmeiße mich aufs Bett, ohne das Kabel vom Telefon abzureißen. »Aber bitte, mehr will ich nicht über deine Rotze wissen.«

»Schade«, Alex räuspert sich, »dann was anderes, Theo. Ich habe eine gute und eine schlechte Nachricht für dich.«

O nein, wenn er so anfängt, bedeutet das meist nichts Positives. Ich klemme mir das Telefon zwischen Ohr und Schulter, richte mich auf und hocke mich im Schneidersitz auf die Matratze.

»Sag an.«

»Willst du erst die gute oder erst die schlechte Nachricht hören?«

Warum wird das eigentlich gefragt?

Egal, in welcher Reihenfolge die Informationen verbreitet werden, das macht sie nicht weniger schlecht und nicht bedeutend besser.

Ich seufze leise und sage: »Die schlechte Nachricht zuerst.«

»Heute bekam ich einen Anruf von der Konzerthalle, in der du deinen ersten Auftritt gehabt hättest.« Er räuspert sich erneut.

Seine Worte sagen mir, woraus er hinauswill. Mein Herz schlägt schneller. Schweißperlen bilden sich auf der Stirn.

Vor Enttäuschung? Oder Erleichterung?

»Aufgrund von Covid-19 werden alle zukünftigen Veranstaltungen abgesagt, da große Menschenversammlungen vermieden werden sollen.« Alex Stimme ist leise. Es klingt, als würde er eines seiner liebsten Pfefferminzbonbons lutschen. Alle paar Sekunden klickt es an meinem Ohr.

»Okay, was ist die gute Nachricht?« Ich bemühe mich um einen gelassenen Tonfall, unterdrücke einen Seufzer und wische mir über die verschwitzte Stirn.

»Deine Konzerte in Seoul und Busan wurden ebenfalls abgesagt und du kannst früher nach Hause fliegen.« Die ersten Wörter murmelt er leise vor sich hin und betont das ›nach Hause fliegen‹ extra stark.

»Du meinst, du kannst schneller zu Frau und Kind zurück«, sage ich, ohne es böse zu meinen.

»Ich gebe zu, so kurz vor der Geburt würde ich mich freuen, bei ihr zu sein.« Im Hintergrund höre ich ein Rascheln und ein Kratzen. Ein Stift? »Für wann soll ich den Flug buchen?«

Plötzlich kommt mir eine Idee.

Ich wippe aufgeregt auf dem Bett vor und zurück und trommle mit den Fingern auf dem Oberschenkel herum. »Wenn du willst, flieg sofort nach Aufhebung der Quarantäne heim. Aber ich würde gerne ein bis zwei Wochen dranhängen.« Ich knibble an den Lippen. »Mein letzter Urlaub ist Jahre her.«

Alex bleibt einen Augenblick still. »Bist du sicher? Willst du nicht nach Hause?«

»Ich bin sicher. Ich brauche wirklich Urlaub«, sage ich mit fester Stimme. Ein Hochgefühl breitet sich in mir aus. Das Trommeln verwandelt sich in ein rhythmisches Tippen auf dem Knie.

»Gut, dann buche ich die Flüge und gebe dir später per Nachricht Bescheid.« Er stößt ein kurzes Seufzen aus.

»Danke, Alex.« Wir verabschieden uns und ich lege auf.

Die Erkenntnis schleicht sich an und schlägt überraschend zu. Ich habe Urlaub! Wow, ich kann es kaum fassen.

Ich bin froh, mal alleine auszuspannen. Bei dem Gedanken an ein paar ruhige Tage löst sich ein Knoten in meinem Magen, den ich vorher gar nicht wahrgenommen hatte. Er war auf den anstrengenden Konzertreisen einfach da.

Um immer im Gedächtnis der Leute und Fans zu bleiben bin ich seit knapp fünf Jahren ständig durch die Welt gereist. Mittlerweile bin ich wirklich bedient. Alex und ich waren so selten zu Hause, dass es mich wundert, wie er es geschafft hat, zwischendurch Lisa zu heiraten und Nachwuchs zu zeugen.

Doch jetzt spüre ich, wie der Knoten sich auflöst und mein Bauch an unnatürlicher Härte verliert.

Entspannung, ich komme.

Nach Ende der zweiten Quarantänewoche reisen Alex und Luca ab und ich rufe meine Schwester an. Bisher habe ich ihr nichts von dem geplanten Urlaub erzählt. Ich verzichte auf einen Videoanruf.

»Hallo Schwesterherz«, sage ich ins Telefon, als sie abnimmt. »Wie geht's dir und meiner Nichte?«

Lisa schnauft in den Hörer. »Uns geht's bestens. Wir haben uns jetzt bei unseren Eltern einquartiert, damit wir während des Lockdowns nicht alleine sind.«

»Seit wann ist denn in Deutschland alles dicht?« Ich plumpse aufs Sofa und überschlage die Beine. »Warum hast du nichts gesagt?«

»Ach, seit Mitte März.« Sie schnalzt mit der Zunge. »Wir können ja eh nichts dran ändern, deshalb fand ich das nicht so wichtig.«

»Apropos wichtig«, ich kratze mich am Kinn, »Alex ist heute abgeflogen und sollte bald bei dir sein.«

Ein lauter Schrei erklingt an meinem Ohr und mir platzt fast das empfindliche Trommelfell. Dem freudigen Ausruf zu urteilen, hat Alex nichts verraten und ich habe seine Überraschung zunichte gemacht.

»Meinst du das ernst?«, fragt sie atemlos.

»Ja klar, er wollte dich bestimmt überraschen.« Ich lege den Kopf in den Nacken. »Also tu so, als wüsstest du von nichts.«

Sie lacht. »Alles klar, verstanden.«

Stille.

»Moment mal! Wenn Alex im Flieger sitzt, warum rufst du mich an? Solltest du nicht bei ihm sein?«

Ah, sie hat es gemerkt. Ich setze mich wieder kerzengerade hin und spiele mit meinem Pulloversaum. »Ich verbringe zwei Wochen in Tokio. Hier ist noch kein Lockdown und ich wollte ein wenig die Natur genießen, mal wieder joggen und entspannen.« Die Worte fließen wie Wasser aus meinem Mund, als hätten sie nur darauf gewartet, dass ich das Ventil endlich löse. Ja, das trifft den Nagel auf den Kopf.

»Das ist ein schlechter Scherz, oder?« Sie brüllt ins Telefon und ich bin mir sicher, dass unsere Mutter im Hintergrund von der Couch gefallen ist.

»Lisa, reg dich nicht so auf. Die Welt geht nicht unter, weil ich länger hierbleibe.« Ich unterdrücke ein Stöhnen und presse zwei Finger gegen die Schläfe.

»Du weißt nicht, wann das Virus schlimmer wird und ob sie bei dir auch alles dicht machen«, sagt sie und seufzt tief ins Handy. »Stell dir vor, du kannst dann gar nicht mehr nach Hause.«

»Schwesterchen, alles wird gut gehen.« Ich imitiere ihr Seufzen und schließe für einen Moment die Augen. »Und zur Not bleibe ich eben hier. Das Hotel hat damit kein Problem, die sind aktuell froh um jeden zahlenden Gast.«

Außerdem gibt es da meinen – äh, einen – Geist hinter der Wand, den ich unbedingt kennenlernen will. Aber das verschweige ich ihr.

»Ich mache mir nur Sorgen um dich.« Sie zieht die Nase hoch. »Sorry, das sind die Schwangerschaftshormone. Ich will gar nicht rumheulen, es passiert einfach.«

»Das weiß ich doch und ich bin dir dankbar. Aber ich brauche mal Zeit für mich.« Vor allem brauche ich Zeit, um mir klar zu werden, wie ich mir die Zukunft vorstelle.

»Okay, das verstehe ich.« Sie schnäuzt sich ungeniert in mein Ohr. »Melde dich, wenn was ist, in Ordnung?«

»Das werde ich. Und jetzt ruh dich aus, meine Nichte soll es sich noch eine Weile gemütlich bei dir machen«, sage ich mit warmer Stimme. »Wir schreiben, bis bald.«

»Bye, Bruderherz.«

Am nächsten Morgen wache ich so früh auf wie lange nicht mehr. Mein Kopf fühlt sich leicht an, mein Körper erholt. Selbst mein unterer Rücken braucht kein erneutes Wärmepflaster. Ob das am Urlaub liegt? Alleine das Wort löst alle Verspannungen. Wahnsinn, ich habe mich wohl enorm danach gesehnt.

Frisch geduscht, im schwarzen Jogger und mit Maske verlasse ich das Hotelzimmer zum ersten Mal nach zwei Wochen. Der Flur ist leer und vom Geist keine Spur. Ich unterdrücke den Drang, an der Tür zu lauschen, und laufe zum Aufzug am Ende des Ganges.

Ein paar Minuten später stehe ich im Restaurant und nenne meinen Namen einer jungen Frau, die am Eingang steht.

»Ah, Ihr Manager hat Sie bereits angekündigt«, sagt sie auf Englisch und bedeutet mir, ihr zu folgen. »Wir haben für Sie einen extra gelüfteten Raum arrangiert und alle Blumen entfernt.«

Die junge Hotelangestellte läuft einmal quer durch das Restaurant und ich gehe mit großen Schritten hinter ihr her. Kurz darauf öffnet sie eine Schiebetür und tritt zur Seite. »Bitte machen Sie es sich bequem, wir bringen Ihnen gleich ihr Frühstück.«

»Vielen Dank.« Ich neige leicht meinen Kopf.

Die junge Frau schiebt die Tür zu.

Ich nehme auf einem der Stühle Platz und schaue mich im Raum um. An der Seite, neben dem Tisch, befindet sich ein großes Fenster, das einen Spalt zur Seite geschoben wurde. Frische Luft strömt in das Zimmer und ich nehme den flüchtigen Geruch von Gras wahr. Ich freue mich darauf, später eine Runde zu joggen und die Frühlingsluft zu genießen. Mit den Fingerspitzen klopfe ich auf den Tisch und warte auf das Essen. Jetzt kann ich es kaum erwarten, nach draußen zu kommen.

Das Frühstück wird einige Minuten später gebracht und ich verschlinge alles in Windeseile. Mit gefülltem Magen kehre ich zurück auf mein Zimmer und suche mir eine Route zum Joggen heraus. Sie verläuft rund ums Hotel, durch einen Park hindurch und über Brücken, die kleinere Flüsse überqueren. Vielleicht bekomme ich die berühmten Kirschblütenwege zu sehen. Als ich das letzte Mal in Japan war, war die Blütezeit gerade vorbei.

Ich tausche meinen Jogger gegen luftige Sportklamotten – eine schwarze, lange Hose und einen Kapuzenpullover –, ziehe die Kapuze tief ins Gesicht und schnappe mir eine Maske. Es kam schon vor, dass äußerst krasse Fans vor dem Hotel auf der Lauer gelegen haben, um ein Foto von mir zu ergattern.

Ich hasse das.

Bevor ich das Hotelzimmer verlasse, checke ich die Smartwatch, die meinen Puls kontrolliert. Sie ist mit dem Handy verbunden und zeigt mir die Laufroute an. Das Telefon schiebe ich zur Zimmekarte in die Hosentasche.

Ich lege die Hand auf die Klinke und stoße die Tür auf. Mit einem langen Schritt trete ich aus dem Raum und pralle fast mit einer maskierten Person zusammen, die in schnellem Koreanisch ins Telefon spricht.

Überrascht bleibe ich stehen. Es dauert eine Sekunde und in meinem Kopf rattert es.

Ah! Das muss der Geist hinter der Wand sein.

Mein Puls erhöht sich schlagartig.

Ich betrachte die Person. Es ist ein junger Mann, der ins Telefon wispert und mich nicht bemerkt.

Die Maske verdeckt fast sein komplettes Gesicht, aber ich erkenne zwei dunkle Augen. Seine Haare sind schwarz wie die Nacht und fallen ihm in die Stirn. Er hat die Augenbrauen sorgenvoll zusammengezogen und trägt ein weißes, weites T-Shirt und lockere Jeans. Über seinem Arm hängt eine Tasche.

»아픈가?«, fragt er in einem dringlichen, aber warmen Tonfall: *Ist er krank?*

Eine Frauenstimme am anderen Ende antwortet irgendetwas. Das nächste, was ich verstehe, ist das Wort 아이, was *Kind* bedeutet. Ich starre ihn einfach nur an, kann mich weder bewegen noch bemerkbar machen.

Er blickt auf und lässt das Handy sinken. Seine Augen begegnen meinen und mein Herzschlag setzt aus.

Endlich treffe ich meinen Geist.

»Oh«, sagt er überrascht, seine Augen weiten sich. »피아니스트.« *Pianist.*

LIKE ALL THE COLORS IN THE WORLD

Yong-Joon

Tokio, Anfang April 2020

Meine Hand liegt auf der Türklinke des Hotelzimmers, in dem ich seit einigen Wochen lebe, als mein Smartphone in der Hosentasche vibriert. Mit den Fingern ziehe ich es heraus und nehme den Anruf entgehen. Ich klemme es mir zwischen Ohr und Schulter und verlasse den Raum. »Was ist los, Ji-He?« Ich ziehe meine Maske über Mund und Nase.

»Shi-Won«, sagt Ji-He, ihre Stimme klingt aufgeregt.

Sofort fängt mein Herz an zu rasen und ich erstarre. Es ist diese Angst, die meinen Körper wie ein Blitz trifft und die mich seit zwei Jahren nicht mehr ruhig schlafen lässt. Ärzte würden sagen, dass ich kurz vor einer Panikattacke stehe. Meine Hände schwitzen und ich presse das Handy ans Ohr.

»Was ist passiert?« Ich wippe auf der Stelle hin und her, die Finger der anderen Hand krallen sich in mein T-Shirt. »Ist alles in Ordnung mit ihm?« Ich bemühe mich, bedacht zu atmen. So wie ich es zu Schulzeiten beim Bogenschießen gelernt habe. Tief einatmen und ausatmen.

»Gestern Abend hatte er Fieber und ich hatte Panik, dass es ihm richtig schlecht geht. Er wollte nichts essen.« Sie schnäuzt sich geräuschvoll.

»Was? Ist er sehr krank? Wie geht es ihm? Konnten die anderen dir helfen?« Das T-Shirt ist von meinen schwitzenden Händen ganz nass. Mir stockt der Atem.

»Es geht ihm wieder besser.« Ji-He seufzt und ich entspanne mich. »Die anderen wissen Bescheid. Jae-Hos Freundin hat uns ins Krankenhaus gefahren und dort hat Shi-Won eine Infusion bekommen. Ich wollte dir davon erzählen, immerhin bist du sein Onkel.«

Meine Schultern sacken nach unten.

»Zum Glück geht es ihm besser.« Ich stoße einen Luftschwall aus und die verkrampften Finger lösen sich aus dem T-Shirt. »Ich bin froh.«

»Ich auch. Danke fürs Zuhören, ich kümmere mich jetzt wieder um den Kleinen.« Sie drückt mir einen lauten Schmatzer ins Ohr, der mich zum Lächeln bringt. »Bis bald.«

»Bis bald, Ji-He.« Ich trenne die Verbindung und schaue auf.

Überrascht lasse ich das Handy sinken.

»Oh.« Er ist es! Leibhaftig und in Farbe – okay, in Schwarz. Er, der mich die letzten zwei Wochen mit seinen wundersamen Melodien in den Schlaf getragen hat. »피아니스트.« *Pianist.*

Ich erkenne ihn. Ein paar Mal habe ich ihn, natürlich nur zufällig, beim Post-it-Ankleben beobachtet. Er lebt in seinen Jogginganzügen und mit der Maske im Gesicht.

»Oh«, sagt er und fügt etwas in einer anderen Sprache hinzu.

Ich habe diese in den letzten Tagen einige Male gehört, wenn er telefoniert hat. Nicht dass ich gelauscht hätte ... Ich habe einfach sehr gute Ohren.

Schnell stopfe ich das Telefon in die Tasche und wische meine feuchten Finger an dem dunklen Stoff ab. »안녕하세요.« *Hallo.*

»Hallo.«

»한국어를 말해요?« *Sprichst du Koreanisch?* Ich rede so langsam wie möglich.

»Ich spreche Koreanisch«, sagt er flüssig und nickt, wobei sich eine Haarsträhne unter der Kapuze löst und in seinen Wimpern verfängt.

Meine Hand zuckt. »Wow, du sprichst richtig gut!« Ich drehe einen der Ringe an meinen Fingern hin und her. Sein Koreanisch ist bis auf einen winzigen Akzent beinahe einwandfrei, seine Stimme warm und tief.

Er verdreht die Augen und wendet sein Gesicht ab.

Beides verwirrt mich.

»Das sollte ich. Immerhin reden meine Eltern, vor allem meine Mutter, seit meiner Geburt viel Koreanisch mit mir.« Er verschränkt die Hände, öffnet sie wieder und wiederholt das Ganze.

Ich streiche mir die Haare aus dem Gesicht, bevor ich es noch bei ihm mache und kratze mich im Nacken. Jetzt, da er – mein Pianist von hinter der Wand – vor mir steht, will ich mehr über ihn wissen. Ich weiß selbst nicht genau, wieso. Vielleicht habe ich zuletzt zu wenig Zeit mit anderen Menschen verbracht. Diese Wochen in Tokio sollten eine Auszeit für mich sein. Ich wollte von der Vergangenheit Abstand nehmen.

Meine Freunde nennen es Flucht.

Flucht vor dem, was passiert ist.

Flucht vor meinen Gedanken.

Rötlich gefärbtes Wasser fließt unter der Tür hindurch …

»Alles okay?«

Ich schüttle den Kopf, blinzle und trete von einem Fuß auf den Anderen. Mein nächtlicher Pianist steht mit verschränkten Armen in ordentlichem Abstand zu mir.

»Wie heißt du?«, frage ich und verzichte auf die höfliche Anrede, die mir in meiner Kindheit beigebracht wurde. Nach zwei Wochen, die wir durch die Wand kommuniziert haben, würde sich das komisch anfühlen.

»Theo, und du?« Auch er verzichtet auf die Höflichkeitsformen.

Theo. Endlich hat mein Pianist einen Namen.

»Yong-Joon.« Da er seinen Nachnamen weggelassen hat, erwähne ich meinen auch nicht. Ich fahre mir mit den Fingern durchs Haar. »Danke.«

Er neigt seinen Kopf zur Seite und zieht eine Augenbraue hoch.

»Für die Schlaflieder.« Ich zwinkere ihm zu und würde mich

dafür direkt am liebsten mit der Hand vor die Stirn schlagen. Es scheint, als hätte ich meinen Verstand heute unter der Dusche weggespült.

Seine Augen leuchten auf und er lockert die Arme, bis sie an seiner Seite hängen bleiben. »Gerne.«

Mein Blick wandert langsam von seinem vermummten Gesicht über den weiten Pullover, bis zu seiner Jogginghose. Schwarz steht ihm ausgezeichnet, wie der Schatten eines Regenbogens.

Doch wie würde er erst in allen Farben der Welt aussehen?

Das würde ich gerne sehen. Generell will ich mehr von ihm sehen, nicht nur seine dunklen Augen.

Ich erblicke seine Laufschuhe. »Halte ich dich auf?«

»Ah«, sagt er und kratzt sich am Hals. »Nach zwei Wochen Quarantäne wollte ich an die frische Luft.«

»Oh, dann lass dich nicht aufhalten.« Ich trete einen Schritt zur Seite, damit er an mir vorbeigehen kann. Aber eigentlich möchte ich auf ihn zu gehen.

Theos Blick springt zwischen mir und dem Hotelflur hin und her. Er spielt mit seinem Pulloverärmel.

Worauf wartet er?

»Und wo willst du hin?« Seine Augen sind jetzt bei mir, schauen mich direkt an.

Mein Herz macht einen Satz.

»Ach ja!« Ich klatsche mir innerlich vor die Stirn. Über die Begegnung mit Theo hatte ich meinen Plan total vergessen. »Ich wollte den Fuji sehen.«

»Den möchte ich bis zu meiner Abreise ebenfalls besuchen. Viel Spaß!« Er nickt mir zu und dreht sich von mir weg.

Mit seinen langen Beinen läuft er verdammt schnell zum Aufzug. Als würde er vor mir fliehen.

Wieso lässt er mich hier einfach zurück? Habe ich was Falsches gesagt? Findet er mich aufdringlich? Oder komisch? Weil unser Gespräch nicht so enden soll, eile ich ihm hinterher und quetsche mich im letzten Moment durch die Türen des Aufzugs.

»Ich will auch runter«, sage ich außer Atem und senke den Blick auf meine weißen Turnschuhe. Meine Kondition hat in den letzten Jahren nachgelassen, aber mir war nicht klar, dass mir ein kurzer Sprint direkt zusetzt. Ich muss unbedingt Ausdauersport machen und nicht nur zum Bogenschießen gehen.

Mein Atem normalisiert sich und ich blicke auf.

Er steht mir gegenüber auf der anderen Seite der Kabine und lehnt sich von mir weg, in die Wand hinein. Seine Augen sind geweitet.

Ich drehe den Kopf zur Seite, bis meine Nase oberhalb der rechten Achsel schwebt. Mit gerümpfter Nase schnuppere ich. Kein Schweißgeruch. Würde mich auch wundern, immerhin war ich eben erst duschen.

Irgendwas ist komisch.

Der Aufzug bewegt sich nicht und Theo macht keine Anstalten, auf den Knopf direkt neben ihm zu drücken. Also mache ich einen Schritt nach vorne, um die Taste für das Erdgeschoss zu bestätigen.

Plötzlich liegt seine Hand auf meiner Brust.

Ich bleibe stehen. Die Wärme seiner Finger dringt durch mein dünnes T-Shirt. Eventuell setzt mein Herzschlag kurz aus.

Ich blicke ihn an.

Mit aufgerissenen Augen und ausgestrecktem Arm steht er vor mir, drückt sich an die Wand des Aufzugs. Seine geweiteten Pupillen spiegeln eine Empfindung wider, die ich viel zu gut kenne.

Panik.

Schnell trete ich einen Schritt zurück. Automatisch wandert meine Hand zu meiner Brust. Warum fühle ich mich auf einmal einsam?

»Es tut mir leid.« Ich verschränke die Arme vor dem Oberkörper und lehne mich von ihm weg.

»Schon okay.« Theo atmet langsam aus, so als hätte er die vergangenen Sekunden die Luft angehalten. Er rückt seine Maske zurecht, stützt sich an der Kabinenwand ab. »Es ist nur besser, du bleibst da drüben stehen, wenn du nicht willst, dass ich gleich in Ohnmacht falle.«

Automatisch weiche ich noch einen Schritt zurück, bis mein Rücken die Wand hinter mir berührt. »Okay?«

Theo drückt den Knopf für das Erdgeschoss und der Aufzug setzt sich in Bewegung.

»Sagen wir einfach, ich bin allergisch gegen Nähe.« Er zuckt mit den Schultern, aber ich entnehme seinem Blick, dass mehr dahintersteckt.

Ich will mehr wissen, frage aber nicht nach. »Entschuldige nochmal, ich wollte dir nicht zu nahetreten.«

»Alles in Ordnung.« Seine Augenwinkel entspannen sich und seine Hand kommt an seinem Oberschenkel zur Ruhe.

Der Aufzug surrt leise. Er fährt keine andere Etage an, darauf habe ich beim Aussuchen des Hotels geachtet und ein paar Yen extra gezahlt. Ich will niemandem über den Weg laufen. Vor allem keinen verrückten Fans, die das Aus meiner Band immer noch nicht verkraftet haben.

Der Aufzug bremst, hält im Erdgeschoss und die Türen öffnen sich. Theo springt auf den Flur. Ich will ihn aufhalten und strecke die Hand aus. In letzter Sekunde kann ich mich davon abhalten, ihn zu berühren. Schnell verlasse ich die Kabine. Mein Blick huscht durch die Hotellobby. Sie ist leer.

»Warte!«, rufe ich.

Er bleibt stehen und dreht sich zu mir um.

Jetzt oder nie.

»Willst du mitkommen und den Fuji sehen?« Mein Herz klopft vor lauter Aufregung und in meinen Wangen sammelt sich eine angenehme Wärme. Ein solches Gefühl, jemanden näher kennenlernen zu wollen, hatte ich bisher nie.

»Da sind bestimmt viele Menschen ...« Er berührt seine Maske.

Ach ja. Seine Allergie gegen Nähe.

»Ich kenne einen geheimen Aussichtspunkt.« Meine Stimme überschlägt sich. Nervös fahre ich mir durch die Haare. »Da sind

45

keine Menschen, dafür aber eine sensationelle Aussicht auf eine Kirschblütenallee und den Fuji.«

Theo legt nachdenklich die Stirn in Falten. Das erkenne ich trotz seiner Kapuze, die er tief ins Gesicht gezogen hat. Die Hände vergräbt er in den Hosentaschen der Jogginghose. Nach einem Augenblick hellt sich seine Miene auf.

»Also gut, ich komme mit.«

»Wir müssten schon vor zehn Minuten angekommen sein«, sage ich mehr zu mir selbst und raufe mir frustriert die Haare. Ich starre auf mein Handy, das mir den Weg anzeigt, und bin mir sicher, der vorgegebenen Route gefolgt zu sein.

Theo betrachtet mich amüsiert. Zumindest deute ich das Funkeln in seinen Augen so. »Das wären wir, wenn du richtig abgebogen wärst.« Seine Augenwinkel zucken.

Ich reibe mir über das Gesicht und reiße mir beinahe die Maske von den Ohren. »Was?«

»Wir sind vor zehn Minuten an einem Pfad vorbeigekommen.« Er zuckt mit den Schultern. »Aber du warst so zuversichtlich, den richtigen Weg zu gehen, da wollte ich dich nicht enttäuschen.« Seine Stimme vibriert bei jedem Wort mehr.

»Warum hast du nichts gesagt? Jetzt müssen wir zurück.« Ich ziehe mir die Maske unters Kinn und schaue wieder auf mein Handy. Und tatsächlich. Wenn ich näher heranzoome, zeigt sich eine kleine Abzweigung, die ich vorhin übersehen habe. Mist!

»Das macht nichts, ich freue mich über jede Bewegung und die frische Luft.« Er dreht sich zurück in die andere Richtung, hebt die Arme und verschränkt die Hände hinter dem Kopf.

Ich seufze, was ihm ein leises Lachen entlockt. Zu gern würde ich dabei seine ganze Mimik sehen.

Er dreht sich zu mir. »Jetzt zieh nicht so ein Gesicht. Diesen Ausdruck hat meine kleine Schwester, wenn sie beleidigt ist.«

Das ist eine neue Information über Theo und ich spitze die Ohren.

Wir begeben uns auf den Rückweg, um den Pfad zu finden.

»Wie heißt deine Schwester?« Ich ziehe die Maske zurück über Mund und Nase. Es soll mich niemand erkennen.

»Lisa.«

Wieder kein koreanischer Name.

»Und wie alt ist sie?« In den letzten Jahren habe ich alles und jeden abgeblockt, aber jetzt kann und will ich das nicht. Den Grund verstehe ich selbst nicht.

Er räuspert sich, als müsse er ein Lachen unterdrücken. »Du bist genauso neugierig wie sie.«

»Also?« Ich laufe etwas schneller, passe mich seinen Schritten an.

»Sie ist fünfundzwanzig.«

»So wie ich!« Zumindest mein westliches Alter.

Er wirft mir einen kurzen Blick von der Seite zu. »Ich sag ja, ihr habt einiges gemeinsam.«

»Und was macht sie so?« Ich schaue über meine Schulter. Weit und breit ist kein Mensch zu sehen. Innerlich seufze ich erleichtert.

»Sich hauptsächlich Sorgen um mich.« Er rollt mit den Augen, aber ich höre die Wärme, die in seinen Worten mitschwingt. »Ansonsten ist sie selbstständige Mediendesignerin und aktuell im siebten Monat schwanger.«

»O wow, das haben wir nicht gemeinsam.«

Er sieht mich mit hochgezogener Augenbraue an.

Super, Yong-Joon. Du bist echt intelligent. Natürlich habt ihr das nicht gemeinsam. Es sei denn du hast kurzzeitig das Geschlecht gewechselt! Ich reibe mir verlegen den Nacken und hoffe, er denkt nicht, ich bin ein richtiger Trottel.

Zum Glück erreichen wir in diesem Moment den versteckten Pfad und dann sind wir beide damit beschäftigt, den steilen Weg zu meistern. Mit den Masken bleibt keine Luft mehr zum Reden. Theo marschiert hinter mir und hält einen ordentlichen Abstand. Im Gegensatz zu mir höre ich ihn nicht schnaufen.

Wir kommen oben an und mir verschlägt es den Atem. »Wow!«

»Ja, wow!« Er wendet mir das Gesicht zu, seine Augen strahlen vor Begeisterung.

Von unserem Standpunkt auf dem Hügel schauen wir geradewegs auf den Fuji. Der Weg dahin ist umrahmt von Hunderten Kirschblütenbäumen, die in voller Pracht blühen. Verschiedene Rosatöne breiten sich wie ein weicher Teppich über mein ganzes Sichtfeld aus. Vereinzelte Blüten schweben wie pinkweiße Schneeflocken auf den Boden. Es ist atemberaubend.

»Wahnsinn.« Ich halte das Handy hoch und schieße einige Fotos, obwohl die Kamera die Schönheit der Realität nicht ansatzweise wiedergibt. Aus dem Augenwinkel betrachte ich Theo, der sein Telefon aus der Hosentasche zieht und ebenfalls die Kirschblütenlandschaft fotografiert.

»Soll ich ein Foto von dir vor dem Fuji machen?« Ich nicke zu seinem Smartphone. »Du könntest es deiner Schwester schicken.«

»Gute Idee, danke.« Er streckt mir, mit Abstand, das Handy entgegen.

Ich nehme es ihm ab und unsere Finger berühren sich kurz. Seine sind warm. Sofort spüre ich wieder seine Hand auf meinem Oberkörper. Das Gefühl hat sich dort eingebrannt.

Ich knipse ein paar Fotos von ihm vor der Landschaft und reiche ihm sein Handy zurück.

Er nimmt es entgegen und steckt es in seine Tasche. »Soll ich welche von dir machen?«

Warum nicht ... Vielleicht kann ich meine Freunde ein wenig mit den Fotos beruhigen.

»Gern!« Ich gebe ihm mein Telefon.

Mit zusammengekniffenen Augen schießt er mehrere Bilder. Er ist einige Zentimeter größer als ich. Das ist mir schon vorher aufgefallen, da ich zu ihm hochblicke, sobald wir uns näherkommen. Seine Haare wellen sich leicht. Mittlerweile hat er seine Kapuze abgesetzt und einzelne Strähnen leuchten in der Sonne in einem sanften dunkelbraun, das mich an Walnussholz erinnert.

»Hier.« Er steht mit steifer Pose vor mir.

Ich senke meine Augenlider und hoffe, er hat mich nicht beim Starren erwischt. »Danke«, murmle ich in die Maske und nehme ihm das Handy ab.

»Kennst du die Bedeutung der Kirschblüte?« Er nimmt ein paar Schritte Abstand und betrachtet das Blütenmeer.

Ich folge seinem Blick. »Was meinst du? Ich weiß nur, dass sie auf Japanisch *Sakura* heißt.«

»Sie steht für Schönheit, Aufbruch und Vergänglichkeit.« Er macht eine ausschweifende Bewegung, als wollte er mit den Fingern die pinkweißen Blüten berühren.

»Woher weißt du das?« Ich drehe einen meiner Ringe hin und her.

Er wendet sich zu mir, seine Augenwinkel liegen in Falten. »Hab mal eine Doku darüber gesehen.«

Ich wippe auf den Füßen langsam vor und zurück. »Machst du sowas gerne?«

»Ja«, sagt er schlicht.

Eine Weile beobachten wir schweigend den Fuji umgeben von zahlreichen Kirschblütenbäumen. Außer uns ist niemand hier und ich entspanne mich. Irgendwann wird es kühl und wir beschließen zurückzugehen.

Jetzt läuft Theo vorweg. Er hat scheinbar einen besseren Orientierungssinn als ich, denn er findet den Weg zum Hotel, ohne auf sein Handy zu gucken.

Im Aufzug halte ich Abstand und lasse ihn den Knopf drücken. Wir stehen uns in der Kabine gegenüber, unsere Rücken berühren die Wand. Der Fahrstuhl surrt.

»Es war toll, mal wieder raus zu kommen.« Er fährt sich mit den langen Fingern durch sein welliges Haar. Eine einzelne Strähne fällt ihm in die Stirn und verfängt sich in seinen Wimpern.

Ich vergrabe meine Hände in den Hosentaschen, spüre die Fingernägel an meinen Oberschenkeln. »Ja, die Aussicht hat sich gelohnt.«

Ob ich von ihm oder den Kirschblüten spreche, weiß ich nicht.

Die Fahrstuhltüren öffnen sich mit einem *Pling* und wir treten hintereinander auf den Hotelflur. Schweigend folge ich ihm, bis er vor seiner Zimmertür stehen bleibt.

Ich will etwas sagen, ihn aufhalten. Nach mehr Zeit mit ihm fragen. Nur wie? Seufzend gehe ich zu meiner Tür.

»Ach«, sagt er und ich halte mit der Hand auf dem Türgriff inne, »ist das Abendessen hier gut?«

Ich drehe mich um, damit ich sein Gesicht sehe. »Im Hotel?«

»Ja.« Er weicht meinem Blick aus.

»Äh, ja.« Warum sieht er mich nicht an?

»Gehst du später zum Abendessen?« Zögerlich hebt er den Kopf, schaut mich direkt an.

Ich neige den meinen zur Seite. »Das hatte ich vor.«

Seine Finger spielen mit dem Pulloversaum. »Wollen wir zusammen gehen?«

»Ja«, sagt mein Herz, bevor ich nachdenken kann. Ich nicke so heftig mit dem Kopf, dass ich mir beinahe einen Muskel im Nacken zerre.

Um seine Augen bilden sich kleine Fältchen. »Gut.« Er winkt mir kurz zu und verschwindet in seinem Zimmer.

I HOPE YOU SLEEP WELL AT NIGHT

Theo

Tokio, Anfang April 2020

Der Geist aus der Wand ist definitiv anders, als ich ihn mir vorgestellt habe. Nach dem Weinen und den verzweifelten Rufen in der Nacht habe ich nicht mit einem aufgeschlossenen jungen Mann gerechnet. Vor allem nicht mit einem Mann, der mich ungewollt mehrfach zum Lachen gebracht hat. Und das an einem einzigen Tag.

Ich bin überrascht, dass ich Yong-Joons Spontanität gefolgt bin. Aber die Aussicht auf den Fuji, umgeben von den Kirschblüten, hat sich gelohnt.

Schnell schicke ich Lisa eine Auswahl der Fotos, die er von mir gemacht hat. Ich erwarte keine Antwort, sie schläft sicherlich.

Unter der Dusche wasche ich mir den Staub der Wanderung vom Körper und trage eine kühle Gesichtsmaske auf, damit meine Haut nicht austrocknet. Derweil die Maske einwirkt, krame ich das erste Mal seit zwei Wochen eine graue Stoffhose und ein langärmeliges weißes Hemd hervor. Für das Abendessen mit Yong-Joon ziehe ich mir ausnahmsweise was anderes als einen Jogginganzug an. Sonst denkt er noch, ich lebe darin.

Während der Quarantäne wurde das Essen zwischen halb sieben und halb acht gebracht. Wir haben keine Uhrzeit ausgemacht, also schlüpfe ich gegen sechs Uhr in meine Klamotten. Das ist die deutsche Pünktlichkeit, die ich nie ablegen werde. Außerdem habe ich wirklich Kohldampf nach dem Ausflug.

Ich laufe im Zimmer hin und her und zupfe den Stoff meines Hemdes an den Achseln zurecht. Müssen die Dinger so eng sitzen? Drei weitere Male ziehe ich es am Oberkörper hin und her und kremple die Ärmel bis zu den Ellbogen hoch. Das gibt mir zumindest etwas Freiheit. Ich sehne mich nach meinem Jogger, der viel bequemer ist.

Gegen halb sieben klopft es an der Tür. Ich gucke verstohlen durch den Türspion.

Yong-Joon steht auf dem Flur und wippt auf seinen Füßen vor und zurück. Seine Haare sind nass, als wäre er gerade aus der Dusche gekommen. In der kurzen Zeit, in der ich durch das Guckloch starre, fährt er sich viermal mit der Hand hindurch. Jedes Mal fallen die Strähnen direkt zurück in sein Gesicht. Leider verbirgt die Maske die Hälfte und ich sehe nur seine Augen. Er trägt wieder ein weißes T-Shirt, aber dieses Mal mit einer blauen weiten Jacke und Jeans.

Yong-Joon streicht sich zum fünften Mal durch die Haare und knabbert an seinem Daumen. Ich entdecke zwei silberne Ringe an den Fingern. Die sind mir heute Mittag bei unserem Ausflug noch nicht aufgefallen.

So langsam komme ich mir vor wie ein Spanner. Also hole ich schnell eine Maske, packe meine Zimmerkarte ein und öffne die Tür.

»Hallo!« Er tritt einen großen Schritt zurück und winkt.

Ich verlasse das Hotelzimmer und nicke ihm zu. »Hast du Hunger?«

»Ich verhungere.« Er lacht unter seiner Maske. »Der Ausflug war anstrengend.« Verlegen fährt er sich durch die Haare.

»Muss man eigentlich einen Platz reservieren? Du weißt schon, wegen Corona.« Irgendwie bin ich nervös. Ich habe zu selten Kontakt mit anderen Menschen, die nicht meine Familie sind.

»Ich habe einen festen Platz«, sagt er achselzuckend, »und dich nehme ich einfach mit.«

»Okay. Dann los.«

Ich hoffe, es fällt nicht auf, wenn ich nicht an meinem reservierten Platz auftauche ...

Dieses Mal weiß Yong-Joon den Weg und wir verlaufen uns nicht. Einer der Kellner führt uns zu einem abgetrennten Raum. Wir sind vom restlichen Restaurant abgeschottet, können aber durch ein großes Fenster nach draußen schauen. Zum Glück ist es geöffnet, sodass die Luft im Inneren klar ist.

Wir setzen uns jeweils an ein Ende des Tisches.

»Es ist schön, nicht mehr alleine zu essen.« Er legt eine Serviette über seinen Bauch und kratzt sich am Unterarm.

»Ja, das finde ich auch.« Ich imitiere seine Haltung, beuge mich näher zu ihm.

Schweigend sitzen wir etwa zwei Meter auseinander. Ich habe keinen Schimmer, wie wir uns so ordentlich unterhalten sollen.

Zwei Kellner betreten mit einigen Tabletts beladen den Raum. Sie verteilen verschiedene japanische Gerichte und westliche Speisen – sehe ich da etwa Pizza? – auf dem Tisch.

Bei dem Anblick läuft mir das Wasser im Mund zusammen. Normalerweise würden wir mit unseren Stäbchen einfach in die Beilagen greifen, aber wegen der aktuellen Lage hat jeder seine eigenen Portionen.

»Ich habe gesehen, was du die letzten zwei Wochen gegessen hast«, sagt er extra laut und zuckt mit den Schultern. »Da dachte ich, etwas Abwechslung wäre nicht schlecht.«

»Danke!« Ich inspiziere die Speisen. Natürlich sehe ich Reis, aber die Beilagen unterschieden sich von meinem Zimmeressen. Es gibt Tsukemono, eine Art eingelegtes Gemüse und wichtiger Bestandteil der japanischen Ernährung. Ich erkenne Gurken und Möhren. Die anderen Schälchen kann ich nicht zuordnen. Das eine rechts neben den Gurken könnte Ingwer sein, zumindest riecht es stark danach.

Bei meinem letzten Besuch in Japan habe ich gelernt, dass Tsukemono nicht nur als Beilage oder Gewürz, sondern zudem als

Gaumenreiniger oder Verdauungsmittel genutzt wird. Anstelle der Misosuppe gibt es heute Pizza Margarita, die herrlich nach frischen Tomaten duftet. In der Mitte des Tisches steht eine Platte mit Yakitori – gegrillte Hähnchenspieße, die für gewöhnlich aus allen verschiedenen Fleischteilen des Hähnchens bestehen. Ich bete, dass sie auf Leber oder andere Innereien verzichtet haben.

Zwischen ihnen liegen einige vegetarische Spieße mit Paprika, Tomaten und Pilzen. Der Raum ist erfüllt vom Duft nach warmen Gerichten und frischem Gemüse.

Ich greife mit den Stäbchen in die erste Beilage. Wenn ich zurück in Deutschland bin, werde ich für meine Familie japanisch kochen.

Ein leises, helles Lachen dringt zu mir. »Willst du mit Maske essen?«

Ich lasse fast die Stäbchen fallen. Die Maske hatte ich beim Anblick der Speisen vollkommen vergessen. Schnell nehme ich sie ab und stecke sie in die Hosentasche. Ich zupfe den Stoff zurecht, der über meinem Oberschenkel spannt und blicke auf.

Yong-Joon mustert mich und hat Mühe, ein Grinsen zu unterdrücken. Auf seinem ansonsten makellosen Gesicht entdecke ich ein Muttermal, links unter dem Auge.

Ich wünschte, meine Zähne wären so perfekt und gerade wie seine. Das habe ich vergeigt, weil ich die Zahnspange früher nicht regelmäßig getragen habe.

»So geht es doch besser.« Er reckt den Daumen in die Luft. Seine Wangen sind gerötet und er streift mit dem Handrücken kurz sein Gesicht, bevor er mit seinen Stäbchen in die Speisen greift.

Meine Mundwinkel zucken bei dem Anblick, der sich mir bietet. »Ja, allerdings.«

Das restliche Abendessen verbringen wir in einem angenehmen Schweigen. Wir sind damit beschäftigt, uns den Bauch mit dem leckeren Essen vollzuschlagen.

Nach dem Abendessen entscheiden wir uns für einen Verdauungsspaziergang um das Hotel.

Ich reibe mir über den Bauch. »Ich bin pappsatt.«

»Was?«

»Ah, sorry.« Ich habe aus Versehen Deutsch gesprochen. »Ich bin satt. Mein Bauch ist voll.«

»Ja, meiner auch«, sagt Yong-Joon und klopft sich auf den flachen Bauch. Er greift in seine Hosentasche und holt sein Handy heraus. Beim Blick auf das Display weiten sich seine Augen. »Moment, da muss ich rangehen.«

»Klar.« Ich nicke ihm zu und überlege mir in der Zwischenzeit ein Gesprächsthema, damit ich ihn nicht mit wahllosen Fakten übers Weltall oder über Finnwale langweile.

Er geht einige Schritte vor mir, das Telefon ans Ohr gepresst. Seine Schultern sind hochgezogen. Er raunt etwas, das ich nicht verstehe.

Aber ich möchte nicht in seine Privatsphäre eindringen. In einigem Abstand laufe ich hinter ihm her, bis wir einmal das Hotel umrundet haben.

»Entschuldige.« Er bleibt stehen und schiebt das Handy zurück in seine Hosentasche. »Das war Ji-He, eine sehr gute Freundin von mir. Ihr Sohn ist mein Patenkind. Wir sagen immer, dass er mein Neffe ist.«

»Ist alles in Ordnung?« Ich erinnere mich an das Gespräch heute Morgen, vor unserer ersten Begegnung. Kommt mir vor, als wäre das Lichtjahre her.

»Ja, sie wollte sich nur für die Fotos bedanken.« Er weicht meinem Blick aus.

Ich ziehe eine Augenbraue hoch. »Fotos?«

»Vom Fuji«, sagt er und eine zarte Röte wandert von seinem Ohrläppchen zur Ohrmuschel.

Warum errötet er, wenn er vom Fuji spricht? Stimmt was mit dem Bild nicht? Oder haben die zwei noch über etwas anderes gesprochen?

Ich spiele mit den hochgekrempelten Ärmeln meines Hemdes. »Die Fotos habe ich meiner Schwester ebenfalls geschickt.«

Er fährt sich mit der Hand über den Nacken. Seine Pupillen huschen hin und her, ohne einen Punkt zu fixieren. »Diese Aussicht sollte man teilen.«

Sein Blick findet meinen, nur für einen winzigen Moment. Er sieht wieder weg. Möchte er mir was mitteilen?

Ich versuche, seinen Gesichtsausdruck zu deuten. Und sage: »Ja, das sollte man. Lass uns reingehen.«

Auf dem Flur vor unseren Zimmertüren verabreden wir uns zum gemeinsamen Frühstück am Morgen. Ich bin gerade dabei, meine Tür zu öffnen, da spüre ich ein Tippen am Arm. Ruckartig drehe ich mich um.

Yong-Joon hebt abwehrend die Hände. »Entschuldige.«

»Schon okay. Ich bin es nur nicht gewohnt, dass Leute mich einfach so anfassen.« Ich fahre mit den Fingern über die Gänsehaut an meinem nackten Unterarm. »Was ist los?«

»Ä-ähm«, stottert er und kratzt sich am Hinterkopf. Ich könnte schwören, dass er sich auf die Unterlippe beißt, obwohl ich das durch die Maske nicht sehe.

»Ja?«

»Spielst du heute wieder?« Mit dunkelbraunen Augen, die an geschmolzene Zartbitterschokolade erinnern, sieht er mich an.

Mein Herz zieht sich unwillkürlich zusammen. Wie kann ich dazu nein sagen? »Was willst du hören?«

Er spielt mit dem Stoff seiner Jeans. »Das, was du am ersten Abend gespielt hast.«

Ah, das Wiegenlied. »Alles klar.«

»Danke!«

»Klopf einfach zweimal an die Wand, wenn du im Bett liegst«, sage ich, bevor wir uns verabschieden.

»Mach ich.« Um seine Augen bilden sich Lachfältchen. Seine Schultern sacken nach unten. »Echt, danke dafür!«

Ich hoffe, es lässt dich friedlich schlafen, denke ich.

»Gute Nacht.«

A LAUGH LIKE A WARM SUMMER RAIN

Yong-Joon

Um halb zehn liege ich im Bett. Wie jeden Abend breche ich direkt in Schweiß aus. Ich weiß, was passiert, sobald ich die Augen schließe.

Rot gefärbtes Wasser fließt unter der Tür hindurch.

Ji-He schreit.

Mit aufgerissenen Augen starre ich an die Decke und ziehe mir die Bettdecke bis zur Nasenspitze. Um nicht von einer gewaltigen Sturmwelle an dunklen Erinnerungen überrannt zu werden, denke ich an Theos zufriedenes Gesicht beim Abendessen.

Er hat eine schmale Zahnlücke zwischen den Schneidezähnen und seine Nase kräuselt sich, wenn er lächelt, was ihn unheimlich charmant und sympathisch wirken lässt. Ich war überrascht, ihn heute Abend so elegant gekleidet zu sehen. Die graue Hose und das weiße Hemd stehen ihm gut. Ob er die ausgeprägten Sehnen an den Unterarmen vom Klavierspielen hat?

Die hätte ich gerne berührt …

Ich seufze laut und lege meinen Unterarm übers Gesicht.

Es ist seltsam, dass mir an ihm solche Kleinigkeiten auffallen. Kleinigkeiten, die etwas in mir auslösen, das ich bisher nicht kannte. Es ist ein zartes, warmes Gefühl, das sich langsam in meiner Brust ausbreitet wie sanfte Sonnenstrahlen an einem Frühlingsmorgen.

Automatisch wandern die Finger zu meinem Oberkörper, wo sich Theos Berührung eingebrannt hat.

Was macht er mit mir?

Schnell klopfe ich wie vereinbart zweimal an die Wand. Ich brauche jetzt das Gefühl, mit ihm verbunden zu sein.

Ich erinnere mich nicht genau an das erste Mal, als er dieses eine Lied für mich gespielt hat. Ich habe geschlafen und hatte den Albtraum, der mich seit zwei Jahren jede Nacht heimsucht.

Sofort blitzen Erinnerungen auf wie unersättliche Parasiten und fressen sich in meine Gedanken.

Ein Badezimmer.

Wasser läuft aus der vollgelaufenen Badewanne und tropft auf den Boden.

Plop. Plop. Plop.

Rot gefärbtes Wasser.

Die warmen Gefühle verschwinden und die Realität schlägt zu. Alle Sonnenstrahlen werden ausgeknipst. Stöhnend presse ich mir die Hände vor die Augen. Als würde das die Bilder aus meinem Kopf vertreiben. Mein Herz rast. Ich hasse sie. Ich hasse das alles.

Endlich erklingt die Melodie hinter der Wand und bahnt sich ihren Weg durch die Dunkelheit. Wie immer fällt mir auf, dass die ersten Töne etwas verrutschen. Aber Theo fängt sich schnell und die sanften Klänge umfangen mich in einer beschützenden Umarmung.

Mein Atem reguliert sich zusammen mit meinem Herzschlag. Langsam gleiten die Finger vom Gesicht zur Brust und legen sich direkt über mein Herz. Ich konzentriere mich auf die harmonischen Akkorde und verwebe die einzelnen Töne zu einem Klangteppich. Das beruhigende Lied breitet sich wie heißes, heilendes Wasser in meinem Körper aus. Es fließt von den Zehenspitzen über die Beine bis hin zu meinem Oberkörper. Die Anspannung in den Muskeln verschwindet und mein Kopf versinkt entspannt in dem weichen Hotelkissen.

Wann hat mich je eine Melodie so zur Ruhe gebracht?

Mit geschlossenen Augen liege ich auf dem Rücken und lausche seiner Musik. Er hört nicht auf zu spielen und die Melodie des Wiegenliedes verwandelt sich mühelos in eine andere Tonfolge, die mir irgendwie bekannt vorkommt. Gleichzeitig ist sie neu, als würde er sie gerade erst aus seinen Gefühlen ins Klavier fließen lassen.

Ich stelle mir vor, wie er mit seinen langen Fingern über die Klaviertasten gleitet. Wie gerne würde ich ihm zusehen. Ob er die Augen geschlossen hat?

Die Klänge werden weicher und langsamer. Irgendwann schlafe ich mit Theos sanftem Lächeln vor Augen ein und die Dunkelheit ist aus meinen Gedanken verschwunden.

In den nächsten Tagen entwickeln wir eine unausgesprochene Routine. Wir frühstücken morgens zusammen und treffen uns mittags, um gemeinsam Tokio zu erkunden. Ich bin froh, dass uns niemand beachtet.

Manchmal geht Theo vor dem Frühstück joggen. Er sagt, er braucht die Bewegung. Ich hingegen bin froh um jede Stunde, die ich schlafen kann.

Gelingt mir es nicht, scrolle ich durch die Chats mit meinen Freunden. Ha-Neul kümmert sich um meine Wohnung und schickt mir regelmäßig Fotos von meinen Pflanzen. Ich muss einfach sichergehen, dass sie noch leben. Es scheint ihnen unter seiner Fürsorge gut zu gehen, denn keine Einzige lässt auf den Bildern den Kopf hängen. Ich schicke ihm ein kurzes ›Danke‹ und klicke auf unseren Gruppenchat. Seitdem ich Ji-He die Fotos vom Fuji geschickt habe, geht es dort heiß her:

> **Ji-He:** Wirst du uns irgendwann sagen, wer die Fotos von dir geschossen hat?
> **Ha-Neul:** Vielleicht war es ein Wanderer?
> **Jae-Ho:** @Ha-Neul hast du Yong-Joons Gesichtsausdruck nicht bemerkt?
> **Ha-Neul:** Er hat eine Maske auf, was gibt es da zu sehen?
> **Min-Ho:** Yo, aber achte auf die Körpersprache. Definitiv der Person zugewandt, die das Foto aufgenommen hat.

Yong-Joon: Leute, beruhigt euch.

Ji-He: Wir beruhigen uns, wenn wir wissen, wer die Person ist.

Yong-Joon: *seufzender Smiley*

Jae-Ho: ???

Yong-Joon: Ihr macht mich fertig.

Ji-He: Wir sind deine Familie, da musst du durch. Wir wollen wissen, wer dafür sorgt, dass du entspannter aussiehst als die letzten Jahre.

Yong-Joon: Diese Person heißt Theo und wohnt aktuell neben mir im Hotel. Wir verstehen uns gut. Er ist Pianist.

Ji-He: Hast du ein Foto?

Ha-Neul: @Ji-He sei nicht so neugierig, immerhin ist es überhaupt das erste Mal, dass Yong-Joon uns von jemandem erzählt, den er kennengelernt hat.

Ji-He: Okay, gut. Aber eins noch: Weiß Theo wenigstens, wer du wirklich bist?

Auf ihre letzte Frage habe ich nicht mehr geantwortet. Sicherlich wissen meine Freunde, was das bedeutet. Aber wie soll ich ihm meine Identität erklären? Ich kann mich schlecht vor ihn stellen und sagen: Ach übrigens, ich war mal in einer K-Pop-Band und weltweit so berühmt, dass ich mich kaum auf die Straße traue, aus Angst, entdeckt zu werden. Deshalb bin ich nach Japan geflohen.

Sorry Ji-He, aber das kann ich noch nicht. Nicht nach all dem, was damals passiert ist.

Theo scheint mich nicht erkannt zu haben und ich will ihn nicht vergraulen, bevor ich ihn überhaupt richtig kennengelernt habe. Er müsste nur meinen Namen bei Google eingeben. Das wäre die Büchse der Pandora, die meine hässliche Vergangenheit offenlegt.

Es klopft an der Tür und ich zucke zusammen. Mühsam rolle ich mich aus dem Bett, schließe den Chat und laufe barfuß durch das Hotelzimmer.

»Yong-Joon?« Theos tiefe Stimme dröhnt dumpf durch die Tür.

Warum zur Hölle ist er schon wach? Es ist vier Uhr morgens und wir wollen erst später Sensoji, einen Tempel, besuchen.

Vor der Hoteltür bleibe ich stehen, eine Hand liegt auf der Klinke.

»Ja? Was gibt es?«

»Lass uns in einer Stunde losfahren.«

Ich linse durch den Türspion. Er steht im Jogginganzug und mit Maske auf dem Hotelflur. Seine nassen Haare kräuseln sich an den Spitzen.

»Wohin?« Was will er um fünf Uhr draußen?

»Zum Tempel.« Jetzt streckt er einen Arm aus und berührt die Tür. Zumindest denke ich das, denn ich sehe seine Hand nicht mehr.

»Hä? Um diese Uhrzeit?« Ist er verrückt?

»Dann ist es dort und in der Bahn leer.« Er räuspert sich, zieht den Arm zurück und stopft seine Hand in die Hosentasche. »Bis gleich.«

Er dreht sich um, Schritte entfernen sich und ich löse mein Auge vom Türspion. Verdutzt stehe ich mit Boxershorts bekleidet im Hotelzimmer und frage mich, ob ich mir diese Konversation nur eingebildet habe.

Eine Stunde Später wird klar, dass es keine Einbildung war.

»Warum müssen wir so früh los?« Ich jammere übertrieben und gähne unter meiner Maske. Aus den Augenwinkeln scanne ich die Umgebung ab. Wir nehmen die Linie bis zum Asakusa Bahnhof. Dort liegt Sensoji, auch Asakusa Tempel/Schrein genannt.

Es ist halb sechs und die Bahn ist an diesem Montagmorgen wie ausgestorben.

»Um Menschen zu vermeiden.« Theo sitzt angespannt auf dem Sitzplatz. Zwischen uns ist ein freier Sitz.

Heute hat er sogar zwei Masken übereinander auf. Manchmal kratzt er sich am Hals.

Ob das an seiner Allergie liegt? Ist die so heftig?

Ihm fällt eine Haarsträhne in die Stirn.

Schnell setze ich mich auf die Hände und denke an unser Ausflugsziel.

Sensoji ist das beliebteste Touristenziel von Tokio und normalerweise total überlaufen. Aber zu dieser unmenschlichen Uhrzeit sollten wir Glück haben. Eigentlich sollte ich Theo dankbar sein. Ich kann mich freier bewegen, ohne die Angst, dass mich irgendein Fan erkennt.

»Wir sind da.« Er springt auf und verlässt die Bahn.

Ich schüttele meine eingeschlafenen, schmerzenden Hände aus und folge ihm.

Draußen nimmt er eine Maske ab. Auf seinen Wangen, zumindest den Teilen, die ich sehe, und an seinem Hals haben sich einige seltsame Flecken gebildet.

»Nicht!«

Eine warme Hand umfasst mein Handgelenk und ich erstarre. Theos Griff ist fest, aber nicht schmerzhaft. Mir war nicht bewusst, dass ich mit den Fingern seinen Hals berühren wollte. Sofort ziehe ich die Hand zurück.

»Sorry!« Ich trete einen langen Schritt von ihm weg. »Alles in Ordnung?«

Er neigt den Kopf und richtet seine Maske. »Alles okay.«

Für den Moment will ich ihm glauben.

Mit Abstand zwischen uns laufen wir zum Eingang des Tempels, dem Tor Kaminarimon. Theo hat seine Hände tief in den Hosentaschen seiner schwarzen Jeans verborgen. Wir schreiten unter dem Tor hindurch.

»Es wird übrigens Donnertor genannt«, erklärt er mir und blickt nach oben. In der Mitte hängt ein riesiger Lampion und vier Wächerfiguren stehen links und rechts. Hinter dem Tor erstreckt sich eine lange Einkaufs- und Souvenirstraße.

Aufgeregt laufe ich vor und betrachte die einzelnen kleinen Läden, die sich aneinanderreihen. Zu meiner Band-Zeit war ich einige Male in Tokio, aber nie hier.

Er beobachtet mich kopfschüttelnd.

»Willst du kein Souvenir kaufen?« Ich deute auf die zahlreichen Shops.

»Ich mag den Geruch nicht. Lass uns einfach schnell hier durch laufen, okay? Du kannst auf dem Rückweg in die Läden gehen und ich warte auf dich.« Er kratzt sich am Hals und verschränkt die Arme.

»Oh, okay.« Ich wäre gerne mit ihm zusammen durch die Geschäfte geschlendert. Aktuell ist es wie ausgestorben und niemand hätte uns gestört. Wenn es später voller ist, ist die Gefahr, erkannt zu werden, groß. Auch mit Sonnenbrille, Cap und Maske.

Wir passieren die Einkaufsstraße – ich renne, um mit Theos langen Beinen mitzuhalten – und kreuzen das zweite Tor.

»Das ist das Hozomon-Tor.« Er deutet auf drei riesige Laternen, die zwischen Säulen hängen. Außen stehen wieder zwei Wächter als Statuen. »Die Laterne in der Mitte wiegt über 400 Kilogramm.«

»Wow.« Staunend versuche ich sie durch mehrfaches Hochspringen zu erreichen. Meine Maske rutscht mir vom Gesicht und fällt auf den Weg. Ich will mich danach bücken, aber Theo hat schon in seine Tasche gegriffen und eine Neue herausgeholt. Die Maske vom Boden wirft er in einen nahestehenden Mülleimer.

»Nimm die.« Er reicht mir die verpackte Maske und unsere Fingerspitzen berühren sich flüchtig. Es fühlt sich wie ein Stromschlag an, der sich durch meinen ganzen Körper ausbreitet. Die Härchen auf meinen Armen stellen sich auf und es kribbelt im Nacken.

Ich will ihn noch einmal berühren.

Mir entgeht nicht, dass er seine Hände kurz zu Fäusten zusammenballt und wieder lockert.

»Danke.« Ich setze die Maske auf, aber die Bänder an den Seiten sind zu lang. Umständlich versuche ich, sie am Hinterkopf unter der Cap zusammenzubinden.

»Warte.« Theo tritt hinter mich und nimmt mir die Bänder aus der Hand. Er überkreuzt sie, verankert sie mit irgendeiner Extraklemme und zieht meine Cap darüber.

Es dauert nur einen Augenblick, aber ich spüre die Wärme seines Körpers in meinem Rücken.

Mein Herz schlägt aus dem Takt.

Wenn ich mich zurücklehne, würde ich ihn berühren ...

Er macht einen Schritt zur Seite und wir flanieren weiter.

Wir gelangen zur Haupthalle, dem Hondo-Gebäude. Ich mache fleißig Fotos, um sie später Ji-He und meinen ehemaligen Bandkollegen zu schicken.

Theo sieht mir belustigt dabei zu, wie ich von einer zur anderen Ecke renne.

Ich beende meine Fotosession und gemeinsam schauen wir uns einen kleinen Schrein an, der rechts nahe der Haupthalle steht.

»Das ist das letzte Tor«, sagt er und deutet auf das neben dem Schrein. Es hat einen schmalen Durchgang und an den beiden Seiten stehen Wächterfiguren.

Theo streckt die Arme in die Luft und dehnt seinen Körper. »Wir haben Glück, dass wir früh da sind. Normalerweise sind hier viele Menschen.«

»Viel zu früh ...« Ich verdrehe die Augen und seufze übertrieben laut.

Er lacht wie ein warmer Sommerregen und ich verzeihe ihm, dass er mich so früh aus dem Bett geschmissen hat.

Langsam machen wir uns auf den Rückweg. Unterwegs wir uns japanisches Omelett.

Kein weiteres Mal vergräbt Theo seine Hände in den Hosentaschen. Es fühlt sich an wie eine Veränderung.

Eine Veränderung, die mich am Abend gut schlafen lässt.

SO THAT CHANGE CAN GROW

Theo

Tokio, Ende April 2020

Yong-Joon und ich sitzen beim Abendessen, da verkündet der Hotelmanager uns, dass in Tokio wegen Corona der Notstand ausgesprochen wurde. Das bedeutet: Lockdown, wie in Deutschland. Wir dürfen das Hotel nicht mehr verlassen und mein Flug nach Düsseldorf fällt aus.

Später sitze ich im Hotelzimmer auf der Couch und telefoniere mit Alex.

»Du musst abwarten«, sagt er leise. Wahrscheinlich sitzt Lisa neben ihm. »Es werden in den nächsten Wochen Flugzeuge losgeschickt, die Urlauber zurückholen.«

Mein Gehirn braucht einen Moment, um diese Information zu verarbeiten. Heißt das, ich kann bleiben und Zeit mit Yong-Joon verbringen? Die letzten Tage waren so anders, als meine normale Tagesroutine. Aber ich gewöhne mich allmählich daran, nicht mehr alleine zu sein. Das ist ein neues Gefühl. Neu, aber überaus angenehm. Und ich will mehr davon.

Ich schüttele kurz den Kopf. »Wie lange wird das dauern?«

»Das kann in zwei Tagen oder in zwei Wochen sein.« Alex seufzt. »Ich weiß es nicht.«

»Bockmist!«Ich ziehe die Beine auf die Couch und unterdrücke ein Lächeln. »Aber ich gedulde mich.«

Es wäre grandios, länger in Yong-Joons Gesellschaft zu sein. Die Flugzeuge dürfen sich Zeit lassen ...

»Lisa will mit dir sprechen«, sagt Alex und ich höre ein Rascheln in der Leitung.

O je. Ich packe mir an den Kopf. Auf ihre letzte Nachricht habe ich gar nicht geantwortet.

»Theo!« Lisas bebende Stimme ertönt an meinem Ohr. »Ist alles in Ordnung bei dir? Tut dir was weh? Bist du verletzt?«

»Ganz ruhig, Lisa. Mir geht es gut, alles paletti.« Ich reibe mir die Stirn. Warum muss ich sie beruhigen? Sie macht sich zu viele Sorgen wegen Kinkerlitzchen. Schnell wechsle ich das Thema. »Mich interessiert viel mehr, wie es dir und meiner Nichte geht.«

»Deine Nichte macht es sich noch in meinem Bauch gemütlich.«

»Puh. Die Lütte soll so lange dort drinnen bleiben wie möglich.« Da ist sie sicher und gut behütet. Aktuell ist nicht der schönste Zeitpunkt, um in diese Welt geboren zu werden.

»Ich halte durch und das solltest du auch«, sagt sie. »Wir holen dich schnellstmöglich nach Hause.«

Kurz herrscht Stille.

Dann räuspert sie sich übertrieben laut. »Aber viel wichtiger: Wen hast du dir in Japan angelacht?«

»Hä?« Ich klinge so, als ob ich keinen Schimmer hätte, wovon sie redet.

»Du schuldest mir eine Antwort«, zischt sie und erinnert mich an ihre Nachricht.

Mein Kopf sinkt nach hinten und landet auf der Lehne der Couch. »Musst du dich so dranhalten?« Meine Stimme ist harscher als beabsichtigt.

»Ich weiß, was diese Reaktion von dir bedeutet.« Sie seufzt. »Du willst mich abwimmeln.«

»Hm ...« Ja, sie hat recht. Aber ich bin noch nicht bereit, ihr von Yong-Joon zu erzählen. Ich will ihn erst einmal kennenlernen. Und wer weiß schon, was das mit uns wird. Klar, wir kommen gut miteinander aus. Aber wird das auch der Fall sein, wenn er weiß, welche Ausmaße meine Allergie hat?

Wer würde sich damit schon rumschlagen wollen?

»Ach Theo«, sagt Lisa und ich zucke zusammen. »Ich gebe dir ein Zitat meiner Lieblingsband mit, bevor ich den Abgang mache: Mut ist wie ein Samen, der gepflanzt werden muss, damit Veränderung wachsen kann.«

Ich wische mir über die Augen. »Danke. Und es tut mir leid, dass ich dich angefahren habe.«

»Ist okay«, murmelt sie, doch ihre Stimme klingt bedrückt. »Wenn du darüber reden willst, sag Bescheid.«

»Das mache ich, danke Schwesterherz.« Ich richte mich auf und trommle auf meinem Oberschenkel herum. »Ich denke über deine Worte nach. Bis bald und passt auf euch auf!«

»Tschüss, Theo.«

Es klickt in der Leitung und die Verbindung wird getrennt.

Seufzend lege ich das Handy auf den Couchtisch und denke an Yong-Joon. An sein unterdrücktes Grinsen und das Muttermal unter seinem linken Auge. Daran, wie er mich zum Lachen bringt und an das damit einhergehende warme Gefühl in meiner Brust. Daran, wie er sich ständig mit den Fingern durch das dunkle Haar streicht.

Wie es sich wohl anfühlt? So weich wie es aussieht?

»Maaan ... « Ich raufe mir die Haare.

Yong-Joon hat sich in den vergangenen Wochen klammheimlich in mein Leben geschlichen.

Ich blicke auf meine Hände, die jetzt entspannt auf dem Schoß liegen. Vorsichtig strecke ich sie, kreise die Handgelenke und lasse sie knacken. Seit er in meiner Nähe ist, fällt mir der Schmerz nicht mehr so krass auf. Oder gibt es ihn kaum noch?

Die Smartwatch zeigt einen erhöhten Puls an und das liegt sicher nicht an meiner Allergie.

Ich stehe vor seiner Zimmertür. Meine Faust schwebt über dem Holz. Ich fackle nicht lange und klopfe, bevor mich der Mut wieder verlässt. Wenn ich möchte, dass sich mein Leben verändert, muss ich etwas dafür tun.

Nach dem zweiten Klopfen öffnet sich die Tür. Nur mit einem Handtuch um die Hüften und mit tropfendem Haar steht er vor mir. Verlegen kratzt er sich im Nacken.

»Du hast dir den richtigen Moment ausgesucht«, sagt er und grinst mich an. Das Muttermal unter seinem Auge springt hoch und runter.

Ich weiß nicht, ob ich starren oder mir die Augen zuhalten soll.

LIKE A HUMMINGBIRD

Yong-Joon

»Willst du reinkommen oder weiter starren?« Gut, mein Körperbau ist ganz nett und ich bin es gewohnt, dass Menschen mich anstarren. Aber Theos Blick, der über meinen nackten Oberkörper huscht, löst andere Gefühle bei mir aus. Gefühle, die mein Herz langsam in Flammen stecken.

Ich will die Arme vor der Brust verschränken, aber stattdessen streiche ich mir wiederholt die nassen Haare aus den Augen.

»Ähh ...«, murmelt Theo und ich erkenne eine sanfte Röte auf seinen Wangen.

»Komm rein.« Ich trete einen Schritt zur Seite.

Er bewegt sich nicht vom Fleck.

»Willst du nicht?« Eventuell bekommt mein Selbstbewusstsein einen kleinen Riss.

Er schaut auf den Boden und reibt sich über den nackten Arm. »Das ist es nicht.«

Ich neige den Kopf zur Seite. »Sondern?«

»Ich kann nicht«, sagt er und kratzt sich am Hals.

»Natürlich kannst du. Es ist doch kein Verbrechen, mein Hotelzimmer zu betreten, wenn ich sogar darum bitte.« Ich mache eine einladende Geste mit der Hand, bin kurz davor ihn eigenhändig in mein Zimmer zu ziehen. »Schau, das geht ganz einfach. Du musst nur einen Fuß nach dem anderen über die Türschwelle setzen. Und zack, bist du im Zimmer.«

Er lacht unerwartet. Auf einmal streckt er seinen Arm aus und wuschelt mir durch die nassen Haare.

Ich erstarre. Meine Ohren werden heiß, mein Herz pocht laut in meiner Brust.

»Ich kann wirklich nicht«, sagt er und verschränkt die Arme. »Aber wenn du dir etwas anziehst, kannst du zu mir kommen und ich erkläre dir, warum.«

»Muss ich mir was anziehen?« Die Hitze breitet sich von den Ohren über mein ganzes Gesicht aus. Woher nehme ich den Mut, das zu sagen?

»Bitte«, murmelt Theo, doch seine Augen funkeln.

»Okay.« Ich seufze übertrieben laut, was ihm ein weiteres unerwartetes Lachen entlockt. »Bis gleich.«

Kopfschüttelnd, aber mit einem Lächeln auf den Lippen verschwindet er in seinem Zimmer. Heute trägt er gar keine Maske. Warum hat er sie vergessen?

Ich schließe die Tür und ziehe mir Pullover und eine lockere Jeans an. Meine Haare rubble ich kurz mit einem Handtuch trocken, bevor ich auf den Hotelflur trete.

Theos Tür ist angelehnt. Licht dringt auf den Flur …

Rotes Wasser berührt meine Füße.

Ha-Neul bricht die Tür auf.

Ji-He schluchzt.

Meine Hände schwitzen, mein Herz rast. Ich fasse mir an die Brust. Bitte, nicht jetzt. Theo darf mich auf keinen Fall so sehen.

Ruhig atmen, Yong-Joon. Ich lege eine Hand auf den Bauch und konzentriere mich auf meine Atmung. Fünfmal atme ich tief ein und langsamer wieder aus. Das Zwerchfell spannt sich an und frische Luft strömt in meine Lunge. Mein Herzschlag beruhigt sich und ich danke der Zen-Atmung. Die Hände wische ich an der Jeans ab und hoffe, Theo bemerkt nichts. Er darf nichts bemerken.

Schnell schlüpfe ich in seinen Wohnraum.

»Oh, Hi.« Er begrüßt mich winkend vom Sofa aus, das genauso aussieht wie meins. »Das ging ja fix.«

Ich stehe im Wohnbereich. Gegenüber der Eingangstür prangt eine Fensterfront mit Weitblick über Tokio. Das große Sofa nimmt die Mitte des Raumes ein. Auf ihm können locker zwei ausgewachsene Menschen schlafen, ohne sich aufeinander zu stapeln.

»Du hast doch bereits gemerkt, dass ich neugierig bin«, sage ich möglichst gelassen und durchquere das Zimmer. Mit dem Zeigefinger kratze ich mich am Daumen. Unschlüssig halte ich vor der Couch an.

»Setz dich.« Theo deutet auf das andere Ende des Sofas.

Ich lasse mich darauf fallen, ziehe die Beine hoch und hocke mich im Schneidersitz hin. »Warum konntest du nicht in mein Hotelzimmer kommen?«

»Erinnerst du dich an die Situation im Aufzug?« Er reibt sich mit der Handfläche über den Oberschenkel. »Und daran, dass ich zwei Masken in der Bahn getragen habe?«

Ich nicke, warte darauf, dass er mehr erzählt. Von sich aus.

»Ich sagte, ich bin allergisch gegen Nähe.« Er kratzt sich an der Nasenspitze.

»Ja.« Meine Finger spielen mit dem Hosensaum. »Aber?«

»Eigentlich bin ich ziemlich allergisch gegen alle chemischen Düfte«, sagt er achselzuckend, als wolle er diesen Umstand herunterspielen. »Parfums, Deos, Waschmittel, manchmal reicht der süßliche Geruch von Blüten und so weiter. Die Ärzte können die Auslöser bis heute nicht genau erfassen. Es fängt mit Ausschlag an und kann mit Atemnot und Herzrasen enden.«

»Oh.« Ich löse die Finger von meiner Hose. Meine Augen weiten sich. Plötzlich ergeben seine Handlungen viel mehr Sinn. Der Abstand, den er zu anderen Menschen hält. Dass er keine körperliche Nähe zulässt. Der frühe Besuch des Sensoji-Tempels. Und die Tatsache, dass er nicht in mein Hotelzimmer kam.

Ich schnuppere. Sein Zimmer riecht sehr klar und rein, weder nach Putzmitteln noch nach irgendwelchen Duftstoffen. Im Gegensatz zu meinem, wo Weichspüler der Bettdecke eine frische Note verleiht. Ich senke den Kopf und ziehe den Pullover zu meiner Nase. Vorsichtig rieche ich daran, nehme aber keinen intensiven Geruch wahr.

»Daher die roten Flecken, als wir in der Bahn waren!«

Er nickt langsam.

»Warum hast du nichts gesagt? Wir hätten nicht mit der Bahn fahren müssen!« Ich verschränke die Arme vor der Brust.

Er kratzt sich am Hinterkopf. »Ich mag es nicht, wenn Menschen sich meinetwegen einschränken.«

Theo ist gewiss einsam. Wenn er aus diesem Grund kaum Kontakt zu anderen Personen hat. Oder, wenn er deshalb niemanden an sich heranlassen kann.

Für mich ist das unvorstellbar. Ich brauche menschliche Nähe. Auch, wenn ich sie aktuell nicht zulasse.

Ich drehe mich auf dem Sofa so herum, dass ich ihn direkt anblicke. Mein Herz schlägt schneller. Dieses Mal nicht aufgrund der düsteren Erinnerungen. Es sind seine Augen, in denen sich die Einsamkeit als riesiger Ozean erstreckt. Ein Ozean ohne Ufer in Sicht.

In diesem Moment weiß ich, dass ich ihn näher bei mir haben will. Sowohl emotional als auch körperlich. Ich will zu einem Ufer für ihn werden, selbst wenn das nur eine kleine zerfallene Insel ist.

Mit fester Stimme sage ich: »Du hast Glück.«

Er neigt den Kopf. »Mhm?«

»Ich schwitze und stinke generell nicht.« Wie zum Beweis hebe ich die Arme in die Luft. »Du kannst riechen, ich muss kein Deo benutzen. Und Parfum mag ich eh nicht.«

»Du willst, dass ich an deinen Achseln schnuppere?« Theo starrt mich ungläubig an.

Ich nicke. »Vielleicht bist du gegen mich nicht allergisch.«

Bitte, sei gegen mich nicht allergisch ...

»Und was, wenn doch?« Er zieht die Augenbrauen zusammen und reibt sich mit der Handfläche über das Kinn. »Belebst du mich dann wieder?«

»Ja.«

Er lacht.

Endlich!

»Komm schon, meine Arme werden schwer.« Ich wedele mit ihnen hin und her.

»Du bist verrückt.« Er steht auf und geht zur Tür.

Will er mich rausschmeißen? Nein, er holt eine FFP2-Maske aus einer Tasche, die neben der Eingangstür liegt.

»Ich muss auf Nummer sichergehen.« Er zieht die Maske über Mund und Nase. Seine Stirn ist in Falten gelegt.

Zurück am Sofa bleibt er mit zwei Meter Abstand vor mir stehen. Ich sitze ganz starr da und strecke die Arme in die Luft. Sehe, wie er die Nase bewegt. Die Maske verzieht sich nach oben und unten. Vorsichtig schnuppert er. Es passiert nichts und er rückt etwas näher, riecht wieder. Seine Stirn entspannt sich ein wenig. Nach einigen Schritten hält er vor mir an und bewegt sich nicht mehr.

»Hast du Angst?«, frage ich leise. Meine Arme fangen an zu kribbeln, aber ich bleibe in der Position.

»Die letzte Person, der ich so nah gekommen bin, war der Arzt, der mir das Stäbchen in die Nase geschoben hat.« Theo reibt die Hände aneinander und zupft an der Maske.

»Keine Sorge«, rede ich ihm gut zu, »ich stecke dir nichts in die Nase.«

»Wie großzügig von dir.« Um seine Augenwinkel bilden sich sanfte Fältchen. Doch die bleiben nicht lange. »Falls ich umkippe, in meiner Tasche neben der Tür ist ein Spray.« Er deutet auf die Tasche, aus der er die Maske geholt hat. »Das musst du mir in den Mund sprühen, okay?«

Ich schlucke. »Vielleicht ist das Ganze doch keine gute Idee.« Verunsichert von seinen Worten lasse ich langsam die Arme sinken. Doch er umfasst meine Handgelenke und hält sie oben.

Eventuell höre ich auf zu atmen.

Theo hält mich weiter fest und kommt einen Schritt näher. Er beugt sich nach vorne und riecht vorsichtig an mir.

Mein Herz fühlt sich an wie ein Kolibri, der aufgeregt in meiner Brust flattert. Hitze steigt mir den Nacken hinauf.

Seine Maske berührt beinahe meinen Hals.

Wenn ich den Kopf zur Seite drehen würde, würde ich mit der Nase seine Wange streifen. Ich bin kurz davor, es zu tun.

»Mhm ...« Er lässt mich los und tritt zurück.

Erwartungsvoll blicke ich zu ihm auf. Meine Arme liegen taub auf meinem Schoß.

»Du kannst wieder atmen.« Er nimmt die Maske ab und schenkt mir ein Lächeln. »Scheinbar kann ich dich ganz gut riechen.«

Ich stoße die angehaltene Luft aus.

Doch dann entdecke ich rote Flecken an seinem Hals und erstarre. Meine Hände schwitzen und in der Brust spüre ich einen unangenehmen Stich. Panik.

»Da!« Ich zeige auf seinen Hals.

Er streicht darüber. Dabei lässt er meinen Blick nicht los.

»Keine Sorge«, seine Hand gleitet zu seinem Oberschenkel, »solange es nicht anfängt zu jucken, ist alles in Ordnung.«

Ich knete die feuchten Hände ineinander. »Bist du sicher?«

Er bejaht meine Frage, setzt sich aber trotzdem entfernt von mir auf das Sofa. Immerhin nicht mehr ans ganz andere Ende. Das ist ein Fortschritt.

»Yong-Joon.«

Es sollte verboten werden, meinen Namen mit einer so warmen Stimme auszusprechen.

»Ja?«

»Atme.«

IT'S NOT JUST THE STARS THAT SHINE BRIGHTLY

Theo

Mein Herz pocht nervös in meiner Brust und beruhigt sich nur langsam wieder. Zum Glück ist Yong-Joons Experiment nicht schief gegangen. Kaum zu glauben, dass wir uns so nah waren. Ob er das laute Schlagen meines Herzens gehört hat, als ich mich zu ihm gebeugt habe?

Ich will ihm direkt wieder nahekommen. Ist das normal?

Meine Finger reiben über die Oberschenkel und mein Blick huscht zu seinem Gesicht. Mit rosigen Wangen schaut er mich an.

»Also, warum ich dich vorhin gesucht habe«, sage ich, um ihn und mich aus diesem peinlichen Schweigen zu befreien.

»Ja?«

Himmel, wie er dasitzt. Die Beine angezogen und die Arme um die Knie geschlungen. Aus zwei dunklen Augen schaut er zu mir hoch. Seine Pupillen sind geweitet.

»Mein Flug wurde aufgrund der Ausgangssperre gestrichen.« Ich lege den Arm auf die Sofalehne. »Jetzt warte ich darauf, dass sie aus Deutschland Flugzeuge losschicken, die die Leute einsammeln.«

»Das ist doof.« Er setzt sich aufrechter hin und hört auf, an seinem Daumennagel zu knibbeln. Sein Gesicht ist jetzt ganz offen mir zugewandt, es bilden sich sogar kleine Lachfältchen in seinen Augenwinkeln. Er sieht keineswegs so aus, als würde ihm meine Situation leidtun.

Ich reibe mir mit der Hand über den Nacken. »Eigentlich wäre mein Flug in zwei Tagen gegangen, jetzt kann ich nur abwarten.«

»Dabei leiste ich dir gerne Gesellschaft.« Er grinst und die Lach-fältchen um seine Augen vertiefen sich. Seine vorherige Anspan-nung ist wie ausgelöscht.

Und genau das tut er. Besser gesagt, er weicht mir kaum von der Seite. Manchmal habe ich das Gefühl, er hat Angst, ich könnte plötzlich verschwinden.

Aber das ist das Letzte, was ich will. Ich will mehr Zeit mit ihm verbringen, ihn besser kennenlernen. Ihn und all seine Facetten.

Das Essen wird wieder auf die Zimmer gebracht und sobald der Hotelangestellte den Flur verlässt, schlüpft Yong-Joon mit seinem Tablett in meine Räumlichkeiten. Dreimal am Tag essen wir zusammen und meistens bleibt er danach da. Er zeigt mir irgend-welche Spiele, die er auf seinem Tablet spielt oder schaut mit mir Netflix. Ich kann ihn sogar für die ein oder andere Weltall-Doku begeistern.

Wenn uns die Decke auf den Kopf fällt, verziehen wir uns auf die Dachterrasse mit dem kleinen Koiteich. So wie jetzt, eine halbe Stunde nach dem Abendessen.

Sie ist über einen direkten Zugang von unserer Etage aus erreichbar. Wir haben es uns in zwei Stühlen mit weichen Kissen bequem gemacht. Hinter uns plätschern die Fische im Wasser.

»Ich glaube, an diesen unfassbaren Anblick gewöhne ich mich nie«, sage ich und lasse den Blick über Tokio schweifen. Meine Hände liegen locker und entspannt auf den Armlehnen.

»Geht mir auch so.« Yong-Joon verschränkt die Arme hinter dem Kopf und lehnt sich zurück. »Der Sonnenuntergang schenkt der Stadt einen warmen, goldenen Glanz. Es sieht aus wie ein Gemälde.«

»Hast du nicht gestern erst gesagt, dass du schon zig Mal den Sonnenuntergang hier oben beobachtet hast?« Ich drehe mich zu ihm, um ihn nicht mehr nur aus den Augenwinkeln zu betrachten.

»Stimmt, aber jetzt ist es anders.«

»Wieso das denn?«

Er blinzelt kurz. »Weil ich jetzt nicht alleine hier sitze.« Sein Lächeln lässt sein Muttermal unter dem linken Auge tanzen.

»Ich finde es auch schön«, sage ich und erwidere sein Lächeln. Weil er bei mir ist.

Gemeinsam betrachten wir die untergehende Sonne und bewegen uns selbst dann nicht, als die ersten Sterne am Himmel hell leuchten.

»Sag mal«, er löst seine Arme vom Hinterkopf, »es gibt da etwas, das ich mich in den letzten Tagen gefragt habe.«

»Was denn?« Ich drehe meinen Kopf zu ihm.

»Du bist Pianist, oder?«

Ich schmunzle. »Ist das nicht offensichtlich?«

»Doch«, er kratzt sich am Handrücken, »aber ich wollte mich vergewissern, ohne dich zu googeln.«

»Welche Schlagwörter hättest du denn gesucht?« Ich presse die Lippen aufeinander, um mir ein Lachen zu verkneifen.

»Theo – Pianist – Japan.« Er streicht sich durch die Haare, die in alle Richtungen abstehen.

In meinen Fingern kribbelt es. Ich muss mich zurückhalten, seine Haare wieder zu richten.

»Ich muss dich enttäuschen«, sage ich grinsend, »unter den Begriffen hättest du nichts gefunden.«

Fragend blickt Yong-Joon mich an. Er zieht seine Augenbrauen zusammen, wodurch seine Stirn zerknautscht aussieht.

Mein Grinsen wird breiter, ich spüre das Ziehen bis in meine Wangen. »Damit ich laut meiner Agentur internationaler klinge, bin ich als Pianist nur unter meinem koreanischen Namen 박태원 (Park Tae-Won) bekannt.«

Die Falten verschwinden von seiner Stirn, seine Gesichtszüge glätten sich. »Ahhhh, jetzt ergibt so vieles Sinn!«

»Zum Beispiel?« Es interessiert mich, was er über mich denkt.

»Du bist – zu einem Teil – Koreaner. Deshalb sprichst du so gut Koreanisch.« Er stützt die Hände auf die Armlehnen und beugt sich nach vorne.

»Das wird dir erst jetzt klar?« Ich kann mein Lachen nicht mehr zurückhalten. »Hat mich mein Aussehen nicht verraten? Oder die Tatsache, dass meine Eltern mit mir Koreanisch sprechen?« Okay, ich habe durchaus Gesichtszüge meines deutschen Opas väterlicherseits und spreche mit leichtem Akzent, aber trotzdem.

»Ich habe einfach nicht klar denken können.« Er reibt sich über die Arme und knibbelt an seinem Fingernagel. »Hast du ein Foto von deiner Familie?«

Der unerwarteten Frage entnehme ich, dass er das Thema wechseln möchte.

»Klar. Meine Eltern bestehen darauf, jedes Jahr an Weihnachten ein Familienfoto aufzunehmen.« Ich krame mein Handy aus der Hosentasche und rücke den Stuhl näher an Yong-Joon heran. Unsere Arme berühren fast. »Hier.«

Sein Blick zuckt kurz zu mir, dann beugt er sich über das Smartphone, das ich ihm hinhalte. »Du siehst deinem Vater ähnlich.« Er deutet auf meinen grinsenden Vater, der einen Arm um meine Mutter gelegt hat. »Ihr habt das gleiche Lächeln und die gleichen Grübchen.«

»Oh, echt?« Mein Herz gerät aus dem Takt und schlägt im doppelten Tempo weiter. Instinktiv fasse ich mir an die Wange, spüre die kleine Einkerbung.

»Ja, schau.« Er lehnt sich noch näher in meine Richtung. Seine Haarspitzen kitzeln meine Wange.

Die Smartwatch macht sich durch leichtes Vibrieren am Handgelenk bemerkbar. Er fährt mit seinem Finger über das Foto. »Deine sind aber noch deutlicher.«

Ich bin überrascht. Wann ist ihm diese Kleinigkeit an mir aufgefallen? Ich muss mich sammeln, damit sich mein Herz beruhigt.

Yong-Joon betrachtet weiter das Bild.

Er ist mir so nah. Merkt er nicht, dass er mein Herz zum Tanzen bringt?

»Das ist deine Schwester?« Er deutet auf Lisa, die ihren damals noch kleinen Babybauch hinter einem Kissen versteckt.

»Mit ihrem Mann, Alex, meinem Manager.« Ich tippe auf Alex' Kopf. »Und das bin ich.«

»Ach was.« Er lacht und die Smartwatch vibriert stärker. »Schick im Anzug.«

»Ich hatte an dem Abend ein Konzert.« Mir gelingt es nicht, einen Seufzer zu unterdrücken.

»Und da wolltest du nicht im Jogginganzug auftreten?«

Ich ziehe das Handy zurück, lasse aber den Stuhl, wo er ist. »Hey, ich trage immer Anzug bei Konzerten.« Unsere Arme liegen so nah nebeneinander, dass mein Pulloverstoff über seine Haut streicht.

Eine Gänsehaut bildet sich in meinem Nacken.

Sein Finger streicht hauchzart über meinen Handrücken. Die Berührung ist so sanft und kurz, dass ich nicht weiß, ob ich sie mir eingebildet habe.

Die Gänsehaut breitet sich über meinen Rücken aus.

»Werde ich das irgendwann live sehen?«

Ich blinzle und reibe mir über den Nacken. »Was?« Meine Gedanken hängen noch bei der zarten Berührung seines Fingers.

»Na, dich auf der Bühne«, sagt er und fängt meinen Blick mit seinen Augen ein, die an Schokolade erinnern.

Unwillkürlich balle ich die Hand zu einer Faust. »Vielleicht? Keine Ahnung, wann die Konzerthallen wieder öffnen.«

»Ich warte darauf.« Seine Stimme ist ernst, wodurch sie tiefer klingt als normal. »Ich würde dich total gerne so sehen. Im Anzug an einem großen Flügel sitzend, versunken in die Musik ...«

Ich schlucke, löse die Hände. »Okay.« Mir ist es unangenehm, aber die Ernsthaftigkeit in seiner Stimme zu hören, lässt keine andere Antwort zu.

Er belohnt mich mit einem breiten Lächeln, das seine Augen heller zum Strahlen bringt, als das Leuchten der Sterne über uns.

Es verändert etwas in mir. Für ihn würde ich vielleicht wieder auf die Bühne gehen, selbst wenn das Rampenlicht nicht mehr dieselben Gefühle und dieselbe Leidenschaft in mir auslöst, wie vor einigen Jahren.

I SEE YOUR LONELINESS DISAPPEAR

Yong-Joon

Tokio, Anfang Mai 2020

Ji-Hes Gesicht springt mir auf dem Handybildschirm entgegen. Das Telefon lehnt gegen ein Kissen auf der Couch. »Wie läuft es mit Theo?«

»Soll ich ehrlich sein?« Ich knete meine Hände ineinander.

»Natürlich.« Sie pustet sich eine schwarze, lange Haarsträhne aus dem Gesicht. »Hast du ihm mittlerweile von dir erzählt? Von der Band?«

»Ich will ja, aber es hat sich bisher keine Gelegenheit ergeben.« Ich lasse den Kopf sinken. Selbst Ji-He kennt nicht die ganze bittere Wahrheit.

Sie zieht eine Augenbraue hoch. »Aber ihr habt doch auch über seinen Beruf gesprochen.«

»Ja ...« Doch ich habe feige das Thema gewechselt, damit er nicht nach meinen fragt.

»Yong-Joon, wovor hast du Angst?« Sie sieht mich fragend, aber mit offenem Blick an. »Schlimmstenfalls seht ihr euch nicht wieder. Mehr kann nicht passieren.«

»Genau das macht mir Angst!« Die Wahrheit bricht aus mir heraus wie eine Flutwelle, die nicht eingedämmt werden kann und alle aufgebauten Barrieren zerstört. Einmal eingebrochen, können sie meinen Gefühlen nicht mehr standhalten.

Ich fahre mir übers Gesicht. »Weißt du noch, als damals Jae-Ho mit Ha-Na zusammenkam, obwohl unsere Verträge jegliche

Beziehungen verboten haben?« In meinem Kopf dreht sich alles, aber ich will meine Gefühle verstehen.

»Na klar, es war eine schwierige Zeit.« Ihr Blick driftet ab.

Ich weiß, dass sie an ihre eigene Vergangenheit denkt.

»Jae-Ho war ständig angespannt, dass es ans Licht kommt«, murmle ich und rutsche auf dem Sofa hin und her.

Sie seufzt und sieht kurz zur Seite. »Er hatte einfach Angst.«

»Das habe ich damals nicht verstanden.« Ich wische die schwitzigen Hände an der Hose ab. Geräuschvoll atme ich ein.

Sanft neigt sie den Kopf, ihr Blick ist aufmerksam. »Und jetzt?«

»Ich will Theo nicht verlieren.« Ich stoße die angehaltene Luft aus und irgendwas in mir bricht, wird frei. »Ich mag ihn.«

Sie nickt, als hätte sie diese Tatsache bereits gewusst.

Mein Herzschlag beschleunigt sich, wummert wie ein harter Bass gegen meine Brust. »Ich mag ihn, so wie Jae-Ho Ha-Na mag.« Ich massiere meinen Zeigefinger mit der anderen Hand und drehe an einem der Ringe herum. »Und ehrlich gesagt macht mir das Gefühl eine Scheißangst. Ich kenne das nicht.«

Hitze kriecht mir den Nacken hoch und ich reibe mit der Hand darüber, als könnte ich sie so vertreiben. Mein Atem klingt laut in meinen Ohren.

»Und dieses Gefühl, die Angst, ist ganz normal, Yong-Joon.« Die Augen meiner besten Freundin nehmen einen sanften, mitfühlenden Ausdruck an. »Ich weiß, wovon ich spreche.«

»Was mache ich denn jetzt?« Ich fühle mich unbeholfen und überfordert wie ein kleines Holzboot ohne Paddel in einer stürmischen See.

»Mach einen Sprung vorwärts und breite deine Flügel aus wie ein mutiger Adler«, sagt sie und zwinkert mir zu.

Ich schüttle lachend den Kopf. »Woher kommt das denn?«

»Erinnerst du dich nicht an deine eigenen Songtexte?« Sie unterdrückt ein Grinsen.

»Zumindest nicht an diese Zeile.« Ich wüsste es, wenn ich von mutigen Adlern geschrieben hätte.

»Vielleicht habe ich mit vertan.« Sie zuckt mit den Achseln. »Aber der Sinn bleibt. Wage einen Sprung ins Unbekannte.«

»Na, ich weiß ja nic-«

Es klopft an der Tür. Mein Blick zuckt in Richtung des Geräusches.

»Ich muss Schluss machen«, sage ich schnell und winke ihr zu. »Wir hören uns.«

Sie wirft mir durch das Handy eine Kusshand zu und zwinkert. »Bis bald!«

Ich beende den Videoanruf und stecke das Telefon in die Hosentasche. Mühsam schiebe ich meine eingeschlafenen Beine vom Sofa und stakse zur Hoteltür. Dort presse ich ein Auge gegen das Guckloch. Theo wartet davor, in der Hand hält er mein Tablett mit dem Abendessen.

Mein Atem beschleunigt sich. Ich zwinge mich, tief in den Bauch zu atmen. Eine Hand liegt auf der Türklinke, rutscht beinahe ab, weil sie so schwitzig ist.

Du kannst das, Yong-Joon, rede ich mir gut zu. Sei mutig wie der Adler. Ich sauge Luft in meine Lungen und öffne die Tür.

»Hi, Yong-Joon.« Er kratzt sich den Nacken und seine warme Stimme, die meinen Namen ausspricht, gibt meinem Herzen den Rest. Es pocht so heftig, dass ich die Vibration bis in die Ohren spüre.

»Hi«, sage ich mit krächzender Stimme.

Scheiße ... Ihn zu sehen, nachdem ich mit Ji-He gesprochen habe, haut mich um.

Theo lächelt und seine Grübchen laden zum Anfassen ein. »Kommst du rüber?«

Ich lege eine Hand auf meine Brust und atme möglichst gleichmäßig. »Gib mir zwei Minuten, dann bin ich da, okay?«

»Okay, bis gleich, Yong-Joon.« Sein Lächeln vertieft sich und mit dem Tablett verschwindet er in seinem Zimmer.

Ich schließe die Tür und lehne mich gegen die Wand. Meine Hand liegt weiterhin auf der Brust, in der mein Herz Vollgas gibt.

Ein paar Mal atme ich tief ein und aus, bis es sich beruhigt. Zumindest teilweise. Ich stoße mich von der Wand ab, zerre mir die Klamotten vom Körper und springe unter die Dusche. Meine wirren Gedanken fahren Achterbahn in meinem Kopf. Auch das eiskalte Wasser ist nicht in der Lage sie sofort zu klären.

Ich mag ihn, ich mag Theo.

Mein Kopf fällt in den Nacken. Ich habe es laut ausgesprochen, meinen Gefühlen einen Ausdruck verliehen. Das ist verdammt beängstigend. Es macht angreifbar und verletzlich.

Wenn er meine wahre Identität herausfindet oder meine Vergangenheit entdeckt ... Wenn er aufdeckt, was ich getan habe ... Dann würde ich ihn verlieren.

Mein Herz zieht sich zusammen.

Ich lehne mich an die transparente Duschabtrennung. Wassertropfen prasseln auf mein Gesicht. Mit beiden Händen reibe ich darüber, fahre durch die nassen Haare und stoße ein lautes Seufzen aus. Am liebsten würde ich die Dusche nicht mehr verlassen, bis sich meine Gedanken sortiert haben. Aber ich will ihn nicht ewig warten lassen.

In Windeseile wasche ich mir den Schweiß vom Körper (dabei habe ich noch vor kurzem behauptet, ich würde nie schwitzen), trockne mich ab und gehe in Jogginghose und T-Shirt gekleidet rüber.

Theo nickt mir von der Couch aus zu und ich hocke mich neben ihn. Es passiert ganz natürlich, dass ich keinen Abstand mehr zwischen uns lasse. Unsere Unterarme streifen sich. Die Härchen auf meinen Armen stellen sich auf und meine Finger schwitzen. Wozu war ich eigentlich gerade erst duschen?

Sein Arm zuckt, doch er lässt ihn liegen, wo er ist. Ich bilde mir ein, ihn leise seufzen zu hören.

»Hier«, sagt er und reicht mir das Essen. Seine Hand streift meine Finger. Es fühlt sich an wie ein Stromschlag, der meine Wirbelsäule herunterrennt.

Auf eine positive Art.

Ich schaudere, meine Ohren werden warm. »Danke ...« Meine Stimme klingt zittrig.

Er schaut auf und betrachtet aufmerksam mein Gesicht. »Alles in Ordnung?«

»Ähm ...« Ich umfasse das Tablett mit dem Essen und weiche seinem Blick aus. »Ja, alles gut. Guten Appetit.«

Herz, warum schlägst du so schnell?

Einige Minuten essen wir schweigend unseren Reis und die paar Beilagen. Ich linse zu Theo, der konzentriert in seine Miso-Suppe starrt.

Weicht er mir aus? Hat er vielleicht auch diese verwirrenden Gefühle in sich, die meine Gedanken zum Rattern bringen? Bin ich damit möglicherweise nicht alleine?

Ich stopfe mir einen vollen Löffel Reis in den Mund und verschlucke mich. Hustend stelle ich die Schale auf den Couchtisch und greife mir an den Hals.

»Was machst du denn?« Er klopft mir fest auf den Rücken, bis der Reisklumpen aus der Luftröhre schießt und in meiner Hand landet.

»Verschluckt«, sage ich röchelnd und schiebe den Reis zurück in den Mund. »Danke, Theo.«

»Keine Ursache.« Seine Hand liegt immer noch angenehm warm auf meinem Rücken. Mit dem Daumen streicht er mir über das Schulterblatt.

Mein Atem stockt.

Er stellt seine Miso-Suppe ab. »Ich will nicht, dass du an Reis erstickst.«

Ich betrachte ihn, mir seiner warmen Finger deutlich bewusst. Mein Blick wandert über sein Gesicht, seinen Hals und seine nackten Arme. »Oh!«

»Hm?« Er löst seine Hand von meinen Rücken und sieht mich an.

»Schau mal!« Ich hebe den Arm, streiche sanft über seinen Hals.

Dort wo ich ihn berühre, bildet sich augenblicklich eine Gänsehaut. Schnell ziehe ich meine Hand zurück.

Er reibt sich über die Stelle am Hals und hebt eine Augenbraue. »Was denn?«

»Deine Flecken werden langsam weniger in meiner Nähe.« Ich drehe aufgeregt die Ringe an meinen Fingern hin und her, damit ich ihn nicht noch einmal anfasse. Meine Wangen glühen und ich muss grinsen. So breit, dass das Gesicht wehtut, in einer seltsamen Hochstimmung gefangen.

»Echt?« Er greift nach seinem Handy neben dem Tablett und öffnet die Kamera. Ausgiebig betrachtet seinen Hals. »Tatsächlich.«

Er legt das Telefon zurück und lehnt sich näher zu mir, atmet tief ein. Wie ein zarter Hauch streift seine Nasenspitze meinen Oberarm und hinterlässt ein angenehmes Prickeln.

»Was machst du da?« Ich halte die Luft an. Seine Nähe wischt das Grinsen von meinem Gesicht, ersetzt es durch Kribbeln in Wangen und Nacken.

»Ein Experiment.« Theo schnuppert an mir, jede Bewegung seiner Nase fühle ich durch mein T-Shirt. Er setzt sich wieder auf. »Kein Jucken. Was sagt der Hals?«

Ich atme aus und fahre über seine Haut. »Nicht mehr Flecken als zuvor. Die sind sehr schwach.« Meine Finger bleiben einen Moment länger als nötig an seinem Hals liegen.

Bei meinen Worten bildet sich ein Lächeln auf seinen Lippen, das mein Herz in Unruhen versetzt. So habe ich Theo noch nie Lächeln sehen. Es vertreibt die Einsamkeit in seinem Blick und lässt seine Augen schimmern wie die Sterne am Nachthimmel.

THE GENTLE BOND OF OUR PROMISE

Theo

Tokio, Anfang Mai 2020

»Was machst du da?« Yong-Joons Gesicht taucht vor mir auf, seine Stirn ist in Falten gelegt.

Ich richte mich auf und zeige ihm das Wärmepflaster in der Hand. »Mein unterer Rücken bereitet mir Probleme und da wollte ich mir das Pflaster draufpacken. Ich suche die richtige Position.«

Er zieht eine Augenbraue hoch. »Dafür musst du dich verrenken?«

Ich grinse und reibe mir verlegen über den Nacken. »Tja, also anscheinend kann ich den Platz besser finden, wenn ich meinen Oberkörper dabei nach vorne beuge.«

»Sieht nicht bequem aus«, sagt er und greift nach dem Wärmepflaster. »Darf ich?«

»Was meinst du?« Ich lasse das Pflaster nicht los.

Er streicht mit seinem Zeigefinger über meine Handknöchel. »Wenn du möchtest, helfe ich dir.«

Meine Finger lösen sich, doch die Wärme seiner Berührung bleibt. Es sind diese kleinen Gesten, die kleinen Berührungen, die meinen Körper in Unruhe versetzen. Es fühlt sich gut an, vertraut und natürlich. Das mag ich. Sehr.

»Theo?« Er stupst mich sachte gegen die Brust.

Ich blinzle. »Sorry, was?«

»Ob ich dir mit dem Pflaster helfen soll?« Er wedelt mit dem Wärmepflaster vor meiner Nase herum.

»Das wäre toll, mein Rücken tut wirklich weh.« Und ich würde gerne deine Finger auf meinem Körper spüren …

»Willst du dich auf die Couch legen? Oder sollen wir es im Stehen machen?« Er blickt von mir zur Couch und zurück.

Ich bin viel zu abgelenkt von seinen Worten, um ihm zu antworten. Im Geiste sehe ich Yong-Joon, wie er hinter mir steht und mir mit beiden Händen den Rücken herunterfährt, bis er den Hosenbund erreicht.

Meine Wangen werden heiß und ich räuspere mich. »Äh, ich könnte mich auch einfach auf die Couch setzen?«

»Dann mal los.«

Er greift nach meinem Arm, schiebt mich zur Couch und positioniert mich so vor sich, dass ich letztlich zwischen seinen Beinen sitze. Ich spüre seinen warmen Atem im Nacken.

»Zieh dein Shirt hoch«, flüstert er direkt neben meinem Ohr.

Die Hitze wandert von den Wangen geradewegs zwischen meine Beine.

»Okay …« Ich greife hinter mich und schiebe das T-Shirt über den Rücken nach oben. Meine Finger streifen Yong-Joons Brust.

Er ist mir so nah …

»Du musst dich schon nach vorne beugen, damit ich an deinen unteren Rücken komme.« Er legt mir seine Hand zwischen die Schulterblätter und übt sanften Druck auf meinen Oberkörper aus.

Meine Haut kribbelt unter seiner Berührung.

Er streicht mir über den nackten Rücken und wandert langsam mit den Fingern über die Haut.

Wärme breitet sich in meinem Inneren aus. Ich weiß nicht wohin mit mir und meinem Körper. Er steht in Flammen. Ich beiße mir auf die Unterlippe und unterdrücke ein leises Stöhnen. Gibt es hier ein Kissen in der Nähe?

»Ich klebe jetzt das Pflaster drauf, okay?« Yong-Joon drückt mich etwas weiter nach vorne, seine Finger tasten nach meinem Hosenbund. »Ist es in Ordnung, wenn ich die Hose ein Stückchen herunterziehe, damit ich es richtig aufkleben kann?«

Ich nicke nur. Die Fähigkeit zu sprechen hat mich in den letzten Sekunden verlassen.

Er zieht die Hose ein Stückchen herunter und ich spüre eine kühle Brise am Steißbein. Etwas raschelt hinter mir. Es hört sich an, als würde Yong-Joon das Pflaster von der Plastikfolie abziehen. Die nachfolgende Wärme am unteren Rücken bestätigt dies.

Ich seufze laut. »Ah ... Das habe ich gebraucht.«

Seine Finger streichen über das Pflaster, so als wollten sie es glätten und fest an meine Haut pressen. »Fühlt es sich gut an?«

Ich schlucke und kralle die Finger in meine Oberschenkel. »Mehr als gut.«

»Dein Rücken ist ganz schön verspannt«, murmelt er und knetet sanft meinen unteren Bereich.

»Mhmm ...« Ich bin unfähig zu sprechen.

Wo ist das scheiß Kissen, wenn man es braucht?

Er streift mit den Fingern meine Taille, seine Daumen massieren die Seiten neben der Wirbelsäule. »Hoffentlich hilft die Wärme.«

»Total ...« Ich wette, meine Oberschenkel bluten gleich.

»Fertig, das Pflaster sitzt fest und gerade.« Er streicht ein letztes Mal über das Wärmepflaster und zieht mein T-Shirt wieder über den Rücken.

Ich räuspere mich vernehmlich. »Danke.«

Langsam richte ich mich auf und drehe mich zu ihm um.

Seine Wangen glühen und seine Ohren sind feuerrot. Die Haare stehen völlig durcheinander von seinem Kopf ab. Seine Lippen sind leicht geöffnet und glänzen feucht.

Ich will mich am liebsten nach vorne lehnen und ihn küssen.

Es fehlen nicht viele Zentimeter. Ich neige meinen Oberkörper in seine Richtung.

Ein Handy schrillt los und wir zucken beide zusammen.

»Ist das meins?« Yong-Joon fährt hektisch mit den Händen über seine Hosentaschen und fischt sein lärmendes Telefon heraus. Er drückt irgendwas und das Klingeln verstummt. »Sorry! Ein Freund von mir hat angerufen.«

»Alles gut.« Ich drehe mich um, weil ich sonst ein Wärmepflaster im Nacken brauche. Mit der Hand streife ich kurz meinen Schritt und lockere die Jogginghose etwas.

Yong-Joon tippt mir auf die Schulter. »Hier, guck mal.«

Ich pelle mich zwischen seinen Beinen hervor und setze mich im Schneidersitz ihm gegenüber. »Was denn?«

»Mein Kumpel wollte nur berichten, dass es meinen Pflanzen gut geht«, sagt er und reicht mir sein Handy.

»Hä?« Wovon redet er plötzlich?

Ich nehme sein Smartphone und starre auf den Bildschirm. Zwei riesige Pflanzen mit übertrieben großen grünen Blättern springen mir förmlich ins Gesicht.

»Schön, oder? Das sind zwei Monstera-Pflanzen, die sind total einfach zu pflegen, weil man sie nicht so oft gießen muss.« Seine Augen strahlen beim Erzählen und er deutet auf die Blätter der Pflanze, die alle mit Löchern versehen sind. »Und sie verbessern die Raumluft und sorgen für eine höhere Luftfeuchtigkeit.«

»Wow, du kennst dich mit Pflanzen aus.« Ich reiche ihm das Telefon und lächle. »In meiner Wohnung gibt es keine.«

Yong-Joon neigt den Kopf zur Seite. »Wegen deiner Allergie?«

»Grüne Pflanzen, ohne intensiven Eigengeruch wären voll in Ordnung«, sage ich und kratze mich am Hals. »Aber ich war in den letzten Jahren viel zu selten zu Hause, um mich um sie kümmern zu können.«

»Wie schade.« Er steckt sein Handy zurück in die Hosentasche und reibt sich über die Brust. Unter gesenkten Augenlidern schaut er mich an. »Dann musst du mal zu mir kommen und dir meine Pflanzen anschauen.«

Meine Finger verharren am Hals. Lädt er mich zu sich ein? Mein Herz macht einen Salto in der Brust.

Doch die Realität holt mich schnell wieder ein.

»Wirklich? Wie soll das gehen?« Ich seufze tief und knacke mit den Handgelenken. »Ich kann ja noch nicht einmal dein Hotel-zimmer betreten, ohne umzukippen.«

89

Er zieht seine Augenbrauen zusammen und legt seine Hand auf mein Knie. »Dann fangen wir damit an.«

Yong-Joon hält sein Versprechen und bringt das Hotel dazu, sein Zimmer ebenfalls ohne chemische Gerüche zu reinigen. Jetzt überlebe ich dort ohne anschwellende Schleimhäute. Und so verbringen wir noch mehr Zeit zusammen.

Heute sind wir nach dem Abendessen allerdings bei mir. Ich beende *Liebestraum* von Franz Liszt, wandere ins Wohnzimmer und setze mich mit einem Buch über Wale auf den einzigen Sessel.

Yong-Joon macht ein Nickerchen auf dem Sofa. Er wälzt sich ständig hin und her. Das passiert ihm häufiger.

»Nein ...« Er seufzt leise und krallt seine Hand ins T-Shirt. »Bitte, nicht.«

Ich lege das Buch zur Seite und stehe auf.

Er dreht sich auf den Rücken. Seine Stirn glänzt und auf seinen Wangen bilden sich Schweißtropfen. Oder sind das Tränen?

Vorsichtig hocke ich mich neben das Sofa. Ich beuge mich vor und streiche ihm sanft eine schwarze Haarsträhne aus dem Gesicht. Wie von selbst wandert meine Fingerspitze über seine Wange, sammelt die Tränen auf.

»Geh nicht.« Er weint mit geschlossenen Augen und es ist das Traurigste, was ich je gesehen habe. Seine Stirn liegt in Falten, die Lippen sind fest aufeinandergepresst und beben.

Er greift nach meiner Hand und lässt sie nicht mehr los. »Bleib.«

Also bleibe ich auf dem Boden sitzen und verschränke unsere Finger miteinander, bis die Beine eingeschlafen sind und mein Rücken schmerzt. Vorsichtig löse ich meine Hand aus seiner und streiche ihm ein letztes Mal über den Kopf, bevor ich mich wieder bei offener Tür ans Klavier im Schlafzimmer setze und sein Wiegenlied spiele.

»Mein Flug wurde festgelegt.« Ich blicke vom Handy auf und schaue zu Yong-Joon, der neben mir im Schneidersitz auf seinem

Sofa hockt. Er zockt irgendein Spiel auf dem Tablet. »Gerade kam per Mail der Bescheid, dass alle deutschen Urlauber morgen früh mit einem Flugzeug zurück nach Deutschland gebracht werden.«

Seine Finger erstarren über dem Display und er hebt langsam den Kopf. »Oh, echt?« Seine Pupillen sind geweitet.

»Ja, leider«, sage ich und berühre sacht sein Knie.

Er umklammert sein Handy und seine Fingerknöchel treten weiß hervor. »Um wie viel Uhr denn?«

Ich scrolle durch die E-Mail. »Ein Shuttle-Bus sammelt mich morgen früh um halb fünf vor dem Hotel ein.«

Er legt sein Telefon auf die Couch und zieht die Knie zur Brust. Mit starrem Blick schlingt er die Arme um seine Unterschenkel und knibbelt an seinem Daumen.

Ein tiefer Seufzer verlässt seinen Mund. »Das ist ja schon in weniger als acht Stunden.« Die Nagelhaut am Daumen löst sich.

Ich greife nach seiner Hand und streiche über seine Finger. »Ich weiß.« Bei dem Gedanken mich bald von ihm trennen zu müssen, legt sich eine seltsame Schwere auf mein Herz.

Obwohl wir den letzten Monat nur im Hotel oder manchmal auf der Dachterrasse verbracht haben, war es unfassbar schön, diese Zeit mit jemandem zu teilen. Sie mit *ihm* zu teilen. Ich hätte nicht gedacht, mich mit einer anderen Person wieder so wohl und entspannt zu fühlen.

Er verschränkt unsere Finger miteinander. Seine sind warm und etwas schwitzig.

»Dann musst du wohl packen, oder?« Er schaut von den ineinander verschlungenen Händen zu meinem Gesicht und wieder zurück. Dabei kaut er auf seiner Unterlippe herum.

Ich nicke und lege das Handy zur Seite. »Leistest du mir beim Packen Gesellschaft?«

Seine Gesichtszüge hellen sich auf, kleine Fältchen bilden sich in seinen Augenwinkeln. »Total gern!«

»Lass uns rüber gehen.« Ich stehe auf und ziehe Yong-Joon mit mir hoch.

»Warte kurz.« Er lässt meine Hand los, die sich sofort kalt anfühlt und greift nach seinem Telefon. »Hier. Ich kann dich nicht ohne deine Nummer abreisen lassen.«

»Ja! Das hätte ich dich auch noch gefragt.« Ich lächle so breit, dass meine Wangen schmerzen. Die Schwere, die mir eben noch aufs Herz drückte, löst sich langsam auf.

Er grinst ebenfalls bis über beide Ohren, die sich in einem zarten Rot verfärbt haben. »Tipp mir deine Nummer ein.«

Ich nehme sein Telefon und speichere meine Kontaktdaten ein. »Bitte schön.«

»Danke!« Mit einem seligen Lächeln betrachtet er unter halb geschlossenen Augenlidern das Display und klickt auf anrufen. Mein Handy auf der Couch vibriert.

»Jetzt hast du auch meine Nummer.« Er wedelt mit seinem Telefon vor meinem Gesicht herum. Auf den Füßen wippt er vor und zurück und streicht sich mit den Fingern durch die zerzausten Haare.

»Danke!« Ich hebe mein Handy hoch und laufe zur Zimmertür. Dabei kann ich mein Grinsen nicht unterdrücken. An der Tür drehe ich mich zu ihm um und strecke die Hand aus.

»Kommst du?«

Ich stopfe wahllos Klamotten und das Waschzeug aus dem Bad in den Koffer und all meine elektronischen Geräte in den Rucksack. Aus den Augenwinkeln schiele ich zu Yong-Joon. »Beobachtest du mich etwa?«

Er sitzt mit angezogenen Knien auf dem Bett und hat sein Kinn in die Hände gestützt. Er schnaubt leise. »Es ist sehr interessant, wie ordentlich du deine Sachen packst.«

Ich drehe mich zu ihm um und ziehe eine Augenbraue hoch. »Normalerweise ist alles eins A geordnet. Aber heute beeile ich mich.«

»Warum?« Seine Knie fallen auseinander und er richtet den Oberkörper auf.

»Weil ich dann mehr Zeit mit dir verbringen kann, bevor der Shuttle mich abholt«, sage ich und schmeiße den nächsten Jogger in den offenen Koffer. »Danke übrigens dafür.«

»Mh?« Er neigt den Kopf und kratzt sich an der Schläfe.

»Danke, nicht nur für deine Nummer, sondern auch für die gemeinsame Zeit.« Ich schließe den Koffer, wuchte ihn hoch und schiebe ihn zur Schlafzimmertür.

Hinter mir raschelt es leise.

»Danke für dein Klavierspiel.« Yong-Joon tritt neben mich und schiebt seine Hand in meine. »Danke für den Ausflug zu den Kirschblüten, den Tempelbesuch, die Nächte auf der Dachterrasse und das gemeinsame Essen.«

Statt einer Antwort verschränke ich unsere Finger und schenke ihm ein weiches Lächeln. Meine Augen brennen, weil mich seine Worte so berühren.

Das hier fühlt sich genau richtig an. Wir zusammen fühlen uns richtig an und ich will überhaupt nicht weg von ihm.

»Ich mag dich nicht gehen lassen.« Yong-Joon steht mit hängenden Schultern vor mir, seine Hand umklammert meinen Pullover.

Ich blicke von der Smartwatch auf und richte meine Maske. Es ist kurz vor halb fünf und der Shuttle wird gleich eintreffen.

»Ich will nicht gehen, glaub mir.« Sanft löse ich seine Finger vom Stoffzipfel und umfasse seine Hand. »Aber ich muss, leider.«

Ich schultere meinen Rucksack und öffne die Zimmertür, vor der wir stehen. Den Koffer schiebe ich vor mir her und ziehe Yong-Joon mit über die Schwelle. Wir laufen den Flur entlang und stoppen vor dem Aufzug. Ich drehe mich zu ihm, seine Hand liegt warm und fest in meiner.

Sein Blick ist gesenkt. »Sehen wir uns wieder?« Die Frage ist so leise, dass ich sie kaum verstehe.

Mein Herz setzt kurz aus. Ich drücke seine Hand, um ihm nicht über die Wange zu streicheln. »Auf jeden Fall!«

Eine andere Antwort kommt für mich nicht infrage.

Er seufzt erleichtert und hebt den Kopf. »Darf ich dich umar-?«

Pling.

Die Aufzugtüren öffnen sich.

Obwohl ich es nicht will und sich alles in mir dagegen sträubt, löse ich unsere Hände. Rückwärts trete ich in die Kabine und ziehe den Koffer in der mir her.

Mein Blick ist nur auf Yong-Joon gerichtet, der mir mit nach unten gezogenen Mundwinkeln hinterher sieht.

»Pass auf dich auf«, ist das Letzte, was ich zu ihm sage, bevor sich die Türen schließen.

Den ganzen Weg zur Lobby brennen meine Augen wie Feuer und ein klobiger Kloß im Hals macht mir das Atmen schwer. Ich reibe mir mit der Hand übers Gesicht und wische verstohlen eine Träne aus dem Augenwinkel.

Im Shuttle schreibe ich ihm eine Nachricht. Eine Nachricht, die ein Versprechen sein soll.

Ja, du darfst mich umarmen.
Ich warte darauf, bis wir uns wieder sehen.

ALL THE TRUTHS IN THE SHADDOW

Yong-Joon

Tokio, Mitte Mai 2020

Ich lese Theos Nachricht und rolle grinsend auf dem Bett hin und her, in das ich mich nach seiner Abreise verkrochen habe. Genau das habe ich nach dem Abschied gebraucht. Ein kleines Zeichen, das deutlich macht, wir gehen aufeinander zu.

Noch immer spüre ich seine warmen Finger, die sich mit den meinen verschränkt haben. Ich presse eine Hand auf mein Herz, das rhythmisch gegen den Brustkorb schlägt. An dieses ganze Herzflattern und die Hitze, die meinen Körper manchmal überkommt, muss ich mich erst gewöhnen. Ich drehe mich auf die Seite und lege das Handy neben mich.

Meine Freunde hatten zu Bandzeiten oft Beziehungen. Ich hingegen habe nie jemanden anziehend gefunden. So war ich eben. Und mit den Konzerten und Weltreisen hatte ich auch keine Zeit, mir groß Gedanken zu machen. Ich habe bei Stress die Hand meiner Freunde gehalten, aber dabei hat mein Herz nie solche Tänze vollführt.

Das ist jetzt anders. Mit Theo ist es anders.

Gleichzeitig aufregend und beängstigend.

Ein Neubeginn, der vor mir liegt wie eine leere Leinwand, die darauf wartet, mit unendlichen vielen Möglichkeiten gestaltet zu werden. Ich rolle mich auf den Rücken, ziehe die Decke bis zur Nasenspitze hoch und starre an die weiße Hotelzimmerdecke. Ich erinnere mich an einen der Abende mit Theo auf der Dachterrasse.

Von dort schauten wir über das ausgestorbene Nachtleben von Tokio. Die Terrasse ist als kleiner japanischer Garten gestaltet und in der Mitte ist ein Koiteich angelegt. Wir hatten uns Decken mitgebracht und lagen die halbe Nacht auf zwei Liegen, um den Sternenhimmel zu beobachten.

Bisher hat sich keine Stille schöner angefühlt.

Ich reibe mir über die Brust. Sie fühlt sich leer an. Als würde ein Teil von mir fehlen. Und es tut echt weh, wenn plötzlich ein Stückchen deines Herzens verschwindet.

»Arrghh ...« Ich reiße die Bettdecke bis über mein Gesicht und stoße einen Schrei aus.

Fühlt es sich so an, wenn man jemanden vermisst?

Das zwischen uns ist mehr als Freundschaft, oder?

Ich ziehe das Handy unter die Decke, knabbere an meiner Unterlippe und überlege fieberhaft, was ich ihm auf seine Nachricht antworten kann. Etwas, das meine Gefühle erfasst.

Ji-Hes Worte tauchen in meinen Erinnerungen auf: Mach einen Sprung vorwärts und breite deine Flügel aus wie ein mutiger Adler.

Zwar fühle ich mich nicht wie ein Adler, aber ich werde mutig von der Klippe springen und hoffen, dass mir auf dem Weg nach unten Flügel wachsen.

Mit leicht zittrigen Fingern und klopfendem Herzen tippe ich eine lange Antwort:

Theo, erst jetzt, wo uns 9.315,14 km Luftlinie (yep, das habe ich nachgelesen) trennen, kann ich meine Gedanken ordnen.

Das ist eine ganz schöne Distanz und vielleicht traue ich mich deshalb, dir alles zu schreiben.

Distanz hat viele Seiten:

Sie ist wie eine Lupe. Kann Dinge oder Situationen größer oder kleiner erscheinen lassen, als sie in Wirklichkeit sind.

Manchmal ist Distanz auch wie ein beschlagener Spiegel, der die Realität verzerrt und unklar macht.

Entschuldige diese Vergleiche, aber sie beschreiben, wie
ich empfinde. Ich möchte nicht, dass unsere Realität
verzerrt oder unklar ist.
Ich möchte wissen, welche Größe das Wir hat.
Für mich ist das alles neu und verwirrend. Aber ich möchte
wissen, wo wir stehen.
Theo, was sind wir füreinander?
Mehr als Freunde, oder?
Schreib mir bitte, damit meine Gedanken nicht verrückt-
spielen.
Yong-Joon.

Ich klicke auf Senden, drehe mich auf den Bauch und mein Schrei wird von dem Kissen gedämpft, das gar nicht mehr nach Weichspüler riecht.

Rot gefärbtes Wasser fließt langsam unter dem Spalt der Tür hindurch.
Ha-Neul tritt die Tür ein.
Ji-He schreit. Und weint.
Rotes Wasser tropft auf den Boden.
Plop. Plop. Plop.
Ich übergebe mich auf meine Schuhe.
Klitschnass geschwitzt wache ich auf. Mein Herz rast wie verrückt, stolpert, setzt kurz aus und rennt weiter. Ich schnappe krampfhaft nach Luft.

Unbeholfen setze ich mich auf, rufe mir die Zen-Atmung in Erinnerung. Eine Hand liegt auf meinem Bauch. Ich versuche, tief ins Zwerchfell zu atmen. Es dauert einige Zeit, bis ich es hinbekomme, ohne zu hyperventilieren.

Tief einatmen. Und langsam ausatmen.
Wiederholen.
Und wieder von vorne.
Ich brauche zehn Atemzüge, bis sich mein Herzschlag ansatzweise normalisiert hat. Übelkeit sammelt sich in meinem Magen

und ich spüre saure Galle die Kehle hochsteigen. Mühsam schlucke ich die Kotze herunter und vergrabe das Gesicht in den Händen.

Warum ist es heute so schlimm?

Obwohl mein Körper zittert, stehe ich auf. Es macht keinen Sinn, mich wieder hinzulegen, nur um erneut von den dunkeln Gedanken heimgesucht zu werden. Dunkle Gedanken, die wie eine Sturmwolke über mir schweben. Dabei warte ich darauf, dass endlich die Sonne durchbricht und die Wolke auflöst.

Die Übelkeit ist zurück. Ich schaffe es bis ins Badezimmer und übergebe mich. Stöhnend sinke ich neben der Toilette auf den Boden, lehne die Stirn gegen die kalte Keramik.

Ich kann echt nicht mehr …

Vorsichtig, um nicht noch einmal zu kotzen, ziehe ich mich an der Wand hoch und reiße mir die Klamotten vom Körper. Ich stelle mich unter die Dusche, doch selbst das heiße Wasser kann meine Erinnerungen und Entscheidungen nicht wegspülen.

Eingewickelt in den Hotelbademantel liege ich auf dem Sofa. Nervös drehe ich das Handy zwischen den Fingern hin und her.

Ob Theo mir geantwortet hat?

Vielleicht auf einem der Zwischenstopps?

Ich halte mir den Bildschirm vors Gesicht, mein Daumen schwebt über dem Sensor für den Fingerabdruck. Kurz kneife ich die Augen zusammen und entsperre das Smartphone.

Einige Nachrichten ploppen auf. Es ist der Gruppenchat mit meinen Freunden. Ein seltsamer Stich durchzuckt mein Herz.

Ich klicke auf den Chat und lese die Nachrichten der letzten Stunden. Das Gespräch dreht sich vor allem um Shi-Won, der in einigen Monaten zwei Jahre alt wird.

> **Ha-Neul:** Hast du etwas geplant, eine Party?
>
> **Ji-He:** Aktuell habe ich keinen Kopf für sowas.
>
> **Ha-Neul:** Ich weiß, aber vielleicht lenkt es dich von dem kommenden Tag ab.

Ich schnaube laut. Manchmal hat Ha-Neul komische Gedanken. Als ob man sich von so einem Jahrestag ablenken kann. Schnell lese ich weiter.

> **Min-Ho:** @Ha-Neul Yo, ich denke nicht, dass das für @Ji-He so einfach ist.
> **Ha-Neul:** Das sage ich auch nicht.
> **Ji-He:** Ich versuche einfach, Shi-Won meine ganze Aufmerksamkeit zu schenken. Er braucht das jetzt. Und ich auch.
> **Min-Ho:** @Ji-He Wenn du was brauchst, sag uns Bescheid. Wir helfen dir, solange Yong-Joon in Japan ist.
> **Ha-Neul:** Apropos ~ @Yong-Joon wann kommst du zurück? Meinst du nicht, du hast dich lange genug versteckt?

Für einen Moment schließe ich die Augen und drücke mit Daumen und Zeigefinger gegen die Nasenwurzel. Ich glaube, es wird Zeit, dass ich mich in das Gespräch einklinke und zurück in mein richtiges Leben kehre. Davongelaufen bin ich lang genug.

> **Yong-Joon:** @Ha-Neul ich werde später einen Flug buchen. Holst du mich ab?
> **Ha-Neul:** @Yong-Joon schick mir die Daten und ich steh mit dem Wagen am Flughafen bereit.
> **Ji-He:** Wehe, du kommst dann nicht vorbei. Shi-Won vermisst seinen Onkel.
> **Jae-Ho:** Hey, was ist mit uns? Sind wir nicht seine Onkel?
> **Ji-He:** Doch natürlich, aber Shi-Won mag Yong-Joon am liebsten.
> **Jae-Ho:** Frechheit. @Yong-Joon komm heim.
> **Yong-Joon:** Ich bin bald zurück. Versprochen.

Ich schließe den Chat und buche wie vereinbart ein Flugticket für Ende Mai. So habe ich etwas Zeit, um mich seelisch auf den gefürchteten Tag im Juni vorzubereiten.

Alleine beim Gedanken daran wird mir schlecht. Ob das jemals besser wird?

Ich reibe mir über die Brust, doch der dumpfe Schmerz verbleibt.

Weil es im Chat mit meinen Freunden still bleibt und Theo mir nicht antwortet, scrolle ich (obwohl ich es besser wissen sollte) durch Social Media. Hässliche Kommentare von aufdringlichen Fans meiner Band springen mir entgegen:

> When are you telling us the truth?
>
> No loyalty to the fans.
>
> It's a good thing they broke up if they just lie to us.

Mit bebenden Fingern schließe ich die Seite, bevor ich die weitaus unverschämteren und verletzenderen Aussagen lese. Wie können sich solche Menschen Fans nennen?

Tränen brennen in meinen Augen.

Es ist doch nicht normal, dass Leute, die unsere Band einmal geliebt haben, eine solche verdammte Scheiße öffentlich im Netz posten. Haben sie uns überhaupt geliebt? Die Band? Die Musik?

Wütend pfeffere ich das Handy ans Ende des Sofas und wandere zurück ins Bett. Zu einer kleinen Kugel gerollt verkrieche ich mich unter der Decke, verstecke mich vor der Welt. Was würde ich dafür geben, vor meinen eigenen Erinnerungen und Ängsten fliehen zu können. Was würde ich dafür geben, meine Handlungen rückgängig zu machen ...

Ich denke an den Nachmittag zurück, an dem ich wieder einmal auf Theos Hotelsofa eingeschlafen bin. Ich weiß, dass ich einen schlimmen Albtraum hatte. Denselben Albtraum wie immer. Blut und Tränen. Daran erinnere ich mich. Aber ich bin mir unsicher, ob ich mir alles andere eingebildet habe.

Theos warme Finger, die mir eine Strähne aus dem Gesicht strichen. Und seine Hand, die meine fest umschlossen hielt, bis der Albtraum vorbei war.

Diese Berührung war wie ein kleiner Hoffnungsfunke, der in der Dunkelheit voller negativer Gedanken ein Licht entfachte.

Etwas vibriert. Mehrfach.

Das dumpfe Geräusch dringt nur langsam zu mir durch.

Ich reibe mir über die geschlossenen Augen, die sich verquollen anfühlen. Mühsam öffne ich sie und lausche einen Moment.

Brrrrt. Brrrrrrt.

Kommt das aus dem Wohnbereich?

Ich rolle mich aus dem Bett und laufe barfuß in den angrenzenden Raum. In der Dunkelheit der Nacht leuchtet der Bildschirm des Handys in regelmäßigen Abständen auf.

Ist das Theo?

Ich renne durch das Zimmer, knalle mit dem Knie gegen den Couchtisch und fliege kopfüber auf das Sofa. Es tut höllisch weh, aber das ist mir egal. Auf dem Bauch liegend greife ich nach dem Handy.

Brrrrt.

Eine Nachricht trifft ein, von Theo.

›Okay?‹ steht auf dem Bildschirm, doch mein Telefon zeigt mir, dass er vorher einige weitere Nachrichten geschickt hat.

Plötzlich pocht mein Herz viel zu laut und der Puls rauscht in meinen Ohren. O Gott, was soll dieses *okay* bedeuten? Will er mir sagen, dass wir nur Freunde sind? Das wäre echt scheiße.

Ich fürchte mich, das Handy zu entsperren. Doch es hilft nichts, ich will seine Antwort wissen. Mit angehaltenem Atem drücke ich den Daumen auf den Sensor und sofort tauchen die Nachrichten auf:

Yong-Joon.

Ich kann meine Gedanken nicht in so passende Bilder verpacken. Aber deine Frage kann ich mit einem klaren **Ja** beantworten. Wir sind mehr als Freunde. Zumindest empfinde ich so. Ich empfinde etwas für dich.

Für mich ist das auch überraschend. Ich kann noch nicht ganz glauben, dass ich dir nah sein kann, ohne Atemnot zu erleiden.

Du lässt mein Herz aus ganz anderen Gründen schneller
schlagen. Das bedeutet etwas. Für mich. Für uns.
Lass uns das Wir ab jetzt extrem groß schreiben.
Okay?

Ich atme aus. Erleichtert.

Mehr als Freunde. Der Puls beruhigt sich.

Ich empfinde etwas für dich. Mein Herz vollführt einen Salto.

Lass uns das Wir *ab jetzt extrem groß schreiben.* Ich presse das Gesicht gegen den Sofastoff.

Ich schaue zurück aufs Handy und lese die Zeilen wieder und wieder, sauge jedes von seinen Worten begierig auf. Mit dem Finger fahre ich über den Bildschirm, zeichne kleine Kreise um das Wort Wir.

Die Antwort fällt mir leicht. Ich schreibe ein simples WIR zurück. Manchmal sind es die schlichten, kleinen Worte, die wie ein Schlüssel die Tür zum gegenseitigen Verständnis öffnen. Ich presse das Handy gegen die Stirn und wälze mich wie ein Verrückter auf dem Sofa hin und her. Meine Wangen schmerzen vom breiten Grinsen und mein Körper glüht vor Freude.

Irgendwann drehe ich mich auf den Rücken, das Telefon ruht auf meiner Brust und ich lege den Unterarm über die Augen. Die Leere in meinem Herzen ist zwar nicht verschwunden, aber deutlich geschrumpft. Ist das der Sonnenstrahl, auf den ich gewartet habe?

Mein Handy vibriert. Theo?

Ruckartig hebe ich das Telefon hoch. Ha-Neul macht einen Videoanruf. Schade ...

Ich nehme das Gespräch an.

»Hallo, Yong-Joon.« Ha-Neul begrüßt mich mit einem weichen Lächeln und winkt mir durch die Kamera zu.

Ich winke zurück. »Hi.«

»Es wird Zeit, dass du wiederkommst.« Er schiebt sich die Brille den Nasenrücken hoch. »Du hast dich lange genug versteckt.«

»Ich weiß.« Mit dem Handy vor dem Gesicht setze ich mich auf.

»Das ist gut.« Ha-Neul macht eine Pause und beißt sich auf die Unterlippe. Seine Stirn ist in Falten gelegt und ich kann ihm an der gekräuselten Nasenspitze ablesen, dass er mehr sagen will.

Ich beuge mich vor, stütze die Ellbogen auf die Knie. »Was?«

»Wir machen uns Sorgen um dich.« Ha-Neul schiebt seine Brille erneut mit dem Zeigefinger zurecht.

»Warum?« Ich umklammere das Telefon.

Er seufzt leise. »Du weißt genau, wieso.«

»Mir geht es wieder besser«, murmle ich.

»Hast du Theo davon erzählt? Von dir? Von dem Tag?« Er kratzt sich an der Nasenspitze.

»Bitte, lass uns jetzt nicht davon reden.« Ich reibe mir mit der Hand übers Gesicht und mein Körper sackt gegen die Sofalehne. »Bald sage ich es ihm.«

Und dir auch. Die ganze Wahrheit …

Ha-Neul zieht eine Augenbraue hoch. Natürlich erkennt er die Lüge. Aber er fragt nicht weiter nach. Er weiß, dass ich weiß, dass ich mich meinen Problemen stellen sollte.

Nein, nicht sollte, *muss*.

A THREE LETTER WORD

Theo

Düsseldorf, Mitte Mai 2020

»Ich bin zurück in Deutschland.« Ich hocke auf dem Sofa und trommle auf meinen Oberschenkel herum. Lisa rufe ich nur an, damit ich nicht alle fünf Sekunden aufs Handy starre. Es ist eine Ablenkung. Viel sehnsüchtiger warte ich auf Yong-Joons Antwort.

»Jetzt kann ich in Ruhe entbinden«, sagt sie ernst und ich lasse vor Schreck fast das Handy fallen.

Ich presse es an mein Ohr. »Ist es schon soweit?«

Sie lacht laut. »War ein Scherz, Theo. Ganz ruhig.«

»Ha ha.« Ich finde ihren sogenannten Witz alles andere als lustig. Aber sie hat ihren eigenen Humor, den manchmal keiner versteht. »Du bist so ein Scherzkeks.«

»Wann kommst du uns besuchen? Wir vermissen dich.« Sie zieht die Nase hoch. »Ich würde dich gerne sehen, bevor das Baby kommt.«

»Ich bin jetzt erstmal zwei Wochen in Quarantäne.« Ich sehe mich im Wohnzimmer um. »Danke, dass du dich um meine Wohnung kümmerst, wenn ich unterwegs bin.«

»Dank Alex, mit der Kugel vor dem Bauch hätte ich das nicht geschafft.« Sie hechelt und ich frage mich, was sie da für Übungen macht. »Und wegen der Quarantäne ... die hatte ich glatt vergessen. Mist!«

»Ich bin froh, wieder hier zu sein.« Ich stelle das Telefon auf Lautsprecher und schaue auf den Bildschirm. Leider habe ich keine neue Nachricht von Yong-Joon. »Es wäre aber nicht schlimm gewesen, noch ein paar Tage länger in Tokio festzustecken.«

»Aha? Hat das einen speziellen Grund?« Ihre Stimme klingt auf einmal extrem nah, so als würde sie mit dem Mund direkt am Handy kleben.

»Vielleicht.« Ich hoffe, bald eine Antwort auf meine Nachricht zu bekommen. Mein Magen verkrampft sich, je länger ich warten muss. »Vielleicht, Lisa.«

»Ich freue mich darauf, wenn du mir mehr erzähl-«

Pling.

Eine neue Nachricht erscheint auf dem Display.

Ich sehe Yong-Joons Namen und mein Herz macht einen Satz.

»Ich muss auflegen, sorry Lisa! Rufe dich zurück!« Ich beende den Anruf und klicke auf seinen Chat.

WIR.

Ein Wort. Drei Buchstaben.

Ein Wort, das meinen Magen beruhigt und die trommelnden Finger zum Stillstand bringt. Drei große Buchstaben, die mein Herz zum Brennen bringen.

Sofort klicke ich auf Anrufen. Besetzt.

»Grrr ...« Ich raufe mir die Haare und starre das Handy mit zusammengekniffenen Augen an. »Warum musst du jetzt mit jemand anderem telefonieren?«

Ich versuche es noch einmal. Nur das monotone Tuten dröhnt mir ins Ohr. Frustriert stehe ich auf und laufe im Wohnzimmer auf und ab, meine Hand hält das Telefon fest umklammert.

»Komm schon, Yong-Joon ...«

Dreimal rufe ich ihn ohne Erfolg an. Beim vierten Mal ertönt endlich das Freizeichen.

Ich spiele nervös am T-Shirt-Saum.

Es klickt in der Leitung.

»Hallo?« Seine Stimme ist nicht mehr als ein Flüstern.

Himmel, ich will bei ihm sein und ihn umarmen. Mir bleiben die Worte im Hals stecken.

»Hallo?« Dieses Mal spricht er etwas lauter.

Ich räuspere mich und knacke mit den Fingern.

»Hallo Yong-Joon.« Ahhh ... wo sind die verdammten Worte, wenn ich sie brauche?

»Du hast mich vermehrt angerufen? Ist was passiert?« Etwas knarzt im Hintergrund, so als würde er sich auf der Couch herumdrehen.

»Und ob!« Ich sinke zu Boden, lehne den Rücken gegen den Wohnzimmertisch und ziehe die Knie an. »Ich habe deine Nachricht bekommen und musste einfach deine Stimme hören.«

»War die Antwort okay?«

»Ich hätte mir keine Bessere vorstellen können.« Ich lege eine Hand an meine Wange, die ganz erhitzt ist. »Es macht mich total glücklich.«

Die Wärme wandert zu meinen Ohren und meine Finger gleiten in den Nacken. Ich lege die Stirn auf die Knie.

Ein Schniefen ertönt am Ohr. »Mich auch. Ähm, sind wir jetzt ein *wir*? Wir wie in zusammen?«

Ahhh ... warum kann ich mich nicht teleportieren und bei ihm sein? Ich stoße geräuschvoll die Luft aus. »Ja! Ist das okay?«

»Ja«, sagt er seufzend, »es ist beängstigend, aber okay. Mehr als okay!«

Ich lächle vor mich hin und reibe mir über den Hinterkopf, grabe die Finger ins Haar. »Beängstigend, allerdings. Lass uns in Ruhe reden, wenn wir uns in wiedersehen, in Ordnung? Per Telefon ist das blöd.«

»Wann sehen wir uns denn wieder?« Seine Frage kommt wie aus der Pistole geschossen. Er klingt atemlos.

»Bald hoffe ich.« Ich hebe den Kopf und lehne ihn gegen die Couch. Vor meinem inneren Auge taucht Yong-Joon auf, nur mit Handtuch um die Hüften und dem schelmischen Grinsen im Gesicht. » Sehr bald ...«

Ich räuspere mich. »Soll ich etwas für dich spielen?«

»Hä? Waren wir nicht bei einem anderen Thema?«

»Ähm, ja ... aber da wir jetzt nicht zusammen sind, dachte ich, dass du so ein bisschen von mir bei dir hast.« Ich kratze mich am Oberschenkel. »Also, wenn ich dir was auf dem Klavier vorspiele. Du kannst doch dann meistens gut schlafen.«

»Ich bin nicht müde.« Wieder knarzt es im Hintergrund. »Aber dazu sage ich nicht nein. Warte, ich lege mich schnell ins Bett.«

Ich laufe zum total verstaubten Klavier und stelle das Handy mit Lautsprecher auf die Notenhalterung.

Es raschelt. »Bin im Bett!«

»Welches Lied möchtest du hören?« Ich lege die Finger auf die Tasten. Heute zittern sie nicht.

»Das Wiegenlied ...«

Meine Mundwinkel zucken und ich erwecke die Klaviatur unter meinen Händen zum Leben. Leise erklingen die ersten Töne seines Wiegenlieds, die sich sanft und warm ausbreiten.

Ich hoffe, er spürt die Umarmung, die ich ihm schenken will.

Er seufzt leise. »Danke, dass ich deinetwegen jedes Mal gut schlafen kann.«

»Für dich, immer.«

MY FEELINGS ONLY BELONG TO ME (AND YOU)

Yong-Joon

Seoul, Ende Mai/Anfang Juni 2020

Mit Cap, Maske und Sonnenbrille sitze ich im Flugzeug. Große schwarze Kopfhörer bedecken meine Ohren. Rastlos tippe ich mit dem Zeigefinger auf dem Telefon herum. Zum gefühlt hundertsten Mal spiele ich die Aufnahme von dem Wiegenlied ab, die Theo mir mit den Worten ›Damit du auf deinem Flug gut schlafen kannst‹ geschickt hat.

Doch selbst die friedliche Melodie schafft es heute nicht, die aufsteigende Angst wegzuwischen. Die Zeit des Versteckens ist vorbei und ich kehre zurück nach Seoul. Zurück in mein Leben und zurück in den Albtraum.

Jedes Mal, wenn der Flugbegleiter an mir vorbeiläuft, drehe ich den Kopf zum Fenster. Hoffentlich erkennt er mich nicht. Meine Hand krallt sich in den Stoff des schwarzen Hoodies, die Fingernägel bohren sich in den Bauch.

»Bitte schnallen Sie sich an, wir landen in Kürze.« Die Durchsage der Pilotin ertönt durch die Lautsprecher.

Ich habe mich erst gar nicht abgeschnallt.

Theos Wiegenlied verstummt in meinen Ohren und ich klicke bis zur Landung auf Wiederholung.

Ich warte, bis die meisten Leute die Maschine verlassen haben, schnappe mir das Handgepäck und laufe mit gesenktem Blick durch die leeren Gänge.

Am Ausgang nicke ich den Flugbegleitern kurz zu.

Meine Hände schwitzen und ich halte die Tasche fest umklammert. Mit schnellen Schritten hetze ich über die Fluggastbrücke. Zum Glück sind keine anderen Passagiere mehr anwesend. Trotzdem ziehe ich mir die Cap tiefer in die Stirn. Ab und zu werfe ich einen Blick über die Schulter.

Niemand folgt mir.

Seufzend presse ich die Tasche an meine Brust und lege einen Zahn zu. Im Stechschritt verlasse ich die Brücke und laufe durch ein steril gehaltenes Treppenhaus bis zur Gepäckausgabe. Ich lehne mich an eine weiße Säule. Von hier aus habe ich das Fließband im Blick. Ich starre auf mein Handy. Jedes Mal, wenn ich Füße an mir vorbeilaufen sehe, zucke ich zusammen. Mir ist übel.

Klick.

Mein Kopf schießt nach oben. Automatisch reiße ich die Hand mit dem Telefon vor mein Gesicht.

Bitte nicht. Lass sie mich nicht finden.

Wie zur Salzsäule erstarrt stehe ich da, kann mich nicht mehr bewegen. Mein Herz rast und der Puls rauscht in den Ohren. Ich halte die Luft an.

Doch nichts passiert. Kein Blitzlichtgewitter.

Niemand greift mich an. Niemand ruft meinen Namen.

Langsam senke ich die Hand und hebe gleichzeitig den Blick. Ein paar Meter entfernt steht ein Kerl, der seine Freundin vor dem Fließband fotografiert.

Keine Reporter.

Erleichtert stoße ich die Luft aus und klopfe mir mit der Hand in einem gleichmäßigen Rhythmus gegen die Brust.

Mein Koffer kommt in aller Seelenruhe angetuckert.

Ich stopfe das Telefon in die Tasche und laufe mit großen Schritten zum Fließband. Mit beiden Händen wuchte ich das schwere Ungetüm herunter und schiebe es eilig durch die Ankunftshalle in Richtung Seitenausgang. Dort steckt ein Mann im weißen Kittel mir einen Stab in die Nase und nimmt meine Daten auf, bevor er mich in die Freiheit entlässt. Draußen schlägt mir eine unangenehme Hitze entgegen, die mir den Schweiß auf die Stirn treibt. Es ist mir egal.

Ich schaue mich auf dem Parkplatz um.

»Hier!« Ha-Neul steht neben seinem schwarzen Van und winkt mir zu. Er trägt die dunklen Haare viel kürzer als vor meiner Abreise und seine langen Beine ragen wie Schaschlikspieße aus der weiten knielangen Shorts hervor.

Ich renne auf ihn zu und umarme ihn fest. »Hi!«

»Willkommen zurück.« Er klopft mir auf den Rücken, umfasst mich an den Oberarmen und schiebt mich um eine Armeslänge weg. »Schön, dass du da bist.«

»Es hat etwas gedauert, sorry.« Ich bewege mein Gepäck zum Kofferraum und Ha-Neul hebt es für mich hinein.

Er macht eine abwinkende Bewegung mit der Hand und schiebt die rahmenlose Brille den Nasenrücken hoch. »Hauptsache, du bist zurück. Steig ein, ich bring dich nach Hause.«

Ich nehme auf dem Beifahrersitz Platz und ziehe mir die Cap vom Kopf. Meine Haare kleben platt und verschwitzt am Hinterkopf. Müde sinke ich gegen die Lehne. »Wie geht es allen?«

Ha-Neul startet den Motor und fährt los. »Wahrscheinlich wie dir.«

»Ja, wahrscheinlich«, murmle ich und balle die Hand zu einer Faust zusammen.

Der Tag X rückt näher. Natürlich geht es da niemandem gut.

Es ist erst zwei Jahre her. Der Schmerz über unseren Verlust sitzt genauso tief wie am ersten Tag. Möglicherweise wird er nie vollständig vergehen.

»Wie war dein Flug?« Ha-Neul steuert den Kleinbus aus dem Flughafengelände heraus und schlängelt sich in den dichten Verkehr ein.

»Bescheiden, ehrlich gesagt.« Ich nehme die Sonnenbrille ab. »Am Flughafen dachte ich kurz, dass mich jemand fotografiert.«

Ha-Neuls Blick zuckt zu mir, seine Augen sind weit aufgerissen. »Scheiße!«

»Zum Glück war es nur Einbildung.« Ich reibe mir übers Gesicht. »Dir ist niemand gefolgt, oder?«

»Nein.« Er schaut wieder auf die Autos, die sich vor uns durch die Stadt kämpfen. Seine Hand krampft sich ums Lenkrad. »Zumindest habe ich nichts bemerkt.«

Erleichtert seufze ich auf, schaue jedoch den Rest der Fahrt ständig in den Seitenspiegel.

Ich tippe den Code zu meiner Wohnung ein und schiebe den Koffer durch die Tür direkt in die kleine Eckküche hinein. Die Tür rechts nahe dem Eingang führt zu meinem Arbeitszimmer. Ich berühre die Klinke.

Heute gehe ich da nicht mehr rein.

Meine Tasche lege ich neben der Wohnungstür ab und streife mir die Schuhe von den Füßen. Aus einem winzigen Schuhrank hole ich Pantoffeln hervor und ziehe sie an. Ah, den weichen, gepolsterten Stoff unter den Sohlen habe ich vermisst.

»Dich habe ich auch vermisst, meine Hübsche«, sage ich mit lieblicher Stimme und berühre die Monstera auf dem Hocker beim Schuhschrank. Sacht streiche ich über ihre riesigen Blätter, die seit dem Abflug gewachsen sind.

Gut, dass Ha-Neul sich um meine Schätze gekümmert und mir wöchentliche Updates geschickt hat. Es wird Zeit, sie zu begrüßen.

Ich gehe zur Spüle und fülle die Gießkanne mit kühlem Wasser auf. Eigentlich mögen die Pflanzen etwas abgestandenes, warmes Wasser lieber, aber das kann ich ihnen gerade nicht bieten.

Schnell rolle ich den Koffer durch die Küche in den angrenzenden Wohnbereich. Neben der freistehenden Couch stelle ich das Gepäck ab und hole die Gießkanne aus der Spüle.

»Hallo Herzfarn.« Ich begrüße meine liebste Pflanze auf dem runden Esstisch hinter der Couch. Sie besitzt herzförmige Blätter. Meine Freunde haben mir den Farn letztes Jahr zum Geburtstag geschenkt. »Gut siehst du aus!«

Ich kippe etwas Wasser auf die Erde.

Mit wenigen Handgriffen schiebe ich die vier Stühle ordentlich um den Tisch herum. Die Gießkanne in der Hand durchquere ich das Wohnzimmer, vorbei an der Couch und dem kleinen Tisch davor. An der Wand gegenüber hängt ein Fernseher, rechts und links baumeln Grünlilien und sorgen für frische Luft im Raum. Die beiden sind pflegeleicht und ihre schwertförmigen, grünen Blätter begrüßen mich munter. Auch ihnen schenke ich frisches Wasser.

Ich wende mich zur Fensterfront und trete durch eine Tür auf den Balkon. Auf diesem tummeln sich so viele Pflanzen, dass kaum mehr als zwei Personen dort Platz finden. Ich gieße jede und trete an mein Hochbeet in der Ecke. Der kräftige Geruch nach Lavendel, Thymian und Rosmarin strömt mir entgegen.

Ob das für Theo okay wäre? Das muss ich ihn unbedingt fragen.

Rasch laufe ich zurück in die Wohnung und befülle die Gießkanne erneut mit Wasser. Auf dem Rückweg greife ich nach meinem Koffer und ziehe ihn hinter mir her. Eine Tür im hinteren Teil des Wohnraums führt in mein Schlafzimmer.

Ich stelle das Gepäck vor dem großen Bett ab und gieße die Pflanzen auf meinem Nachttisch und den kleinen Höckerchen, die im Raum verteilt sind. Zuletzt stoppe ich neben dem Wandschrank und widme mich den beiden Drachenbäumen. Zufrieden mit der Arbeit ziehe ich Pullover und Jeans aus und laufe durch eine kleine Tür direkt ins Bad. Auch hier steht in jeder Ecke irgendeine Pflanze, aber die müssen sich gedulden, bis ich selbst wieder frisch bin.

Die Boxershorts fällt zu Boden und ich steige in die Dusche. Herrlich warmes Wasser prasselt auf meinen erschöpften Körper. Es fühlt sich so gut an, den Reisestaub abzuwaschen.

Ich schnuppere an dem Duschgel, das ich in Japan nicht mithatte, und stelle es wieder weg. Vielleicht sollte ich weiter auf meine Naturseife setzen. Immerhin möchte ich nicht, dass Theo in Ohnmacht fällt, falls wir uns irgendwann umarmen.

Hoffentlich ist das bald. Ich kann es kaum erwarten.

Das heiße Wasser plätschert auf mich herab und ich schließe seufzend die Augen. Klar und deutlich sehe ich Theo mit seinem

angedeuteten Lächeln, der schmalen Lücke zwischen den Schneidezähnen und den Grübchen vor mir.

In meinen Gedanken überbrücken wir endlich die letzte Distanz
zwischen uns und fallen einander in die Arme. Sofort spüre ich
wieder die Wärme, die von Theo ausging, als er vor mir saß und ich
seinen nackten Rücken berührte.

Wie von selbst bewegen sich meine Finger über meinen nassen
Körper. Mein Kopf fällt in den Nacken und ich stöhne leise. Unter
der Berührung meiner Hände werden die Nippel hart. Hitze schießt
wie eine prickelnde Energie durch meinen Körper bis in meine
Lenden. Die Empfindungen sind ungewohnt, neu und zugleich
berauschend.

In meiner Vorstellung versinke ich in Theos Umarmung und
seine Finger sind es, die zwischen unseren Körpern über meine
Nippel streichen.

Ich gehe einen Schritt zurück und mein Rücken berührt die nassen, kühlen Fliesen. Schlagartig reiße ich die Augen auf.

Was ist hier gerade passiert?

Ich starre an meinem Körper herunter, der in Flammen steht. In
meinem ganzen Leben war ich noch nie so erregt. Genau
genommen war ich überhaupt noch nie erregt.

Es überrascht und überfordert mich. Doch gleichzeitig brennt da
eine Sehnsucht in mir, die ich auf einmal nicht mehr vermissen
möchte. Eine Sehnsucht, Theo nah zu sein, ihn zu umarmen, ihn
zu berühren ...

Ich fahre mir durch die Haare und stelle das Wasser eiskalt ein,
um Gedanken und Körper wieder unter Kontrolle zu bringen.

* * *

Ein paar Tage später (mit negativem Coronatest) bestelle ich über
das Handy ein Taxi, um Ji-He und meinen Neffen zu besuchen. Ich
warte neben der Straße auf den Wagen. Wie immer bin ich mit
Mütze und Maske unterwegs, damit ich unerkannt bleibe. Die

ganze Zeit blicke ich mich suchend um, aus Angst, dass irgendwelche irren Fans hier herumlungern. Die Hände sind verschwitzt und ich wische sie an meiner Jacke ab. Den Schweiß, der mir langsam den Rücken herunterläuft und das T-Shirt durchtränkt, ignoriere ich.

Das Taxi fährt vor. Ich zwänge mich auf den Rücksitz und nenne dem Fahrer eine Adresse zwei Straßen von Ji-Hes Wohnung entfernt. Mir behagt es nicht, ihre richtige Anschrift zu verraten. Ich mag mir gar nicht vorstellen, was der Kerl damit alles machen könnte.

Das Auto setzt sich in Bewegung und ich senke den Blick. Ich würde selbst fahren, wenn ich einen Wagen hätte. Aber das war bisher nicht nötig.

Zu Bandzeiten wurden wir überall hin kutschiert.

Aus dem Augenwinkel sehe ich, dass der Taxifahrer ständig in den Rückspiegel schaut. Wahrscheinlich achtet er nur auf den Verkehr, doch mein Herz zieht sich automatisch zusammen. Ich verschränke die Hände und spiele nervös mit den Ringen an meinen Fingern.

»Alles in Ordnung mit Ihnen?« Die Stimme des Fahrers ertönt vom Vordersitz. »Sie sehen bleich aus. Bitte übergeben Sie sich nicht in dem Wagen, okay?«

Ich zucke zusammen und kralle die Fingernägel in meine Oberschenkel. »Es ist alles in Ordnung.« Hoffentlich ist die Fahrt gleich vorbei.

Ablenkung, ich brauche Ablenkung!

Ich krame das Handy aus der Hosentasche und scrolle durch den Chat mit Theo.

> **Theo:** Interessantes Foto, was du mir da schickst.
> **Yong-Joon:** Wie meinst du das?

Ich weiß gar nicht, wie oft ich das Bild in den letzten Tagen betrachtet habe. Es ist ein Selfie von mir im Bademantel, der offen war und bis zum Bauchnabel blicken ließ. In der Hand halte ich eine Packung mit dampfenden Fertignudeln.

Was Theo wohl bei dem Anblick gedacht hat? Löst ein solches Bild die gleichen Gefühle in ihm aus, wie meine Gedanken an ihn unter der Dusche? Auch jetzt krabbelt mir eine angenehme Wärme in die Wangen und ich streife sie mit dem Handrücken.

Theo: Du lässt tief blicken. Bist du gut angekommen?
Yong-Joon: Ist das nicht ersichtlich? Soll ich mehr zeigen?

Keine Ahnung, woher ich den Mut genommen habe, ihm das zu schreiben. Vielleicht, weil ich wissen wollte, ob er so empfindet wie ich. Ob sein Körper auch verrückt spielt, wenn er mich so sieht. Die Hitze wandert von den Wangen in meinen Nacken.

Theo: Ahh! Nicht übers Handy! Und bitte nicht jetzt, ich sitze neben meiner Schwester.
Yong-Joon: Oh … Dann, vielleicht später?
Theo: Du machst mich fertig …
Theo: Später klingt gut!
Yong-Joon: Ok, später!

Was meint er mit später? Später, wenn wir einen Videochat machen? Oder später, wenn wir uns in echt wiedersehen? Es macht mich ganz wuschig, das nicht zu wissen. Und seitdem hat mir Theo auch nicht mehr geantwortet. Ich habe ein paar Mal versucht, ihn anzurufen, aber nichts.

Hoffentlich ist nichts mit ihm oder seiner Schwester passiert. Ob das Baby das Licht der Welt erblickt hat?

Seufzend stecke ich das Handy weg und starre aus dem Fenster. Mit dem Telefon verschwindet auch die Ablenkung und ich versuche, den ständigen Rückblick des Fahrers zu ignorieren.

Irgendwann hält das Auto an, ich bezahle und springe aus dem Wagen. Ich warte einen Augenblick, bis er aus meinem Blickfeld verschwindet und laufe los. Die Häuser sind dicht aneinanderge-drängt und schießen hoch in den Himmel hinauf. Ich ziehe die Mütze tief in die Stirn und beschleunige meine Schritte. Manchmal habe ich das Gefühl, dass mich jemand beobachtet.

Hektisch schaue ich mich um, sehe aber niemanden. Die letzten Meter zu Ji-Hes Wohnung, die am Rande von Seoul liegt, jogge ich.

Ich blicke mich mehrmals zu allen Seiten um und betrete das Apartmentgebäude. Hastig husche ich durch die Schiebetüren, laufe zum Fahrstuhl und fahre nach oben. Der Aufzug kommt sur-rend zum Stehen, die Türen öffnen sich und ich verlasse die Kabine. Ihre Wohnung liegt am Ende des Flurs. Ich versichere mich, dass mir niemand gefolgt ist, laufe durch den Korridor und klingle.

Shi-Wons Kinderstimme dringt zu mir. Ji-He öffnet die Tür und sofort klammert sich ein kleiner Junge an meine Beine. Schlagartig fällt die Anspannung des Hinweges von mir ab und ich lächle auf meinen Neffen hinab.

»Wow, Shi-Won! Du bist ja gewachsen«, sage ich und tätschle seinen schwarzen Haarschopf. Mein Herz macht einen freudigen Satz und zieht sich gleichzeitig ein Stückchen zusammen. So geht es mir jedes Mal, wenn ich den Kleinen sehe. Es löst gegensätzliche Emotionen in mir aus. Ich schüttle kurz den Kopf.

Shi-Won löst sich von mir und streckt die Arme in die Luft.

Lächelnd gehe ich in die Hocke. »Wir haben uns lange nicht gesehen, was? Möchtest du auf den Arm?«

Er strahlt mich an und zeigt dabei seine Zähnchen. Shi-Won hat das gleiche Lächeln wie sein Vater.

Mein Magen verkrampft sich. Ihn werde ich mit meinem Leben beschützen. Ich berühre seine Wange und ziehe ihn in die Arme. Gemeinsam hieve ich uns nach oben.

»Joon-Joon!« Der Kleine patscht mir mit beiden Händen ins Gesicht und reißt mir die Maske von den Ohren.

Ich unterdrücke einen Fluch und umfasse seine Finger. Ein ste-chender Schmerz wandert von den Ohren durch meinen Kopf.

Scheiße tut das weh. Sind die Ohren noch dran?

Ji-He erscheint im Hausflur. Sie hat ihr schwarzes, glattes Haar zu einem unordentlichen Dutt zusammengebunden. Einzelne Strähnen umrahmen ihr schmales Gesicht. »Komm doch erstmal rein oder willst du in der Tür stehen bleiben?«

Ich trete mit Shi-Won auf dem Arm in die Wohnung. »Kannst du mal checken, ob ich noch Ohren habe?«

»Hättest du mich sonst gehört?« Sie verdreht die Augen und schließt die Wohnungstür hinter mir.

Ich grinse, wuchte Shi-Won auf einen Arm und ziehe sie mit dem anderen an mich. »Ich bin wieder da.«

Ihre Hände verschränken sich hinter meinem Rücken und sie drückt mir einen feuchten Schmatzer auf die Wange. »Willkommen zurück.«

»Gut wieder hier zu sein.« Ich löse mich aus ihrer Umarmung und nehme ihre Hand.

Zusammen laufen wir durch den Flur ins Wohnzimmer. Shi-Won quasselt irgendwas Unverständliches in mein Ohr. Es ist schön, ihn so munter und aufgeweckt zu sehen. Ich drücke ihn etwas enger an mich. Nebeneinander setzen wir uns auf die beige Couch, die mit einer weichen Decke bezogen ist. Shi-Won turnt direkt auf mir herum und ich lasse ihn gewähren. Mit einem sanften Lächeln blicke ich auf ihn herab, streiche ihm über das schwarze Haar. Mir war nicht klar, wie sehr der kleine Racker mir gefehlt hat.

Ji-He dreht sich zu mir und pickst mit dem Zeigefinger sacht in meine Seite. »Na, wie war dein Urlaub?« Sie zwinkert mir zu.

Ich schaue von Shi-Wons Kopf zu meiner besten Freundin. »Interessant, überraschend, schön – und anders als erwartet.«

»Ich fasse das mal für dich in einem Wort zusammen.« Sie beugt sich näher zu mir und legt mir eine Hand auf den Oberschenkel. Ihre kurzgeschnittenen Fingernägel glänzen in Giftgrün. »Theo.«

Allein die Erwähnung seines Namens bringt mich zum Grinsen. Mein Herz verdoppelt seinen Rhythmus und schlägt in einem neuen Takt gegen meine Brust. »Ja, Theo.«

Sie lacht trocken auf und verschränkt die Arme hinter dem Kopf. »Jetzt sei doch nicht so kurz angebunden.« Ein Arm kommt auf der Sofalehne zum Ruhen. »Die anderen halten sich bedeckt, fragen nicht nach. Aber du kennst mich. Hast du meinen Rat befolgt? Warst du mutig?«

Bevor ich ihr antworten kann, klatscht Shi-Won mir seine kleine Hand mit Schwung auf die Wange.

»Shi-Won Süßer, tu deinem Onkel nicht weh.« Ji-He nimmt ihn mir ab. Sie drückt ihrem Sohn einen sanften Kuss auf den Kopf und setzt ihn auf den Boden. Der Kleine greift direkt nach seinem Holzbagger, der auf dem Teppich liegt. »Jetzt wo mein Sohn beschäftigt ist, zurück zu dir.«

Ich reibe mir über die schmerzende Wange. »Wir sind zusammen.« Die meiner Ohren fühlen sich ganz warm an.

»Erst einmal: Ich freue mich für euch, für dich!« Sie lehnt sich vor und zieht mich in eine lange Umarmung.

»Danke!«

Es laut auszusprechen, gibt den Worten noch einmal eine andere Bedeutung. Es zeigt, dass das zwischen Theo und mir echt passiert und keine Einbildung ist. Ich atme aus und ein seltsamer Laut entschlüpft meiner Kehle.

»Was ist los?« Sie löst sich von mir und legt die Stirn in Falten. »Ist das nicht schön, dass ihr zusammen seid?«

»Doch klar.« Mein Kopf sackt nach vorne, bis das Kinn beinahe meine Brust berührt. »Aber gleichzeitig ist das so ungewohnt und neu.«

»Yong-Joon.« Ji-He nimmt meine Hand und legt mir die andere auf die Schulter. »Ich weiß, dass all das neu und vielleicht auch seltsam für dich ist. Und das ist total okay. Aber auch Sexualität kann sich im Laufe des Lebens verändern. Du darfst dich verändern. Der Regenbogen hat viele Farben, weißt du? Du darfst neue Gefühle zulassen, ohne dem Ganzen ein Label zu verpassen. Solange es sich für dich angenehm anfühlt und du zufrieden bist. Sei du selbst, lebe den Leben. Mag, wen du willst. Sei glücklich!«

Etwas Heißes, Feuchtes tropft auf Ji-Hes und meine umschlungenen Hände. Ich wische mir die Tränen von den Wangen.

»Oh, du musst doch jetzt nicht weinen.« Sie umarmt mich so fest, dass mir die Luft wegbleibt und schnieft an meinem Ohr. »Wenn du so weiter machst, dann heule ich auch gleich.«

Ich lache leise, drücke sie noch einmal und löse mich von ihr. Mit beiden Händen reibe ich mir über die feuchten Augen. »Danke! Deine Worte bedeuten mir viel. Um ehrlich zu sein: Mir war nicht bewusst, dass mich das überhaupt belastet hat.«

Sie hebt Shi-Won auf ihren Schoß, der an ihrem Rockzipfel zieht. Ihr Blick ruht auf meinem Gesicht. »Was meinst du genau?«

Ich seufze und wippe mit dem Bein auf und ab. »Ich kann das nicht gut erklären. Aber ich denke, ich wollte unterbewusst mein Label, das ich mir gegeben habe, nicht enttäuschen. Ist es nicht komisch, wenn ich gestern A und heute B sage? Hört es sich dann nicht wie eine Ausrede an, wenn ich sage, dass ich asexuell bin und plötzlich doch nicht mehr?«

»Ist es denn wichtig, was andere Menschen denken?« Sie schiebt Shi-Won von einem auf den anderen Oberschenkel und lächelt sanft. Kleine Fältchen bilden sich um ihre Augenwinkel. »Musst du dich vor anderen Menschen für deine Gefühle und Empfindungen rechtfertigen?«

»Nein ...« Ich drücke den rechten Daumen gegen die andere Handfläche. »Ich kann die Gefühle eh nicht unterdrücken.«

»Und das solltest du auch nicht.« Sie streicht sich eine Haarsträhne hinters Ohr, bevor Shi-Won daran knabbert. »Wie ich schon sagte, du musst dich nicht in eine Schublade stecken. Deine Gefühle und deine Sexualität gehören dir und niemandem sonst.«

Ich verknote die Hände ineinander und löse sie wieder, meine Schultern sacken nach unten. Wann habe ich sie angespannt?

Ich fahre mir erst übers Gesicht, dann durch die Haare. »Wann bist du nur so weise geworden?«

Ji-He lacht laut und Shi-Won klatscht bei dem Ton verzückt in die Hände. »Keine Ahnung, aber das sind einfach Dinge, die ich in den vielen Gesprächen mit Therapeuten und anderen Menschen, die zu uns in die Einrichtung kommen, gelernt habe.« Ihr helles Lachen verklingt mit dem letzten Klatscher von Shi-Won.

»Du klingst schon selbst wie eine Therapeutin.« Ich bringe ein kleines Schmunzeln zustande.

»Tja, ich habe von den Besten gelernt, das färbt irgendwann ab.« Sie zwinkert mir zu. Dann werden ihre dunkelbraunen Augen ernst und sie streicht ihrem Sohn übers Haar. »Weiß Theo wenigstens mittlerweile, wer du bist?«

Augenblicklich schwitzen meine Handflächen und ich presse sie gegeneinander. Mein Herzschlag beschleunigt sich. Ich stoße den Atem zwischen zusammengepressten Lippen aus.

»Nein«, krächze ich, das schlechte Gewissen setzt sich wie ein fetter Kloß in meinem Hals fest.

Ji-He hebt eine Augenbraue.

»Bisher hat er mich nicht erkannt, denke ich.« Das Atmen fällt mir schwer. Ich greife mit den Fingern um meinen Hals. »Und falls doch, hat er nichts gesagt.«

»Irgendwann wird er es herausfinden«, sagt sie und ich weiß, dass sie recht hat.

Mein Herz zieht sich krampfhaft zusammen, wenn ich nur daran denke, Theo könnte sich von mir abwenden, sobald er meine Vergangenheit kennt. »Ich kann es ihm noch nicht sagen.«

Und dir auch nicht. Nicht die ganze Wahrheit ...

Bisher ist es mir so gut gelungen, die Panikattacken vor ihm zu verbergen. Ich gebe mir so viel Mühe, immer unbeschwert zu sein, damit er nichts bemerkt. Damit er meine Schuldgefühle nicht sieht.

»Ich kann das ja verstehen«, Ji-He drückt ihren gähnenden Sohn an sich, »aber schieb es nicht weiter auf.«

»Das weiß ich selbst«, sage ich pampiger als gewollt. »Sorry. Ich will einfach nicht, dass sich Theo mir gegenüber anders verhält.« Allein der Gedanke ruft Übelkeit in mir hervor. Nur mit Mühe dränge ich sie zurück.

»Mhm …« Sie seufzt und schaut mich mit zusammengezogenen Augenbrauen an. »Am Ende ist es deine Entscheidung. Die kann dir niemand abnehmen.«

»Ja.« Ich nicke und schiebe mir eine Haarsträhne aus der feuchten Stirn. »Erzähl du mir lieber, wie es mit unserer Einrichtung 햇빛 (Sonnenschein) läuft.«

»Ich bringe kurz Shi-Won ins Bett, dann reden wir über deinen Themenwechsel.« Mit Shi-Won auf dem Arm steht sie von der Couch auf und ihr bodenlanger blauer Rock raschelt dabei leise.

Sie verlässt das Wohnzimmer und ich sinke tiefer in das Sofa. Meine Hände graben sich in die weiche Decke. Ich schließe die Augen und denke an Theo, von dem ich immer noch nichts gehört habe.

O Gott, er wird doch nicht irgendwelche Kommentare im Internet gefunden haben? Über mich? Über die Band?

Die Übelkeit ist schlagartig zurück. Ich presse die Hände auf den Bauch und zwinge mich, gleichmäßig zu atmen.

Einatmen.

Langsam und lange ausatmen.

»Alles okay?« Ji-Hes Stimme reißt mich aus meiner Atemübung.

Ich schüttle den Kopf und öffne die Augen. »Ja, alles in Ordnung.« Sie soll sich keine Sorgen um mich machen. »Wie läuft es mit 햇빛?«

Sie setzt sich neben mich und schlägt die Beine übereinander. »Großartig! Wir haben in den letzten Monaten viele Anfragen und Nachrichten von Menschen bekommen, die unsere Hilfe in Anspruch nehmen wollen.« Sie strahlt.

Vor einem Jahr habe ich zusammen mit ihr, Ha-Neul, Min-Ho und Jae-Ho eine Einrichtung ins Leben gerufen, die sich um trauernde Menschen wie Ji-He und Shi-Won kümmert. Menschen wie mich.

Menschen, die zurückgelassen wurden.

»Ich bin echt froh, dass wir vielen Leuten helfen können.« Ich betrachte sie. Ihr Strahlen erleichtert mich, vertreibt jedoch nicht mein schlechtes Gewissen. »Danke, dass du die Einrichtung mit so viel Herzblut leitest und wir als Band nicht in die Öffentlichkeit treten müssen.«

»Wenn ich mit den Leuten rede, denen es so geht wie mir«, sagt sie und ich sehe den Schmerz in ihren Augen, den ich von mir nur zu gut kenne, »dann fühle ich mich weniger allein. Manchmal halte ich die Hand einer Frau und wir weinen einfach zusammen.«

Sie wischt sich eine Träne aus dem Augenwinkel und zieht die Nase hoch.

Ich nehme ihre Hand und drücke sie. Vor ihr bin ich stark, denn sie hat von uns allen den größten Verlust erlitten. Und das alles nur wegen mir ...

Zuhause liege ich weinend im Bett. Mein Herz fühlt sich schwer an, als hätte jemand einen riesigen Felsbrocken darauf geschmissen.

Ich bekomme kaum Luft. Vor meinen Augen dreht sich alles.

Ha-Neul tritt die Tür ein.

Ji-He weint, schreit.

Rotes Wasser tropft vom Badewannenrand auf den Fußboden.

Plop, plop, plop.

Rotes Wasser berührt meine Füße.

Ich übergebe mich.

Ich atme aus und ein. Ohne Pause. In der Brust rebelliert mein Herz und wie ein wildes Lauffeuer breitet sich der Schmerz aus. Ich presse die Hände auf die Brust.

Einatmen, langsamer ausatmen.

Wiederholen.

Und nochmal: einatmen, ausatmen.

Aber es hilft nicht. Mein Puls dröhnt wie ein Trommelschlag in den Ohren. Heftiges Schluchzen schüttelt mich.

Irgendwann schlafe ich ein.

Ich starre in den Spiegel und betrachte das verheulte Gesicht. Meine dunklen Augen sind total gerötet und tiefe Schatten haben sich darunter ausgebreitet. Auch eine Ladung kaltes Wasser schafft keine Abhilfe. Seufzend drehe ich den Wasserhahn zu und rubble mit einem Handtuch über mein bleiches Gesicht.

In Jogginghose und T-Shirt laufe ich durchs Wohnzimmer in die Küche und esse eine Kleinigkeit. Hunger habe ich keinen. Um langsam zurück in den Alltag zu finden, schließe ich die Tür zum Arbeitszimmer auf. Seit meiner Abreise war hier niemand mehr drinnen und genauso riecht es auch. Staubig und abgestanden. Ich durchquere den dunklen Raum, ziehe die langen, schweren Vorhänge zur Seite und reiße die Fenster auf. Frische Luft flutet das stickige Zimmer.

Ich rümpfe die Nase und wische mit einem Staubwedel über meine Instrumente, die an der Wand hängen und über das Mischpult vor dem Computer. Dicke Staubflocken tanzen durch den Raum und ich werde von einem heftigen Hustenanfall geschüttelt. Röchelnd strecke ich den Kopf aus dem Fenster und atme die frische Luft ein. Ich darf den Raum nicht noch einmal so verkommen lassen.

Am Computer, mit Kopfhörern auf den Ohren, checke ich meine Mails, beantworte einige Anfragen zu neuen Aufträgen und öffne das Notenprogramm. Ich spiele ein paar Melodien ein, die ich vor meinem Abflug aufgenommen habe, und verbinde die einzelnen Tonspuren zu einem neuen Musikstück.

Mein Finger tippt im Takt auf die Schreibtischoberfläche, auf der sich Notenpapier stapelt. Die Musik auf den Ohren trägt mich in eine andere Welt und ich wippe mit dem Kopf im Rhythmus des Basses.

Ich verschiebe Regler am Mischpult, füge Soundeffekte hinzu und ergänze Pausen oder Wiederholungen. Hin und wieder notiere ich Änderungen und Ideen für den Songtext. Wenn ich einmal damit anfange, tauche ich für Stunden in die Tiefen der Musik ab und bekomme um mich herum nichts mehr mit. So ist es auch jetzt.

Ich beende die Aufträge und normalerweise würde ich das Arbeitszimmer verlassen. Doch heute verwandeln sich all meine

Gedanken an Theo in Melodien und am Ende habe ich drei neue Songs geschrieben, die ich keinem Auftraggeber geben kann. Aber irgendwann werde ich sie Theo vorspielen, denn in jedem Ton erklingen meine Gefühle für ihn.

I imagine your fingers
Sliding over the black and white keys,
With closed eyes and a smile on your lips,
Your melodies play right into my heart.

The first moments we share,
Distant yet connected,
Your music that accompanies me
Through my nightmares,
Carries me, protects me gently
And guides me out of the darkness.

I don't want to show you my dark side,
Don't want to drag you into my abyss.
But – I want you to see me
Who I really am
With all my dark sides.
But the fear of losing you
Is driving me insane.

Abends verlasse ich den Raum mit schmerzendem Rücken vom stundenlangen Sitzen. Ich checke das Handy, das den ganzen Tag im Wohnzimmer lag. Keine Nachricht von Theo. Ich spüre eine Enge in der Brust. Was ist nur mit ihm?

Mein Finger schwebt über der Eingabezeile. Ich stoße den Atem aus und tippe langsam eine Nachricht: Spielst du mir ein Schlaflied?

Mit dem Telefon in der Hand laufe ich im Wohnbereich hin und her. Ich mache Fotos von meinen Pflanzen und hoffe, Theo antwortet mir. Es tut sich nichts.

So langsam mache ich mir Sorgen. Ich entsperre den Bildschirm und öffne seinen Chat. Kurz zögere ich und schreibe dann eine weitere Nachricht: Ist alles in Ordnung? Ich habe seit ein paar Tagen nichts von dir gehört? Bist du okay? Ist mit Lisa und dem Baby alles gut?

Ich setze mich auf die Couch und wippe nervös mit dem rechten Bein. Diese Ungewissheit bringt mich noch um den Verstand.

Brrrrrrrt. Brrrrt.

Mir fliegt beinahe das Handy aus der Hand.

Theo!

Hektisch presse ich den Daumen auf den Sensor und entsperre das Handy. Sein Chat öffnet sich direkt: Sorry!!!! Ich bin im Krankenhaus! Melde mich später! Mir geht's gut!

Ihm geht's gut. Mein Bein hört auf zu zucken. Ich seufze erleichtert und reibe mir übers Brustbein. Schnell tippe ich eine Antwort: Krankenhaus? :O Ich warte auf dich!

Damit ich nicht nur stumpf auf dem Sofa sitze und auf seine Nachricht warte, gehe ich ins Bad und lasse heißes Wasser in die Badewanne laufen. Ich weiß nicht warum, aber ich brauche das jetzt. Es ist ewig her, dass ich gebadet habe. Meine Erinnerungen daran sind keine Guten und vor einem Jahr war mir das nicht möglich. Zum Glück färbt die Badeperle das Wasser weiß und nicht rot.

Ich ziehe die Klamotten aus und lasse sie als Haufen auf dem Boden liegen. Aus dem Spiegelschrank über dem Waschbecken hole ich den Tablethalter, den ich mir in Japan gekauft habe. Ich zerre ihn auseinander und lege ihn auf die beiden Seiten der Badewanne. Er bietet genug Platz für ein Handtuch, ein Glas mit Saft und mein Handy.

Vorsichtig halte ich einen Zeh ins Wasser. Es ist warm, aber nicht zu heiß. Ich steige in die Badewanne und seufze wohlig.

Ich starte eine Serie auf dem Handy, trinke den Orangensaft und schaue meiner Haut dabei zu, wie sie immer schrumpeliger wird. Zwischendurch lasse ich heißes Wasser nachlaufen. Nach zwei Folgen von *The Untamed* schiebe ich den Badewannenhalter von mir und wasche mir die Haare. Ich tauche kurz unter und mache sie einmal komplett nass.

Mein Handy schrillt laut los.

Prustend tauche ich auf, wische mir die Haare aus dem Gesicht und schaue auf das Telefon. Ein Foto von Theo, das ich heimlich von ihm unter den Kirschblüten gemacht habe, springt mir entgegen. Ein Videoanruf!

Schnell trockne ich meine Hand an dem mickrigen Handtuch vor dem Handy ab und klicke auf *Annehmen*. Das Erste was mir auffällt, sind Theos gerötete Augen, die mich stark ein meine eigenen heute früh erinnern.

Sofort wechsle ich in Alarmbereitschaft. »Was ist passiert?«

»Ich bin heute Onkel geworden.« Er fährt sich mit der Hand über die Augen. »Es ging meiner Schwester schon die letzten Tage nicht so super. Gestern Nacht haben die Wehen eingesetzt und die kleine Mia kam viel zu früh auf diese Welt. Sie liegt jetzt im Brutkasten und niemand darf dank dieser blöden Coronaregeln zu ihr. Deshalb war ich heute auch nur am Krankenhaus, um zumindest meine Schwester durchs Fenster zu sehen.«

Ich starre ihn an. »Oh.« Mehr bringe ich nicht hervor. Aber plötzlich breitet sich eine behagliche Wärme in mir aus, die nichts mit dem Wasser zu tun hat, in dem ich sitze. Meine Augen brennen. »Danke, dass du dieses besondere Erlebnis mit mir teilst. Das macht mich echt glücklich! Geht es deiner Schwester gut? Und dem Baby?«

Sein Gesichtsausdruck entspannt sich und kleine Fältchen bilden sich in seinen Augenwinkeln. »Ich musste es dir sagen, dein Gesicht sehen und deine Stimme hören. Keine Ahnung, aber das beruhigt mich.« Jetzt lächelt er breit und ich entdecke seine süßen Grübchen. »Meiner Schwester geht es soweit gut und zumindest ihr Mann ist bei ihr. Mia ist nicht in Lebensgefahr. Sie muss einfach passend versorgt werden.«

»Das ist doch gut.« Ich schenke ihm ein Lächeln und erinnere mich an Shi-Wons Geburt. Er war so klein und zerbrechlich, hat stundenlang geweint. Als hätte er gewusst, dass er eine wichtige Person in seinem Leben nicht kennenlernen wird.

Ich blinzle kurz. »Ich bin mir sicher, es wird sich bestens um deine Nichte gekümmert.«

»Bestimmt.« Theo entweicht ein schwerer Atemzug, das Bild verwackelt und sein Gesicht taucht nah an der Kamera auf. »Danke fürs Zuhören. Jetzt geht es mir besser, weil ich mit dir reden konnte.«

»Gerne! Ich freue mich, dass du mir davon erzählt hast.«

Es wird Zeit, dass du ihm auch von deinen Geheimnissen erzählst, zischt eine gehässige Stimme in mir und die Wärme in meinem Körper verschwindet.

»Sag mal«, sagt er und lenkt meine Aufmerksamkeit auf ihn, »was machst du eigentlich?«

Ach ja. Ich sitze in der Badewanne. Das hatte ich komplett vergessen. Plötzlich wird mir bewusst, dass ich halbnackt vor ihm hocke. Ich reibe mir mit der Hand über die nasse Brust und spüre meine harten Nippel. Zischend atme ich ein. »Es wäre mir lieb, wenn ich mich eben abduschen kann.«

»Okay.« Er rührt sich nicht, seine Augen funkeln. »Was hält dich davon ab?«

»Ä-ähm ...« Mein erster Impuls ist es, tiefer ins Wasser zu rutschen. »Ehrlich gesagt machst du mich gerade nervös.« Und außerdem stelle ich mir wieder vor, seinen nackten Rücken unter meinen Händen zu spüren.

»Ist es ein gutes oder ein schlechtes nervös sein?« Sein Blick wandert zwischen meinem Oberkörper und dem Schaum hin und her. »Sag es mir ehrlich, okay? Ich möchte nicht, dass du dich in so einer intimen Situation unwohl fühlst.«

»Ich weiß es nicht«, sage ich wahrheitsgemäß und bedecke meine nackte Brust. »Können wir darüber sprechen, wenn ich was an habe?«

»Klar!« Er lächelt sanft, hält die Kamera von sich weg und sein Gesicht wird kleiner. Dafür taucht der Stoff von einem blauen

Pullover auf. »Ich mach dir einen Vorschlag: Dusch dich in Ruhe ab und zieh dich an. Ich pelle mich ebenfalls aus den Straßenklamotten raus und wenn du fertig bist, ruf mich zurück. Okay?«

»Das klingt nach einem guten Plan.« Ich setze mich aufrechter hin und ziehe den Tablethalter zu mir. »Bis gleich!«

»Bis gleich, Yong-Joon!« Er trennt die Verbindung.

Ich greife nach dem Duschkopf und spüle in Windeseile die Haare aus. Mit wenigen Handgriffen stelle ich die Halterung vor die Wanne und dusche mich ab. Vorsichtig, um mir nicht den Hals zu brechen, klettere ich heraus und trockne meinen Körper ab. Ich putze sogar die Zähne.

Mit nassen Haaren, dem Handtuch um die Hüften gewickelt und dem Telefon in der Hand laufe ich durch die kleine Tür ins Schlafzimmer. Ich schmeiße das Smartphone auf das Bett, ziehe mir schwarze Shorts und ein grünes T-Shirt an.

Weil es spät ist, krabble ich direkt ins Bett, lehne den Rücken an das Kopfende und ziehe die Decke bis zum Bauchnabel hoch. Nervös knabbere ich an der Unterlippe. Ich greife nach meinem Handy und drehe es in den Händen hin und her, bevor ich es entsperre und Theo per Videochat anrufe.

Er hebt direkt ab.

»Hi!« Mit zerzausten Haaren und in einem himmelblauen Oberteil sitzt er vor dem Klavier und mir geht das Herz auf.

Spielt er mir gleich doch noch ein Schlaflied vor?

Meine Sicht verschwimmt und die Nase juckt komisch. Ich muss aufpassen nicht zu heulen, weil ich so gerührt davon bin.

Ich ziehe die Nase hoch. »Hi, nochmal.«

»Fühlst du dich so wohler?« Er deutet mit der Hand auf mein frisches Shirt.

»Definitiv«, sage ich und fahre mir mit den Fingern durch die feuchten Haare. Bestimmt stehen sie in alle Richtungen ab. »Aber es war mir nicht unangenehm, falls du das denkst.«

»Puh ... Da bin ich erleichtert.« Er neigt seinen Kopf und legt einen Arm auf den Klavierdeckel. Das Handy muss auf dem Notenständer stehen. »Ich will dir nicht unangenehm sein oder aufdringlich wirken.«

»Das bist du nicht!« Ich setze mich ruckartig auf und halte das Handy dicht vor die Nase. Ich will, dass er den Ernst in meinen Augen sieht. »Ich war zwar nervös, aber das lag nur daran, weil ich so eine intime Situation nicht gewöhnt bin.« Hitze schießt mir in die Wangen. »Ja gut, okay. Es lag doch an dir.«

»Weißt du noch, als du mir das Wärmepflaster aufgeklebt hast?« Er leckt sich über die Lippen.

Ich nicke. Als ob ich seine warme, nackte Haut unter meinen Fingern vergessen könnte.

»Also, da war ich auch nervös.« Seine Ohrmuscheln verfärben sich rot. »Aber vor allem war ich erregt.«

Ich stöhne und lege mich mit dem Telefon in der Hand auf den Bauch. Die Hitze in den Wangen schießt durch meinen Körper direkt in meine Lenden.

Ist er heute in einen Mutbrunnen gefallen?

»Theo, du machst mich echt fertig.«

Er beißt sich auf die Unterlippe und reibt sich mit den Fingern über den Nacken. »Gut oder schlecht?«

»Gut! Aber jetzt vermisse ich dich noch ein bisschen mehr.« Die Worte sind ausgesprochen, bevor ich darüber nachdenken kann.

»Du fehlst mir auch.« Er rutscht näher an das Klavier heran. »Hoffentlich sehen wir uns bald wieder.«

»Das wäre toll.« Ich rolle auf dem Bett hin und her und gähne. »Können wir dann nochmal über uns reden? Von Angesicht zu Angesicht.«

»Natürlich.« Er schenkt mir ein sanftes Lächeln, das seine Grübchen so schön zur Geltung bringt. »Bist du müde?«

Ich schaue auf die kleine Uhrzeit oben links auf dem Display. »Ja, hier ist es gleich ein Uhr früh.«

»O Gott, ich habe glatt vergessen, dass du sieben Stunden weiter bist«, sagt er und öffnet den Klavierdeckel. »Komm, leg dich hin und ich spiel was für dich, okay?«

»Okay!« Ich drehe mich um und kuschle mich unter die Decke. Das Handy lege ich neben mich. »Fertig.«

»Was willst du hören?«

»Irgendwas von dir.« Ich gähne und halte mir die Hand vor den Mund.

»Von mir?« Theo klingt überrascht.

»Ja, ich liebe dein Wiegenlied. Ich würde gerne mehr von deiner Musik hören.« Ich ziehe die Decke bis zur Nasenspitze hoch und rolle mich zu einer Kugel zusammen.

»Oh, okay.« Ich sehe sein Gesicht nicht mehr, weil das Handy aus meinem Blickfeld verschwunden ist. Aber seine Stimme hört sich glücklich an. Zumindest denke ich das.

Ich schließe die Augen und lausche den sanften Tönen, die das Schlafzimmer fluten. Die Melodie ist genauso warm wie das Wiegenlied. Zärtlich und liebevoll. Irgendwie kommt sie mir vertraut vor, aber ich kann mich nicht erinnern, wo ich sie schon mal gehört habe.

I WONDER IF IT WILL EVER STOP HURTING

Yong-Joon

Seoul, 6. Juni 2020

Ich liege im Bett und starre an die Decke. Meine Augen fühlen sich dick und verquollen an. Bestimmt sind sie blutunterlaufen. Mein Magen rebelliert seit Stunden und mein Herz rattert unregelmäßig und hektisch.

Die ganze Nacht lag ich wach, obwohl ich mir die Aufnahme von Theos Wiegenlied an die zehnmal angehört habe.

Heute ist der gefürchtete Tag gekommen. Der Tag, vor dem ich versucht habe zu fliehen. Doch die Zeit steht nie still, sie rennt immer weiter und holt mich ein, egal, wie schnell ich laufe. Egal, wo ich mich verstecke.

Ich presse die Hände auf meine Ohren, in denen es unentwegt rauscht. Es hilft nicht.

Die Übelkeit wird stärker und Galle sammelt sich in meinem Mund. Der saure Geschmack bringt mich zum Würgen. Ich halte mir eine Hand vor den Mund und springe aus dem Bett. Schnell sprinte ich zum Bad und übergebe mich. Ich würge so lange, bis der Magen leer ist. Stöhnend sinke ich auf den Boden. Die Augen brennen wie Feuer und Tränen sammeln sich in meinen Augenwinkeln. Ich wische sie mit dem Finger weg, doch sie kommen sofort zurück. Mit Verstärkung.

Ich ziehe die Knie an die Brust und verschränke die Arme. Der Kopf kippt nach vorne und Tränen fallen wie fette Regentropfen auf die kalten Fliesen.

Wann hört der Schmerz endlich auf?

Irgendwann hieve ich mich am Klodeckel hoch, ziehe die verschwitzten Klamotten aus und stelle mich unter die kalte Dusche. Akribisch schrubbe ich meinen Körper und wasche die Spuren der Nacht ab. Klitschnass trete ich aus der Kabine und wickle mir ein Handtuch um die Hüften. Ich greife nach Zahnbürste und Zahnpasta und putze mir die Zähne. Zwar verschwindet der bittere Geschmack in meinem Mund, doch die Übelkeit bleibt.

Müde betrachte ich mich im Spiegel über dem Waschbecken. Die Augen sind rot gerändert, das Gesicht blass. Ich berühre meine Wangen, die eingefallen wirken. Seufzend wende ich den Blick ab und verlasse nackt das Bad. Ich laufe durch die dunkle Wohnung zurück ins Schlafzimmer, ziehe mir Boxershorts und ein enges, weißes T-Shirt an. Erschöpft von der Aktion sinke ich aufs Bett.

Ich wünschte, der Tag wäre schon vorbei ...

Eine Weile sitze ich auf der Matratze. Die Füße stehen fest auf dem Boden – die einzige Verbindung zum Hier und Jetzt, die mich davon abhält, in meinen Gedanken verloren zu gehen.

Brrrt. Brrrt.

Ich zucke zusammen. Auf dem Nachttisch vibriert das Handy. Es ist der Alarm, den ich mir gestellt habe, damit ich pünktlich fertig bin. Gegen halb zehn holt Ha-Neul mich mit seinem Van ab.

Es wird Zeit.

Ächzend richte ich mich auf und bringe den Alarm zum Verstummen. Ich öffne den Schrank und hole einen schwarzen Anzug heraus, den ich zuletzt vor einem Jahr anhatte. Mit zittrigen Fingern binde ich mir die dunkle Krawatte um den Hals. Obwohl sie locker sitzt, fühlt es sich an, als würde ich ersticken. Ich stopfe das Handy in die Hosentasche und verlasse das Schlafzimmer. Im Versuch, die Übelkeit zu verdrängen, trinke ich ein Glas Wasser. Zwecklos.

Unruhig laufe ich im Wohnzimmer hin und her, gieße meine Pflanzen und zähle in Gedanken, wie oft ich Theos Grübchen schon sehen konnte.

Doch nichts davon schenkt meinem Herzen Ruhe.

Zur vereinbarten Zeit verlasse ich mit Maske die Wohnung, fahre mit dem Aufzug nach unten und klettere zu Ha-Neul in den Wagen.

»Bereit?« Er umarmt mich feste.

Mein Kopf sinkt gegen die Lehne des Beifahrersitzes. »Frag nicht. Hierfür werde ich niemals bereit sein.«

»Ich auch nicht.« Er gibt einen resignierten Laut von sich und startet den Wagen.

Der Motor heult laut auf und übertönt mein Schluchzen, das ich nicht zurückhalten kann.

Er drückt kurz mein Knie, bevor er sich auf die Straße konzentriert. Auch er trägt einen schwarzen Anzug und passend dazu eine dunkle Sonnenbrille und Maske.

Der Van holpert über die vollen Straßen. Zwei Blocks weiter warten Min-Ho und Jae-Ho auf uns, die in demselben Apartmentgebäude leben. Sie winken uns zu.

Das Auto hält vor den beiden und sie zwängen sich auf den Rücksitz des Vans. Die mittlere Reihe bleibt für Ji-He und ihren Sohn frei. Heute ist Shi-Won das erste Mal mit dabei.

»Du siehst scheiße aus, Yong-Joon.« Jae-Hos Stimme dringt wie aus weiter Ferne zu mir.

Ich drehe mich auf dem Sitz um und werfe ihm einen müden Blick zu. »Danke, gleichfalls.«

Er hat seine schulterlangen Haare zu einem Zopf im Nacken zusammengebunden und Min-Ho hat ausnahmsweise keinen bunten Kopf.

Ha-Neul startet den Wagen und fährt weiter.

»Ist das eigentlich eine gute Idee, dass Ji-He den Kleinen mitbringt?« Jae-Ho runzelt die Stirn.

Min-Ho stößt ihm den Ellbogen in die Rippen und schaut unseren Freund streng an. »Das ist nicht deine Entscheidung.«

»Ich mein ja nur, das ist schon heftig.« Jae-Ho kratzt sich unter seiner Maske am Kinn. »Versteht Shi-Won das überhaupt?«

»Kinder spüren so viel mehr, als wir denken«, sagt Ha-Neul vom Fahrersitz und ich drehe mich nach vorne.

Ich lege den Unterarm vor das Fenster und tippe mit dem Fingerknöchel gegen das kühle Glas. »Ji-He weiß schon, was sie tut.«

Zumindest hoffe ich das.

»Da sind sie schon.« Ha-Neul deutet nach vorne.

Am Straßenrand stehen Ji-He und ihr Sohn. Sie trägt ein bodenlanges tiefschwarzes Kleid, eine schwarze Maske und Sonnenbrille. Shi-Won, auch in Schwarz gekleidet, klammert sich an ihrem Bein fest.

»Seid still jetzt«, zischt Min-Ho von der Rückbank.

Der Van rumpelt über ein Loch auf der Straße und kommt zum Stehen. Min-Ho öffnet die Schiebetür von innen.

»Hallo ihr beiden«, sagt Jae-Ho und ich sehe im Rückspiegel, wie er Ji-He und Shi-Won über die Lehne des Sitzes hinweg umarmt.

Min-Ho tut es ihm gleich.

Ich drehe mich um. »Hi, Ji-He. Hallo Kleiner.«

»Joon-Joon«, brabbelt Shi-Won munter und legt seine Händchen an meine Wangen.

Bei dem Anblick seiner schwarzen Iriden kommen mir die Tränen. Hektisch wische ich mir über die Augen und sehne mich nach einer Sonnenbrille.

Ich muss mich zusammenreißen.

»Lasst uns fahren.« Ji-He berührt kurz meine Wange. »Es wird nicht besser, wenn wir hier stehen bleiben.«

Ha-Neul nickt ihr zu. »Anschnallen, bitte.« Er startet den Motor und das Auto setzt sich in Bewegung.

Shi-Won quatscht die ganze Zeit fröhlich und durchbricht die unheimliche Stille im Wagen. Im Rückspiegel sehe ich, dass Ji-He die Finger in ihr Kleid gräbt und Min-Ho ihr die Hand auf die Schulter gelegt hat. Ich wende den Blick ab und starre aus dem Fenster. Mit dem Zeigefinger knibble ich am Daumennagel.

Wir fahren durch eine Allee, die Bäume an den Seiten sind hochgewachsen. Mit jeder Wendung des Weges wird die Straße breiter und die Landschaft grüner. So als würde man noch einmal das Leben spüren, bevor man das Ende erreicht.

Ha-Neul setzt den Blinker und biegt in eine längliche Zufahrt ein, die von Sonnenblumenfeldern umgeben ist, so weit das Auge reicht. Wie gut das passt …

Mein Magen rumort und ich presse die Stirn gegen das Fenster.

»Da ist es …« Ha-Neul deutet mit der Hand nach vorne.

Ein riesiges, weitläufiges Gebäude erstreckt sich vor uns. Der Hauptteil zeichnet sich durch die weiten Fensterfronten aus, wodurch die Sonnenstrahlen ungehindert ihren Weg ins Innere finden. Auf dem flachen Dach wachsen Blumen in allen Farben des Regenbogens.

Ha-Neul parkt den Wagen unter einem Vordach und wir steigen aus.

»Ich habe die Blumen.« Er geht um das Auto herum und öffnet den Kofferraum. Jedem von uns reicht er eine Sonnenblume.

Schweiß klebt an meiner Stirn und ich würde mir am liebsten die Maske vom Gesicht reißen. Das Atmen fällt mir schwer.

»Gehen wir«, murmelt Min-Ho und legt Ji-He den Arm um die Schulter.

Ha-Neul schnappt sich Shi-Won und Jae-Ho hakt sich bei mir ein. Zusammen treten wir in das große Foyer des Krematoriums ein.

»Geht ihr zuerst«, sagt Jae-Ho zu Ji-He und mir. Er zeigt auf das Infoschild im neutral gehaltenen Vorraum.

Man darf das Kolumbarium aktuell nur zu dritt betreten.

»Okay.« Ji-He löst sich von Min-Ho und dreht sich zu Ha-Neul um. »Gib ihn mir.«

Dieser überreicht ihr Shi-Won und streichelt über den Kopf des Kleinen. »Schaffst du das?«

»Nein, aber ich muss.« Sie schlingt die Arme um ihren Sohn und küsst seine Wange. Tränen schimmern in ihren Augen.

»Komm«, flüstere ich und lege meinen Arm um ihre Schulter. Ich drücke sie an mich, halte sie fest, in der Hoffnung selbst nicht auseinander zu fallen. Meine Lippen beben unter der Maske und mein Herz pocht viel zu laut, viel zu schnell.

Zusammen durchqueren wir den langgezogenen hellen Vorraum und gelangen zu einer großen Halle mit kreisförmigen Grundriss. An den Wänden tauchen Hunderte Nischen auf. In jeder befindet sich ein ganzes Leben.

Ich muss gleich kotzen. Schnell ziehe ich die Maske von meinem Gesicht, stopfe sie in die Anzugtasche. Die Sonnenblume wiegt schwer in der Hand.

Ji-Hes Schultern zucken und ich presse sie enger an meine Seite. Meine Augen brennen.

Wir laufen zu einer kleinen Nische am anderen Ende der Halle und bleiben vor Shins Foto stehen. Ein Bild, auf dem er lacht wie der pure Sonnenschein.

Ich balle die Hand zu einer Faust, die Fingernägel drücken so fest in meine Handfläche, dass es schmerzt. Die Sonnenblume fällt ungeachtet zu Boden.

Das Foto steht vor der Urne. Daneben liegen Shins Lieblingsdrumsticks.

»Shi-Won«, murmelt Ji-He unter Tränen ihrem Sohn zu, der nicht weiß, was hier gerade passiert. Er versteht nicht, warum seine Mama weint oder warum sein Onkel kurz davor ist, in Ohnmacht zu fallen – oder sich zu übergeben.

Ich wünsche mir, ich würde auch nichts verstehen.

Der Schmerz in der Handfläche wird stärker, in meinem Kopf dreht sich alles.

»Shi-Won ...« Die Tränen laufen Ji-He in Strömen übers Gesicht und sie schluchzt laut. Sie legt ihre Sonnenblume vor das Foto.

Ich drücke sie ganz fest an mich. Vielleicht, um mich selbst über Wasser zu halten.

Sie schlingt den Arm um ihren Sohn und berührt mit der anderen Hand das Foto. »Shi-Won, sag deinem Papa Hallo.«

Bei ihren Worten kann ich die Tränen nicht mehr zurückhalten. Und all der Schmerz, der sich in mir angestaut hat, schießt an die

Oberfläche. In meinen Ohren rauscht es, mein Herz rast. Krampfartig schnappe ich nach Luft.

»Papa?« Shi-Wons dünne Stimme gibt mir den Rest.

Ich lasse mich auf den Boden sinken und verberge das Gesicht in den Händen. Mein Körper bebt unkontrolliert und ich weine hemmungslos. Mit jedem lauten Schluchzen zittert mein Oberkörper mehr. Die Wangen sind feucht. Ich lecke mir über die Lippen. Der Geschmack nach Salz und Schweiß vermischt sich auf meiner Zunge.

Plötzlich schiebt sich eine kleine Hand zwischen meine Finger. »Joon-Joon traurig?«

O Gott. Meine Stimme versagt, ich kann nur noch weinen. Ich strecke die Hand aus und ziehe Shi-Won in die Arme. Mein Gesicht presse ich an seinen Hals.

»Es tut mir so so leid«, krächze ich unter Schluchzern. »So sehr.«

Es ist meine Schuld, all das.

In meinem Magen dreht sich alles.

Shi-Won fängt in meinen Armen an zu weinen. Ein Weinen, das schnell zu einem Schreien wird. Unsere Klagelaute vermischen sich, bis ich sie nicht mehr unterscheiden kann.

Ji-He löst den Kleinen aus meinem Klammergriff und nimmt ihn auf den Arm.

Mein Körper zittert heftig. Ich kann ihr nicht in die Augen blicken. Die Schuld, die ich mit mir herumtrage, zieht mich unter Wasser. Ich weiß nicht, ob ich mir das jemals vergeben und zurück an die Oberfläche gelangen kann.

Zusammengesunken, mit dem Kopf zwischen den Knien, heule ich in der Hoffnung, meine Schuldgefühle wegzuspülen. Und alle Entscheidungen und Handlungen rückgängig zu machen ...

I WANT A BREAK, BUT I'LL COME TO YOU

Theo

Düsseldorf, Anfang/Mitte Juni 2020

Mein Handy schrillt. Ich strubble mir ein letztes Mal mit dem Handtuch durchs nasse Haar und hetze aus dem Bad ins Schlafzimmer. Mit einem Hechtsprung lande ich auf dem Bett und greife nach dem Telefon.

Lisa ruft an, wir sind verabredet.

Ich nehme den Videoanruf entgegen. »Wo ist meine Nichte?« Bisher kenne ich die Lütte nur von Bildern.

»Was für eine nette Begrüßung.« Sie rümpft die Nase. »Aber sag, wann hast du denn das letzte Mal die Sonne gesehen?« Sie deutet auf mein Gesicht. »Du siehst ziemlich fahl aus.«

Ich berühre die Wange mit dem Handrücken und drehe mich auf den Rücken. »Na, vielen Dank.«

»Sag mir nicht, du warst das letzte Mal draußen, als du mich besucht hast?!« Lisa legt die Stirn in Falten und mustert mich mit scharfem Blick.

Ich weiche ihr aus.

»Ha!« Sie nickt wissend. »Ich wusste es.«

»Ja ja, du Hellseherin.« Ich richte mich auf und setze mich im Schneidersitz hin, um den Bildschirm besser zu sehen. »Und jetzt zeig mir lieber meine süße Nichte.«

»Ach«, sie verdreht die Augen, »du willst mich gar nicht sehen.«

»Natürlich nicht.« Ich grinse unverschämt. »Ich bin nur für die Lütte hier.«

»Frechheit!«

Ich pruste leise und halte mir die Hand vor den Mund. »Na los, zeig mir Mia!«

»Warte nur, bis ich entlassen werde.« Sie streckt mir die Zunge raus und wechselt die Kameraeinstellung. »Hier ist die Mausi.«

Meine Nichte liegt in einem Brutkasten. Ihre Arme und Beine sind so dünn und winzig klein, dass es mir das Herz zerreißt. Ein Baby sollte nicht so mini sein. Nur ihr Kopf wirkt im Vergleich zum Körper überdimensional groß. Die Lütte sieht aus, als würde sie kaputt gehen, falls sie jemand berührt.

Ich fahre mit dem Finger sanft über das Display. »O man, sie ist so winzig. Auf den Fotos sah sie größer aus.« Schnell mache ich einen Screenshot. Okay, vielleicht zwei, oder drei.

»Ja, nicht wahr«, haucht Lisa und greift durch die Durchgriff-öffnung am Inkubator. Zärtlich streichelt sie Mias Füßchen. »Ihre Füße sind kleiner als mein Ringfinger.«

Ich rücke näher an das Telefon heran. Meine Nasenspitze berührt fast das Display. »Beweg mal dein Handy, damit ich sie von allen Seiten sehen kann, bitte.«

Sie schiebt ihr Smartphone näher an den Brutkasten heran. Es berührt die Scheibe und ich habe ungehinderte Sicht auf Mias Finger, die mich an winzige Zahnstocher erinnern. Ich zähle jeden Einzelnen. Es sind zehn, fünf an jeder Hand. Erleichtert atme auf.

»Gott, die Lütte ist so unfassbar süß.« Ich seufze und presse die Nase gegen den Bildschirm. »Und die Fingerchen sind alle dran. Bitte nochmal die Perspektive wechseln.«

Lisa lacht und bewegt sich mit dem Smartphone um den Inku-bator herum, bis ich die Babyfüße genau vorm Gesicht habe. Auch hier zähle ich sorgfältig.

»Wie kann man nur so niedlich sein?« Ich mache noch ein paar Screenshots. In meinen Augen brennen Tränen der Rührung. »Ich wünschte, ich könnte sie knuddeln.«

»Sie ist ein kleines Goldstück.« Lisa wechselt die Kameraeinstel-lung. Ihre Augen glänzen und sie lächelt selig. »Ich freue mich jedes Mal, wenn ich sie nah bei mir habe. Meistens heule ich dann.« Sie schnieft leise.

»Kann ich gaaaar nicht verstehen.« Ich wische mir eine Träne aus dem Augenwinkel.

»Ich hoffe, du kannst sie bald in den Armen halten.« Lisa lächelt und fährt sich durchs zerzauste Haar. »Aber jetzt gehe ich erstmal zurück aufs Zimmer.«

Das Bild wackelt und ich sehe nur noch die hell beleuchtete Decke des Krankenhausflurs. Schritte ertönen klappernd auf dem – wie ich vermute, gefliesten – Boden.

Ich strecke die Beine auf dem Bett aus und stütze mich mit einem Arm hinter dem Rücken ab. Bevor ich später schlafen gehe, werde ich mir die Bilder meiner bezaubernden Nichte angucken. Ich will mir jeden Zentimeter der kleinen Lütte einprägen.

»So, da bin ich wieder.« Lisas Kopf taucht auf dem Bildschirm auf.

Im Hintergrund erkenne ich ein weißes Kopfkissen und die weiße, sterile Zimmerwand des Krankenhauses.

Meine Schwester greift sich an die Stirn. »Ach, das hätte ich fast vergessen!«

»Was denn?« Ich ziehe eine Augenbraue hoch.

»Kannst du mir einen Gefallen tun?« Sie kratzt sich an der Nasenspitze.

»Sicher.«

»Könntest du eine Kerze anzünden?« Ihre Stimme klingt traurig, das Lächeln von vorher ist verschwunden.

»Hä?« Verwirrt kratze ich mich am Kinn und überlege, ob ich irgendwas vergessen habe. Aber mir fällt nichts ein. »Wofür eine Kerze?«

»Erinnerst du dich, dass unsere Eltern dich mal vor einer halben Ewigkeit dazu gezwungen haben, Tanja und mich auf ein K-Pop-Konzert zu begleiten?«, fragt Lisa und neigt ihren Kopf zur Seite.

Ich richte mich auf, umklammere das Telefon mit beiden Händen und weiche ihrem fragenden Blick aus. »Ja, vage.«

Sie weiß nicht, dass ich den Tag nie vergessen werde. Ohne diesen Konzertbesuch würde ich heute wahrscheinlich in irgendeiner Ecke versauern.

Meine Schwester zieht ihre Mundwinkel nach unten. In ihren Augen schimmern Tränen. »Heute ist der Todestag von einem der Band-Mitglieder.«

Das Telefon fällt mir aus der Hand und landet auf der Bettdecke. Ein seltsames Stechen schießt durch meine Brust. »Oh.«

Ich hebe das Smartphone hoch.

»Ja, vor zwei Jahren ist er gestorben.« Lisa reibt sich über die Augen und schnieft. Sie scheint von dem fallenden Handy nichts mitbekommen zu haben. »Danach hat sich die Band aufgelöst.«

»Verständlich ...« Ich fasse mir an die Brust, doch das Stechen bleibt.

Meine Schwester legt eine Hand in ihren Nacken. »Es wurde nie öffentlich gemacht, weshalb er gestorb-«

»Ich denke, eine solche private Sache geht niemanden etwas an.« Meine Stimme ist lauter als beabsichtigt. Kleine Spucketröpfchen fliegen auf den Bildschirm.

»Wir Fans hätten schon gerne Klarheit.« In ihren trotzigen Worten höre ich die fünfzehnjährige Lisa, die sich mit ihrer Freundin die Seele aus dem Leib kreischt. Sie legt das Handy vor sich ab und verschränkt die Arme vor der Brust.

»Auch Stars haben ein Recht auf ihre Privatsphäre«, sage ich durch zusammengebissene Zähne. »Ich weiß, wovon ich spreche. Gerade bei einem so sensiblen Thema. Nicht alles muss in der Presse breitgetreten werden.«

»Ja ...«, murmelt sie und lässt den Kopf hängen, »du hast recht. Sorry.«

Sofort tut es mir leid, sie angefahren zu haben. Ich versuche mich an einem versöhnlichen Lächeln. »Ich zünde eine Kerze für ihn an.«

Ihre Mundwinkel heben sich. »Danke, Theo. Hab dich lieb!«

»Ich dich auch, Schwesterlein. Bis bald!«

Wir legen auf und ich bleibe einen Moment bewegungslos auf dem Bett sitzen. In meinen Gedanken wiederholt sich das Gespräch. Ich spule vor und zurück, reibe mir dabei über die Brust, in der das stechende Gefühl nachklingt.

»Das kann nicht sein.« Ich balle die Hand zu einer Faust, kralle mich an dem Pulloverstoff fest. Bitte lass es nicht den Jungen von damals sein, der mein Leben nachhaltig beeinflusst hat. Ohne ihn hätte ich mich nur in Selbstmitleid gesuhlt.

Ich öffne YouTube und verharre mit dem Daumen über der Suchzeile. Scheiße! Ich habe vergessen, meine Schwester zu fragen, wie die Band hieß.

Seufzend kratze ich mich am Hals. Da ploppt ein neues Live-Video auf. Es ist *SoloViolin*. Ich tippe so schnell darauf, dass ich mir fast den Zeigefinger breche.

Gebannt starre ich auf das Display. Ich habe ewig keinen Auftritt mehr mitbekommen.

Das Geigenspiel ist heute anders als sonst. Trauriger, voller Schmerz. Ich spüre die Verzweiflung mit und in jedem Ton. Die tiefen, lang gezogenen Melodien passen zu meiner befangenen Stimmung.

Mit dem Telefon in der Hand stehe ich auf und gehe ins Wohnzimmer. Ich krame im Regal nach einem Teelicht, stelle es auf den Couchtisch und zünde es an. Für einen Moment schließe ich die Augen. Die dunkle Musik von *SoloViolin* ist der perfekte Trauermarsch.

Später im Bett fällt mir auf, dass ich heute kein einziges Wort von Yong-Joon gehört habe.

* * *

»Was führt dich her?« Dr. Obermeyer, leitender Chirurg und mein Arzt seit über zehn Jahren sitzt hinter seinem Schreibtisch.

»Meine Hände«, ich blicke auf sie herab wie sie reglos auf dem Schoß liegen, »bereiten mir Probleme.«

Dr. Obermeyer legt die Stirn in Falten. »Wie äußern sich diese? Schmerzen?«

Er kennt mich. Vor über zehn Jahren hat er meine Verletzung behandelt und die Operation durchgeführt.

»Ich kann es nicht genau beschreiben. Manchmal spüre ich ein Ziehen oder Zucken in den Händen. Manchmal fangen sie an zu zittern.« Ich halte sie hoch. Wie auf Kommando beben die Finger.

»Hast du Schmerzen?« Er greift nach meiner Linken, die damals verletzt war, und begutachtet sie. Auf manchen Stellen drückt er herum.

»Jetzt gerade nicht.« Ich ziehe die Hand zurück und knete sie mit der anderen. »Aber hin und wieder zieht ein dumpfer Schmerz bis in die Oberarme. Manchmal ist es ein Kribbeln.«

Mein Arzt kratzt sich am Schnäuzer. »Mh, von außen sehe ich nichts, wie die letzten Jahre.« Er schiebt seine Brille den Nasenrücken hoch. »Wenn du willst, machen wir eine Röntgenaufnahme und ich schaue mir alles genauer an.«

Ich seufze erleichtert und nicke. »Okay, das wäre gut.«

»Wenn du Zeit hast, versuche ich dich heute dazwischen zu quetschen.« Er tippt auf seiner Tastatur herum und stiert auf den Computerbildschirm.

»Ich habe Zeit, egal, wie lange«, sage ich und massiere mir das linke Handgelenk.

»Nun gut, setz dich ins Wartezimmer und eine Krankenschwester holt dich dann.« Er winkt, so als wolle er mich aus dem Beratungsraum scheuchen.

Ich stehe auf und trotte ins Wartezimmer. Es sitzen nur zwei weitere Patienten in dem steril gehaltenen Raum und ich lasse mich auf einen Stuhl nahe der Tür fallen. Jeder von uns trägt eine FFP2-Maske.

Die Uhr an der Wand zeigt halb neun morgens, das bedeutet bei Yong-Joon ist es halb vier am Nachmittag. Ich krame das Handy aus der Hosentasche und öffne unseren Chat. Dann scrolle ich durch unsere, hauptsächlich meine, Nachrichten der letzten Tage.

Theo: *schickt Screenshot von Mia*

Theo: Habe heute zum ersten Mal meine Nichte „live" gesehen.

Theo: *schickt Foto von selbstgebackenem Brot*

Theo: Sieht das nicht lecker aus? Hast du schon mal deutsches Brot probiert?

Theo: Yong-Joon?

Theo: Alles in Ordnung?

Yong-Joon: Sorry, gerade viel zu tun. Arbeit.

Theo: Bist du sicher, dass alles gut ist?

Yong-Joon: Ja, sorry. Ich melde mich.

Obwohl ich die Nachrichten nicht zum ersten Mal lese, zieht sich mein Herz krampfhaft zusammen. Normalerweise schickt er mir immer irgendeinen Quatsch, über den ich den Kopf schüttle. Diese plötzliche Wendung bereitet mir Sorgen.

Mein Kopf sackt nach hinten, fällt gegen die kalte Wand. Haben sich seine Gefühle verändert? Will er nichts mehr mit mir zu tun haben?

Ich stopfe das Telefon zurück in Hosentasche und kralle die Finger ineinander. Die Abdrücke meiner Nägel auf den Handrücken schmerzen weniger, als der dumpfe Stich im Herzen.

Ich seufze laut in die Maske. Die beiden anderen Personen sehen mich mitleidig an. Entschuldigend nicke ich ihnen zu.

Zum Glück erscheint kurz darauf die Krankenschwester, bringt mich zum Röntgen und nach der ganzen Prozedur zurück ins Wartezimmer.

»Dr. Obermeyer meldet sich, sobald seine anderen Termine vorbei sind.« Die junge Frau neigt den Kopf und verschwindet.

Jetzt bin ich alleine.

Ich krame mein Telefon hervor und spiele darauf zur Ablenkung Sodoku.

Brrrrrt. Brrrrt.

Das Handy vibriert, leider ist es nur Alex.

Ich nehme den Anruf entgegen und halte mir das Smartphone ans Ohr.

»Es gibt gute Nachrichten«, sagt mein Schwager sofort.

»Ihr werdet aus dem Krankenhaus entlassen?!« Ich setze mich aufrecht hin und tippe rhythmisch mit den Fingern auf dem Oberschenkel herum.

»Ah, schön wäre es.« Alex seufzt und im Hintergrund höre ich meine Nichte schreien. »Aber das ist es nicht.«

»Schade, was dann?« Ich wiege den Kopf von links nach rechts. Es knackt leise.

Alex räuspert sich. »Ich habe heute eine Zusage aus Seoul erhalten.«

In der Bewegung halte ich inne. »Hä? Wovon sprichst du?«

»Wir haben die Erlaubnis, dass du deine Konzerte nachholen kannst. Zumindest eins.« Seine Stimme klingt aufgeregt.

Unwillkürlich krampft sich meine Hand fest um das Smartphone. Die andere zuckt auf dem Schoß. Ein dumpfer Schmerz zieht den Arm hoch. »Warum weiß ich davon nichts?« Ich presse die Frage heraus, versuche, meine Stimmlage unter Kontrolle zu halten.

»Ich dachte, es wäre in deinem Interesse.« Schritte erklingen, ich höre eine Tür, die geöffnet und geschlossen wird. »Sorry, musste kurz das Zimmer wechseln, um dich zu verstehen.«

Ich räuspere mich, atme tief ein und wieder aus. »Ich hatte mich auf eine verfrühte Sommerpause eingestellt.«

»Das tut mir leid, ich habe bereits zugesagt.«

»Alex«, sage ich lauter, drängender, »sowas müssen wir vorher absprechen!« Ich zerquetsche fast das Telefon.

»Entschuldige, aber das Konzert ist erst Anfang August in Seoul.« Ich höre Schritte, so als würde Alex hin und her laufen. »Es bleibt etwas Zeit.«

»Trotzdem …« Ich halte inne. Was war das? »Moment, wo ist das Konzert?«

»In Seoul. Warum?«

Bei seinen Worten löst sich der Klammergriff, die Hand auf dem Schoß entspannt sich. Yong-Joons Gesicht taucht vor meinem inneren Auge auf.

»Okay, ich bin dabei.«

»Ist das in Ordnung für dich?«

Yong-Joon grinst in meinen Gedanken und ein warmes Gefühl breitet sich in meinem Körper aus. »Wann soll es losgehen?«

»Gegen Ende Juli. Erst vierzehn Tage in Quarantäne an einem festen Ort deiner Wahl.« Alex rattert die Bedingungen herunter wie ein Kochrezept. »Und dann ist das Konzert. Weitere Infos schicke ich dir per Mail.«

Ich überschlage die Beine. »Fliegt Luca mit?«

»Genau, ich möchte aktuell nicht weg«, sagt Alex in einem so sanften Tonfall, dass ich die Liebe für meine Schwester und Nichte in jedem Wort höre. »Ich muss jetzt mal wieder zurück. Tschüss!«

»Das verstehe ich, bis bald, Alex.« Ich kappe unsere Verbindung.

In den Fingern kribbelt es, mein Körper ist angespannt. Und obwohl sich diese unangenehme Panik in mir ausbreitet, gibt es auf der anderen Seite einen Gedanken, der einen viel größeren Platz einnimmt. Ich klemme das Telefon zwischen die Oberschenkel und reibe die Handflächen aneinander. Das Kribbeln lässt langsam nach.

Wenn ich nach Seoul fliege, könnte ich Yong-Joon treffen. Mein Herzschlag beschleunigt sich und jetzt tanzt das aufgeregte Kribbeln in der Brust. Ich will ihn sehen, je eher, desto besser. Und ich hoffe, er mich auch.

Mit schwitzigen Fingern greife ich das Telefon und schreibe ihm eine weitere Nachricht, auf die ich hoffentlich eine Antwort bekomme: Mitte Juli fliege ich nach Seoul. Erst gibt es zwei Wochen Quarantäne und im August gebe ich ein ausgefallenes Konzert. Treffen wir uns? Ich würde dich gerne bald wiedersehen.

Ich klicke auf senden und starre fünf Minuten auf den geöffneten Chat. Schließlich halte ich es nicht aus und schicke eine zweite Nachricht hinterher: Du fehlst mir …

»Theo Park, bitte kommen Sie ins Sprechzimmer.« Die Krankenschwester von vorhin erscheint im Türrahmen und winkt mich zu sich.

Ich schiebe das Telefon in die Tasche und folge ihr.

»Dr. Obermeyer erwartet sie«, sagt sie, deutet auf die angelehnte Tür des Beratungsraums und ich trete ein.

Der Arzt betrachtet seinen PC-Bildschirm, auf dem sich mein Röntgenbild befindet.

Ich setze mich auf den Stuhl vor dem Schreibtisch. »Und? Sind die Knochen okay? Irgendwelche Nerven beschädigt?«

Er zieht die Stirn kraus und lehnt sich zurück. »Mit deiner Hand ist alles in Ordnung.« Er dreht den Bildschirm zu mir.

Ich rutsche näher an den Tisch heran und beuge mich vor. In der Vergangenheit habe ich viele Röntgenaufnahmen gesehen und weiß, dass er recht hat. Frustriert raufe ich mir die Haare. »Und die Schmerzen? Das Zittern?«

»Wann treten die Symptome auf?« Er faltet seine Hände auf dem Schreibtisch. »Führst du ein Schmerztagebuch?«

»Wenn ich mich gestresst fühle ...« Die Worte verlassen leise und nur äußerst langsam meinen Mund. Ich meide seinen Blick und denke an die verkrampften Finger beim Telefonat mit Alex.

Dr. Obermeyer stellt die Ellbogen auf und stützt das Kinn auf seine Hände. »Und wann ist das?«

Kurz schließe ich die Augenlider. »Ich bin mir nicht sicher.« Zumindest rede ich mir das ein.

»Theo, physisch ist alles in bester Ordnung«, seine Miene wird weich, »aber nicht nur der Körper kann Schmerzen auslösen.«

Ich verschränke die Arme vor der Brust. »Hm ...« Davon will ich jetzt nichts hören.

»Auch um Geist und Seele muss man sich kümmern«, redet er weiter und nickt mir aufmunternd zu.

»Ja«, sage ich knapp. »Danke.«

»Überleg es dir. Wenn du Empfehlungen diesbezüglich brauchst, sag Bescheid. Wir kümmern uns nicht nur um körperliche Probleme.« Um seine Augen bilden sich Lachfältchen.

Ich atme tief ein, lockere die Arme und sehe den Arzt an. »Danke für den Tipp. Und für Ihre Zeit heute.«

Ich stehe auf und reiche ihm die Hand.

Er schüttelt sie zum Abschied. »Kein Problem, Theo. Denk einfach darüber nach.«

Ich verlasse das Sprechzimmer und rufe über eine App ein Taxi. Auf dem Weg nach draußen setze ich mir Sonnenbrille und Mütze auf. Wenn Alex hiervon wüsste, würde er mich sicherlich abholen. Aber ich fühle mich unwohl dabei. Er soll nichts davon erfahren, denn dann müsste ich mich unweigerlich mit dem Problem auseinandersetzen. Und allein bei dem Gedanken dreht sich mir der Magen um. Ich hoffe einfach, dass ich Yong-Joon bald sehe. Wenn ich bei ihm bin geht es mir gut.

Abends liege ich frisch geduscht und völlig erschöpft vom Tag im Bett. Endlich komme ich dazu, meine Nachrichten zu checken. Zu meiner großen Freude hat Yong-Joon mir endlich geschrieben. Ich wische mir über die Stirn und atme tief durch. Nervös klicke ich auf seinen Chat.

Willst du die Quarantäne bei mir verbringen? Ich verspreche, ich beseitige auch alle gefährlichen Gerüche aus meiner Wohnung.

FEEL WHAT YOU WANT TO FEEL

Theo

Flugzeug, Mitte Juni 2020

Alleine und mit einem breiten Grinsen unter zwei FFP2-Masken sitze ich im Flugzeug in der ersten Klasse. Es liegen fünf Stunden bis zur Landung am Flughafen Incheon in Seoul vor mir.

Meine Smartwatch vibriert am Handgelenk, aber ich weiß, dass das nichts mit der Allergie zu tun hat. Vielmehr flattert mein Herz bei der Aussicht, Yong-Joon wiederzusehen.

Ich krame das Handy – natürlich im Flugmodus – aus der Hosentasche und lese die Nachrichten, die ich mit ihm in den letzten zwei Wochen ausgetauscht habe.

> **Yong-Joon:** Willst du die Quarantäne bei mir verbringen? Ich verspreche, ich beseitige auch alle gefährlichen Gerüche aus meiner Wohnung.
> **Theo:** Ja!!!
> **Yong-Joon:** Wir sehen uns echt wieder?
> **Theo:** Dann kann ich dich endlich umarmen.
> **Yong-Joon:** Danach sehne ich mich. Ehrlich.

Die Vibration nimmt zu und ich stelle die Uhr aus. Ich halte den Bildschirm nah vors Gesicht und grinse breiter als zuvor. Mein Fuß tippt in einem unbestimmten Rhythmus auf den Boden. Ich kann es kaum erwarten, ihn endlich zu sehen.

Theo: Mir geht es nicht anders.

Yong-Joon: Wenn ich dich einmal umarme, dann lasse ich dich nicht mehr los.

Theo: Ist okay, kann ich mit leben. Aber darf ich noch auf Klo gehen?

Yong-Joon: Darüber müssten wir verhandeln.

Theo: Was ist der Einsatz?

Yong-Joon: Mh, ich überlege mir etwas, bis du hier bist. Wann genau kommst du? Es gibt bestimmt einiges vorzubereiten.

Ich lache leise vor mich hin und bin gespannt wie ein Flitzebogen, was er sich für einen Einsatz ausdenkt. Mir fällt da spontan das ein oder andere ein. Eine sanfte Berührung an der Wange, eine warme Umarmung, ein zarter Kuss …

Mein Gesicht fühlt sich ganz erhitzt an. Schnell scrolle ich weiter durch die Nachrichten.

Theo: Datum steht aktuell noch nicht fest.

Yong-Joon: Ähm …

Theo: Ja?

Yong-Joon: Ich hätte da einen Vorschlag.

Theo: Ja?

Yong-Joon: Komm doch im Juni. Dann könnten wir nach der Quarantäne Zeit zusammen in Seoul verbringen.

Yong-Joon: Du musst nicht, wenn du nicht willst.

Yong-Joon: Aber …

Yong-Joon: … du fehlst mir.

Seufzend lasse ich den Kopf gegen die weiche Lehne sinken. Meine Worte reichen nicht aus, um zu beschreiben, wie unsagbar ich ihn vermisse.

Doch ich spüre es, wenn mein Herz sich schmerzhaft zusammenzieht oder der Körper sich lustlos und leer anfühlt. Obwohl wir uns in wenigen Stunden sehen und ich voller Vorfreude bin, will mein Körper es nicht glauben.

> **Theo:** Yong-Joon, gib mir Zeit, zu tippen. Ich werde sehen, ob ich einen früheren Flug erwische. Und dann bin ich so schnell es geht bei dir.
> **Yong-Joon:** Ehrlich?
> **Theo:** Ehrlich.
> **Theo:** Yong-Joon?
> **Theo:** ??
> **Yong-Joon:** Sorry, bin vor Freude aus dem Bett gefallen.
> **Theo:** Wie hast du das geschafft?
> **Yong-Joon:** Ähm, kein Kommentar.

Ich grinse in die Maske. Zum Glück konnte ich Alex überzeugen, mir einen früheren Flug zu buchen. Ihm habe ich erzählt, dass ich meine Großeltern besuchen möchte, die etwas außerhalb von Seoul auf dem Land leben. Lisa ist nicht begeistert, aber dank Mia abgelenkt genug, um sich nicht zu sorgen.

Ich scrolle weiter durch den Chat.

> **Yong-Joon:** Noch 5 Tage, bis wir uns sehen.
> **Yong-Joon:** Noch 4 Tage und 14 Stunden.
> **Theo:** Hast du einen Countdown gesetzt?
> **Yong-Joon:** Du etwa nicht?
> **Theo:** Dafür habe ich dich, meinen lebenden Timer.
> **Yong-Joon:** Okay.
> **Yong-Joon:** Noch 2 Tage und 5 Stunden.

Es sind diese Kleinigkeiten, die auch jetzt, Tage später, mein Herz in einen Höhenflug versetzen. Ich drücke das Handy fest an die Brust und bin froh, dass außer mir nur eine weitere Person in der ersten Klasse sitzt. Und die ist zu weit weg, um sich zu fragen, warum ich ständig verzückt aufseufze.

Theo: *Smiley*

Yong-Joon: Sag mal.

Theo: Ja?

Yong-Joon: Wie begrüßen wir uns? Ist die Frage blöd?

Theo: Ich hab's ja nicht so mit menschlicher Nähe. Aber ich sage nicht ›Nein‹, wenn sie von dir kommt.

Yong-Joon: Was heißt das übersetzt?

Theo: Umarmung?

Yong-Joon: Geht das mit Corona? Und in der Öffentlichkeit?

Darüber hatte ich beim Schreiben der Nachricht tatsächlich gar nicht nachgedacht. Am liebsten würde ich jetzt durch das Telefon hindurchkriechen und mich in seine Arme werfen. Ich kratze mich am Nacken, der vor Aufregung juckt.

Hoffentlich vergeht die Zeit bis zur Landung schnell ...

Theo: Dann erst, wenn wir bei dir sind?

Yong-Joon: Wäre das okay?

Theo: Klar, alles, was sich für dich gut anfühlt.

Yong-Joon: Du fühlst dich für mich gut an.

Ich presse das Telefon gegen die Stirn. Meine Ohren sind heiß und mein Herz hat seinen gleichmäßigen Rhythmus schon längst verloren. Seufzend lasse ich das Handy sinken.

Yong-Joon: Kann es kaum erwarten, dich zu sehen.

Theo: Steige jetzt ins Flugzeug, bis später.

Yong-Joon: Warte am Hintereingang, wie besprochen. <3

Das kleine <3 bringt mein Herz vollends zum Tanzen.

Ich schaffe es, unerkannt das Gepäck zu holen, und laufe mit Koffer und Rucksack zum Hinterausgang. Mein Atem geht flach unter der Maske und die brüllende Hitze, die mir draußen entgegenschlägt, ist nicht hilfreich. Ich ziehe die Cap tiefer ins Gesicht und vermisse die Sonnenbrille, die irgendwo im Rucksack steckt.

Mein Blick wandert über die wenigen Autos, die auf der Straße stehen. An einem größeren Wagen lehnt ein Kerl mit Jeans, T-Shirt und vermummten Gesicht. Ich kneife die Augenlider zusammen, um besser zu sehen. Die Sonne blendet mich. Ist das Yong-Joon?

Langsam schiebe ich den Koffer in seine Richtung. Noch fünf Meter trennen mich von ihm. Der Kerl zieht seine Sonnenbrille von den Augen und winkt aufgeregt.

Er ist es.

Mit schnellen Schritten laufe ich auf ihn zu und komme schlitternd zum Stehen. »Hi«, sage ich, meine Stimme klingt atemlos. Die Smartwatch piept verdächtig.

Er legt seine Hand auf meine, die noch den Koffer festhält. »Hi, Theo.«

»Ah ...« Ich grinse unter der Maske, mein Herz hüpft. »Deine Stimme klingt in echt so viel besser als durchs Telefon.«

Er sieht mich direkt an und ich erkenne allein an seinen Augen, dass er übers ganze Gesicht strahlt. Er kneift die Lider zusammen und an den Seiten bilden sich Lachfältchen. Ihn so zu sehen macht unsere Abmachung zunichte ...

Ich gehe einen Schritt nach vorne und ziehe ihn etwas unbeholfen in meine Arme. Kurz drücke ich ihn an mich und trete schnell zurück. »Sorry, wir hatten gesagt keine Umarmung am Flughafen.«

»Ich bin nur wegen einer Sache beleidigt.« Sein Blick huscht hin und her.

»Hm?«

»Die Umarmung war zu kurz.« Er schlingt seine Arme um meine Taille und zieht mich eng an sich.

Einen Augenblick bin ich überrascht, aber mein Körper reagiert von alleine. Ich werfe die Arme um ihn und presse das Gesicht an seinen Hals. Er riecht nach Naturseife und Yong-Joon.

Ich atme tief ein und schiebe einen Oberschenkel zwischen seine Knie.

Er seufzt leise und verbirgt sein Gesicht an meiner Schulter. »Besser als in meiner Vorstellung.«

Ich kann nicht antworten. Er streicht mit seinen Fingern über meinen unteren Rücken und eine wohlige Wärme breitet sich bis in meinen Nacken aus. Selbst die Ohren fühlen sich heißer an als im Flugzeug. Das Herz pocht gegen meine Brust, die Smartwatch schlägt Alarm. Ich löse mich aus seinen Armen, obwohl sich alles in mir dagegen sträubt. »Pause, sonst kipp ich gleich um.«

Ich greife gleichzeitig nach seiner Hand.

Er drückt sie sacht. »Dann lass uns fahren.«

Wir wuchten mein Gepäck in den Kofferraum und ich setze mich neben ihn auf den Beifahrersitz. Er startet den Motor und der Van fährt los.

»Und, hast du dir einen Einsatz überlegt, damit ich aufs Klo gehen kann?« Ich spiele gedankenlos mit seinen Fingern.

»Hä?« Sein Kopf zuckt ruckartig zu mir.

Ich pikse den Zeigefinger in seine Wange und schiebe seinen Kopf zurück. »Guck auf die Straße! Erinnerst du dich nicht an unseren Chat?«

»Ahhh!« Seine Hand liegt locker auf dem Lenkrad. »Ich habe ein paar Ideen, die diskutiere ich gerne mit dir, wenn wir bei mir sind.«

»Jetzt mach es nicht so spannend.« Ich zeichne kleine Kreise auf seine Handfläche, die er nur zum Schalten wegnimmt. »Sag es mir, bitte.«

»Nö, da musst du dich gedulden«, sagt er amüsiert. »Aber ich beeile mich.«

Er drückt aufs Gaspedal und saust durch die vollen Straßen von Seoul, als würde er jeden Tag nichts anderes machen.

Ich greife nach dem Haltegriff.

Yong-Joon parkt den Van in einer Tiefgarage, direkt unter dem Gebäude, in dem er wohnt. Wir holen mein Gepäck aus dem

Kofferraum und schlendern zum Aufzug, der uns in Rekordgeschwindigkeit in die oberste Etage bringt.

»Willkommen in meinem Reich.« Er öffnet die Wohnungstür und schiebt mich samt Gepäck in einen kleinen Eingangsbereich. Hinter mir schließt er die Tür wieder. »Fühl dich wie zuhause.«

»Wow!« Meine Kinnlade klappt herunter. Ich starre in die Eckküche und den angrenzenden Wohnbereich. Überall stehen oder hängen Pflanzen in allen Größen und Formen herum. Ich schnuppere vorsichtig unter der Maske. Zu meinem Erstaunen riecht es absolut neutral, höchstens nach Natur, Erde und Pflanzen und damit habe ich keine Probleme. Ich mache einen Schritt nach vorne und drehe mich zu ihm um.

Er entledigt sich seiner Maske und grinst mich schief an. Sein Kopf ist zur Seite geneigt. »Hatte ich erwähnt, dass ich Pflanzen mag?«

»Nur mögen?« Ich schüttle amüsiert den Kopf und nehme ebenfalls die Maske ab.

Er ergreift sie und entsorgt sie in einem Mülleimer unterhalb der Spüle. »Ja, okay, es ist ein bisschen mehr als mögen.« Yong-Joon zieht sich die Cap vom Kopf und hängt sie an einen Haken direkt neben der Tür. Seine Schuhe stellt er in ein Regal.

Ich lasse den Rucksack auf den Boden fallen und mache es ihm nach. Meine Zehen, die sich über die Freiheit freuen, spreizen sich. Mit dem Koffer in der Hand folge ich ihm in den Wohnbereich. »Kann ich mir die Hände waschen?«

Er dreht sich zu mir um, schnappt sich den Rollkoffer und schiebt ihn neben die freistehende Couch.

»Klar, das Bad ist da vorne.« Er deutet auf die letzte Tür am Ende des Wohnzimmers. »Du kannst direkt duschen, wenn du möchtest. Der Flug war lang und es ist ziemlich heiß in Seoul.«

Ich nicke und trete von einem Fuß auf den anderen. Mit den Armen umschlinge ich meine eigene Körpermitte und ziehe die Schultern bis zu den Ohren. »Um ehrlich zu sein, ich bin etwas überfordert.«

»Wieso?« Er tritt auf mich zu und löst meine Finger, die sich ins Oberteil klammern.

Meine Schultern sacken nach unten. »Es ist das erste Mal seit vielen Jahren, dass ich bei jemanden zuhause bin, der nicht meine engste Familie ist.« Ich neige den Kopf und lächle. »Und es ist das erste Mal, dass sich jemand außerhalb der Familie die Mühe gemacht hat, seine Wohnung so zu gestalten, dass ich sie ohne Angst betreten kann.«

»Für dich würde ich das immer wieder tun«, sagt er, umfasst meine Oberarme und streicht sanft mit seinen Daumen über den Stoff. »Damit ich dich bei mir haben kann.«

Das Flattern im Herzen ist zurück und dazu gesellt sich ein wohliges Kribbeln in der Magengegend. Am Handgelenk vibriert die Smartwatch. Ich weiß gar nicht, was ich sagen soll. Also werfe ich ihm die Arme um den Hals und verschränke sie hinter seinem Nacken.

Er lacht an meiner Schulter, sein ganzer Körper vibriert. »Alles okay?«

»Ja ...«, ich bohre die Nase förmlich in seinen Hals, »und danke. Du weißt nicht, was mir das bedeutet.« Meine Augen jucken und ich fahre mit dem Handrücken darüber.

Er löst sich von mir und lächelt. Sein kleines Muttermal unter dem linken Auge hüpft. »Gerne, Theo.«

Ich lächle zurück und fühle mich entspannter als zuvor, aber gleichzeitig bin ich irgendwie aufgeregt. »Ich glaube, ich gehe jetzt duschen.«

Er streicht mir eine wellige Haarsträhne aus der Stirn. »Lass dir Zeit. Ich habe dir ein frisches Handtuch ins Bad gelegt, das kannst du benutzen. Und ich mache uns in der Zwischenzeit etwas zu essen.«

»Das klingt gut. Danke.«

Er geht in die offene Küche und macht sich ans Werk. Ich drehe mich zum Koffer, der neben der Couch steht, und schiebe ihn zur Badezimmertür. Meine Hände zittern, als ich versuche ihn zu öffnen. Es gelingt mir erst beim zweiten Mal. Ich wische mir die schwitzigen Finger an der Hose ab und krame frische Klamotten und Waschzeug heraus.

Über die Schulter werfe ich Yong-Joons Rücken einen kurzen Blick zu und schüttle lächelnd den Kopf. Ich kann es noch nicht begreifen, dass ich bei ihm bin. »Hey, Yong-Joon!«

Er zuckt zusammen und dreht sich um. »Was? Ist was passiert?« Seine Miene wirkt angespannt und seine Augen scannen meinen Körper ab, als würde er nach Verletzungen suchen.

»Alles gut. Aber wenn ich geduscht habe, musst du mir den Einsatz verraten, okay?« Ich winke ihm mit meinen Sachen zu.

Sein Mund verzieht sich zu einem frechen Grinsen. »Wir werden sehen. Und jetzt ab mir dir.« Mit einer lockeren Handbewegung scheucht er mich aus dem Raum.

Ich strecke ihm die Zunge raus, gehe ins Bad und schließe die Tür hinter mir. Auch das ist genauso vollgestellt mit Pflanzen wie der Wohnbereich. Bedacht darauf, keine von Yong-Joons Schätzen aus Versehen einen Kopf kürzer zu machen, lege ich den frischen Jogger inklusive Unterwäsche auf den Klodeckel und ziehe mich aus. Die durchgeschwitzten Sachen schmeiße ich in einen kleinen Wäschebeutel, anstatt sie wie sonst ordentlich gefaltet wegzulegen.

Ich steige unter die Dusche und das warme Wasser spült die letzte Anspannung vom Flug aus den Muskeln. Ah, das tut gut. Mein Kopf sinkt in den Nacken und ich schließe die Augen. Die vergangenen Tage konnte ich kaum realisieren, dass ich Yong-Joon tatsächlich so bald wiedersehen würde. Erst jetzt wird es mir bewusst.

Das Herz klopft laut in meiner Brust.

Ich spüre noch seinen warmen Körper, der sich an mich schmiegt. Sofort sehne ich mich danach. Ein sanftes Kribbeln breitet sich in mir aus und ich streiche mit der Hand von der Brust zum Bauch. Das Blut schießt vom Kopf direkt zwischen meine Beine. Meine Fingerspitzen streifen die Erektion. Ich stöhne und stelle die Wassertemperatur eiskalt ein. Anstatt unter der Dusche zu masturbieren, will ich lieber bei ihm sein.

Ich brause meinen Körper kalt ab, drehe den Wasserhahn zu und trockne mich zügig ab. Beim Anziehen rutsche ich fast auf den nassen Fliesen aus, weil ich es so eilig habe. Ich rubble einmal mit dem Handtuch über die feuchten Haare, schnappe mir den Wäschebeutel und verlasse das Badezimmer.

Yong-Joon steht am Herd, wiegt sich summend hin und her, und kocht.

Ich stopfe den Beutel in den Koffer und schnuppere. Dieser typische Geruch von Fertignudeln mit scharfer Chilisoße dringt mir in die Nase. »Rieche ich da Ramen?« Ich kratze mich am Hals.

»Ist das okay?« Er dreht seinen Kopf und blickt über die Schulter zu mir. »Ich habe Ketchup reingekippt, damit es nicht so scharf ist.«

Ich trete näher, lege kurzerhand das Kinn auf seine Schulter und schlinge meine Arme um seine Taille. »Okay.«

Er zuckt zusammen. »Was machst du da?« Seine Stimme klingt kratzig.

»Mich ausruhen«, murmle ich und gähne, »du bist bequem.«

»Da wüsste ich was Besseres.« Er dreht sich um, legt den Löffel zur Seite und streicht mir eine Haarsträhne aus der Stirn. Seine Finger tanzen über meinen Arm bis zum Nacken. Ich spüre, wie er sie dahinter miteinander verschränkt.

Unsere Oberschenkel berühren sich, durch die weite Jogginghose fühle ich den härteren Stoff seiner Jeans.

Ich halte die Luft an.

Sein Blick wandert zu meinen Lippen, die sich trocken anfühlen. Ich lecke mir darüber und streichle seinen Rücken.

Er greift mir ins Haar und spielt mit den Haarspitzen im Nacken.

Hitze sammelt sich in meiner Mitte. Ich will ihm näher sein. Ich trete einen Schritt nach vorne und sein Rücken stößt an den Rand der Herdplatte. Am Handrücken spüre ich dessen Wärme.

Ich fixiere Yong-Joons Lippen.

Er leckt sich mit der Zunge über die Unterlippe.

Das zarte Kribbeln von vorhin ist zurück und ich dränge mich näher an ihn. Hat er meinen Blick bemerkt?

»Ist das besser?« Meine Stimme ist rau.

»Hm …« Er nickt, schaut mir dabei in die Augen. Seine Pupillen sind erweitert und wirken dunkler als normal.

Ich möchte ihn küssen. Mein Herz verdoppelt bei dem Gedanken seinen Rhythmus.

Yong-Joon übt leichten Druck auf meinen Nacken aus und zieht mich zu sich. Er seufzt leise.

»Was ist denn nun der Einsatz?« Meine Stimme ist nicht mehr als ein Hauchen. Ich streiche mit der Nasenspitze über seine Stirn.

»Mhm …«, er krallt seine Finger in mein Haar, »genau das …« Er hebt seinen Kopf und meine Nase streift die seine.

Sein warmer Atem drängt sich an meine Lippen. Ich nehme den schwachen Geruch von Chili wahr.

»Okay …«, flüstere ich und stütze die Hände hinter seinem Rücken neben der Herdplatte ab. Die Smartwatch vibriert wie wild.

Ich senke den Kopf ein bisschen.

Unser Atem vermischt sich.

Mein Herz rast. Noch ein kleines Stück …

Rauschendes Prasseln und lautes Blubbern ertönen und heißes Wasser spitzt auf mir auf die Finger.

»Scheiße!« Yong-Joon flucht überraschend laut, unsere Körper fahren auseinander. Er dreht sich so schnell um, dass er mir fast den Ellbogen in den Magen rammt.

Ich ziehe die Hände von der Herdplatte weg und entdecke einen nassen Fleck an seinem Rücken. Mit den Fingerspitzen streiche ich vorsichtig über die Stelle. »Ist alles okay?«

Er stöhnt leise unter meiner Berührung. »Ganz schön heiß.«

»Was genau?«

»Das Wasser«, sagt er, ohne sich umzudrehen, »aber du auch.«

Seine Ohren nehmen einen rötlichen Farbton an.

Kurzerhand beuge ich mich vor, küsse sacht seine Ohrmuschel.

Er erstarrt. Sein Ohr glüht unter meinen Lippen.

Ich küsse ihn noch einmal, meine Nasenspitze streicht zärtlich über seine Schläfe.

Yong-Joon räuspert sich und dreht sich zu mir um. »Ähm, das Essen wäre fertig.« Er fährt sich mit der Hand durchs Haar und starrt auf meine Lippen.

Wie auf Kommando knurrt mein Magen. Wir sehen uns an und lachen laut los.

»Lass uns essen«, sagt er grinsend und dirigiert mich zu dem runden Esstisch hinter der Couch. Er stellt den Topf voller Ramen und zwei kleine, schwarze Schalen darauf ab.

Wir setzen uns und er reicht mir ein Paar Stäbchen. Unter dem Tisch schieben wir in stummem Einverständnis unsere Beine ineinander.

»Danke für das Essen.« Ich greife hungrig zu und bin froh, dass der Geschmack nach Ketchup die Schärfe des Chilis abschwächt. »Schmeckt gut! Etwas nach irgendwelchen Geschmacksverstärkern, aber gut.« Ich zwinkere ihm zu.

»Sorry, dass ich nichts anderes habe«, sagt er beim Kauen und saugt eine lange Nudel zwischen den Lippen ein. »Ich bin kein Held beim Kochen.«

Ich höre kaum, was er sagt. Mein Blick wird von seinem gespitzten Mund in den Bann gezogen. Ein bisschen rote Soße bleibt im Mundwinkel kleben.

»Macht ja nichts.« Ich kann mich nicht von seinen Lippen losreißen. »Du hast da was.«

»Was? Wo?« Er fasst sich ins Gesicht, verschmiert die Tomaten-Chili-Soße bis auf seine Wange.

Ich lache, strecke eine Hand aus und streiche mit dem Daumen über seinen Mundwinkel. »Hier.« Ich lecke die Soße vom Finger ab.

»Danke.« Er grinst und sein Muttermal hüpft.

»Nicht dafür«, sage ich gähnend und halte mir die Hand vor den Mund. »Entschuldige, der Jetlag holt mich langsam ein.«

»Willst du dich hinlegen?«

Er schaut auf meinen leeren Teller und deutet auf die einladende Couch hinter uns.

Ich gähne und reibe mir über die brennenden Augen. »Ja … ich bin echt fertig.«

Er schlürft seine letzte Tomatensoße aus der Schale und stellt sie auf meine. »Dann schlaf doch eine Runde und überlass das Abwaschen mir.«

Ich kratze mich am Nacken, wo sich die nassen Haarspitzen kräuseln. »Du hast gekocht, also sollte ich …«

»Du kannst die nächsten Wochen so viel abspülen, wie du willst«, sagt er bestimmt, steht auf und zieht mich vom Stuhl hoch. »Aber jetzt ruhst du dich aus. Ich will schließlich noch sehr lange etwas von dir haben.«

Ich werde davon geweckt, dass sich etwas Weiches auf meinem Kopf hin und her bewegt. Schläfrig öffne ich die Augen und blicke direkt in Yong-Joons Gesicht. Ich greife ins Haar und spüre – ein Handtuch?!

»Sorry, ich wollte dich nicht wecken.« Er weicht zurück. »Aber ich dachte, du schläfst besser nicht mit nassen Haaren.«

O man, hat er mir die (nicht wirklich feuchten) Haare trockengerieben? Ein warmes Gefühl erfüllt meinen Körper.

»Danke.« Ich schniefe leise. »Und danke nochmal, dass du deine Wohnung theosicher gemacht hast.« Ich strecke die Hand aus und lege sie an seine Wange.

Er legt seine Finger über meine. »Ich würde vieles machen, um dich hier zu haben.«

»Was denn alles?«

»Ich habe versprochen zwei Wochen in Quarantäne zu bleiben.« Er lächelt sanft auf mich herab.

Meine Finger verschränken sich mit seinen. »Für mich.«

»Mit dir.«

Das Brennen in meinen Augen nimmt zu und ein Kloß bildet sich im Hals. Ich reibe mir übers Gesicht.

»Das bedeutet mir unglaublich viel. Danke.«

»Für dich, immer.« Er bettet unsere verschränkten Hände auf meiner Brust und atmet laut aus.

»Alles okay?«

»Ich würde gerne über etwas reden.« Seine Stimme klingt sorgenvoll und auf seiner Stirn bilden sich Fältchen.

Ich hieve mich hoch und setze mich aufrecht hin, sodass wir einander zugewandt auf der Couch hocken. Seine Hand lasse ich nicht los, streichle zärtlich die Fingerknöchel. »Klar, worüber?«

»Ähm ...« Er reibt sich über die Brust und sucht meinen Blick. »Wir sind zusammen, oder?«

Ich erstarre in der Bewegung. Meine Augen weiten sich spürbar. »Hatten wir das nicht schon in unserem Telefonat geklärt?«

Er nickt. »Doch, aber na ja ...«

»Hm?« Ich rutsche näher zu ihm heran, lege meine andere Hand auf sein Knie.

»Kann ich ehrlich sein?« Er fährt sich durch die Haare. Sein Blick springt hin und her, bis er mein Gesicht fokussiert.

Mein Herzschlag setzt aus, seine Nervosität macht mir Angst. Die Hand auf seinem Knie zittert.

»Natürlich«, sage ich langsam und mit einem seltsamen Stechen im Magen.

»Für mich ist das alles total neu, das wir.« Yong-Joon drückt meine Finger fest. »Ich kannte das bisher nicht. Habe mich nie zu jemandem so hingezogen gefühlt, weder emotional noch – oder schon gar nicht – körperlich. Meine Freunde haben sich ständig verliebt oder hatten intime Beziehungen. Ich konnte das nie verstehen. Ehrlich gesagt, dachte ich, ich sei asexuell, aromantisch oder so. Obwohl ich mir nie zu viele Gedanken gemacht habe. So war ich eben.« Er streicht mit seinem Daumen über meine Handfläche und weicht meinem Blick aus.

Das Stechen wandert von meinem Magen zum Oberkörper. Ich nehme die Hand von seinem Knie und reibe mir über die Brust. »Und jetzt denkst du das nicht mehr?«

Er zuckt mit den Schultern und lässt den Kopf hängen. »Ich weiß nicht, ich bin verwirrt.«

Mir schmerzt das Herz, ihn so zu sehen.

Auf einmal fühle ich mich zurückversetzt in die Zeit, als ich zum ersten Mal einen anderen Jungen heiß fand. Ich erinnere mich an das Chaos meiner Gefühle und die ständige Angst, anders zu sein.

»Verwirrt zu sein ist voll in Ordnung.« Ich umfasse sein Kinn und hebe es an, damit er mich ansieht. »Es ist total okay, nicht genau zu wissen, was und wie du gerade fühlst. Ich weiß noch genau, wie es für mich früher war, als ich neue Gefühle entwickelt hatte. Ich wusste nicht wohin mit mir und meinem Körper. Man, hatte ich eine Scheißangst.«

Ich lege die Hand an seine Wange. »Aber ich habe auch gemerkt, dass sich alles ändern kann, und das ist okay. Mach dir wegen mir bitte keinen Stress.«

Er schmiegt seine Wange in meine Hand und schließt die Lider kurz. »Sag das mal meinen Gedanken, die Achterbahn fahren.«

Ich rutsche näher zu ihm, unsere Knie stoßen aneinander. Mit den Fingern glätte ich die kleine Falte zwischen seinen Augenbrauen. »Für mich ist das auch alles neu.« Mein Herz rast in meiner Brust. Ich habe das Gefühl, es könnte jeden Augenblick explodieren. »Seit Langem jemandem wieder nahe zu sein, ohne zu sterben.«

Seine Pupillen weiten sich. »Mach darüber keine Witze! Ich habe bei jeder Berührung, jeder Nähe Angst, du kippst um.«

»Alles gut, schau«, ich deute auf meinen Hals, »kein Ausschlag. Ich kann dich sehr gut riechen.«

Und um ihm das zu beweisen, beuge ich mich vor und schließe Yong-Joon in eine lange Umarmung.

YOU ARE LIKE A COZY SECURITY

Yong-Joon

Ich rücke näher an ihn heran, bis ich halb auf seinem Schoß sitze. Unter den Fingern spüre ich den weichen Stoff von Theos tiefviolettem Pullover. Der Farbton erinnert mich an Amethyst.

Seine warmen, langen Finger liegen auf meinem Rücken. Die Berührung brennt sich dort ein, wie damals im Aufzug in Japan. Plötzlich kann ich es kaum erwarten, diese neuen Gefühle in mir erblühen zu sehen wie hinreißende Blumen.

Seine Smartwatch vibriert und ich löse mich widerwillig aus der Umarmung. »Was ist los?«

»Ah«, er kratzt sich im Nacken, »mein Puls hat sich etwas erhöht.« Er zeigt mir die Uhr.

»Entschuldige.« Ich knete die Hände ineinander.

»Wofür?«

Ich deute auf die vibrierende Smartwatch. »Das ist meine Schuld.«

Wie so vieles, flüstert eine hässliche Stimme in meinem Kopf.

»Ja und das braucht dir echt nicht leidtun«, sagt er und umfasst meine schwitzige Hand. »Es liegt definitiv an der Nähe, aber ganz und gar nicht an meiner Allergie.«

Skeptisch wandert mein Blick zwischen seiner Uhr und seinem Gesicht hin und her. »Sicher?«

»Vertrau mir, ich kenne meinen Körper.« Er zeigt mir seinen Hals von allen Seiten.

Ich begutachte ihn ausgiebig, streiche mit dem Daumen über seine weiche Haut. »Okay. Dir geht es gut.«

»Ja und wir lassen es langsam angehen.« Er lächelt sanft. »Alles, was sich für uns beide gut anfühlt, ist okay.«

Ich nicke. »Okay, Schritt für Schritt.«

»Und jetzt komm wieder her.« Er zieht mich so schnell zu sich, dass er nach hinten auf die Couch fällt. Ich lande unbeholfen auf seiner Brust.

Er lacht leise, überrascht. »Ich schwöre, das war keine Absicht.«

»Glaubst du, was du sagst?« Mein Kopf liegt verrenkt an seinem Hals. Ich drehe ihn und die Nasenspitze stupst gegen seine Haut.

Er atmet unregelmäßig. »Du nicht?«

»Doch, na klar.« Ich hauche einen Kuss auf seinen Hals.

Sofort bildet sich dort eine Gänsehaut, als würde Elektrizität durch seine Venen prickeln.

»Ich glaube«, er stöhnt leise, »ich sollte bei dir meine Uhr abnehmen.«

Anstelle einer Antwort küsse ich ihn immer wieder auf seine Gänsehaut, die langsam auf meinen Körper überspringt. Es kribbelt und kitzelt vom Haaransatz bis in die Zehenspitzen.

»Hm ...« Theo umfasst mich fester. »Fühlt sich gut an.«

Ermutigt von seinen Worten lege ich die Finger an seine Wange. Gleichzeitig male ich eine Spur aus zarten Küssen von seinem Hals aus bis hin zum Ohrläppchen. Es glüht unter meinen Lippen.

Theos Brustkorb hebt und senkt sich langsam, sein Atem geht gleichmäßiger. Mit dem Mund an seiner Haut halte ich inne, lausche seinem ruhigen Herzschlag.

»Theo?«, flüstere ich und stupse mit der Nasenspitze gegen seinen Hals. Keine Regung.

Ich richte mich ein paar Zentimeter auf. Seine Augen sind geschlossen, die Lippen leicht geöffnet.

Er ist eingeschlafen. Und in mir tobt ein Wirbelsturm voller Emotionen.

Ich streiche ein letztes Mal über seine Wange und bette meine Hand auf seiner Brust. Für eine Weile lausche ich seinem leisen Schnarchen.

Mein linker Arm, der zwischen uns eingeklemmt ist, schläft ein, aber das ist mir egal. Hier bei und mit ihm zu sein, lässt mich in einen friedlichen Schlaf fallen.

Verschlafen taste ich umher und greife in ein weiches Kissen.

Wo bin ich? Ich öffne die Augen und starre gegen mein dickes Kopfkissen. Eine dünne Decke liegt über meinem Körper. Von Theo ist weit und breit keine Spur.

Wo ist er und wie bin ich hierher gekommen?

Ächzend richte ich mich auf und strecke mich ausgiebig. Ich dehne den Nacken und fühle mich erstaunlich ausgeruht. Meine Augen kleben nach dem Aufwachen nicht zusammen und ich habe keine Kopfschmerzen. So fit habe ich mich seit Wochen nicht gefühlt. Seit Shins Todestag ging es mir beschissen und ich habe kaum geschlafen. Auch nach stundenlangem Bogenschießen blieb der Schlaf fern. Auf Theos Nachrichten habe ich nicht geantwortet. Er hat gemerkt, dass irgendwas nicht stimmt. Mir wird direkt wieder schlecht, wenn ich daran denke.

Ich weiß, ich muss ihm offenbaren, wer ich bin, aber ich kann es nicht. Mein Herz verkrampft und ich kralle die Finger in die Decke. Ihn muss ich beschützen. Das Glück, ihn bei mir zu haben und die Angst, ihn direkt wieder zu verlieren liegen so nah beieinander, dass ich nie weiß, welches Gefühl überwiegt.

Mit beiden Händen reibe ich mir über das Gesicht und rolle mich aus dem Bett. Ich werfe einen Blick auf den Wecker und kriege einen Schreck. Es ist acht Uhr – morgens! Ich habe den ganzen Nachmittag bis heute früh durchgeschlafen.

Im Schrank suche ich nach einem frischen Shirt und knielangen, schwarzen Shorts. Die Jeans, in der ich gestern eingeschlafen bin, klebt an meinen Beinen. Mit den Klamotten unterm Arm öffne ich die angelehnte Schlafzimmertür und spähe in den Wohnbereich.

Theo hat die Couch ausgezogen und liegt ausgestreckt auf dem Rücken. Sein Pullover ist bis zum Bauchnabel hochgerutscht, die Decke hat er lediglich bis zu den Hüften hochgezogen.

Ich starre auf seinen nackten Bauch und die dünne Haarlinie, die unter der Decke verschwindet. Bei dem Anblick kribbelt es in meinem Magen und ein angenehmes Gefühl der Zuneigung strömt durch den Körper. Meine Finger zucken, wollen die Haarlinie bis zu ihrem Ausgangspunkt nachzeichnen.

Schnell ziehe ich mich ins Schlafzimmer zurück und gehe ins Bad. Ich lege die Klamotten ins Waschbecken, entkleide mich und springe unter die Dusche. Das warme Wasser lockert meine Muskeln. Mit der Naturseife reibe ich über den Körper und wasche ihn gründlich.

Frisch für den Tag verlasse ich die Dusche, ziehe mich an und schaue wieder nach Theo. Er hat sich mittlerweile zu einer Kugel zusammengerollt und schnarcht leise.

Bei dem Anblick geht mir das Herz auf. Ich streiche ihm eine lockige Haarsträhne aus der Stirn und lächle auf ihn herab.

Er seufzt im Schlaf und kratzt sich an der Nase.

Auf Zehenspitzen tapse ich zur Balkontür, öffne sie leise und trete nach draußen. Eine sanfte Brise empfängt mich.

Ich begrüße die Pflanzen, die den frühen Morgen mit ihren weit ausgebreiteten Blättern empfangen. »Hier habe ich etwas Wasser für euch.« Mit der Gießkanne wässere ich meine Lieblinge, die sich dankbar recken und strecken. Besonders empfindliche Schätze erfrische ich mit einer Sprühflasche. Dabei flüstere ich ihnen aufmunternde Worte zu.

Der Geruch nach Thymian, Rosmarin und Lavendel strömt mir entgegen und ich fasse mir an die Stirn.

Mist, ich habe komplett vergessen, Theo zu fragen, ob das mit seiner Allergie okay ist.

»Sag mal«, seine Stimme erklingt aus dem Wohnzimmer, »redest du mit deinen Pflanzen?«

Mir fällt beinahe die Flasche herunter. Ich drehe mich von dem Hochbeet weg und gehe zur Tür. »Du nicht?«

»Ich rede lieber mit dir.« Er erscheint in der Balkontür. Seine Haare stehen in alle Richtungen ab. »Guten Morgen.«

Ich stelle die Sprühflasche auf den Boden und schenke ihm ein Lächeln. Auf seinen Wangen bilden sich diese zauberhaften Grübchen, die ich vermisst habe.

Kurzerhand mache ich einen Schritt auf ihn zu und streiche mit dem Daumen über die kleinen Einkerbungen an seiner Wange. »Irgendwann beiße ich da rein.«

Er starrt mich ungläubig an. »Bist du ein Tier?«

»Was soll ich machen«, ich zucke mit den Schultern, »du siehst so lecker aus.«

»Na dann, lass es dir schmecken.« Er lacht verschmitzt und schüttelt den Kopf, hält mir aber seine Wange hin.

Ich beuge mich vor und küsse sein Grübchen. »Das ist besser als beißen.«

»Japp.« Er greift nach meiner Hand und zieht mich in eine Umarmung, die mich in eine bisher unbekannte Geborgenheit hüllt.

Theo riecht nach Schlaf, vertraut und heimelig. Ich presse die Nase an seinen Hals und atme tief ein. Das Gefühl will ich nicht mehr vermissen.

»Ich kann es nicht fassen, dass wir wirklich hier sind, zusammen.« Er flüstert die Worte, seine Lippen streifen meine Ohrmuschel. Eine Berührung, so sanft wie eine Brise, die dem wilden Sturm folgt.

Ich kneife ihm in die Seite. »Und jetzt? Fühlt es sich realer an?«

»Hey!« Er hält die Hand zwischen unseren Körpern fest. »Pass auf, dass ich dich nicht gleich beiße.«

»Mach doch.« Ich halte ihm meine Wange hin.

Er beugt sich zu mir und übersäht sie mit zahlreichen Küssen. Plötzlich versteift sich sein Körper. »Ist das Rosmarin?«

»Ahhh ...« Ich schiebe ihn hektisch ins Wohnzimmer und schließe die Tür hinter uns. »Tut mir leid, tut mir leid!«

Er kratzt sich am Hals, auf dem rote Flecken zu sehen sind. »Ganz ruhig, Yong-Joon.«

Das Herz wummert gegen meine Brust. »Ist es schlimm?«

»Nein, alles in Ordnung.« Er zeigt mir seine Haut, der Ausschlag verblasst schon wieder.

»Puh ...« Ich schmiege mich an ihn und streichle seinen Hals. »Entschuldige, ich wollte das Hochbeet abdecken. Habe ich vergessen.«

»Ist doch nichts passiert.« Theo haucht mir einen Kuss auf den Kopf, löst sich von mir und greift gleichzeitig nach meiner Hand. »Hier, setz dich hin, ich räume eben auf.«

Er zieht mich zum Esstisch, drückt mich sanft auf einen der Stühle und schlendert zum Sofa. Mit wenigen Griffen schiebt er die Couch zusammen und legt die Decke ordentlich gefaltet auf das Kopfkissen, das ich für ihn bezogen habe.

Ich verfolge jede seiner Bewegungen mit den Augen. »Sag mal, Theo ...«

Er dreht sich um, die Augenbrauen fragend zusammengezogen. »Hm?«

»Hast du mich heute Nacht ins Bett getragen?« Ich knibble an meinem Daumennagel.

»Na, wer sonst?« Er lächelt, entblößt seine schmale Zahnlücke und reibt sich über den Nacken.

Ein wohliger Schauer durchströmt meinen Körper. Tränen sammeln sich in den Augenwinkeln, das spüre ich.

»Danke.« Meine Stimme zittert und ich kämpfe mit den richtigen Worten. »Ich bin sprachlos ... Danke.«

Er bückt sich zu seinem Koffer und kramt nach irgendetwas. Mit einem kleinen Beutel in der Hand richtet er sich wieder auf. Sein Gesicht strahlt. »Jederzeit gerne.«

Ich sinke auf dem Stuhl zurück, verschränke die Arme hinter dem Kopf und beobachte Theo, der im Bad verschwindet. Die Tür schließt sich hinter ihm und ich wünsche mir, heute Nacht wach gewesen zu sein. Ich hätte ihn mit Sicherheit nicht allein auf der Couch schlafen lassen.

A WORLD ONLY WITH US

Yong-Joon

Seoul, Juni/Juli 2020

In den folgenden Tagen schlafe ich jeden Abend auf der Couch ein. Oft liege ich halb auf Theo und wache morgens in meinem Bett auf. Ohne ihn, der bis mittags auf dem Sofa pennt, als hätte er die ganze Nacht kein Auge zugemacht. Die Zeit nutze ich und verschwinde in meinem Arbeitszimmer.

Bisher hat er das nicht mitbekommen.

Anstatt zu arbeiten würde ich die Vormittage lieber mit einem wachen Theo verbringen.

»Ich bin dir echt dankbar, dass du mich jede Nacht ins Bett schleppst«, sage ich nach einer Woche beim späten Frühstück, nachdem ich mal wieder alleine wach geworden bin, »aber warum verschwindest du dann jedes Mal?«

»Ich bin doch hier.« Er deutet auf die Couch, auf der wir sitzen und das selbstgemachte Brot seiner Mutter essen.

Ich schnaube und raufe mir die Haare. »Ist das Sofa so bequem?«

Er schmunzelt. »Ja.«

»Du machst mich fertig, Theo.« Ich verschränke die Arme vor der Brust.

Er lacht. »Sorry, aber du bist wirklich hinreißend, wenn du so guckst.«

Ich ziehe eine Augenbraue hoch. »Wie denn?«

»So, als würdest du etwas unbedingt haben wollen, traust dich aber nicht, danach zu fragen.«

Na toll. Er hat mich durchschaut und schiebt sich jetzt auch noch das letzte Stück Brot breit grinsend in den Mund. »Also, was möchtest du?«

»Ich fände es schön«, ich kralle die Hände ineinander und atme tief ein, »morgens nicht alleine aufzuwachen.«

Er schluckt. »Okay.«

Mein Herz stockt. »Okay? So schnell?«

Atmen, Yong-Joon!

»Wieso nicht?« Er rutscht näher zu mir und legt den Kopf auf meine Schulter. Seine Haare kitzeln mich am Hals.

Ich schaudere und eine Gänsehaut wandert über meine Haut. »Gerade hast du noch gesagt, die Couch sei bequem.« Ich bette die Wange auf seinem Schopf.

»Ach«, seine schwitzigen Finger umfassen meine Hände, »so bequem auch wieder nicht. Aber ich warne dich vor, ich schnarche. Schon als Kind wollte Lisa nicht in einem Kinderzimmer mit mir schlafen, weil sie meinte, es sei so unerträglich.«

Ich pruste los. »Ich habe Ohrstöpsel. Und selbst wenn dein Schnarchen so laut ist wie eine Kettensäge in einem stillen Wald, die den Schlaf aller Tiere stört – das ist mir egal.«

Obwohl ich lache, ist mein Innerstes in hellem Aufruhr. Ich werde mit Theo in einem Bett schlafen! Der Klang meines pochenden Herzens hallt mir in den Ohren wider.

An seinem Handgelenk vibriert die Smartwatch. Er presst sich näher an mich und zupft an jedem meiner Finger.

»Okay«, flüstert er, seine Stimme zittert, »aber sag nachher nicht, ich hätte dich nicht gewarnt.«

Am Nachmittag telefoniert er mit seiner Schwester auf dem Balkon (mein Hochbeet habe ich inzwischen abgedeckt). Er hat mir den Rücken zugedreht, aber ich sehe seine Hände, die er zu Fäusten ballt.

Zehn Minuten später beendet er das Telefonat, verlässt den Balkon und lässt sich ächzend neben mich auf die Couch fallen.

Ich schnappe mir seine Fäuste und hauche kleine Küsse darauf. Langsam entspannen sie sich. »Alles okay?«

»Ach, es ist nichts.« Theo zuckt mit den Schultern und legt seinen Kopf in den Nacken. Sein Brustkorb hebt und senkt sich hektisch. »Lisa hat mich Sachen wegen des Konzertes gefragt. Außerdem will sie dich kennenlernen.«

Ich erstarre in der Bewegung, die Lippen noch an seinen Fingern. Jetzt wird er alles herausfinden, wispert die finstere Stimme in meinem Kopf, und du wirst ihn verlieren. Ich schlucke hart. »Mich?«

»Ja.« Er löst unsere Hände und reibt sich übers Gesicht. »Ich habe ihr von dir erzählt, als wir uns in Japan kennengelernt haben.«

Mein Herz passt sich dem hektischen Wummern von Theos an. »Echt?«

»Vor Lisa bleibt nichts verborgen«, sagt er und hebt seinen Kopf. »Als ich ihr das Bild geschickt habe, was du von mir vor dem Fuji gemacht hast, wusste sie irgendwie direkt Bescheid.«

»Kann sie hellsehen?« Ich ziehe die Beine auf die Couch und umschlinge sie mit den Armen, mache mich ganz klein.

»Ja, manchmal habe ich tatsächlich das Gefühl.« Er dreht sich zu mir und streicht mit dem Daumen über meine Wange. »Ich hatte ihr nicht erzählt, dass ich früher abgereist bin, um dich zu sehen. Sie wusste von meinem Manager nur, dass ich unsere Großeltern besuchen wollte.«

Ich richte mich ruckartig auf. »Moment ... Deine Großeltern leben in Korea?«

»Die Eltern meiner Mutter, ja. Sie kam zum Studieren nach Deutschland, lernte meinen Vater kennen und blieb.« Er legt einen Arm auf die Sofalehne.

»Zum Glück!« Ich lehne den Kopf an seine Schulter. »Sonst gäbe es dich nicht und wir hätten uns nie kennengelernt.«

»Stimmt, ich danke meiner Mutter beizeiten dafür.« Er schiebt seinen Arm von der Couch, umfasst mich und zieht mich nah an seine Seite. Sein Körper strahlt eine wohltuende Wärme aus. »Also, willst du Lisa kennenlernen? Es wäre auch erst, wenn sie mit Mia aus dem Krankenhaus entlassen wird.«

Ich bohre die Fingernägel in meine Oberschenkel. »Hm ...«

Ich möchte jeden Menschen treffen, der für ihn wichtig ist. Doch gleichzeitig habe ich Angst, dass ich auffliege. Allein bei dem Gedanken fällt mir das Atmen schwer. Wenn Lisa in meinem Alter ist, dann sind die Chancen hoch, dass sie Fan unserer Band war. Zwar habe ich mich in den letzten Jahren stark verändert, aber eingefleischte Fans erkennen ihr Idol überall.

Selbst auf verpixelten Bildern in Schwarzweiß.

Krampfhaft atme ich ein. Meine Lunge schmerzt.

»Yong-Joon?« Er löst meine Finger aus den Oberschenkeln. »Du kannst mir sagen, wenn du nicht willst. Mich hat das auch überrascht und ich habe kein Problem, ihr zu sagen, dass wir uns erstmal in aller Ruhe kennenlernen wollen.«

Ich stoße die angehaltene Luft aus. »Das wäre mir lieb.«

»Gut, dann sage ich ihr das. Sie wird es verstehen.« Er haucht zarte Küsse auf meine verkrampften Fingerknöchel. »Und jetzt atme wieder, damit du nicht vom Sofa kippst.«

Ich atme ein und aus.

Er schaut mich von der Seite an. »Alles okay?«

»Ja, ich bin nur echt noch nicht bereit, deine Schwester kennenzulernen.« Und zu offenbaren, wer ich bin und was ich getan habe. Ich reibe mir mit dem Daumen über den Handrücken. »Solange meine Gefühle Achterbahn fahren.«

LIKE TWO GALAXIES COLLIDING

Theo

Abends starre ich in den Spiegel. Mit schnellen Bewegungen schrubbe ich mit der Reisezahnbürste über die Zähne. Die Zahnpasta hat den Mund weiß gefärbt. Sie schmeckt erfrischend, aber nicht zu arg nach Minze. Davon würde mir nur schlecht werden. Ich spüle meinen Mund aus.

Irgendwie bin ich frustriert. Warum, weiß ich selbst nicht so genau. Aber irgendwas nagt an mir, ich kann es nur nicht fassen.

Ich klatsche mir kaltes Wasser ins Gesicht, trockne es ab und verlasse das Bad.

Yong-Joon schläft mal wieder auf der Couch. Er liegt zusammengerollt mit dem Rücken an die Lehne gedrückt. Ein Arm ist ausgestreckt und fällt fast vom Sofa. Die andere Hand krallt sich in seinen Pullover direkt übers Herz.

Ich hocke mich auf den Boden und streiche durch sein schwarzes Haar. Es ist genauso weich, wie ich es mir vorgestellt habe.

Seine Augenbrauen sind zusammengezogen und ein Schweißfilm schimmert auf seiner Stirn. Sanft streichle ich mit dem Daumen über die Falte zwischen seinen Brauen, in der Hoffnung, ihn zu entspannen.

Es tut mir im Herzen weh, ihn so zu sehen, und ich frage mich, was ihm diese unruhigen Nächte bereitet. Ist es diese Unwissenheit, die mich fertig macht?

Als meine Beine schmerzen, stehe ich auf und hebe Yong-Joon hoch. Wie all die Abende zuvor trage ich ihn ins Schlafzimmer. Sein warmer Körper schmiegt sich an mich. Er weiß das nicht, aber er wälzt sich fast jede Nacht unruhig im Bett hin und her. Dann werde ich unweigerlich von seinem gequälten Stöhnen wach und bleibe so lange bei ihm, bis er wieder in einen entspannten Schlaf fällt.

Vielleicht ist das der Grund, warum ich dann wieder zurück auf die Couch gehe – um ihn bloß nicht zu wecken.

Ich lege ihn ins Bett, stehe unschlüssig davor und drehe mich wieder um. Drei Schritte brauche ich bis zur Tür. Ich seufze leise und mache auf dem Absatz kehrt. Er hat gesagt, dass er nicht ohne mich aufwachen will.

Also gehe ich um das Bett herum und krieche unter die riesige Decke. Vorsichtig schnuppere ich am Bettlaken. Zum Glück riecht es weder nach intensiven Waschmitteln noch nach Parfum. Stattdessen nehme ich Yong-Joons natürlichen, etwas erdigen Geruch wahr, von dem ich nie genug bekomme. Ich ziehe die Decke über die Nase und atme tief ein.

Ich will näher an ihn heranrobben und mich an ihn schmiegen. Will seine Haut unter den Fingern spüren.

Oder frustriert mich das hier? Dass wir uns nicht näherkommen? Zumindest nicht wirklich …

Aber ich möchte ihn nicht drängen. Wir haben gesagt, wir gehen alles Schritt für Schritt an, zusammen. Ich drehe mich schwerfällig auf die Seite.

Er schlummert seelenruhig. Irgendwann rollt er sich in meine Richtung und klatscht mir seinen Arm ins Gesicht.

Ich beiße mir auf die Zunge, um ein Stöhnen zu unterdrücken. Langsam wende ich mich auf den Rücken und schließe die Augen.

Etwas Warmes drückt sich an meine Seite. Ich öffne die Lider.

Yong-Joon liegt mit dem Rücken an mich gepresst, der Rest von ihm ist zusammengerollt.

Allein diese Berührung sorgt dafür, dass ich die ganze Nacht nicht schlafen kann.

Er sitzt mir gegenüber am Küchentisch, zwischen uns steht der Gemüseauflauf, den ich gekocht habe. Seine Fertignudeln kann ich nicht jeden Tag essen, sonst schwillt mein Gesicht an wie ein Ballon.

Er runzelt die Stirn und leckt an seinem Löffel. »Warum siehst du so müde aus? Du hast doch den Vormittag verschlafen.«

Ich gähne herzhaft. »Jemand hat sich nachts ständig hin und her gerollt.« Ich schmunzle und schiebe mir einen voll beladenen Löffel in den Mund. Warme Karotten, saftiger Brokkoli und frische Paprika zerfließen auf meiner Zunge. Der Auflauf ist mir wirklich gut gelungen.

»Tut mir leid.« Er lässt den Kopf hängen. »Vielleicht war das keine gute Idee.«

Ich schlucke das Essen herunter. »Yong-Joon, ich werde mich daran gewöhnen.« Ich lege den Löffel auf den Tisch und neige den Kopf. »Auch an deinen warmen Körper, der sich die ganze Nacht an mich schmiegt.«

Es klappert. Sein Löffel fliegt auf den Boden.

»Was?« Seine Wangen sind ganz rot. »Das habe ich nicht bemerkt, tut mir leid! Ich will dich nicht vom Schlafen abhalten.«

»Das muss dir nicht leidtun!« Ich stehe auf, greife nach seinem Löffel und stelle mich hinter ihn. Das Besteck lege ich neben seine Schüssel und schlinge die Arme von hinten um ihn herum. Meine Lippen streifen seine erhitzte Ohrmuschel. »Du darfst dich so eng und so lange an mich schmiegen, wie du willst.«

Er schluckt und ich spüre sein pochendes Herz direkt unter meiner Handfläche. »Okay ... dann ... äh ... dann bist du ab jetzt nicht mehr vor mir sicher.« Er vergräbt das Gesicht zwischen seinen Fingern.

Ich grinse und küsse ihn zart aufs Ohrläppchen. »Das hoffe ich doch. Aber jetzt iss erstmal auf, du kannst nicht nur von Fertignudeln leben.«

Nach dem Essen sitzen wir auf zwei kleinen Hockern auf dem Balkon, obwohl es aktuell so schwül in Seoul ist, dass ich draußen kaum atmen kann.

Schweiß rinnt mir den Rücken herunter und tränkt das T-Shirt in eine warme, ekelige Nässe.

Ich lehne den Kopf an Yong-Joons Schulter, der irgendwas in der Ferne fokussiert. »Warum hast du eigentlich keinerlei Fotos von deiner Familie in der Wohnung stehen?«

»Ah, das hat einen Grund.« Er dreht einen seiner Ringe am Finger hin und her.

»Du musst es mir nicht sagen, wenn du nicht möchtest.«

Er starrt weiter zum Horizont. Ich will gerade das Thema wechseln, da sagt er: »Meine Eltern und meinen Bruder habe ich seit über zehn Jahren nicht mehr gesehen.«

Ich schieße ruckartig von seiner Schulter hoch, stoße mit dem Knie gegen seinen Schenkel. Mein Herz zieht sich zusammen. »Das tut mir wirklich leid.« Ich rutsche mit dem Hocker näher zu ihm und lege die Hand behutsam auf seinen Oberschenkel.

»Ist ja nicht deine Schuld.« Er zuckt mit den Schultern, doch sein Körper sinkt in sich zusammen und er verzieht die Mundwinkel.

»Es muss schwer für dich sein.« Federleicht drücke ich seinen Schenkel, beuge mich vor und presse die Nase an seine Wange. »Ich bin für dich da ...«

Er richtet sich auf, seine Augen weiten sich.

Ich küsse seine Wange und lehne mich etwas zurück, damit ich sein Gesicht sehe. »Du warst damals so jung. Bist du von zuhause ausgezogen?«

»Äh, ja.« Er stockt kurz und blinzelt mehrmals. »Ich wollte in Seoul zur Schule gehen, aber meine Familie lebt in Busan. Ich habe dann in einer Wohngemeinschaft mit anderen Schülern gewohnt.«

Irgendwie glaube ich ihm das nicht ganz, weil sein Blick dabei wie so oft hin und her springt. Davor hat er auch so seltsam geblinzelt, als müsste er sorgsam über seine Worte nachdenken. »Ist das alles? Du kannst mir alles sagen, wenn du magst.«

Er weicht meinem Blick aus und knibbelt mit dem Daumen am Zeigefinger. »Meine Eltern arbeiten beide in einem Krankenhaus in Busan und mein Bruder hat zu dem Zeitpunkt angefangen,

Medizin zu studieren. Aber für mich war das nichts, ich kann nicht einmal Blut sehen. Meine Eltern wollten mich dazu bringen, nach dem Abschluss in ihre Fußstapfen zu treten. Bestenfalls im Ausland. Deshalb bin ich von zuhause weggegangen, um mein Ding zu machen.«

»O wow …« Ich lege einen Arm um seine Schulter. »Von dem ständigen Leistungsdruck in Korea hat mir meine Mutter erzählt. Sie ist genau aus dem Grund nach Deutschland ausgewandert.«

Er lehnt sich an mich. »Ja, das ist schon heftig.«

»Danke für deine Offenheit.« Ich ziehe ihn enger an mich und streichle mit den Fingern über seinen Oberarm. »Du kannst stolz auf dich sein, dass du dich für deinen eigenen Weg entschieden hast. Es war sicherlich nicht leicht für dich.«

»Danke dir fürs Zuhören.« Er schenkt mir ein aufrichtiges Lächeln und schiebt seine Finger in meine. »Zum Glück habe ich hier in Seoul die Menschen kennengelernt, die zu meiner Familie wurden.« Das Lächeln wird offener, obwohl ich mir sicher bin, ein verdächtiges Schimmern in seinen Augen zu sehen.

Und ich frage mich, was hinter dieser Traurigkeit steckt, das er mir nicht verraten möchte. Ich beiße mir auf die Unterlippe. »Meinst du Ji-He und Shi-Won?«

»Genau«, sagt er in einem weichen Tonfall voller Zuneigung, »und ein paar Jungs, mit denen ich damals lange zusammengelebt habe.«

»Familie ist Familie. Egal, ob blutsverwandt oder gefunden.« Da fällt mir etwas ein. Ich ziehe unsere Hände auf meinen Schoß. »Kennst du den Film *Lilo und Stitch*?«

Mit hochgezogenen Augenbrauen sieht er mich an. »Ist das ein Horrorfilm?«

»Nein.« Ich verziehe amüsiert die Mundwinkel und tippe gegen seine Stirn. »Kein Horrorstreifen, ein Disney-Film.«

Er kratzt sich am Hinterkopf und neigt den Kopf. »Ich habe noch nie einen Disney-Film gesehen.«

»Waaaaaas?«

Yong-Joon zuckt mit den Achseln. »Die sind doch nur für Kinder.«

Ungläubig schüttle ich den Kopf. »Disney-Filme sind für Jung und Alt. Früher haben Lisa und ich ständig *König der Löwen* und *Aladdin* geguckt. Wir hatten beide eine kleine Schwäche für den König der Diebe.« Ich zwinkere ihm zu.

»Der König der Diebe? Da bin ich raus.« Seine Lippen kräuseln sich und auf seiner Stirn bildet sich eine tiefe Falte.

»Keine Sorge, das ändern wir. Aber zurück zum eigentlichen Thema.« Ich streiche über seine Stirnfalte. »In *Lilo und Stitch* wird etwas gesagt, dass mich immer berührt hat. Ich kann mich nicht eins zu eins an das Zitat erinnern, aber es geht darum, dass Stitch seine eigene Familie findet. Ganz alleine, ohne Hilfe – so wie du. Es ist eine kleine Familie, aber eine gute und niemand in dieser Familie wird zurückgelassen.«

Stille. Yong-Joon zieht die Nase hoch.

Ich beuge mich vor. »Weinst du?«

Er schnieft und wischt sich mit dem Handrücken über die feuchten Augen.

Ich schließe ihn in eine liebevolle Umarmung. Sofort klammert er sich an mein T-Shirt und ich streiche über seinen Rücken, bis mein eigener schmerzt. Aber ich bewege mich nicht. Er soll so lange Halt bei mir finden, wie er es braucht. Ich lasse ihn nicht los.

»Danke.« Er löst sich von mir und lächelt. »Und jetzt zeig mir diesen Film, der mich unbekannterweise zum Heulen bringt.«

Ich grinse, stehe auf und ziehe ihn an der Hand vom Balkon ins Wohnzimmer. »Machen wir es uns gemütlich, okay?«

Er nickt.

»Ich hole eine Decke und Kissen.« Er geht ins Schlafzimmer.

Ich schalte den Fernseher ein, melde mich mit meinem Disney+ Konto an. Mit wenigen Handgriffen ziehe ich die Couch aus.

»Hier, fang«, ruft er und schmeißt mir ein Kopfkissen entgegen.

Ich schnappe es, platziere das Kissen auf dem Sofa und setze mich mit der Fernbedienung dazu. Ein zweites Kissen fliegt knapp an meinem Ohr vorbei. »Hey!!« Ich reibe mir über die Schläfe und schaue zum Abschusspunkt.

Er streckt mir die Zunge raus und schleppt die breite Bettdecke an. Neben mir sinkt er aufs Sofa, wirft die Decke über uns und schmiegt sich an mich. »Ich bin bereit.«

»Okay.« Ich drücke auf *Play* und der Film startet. Der Vorspann verschwimmt vor meinen Augen – ich spüre nur Yong-Joons warmen Körper. Das Herz schlägt mir bis zum Hals und ich bin froh, die Smartwatch heute gar nicht erst angelegt zu haben.

Mit seinen Fingern zeichnet er kleine Kreise und Schlangenlinien auf meine Brust, den Blick gebannt auf den Fernseher gerichtet. Sein Atem geht gleichmäßig.

Lässt ihn unsere Nähe völlig kalt?

Die unangenehme Frustration krabbelt zurück in mein Bewusstsein. Dabei habe ich ihm doch sogar gesagt, er soll sich wegen mir nicht stressen.

Er bewegt sich murmelnd, verlagert das Gewicht und schiebt mir sein Bein halb auf die Oberschenkel.

Blut schießt zwischen meine Beine und ich ziehe zischend die Luft ein. Ich wende meinen Kopf ein Stückchen und schiele zu ihm.

Der kleine Fuchs verzieht die Lippen zu einem schelmischen Grinsen und leckt sich mit der Zunge darüber. »Ich hab gesagt, du bist nicht mehr vor mir sicher.«

Ich rutsche etwas tiefer, mein Kopf liegt direkt neben seinem auf dem Kissen. Im Fernsehen brüllt irgendwer herum, ich ignoriere es. Langsam drehe ich mich auf die Seite und klemme sein Bein zwischen den Oberschenkeln ein.

Mein Herz flattert aufgeregt. Mir wird heiß und ich spüre die Härte meiner Erregung in der Jogginghose.

Unsere Gesichter sind sich so nah, dass sein warmer Atem meine Lippen streift. Ich lege die Hand an seine Wange und streiche sanft mit dem Daumen über seine feuchte Unterlippe.

»Ich will vor dir gar nicht sicher sein. Greif mich an, überfall mich mit allem, was du hast …«

Er erschaudert unter meinen Fingern oder wegen der Worte, presst seinen Schenkel gegen meinen Schritt.

»Ich bin nervös«, murmelt er und sucht meinen Blick. Seine Augenlider sind halb geschlossen und sein Atem beschleunigt.

Ich streichle zärtlich über sein Ohrläppchen und umfasse seinen Hinterkopf. »Ich auch. Spürst du, wie schnell mein Herz unter deinen Fingern schlägt?«

Er legt mir seine Handfläche auf die Brust und schließt die Augen. »Genauso schnell, wie meins.« Fast quälend langsam fährt er mit seinen Fingern über meinen Hals hin zur Wange.

Ich wage es nicht, zu atmen, will ihn das Tempo bestimmen lassen. Ihm Zeit geben.

Yong-Joon dreht sich etwas und unsere Nasenspitzen berühren sich. Sein Oberschenkel reibt geben meine Erektion und ich stöhne an seinen Lippen.

»Du bringst mich noch um den Verstand.« Die Worte verlassen keuchend meinen Mund. Ich löse die Hand von seinem Hinterkopf, streiche über seinen Nacken und umschlinge mit dem Arm seine Taille.

Er streicht mit seiner Nasenspitze über die meine.

»Ich will …«, er öffnet die Augen und sieht mich mit erweiterten Pupillen direkt an, »… dich küssen. Darf ich?«

Mein Mund ist ganz trocken. Ich kann nicht antworten, verfange mich in seinem dunklen Blick voller Verlangen. Und Zuneigung, so viel Zuneigung. Ich lecke mir über die Lippen und nicke.

Er seufzt, schließt die Augen und zieht mein Gesicht näher zu sich heran. Langsam, aber drängend. Unsere Nasen reiben aneinander vorbei, unser Atem vermischt sich.

Sein Mund streift federleicht meine Lippen.

Ich schließe die Lider und presse mich enger an ihn, spüre seine Erregung am Bauch. Ein Keuchen entschlüpft mir und ich fahre mit den Fingern über seinen Rücken.

Seine Zunge stupst gegen meinen Mund und sein Herz pocht so laut an meiner Brust, dass es mein eigenes übertönt.

Ich stöhne, öffne die Lippen und begrüße seine Zunge mit der meinen. Er streicht mit dem Daumen über meine geschlossenen Augenlider und vertieft gleichzeitig unseren Kuss.

Unsere Zungen tanzen miteinander. Das Geräusch von feuchten Lippen, die aufeinanderprallen wie zwei Galaxien, erfüllt den Raum und vermischt sich mit unserem lauten Atmen. Ich will, dass es ewig so weitergeht, will Yong-Joons Mund und seine Finger auf meinem ganzen Körper spüren.

Auf einmal juckt mein Hals und ich erstarre.

Er zuckt zurück und reißt die Augen auf. Seine Wangen sind gerötet und er atmet schwer. »Was ist?«

Ich löse die Hand von seinem Rücken. »Ich glaub«, ich kratze mich am Hals, »ich brauche eine Pause.«

»Tut mir leid.« Er senkt die Lider und streicht sacht über die juckende Stelle. »Das wollte ich nicht.«

Ich ziehe ihn in eine Umarmung, presse mein Gesicht an seinen Hals. »Natürlich wolltest du das nicht. Es muss dir auch nicht leidtun, okay? Ich fand unseren Kuss unfassbar schön! Und hätte ihn gerne noch vertieft.« Ich küsse zärtlich ein winziges Muttermal.

Er stößt zischend die Luft aus und schlingt seinen freien Arm um mich. »Mir hat es auch gefallen. Sehr ...« Er drückt seine Erektion rhythmisch gegen meinen Bauch.

Fuck.

Meine Selbstbeherrschung bröckelt und ich kralle die Hand in seinen Rücken. Ich will weitergehen, aber wenn ich umkippe, ist niemandem geholfen. Ich stöhne erregt und verzweifelt zugleich und schiebe den zwischen uns eingequetschten Arm unter seinen Kopf. »Lass es uns langsam angehen, ja?«

»Okay, ich will ja nicht, dass du ohnmächtig wirst.« Er kuschelt sich an mich und bettet seinen Kopf an meine Brust, in der mein Herz in einem neuen, ja, unbekannten Rhythmus schlägt.

Irgendwann schlafen wir ineinander verschlungen ein. Den Film haben wir längst vergessen.

JUST LET ME BE WITH YOU, OKAY?

Yong-Joon

Seoul, Mitte Juli 2020

Der Pfeil saust durch die Luft und trifft den gelben Kreis genau in der Mitte.

»Yes!« Triumphierend drehe ich mich zu Theo um, der auf einer Holzbank sitzt und mir beim Schießen zuschaut.

Seine zweiwöchige Quarantäne ist vorbei und heute zeige ich ihm mal mein Hobby. Natürlich habe ich dafür gesorgt, dass die Halle theosicher ist.

Die spezielle FFP2-Maske trägt er trotzdem.

»Seit wann machst du das?« Seine Stimme ist durch die Maske gedämpft. »Du bist richtig gut!«

Ich grinse breit und strecke die Arme in die Luft. »Seit ich nach Seoul gezogen bin.« Ich lege den nächsten Pfeil an. »Einer meiner besten Freunde war im Schulclub und hat mich mitgenommen. Es hat mir so viel Spaß gemacht, dass ich geblieben bin. Wenn ich Stress habe, komme ich her.«

Gerade nach Shins Todestag war ich sehr oft hier. Ich spanne den Bogen und drehe mich nach vorne. Aus den Augenwinkeln sehe ich Theo aufstehen.

»Wirklich cool. Hast du bei Wettbewerben mitgemacht?« Seine Schritte erklingen auf dem hölzernen Hallenboden.

Ich spüre seinen Blick in meinem Rücken und muss mich enorm konzentrieren, damit mir der Bogen nicht aus der Hand fliegt. Der Pfeil rauscht durch die Halle und trifft sein Ziel.

»Ein-, zweimal mit dem Schulclub«, ich lasse den Bogen sinken, »aber hauptsächlich zum Entspannen. Oder, um abzuschalten.«

»Kann ich verstehen«, sagt er und umfasst den Bogen. »Deshalb gehe ich joggen.«

»Pfft, das kann ich echt nicht nachvollziehen. Allein bei dem Gedanken, zehn Meter zu joggen, schüttelt es mich.« Ich halte ihm den Bogen hin. »Willst du mal?«

Er neigt den Kopf zur Seite und fährt mit dem Daumen über die Bogensehne. »Gehst du dann demnächst mit mir Joggen?«

Ich pruste los, schüttle vehement den Kopf. »Auf keinen Fall.«

Um seine Augen bilden sich kleine Lachfältchen. »Schade, aber ich probiere gerne einen Schuss.«

Ich drücke ihm den Bogen in die Hand und stelle mich hinter ihn. Mit dem rechten Fuß schiebe ich seine Füße auseinander. »Füße parallel aufstellen, schulterbreit.«

Er tut, wie ihm geheißen. »So?«

»Genau. Jetzt den Oberkörper aufrecht halten«, ich lege meine Hand auf seinen unteren Rücken, »und leicht nach vorne neigen.«

»Gehört die Gänsehaut im Nacken dazu?« Er erschaudert bei seinen Worten und ich blicke in seinen Nacken. Tatsächlich haben sich dort die feinen Härchen aufgestellt.

Ich denke an unseren ersten Kuss und lecke mir über die Lippen. Unwillkürlich trete ich näher an ihn heran. »Das gibt es für dich inklusive.« Ich hauche ihm einen liebevollen Kuss in den Nacken und streiche über seinen Rücken, bis er sich nach vorne neigt.

»Wie nett«, presst er atemlos hervor.

Ich verkneife mir ein Grinsen. In letzter Zeit bin ich ganz schön mutig geworden.

»Okay, jetzt achte darauf, dass du sechzig Prozent deines Körpergewichts auf die Fußballen legst und den Rest auf die Ferse.« Ich fahre mit den Händen über den oberen Rücken bis zu seinen Schultern und zeichne mit meinen Daumen kleine Kreise darauf. »Lass die Schultern gerade, aber entspannt fallen. Das kennst du vom Klavier spielen.«

Seine Schultern sacken nach unten und er atmet hörbar aus. »Aber atmen darf ich noch, oder?«

»Ja, aber auch da gibt's eine Menge zu beachten.« Ich löse mich von Theos Rücken, umfasse seine Taille und streiche sehr langsam mit den Fingern bis zu seiner Hüfte. »Okay, dein Stand sieht ganz gut aus fürs erste Mal. Achte darauf, dass du dich beim Anlegen des Bogens nichts bewegst, außer die Muskeln, die ihn spannen.«

»Also doch nicht atmen«, murmelt er mit zittriger Stimme und hebt den Bogen an. Er hat mich gut beobachtet, ich muss wenig an seiner Handstellung korrigieren.

»Hier, jetzt den Pfeil spannen.« Ich lege den Pfeil für ihn ein und reibe mit dem Daumen über seine Fingerknöchel. Mein Herz verändert seinen Rhythmus. »Wichtig ist, dass du in den Bauch einatmest. Dadurch entspannt sich dein Körper und hält den Ober- körper ruhiger, wenn du schießt.«

Er atmet tief ein und wieder aus. Sein Bauch hebt und senkt sich. »So?«

»Perfekt.« Ich trete näher an ihn heran und bette meine Hand auf seinem Bauch, um jeden seiner Atemzüge zu spüren. »Okay, jetzt sollte sich die Herzfrequenz beruhigt haben.«

»Also, das kann ich nicht bestätigen.« Seine Stimme ist leise, wird von einem Stöhnen begleitet. »Liegt vielleicht an deiner Hand auf meinem Körper ...«

Ich streiche über seine Bauchmuskeln und beiße mir auf die Unterlippe. Blut rauscht in meine Lenden, der Kopf ist wie leer gefegt. »Was?«

»Deine Hände ... auf meinem Körper ...« Er bebt unter meinen Fingern.

Ich beuge mich zu ihm und küsse sein Ohrläppchen. »Pssst ... Jetzt fokussiere dich auf das Ziel, lass alle unnötigen Gedanken aus deinem Kopf verschwinden und wenn du absolute Zufriedenheit spürst, schieß.«

Theo lässt zitternd die Sehne los, der Pfeil saust auf die Ziel- scheibe zu und verfehlt knapp das Ringmuster.

Er dreht sich zu mir um und schnaubt. »Das war fies, mich so abzulenken.«

»Ach ja? Immerhin hast du das Brett getroffen und nicht den Boden.« Ich streiche ihm eine Haarsträhne aus der Stirn. Viel lieber würde ich ihn küssen, aber er trägt seine blöde Maske. »Bei meinem ersten Mal ist der Pfeil nicht mal bis zur Zielscheibe geflogen.«

»Ich versuche es nochmal!« Er streckt die Hand aus und ich reiche ihm einen weiteren Pfeil.

Ihn so zu sehen, mit den funkelnden Augen, bringt mein Herz zum Hüpfen. Ich stelle mich auf die Zehenspitzen, lege die Hände auf seine Schultern und küsse ihn sanft auf die Stirn.

Er streicht kurz über die Stelle. »Wofür war das?«

»Weil es mich gerade glücklich macht, dass du es erneut versuchen möchtest.« Ich verschränke die Finger in seinem Nacken. »Und da ich dich mit der Maske nicht küssen kann ...«

»Wenn ich die Luft anhalte, dann geht's!« Theo atmet ein, zieht sich die Maske unters Kinn und küsst mich flüchtig, aber bestimmt auf die Lippen.

Ich will mich in den Kuss legen, in ihm ertrinken. Doch stupst sanft mit der Nasenspitze gegen meine und ich trete nach hinten.

Er schiebt sich die Maske zurück ins Gesicht und seufzt. »Sorry, es ist nicht leicht mit mir.« Für eine Sekunde schließt er die Augen.

»Du kannst nichts für deine Allergie.« Ich umarme ihn, zwischen unseren Körpern klemmt der Bogen. Die Pfeilspitze pickst mich in den Bauch. »Autsch.«

Er streicht über meine Oberlippe. »Wenn wir nachher bei dir sind, küsse ich dich, bis ich umfalle«, er zwinkert mir zu, »aber jetzt versuche ich erstmal, den Pfeil in den gelben Kreis zu schießen.«

Zwanzig Minuten später liegen vor und neben der Zielscheibe ein Dutzend Geschosse. Ein Pfeil steckt im schwarzen äußersten Ring, ein anderer im Blauen.

»Das sieht bei dir viel leichter aus«, sagt Theo und wischt sich den Schweiß von der Stirn.

Ich nehme ihm den Bogen ab. »Kein Wunder, ich mache das seit zehn Jahren.«

Er streckt sich und sein Rücken knackt laut. »Aber es macht total Spaß, ist ganz anders als Joggen.«

»Wir können häufiger herkommen, wenn du magst.« Ich lege den Bogen zurück in die Holzhalterung neben der Schießbahn. »Ich freue mich, dir mehr von mir zu zeigen.«

Und wenn du nicht bald mit der Wahrheit herausrückst, säuselt das hässliche Monster in meinem Kopf, dann löst sich dein Theo auf und zurück bleibt nichts als die Asche seiner Erinnerung.

Ein dumpfer Stich zuckt durch meine Brust. Ich reibe mit der Hand darüber.

»Alles okay?« Theo umfasst meine Finger und streicht mir mit dem Daumen über die Knöchel. »Ich würde super gern nochmal herko-«

Die Tür der Halle öffnet sich unter lautem Knarren. Ich zucke zusammen und fahre herum. Ha-Neul steht in der Tür, neben ihm Ji-He mit Shi-Won an der Hand.

Scheiße, was machen die denn hier?

Mein Kumpel winkt uns zu. »Na ihr zwei, ich hoffe, wir stören nicht. Wir haben den Van draußen gesehen ...«

»Doch, tut ihr«, flüstere ich und drehe mich zu Theo um.

Mein Atem beschleunigt sich. »Scheiße, ich wusste nicht, dass meine Freunde auftauchen. Soll ich sie wegschicken?«

Er reibt sich über den Nacken und drückt die Maske fester an sein Gesicht. Sein Blick huscht zu einem Punkt in meinem Rücken und wieder zu mir. »Eine kleine Vorwarnung wäre nett gewesen.« Er riecht an seinen Achseln. »Ich fühle mich nicht so ansehnlich.«

Der Hallenboden knarzt und Lederschuhe quietschen. Dumpfes Getrampel nähert sich und ich wende mich um. Shi-Won hat sich losgerissen und stürmt so schnell auf mich zu, wie ihn seine kleinen Beinchen tragen können.

Ich gehe in die Hocke und er schmeißt sich in meine Arme.

»Joon Joon!!« Euphorisch patscht er mir seine Finger ins Gesicht und wedelt aufgeregt mit den Armen.

»Theo«, sage ich und wende mich ihm zu, der in dem Moment einen Schritt nach hinten macht, »das ist mein Patenkind, von ihm habe ich dir schon erzählt.« Mit den Lippen forme ich ein ›sorry‹ in seine Richtung.

Er seufzt, sein Brustkorb hebt und senkt sich schneller als normal. »Hi, Shi-Won.« Er hält meinem Neffen den Zeigefinger hin, bleibt dabei aber auf Abstand.

Der Kleine greift begeistert zu. Ich will ihn wegziehen, weil ich Angst um Theo habe. Was, wenn seine Allergie zuschlägt?

»Tja, gibt man ihm den kleinen Finger …« Ji-He kommt näher. Ihr grünkariertes Kleid schwingt bei jedem Schritt um ihre Beine. »Dann schnappt er sich die ganze Hand.« Sie stößt mit der Schulter gegen meine und wuschelt ihrem Sohn übers Haar.

Endlich löse ich Shi-Wons Griff und schiebe ihn meiner besten Freundin entgegen. Theo zieht seine Hand zurück und verschränkt die Arme vor der Brust. Mit geweiteten Augen schaut er mich an.

Weil ich seinen Blick nicht deuten kann, trete ich neben ihn. »Alles okay?« Ich lege die Hand an seinen unteren Rücken.

»Ich bin etwas überfordert«, flüstert er mir zu und schaut zu meiner besten Freundin mit ihrem Sohn auf dem Arm.

»Sorry!« Ich streiche mit den Fingern über seine Wirbelsäule und räuspere mich. »Ji-He, das ist mein Freund Theo. Wir haben nicht mit euch gerechnet. Bitte, verhaltet euch normal, okay?«

»Hallo Theo«, sagt Ha-Neul, der sich uns genähert hat. Er schiebt seine Brille den Nasenrücken hoch und streckt Theo die Hand entgegen.

Instinktiv stelle ich mich zwischen die beiden.

»Und haltet etwas Abstand, bitte. Theo hat Probleme mit Nähe.« Ich erschaudere bei dem Gedanken, dass ihm irgendwas zustoßen könnte.

Wegen mir …

»Ah, sorry.« Ha-Neul hebt entschuldigend die Hände hoch, tritt einige Schritte nach hinten und schnappt sich Shi-Won. »Freut mich, dich kennenzulernen.«

Theo bewegt sich in meinem Rücken. Ich spüre die Wärme seines Körpers und höre seine Turnschuhe über den Boden knarzen. Er tritt vor und seine Schulter streift die meine.

»Freut mich, Ha-Neul und Ji-He.« Er nickt den beiden zu und seine Arme hängen locker neben seinem Körper.

Ha-Neul grinst und schwingt dabei Shi-Won durch die Gegend. Der Kleine jauchzt und lacht.

»Uuund, hat Yong-Joon schon damit angegeben, wie gut er schießt?« Ji-He hat sich etwas entfernt und deutet nun auf den Bogen in der Halterung.

Theo stupst gegen meinen Arm. »Er war nicht schlecht.« In seinen Augenwinkeln bilden sich Fältchen. »Außerdem ist er ein guter Lehrer.« Er zwinkert mir zu und treibt mir damit die Hitze ins Gesicht.

Zum Glück wandert sie vor meinen Freunden nur da hin ...

»Du bist ein sehr gelehriger Schüler.« Automatisch rücke ich näher an ihn heran. »Im Gegensatz zu manch anderen hier.«

Ji-He hebt abwehrend die Hände und lacht. »Hey, ich kann nichts dafür, dass ich den Bogen nicht gespannt kriege. Aber weder Ha-Neul noch du seid besonders geduldig.«

»Weil du es uns echt schwer machst.« Ich zucke mit den Schultern und wie von selbst schlingt sich mein kleiner Finger um den von Theo. »Da reißt jedem der Geduldsfaden.«

»Pfft ...« Ji-He verdreht die Augen, ihr Blick huscht über unsere Finger. »Aber schön zu sehen, dass es bei euch geklappt hat.«

Die Hitze wandert von den Wangen zu meinen Ohren. Ich blicke auf unsere verschränkten Finger.

»Danke«, sagt Theo, bevor ich reagieren kann, »das finde ich auch.« Seine Hand umfasst meine, hält sie fest und gibt mir Kraft.

»Ja, danke.« Ich grinse und fahre mir durch die wirren Haare. »Aber eigentlich wollten wir gerade gehen.«

Ich deute auf die Tür.

Theo zieht die Augenbraue hoch und lehnt sich zu mir. »Wollten wir?«

»Ja, wollten wir.« Ich ziehe ihn in Richtung Tür. An der Holzbank lese ich meine Tasche auf. Ich will jetzt mit ihm allein sein.

»Aber wir sind doch eben erst gekommen.« Ha-Neul gesellt sich mit Shi-Won auf den Schultern wieder zu uns. »Wir konnten gar nicht quatschen.«

»Das habt ihr davon, einfach aufzukreuzen«, ich krame den Autoschlüssel aus der Hosentasche hervor, »aber wir finden sicher eine andere Gelegenheit. Eine, in der es vor allem für Theo weniger gefährlich ist.«

Ich werfe ihm einen kurzen Blick zu. Seine Augen glänzen verdächtig.

»Na gut, wir verabschieden euch noch.« Ji-He folgt uns langsam mit Ha-Neul und Shi-Won im Schlepptau. »Ha-Neul wollte heute Shi-Won seinen Bogen vorführen.«

Wir treten nach draußen in die schwüle Nachmittagshitze Seouls und ich hole Sonnenbrille und Maske aus der Tasche, reiche Theo seine. Meine Freunde bleiben im Türrahmen stehen.

Theo schiebt sich seine Sonnenbrille auf die Nase. »Es war schön, euch kennengelernt zu haben. Obwohl es äußerst unerwartet und kurz war.«

»Gleichfalls.« Ha-Neul nickt ihm zu und dreht sich zu mir. »Wie geht es meinem Van?«

»Deinem Schätzchen geht es gut.« Ich vermumme mich mit Brille und Maske und umfasse Theos Hand. »Danke, dass ich ihn ausleihen darf. Ich würde euch ja umarmen, aber nachher kann Theo mich nicht mehr riechen. Das Risiko gehe ich nicht ein.«

Er drückt sanft meine Finger und ich spüre die Dankbarkeit in seiner Geste.

»Sag Theo ›Auf Wiedersehen‹, Shi-Won.« Ji-He nimmt Ha-Neul ihren Sohn ab und setzt ihn auf ihre Hüfte. Zusammen winken die beiden und Theo winkt zurück.

»Bis dann ihr drei, ich melde mich bei euch.« Ich werfe mir meine Tasche über die Schulter und lächle zum Abschied.

Die drei verschwinden in der Halle und schließen die Tür hinter sich.

Theo atmet laut aus. »Das war ...«

»... unerwartet«, beende ich seinen Satz und wende mich ihm zu. Ich streiche eine Haarsträhne aus seiner verschwitzten Stirn.

»Außerordentlich überraschend.« Er rückt seine Sonnenbrille zurecht.

»War es okay? Ich habe nicht mit ihnen gerechnet.« Ich reibe mir über den Nacken. »Normalerweise kommen sie nachmittags nicht her.«

»Ich bin froh, dass ich meine Maske aufhatte.« Er geht mit langsamen Schritten zum Van, der neben der Halle parkt. »Dein Freund Ha-Neul benutzt Weichspüler, oder?«

Ich folge ihm und schließe den Wagen auf. »Scheiße! Echt? Ist mir nicht aufgefallen.«

Vorsichtig streiche ich über seinen Hals, begutachte ihn von allen Seiten. »Ganz leichte Flecken, jucken sie?«

Er schüttelt den Kopf und öffnet die Beifahrertür. »Nein, zum Glück nicht. Also, deine Freunde waren auf den ersten Eindruck nett.«

»Sie können manchmal etwas viel sein, aber heute waren sie lieb.« Ich gehe um den Wagen herum und steige auf der Fahrerseite ein.

Er tut es mir gleich und ich starte den Motor. Langsam fahre ich den Van von dem kleinen Vorplatz herunter. Ein paar Meter weiter steht ein blauer Hyundai. Ich schätze mal, das ist Ha-Neuls Mietwagen.

»Eine Sache hat mich echt gefreut.« Ich schlängle das Auto in den Verkehr ein.

»Ja?« Er legt seine Hand auf meinen Oberschenkel, was mich ganz kurz von der Straße ablenkt.

Ich konzentriere mich wieder.

»Dass wir uns so offen verhalten konnten.« Aus dem Augenwinkel werfe ich ihm einen Blick zu. »Ich musste gar nicht darüber nachdenken, ob ich dich berühre oder nicht. Es war ganz natürlich.«

Er drückt meinen Oberschenkel und streicht mit dem Daumen an der Innenseite entlang. »Ja, das hat mich auch happy gemacht. Es ist schön, dass wir einfach wir sein können.«

Ich grinse unter der Maske, mein Herz tanzt in der Brust. »Ich fahre jetzt schnell nach Hause und dann haben wir ganz viel Zeit, um wir zu sein.«

»Dann gib Gas.« Er streichelt in Zeitlupe meinen Schenkel. Seine Finger sind gefährlich nahe an meinem Schritt, in dem sich all das Blut sammelt.

Ich stöhne und trete aufs Gaspedal. »Halt deine Hände bei dir, sonst bau ich einen Unfall.«

»Wie du befie-«

Brrrrrt. Brrrrt.

»Ach, fuck.« Theo zieht die Hand zurück. Er fischt sein Smartphone aus der Hosentasche, das munter vibriert. »Das ist Luca. Da muss ich rangehen, sorry!«

»Kein Problem, mach nur.« Ich atme laut aus und richte meine Aufmerksamkeit auf die volle Straße.

»Ja?« Er klemmt sich das Telefon zwischen Ohr und Schulter. »Hallo, Luca.«

Er lauscht seinem Gesprächspartner und nickt abwesend, obwohl dieser das gar nicht sieht.

Was der wohl sagt? Ist es wegen des Konzertes? Hoffentlich muss er nicht von mir weg. Ich umfasse krampfhaft das Lenkrad und schiele ununterbrochen zu ihm.

»Okay, wir sehen uns, bis bald«, murmelt er und beendet das Telefonat. Er stopft das Handy zurück in die Hosentasche und reibt sich über den Nacken.

»Was ist los?« Ich konzentriere mich auf die Straße, aber das nervöse Flattern in der Brust lenkt mich ab.

»Luca ist in Korea, im Hotel. Das heißt, ich werde einige Zeit in der Konzerthalle verbringen, um zu spielen.« Er verschränkt die Arme hinter der Lehne. »Luca ist da höchst akribisch, weil er sich stets an Alex' Angaben hält.«

Mein Blick huscht zu Theo und wieder auf die Straße. »Und was heißt das genau?« Meine Fingerknöchel sind ganz weiß, so fest um-klammere ich das Lenkrad.

Er legt mir eine Hand auf den Arm. »In den nächsten Tagen werde ich weniger Zeit mit dir verbringen können.« Er lässt den Kopf hängen. »Ich dachte, Luca kommt erst später und meldet sich nach seiner Quarantäne. Aber da habe ich mich geirrt. Er hat alles mit dem Konzerthallenleiter geklärt …«

»Sehr effizient.« Ich schlucke gegen den Kloß in meinem Hals an.

»Allerdings …« Er rauft sich die Haare. »Tut mir wirklich leid.«

Das Herz wird mir schwer. »Da können wir nichts machen, oder?«

»Ich wünschte, es wäre anders, aber leider nicht.« Er seufzt enttäuscht und lässt den Kopf an die Lehne fallen.

* * *

Die Haustür fällt ins Schloss. »Ich bin wieder da.« Theo läuft mit schleppenden Schritten an mir vorbei, direkt ins Bad.

Ich höre das Wasser rauschen und weiß, dass er sofort unter die Dusche springt. Das hat er an jedem der letzten Tage gemacht, wenn er aus der Konzerthalle kam. Er ist oft gestresst und sehr müde. Seine Augenringe reichen beinahe bis zu seinen Grübchen, die ich gar nicht mehr zu Gesicht bekomme.

Zwar hat er mich gebeten, mitzukommen, aber ich habe dankend abgelehnt. Vor langer Zeit habe ich dort selbst Konzerte gegeben und ich will nicht erkannt werden. Ich ziehe die Beine auf die Couch und starte eine neue Folge *The Untamed*. Mehr als Fernsehen war an den letzten Abenden nicht möglich.

Das Wasserplätschern verklingt und ich lausche Theos Rumoren im Badezimmer. Meine Ohren sind so gut, dass ich sogar das Handtuchrubbeln wahrnehme.

Die Tür öffnet sich und er erscheint im Rahmen. Er schenkt mir ein kraftloses Lächeln, das seine Augen nicht erreicht. Mit zittrigen Fingern schmeißt er seine Straßenklamotten auf den offenen Koffer neben der Tür. Er trägt wieder einen seiner schwarzen Jogger. Theo schlurft mit nackten Füßen über den Boden und lässt sich auf das Sofa fallen.

»Ich bin fix und fertig«, murmelt er, legt den Kopf auf meinen Schoß.

Ich streiche sanft über sein Haar und küsse seine Stirn. »Auch heute ist es wieder spät geworden ...«

Er dreht sich, presst sein Gesicht an meinen Bauch und schlingt mir seine Arme um die Taille. »Frag nicht ... es wurden zig verschiedene Einstellungen geprobt und das Klavier musste komplett neu gestimmt werden.«

Ich spüre seine Finger, die an meinem Rücken zittern. Mein Herz schmerzt, ihn so fertig zu sehen. Ich weiß selbst, wie anstrengend und kräftezehrend solche Probentage sind. »Kann ich was für dich tun?«

Er schüttelt den Kopf an meinem Bauch. »Lass mich einfach bei dir sein, okay? Das hilft schon enorm.«

»Sollen wir noch in die Halle fahren, so wie vorgestern?« Ich kraule seinen Nacken und lege meine andere Hand auf seine Hüfte. »Mir hilft Bogenschießen, um etwas herunterzufahren.«

»Hm ... danke für das Angebot«, er stupst mit seiner Nase gegen meinen Bauch, »aber ich bin heute einfach total erschlagen.«

»Okay.« Ich streichle ihn weiter, küsse seine Schläfe und summe leise vor mich hin.

Kurz darauf spüre ich seinen gleichmäßigen Atem unter meinen Fingern. Er ist eingeschlafen und ich frage mich nicht zum ersten Mal, wann Theo das letzte Mal so richtig entspannt und zufrieden war.

ALL I CAN THINK OF IS YOU

Theo

Seoul, Anfang August 2020

»Yong-Joon!« Ich komme vom letzten Probelauf nach Hause und kicke meine Schuhe von den Füßen. »Ich habe eine Überraschung für dich!«

Er richtet sich in Nullkommanichts von der Couch auf. »Habe ich da Überraschung gehört?« Er schaltet den Fernseher aus, in dem irgendeine koreanische Varieté-Show läuft.

Ich ziehe die Jacke aus und hänge sie über eine Stuhllehne. »Ja, aber du musst mir vorher eine Frage beantworten.«

Er nickt.

»Damals in Japan auf der Dachterrasse hast du gesagt, dass du mich gerne auf einer Bühne sehen magst.« Nervös knete ich die Hände. Sie zittern. »Hast du Lust zu meinem Konzert zu kommen?«

Yong-Joon springt vom Sofa auf, knallt mit dem Knie gegen den Tisch und hüpft mir auf einem Bein entgegen. »Daran erinnerst du dich?« Er reibt sich übers Knie.

Ich gehe auf ihn zu und wische die Finger an der Jeans ab. »Mein Erinnerungsvermögen ist erstaunlich gut. Besonders, wenn mir etwas wichtig ist. So, wie du.«

»Ich merk's!« Er macht einen Schritt auf mich zu, seine Augen glänzen. »Du bist mir auch wichtig.«

»Also«, ich schlinge den Zeigefinger um seinen, »hast du Lust?«

»Unbedingt!« Er strahlt mich an, als hätte ich ihm gerade das schönste Geschenk der Welt gemacht. Am Finger zieht er mich zu sich heran und wirft sich in meine Arme. Unsere Nasenspitzen pressen sich eng aneinander.

»Das ist ein eindeutiges Ja.« Ich umfasse sein Gesicht mit den Händen und küsse ihn sanft auf die Lippen.

Er erschaudert und verschränkt seine Finger in meinem Nacken. »Danke, dass du mich zu deinem Konzert einlädst. Das bedeutet mir viel.« Er spielt mit meinen Haaren und schaut zu mir hoch.

»Das mache ich auch nur für dich.« Ich küsse ihn nochmal. Auf die Wangen, die Nasenspitze und seine Lippen. »Ah, ich wünschte, ich könnte nach so einem Tag immer zu dir nach Hause kommen.«

Yong-Joon presst sein Gesicht an meinen Hals. »Ich wünschte, du könntest an jedem Tag zu mir nach Hause kommen.«

Meine Augen brennen und die Nase juckt. Der Stress der letzten Tage hat meinen Körper eh schon an sein Limit gebracht. Seine Worte geben mir den Rest. Eventuell heule ich gleich. Ich umarme ihn so fest wie nur möglich und möchte ihn am liebsten nie mehr loslassen.

Am Tag des Konzertes lässt Yong-Joon mich ausschlafen und weckt mich gegen elf Uhr. Mit Tunnelblick tigere ich durch die Wohnung und gehe in Gedanken einige Handgriffe der Stücke durch. Ich bewege die Finger in der Luft. Leichtes Kribbeln macht sich bemerkbar. Ich schüttle die Hände aus, lasse die Fingerknöchel knacken und probiere es nochmal. Es wird nicht besser.

Ich laufe ins Bad und putze die Zähne. Der Minzgeschmack verursacht mir eine Übelkeit. Ich wandere auf den Balkon, spiele eine Melodie auf der Balustrade und gehe zurück ins Wohnzimmer. Den Ablauf wiederhole ich wie in Trance.

Jemand berührt mich am Arm. Ich zucke zusammen.

»Theo?« Yong-Joon steht neben mir und hält mir eine Schale mit Reis unter die Nase.

»Was?« Meine Stimme klingt angespannt. Magensäure kriecht die Speiseröhre hoch.

»Willst du etwas essen?« Im Gegensatz zu meiner Stimme ist seine weich. Er deutet auf die Reisschale.

Bei dem Geruch nach frischem, warmem Reis kotze ich fast. »Nein, danke.« Vor Nervosität bekomme ich nie Nahrung runter. Das Lampenfieber verschwindet auch nach Jahren nicht.

Ich marschiere weiter durch sein Wohnzimmer.

Er folgt mir mit der Reisschüssel. »Iss zumindest etwas Reis. Bitte.«

»Mhm ...«, brumme ich und tue ihm den Gefallen, indem ich stehend drei Löffel zu mir nehme. Mein Magen rumort gefährlich.

»Super.«

Ich verdrehe die Augen. Er lacht und ich tigere weiter durch die Wohnung.

Irgendwann piept meine Smartwatch und erinnert mich daran, dass wir in Kürze losmüssen. Yong-Joon hat sich immer noch den Van von Ha-Neul ausgeliehen und wir wollen uns später vor Ort mit Luca treffen. Der hat auch meinen Konzertanzug bei sich.

Ich wecke Yong-Joon, der ein Nickerchen auf der Couch macht. »Ich ziehe mich jetzt um.«

Er reibt sich über die Augen. »Okay, dann mache ich das auch.« Er rappelt sich auf und geht ins Schlafzimmer.

Ich gehe ins Bad und warte eine halbe Stunde später frisch geduscht, mit meiner Konzertfrisur (Haare mit etwas Wachs aus dem Gesicht gepackt), aber im Jogger auf ihn.

Im Rucksack befinden sich mein Tablet inklusive Noten und eine Flasche Wasser. Die Noten brauche ich nicht, aber sicher ist sicher.

»Beeil dich«, rufe ich mit Blick auf die Uhr.

»Bin fertig.« Yong-Joon erscheint im Türrahmen.

Ich verschlucke mich an meiner eigenen Spucke und huste lautstark los. Die Übelkeit ist wie weggewischt.

Bisher habe ich ihn nie so gesehen. So schick. So heiß.

Er trägt eine eng geschnittene schwarze Hose und ein graues Hemd, welches er vorne leicht in die Hose gesteckt hat. Seine

Haare fallen im seitlich ins Gesicht. Er fährt sich durch die Strähnen und ich sehe drei silberne Ringe an seinen Fingern glänzen.

Ich räuspere mich. »Siehst gut aus.«

»Nur gut?« Er macht zwei Schritte auf mich zu.

»Attraktiv, heiß, anziehend ...« Ich werfe mit allen Adjektiven um mich, die sein anmutiges Auftreten trotzdem nur im Ansatz beschreiben.

Er grinst. »Danke!« Sein Blick gleitet über meinen Körper.

Ich lecke mir über die trockenen Lippen.

Er zupft an meinem Pullover. »Aber sag, willst du so spielen? Nicht, dass es nicht gut aussieht ...«

»Ich ziehe mich erst nach dem Soundcheck um, damit ich nicht vorher alles voll schwitze.« Ich beuge mich vor und küsse ihn. »Bereit?«

Er nickt und hält mir die offene Hand hin. »Dein Fahrer steht dir zur Verfügung.«

»Danke für die Organisation.« Ich nicke Luca, den wir am Seiteneingang des Konzerthauses treffen, kurz zu und nehme ihm die Anzugtasche ab. »Das ist mein Freund, Yong-Joon.«

»Hallo Yong-Joon.« Luca begrüßt meinen Freund und neigt den Kopf. »Freut mich, dich kennenzulernen. Theo hat in den letzten Tagen viel von dir erzählt.«

»Ich hoffe, nur Gutes.« Yong-Joon schiebt seine Sonnenbrille den Nasenrücken hoch und zieht sich die Maske zurecht. »Danke, dass ich dabei sein darf.«

Luca winkt ab und führt uns zum Künstlereingang. »Dank nicht mir, sondern Theo.« Wegen Corona haben die Zuschauer feste Zeitintervalle, zu denen sie die Halle betreten dürfen, weshalb bisher niemand zu sehen ist.

»Du musst wissen«, fährt Luca fort, »er hat bis jetzt noch nie um VIP-Tickets gebeten.«

»Ach, echt?« Yong-Joons Lederschuhe klackern über den Boden und dann spüre ich seine Hand am Rücken.

Ich drehe den Kopf und schaue ihn über die Schulter hinweg an. »Ich sagte ja, ich mache das nur für dich.«

Um seine Augenwinkel bilden sich unzählige Fältchen und ich weiß einfach, dass er strahlt. »Danke.«

»Los ihr zwei, wir sollten uns beeilen, bevor die Fans auftauchen«, sagt Luca und unterbricht unseren Blickkontakt.

Mit Maske und Yong-Joon sogar mit Sonnenbrille ausgestattet, gelangen wir durch den Künstlereingang zu den Garderoben. Leiter Kim begrüßt uns, wobei er Yong-Joon in seiner Verkleidung argwöhnisch betrachtet, und verschwindet mit Luca in die Halle.

Ich hänge den Kleidersack an einen Ständer in der Garderobe und drehe mich zu Yong-Joon um, der es sich auf dem Klavierhocker bequem macht. »Willst du hierbleiben oder mit mir zum finalen Soundcheck kommen?«

Er schiebt sich die Sonnenbrille ins Haar und weicht meinem Blick aus. »Ich bleibe lieber hier, okay?«

Ein dumpfer Stich schießt durch meine Brust. Enttäuschung?

»Sicher, dass du nicht mitwillst?« Ich gehe zu ihm und zwirble eine seiner Haarsträhnen zwischen den Fingern. »Ich hätte dich gern dabei.«

»Ich will mich nicht spoilern lassen und das Konzertfeeling voll genießen«, sagt er und hebt den Kopf. »Ich warte auf dich, ja?«

»Schade. Aber gut, dann sehen wir uns nachher wieder hier.« Ich wuschle ihm durchs Haar.

»Bist du sauer?« Er schlingt mir seine Arme um die Taille und presst sein Gesicht an meinen Bauch.

»Ne, nicht sauer«, ich ziehe die Maske zurecht, »nur ein bisschen enttäuscht.«

»Tut mir leid.« Er seufzt, löst sich von mir und steht auf. »Beim nächsten Mal komme ich mit.«

»Ich nehme dich beim Wort. Jetzt muss ich aber los. Warte auf mich.« Ich streiche mit dem Daumen über das kleine Muttermal unterhalb seines linken Auges. »Bis gleich!«

»Bis gleich.«

Der Soundcheck ist vorbei und ich strecke den Kopf in die Garderobe. Yong-Joon spielt etwas auf dem Klavier und summt leise vor sich hin.

Geräuschlos trete ich ein und schließe die Tür hinter mir. »Ich wusste nicht, dass du spielst.«

Er zuckt zusammen und dreht sich auf dem Klavierhocker zu mir um. »Eigentlich nicht. Ich kann nur den Flohwalzer.« Sein Blick wandert unruhig hin und her. Mit den Fingern fährt er sich mehrmals durch die Haare. Sein Bein wippt auf und ab. »Wie war der Soundcheck?«

Okaaay, Themenwechsel. Möchte er mir irgendwas nicht sagen? Manchmal ist er ein Buch mit sieben Siegeln.

Ich schiebe den Gedanken zur Seite, habe vor dem Konzert keinen Kopf dafür.

»Gut, es hat alles soweit gepasst.« Ich gehe zum Kleiderständer und hole den Konzertanzug aus der Schutzhülle. »In einer halben Stunde startet das Konzert. Ich ziehe mich jetzt erstmal um.« Mein Blick schwenkt kurz zu dem Luftreiniger und ich zerre die Maske vom Gesicht.

Yong-Joon dreht sich auf dem Hocker im Kreis, auch er hat seine abgelegt. »Kann ich dir dabei helfen?«

»Ich glaube, das schaffe ich gerade noch alleine.« Ich drehe ihm den Rücken zu, steige aus der Jogginghose und lege sie gefaltet auf einen Tisch neben der Wand. Mein Pullover folgt und ich stehe nur in Boxershorts und T-Shirt da. Ich streife ein graues Hemd über, knöpfe es zu und schlüpfe in die Hose. Der Anzug ist schwarz und locker geschnitten, damit ich mich beim Spielen frei bewegen kann. Ich greife nach der dunkelroten Krawatte und wende mich Yong-Joon zu.

Der hat die Arme vor der Brust verschränkt und die Beine überschlagen. Mit eindringlichem Blick starrt er mich an. »Soll ich dir jetzt helfen?« Er deutet auf die Krawatte.

Ich nicke stumm, mein Mund ist plötzlich ganz trocken.

Yong-Joon steht auf und nimmt mir die Krawatte aus der Hand. Er muss sich ein bisschen auf die Zehenspitzen stellen, um sie mir ordentlich um den Hals zu legen. Unsere Nasenspitzen berühren sich fast und ich spüre seinen warmen Atem auf den Lippen.

Ich vergesse zu atmen und mein Herz schlägt im doppelten Tempo. Um das zu wissen, brauche ich nicht einmal die Smartwatch, die gut verstaut im Rucksack liegt.

»Du hast mich vorhin deinen Freund genannt.« Er fährt mit seinen Fingern federleicht meinen Hals entlang.

Hitze kriecht mir den Nacken hinauf. »Das bist du doch. Oder stört dich das?« Schließlich hatte er mich vor seinen Freunden auch so genannt. Aber vielleicht war ihm das zu der Zeit gar nicht bewusst.

»Nein«, flüstert er, »im Gegenteil. Ich mag, wie die Worte klingen, wenn du sie sagst. Und die Bedeutung dahinter.« Er streicht sanft über meine Haut. Sein Blick wandert zwischen meinen Lippen und Augen hin und her.

Ich lege den Arm um seine Taille und ziehe ihn näher zu mir heran. Mein Körper kribbelt nervös, obwohl wir uns nicht zum ersten Mal so nah sind. Ich befeuchte die Lippen und beuge mich vor.

Die Tür wird aufgerissen und wir fahren auseinander. Luca streckt den Kopf in die Garderobe. »Noch zehn Minuten!«

»Okay!« Meine Stimme ist nicht mehr als ein ersticktes Keuchen.

Luca verschwindet wieder und ich werfe Yong-Joon einen entschuldigenden Blick zu. Er zuckt mit den Schultern, aber sein Gesicht glüht.

Ich beuge mich vor und lehne die Stirn an seine. »Nach dem Konzert, wenn wir zuhause sind, machen wir hier weiter, okay?«

Er legt seine warme Hand an meine Wange. »Ja!«

Ich hauche einen flüchtigen Kuss auf seine Schläfe und binde die Krawatte doch selbst. Das breite Ende ziehe ich bis zum Hals hinauf und wieder herunter durch die entstandene Schlinge. Auf einmal kribbeln meine Finger und nur unter voller Konzentration schaffe ich es, den Knoten festzuziehen. Auch die Übelkeit ist zurück und ein bitterer Geschmack setzte sich auf der Zunge fest.

Das Lampenfieber meldet sich wieder und erinnert mich an das Konzert. Ich setze mich auf den Klavierhocker und lege die Hände auf die Tasten. Das Kribbeln in den Fingerspitzen breitet sich über die Handflächen bis hin zum Unterarm aus. Mein Herzschlag beschleunigt sich und das Atmen fällt mir schwer. Aus dem Kribbeln wird ein Zittern, das als dumpfer Schmerz in meinen Armen pocht.

Krampfhaft atme ich ein und wieder aus, balle die Hände zu Fäusten und versuche die wachsende Panik in mir zu kontrollieren. Schweiß sammelt sich auf meiner Stirn und mein Herz verkrampft sich. Ich lockere die Finger, probiere, ein paar Töne zu spielen, doch es gelingt mir nicht. Hässliche Dissonanzen klirren in meinen Ohren.

»Alles okay?« Yong-Joon steht hinter mir.

Ich senke den Kopf. »Das ist die Aufregung«, sage ich gepresst und übe eine weitere Tonfolge. Fast greife ich daneben, meine Hände sind steif und zittern.

Wie gerne würde ich ihm alles sagen. Aber so kurz vor dem Konzert ist mein Hals wie zugeschnürt und die Worte bleiben fort.

»Mhm ...« Er legt mir seine warmen Hände auf die Schultern und massiert sie. »Versuch, dich zu entspannen.« Mit seinen Daumen zieht er Kreise über meine Schulterblätter. Ohne Druck, fast zärtlich. »Denk nur an die Melodie, die du den Menschen schenken möchtest.«

Die Schultern sacken nach unten und ich stöhne leise. »Ich denke eher an deine Hände auf meinem Körper.«

Er lacht leise, seine Brust vibriert an meinem Rücken. »Denk daran, wie erfüllt die Menschen sein werden, wenn sie dich spielen hören.« Mit seinem Zeigefinger streicht er sanft über meinen Nacken.

Hitze sammelt sich in meinem Magen und vertreibt die Übelkeit. »Wie soll ich gleich überhaupt spielen?!«

»Denk daran, dass deine Musik andere Menschen glücklich macht.« Er beugt sich vor und küsst zärtlich mein Ohrläppchen. »So wie deine Musik mich glücklich macht.«

Ich denke an gar nichts mehr.

»Ich glaube, ich bin jetzt entspannt.« Ich atme geräuschvoll ein und wieder aus.

Er schlingt seine Arme von hinten um mich. »Gut. Stell dir einfach vor, du spielst mir ein Lied zum Einschlafen. Dann wird alles gut.« Er reibt über meine Brust und ich umfasse seine Hand.

Das Zittern ist verschwunden.

LIKE A BEATING HEART

Yong-Joon

Obwohl ich Theo in Japan oder per Video oft am Klavier habe sitzen sehen, ist es ein anderes Gefühl, ihn beim Spielen vor Publikum zu erleben. Von meinem VIP-Platz im ersten Rang schräg über der Bühne aus beobachte ich, wie Theos lange Finger geschmeidig über die Tasten des schwarzen Flügels fliegen. Das Zittern ist verschwunden. Das erkenne ich an seinen präzisen Bewegungen. Er strahlt Gelassenheit aus. Die Melodie des ersten Stückes wird fehlerfrei zu mir getragen, umschmeichelt mich wie ein warmer Wind.

Insgeheim klopfe ich mir dafür auf die Schulter. Vorhin in der Garderobe war es mir unmöglich, ihn nicht zu berühren. Zu beruhigen. Im Grunde sehne ich mich jede Sekunde danach, ihn zu berühren und von ihm berührt zu werden. Ich will mehr. War mir der Gedanke bisher unbekannt, in er nun allgegenwärtig.

Mein Blick ruht auf seinen Fingern, die zwischen den weißen und schwarzen Tasten hin und her springen und so eine wilde, ausgelassene Melodie zum Leben erwecken. Eine Melodie, die wie ein Fluss direkt in meine Seele fließt. Dabei erinnern mich seine Hände an Tänzer, die sich elegant über das Parkett bewegen.

Anmutig senkt Theo den Kopf, als er das Stück beendet und die Menge applaudiert. Nach einer kurzen Atempause flitzen seine Finger wieder über die Klaviatur und ich stelle mir vor, wie er mich berührt.

Sanft streicht er über mein Hemd und seine Finger wandern über meine Wirbelsäule, als würden sie einen sehr langsamen Walzer tanzen. Ich schließe die Augen und spüre seine Hand in meinem Nacken, an der Wange. Zärtlich streift er meine Lippen. Ich beiße mir auf die Unterlippe, um ein Stöhnen zu unterdrücken. Meine Finger schwitzen und ich kralle sie in die Armlehnen des gepolsterten Stuhls.

Theos Finger streicheln meine Brust, knöpfen flink das Hemd auf und treffen auf nackte Haut. Ich schlage die Beine übereinander. Schnell öffne ich die Augen und konzentriere mich wieder auf sein Gesicht, bevor ich mir noch intensivere Dinge vorstelle, die seine Hände mit mir anstellen.

Von dem Platz hier oben erkenne ich sein Gesicht, das leicht geneigt ist. Ich zeichne sein Profil mit dem Zeigefinger in der Luft nach. Er hat eine gerade Nase und volle Lippen, wobei die Unterlippe etwas breiter ist. Seine Augen sind beim Spielen halb geschlossen und ich weiß, dass er in seiner eigenen Welt ist, vollkommen in der Musik versunken.

Ich kenne alle Stücke von ihm. Auch den ruhigen Walzer, den er nun anstimmt. Mit der linken Hand greift er geschmeidig verschiedene Akkorde, die einen dunklen Klangteppich erzeugen. Die Rechte spielt einen bedächtigen, aber lebhaften Dreivierteltakt. Ich schließe die Augen und genieße die warmen Klänge, die mich in einen Zustand völliger Ruhe befördern. Seine Melodien sind mir so vertraut, als hätte ich sie selbst geschrieben.

Erst als die Fans wie wild applaudieren, öffne ich die Lider. Ich stehe auf, klatsche und lasse Theo nicht aus den Augen. Er verbeugt sich zweimal und sein Blick zuckt kurz zu mir.

Begeistert winke ich ihm zu und applaudiere noch lauter. Meine Handflächen schmerzen, aber ich bin berauscht von der ersten Hälfte des Konzerts.

Manche der jüngeren Fans halten Fanplakate in die Luft. Theo neigt nochmals den Kopf und verlässt unter dem Kreischen und Klatschen der Mädchen die Bühne.

Ich setze Cap, Sonnenbrille und Maske auf und mache mich auf den Weg zur Garderobe. Die dunklen Flure mit den samtweichen, blauen Wänden sind mir viel zu vertraut und den Getränkeautomaten finde ich auf Anhieb. Ich schmeiße ein paar Münzen hinein, drücke eine Tastenkombination und trete dagegen. Eine Flasche Wasser fällt in die Auslage. Das hat sich in letzten Jahren nicht verändert. Ich greife nach dem Getränk und fahre mir durch die Haare. Bald sollte ich Theo unbedingt die Wahrheit über mich sagen. Da hat Ji-He schon recht. Nur weil ich nicht mehr die Person im Rampenlicht bin, heißt das nicht, dass die Vergangenheit mich nicht schnell wieder einholt.

Ich laufe durch die Verzweigungen der Konzerthalle und drücke die Tür zur Garderobe auf. Theo sitzt auf einem Stuhl und hat die Augen geschlossen. Ich ziehe mir die Maske vom Gesicht und stecke die Sonnenbrille an den Hemdausschnitt.

In meiner Brust spüre ich einen Stich des Neids. Unsere Pausen sahen früher nie so aus. Erinnerungen an verletzte Knie, Sauerstoffmasken, Schmerzen und Ohnmachtsanfälle krabbeln durch meine Gedanken.

Ich verbanne die Vergangenheit mit einem kurzen Kopfschütteln, betrete den Raum und schließe die Tür hinter mir. Theo hat mich noch nicht bemerkt. Ich schleiche mich an und halte ihm die kühle Wasserflasche an die Schläfe.

Er zuckt zusammen. »Ah, kalt!« Er öffnet die Augen. Sie wirken müde und ich frage mich, ob er echt so entspannt ist, wie es nach außen hin den Anschein macht.

Ich deute auf die Flasche und öffne sie. »Durst?«

Theo nimmt sie mir ab. »Danke!« Mit tiefen Zügen trinkt er das gesamte Wasser. Ein Tropfen läuft aus dem Mundwinkel über sein Kinn.

Instinktiv trete ich vor und fange ihn mit dem Daumen auf, bevor er auf Theos Krawatte tropft. Ich hebe den Kopf und blicke ihm direkt in die Augen. Zum ersten Mal fällt mir auf, dass in seinen braunen Iriden vereinzelt grüne Sprenkel glitzern.

»Faszinierend«, flüstere ich und streiche über Theos Brauen. »Du hast total schöne Augen.«

»Mh ... danke.« Er schlingt mir den freien Arm um die Taille und unsere Oberkörper berühren sich.

Mein Herz pocht laut gegen die Rippen. Ich lege den Daumen auf seine Unterlippe. Sein Mund ist leicht geöffnet und feucht vom Wasser. Er leckt über meinen Daumen. Mein Körper bebt und ich spüre, wie sich die Nackenhaare aufstellen.

»Die Pause endet in einer Minute. Bitte nehmen Sie Ihre Plätze wieder ein.« Die Lautsprecherdurchsage lässt uns beide zusammenzucken.

Rasch trete ich einen Schritt zurück, fahre mir durchs Haar und fege meine Cap vom Kopf. »Äh ...« Ich bücke mich nach ihr und halte sie mir vor die Hüfte. »Viel Erfolg beim zweiten Teil.«

Ich drehe mich zur Tür, aber Theo hält mich an der Hand fest. Sein Atem geht stoßweise, seine Augen wirken glasig.

»Merk dir den Moment, wir machen nachher da weiter, sonst werde ich verrückt.« Er streicht mir mit dem Finger über die Wange und verlässt noch vor mir die Garderobe.

Von der zweiten Konzerthälfte bekomme ich so gut wie gar nichts mit. Mein Körper glüht und ich wippe mit den Beinen auf und ab. Ich reibe über meinen Schritt. Die Erektion verschwindet nicht.

Theos Gesicht taucht vor mir auf, seine Augen mit den grünen Funken und seine Lippen, die so oft amüsiert lächeln. Seine Grübchen, die sich jedes Mal bilden, wenn er wahrhaftig und echt lacht. Am liebsten würde ich sie ständig anfassen oder hineinbeißen. Ich schließe die Augen und überschlage die Beine. Die Hitze bleibt.

Sein Klavierspiel verändert sich im zweiten Teil. Vorher waren seine Melodien tadellos, elegant und ruhig. Jetzt höre ich aus jedem Ton ein anderes Gefühl heraus. Nervosität, Aufregung, Leidenschaft und ... Verlangen?!

Mir entgeht keine seiner Emotionen.

Nach dem Schlussapplaus verschwindet Theo auf direktem Wege von der Bühne und ignoriert die Blumen, die die Mädchen ihm entgegenwerfen.

Ich bleibe länger sitzen, obwohl ich viel lieber sofort zu ihm rennen, in seine Arme springen und ihn endlich küssen will. Meine Beine wippen auf und ab und ich knete die schwitzigen Finger.

Zwanzig Minuten später mache ich mich auf den Weg und wische die Hände an meiner Hose ab.

Auf dem Gang treffe ich Luca.

»Ist das Interview beendet?«, frage ich.

»Ja, Theo ist wieder in der Garderobe und zieht sich um.«

»Muss er sich nicht seinen Fans zeigen?« So kenne ich das. Nach jedem Auftritt gab es eine Zugabe, wir mussten Fotos mit Fans machen und Autogramme schreiben.

»Das fällt wegen der Coronavorschriften aus«, sagt Luca und sieht erleichtert aus. »Theo mag das sowieso nicht. Du weißt schon, seine Allergie.«

»Okay.« Ich trete auf der Stelle, kratze mich mit dem Zeigefinger am Daumen. »Ich geh dann mal zu ihm ...«

»Ich warte neben dem Künstlereingang, um euch zu verabschieden. Ach und erinnere Theo bitte daran, dass ich ihn morgen früh abhole!« Er klopft mir auf die Schulter und geht in die Richtung weiter, aus der ich gekommen bin.

Ich laufe über den Flur. Der weiche Boden verschluckt meine Schritte. Im Gehen ziehe ich das Hemd vorne aus der Hose.

Ich biege um die letzte Ecke und platze ohne Vorwarnung in die Garderobe. »Bist du fer-?« Das Wort bleibt mir im Hals stecken. Die Sonnenbrille rutscht mir von der Nase, landet auf dem Boden. Luca hatte recht.

Theo hat die Anzughose gegen seine Jogginghose ausgetauscht und zieht sich jetzt das weiße T-Shirt über den Kopf. Seine Schultern sind breit und trainiert.

Mein Blick wandert über seine muskulöse Brust bis hin zu seinem angedeuteten Sixpack, das ich beim Bogenschießen unter den Fingern gespürt habe. Wie kann ein Pianist, der den ganzen Tag sitzt, so aussehen? Macht er heimlich ein krasses Training, wenn ich im Bett bin?

Ich starre weiter auf seinen nackten Oberkörper.

»Du hast dir den richtigen Moment ausgesucht.« Er fährt sich mit der Hand über die Brust bis zu dieser dünnen Haarlinie unterhalb des Bauchnabels.

Ich sehe seine Grübchen von der Tür aus. Schnell trete ich ein und schließe sie hinter mir. Ich reiße die Maske herunter, lasse sie fallen. Die Cap folgt. Mein Blick springt zwischen seiner Brust und seinem Gesicht hin und her.

Er legt das T-Shirt weg und kommt langsam auf mich zu. »Erinnerst du dich an meine Worte aus der Pause?«

Automatisch lege ich die Hand auf seinen Bauch und zeichne seine Bauchmuskeln nach. Die Hitze zwischen meinen Beinen lodert wieder auf. Meine Finger wandern langsam über seine Brust bis zu seinem Kinn. »Ja.«

Er stöhnt leise und drückt mich gegen die geschlossene Tür. Mein Herzschlag dröhnt in meinen Ohren. Instinktiv umfasse ich sein Gesicht und streiche über seine Unterlippe.

Unser Atem beschleunigt sich, vermischt sich.

Er legt seine Hände an meine Taille. »Darf ich dich küssen?«

Ich nicke, überbrücke die letzten Millimeter zwischen uns und presse die Lippen auf seinen Mund. Der Kuss ist unbeholfen, ein Lippen-aufeinander-Drücken, obwohl es nicht unser Erster ist. Ich umklammere sein Gesicht. Die Leidenschaft und das Verlangen, das ich in seiner Musik gehört habe, rasen jetzt durch meinen Körper. All die Gefühle sind noch viel intensiver, als bei unserem ersten Kuss.

Wir lösen uns kurz und Theo macht einen kehligen Laut. Seine Finger gleiten über die Seiten zu meinem Gesicht. Er streicht mir über die Wange, beugt sich vor und küsst meine Mundwinkel, flüchtig, aber magisch wie eine Sternschnuppe.

»Mhm …« Ich stöhne und reibe mich an ihm. »Mehr …«

Er lacht leise und küsst mich wieder. Sanft, aber bestimmt.

Ein wohliger Schauer jagt durch meinen Körper. Ich kralle die Finger an seinem Hinterkopf in die Haare und schlinge ein Bein um seine Hüften. »Ah …« Ich umarme ihn fester, will, dass er meine Erregung spürt.

»Fuck«, stößt er schwer atmend hervor. »Das fühlt sich gut an … du fühlst dich gut an.«

Seine Stimme klingt dunkel und heiser, setzt meinen Kopf außer Gefecht. Mit jedem Kuss, mit jeder Berührung unserer Lippen will ich mehr.

Mehr von Theo, mehr von seinen Gefühlen, mehr von ihm … von allem. Ich beiße sacht in seine Grübchen und knabbere an seiner Unterlippe. Meine Hände gleiten über den Nacken zu seinem Rücken.

Seine nackte Haut glüht und unsere Herzen schlagen wie der Rhythmus einer Trommel, der unsere Körper synchronisiert.

Er umfasst meinen Oberschenkel und löst das Bein von seiner Hüfte. »Kurze Pause.« Stöhnend presst er seine Stirn gegen meine. Sie ist feucht.

Ich lege die Hand auf sein Herz. »Alles in Ordnung?«

»Ja, könnte nicht besser sein.« Er zieht mich in eine Umarmung und vergräbt sein Gesicht an meinem Hals.

Ich streiche über seinen Rücken und verhake den Daumen mit seinem Hosenbund. »Wolltest du nicht bis zuhause warten?«

»Ich konnte nicht …« Er küsst meine Halskuhle, die Wange und meine Lippen. »Hättest du warten können?«

Ich schüttle den Kopf, male Kreise auf seinen unteren Rücken. »Müssen wir aufhören?«

»Wir haben sicher ein paar Minuten.« Er küsst mich wieder und wieder und wieder …

Irgendwann lösen wir uns voneinander. Sein Gesicht ist gerötet und ich entdecke Flecken an seinem Hals. Sofort streiche ich darüber. »Du hast einen Ausschlag.«

Er nimmt meine Hand in seine. »Keine Sorge, kein Jucken, keine Gefahr.« Er zieht mich zum Klavierhocker.

Ich lasse mich auf diesem nieder und beobachte Theo.

Schnell schnappt er sich seinen Pullover und schlüpft hinein.

»Schade«, murmle ich vor mich hin und starre auf seine verschwindenden Bauchmuskeln. »Von mir aus kannst du den Pulli weglassen.« Ich greife in den weichen Stoff und zupfe so lange daran, bis er zwischen meinen Knien steht.

»Das glaub ich gern, aber wir sollten langsam los.« Er küsst mich auf die Nasenspitze. »Luca wartet.«

»Ach ja, den habe ich komplett vergessen. Fünf Minuten?« Jetzt klingt meine Stimme belegt und tiefer als normal. Ohne eine Antwort abzuwarten, bugsiere ich ihn auf meinen Schoß und umfasse sein Gesicht. Ich ziehe ihn zu mir herunter und seine Pupillen weiten sich.

Ich küsse seine Stirn, seine Wangen und Mundwinkel.

Seine Erregung drückt mir gegen den Bauch. »Wenn du so weiter machst, dann kommen wir hier nicht mehr raus.«

»Okay.« Ich umfasse seinen Hintern und lecke über seine Lippen.

Er greift nach meiner Hand. »Yong-Joon. Die Tür ist zwar zu, aber nicht abgeschlossen.«

»Oh.« Ich mache keine Anstalten, ihn von meinem Schoß zu schieben.

»Ich würde gerne so bleiben, aber wenn du nicht willst, dass Luca hereinplatzt ...«

Ich seufze enttäuscht, lasse Theo aber aufstehen.

Auf einmal wird mir bewusst, dass nicht nur Luca in dem Raum kommen könnte. Sondern auch Reporter ...

Klick. Klick. Klick.

Ein unangenehmer Schauer saust durch meinen Körper und tötet jede Erregung, die ich eben verspürt habe.

Das kommt davon, wenn du dich gehen lässt, wispert die fiese Stimme in meinem Kopf, wenn du glücklich bist.

»Hier«, Theo reicht mir eine neue Maske, Sonnenbrille und Cap, »zieh deine Maske auf.«

Ich blinzle ein paar Mal, atme tief ein und aus und vertreibe die Ängste aus den Gedanken.

Mit der Hand fahre ich durch mein Haar, setze auf, was er mir reicht, und greife nach seiner Hand.

»Bevor ich wieder abgelenkt werde: Dein Konzert war der Wahnsinn!« Ich beiße auf meine Unterlippe, suche nach den passenden Worten. »Deine Musik, diese Melodien sind wie ein schlagendes Herz, das mich mit einem Rhythmus erfüllt, der meine Seele und meinen Geist zum Tanzen bringt.«

Sein Lächeln ist so breit, dass seine Grübchen beinahe seine Augen berühren. Er strahlt förmlich. »Wow, solche schönen Worte hat noch niemand für meine Musik gefunden.« Er schnieft und reibt sich übers Gesicht.

»Weinst du?« Ich ziehe die Maske herunter und hauche ihm einen Kuss auf die Lippen. »Wenn das niemand bisher gesagt hat, dann haben sie deine Musik einfach nicht verstanden.«

Seine Augen weiten sich überrascht.

»Danke dir.« Eine sanfte Röte bildet sich auf seinen Wangen. »Ich freue mich extrem, dass es dir gefallen hat.« Er reibt sich über den Nacken, lächelt.

Ich stupse ihn auf die Nasenspitze. »Es war perfekt, voller Emotionen, aufbrausend und berührend.«

»Ach hör auf, du bringst mich in Verlegenheit.« Er dreht sich von mir weg und packt den Anzug ordentlich zurück in den Kleidersack.

»Da musst du jetzt durch.« Ich nehme ihm die Schutzhülle ab, damit er sich seine Maske aufziehen kann. »Ich hätte allerdings mit einer anderen Zielgruppe gerechnet.«

»Ah, ja, die schreienden Mädchen ... Anstrengend oder?« Er setzt seine Sonnenbrille und eine Mütze auf und wendet sich zur Tür.

Ich öffne sie und werfe mir seinen Kleidersack über die Schulter. »Mhm ...« Ich weiß nicht, was ich darauf sagen soll, ohne zu viel zu verraten. Ein dumpfer Stich zieht durch meine Brust. Bevor er wieder nach Deutschland fliegt, muss ich ihm unbedingt von meiner Vergangenheit erzählen. Er soll sie von mir erfahren und nicht aus den Medien.

Ich trete aus dem Raum. »Wollen wir los?«

Er schiebt sich an mir vorbei. »Auf geht's.«

Nebeneinander laufen wir durch die Gänge zum Künstlerausgang. Mein Arm streift seinen Ellbogen und aus dem Augenwinkel schiele ich durch die Sonnenbrille zu ihm. Er geht entspannt, sein Blick ist nach vorne gerichtet.

Zum Ausgang hin wird der Flur schmaler und ich rücke näher an ihn heran. So nah, dass sich unsere Seiten aneinanderschmiegen.

Er umfasst meine Hand und wir verschränken die Finger miteinander. Ein warmes, wohliges Gefühl breitet sich langsam in mir aus. Wir lassen uns nicht los, bis wir das Gebäude verlassen haben.

THIS IS WHAT A BREAKING HEART FEELS LIKE

Yong-Joon

Seoul, Anfang August 2020

Zuhause fällt Theo ächzend auf die Couch und legt sich den Arm übers Gesicht. »Ich bin so ko …«

Ich hocke mich neben ihn und streiche über sein welliges Haar. »Willst du nicht duschen? Es waren ja doch viele Gerüche in der Halle.«

»Bin zu müde …« Er gähnt herzhaft und rollt sich auf die Seite.

»Komm schon, nicht, dass du gleich Ausschlag bekommst.« Ich stupse gegen seine Nase, schnappe mir seine Hand und ziehe ihn vom Sofa. »Das wird dir guttun.«

Er sackt gegen meinen Körper und sein Kopf landet an meiner Schulter. Ganz schön schwer.

»Du tust mir gut«, flüstert Theo und ich glaube, ein Schniefen zu hören. »Das hier tut mir gut … ich … das hier ist so anders … wenn ich das mit den Momenten nach bisherigen Konzert vergleiche.« Er schlingt seine Arme um meinen Nacken, vergräbt sein Gesicht an meinem Hals. Es ist feucht.

»Was war denn da?« Ich lege die Hände auf seinen Rücken und streichle in einem gleichmäßigen Rhythmus darüber, versuche, Theo aufrecht zu halten.

»Da war es so laut, dass meine Ohren fast geplatzt sind. Da waren Schmerzen im Rücken und Übelkeit. So viel Stress … Ich hab gedacht, mein Kopf explodiert gleich.« Jetzt schnieft er tatsächlich und lehnt sich mit seinem ganzen Gewicht gegen mich, so als hätte er nicht den geringsten Zweifel daran, dass ich ihn auffange. »Aber hier bei dir, da sind die Ruhe und die Stille, nach der ich mich immer gesehnt habe. Hier sind nur deine Worte, die meiner Musik wieder Sinn geben ... die mir wieder einen Sinn geben. Hier bist du und ich will morgen nicht weg.«

Meine Augen brennen bei seinen Worten und eine Schwere legt sich auf mein Herz. Ich glaube, ich hatte die ganze Zeit ein falsches Bild von seinem Konzertleben. Vielleicht unterscheidet es sich gar nicht so sehr von meinem ...

Ich umfasse sein Gesicht und presse die Stirn gegen seine. »Ich will nicht, dass du wieder weggehst. Ich will, dass du zu mir kommst, wenn du den Lärm der Welt nicht mehr ertragen kannst und dich nach Stille sehnst. Ich will, dass du bei mir die Ruhe empfindest, die du mir schenkst.« Ich küsse sacht seine Lippen, Mundwinkel und Wangen und fange mit den Fingern seine Tränen auf, die salzig schmecken.

Theo verschränkt die Hände in meinem Nacken und verzieht die Lippen zu einem kleinen Lächeln. »Danke. Ich bin froh, dass wir uns kennengelernt haben.«

»Dito.« Ich erwidere sein Lächeln.

Wäre jetzt ein guter Augenblick für die ganze Wahrheit?

Ich atme tief ein und langsam aus. »Theo ich ...«

Er sackt gegen meine Schulter und stöhnt. Seine Finger lösen sich von mir und fallen leblos herunter.

»Theo???« Ich umfasse seine Taille, damit er nicht auf den Boden rutscht.

»Ah, ich glaub, ich muss doch duschen ...« Er kratzt sich am Hals.

»Scheiße.« Ich stütze ihn so gut es geht und schleppe ihn ins Bad. Irgendwie wuchte ich ihn auf den Klodeckel und stelle die Dusche an.

Ich drehe mich um. Theo streift sich die Klamotten vom Körper, die Augenlider halb geschlossen.

»Schaffst du das alleine?« Ich wende den Blick ab, will ihn nicht anstarren, wenn er dermaßen verletzlich ist.

»Geht schon«, murmelt er, steht auf und schwankt unter die Dusche.

»Schrei, wenn was ist.« Ich verlasse das Bad, ziehe die Tür bis auf einen Spalt hinter mir zu. Die nächsten Minuten lausche ich dem Wasserprasseln und hoffe, dass Theo nicht in der Dusche umkippt.

»Ich werde dich vermissen.« Theo hat seinen Kopf auf meine Brust gebettet und zeichnet mir Schlangenlinien auf den Bauch. Er gähnt zum gefühlt hundertsten Mal. Sein Gepäck steht abfahrbereit im Wohnzimmer.

Ich spiele mit seinem nassen Haar. »Du wirst mir auch fehlen. Noch haben wir ein paar Stunden.«

»Ich will nicht einschlafen«, murmelt er und sein Körper wird schwerer. »Aber ich bin unfassbar müde.«

»Dann schlaf ...«, ich küsse seinen Scheitel, »ich wecke dich rechtzeitig.«

»Nein ... ich will ...« Die letzten Worte bleiben ungesagt. Theos Finger hören auf zu malen. Sein Brustkorb hebt und senkt sich gleichmäßig. Er schnarcht leise.

Ich fahre mir durch die Haare, die feucht von einer Blitzdusche sind. Ein Kloß bildet sich in meinem Hals und ich schlucke schwer.

Wie soll ich ihn jetzt gehen lassen? Nach all dem, was zwischen uns passiert ist. Nach all den Umarmungen, den Küssen und den Worten, die mein Herz berühren.

Zittriger Atem entweicht mir. Und trotz all dem habe ich ihm die Wahrheit über mich immer noch nicht gesagt.

Ich starre an die Decke und stumme Tränen rinnen mir über die Wangen. Das Schluchzen unterdrücke ich gerade so. Ich wische mir mit dem Handrücken über das Gesicht, schlinge die Arme um Theo und halte ihn fest. Mein Herz schmerzt fürchterlich.

»Es ist Zeit«, ich küsse sein Haar, »die Sonne geht schon auf.«

Er räkelt sich auf mir und drückt sein Gesicht an meine Brust. »Ich will nicht ...«

»Weiß ich doch, aber Luca ist gleich unten.« Ich schiebe ihn von mir herunter. »Komm, du kannst nicht in Boxershorts und Shirt fliegen.«

»Nicht?« Er rollt sich auf den Rücken und kratzt sich am Bauch.

Ich starre auf die dünne Haarlinie, die in seiner Shorts verschwindet. »Nein, definitiv nicht!« Ich stehe auf, schnappe mir seinen Pulli vom Boden und werfe ihn zu ihm.

Er richtet sich ächzend auf und schlüpft in den Pullover.

Scheiße, meine Augen brennen wie verrückt. Ich greife nach der schwarzen Stoffhose und schmeiße sie aufs Bett.

»Wie freundlich«, sagt Theo hinter mir, seine Stimme klingt schleppend und nicht wach.

Ich schniefe und reibe mir über die Augen. Er soll meine Tränen nicht sehen. »Komm schon, ich will dich nochmal feste knuddeln, bevor du gehst.«

Reiß dich zusammen, Yong-Joon. Brich nicht vor ihm auseinander.

Fertig angezogen krabbelt er vom Bett und schlingt die Arme von hinten um mich. Er küsst meinen Nacken. Das Brennen hinter den Augen wird schlimmer. Mein Magen verkrampft sich mit jedem seiner Küsse mehr.

»Wir sehen uns bald wieder.« Er verschränkt unsere Finger vor meinem Bauch und legt mir sein Kinn auf die Schulter.

Ich drehe mich in seinen Armen um und lehne mich an ihn. »Versprichst du es?«

»Ja, ich verspreche es.« Er umfasst mein Gesicht und küsst mich sanft. »Begleite mich zur Tür, ja?«

Ich nicke und nehme seine Hand. Zusammen gehen wir ins Wohnzimmer.

Theo zieht sich seine Socken und Schuhe an und ich schleppe sein Gepäck zur Tür. Er schaut auf seine Smartwatch, auf der ich eine Nachricht von Luca entdecke.

»Ich muss los. Ich werde dich vermissen«, sagt Theo und umarmt mich. »Wir schreiben und telefonieren, okay?«

»Ja.« Ich streiche über seinen Rücken und schlucke gegen den Kloß in der Kehle an. Mal wieder. »Tschüss, Theo.«

»Bis bald, Yong-Joon.« Er küsst mich ein letztes Mal, öffnet die Tür und tritt auf den Flur. Vor dem Aufzug dreht er sich zu mir, winkt und lächelt. Doch das Lächeln erreicht seine Augen nicht. Er zieht Maske und Sonnenbrille aus der Tasche und vermummt sein Gesicht.

Nachdem er im Aufzug verschwunden ist, verschließe ich die Tür und sacke gegen die Wand. Ich vergrabe das Gesicht in den Händen, die gleich darauf feucht sind. Mein Herz verkrampft sich und ich bekomme kaum Luft.

Jetzt konnte ich ihm schon wieder nicht die Wahrheit sagen.

Und das wird sich rächen, glaub mir, säuselt die verdammte Stimme in meinem Kopf, die ich in letzter Zeit gar nicht mehr loswerde.

I AM FALLING FOR YOU

Theo

Düsseldorf, September/Oktober 2020

»Jetzt lass mich auch mal die Lütte schnubbeln.« Ich sitze neben Lisa, die Mia mit Küssen bedeckt.

»Du hast sie doch eben erst geknuddelt.« Meine Schwester verdreht die Augen.

In den letzten Wochen bin ich ständig bei ihr und Alex, um die süße Mia-Maus zu besuchen. Mit ihren kleinen Fingern greift sie nach Lisas Haaren, reißt daran und kräht vergnügt.

»Ach komm schon, noch einmal.«

Lisa streicht ihrer Tochter über den dunklen Haarschopf. »Du kannst echt nerven.« Sie legt mir die Kleine in die Arme.

Mias Körper ist warm und von ihrem Kopf geht dieser ganz besondere Babyduft aus, den ich nicht beschreiben kann. Ich bin unendlich froh, dass er nicht die Allergie auslöst, und streife mit der Nase über ihr weiches Haar.

»Und jetzt Theo«, Lisa dreht sich auf dem Sofa zu mir, »hau mal raus, was in den letzten Monaten bei dir abgegangen ist.«

»Da hast du ja den richtigen Moment abgepasst.« Ich wiege die Lütte in den Armen sanft hin und her.

Meine Schwester lacht frech. »Nun, mit Mia auf dem Arm kannst du nicht vor mir wegrennen.«

»Als würde ich das jemals tun.«

»Zumindest warst du in den letzten Wochen sehr zurückhaltend. Du weißt doch, wie neugierig ich bin.« Sie pikt mir mit ihrem kurzen Fingernagel in die Seite. »Ich will alles über dich und deinen Freund wissen. Und zwar mehr als diese drei Stichpunkte per WhatsApp.«

»Okay, ich bekenne mich schuldig.« Ich denke an die viel zu kurzen Nachrichten, die ich ihr während meiner Seoul-Zeit geschrieben habe. »Ich war damit beschäftigt, Yong-Joon besser kennenzulernen.«

Ihn, seine Umarmungen und Küsse ...

Lisa tippt auf meinem Arm herum. »Infos Theo, ich möchte Infos.« Ihre Stimme klingt aufgeregt.

Ich seufze. »Du gibst keine Ruhe, oder?«

»Nimmst du es mir übel?« Mit weichem Blick betrachtet sie ihre Tochter, die friedlich in meinen Armen schläft. Sie hebt den Kopf. »Du bist nach dem Debakel mit Milo wieder mit jemandem zusammen, nachdem es in den letzten Jahren so schwer für dich war. Um ehrlich zu sein, ich hatte Angst, dass du es aufgegeben hast, andere Menschen näher als zehn Meter an dich heranzulassen. Du glaubst gar nicht, wie glücklich es mich macht, dass es da jemanden gibt, den du tatsächlich gut riechen kannst. Das müssen wir feiern.«

Ihre Worte verhaken sich in meinem Gehirn. »Von deiner Angst hast du mir nie was gesagt.«

»Natürlich nicht«, sie legt mir einen Arm um die Schulter, »du hattest genug zu kämpfen mit deiner Allergie.«

Ich lehne mich an sie. »Tut mir leid, dass du dir deshalb Sorgen gemacht hast.«

Wow, ich habe all die Jahre nichts davon mitbekommen. Von ihren Ängsten und Sorgen. Wahrscheinlich war ich zu sehr auf mich selbst fokussiert und habe ihre ständige Fragerei deshalb als nervig aufgefasst. Jetzt tut es mir leid, dass ich die Bedeutung ihrer Aussagen nicht erkannt habe.

Lisa drückt meine Schulter. »Dafür sind Schwestern da. Aber du lenkst ab.«

Ich räuspere mich leise, damit Mia nicht aufwacht.

»Okay, okay. Was willst du wissen?« Es schadet nicht, offen zu ihr zu sein. Ich will nicht, dass sie sich weiterhin sorgt.

»Alles!« Sie wibbelt mit ihren Beinen und ihre beige Stoffhose flattert.

Ich gebe mich geschlagen. »Du weißt, dass wir in Tokio Zimmernachbarn im Hotel waren. Jetzt, so im Nachhinein, denke ich, dass es zwischen uns direkt geklickt hat.« Ich stocke. Die Erkenntnis haut mich aus dem Gleichgewicht und mein Herz pocht heftig in der Brust.

Aber ja, genauso ist es.

Mein Blick wandert zu Lisa.

Die hat ihr Kinn auf ihre Hand gestützt. »Woran machst du das fest?«

»Keinen Schimmer, es ist mehr ein Gefühl.« Ich streichle Mia über den Kopf. »Ein Gefühl, dass wir auf musikalischer und menschlicher Ebene einfach passen. Er versteht mich und meine Musik, wie sonst niemand. Bei ihm fühle ich mich wohl und kann ich selbst sein. Okay, ich denke manchmal, dass wir uns noch nicht alles sagen, aber grundsätzlich gibt es eine offene Kommunikation zwischen uns. Das schätze ich wirklich sehr.«

»Kommunikation ist so wichtig.« Lisa lächelt und überschlägt ihre Beine. »So gibt es keine unnötigen Missverständnisse wie in jedem zweiten Liebesroman, den ich lese. Aber ein paar Geheimnisse hat wohl jeder Mensch.«

»Ja. Außerdem wollte ich Yong-Joon näherkommen, es hat sich ganz natürlich entwickelt.« Langsam werden meine Ohren warm. »Wenn ich bei ihm bin, dann fühle ich mich so entspannt, als würden alle Probleme von mir abfallen. Und ich vermisse ihn. Ständig.«

Lisa grinst breit, ihre Augen glänzen verdächtig. »Dich hat es echt erwischt.«

»Das kann ich nicht leugnen.«

Und das will ich auch nicht.

Abends facetime ich mit Yong-Joon, obwohl er längst schlafen sollte. Seoul ist acht Stunden weiter als Düsseldorf und bei ihm ist es halb zwei morgens.

Ich rühre meine Kürbissuppe um, die munter vor sich hin blubbert. »Du solltest ins Bett gehen.« Zum zehnten Mal versuche ich ihn davon zu überzeugen.

»Ich habe bis eben gearbeitet, ich kann jetzt unmöglich schlafen gehen.« Er fährt sich, wie so oft, durch die nassen Haare.

Mir wird eine Sache bewusst und ich stocke beim Umrühren. »Sag mal, was genau ist deine Arbeit?«

Warum habe ich ihn nicht früher gefragt?

Yong-Joon schweigt und schaut überall hin, nur nicht in die Kamera. Beim Sprechen klingt seine Stimme komisch, irgendwie abweisend. »Ich bin selbstständig, arbeite freiberuflich an verschiedenen Projekten.«

»Interessant, was sind das für Projekte?« Ich rühre weiter und beuge mich näher zur Kamera. »Ich möchte gerne mehr über dich und dein Leben erfahren.«

»Das darf ich leider nicht sagen.« Stille. »Steht so in den Verträgen.«

»Okaaaaay ...« Das erscheint mir seltsam. Ich spüre einen Stich in der Brust und reibe darüber.

Ist es manchmal nötig, seine Branche geheim zu halten? Gibt es sowas? Oder musste er irgendwelche Verträge unterschreiben, die von Geheimhaltung sprechen?

Ich suche nach seinem Blick, doch er weicht mir aus. »Also ...« Ich beiße mir auf die Zunge, will ihn nicht bedrängen. »Okay ... aber falls du mehr erzählen darfst, bin ich ganz Ohr.«

Sind das die Geheimnisse, von denen Lisa gesprochen hat? Mir gefällt das nicht.

»Mach ich.« Yong-Joon dreht das Handy zur Seite und ich sehe nur noch Boden. Er wälzt sich auf dem Sofa hin und her.

Zumindest interpretiere ich seine ruckartigen Bewegungen mit dem Telefon so. Er steht auf, das Bild wackelt und ruckelt. Kurz darauf erscheint sein Schlafzimmer. »Wie war es heute bei deiner Schwester?«

Der Stich in der Brust lässt nach. Ich liebe es, dass er nach meiner Nichte fragt, selbst wenn er komplett übermüdet ist. Seine dunklen Ringe sprechen Bände.

»Entspannend, Mia hat zwei Stunden auf meiner Brust gelegen und friedlich geschlafen.« Ich neige den Kopf und lächle bei dem Gedanken an die kleine Maus.

»Mhm … kein Wunder.« Er liegt auf dem Bauch und hält sich das Handy nah an sein Gesicht.

»Was?« Ich lege den Löffel aus der Hand, drehe die Hitze der Kochplatte herunter und platziere den Deckel auf dem Topf. Die Suppe muss ein paar Minuten ziehen und ich setze mich auf einen Küchenstuhl.

»Auf deiner Brust liegend würde ich auch wieder friedlich schlafen.« Er rückt näher an die Kamera. So nah, dass ich seine Nasenhaare zählen könnte. »Aber vorher würde ich dich mit vielen Küssen bedecken. Überall.«

Mein Gesicht wird heiß. Ich schlucke schwer. »Dann sollte ich meine Nichte gegen dich eintauschen, was?«

»Ich würde zumindest nicht meine Hose einscheißen, während ich auf dir liege.«

Ich bin sprachlos. Wir gucken uns kurz an, versuchen, ernst zu bleiben, und brechen in schallendes Gelächter aus. Mein Bauch schmerzt vom Lachen und ich presse die Hände darauf.

Yong-Joon prustet, dreht sich auf die Seite und lehnt sein Handy gegen ein Kissen. »Ich kann nicht glauben, dass ich das gesagt und die Stimmung gekillt habe.«

»Ach«, flüstere ich, »die Stimmung zwischen uns kann meistens gar nicht gekillt werden.« Ich fühle mich in seiner Gegenwart so wohl, dass ich mir keine Gedanken mehr über die Wortwahl mache. Und ich möchte nicht jedes Wort auf die Goldwaage legen. Es ist okay, wenn ich meinen Gefühlen durch Worten Ausdruck verleihe. Es ist okay, wenn er merkt, wie viel er mir bedeutet.

Yong-Joon schenkt mir ein breites Lächeln, was seine Augen klein werden lässt. »Das stimmt.« Er streckt die Hand aus und streicht über den Bildschirm. »Ach man, ich vermisse dich echt.«

Mein Körper füllt sich mit einer Wärme, die jede Zelle in einen entspannten Zustand bringt. »Du fehlst mir auch.« So muss sich Glück anfühlen. Bittersüßes Glück.

»Was wünscht du dir zum Geburtstag?« Ich facetime mal wieder mit Yong-Joon, obwohl ich lieber bei ihm wäre. Doch aktuell ist es kaum möglich, einen Flug zu bekommen.

In zwei Monaten am 28. Dezember wird er sechsundzwanzig und ich habe keine Ahnung, was ich ihm schenken soll. Eine Pflanze? Einen neuen Bogen? Mich?

Sein Gesicht schwebt nah an der Kamera, ich kann seine Wimpern zählen. »Dich?«

»Ich weiß nicht, ob ich mich in ein Paket packen kann.« Ich knacke mit den Fingerknöcheln. »Wenn ich könnte, würde ich es tun. Sofort.«

»Dann ... teleportieren? Beamen? Oder wie auch immer das genau heißt.«

Seine Vorschläge bringen mich zum Lachen und ich neige den Kopf. »Aber du weißt, dass ich mich hier einmal komplett zerteilen würde, um mich dann bei dir als exakte Kopie meiner Selbst wieder zusammenzusetzen.« Vor ein paar Wochen habe ich aus Langeweile eine Dokumentation über Quantenphysik geschaut. In dieser ging es genau um die Frage, ob Teleportation in Zukunft möglich sein wird.

»Du und dein Dokuwissen.« Er verdreht die Augen und lächelt gleichzeitig. »Aber du hast recht, ich will dich und keine noch so exakte Kopie.«

Ich will dich. Mein Herz setzt kurz aus.

Atmen Theo, atmen.

Ich atme ein. Und aus.

Mein Herz schlägt weiter.

»Dann müssen wir uns etwas anderes einfallen lassen.« Ich kratze mich am Kinn.

»Mhm ...«, er beißt sich auf die Unterlippe, »ein Lied?«

»Ah ... ich weiß nicht ...« Ich weiche seinem Blick aus.

Zum Glück sieht er nicht, dass meine Hände zittern.

Diese verdammten Geheimnisse.

»Theo?«

»Ja?« Das Zittern erreicht meine Unterarme.

»Wenn irgendwas ist«, er schließt die Augen und seufzt, »du kannst mit mir darüber sprechen.«

Ich balle die Hand zu einer Faust zusammen, um den plötzlichen Schmerz zu verdrängen. »Worüber?«

Scheiße, ich sollte nicht so reden. Nach meinem Konzert konnte ich mich ihm gegenüber doch auch öffnen. Warum jetzt nicht?

Sein Blick wird sanft. »Deine Lieder, deine Hände, alles ...«

»Es ist alles in Ordnung«, presse ich zwischen zusammengebissenen Zähnen hervor. Meine Stimme klingt harsch und sofort tut es mir leid. Er kann nichts dafür, dass ich mich so scheiße verhalte. »Danke für das Angebot.«

Er seufzt erneut und reibt sich mit der Hand übers Gesicht. »Jederzeit.«

Gerade hasse ich mich selbst.

ALL THE SECRETS BETWEEN US

Yong-Joon

Seoul, Dezember 2020

»Ich weiß, du willst es nicht hören«, sagt Ji-He und knabbert an ihrem Fried Chicken, »aber hast du in den letzten Monaten endlich mit Theo alles geklärt?«

»Lass doch gut sein.« Ha-Neul, der mit uns nach einer Runde Bogenschießen auf dem Hallenboden sitzt, schiebt sich ein Stück Hühnchen in den Mund. »Er wird schon wissen, was er tut.«

»Eben nicht, sonst hätte er was gesagt.«

Ich seufze und knibble an dem Pfeil in der Hand. »Leute, ich sitze neben euch. Ihr müsst nicht so tun, als wäre ich nicht anwesend.« Ich lasse mich auf den Rücken fallen und starre an die Decke.

Ji-He beugt sich über mich, wobei ihre langen schwarzen Haare meine Arme streifen. »Hast du mit Theo geredet?«

»Ich wollte wirklich«, sage ich und bedecke die Augen mit dem Unterarm, »aber sobald ich davon anfangen will, kommt etwas dazwischen oder es knotet sich alles in mir zusammen.«

Sie hockt sich wieder hin und isst das letzte Hähnchenstück. »Mensch, Yong-Joon, bald fliegt dir alles um die Ohren.« Sie wischt sich die Hände an der Hose ab.

»Hmm ...«

Sie nimmt meine Hand. »Du willst ihn doch nicht verlieren, oder?«

»Nein, das ist das Letzte, was ich will.« Ein riesiger Kloß bildet sich in meinem Hals. Das mit Theo fühlt sich an, als würde ich einen Vogel in der Hand halten. Ich liebe das Gefühl, ihn nah bei mir zu haben. Aber ich habe Angst davor, ihn zu fest zu packen und zu zerquetschen oder locker zu lassen, sodass er wegfliegt.

Ji-He drückt meine Hand. »Dann rede mit ihm. Bevor es zu spät ist.«

Das weiß ich. Denn bei ihr habe ich die Chance für die ganze Wahrheit vertan.

Nervös hocke ich vor dem Tablet, das ich auf dem Couchtisch ausgerichtet habe. Ich bin bei Ji-He zuhause. Gleich werden wir mit Theo skypen und zusammen Weihnachten feiern. Gestern war er trotz Lockdown bei seiner Familie.

»Hör auf, an deinem Fingernagel zu knibbeln.« Ji-He setzt ihren Sohn neben mich aufs Sofa und sieht auf meine Hand.

»Ich glaube, ich muss kotzen.« Ich presse die Finger gegen den Magen, der sich krampfhaft zusammenzieht. Mein Bein wippt hoch und runter.

Sie greift über ihren Sohn hinweg und drückt meinen Arm. »Es wird besser, wenn die Wahrheit ausgesprochen ist.«

Wenn sie wüsste ...

Ein bitterer Geschmack liegt mir auf der Zunge. »Falls ich mich nicht vorher übergebe ...«

»Du schaffst das. Wir sind bei dir.«

Ich nicke. »Danke.«

Shi-Won klettert mir auf den Schoß und kuschelt sich an meine Brust. Der eingehende Videoanruf von Theo ertönt und ich kralle die Finger in meine Jeans.

Ji-He klickt auf *Annehmen*. »Hallo Theo.«

»Hiii Ji-He.« Theo winkt übertrieben erfreut mit beiden Händen. Seine Finger schlackern ohne Kontrolle vor dem Bildschirm hin und her und seine Wangen sind knallrot.

Ich stocke, starre aufs Display.

Moment mal ... ist er betrunken?

»Huhuu Shi-Won!!« Er wird von einem Schluckauf geschüttelt.

Lallt er? Ich blicke zu Ji-He, die mich mit großen Augen ansieht.

»Ist er besoffen?«, flüstere ich und halte Shi-Won die Ohren zu.

Sie zuckt mit den Achseln. »Keine Ahnung.«

Ich wende mich wieder zur Kamera. »Theo, alles okay bei dir?« Ich drücke Shi-Won näher an die Brust und lehne mich in Richtung Tablet. »Bist du betrunken?«

»Bin nischt betrunken.« Theo hickst und reibt sich mit beiden Händen übers Gesicht.

»Hey Yong-Joon«, flüstert Ji-He und deutet auf Shi-Won. »Wir lassen euch lieber allein. Heute ist kein guter Zeitpunkt.«

Ich nicke und reiche ihr den Kleinen. Zusammen verschwinden die beiden und lassen mich alleine mit einem betrunkenen Theo zurück.

»Jooni«, ruft er und presst seine Nase an die Kamera, sodass mir jede Pore entgegenspringt.

Himmel, wie viel hat er getrunken?

Ich nehme das Tablet in die Hand. »Theo, was ist passiert?«

Er lacht trocken, zieht die Nase hoch. »Nix is passiert, gaaaar nix.«

»Das sieht aber nicht nach nichts aus.« Ich beiße mir auf die Zunge.

Bei ihm rappelt und knarrt etwas.

Dann rumst es.

»Theo???«

»Allesch is guuut.« Er hält sein Handy weiter von seinem Gesicht weg. Dabei liegt er auf dem Boden, zumindest sieht der Hintergrund wie Parkett aus.

»Fuck.« Ich seufze und lehne das Tablet kurz gegen die Stirn. »Was mach ich nur mit dir?«

»Alex wollt, dass isch mehr Konzerte mach«, sagt Theo lallend, schaut mit glasigem Blick in die Kamera, »aber isch will das nisch mehr.«

Ich rutsche auf dem Sofa hin und her. »Was möchtest du nicht mehr?«

»Das allesch ...« Er macht eine ausschweifende Bewegung mit der Hand. Kurz ploppt sein Gesicht auf, dann der Boden und plötzlich ist der Bildschirm schwarz.

Was zur Hölle macht er da?

»Hallo?« Ich presse das Ohr an das Tablet und lausche.

»Es macht misch fertisch!« Das Display bleibt dunkel. »Allein der Gedanke ... es tut weh ... meine Hände ...« Ein Schniefen ertönt, gefolgt von einem komischen Krächzen.

Mein Herz krampft sich zusammen. »Weinst du?«

Leise, fast wispernd, dringt seine Stimme zu mir. »Ich vermisch disch so.« Hicks. »Wenn du da bisch«, hicks, »geht das alles«, hicks, »weg.«

»Theo, du machst mich hier echt fertig. Wie soll ich jetzt reagieren?« Seufzend lasse ich mich mit dem Tablet in der Hand gegen die Sofalehne fallen.

»Komm zuuuu mir. Isch sag dir meine Adresse«, nuschelt er und leiert dann seine Anschrift herunter, die ich mir kaum merken kann.

»Okay, okay.« Ich kritzle die Wörter auf die Musikzeitschrift neben mir. »Ich versuche es.«

Eine Antwort bleibt aus.

Hoffentlich lebt Theo morgen noch.

HAPPY BIRTHDAY

Theo

Düsseldorf, Dezember 2020/Januar 2021

In meinem Kopf bollert ein Presslufthammer, als ich wach werde. Stöhnend öffne ich die Augen. Mir tut alles weh. Ich fasse mir an den Rücken, der laut nach einem Wärmepflaster schreit.

Unter mir ertaste ich etwas Hartes. Liege ich auf dem Boden?

Hinter den Schläfen pocht es und ich massiere sie. Ich rolle mich im Schneckentempo auf die Seite und richte mich auf. Galle schießt die Speiseröhre empor. Ich presse die Hand vor den Mund und stehe auf. Fast rutsche ich auf meinem Telefon aus.

Keine Ahnung wie, aber ich schaffe es bis zum Klo.

Ich reiße den Deckel hoch und übergebe mich lautstark.

Mit jedem weiteren Würgen leert sich der Magen und gleichzeitig schleicht sich die Scham in meine Gedanken. Wie konnte ich mich so volllaufen lassen? Dabei trinke ich sonst nie. Ich mag ja nicht einmal den Geschmack von Alkohol.

Am Waschbecken ziehe ich mich hoch und wasche mir das Gesicht. Kotzereste kleben an der Wange und meine Augen sind geschwollen. Ich spüle den sauren Geschmack aus meinem Mund.

Ich schleppe mich in die Küche, habe Mühe, einen Fuß vor den anderen zu setzen. Der Kopf dröhnt und die Übelkeit nistet sich gemeinsam mit dem schlechten Gewissen in meinem Magen ein. Ich koche Wasser und gieße mir einen Tee auf. Kamillen- und Ingwerduft flutet die Küche. Den dampfenden Tee trage ich ins Schlafzimmer und platziere ihn auf dem Nachttisch.

Ich sinke aufs Bett und verberge den Kopf in den Händen.

Was zur Hölle ist gestern nur passiert?

Ich habe Lisa und ihre Familie besucht und mit Alex gesprochen. Nur über was? Konzerte?

»Arrghh ...« Ich raufe mir die fettigen Haare.

Ich weiß, dass ich mit Yong-Joon zum Facetimen verabredet war. Doch der Kater hat alle Erinnerungen an den Abend verschluckt.

Ich greife nach der heißen Tasse und nippe an der Flüssigkeit. Mir ist egal, dass der Tee die Zunge verbrennt und der Ingwer scharf die Kehle herunterrutscht. Hauptsache, die Übelkeit verschwindet und meine Gedanken klären sich wieder.

Die leere Tasse stelle ich zur Seite und verkrieche mich im Bett. Den restlichen Tag verschlafe ich. Erst am Abend, als der Kopf nicht mehr hämmert und der Magen zur Ruhe gekommen ist, rolle ich mich aus dem Bett und suche mein Handy.

Es liegt im Wohnzimmer auf dem Boden. Ich will es entsperren, doch der Akku ist leer. Unter Ächzen transportiere ich mich zurück ins Schlafzimmer und packe das Telefon ans Ladekabel.

Aus der Nachttischschublade hole ich ein Wärmepflaster und klatsche es mir auf den Rücken. Ich wünschte, Yong-Joon wäre hier, um das für mich zu tun.

Das Handy zeigt ein Prozent an und ich schalte es ein. Eine neue Nachricht von ihm: Lebst du oder muss ich den Notarzt schicken?

Ich plumpse aufs Bett. Mein Gesicht erhitzt sich.

Was habe ich gestern gemacht? Die Scham kriecht zurück in meine Gedanken und mit ihr das Pochen hinter der Stirn. Ich drücke Daumen und Zeigefinger gegen meine Nasenwurzel.

Schnell schicke ich ihm ein Lebenszeichen: Was auch immer ich gemacht habe: Es tut mir leid! Melde mich, sobald der Kater abgehauen ist.

Ich lege das Handy zur Seite, krabble unter die Bettdecke und rolle mich zu einem Häufchen Elend zusammen.

Zwei Tage später, einen Tag vor Yong-Joons Geburtstag, sitze ich vor dem Klavier im Wohnzimmer.

Frustriert fege ich einen Stapel leerer Blätter von einer kleinen Ablage. Er hat sich nur ein Lied von mir gewünscht. Ein Lied!

Es sollte mir nicht so schwerfallen, ihm seinen einzigen Geburtstagswunsch zu erfüllen. Er versteht meine Musik, fühlt sie. Das hat er mir nach dem Konzert klar gemacht. Was ich mir von den Fans erhofft, aber nie bekommen habe, hat er mir gegeben.

Die Melodie ist in meinem Kopf, in meinem Herzen, sie erfüllt meinen Körper. Ich finde in ihr all die Gefühle, die ich für ihn, für Yong-Joon habe. Die Finger prallen auf die Klaviatur und erzeugen Akkorde, denen es an jeglicher Harmonie fehlt.

Jetzt ist da nur Leere. Jeder Klang verschwindet aus meinen Gedanken und die Hände zittern unkontrolliert.

Dabei spiele ich hier zuhause nicht für eine kreischende Fangemeinde, die mich wie einen Popstar behandelt, der ich nicht bin. Ich stehe weder mit einem Fakelächeln auf einer Bühne noch sitzt vor mir ein großes Publikum. Hier sind nur das Klavier und ich. Und meine Gefühle für diesen einen Menschen.

Wieder spiele ich ein paar Töne, aber direkt beim dritten Akkord rutscht der Finger weg. Meine Unterlippe zittert, die Augen brennen. Ich könnte heulen vor Wut.

Frustriert knalle ich die Klavierabdeckung herunter, gehe ins Bad und stelle mich unter die kalte Dusche.

Später liege ich auf dem Bett und starre an die Decke. Diese Woche ist furchtbar. Mir gelingt die Komposition nicht und zu allem Überfluss bleiben die Erinnerungen an Heiligabend fern. Egal wie sehr ich mir die letzten Tage den Kopf zerbrochen habe, sie kommen nicht zurück, alles bleibt schwarz. Ich lege den Unterarm übers Gesicht. Die Aktion ist mir so peinlich, dass ich Yong-Joon seitdem keine Nachricht mehr geschrieben habe. Ich hoffe, er nimmt mir das nicht übel. Wobei … ich würde es mir übelnehmen.

Ich drehe mich auf die Seite und greife nach dem Handy.

Vielleicht sollte ich ihm schreiben. Mein Daumen schwebt über unserem Chat, aber ich tippe auf YouTube.

SoloViolin hat eine Live-Session eröffnet. Ich klicke darauf. Im Gegensatz zum letzten Video vor ein paar Monaten sind die Melodien dieses Mal leichter. Der Bogen presst sich nicht verzweifelt auf die Saiten der Violine. Ich lege das Handy neben mich aufs Bett, schließe die Augen und nehme die Musik in mir auf, um neue Inspiration aus ihr zu schöpfen. Wie von selbst bewegen sich meine Finger in der Luft, erschaffen in Gedanken eine Begleitmelodie zur kräftigen Solostimme der Geige.

Hilft mit *SoloViolins* Musik auch dieses Mal?

Ich springe aus dem Bett und laufe zum Klavier. Vor meinem inneren Auge tanzen die Noten, fügen sich zu einem Klang zusammen. Ich lege die Hände auf die Klaviatur.

Nichts.

Die Noten wollen nicht in meine Finger fließen. Und was noch schlimmer ist: Die schwarzen und weißen Tasten versetzen mir regelrecht Stromschläge. Ich balle die Hände zu Fäusten und schlage heftig auf die Klaviatur, sodass hässliche Dissonanzen in meinen Ohren schreien.

»Happy Birthday, Yong-Joon«, sage ich in die Kamera und knete die Hände. Mein Tablet lehnt an einem dicken Kochbuch.

Er lächelt mir entgegen. »Danke, ich freu mich, dein Gesicht zu sehen. Geht es dir besser? Ist der Kater verschwunden?«

»Ah, frag nicht. Tut mir leid, dass ich so schweigsam war. Mir ist das unsagbar peinlich, aber ich hatte einen kompletten Blackout.« Ich senke den Blick auf die Finger. »Und ich habe es leider nicht geschafft, dir ein Lied zu schreiben.«

Ich seufze enttäuscht von mir selbst und schaue wieder hoch. »Dabei war die Melodie in meinem Kopf. Aber es wollte mir nicht gelingen, sie zum Leben zu erwecken.«

Yong-Joon stützt den Kopf auf seiner Hand ab und fixiert mein Gesicht. »Kennst du den Grund dafür?«

»Meine Hände wollen nicht so, wie ich«, sage ich schulterzuckend, »wahrscheinlich ist das der Stress.«

Er zieht eine Augenbraue hoch. Sein Blick bohrt sich in meinen. »Bist du dir sicher?«

Nein, ganz und gar nicht. »Ja.«

»Theo, ich bin dein Freund«, er rückt näher an die Kamera, »du kannst mit mir darüber sprechen. Ich kann dir nicht versprechen, eine Lösung zu kennen, aber ich höre dir zu.«

Ich seufze und starre auf die zu Fäusten geballten Hände. »Du verstehst das nicht. Ich verstehe meine Gedanken ja nicht mal selbst.«

»Oh, wow«, sagt er, fast flüsternd und bei seinem Tonfall schaue ich in die Kamera. Er zieht die Innenseite seiner Augenbrauen hoch und verzieht den Mund.

Ein dumpfer Schmerz nistet sich in meinem Magen ein. Scheiße, ich wollte nicht so schroff klingen. Die Scham ist zurück. »Es tut mir leid ...«

»Du denkst, ich verstehe es nicht«, in seiner leisen Stimme schwingt Enttäuschung mit, »dabei hast du es gar nicht versucht.«

»Sorry. Du hast recht.« Ich fahre mir übers Gesicht und kratze mich am Kinn. »Ich versuche es.«

Einatmen, ausatmen.

Seine Gesichtszüge entspannen sich, die Mundwinkel wandern langsam nach oben. »Ich höre dir zu.«

Ich richte mich auf. »Nach dem Schulabschluss bin ich nach Südkorea geflogen, um meine Großeltern zu besuchen. Sie wohnen auf dem Land. Ich war wandern, bin blöd gestolpert und habe mir das linke Handgelenk gebrochen.«

Mit dem Daumen reibe ich über besagtes Gelenk. Es knackt. »Ich habe das Vorspiel für die Musikhochschule verpasst. Der Bruch verheilte zwar, aber seit dem Unfall war ich gehemmt. Ich konnte kein Klavier mehr anfassen. Irgendwas in mir hat sich dagegen gesträubt. Ich hatte Angst, dass sie mir beim Klavierspielen Probleme bereitet und ich nicht mehr so spielen kann wie vorher.« Die Hand zittert auf meinem Schoß.

»Aber jetzt spielst du wieder und so erfolgreich.«

»Stimmt. Mir wurde klar, dass ich ohne die Musik nicht leben kann.« Ich denke an den Jungen mit den bunten Haaren, der mich mit seiner Leidenschaft auf der Bühne zurück zur Musik führte.

Yong-Joon murmelt etwas Unverständliches. »Zum Glück hast du wieder angefangen zu spielen.« Er neigt den Kopf, stützt sein Kinn auf die Handfläche und lächelt sanft.

»Das hat mich auch glücklich gemacht«, murmle ich und plötzlich verwandeln sich die wirren Gedanken der letzten Monate in ein klares Bild, »zumindest eine Zeit lang.« Ich krampfe die Hand wieder zu einer Faust zusammen, reibe sie über den Oberschenkel.

»Und jetzt nicht mehr?« Er rückt näher an die Kamera und sucht meinen Blick.

»Du hast die Fans beim Konzert gesehen.« Ich fahre mir mit der Hand über die Augen. »Sie kreischen sich die Seele aus dem Leib, schmeißen Blumen oder Stofftiere auf die Bühne und halten Fanplakate mit fragwürdigen Aufschriften in die Luft.«

»Ja, das hat mich gewundert. War mir von klassischen Konzerten nicht bekannt«, sagt er und sein Blick schweift kurz ab. »Das ist sicher nervig …«

»Ist es. Wenn ich ganz ehrlich bin, dann habe ich oft das Gefühl, dass meine Musik die Menschen nicht mehr so erreicht, wie zu Beginn der Karriere.« Ich stoße zischend den Atem aus, meine Schultern sacken nach unten und die Faust löst sich. »Viel mehr denke ich, dass ich nur noch Konzerte um der Konzerte Willen spiele und nicht wegen der Musik.«

Und, um den Jungen von damals nicht zu enttäuschen, der mir und meiner Musik eine zweite Chance gab.

»Hast du darüber an Weihnachten mit Alex gesprochen?« Mein Freund kratzt sich an der Schläfe und knabbert an seinem Fingernagel.

»Ich denke schon«, sage ich und starre für einen Moment an die Decke, »aber meine Erinnerungen sind vernebelt.«

»So betrunken wie du warst … kein Wunder.« Seine Lippen kräuseln sich. »An was erinnerst du dich denn?«

»Gott, sorry nochmal dafür!« Ich meide seinen Blick, fixiere einen weißen Fleck an der Wand. »Ich glaube, Alex hat mir an dem Morgen von weiteren Konzerten im nächsten Jahr erzählt ... und ich war nicht sonderlich begeistert.«

»Hast du dann direkt getrunken?« Seine helle Stimme klingt belegt. »Bei deiner Familie?«

»Puh, kann gut sein, es gab Sekt zum Anstoßen, wenn ich mich da richtig entsinne.« Ich verberge mein Gesicht in den Händen. »Aber frag mich nicht, woher ich so viel Alkohol hatte, um mich komplett abzuschießen. Himmel, in meinem Alter sollte ich es echt besser wissen.«

»Hey, schau mich mal an.«

Ich hebe den Kopf.

Er fährt sich mehrmals durchs Haar und verhakt unsere Blicke. »Erstens treffen wir alle mal Entscheidungen, die wir im Nachhinein nicht mehr ganz so toll finden. Egal, wie alt wir sind. Und vielleicht hilft es, wenn du mit Alex mal so darüber redest, wie mit mir.«

»Das fällt mir nicht so leicht.« Ich lege die Hände in den Nacken.

»Aber schweigen hilft dir nicht weiter.« Yong-Joon blinzelt und dreht einen Ring am Zeigefinger hin und her. »Vielleicht findet ihr zusammen eine Lösung.«

Ich strecke meine Arme in Luft und knacke mit den Handgelenken. »Mal sehen.«

»Die Entscheidung musst du alleine treffen.« Er beißt sich auf die Unterlippe.

»Du hast recht. Aber heute will ich mir darüber keine Gedanken machen.« Ich berühre den Bildschirm und streiche über sein Gesicht. »Sorry, dass ich deinen Geburtstag mit diesem Thema vollstopfe.«

»Kein Problem, du darfst mich jeder Zeit mit allen Themen vollstopfen«, sagt er und schenkt mir ein Lächeln, dass mein Herz zum Flattern bringt. »Aber über ein Ständchen würde ich mich trotzdem freuen.«

»Sicher, dass du das willst?« Ich verziehe das Gesicht und greife mir an die Kehle. »Ich bin zwar musikalisch, aber meine Gesangsstimme lässt zu wünschen übrig.«

Er zuckt mit den Schultern. »Egal! Ich will dich hören, bitte.«

Also singe ich mit rauer Stimme ›wie schön, dass du geborgen bist‹ und ernte nach den ersten Worten verwirrte Blicke von ihm.

»Ich versteh kein Wort, da muss ich Deutsch lernen«, murmelt er und eine angenehme Wärme breitet sich in meiner Brust aus.

Weil er da ist, mir (und dem schrägen Gesang) zuhört und es sich gut anfühlt, endlich eine Last weniger alleine zu tragen.

Die nächsten Tage verbringe ich zuhause. Silvester vergeht, die Leute ballern trotz Knallverbot, und mein Geburtstag rückt näher.

Yong-Joon schreibt mir nur spärlich, er ist – wie er sagt – mit seiner Arbeit beschäftigt. Mehr will er nicht verraten und ich hoffe, er versteckt keine Leichen im Keller.

Meine Zeit verbringe ich mit Kochen. Ich habe Reiskuchen zubereitet, aber die sind mir nicht gelungen. Sie schmeckten so zäh, wie ich mir eine Schuhsohle vorstelle.

Mein neustes Projekt ist das Einlegen von Chinakohl. Daraus wird Kimchi. Ich mache es weniger scharf, packe deshalb Gurken hinzu und nicht so viel Chilipaste.

Stolz schicke ich Yong-Joon ein Foto von den zwei vollen Gläsern, die im Kühlschrank stehen.

Aber er antwortet nicht darauf.

Am Morgen des fünften Januar, meinem Geburtstag, schrillt das Handy in aller Herrgottsfrühe los. Ich schrecke auf, sitze hochkant im Bett und blicke mich mit halb geschlossenen Lidern benommen im Zimmer um.

Das Telefon brüllt weiter und ich hasse mich dafür, es nicht auf lautlos gestellt zu haben. Ich drehe mich zu Seite, greife danach und klicke auf *Annehmen*.

»Guten Morgen, Geburtstagskind«, ruft Lisa viel zu vergnügt in mein Ohr.

»Boah, ich war im Tiefschlaf.« Grummelnd und murrend rolle ich mich mit dem Handy am Ohr im Bett umher.

»Was? Es ist schon sechs Uhr morgens.« Sie besitzt die Frechheit, dabei ganz schockiert zu klingen. Als wäre es das Normalste auf der Welt, an seinem Geburtstag um sechs Uhr aufzustehen. »Deine Nichte ist wach und will dir gratulieren.«

»Also mitten in der Nacht.« Ich reibe mir übers Gesicht, versuche, den Schlaf zu vertreiben. »Kann sie mich nicht lieber später beglückwünschen?«

»Jetzt ist sie wach, nachher schläft sie wieder.«

»Willst du mich verarschen?« Ich ziehe mir die Decke über den Kopf.

»Komm schon, steh auf, damit wir einen Videoanruf machen können.«

»Du spinnst echt.« Ich presse das Gesicht ins Kissen und stoße einen leisen Schrei aus.

»Los, Mia sitzt auf meinem Schoß und wartet auf ihren Onkel«, flüstert sie und im Hintergrund ertönt ein freudiges Quietschen.

Bei dem Ton entspanne ich mich. »Boah Lisa ...« Ich werfe die Decke zurück. »Warte kurz.«

Ich lege das Handy aufs Bett und stehe auf. Über das Schlafshirt ziehe ich mir den dunkelgrünen, weichen Pullover, den mir meine Eltern zu Weihnachten geschenkt haben.

Im Bad checke ich kurz mein Gesicht. Auf der Wange prangt ein fetter Kissenabdruck. Die Haare sind auf einer Seite platt vom Liegen und die andere steht wild in alle Richtungen ab. Ich streiche kurz darüber und zucke mit den Achseln. Lediglich meine Zähne putze ich fürs bessere Gefühl.

Mit schnellen Schritten laufe zurück ins Schlafzimmer, setze mich aufs Bett und halte mir das Handy wieder ans Ohr. »Okay, bin bereit.«

»Top, ich starte einen Videoanruf«, sagt Lisa. »Moment.«

Keine Minute später vibriert das Handy und auf dem Bildschirm erscheinen Alex und sie mit Mia-Maus auf dem Schoß.

»Zum Geburtstag viel Glück, zum Geburtstag viel Glück, zum Geburtstag alles Gute, zum Geburtstag viel Glück«, singen sie, während Mia brabbelt. »Happy Birthday, Theo!«

»Wow, danke euch!« Meine Augen brennen plötzlich und ich reibe mit dem Handrücken darüber. »Hallo Mia-Maus.« Ich winke meiner Nichte zu, die jetzt munter an ihrem Daumen nuckelt. Die Lütte würdigt mich keines Blickes.

»Guck mal, Mia.« Lisa hält eine Rassel vor die Kamera. »Da ist dein Onkel Theo.«

Mia blubbert vor sich hin, zeigt aber ansonsten keine Reaktion. Mir versetzt ihre Abfuhr einen kurzen Stich, doch sie ist ja noch klein und vor allem keine Maschine.

»Herzlichen Glückwunsch, Theo«, sagt Alex und kratzt sich den blonden Vollbart. »Und es tut mir leid, wie unser Gespräch an Weihnachten verlaufen ist.«

Ich schließe kurz die Augen und denke an Yong-Joons Worte. »Mir tuts leid, lass uns da demnächst nochmal drüber sprechen.«

Lisa legt ihrem Mann den Arm um die Schultern. »Aber nicht heute, da sollst du deinen Tag genießen. Leider können wir dich nicht besuchen, Alex ist erkältet.«

»Ist okay, vielleicht gehe ich später zu Mama und Papa. Auch, wenn ich traurig bin, dass ich meine Nichte nicht knuddeln kann.« Ich ziehe die Beine aufs Bett und lege das Kinn auf die Knie.

»Ach, haben sie dir nicht Bescheid gegeben?« Lisa runzelt die Stirn und lässt Mia auf ihrem Schoß wippen. »Die beiden haben Corona, haben gestern Abend einen Selbsttest gemacht.«

Mein Kopf schießt in die Höhe. »Was?! Wieso sagt mir das niemand?«

»Sie haben keine massiven Symptome und bestimmt vergessen, gestern Abend zu schreiben«, sagt Lisa und seufzt. »Aber es nervt sie, dass sie jetzt zuhause in Quarantäne feststecken.«

»Brauchen sie irgendwas? Sollen wir einkaufen gehen?«

Lisa schüttelt den Kopf. »Keine Sorge, ich habe Papa letztens erst gezeigt, wie die Lieferapp funktioniert, sie kommen klar.«

»Okay, dann ist ja –«

Es klingelt.

Ich drehe mich verwirrt in Richtung des Geräusches. Wer zur Hölle schellt am frühen Morgen an meiner Haustür?

»Warte kurz, da läutet jemand.«

Ich rolle mich vom Bett, lasse das Handy liegen und gehe zur Tür.

Ich schiele durch den Türspion, erkenne eine dunkle Sonnenbrille, Cap und Maske, die ich schon mal gesehen habe. Aber, das kann nicht sein, oder?

Ich öffne die Tür einen Spalt breit. »Hallo? Wer ist da?«

»Rate doch mal«, sagt eine Stimme, die mir extrem vertraut vorkommt.

Mein Herz setzt aus.

Er zieht die Sonnenbrille herunter und ich erkenne seine Augen. »Lässt du mich rein?« Yong-Joons Augen, die an Zartbitterschokolade erinnern, funkeln vergnügt.

Sprachlos starre ich ihn an und lasse die Tür los. Langsam schwingt sie auf.

Keine Sekunde später liegt er in meinen Armen und flüstert mir ins Ohr: »생일 축하해, Theo.«

Happy Birthday, Theo.

ALL THE STARS ABOVE US

Yong-Joon

Düsseldorf, Anfang Januar 2021

Nach dem ersten Schreck schließt Theo seine Arme um mich und vergräbt sein Gesicht in meiner Halsbeuge. Ich wusste, er hat mir gefehlt, aber erst jetzt merke ich, wie sehr.

»Ich weiß nicht, was ich sagen soll«, murmelt er an meinem Ohr, streicht sanft mit der Hand über den Rücken bis hin zu meinem Nacken.

»Wie wäre es mit *Hi*?«

Theo lacht und es ist der schönste Klang der Welt. Bei ihm zu sein ist, als würde ich mich an einem kalten Wintertag in warmes Sonnenlicht stellen.

»Hi«, flüstert er und mein Herz ist kurz davor zu schmelzen.

»Hi!«

Keine Ahnung, wie lange wir in enger Umarmung dastehen. Ich will ihn nicht loslassen, nie mehr.

Irgendwann kratzt sich Theo an der Nase und ich erinnere mich schlagartig an seine Allergie. Hastig weiche ich zurück, fasse allerdings nach seiner Hand. Seine langen Finger schließen sich warm um meine kalten.

Ich entdecke gerötete Stellen an seinem Hals und streiche vorsichtig darüber. »Das tut mir leid.«

Er schüttelt den Kopf, nimmt meine Hand vom Hals, sodass er jetzt meine beiden in den seinen hält. »Dich zu sehen, ist es wert.« Er lächelt und meine geliebten Grübchen erwachen zum Leben.

Ich will sie anknabbern, beiße stattdessen mir auf die Zunge.

»Gut, darf ich dich jetzt küssen?«

»Willst du nicht erst reinkommen?« Er deutet in die Wohnung.

»Mhm ... halte ich es noch ein paar Minuten ohne deine Küsse aus?« Ich neige den Kopf hin und her. »Nun gut.«

Theo schiebt mich in den länglichen Flur. Dann verschwindet er und rollt einen Moment später den Koffer in seine Wohnung.

In der Zwischenzeit habe ich Maske, Cap und Jacke abgelegt. Ich ziehe meine Schuhe aus, nehme sie in die Hand und stelle sie zu Theos ordentlich aufgereihten Schuhen neben den Eingang.

»Ich bin etwas überfordert.« Er schließt die Tür hinter sich und tritt von einem Fuß auf den anderen. »Damit habe ich nicht im Traum gerechnet.«

»Überraschung«, sage ich und grinse. »Und jetzt lass dich küssen.«

Theo hat gerade noch Zeit, meinen Koffer von sich zu schieben, da liege ich wieder in seinen Armen und bedecke sein ganzes Gesicht mit Küssen. Erst die Stirn, seine Wangen, seine Nasenspitze und seine Mundwinkel.

Ein kehliger Laut entfährt ihm. »Definitiv das beste Geschenk aller Zeiten.« Er nimmt meine Hand und zieht mich durch den Flur ins Wohnzimmer zur Couch.

»Ich würde dich gerne weiterküssen«, sagt er, sein Atem geht schnell und seine Pupillen sind erweitert, »aber mein Hals juckt etwas.«

»Oh!«

Die roten Flecken leuchten deutlicher als vor ein paar Minuten.

Kurz rieche ich an den Klamotten, die ich seit fast einem Tag trage. »Ich sollte erst duschen, um theosicher zu werden.«

»Das ist eine gute Idee.« Er drückt mir einen flüchtigen Kuss auf die Lippen. »Ich zeige dir kurz die Wohnung, damit du dich wie zuhause fühlst.«

Im Schnelldurchlauf führt er mich durch das Wohnzimmer. Gegenüber seiner Couch hängt ein Fernseher an der Wand, davor steht ein kleiner runder Tisch. Dort liegen einige Kochzeitschriften und Musikmagazine. An der Wand rechts neben dem Sofa hängt ein Bild und auf der anderen Seite steht sein Klavier direkt vor einem breiten Fenster. Dahinter entdecke ich Regale mit vielen Büchern und es folgt ein offener Durchgang zur Küche. Theo schiebt mich in den Flur, weist auf das Schlafzimmer und zum Bad.

»Hier sind Handtücher«, er deutet auf den kleinen Badezimmer-schrank, »und du kannst meine Naturseife nutzen. Dann kann ich dich gut riechen.«

»Ich beeile mich.« Ich beuge mich vor, stehle ihm einen weiteren Kuss und scheuche ihn aus dem Bad.

In Windeseile dusche ich den Schweiß und alle gefährlichen Gerüche von meinem Körper. Ich stelle das Wasser ab, springe aus der Duschkabine und trockne mich ab. Mit dem Handtuch um die Hüfte – die Klamotten sind im Koffer – gehe ich zurück ins Wohn-zimmer.

»Fertig!«

Theo schaut vom Sofa auf, seine Augen weiten sich und er glotzt.

»Das sehe ich.« Er leckt sich über die Lippen. Sein Blick wandert von meinem Gesicht über die nackte Brust, bis hin zu meinem Bauchnabel. Ungeniert starrt er auf das Handtuch.

Blut sammelt sich genau an der Stelle, die er nicht aus den Augen lässt. »Wenn du weiter so starrst, dann weiß ich nicht, ob ich mich zurückhalten kann.« Die Worte entschlüpfen mir so leise, dass ich mir sicher bin, er hört sie nicht.

Theo wendet den Blick ab. »Zieh dir was an.« Seine Stimme klingt rau und belegt.

Ich reibe mir über die Brust und suche nach Klamotten in dem Koffer. Angezogen lasse ich mich neben Theo fallen. Die nassen Haarspitzen kleben platt an der Stirn.

Er fährt mit den Fingern durch meine Haare, lässt sie langsam über die Wangen tanzen, streicht über die Lippen und den Hals.

»Habe ich schon gesagt, dass du mir gefehlt hast?« Seine Stim-me ist heiser.

»Noch nicht.« Ich drehe mich in seine Richtung und hocke mich im Schneidersitz auf die Couch.

Er spiegelt meine Haltung.

»Dann sage ich es jetzt: Ich hab dich vermisst!« Theo beugt sich langsam vor, bis unsere Lippen sich sacht berühren. Sein Atem geht unregelmäßig und seine Augenlider sind halb geschlossen.

Instinktiv lege ich die Hände auf seine Oberschenkel, die sich unter meiner Berührung anspannen.

»Du hast mir gefehlt«, flüstere ich an seinen Lippen.

»Ich kann es nicht fassen, dass du hier bist.« Er haucht einen Kuss auf meine Unterlippe, stupst seine Nasenspitze gegen meine. »Wie hast du das geschafft? Hier sind fast alle Flüge gestrichen.«

»Wie schaffst du es, jetzt zu reden?« Ich stoße einen kehligen Laut aus. »Aber das bleibt mein Geheimnis.« Ein Ex-Idol zu sein hat auch seine Vorteile ...

Ich lege die Stirn an seine. »Aber du solltest definitiv aufpassen, wem du betrunken deine Adresse verrätst.«

Theos Augen weiten sich. »Oh, hab ich das?«

»Yep. Woher soll ich sonst wissen, wo du wohnst?« Ich schiebe meine Hand weiter seinen Oberschenkel hoch.

Sein Atem stockt. »Hellsehen?«

»Willst du jetzt echt reden?« Ich überbrücke die letzten Millimeter und küsse ihn.

Er stößt einen überraschten Laut aus, dann küsst er mich sanft, aber bestimmt zurück.

Ich will näher bei mir sein, lehne mich in den Kuss.

Unsere Lippen öffnen sich, sodass unsere Zungenspitzen aufeinanderprallen. Ich stöhne und mein Körper steht in Flammen.

Ungeduldig ziehe ich an seinem Pullover.

Ich will mehr.

Will seinen nackten Körper unter den Fingern spüren. Will, dass die aufgestaute Hitze ihre Erlösung findet.

Theo unterbricht unseren Kuss.

Ich seufze frustriert.

»Kurze Pause, bitte.« Sein Atem geht stoßweise, sein Gesicht glüht. Er kratzt sich an der Wange. »Sonst kollabiere ich gleich.« Er sagt das mit einem Augenzwinkern.

Erleichtert atme ich auf, hätte mich andernfalls ernsthaft um seinen Gesundheitszustand gesorgt. Ich lege die Hand an seinen Hals und streiche über die rötlichen Flecken. »Alles okay?«

Er nickt. »Ja, ich muss mich nur wieder an deine Nähe und die ganzen Gerüche gewöhnen.«

»Ah ...«, ich schnuppere an meinem Shirt, »rieche ich anders als vorher?«

»Nee, aber wir haben uns ein paar Monate nicht gesehen, also tastet sich die Nase langsam heran.« Theo nimmt meine Hand.

Irgendwo in der Wohnung klingelt es.

»Ach, Mist!« Er springt von der Couch. »Ich habe meine Schwester total vergessen. Moment!«

Er rennt ins Schlafzimmer, das Klingeln erstirbt und ich höre ihn mit irgendwem reden. »Ah, danke Mama ... ja, Lisa hat es mir gesagt ... ja ... geht es euch gut? Bei mir ist alles okay ... danke, Mama ... sag Papa schöne Grüße und gute Besserung.«

Mit dem Telefon in der Hand kommt er zurück.

Ich deute auf sein Handy. »Ist alles in Ordnung?«

»Ja, meine Eltern wollten mir zum Geburtstag gratulieren und mir mitteilen, dass sie Corona haben.« Er legt das Smartphone auf den Wohnzimmertisch und sinkt neben mich aufs Sofa.

»Oh.« Ich lege den Arm um seine Schultern. »Geht es ihnen gut?«

»Sie haben kaum Symptome, wollen sich aber ausruhen.« Er lässt den Kopf nach hinten auf die Lehne fallen.

»Hoffentlich sind sie nicht so lange positiv.« Ich drehe mit dem Daumen an einem meiner Ring. »Bist du traurig, deinen Geburtstag nicht bei deiner Familie zu sein?«

Er hebt den Kopf von der Sofalehne. »So krass haben wir nie Geburtstag gefeiert. Es ist eher ein nettes Beieinandersitzen und Kuchenessen.«

»Ahhh!« Ich klatsche mir mit der Hand vor die Stirn. »Ich wollte doch einen Kuchen besorgen!«

»Ich brauche keinen Kuchen, wenn du da bist.« Er beugt sich zu mir und küsst meine Lippen.

»Mhm ...« Ich beiße mir von innen auf die Wange. »Sicher?«

Ein zweiter Kuss folgt. »Ganz sicher.« Ein Dritter ... Vierter ...

Meine Nippel drücken hart gegen das Shirt. Mit jeder Regung reiben sie daran, es ist beinahe schmerzhaft. Ich löse den Arm von Theos Schultern, wende mich ihm zu und streife seinen Oberschenkel. Instinktiv zeichne ich kleine Kreise darauf und wandere mit den Fingern zu seinen Hüften. Mein Herz rast in der Brust.

Er schnappt nach Luft und umfasst meine Hände – schon wieder. Ich seufze enttäuscht, will ihn berühren. »Was ist?«

Er reibt sich den Nacken. Ein zartes Rot schmückt seine Wangen. »Mir ist was eingefallen ...«

»Ernsthaft? Jetzt?« Mein Kopf sackt nach hinten und ich atme geräuschvoll aus.

»Ja, etwas, worüber wir reden sollten, bevor das hier«, er deutet zwischen unseren Körper hin und her, »weiter geht.«

»Ahh ...« Ich richte mich auf und reibe mir mit der freien Hand über den Schritt. »Ich weiß echt nicht, was du meinst.«

Theo schmunzelt. »Das letzte Mal, dass ich mit einem Menschen intim war, ist einige Jahre her.« Er streicht mir eine Haarsträhne aus der Stirn. »Wegen meiner Allergie habe ich nicht unbedingt versucht, jemandem nah zu sein. Außerdem bin ich seit knapp fünf Jahren ständig auf Tour, da blieb keine Zeit, Menschen kennenzulernen.«

»Na und? Ich verstehe das Problem nicht ...« Ich zupfe meine Hose zurecht und strecke die Beine aus. »Für mich war Intimität bisher kein Thema. Ich glaube, ich habe mal in der Mittelschule bei irgendeinem Spiel eine Person geküsst, aber das fand ich nicht so geil.« Ich zucke mit den Schultern. »Ich habe gemerkt, nicht so das Bedürfnis zu haben, mit jemandem intim zu werden. Mir haben meine Freundschaften immer alles gegeben.«

»Ja, das hattest du erzählt.« Theo löst meine Hand von dem Ring, mit dem ich unbewusst gespielt habe. »Keinen Schimmer, warum und wofür ich versuche, mich zu rechtfertigen. Ich dachte, wir sprechen darüber, bevor wir einen Schritt weiter gehen.« Er liebkost meinen Handrücken. »Damit wir uns im gleichen Rhythmus bewegen.«

»Das finde ich gut.« Ich beuge mich vor und küsse ihn auf die Nasenspitze. »Ich will weitergehen, aber ich weiß ehrlich gesagt nicht, wie weit.«

»Bin ich völlig cool mit.« Er lächelt und entblößt seine Lücke zwischen den Schneidezähnen. »Von null auf hundert zu schießen, fühlt sich nicht gut an. Alles womit wir uns wohlfühlen, okay?«

»Yep. Und jetzt würde ich mich wohlfühlen, wenn du mich wieder küsst.« Ich erwidere sein Grinsen.

Er lacht, legt seine Lippen auf meine und ich verliere mich in dem Moment.

Ich werde wach, weil jemand mit meinen Haaren spielt. Oder eher daran zieht?

»Yong-Joon?«

»Hm ...« Ich kneife die Augen zusammen und gähne ausgiebig.

Irgendwas stößt gegen meine Nase. »Du bist zwar niedlich, wenn du schläfst wie ein Baby, aber so langsam tut mir alles weh.«

Instinktiv schmiege ich mich enger an Theo und er bewegt sich unter mir.

»Noch fünf Minuten«, murmle ich in seinen Pullover.

Er krault mir den Nacken und sein Brustkorb hebt und senkt sich. »Also gut ...«

Aus fünf Minuten werden mindestens zwanzig und irgendwann räkelt er sich das nächste Mal. »Wenn du nicht möchtest, dass mein Rücken gleich bricht ...«

Ich schlage die Augenlider auf. »Sorry, ich will noch länger was von dir haben.« Mit einem Gähnen mache ich mich von ihm los und falle dabei beinahe von der Couch.

Theo hält mich gerade so fest. »Pass auf!« Er streicht mir über den Oberarm.

Wir schaffen es, uns ohne Verletzungen aufzusetzen. Müde reibe ich mir den Schlaf aus den Augen. Theo streckt und reckt sich neben mir ausgiebig. Sein Brustkorb knackt.

»Ah!« Er reibt sich darüber. »Besser.«

»Sorry.« Ich gähne herzhaft.

Fragend schaut er zu mir und massiert seine Arme.

Ich halte mir die Hand vor den Mund. »Ich wollte dir nicht weh tun.«

»Alles gut, Yong-Joon. Das ist normal mit dreißig plus.« Er zwinkert mir zu. »Es war schön, dich entspannt schlafen zu sehen.«

Ich schenke ihm ein müdes, aber glückliches Lächeln. »Wie viel Uhr ist es?«

»Moment.« Er erhebt sich von der Couch.

Ich setze mich auf die Hände, muss mich zurückhalten, ihn nicht sofort wieder zurückzuziehen.

Mit dem Telefon in der Hand lässt er sich auf die Couch fallen und legt den Kopf auf meinen Schoß. Meine Finger zeichnen Kreise auf seiner Brust.

»Du hast den halben Tag verpennt.« Er hält mir das Handy vors Gesicht. Es ist nach drei Uhr nachmittags.

Ich neige den Kopf. »Wieso habe ich den Tag verpennt?«

»Weil ich dir beim Schlafen zugeschaut habe.« Er grinst mich von unten an.

»Du bist ...« Mein Magen knurrt laut. Ich lege eine Hand darauf.

»Da hat wohl jemand Hunger.« Theo lacht und richtet sich wieder auf.

»Ich glaube, ich habe den ganzen Tag nichts gegessen«, ich streiche mir durchs Haar, »war viel zu aufgeregt, dich zu sehen.«

»Yong-Joon, das ist aber nicht gesund.« Er straft mich mit einem bösen Blick. »Ich wette, du hast dich in den letzten Monaten nur von deinen Lieblingsinstantnudeln ernährt. Habe ich recht?«

Ich weiche seinem Blick aus.

»Wusste ich es doch!« Er zieht die Augenbrauen zusammen. »Okay, hoch mit dir. Wir kochen was.«

Das lasse ich mir nicht zweimal sagen. Theo schickt mir ständig Bilder von seinen Gerichten. Beim Gedanken an die leckeren Speisen läuft mir das Wasser im Mund zusammen.

Wir stehen auf und ich folge ihm in die Küche. Theo holt Gemüse aus dem Kühlschrank und macht sich ans Werk. Mit geübten Griffen wäscht er Reis, schmeißt den in einen Reiskocher und stellt einen Timer.

Ich stehe wie ein Statist daneben und wippe auf den Füßen vor und zurück. »Kann ich helfen?«

»Du könntest das Gemüse waschen.« Er gibt mir Anweisungen, die ich befolge, weil ich keine Ahnung vom Kochen habe.

Kochen und ich, das passt in etwa so gut zusammen wie Marmelade und Erdnussbutter.

Ich halte das Gemüse unters Wasser und rubble darüber. »Was gibt es eigentlich?«

»Bibimbap. Das geht schnell, sättigt und ist gesund.« Er checkt den Reis und erhitzt eine Pfanne auf dem Herd. Das Öl prickelt und spritzt.

»Lecker! Das hatte ich ewig nicht.« Ich zerteile Möhren und Gurken auf einem Brettchen in sehr kleine Stücke.

Theo tritt hinter mich, schnappt sich eine Karotte und schiebt sie sich in den Mund. »Gut, aber noch etwas kleiner.«

»Wie winzig denn noch?« Ich schnaube, versuche mich aber an noch kleineren Stücken.

Er wendet sich der Pfanne zu, schneidet Tofu in Scheiben und erhitzt ihn. Gleichzeitig überwacht er den kochenden Reis und wäscht zwischendurch Spinat. Ich hingegen schnibble immer noch das Gemüse.

»Hast du vier Arme?« Ich beäuge ihn aus dem Augenwinkel, bewundere seine routinierten Handgriffe. »Oder warum erledigst du tausend Dinge auf einmal?«

Er beugt sich von hinten über meine Schulter. »Gemüse fertig?«
Seine Brust berührt meinen Rücken und sein warmer Atem streift
mein Ohr.

Ich erschaudere. Eine Gänsehaut breitet sich von meinem Nacken über die Schultern bis hin zu meinen Fingerspitzen aus.

»Fast«, keuche ich.

Theo lacht leise.

»Ah ...«, ich lehne meinen Kopf an seinen Oberkörper, »ich liebe
dein Lachen. Es ist wie Musik in meinen Ohren.«

Er erstarrt in meinem Rücken und sein Adamsapfel hüpft an
meinem Haar. »Ich ...« Er räuspert sich und küsst meine Wange.
»Beeil dich, sonst brennt der Tofu an.«

Ich umklammere das Messer fester. Fokus!

Theo löst sich von mir und ich schaffe es, die Möhren und Gurken
kleinzuhacken. Er nimmt mir das Schneidebrett aus der Hand und
kippt die Stücke in die Pfanne zum Spinat und Tofu. Es brutzelt und
der warme Geruch nach gedünstetem Gemüse füllt die Küche.

»Das riecht irre gut!« Ich schlucke Speichel herunter und verfolge Theos Arm, mit dem er die Pfanne schwenkt.

Biep. Biep.

»Hol mal bitte den Reis aus dem Kocher«, er deutet zur Seite,
»aber verbrenn dich nicht.«

»Okay.« Ich öffne den Reiskocher und inhaliere den angenehmen Duft nach heißem Reis. Mit einem extra breiten Löffel
schöpfe ich zwei Portionen in die bereitstehenden Schalen neben
dem Topf.

Ich reiche die dampfenden Teller an Theo weiter, der das Gemüse
und den Tofu hinzugibt. Wir stellen alles auf den Tisch und ich
setze mich. Er holt Löffel und Stäbchen aus einer Schublade.

»Lass es dir schmecken«, er setzt sich mir gegenüber, »und iss
viel.«

»Danke für das Essen!« Ich greife nach den Stäbchen und vermi-
sche den Reis mit dem duftenden Gemüse. Eine riesige Portion
landet in meinem Mund. Die Möhren sind weich und schmelzen

beinahe auf meiner Zunge. Der etwas herb gewürzte Tofu ist der perfekte Ausgleich zu dem Süß der Karotte.

Ich stöhne leise und stopfe mir gierig die nächste Ladung in den Mund. »Sooo lecker!«

In Windeseile verputze ich das Essen.

»Es freut mich, dass es dir schmeckt.« Theo stützt den Ellbogen auf dem Tisch ab, seine Wange findet halt in seiner Handfläche. Ein sanftes Lächeln umspielt seine Mundwinkel. Seine Schüssel ist noch halb voll.

Ich deute darauf. »Willst du nichts essen?«

»Doch, doch.« Er richtet sich auf und löffelt seine Bibimbap-Kreation.

»Das hier«, er legt die Stäbchen neben seine Schale und streicht mit dem Daumen über die Haut an meinem Handgelenk, »macht mich gerade richtig glücklich.«

Meine Nase juckt und meine Augen brennen. »Ja, mich auch ...«

»Ist es hier immer so leer?« Ich reibe die Handflächen aneinander. Obwohl ich eine Maske trage, steigt bei jedem Atemzug ein nebelartiger Rauch in die eisige Nachmittagsluft. Ich wickle Theos Schal enger um meinen Hals.

»Nein, aber aktuell ist Lockdown und eigentlich soll man zuhause bleiben.« Er zieht sich seine Wollmütze tiefer ins Gesicht.

Wir schlendern durch die Straßen um seinen Wohnblock und die wenigen Menschen, denen wir begegnen, würdigen uns keines Blickes. Hin und wieder schaue ich über die Schulter, nur um sicher zu sein, dass uns niemand folgt. Das Einzige, was ich sehe, sind die Lichtkegel der Straßenlaternen, die uns in der Dämmerung den Weg weisen.

Ich ziehe die Cap in meine Stirn und greife nach Theos Hand.

»Ganz schön kalt«, murmelt er in seinen Schal und steckt sie zusammen mit seiner Hand in die Seitentasche seiner Winterjacke. Sanft zieht er mit dem Daumen Kreise über meine Fingerknöchel. »Besser?«

Wärme breitet sich in mir aus, vertreibt die winterliche Kühle aus meinem Körper. Ich lächle unter der Maske und rücke näher an ihn heran. »Besser.«

Wir laufen weiter – durch einen kleinen Park hindurch – ohne ein Ziel zu haben. Dabei unterhalten wir uns über alles Mögliche: Kochen, Shi-Won, Mia, Bogenschießen und Pinguine (Theo hat eine Doku gesehen, die ihn schwer beeindruckt hat). Zwischendurch wechselt er die Seite und wärmt meine andere Hand in seiner Tasche.

Irgendwann hilft auch das nicht mehr gegen die abendliche Kälte und wir begeben uns auf den Rückweg.

»Die Luft hier ist besser als in Seoul.« Ich klemme mir die Maske unters Kinn, atme mehrfach ein und aus und schiebe sie wieder hoch.

»Stimmt, in Seoul ist die Luftverschmutzung höher.«

Ich lege den Kopf in den Nacken. »Und wenn ich hier in den Himmel schaue, lassen sich hunderte Sterne beobachten.«

Theo bleibt neben mir stehen. »Nicht hunderte, sondern tausende Sterne – je nach äußeren Bedingungen.«

Ich schnaube. »Alles klar, Herr Professor.«

Schweigend schauen wir in den Sternenhimmel. Der abnehmende Mond reflektiert das Licht der Sonne und taucht die dunkle Nacht in weißlichen Glanz. Es ist diese besondere, geheimnisvolle Zeit, in der die Menschen zur Ruhe kommen und sich Träume und Hoffnungen in ihre Herzen schleichen.

Ich hebe meine Hand, als könnte ich dadurch die abertausenden, funkelnden Sterne berühren und sie durch sanfte Striche zu Mustern verbinden. Das majestätische, grenzenlose Universum über uns sorgt dafür, dass ich mich winzig klein fühle. All das Unbekannte hat etwas Magisches. Bei dem faszinierenden Anblick krampft sich mein Herz zusammen.

Ich lehne den Kopf an Theos Schulter und er schlingt seinen Arm um mich. Bald werde ich diesen Augenblick in einen Song verwandeln, um nie zu vergessen, wie glücklich ich bin.

MAYBE WE SHOULD SLEEP

Theo

Flughafen Incheon, Ende Februar 2021

Luca und ich schlängeln uns durch die Menschen, die trotz Corona am Flughafen Incheon unterwegs sind. Luca trägt meine Anzugtasche über der Schulter. In Kürze geht unser Anschlussflug nach Tokio und am Gate treffen wir uns mit Yong-Joon. Er begleitet uns zu dem Konzert in Japan.

»Ich sollte mehr Sport machen.« Luca keucht und versucht, mit meinen langen Beinen Schritt zu halten.

»Beeil dich«, mit Tunnelblick und Rucksack auf dem Rücken sprinte ich weiter, »bevor der Flug und Yong-Joon ohne uns starten.«

»Da vorne ist es.« Er deutet geradeaus und atmet hektisch. »Wo ist dein Freund?«

Ich stoppe und schaue mich am Gate um, an dem nur vereinzelt Menschen warten. Es lehnen sogar ein paar Touristen mit Kameras an den Wänden. Das Boarding läuft.

Ich richte die Maske, mein Blick wandert durch die Stuhlreihen und ich erkenne Yong-Joon an der Cap mit der Pflanze drauf. »Da ist er, los!«

Zielstrebig gehe ich auf ihn zu. Er trägt Maske und selbst im Gebäude eine Sonnenbrille.

Wir durchqueren die Sitzgelegenheiten und erreichen ihn. Er starrt nach unten auf seine schwarze Tasche und wippt auf den Füßen hin und her. Die Finger spielen mit seinen Ringen.

»Hi! Sorry, der Flug hatte extrem Verspätung.« Ich atme angestrengt aus und reibe über den schmerzenden Rücken.

»Lasst uns schnell einsteigen.« Seine Stimme ist leise, sein Blick springt von mir zu Luca, wieder zu mir und dann irgendwo hinter mich. »Los, los.«

Ich nicke Luca kurz zu. »Okay.«

Yong-Joon führt uns zum Durchgang, an dem wir die Tickets vorzeigen und von einer älteren Dame in die erste Klasse geleitet werden. Außer uns sind keine weiteren Passagiere anwesend, trotzdem nehme ich die zweite Maske nicht ab.

Luca lässt sich erschöpft auf seinen Platz fallen und holt eine Schlafmaske aus dem Handgepäck. »Weckt mich, wenn wir da sind.«

Yong-Joon setzt sich ans Fenster und ich folge ihm. Ächzend plumpse ich auf den Sitz und strecke die Beine aus.

»Ich bin fix und fertig.« Stöhnend wische ich mir über die brennenden Augen.

»Schlaf, wenn du willst. Wir fliegen zwei Stunden.«

Ich drehe mich zu Yong-Joon um, der immer noch komplett vermummt ist. »Ich habe dich fast zwei Monate nicht gesehen.« Genau genommen dreiundfünfzig Tage und ein paar Stunden. »Da kann ich nicht ans Schlafen denken.«

Er zieht die Sonnenbrille von der Nase und sucht meinen Blick. »Du hast mir auch gefehlt.« Er wippt mit dem rechten Bein auf und ab, nimmt meine Hand und drückt sie kurz.

Bevor er sie zurückziehen kann, umfasse ich sie mit den Fingern. »Wie geht es dir? Du wirkst angespannt.«

»Alles in Ordnung.« Er wendet sich ab, löst sich von mir und setzt die Sonnenbrille wieder auf. Sein Bein findet keine Ruhe.

Ein mulmiges Gefühl kriecht durch meinen Körper. Irgendwas ist seltsam. Was ist los mit ihm?

Ich tippe gegen seine Brille. »Musst du die im Flieger tragen?«

Er seufzt und schiebt meine Hand weg. »Ich bin heute lichtempfindlich.«

Mein Herz verkrampft sich. »Vielleicht solltest du schlafen.«

»Vielleicht sollten wir beide das tun.« Er dreht sich mit dem Gesicht zum Fenster und zieht sich die Cap tief in die Stirn.

Das Flugzeug startet und ich sitze wie erstarrt auf dem Platz. In meinen Ohren bildet sich ein unangenehmer Druck, den ich durch Gähnen ausgleiche. Mit den Fingern trommle ich auf dem Oberschenkel herum.

»Hey, Yong-Joon«, ich lehne mich zu ihm, »schläfst du?«

Keine Reaktion.

Ich tippe auf seine Schulter.

Nichts.

Er regt sich gar nicht und reagiert weder auf meine Stimme, noch auf die Berührungen. Egal, wie oft ich ihn anstupse.

Der Schmerz im Rücken breitet sich bis in den Magen aus.

Was zur Hölle passiert hier gerade?

Wir hatten eine so schöne, wenn auch extrem kurze Zeit zusammen bei mir und haben danach wie gewohnt miteinander gesprochen. Was ist also seit seinem Abflug in Deutschland kurz nach meinem Geburtstag geschehen?

THE LAST RAYS OF SUNSHINE

Yong-Joon

Tokio, Ende Februar 2021

Ich starre aus dem kleinen Fenster des Flugzeuges und stelle mich schlafend.

Fuck. Warum waren heute so viele Reporter am Flughafen?

Haben sie mich bemerkt?

Mich und Theo?

Für einen Außenstehenden sehen sie aus wie normale Touristen, aber ich erkenne die Anzeichen. Der wachsame, umherschweifende Blick, den Finger ständig auf dem Auslöser der Kamera ...

Ich beiße mir auf die Zunge und unterdrücke ein Stöhnen. Gerade hasse ich mich. Dafür, dass ich Theo nicht gesagt habe, wer ich bin. Dauernd kam etwas dazwischen – vor allem meine Ausreden.

Mein Herz rast. Ich bohre die Fingernägel in die verschwitzten Handflächen. Nach dem Konzert muss ich endlich alles offenlegen, sonst fliegen mir die ganzen Unwahrheiten um die Ohren.

Das Flugzeug landet in Tokio-Haneda. Hier ist es wie ausgestorben und ich atme erleichtert auf. Zu dritt holen wir die Koffer und verlassen durch den Hinterausgang den Flughafen.

Ich drehe den Ring an meinem zittrigen Finger und schaue mich vorsichtig um. Gott sei Dank ist kein Reporter in Sicht.

»Wonach suchst du?« Theo steht neben mir und zieht argwöhnisch eine Augenbraue hoch.

»Ich habe nach dem Mietwagen gesucht.« Ich weiche seinem Blick aus. »Hatte Luca nicht einen herbestellt?«

»Ja, der steht doch da vorne.« Er deutet auf einen schwarzen Wagen, keine drei Meter von uns entfernt. Der Fahrer überreicht Luca gerade die Schlüssel.

»Ah, dann lass uns schnell los.« Ich umklammere die Tasche und schiebe meinen Koffer vor mir her.

Wir verfrachten das Gepäck in den Wagen. Luca setzt sich hinters Steuer.

»Willst du vorne sitzen?« Theo zeigt zum Beifahrersitz und richtet seine Maske.

Ich schüttle den Kopf. »Setz du dich da hin, ihr habt sicher einiges wegen des Konzertes zu besprechen.« Bevor er reagiert, schiebe ich ihn auf den Platz und setze mich nach hinten. Dabei ziehe ich mir die Cap tiefer ins Gesicht.

Erst im Hotelzimmer fühle ich mich sicherer. Es ist das gleiche wie letztes Jahr und es beruhigt mich, dass auf dieser Etage nur unsere Zimmer liegen.

Ich schmeiße die Tasche aufs Bett, ziehe die Klamotten aus und springe unter die Dusche. Das heiße Wasser prasselt auf meinen Körper.

Bleib ganz ruhig, Yong-Joon, es passiert nichts.

Ich bette eine Hand auf meinen Bauch. Einatmen und ausatmen.

Wiederholen. Ich lege den Kopf in den Nacken, schließe die Augen. Hoffe, dass das Wasser meine Ängste wegspült. Atme ein und aus ...

Irgendwann sind die Finger runzlig und ich verlasse die Dusche. Ich rubble den Körper mit einem Handtuch trocken, schlüpfe in Pullover und Jogginghose und laufe barfuß zu Theos Zimmer. Vor seiner Tür halte ich an.

Lass dir nichts anmerken, Yong-Joon. Nicht vor dem Konzert!

Ich klopfe mit schwitzenden Händen und wippe auf den Fußballen auf und ab.

Theo öffnet mit einem Lächeln die Tür. Seine Grübchen und die Lücke zwischen den Schneidezähnen wärmen mein Herz, bringen die dunklen, kalten Ängste zum Schmelzen. Zumindest für diesen Moment.

»Komm rein.« Er schnappt sich meine Hand und schiebt mich ins Zimmer. Mit dem Fuß kickt er die Tür zu und zieht mich in eine Umarmung.

Ich schlinge die Arme um seine Taille.

»Hi«, murmelt er und küsst mich hinters Ohr.

Meine Nackenhaare stellen sich auf und eine Gänsehaut saust durch meinen Körper. Ich fahre mit den Fingern langsam unter Theos Pullover. »Hi.«

Sanft streiche ich über seinen unteren Rücken und er vergräbt sein Gesicht an meinem Hals.

»Ich hab dich vermisst, Yong-Joon.« Er wandert mit seinen Lippen vom Ohr über die Wange bis zu meinem Mund.

»Du hast mir gefehlt.« Ich schließe die Augen und küsse ihn, langsam, aber intensiv. Unsere Zungenspitzen berühren sich.

Ein heller Blitz zuckt durch das Zimmer. Sofort stoße ich Theo von mir und reiße die Arme vor das Gesicht. Mein Herz krampft sich zusammen und ich presse eine Hand keuchend an die Brust.

Die Gardine vor dem offenen Fenster weht hin und her. Die letzten Sonnenstrahlen des Tages fluten in kleinen Abständen den Raum. Ich seufze erleichtert auf und schaue zu Theo.

Er starrt mich entgeistert an. »Was war das denn?«

Ich drehe einen meiner Ringe hin und her. »Hm ...?«

»Bist du okay?« Theo macht einen Schritt nach vorne und streicht mir eine Haarsträhne aus der Stirn.

Ich beiße mir auf die Zunge. Will nicht zurückweichen.

»Ich weiß nicht«, sage ich mehr zu mir selbst als zu ihm und fasse mir an den Kopf. Es pocht schmerzhaft hinter meinen Schläfen. »Entschuldige, aber ich lege mich hin. Bis morgen!«

Ohne seine Reaktion abzuwarten, fliehe ich aus seinem Zimmer. Niemand darf uns zusammen sehen – sonst verliere ich ihn.

WHAT HAPPENED TONIGHT?

Theo

Tokio, Anfang März 2021

Die zwei Wochen Quarantäne mit Yong-Joon erinnern mich an unsere erste Begegnung im letzten Jahr. Und gleichzeitig hat sich zwischen uns so viel verändert.

Ein bisschen sehne ich die Zeit zurück, in der wir die Zweisamkeit genießen konnten. Leider kommt Luca ständig vorbei. Es gibt so viele Angelegenheiten für das anstehende Konzert zu besprechen und die Wochen fliegen an mir vorbei.

Mir entgeht in all der Hektik nicht, dass Yong-Joon sich manchmal komisch verhält. Abweisend. Wie am Tag unserer Ankunft in Tokio.

Zum Glück fliegen wir im Anschluss nach Jeju Island. Wir wollen zwei Wochen Urlaub machen. Das haben wir bitter nötig.

Jetzt sind wir in der Garderobe der Konzerthalle und warten auf den Beginn.

»Wo ist Luca?« Yong-Joon sitzt auf einem Stuhl und schaut mir dabei zu, wie ich vom Jogger in den Konzertanzug wechsle. »Die letzten Tage klebte er ja förmlich an dir.« Er glotzt auf meinen Oberkörper.

Eventuell lasse ich mir beim Anziehen des Hemdes etwas länger Zeit.

»Der läuft hier irgendwo rum, um alles ein letztes Mal zu checken.« Meine Arme gleiten langsam in das Hemd.

Er zieht die Augenbraue hoch. »Sag, machst du das extra?«

Ich schließe in aller Seelenruhe die Knopfleiste. »Mh?«

»Soll ich dir beim Anziehen helfen?« Er erhebt sich und kommt mit langen Schritten auf mich zu.

Ich lecke mir über die Lippen. Warum ist er heute wieder so aufgeschlossen?

Bevor ich antworte, fährt er mit seinen Händen unter mein Shirt und presst sie gegen den Bauch.

»Scheiße ist das kalt!« Ich zucke zusammen.

Er lacht leise und streicht über meine angespannten Muskeln. »Ist die Tür zu?«

»Zu, ja. Verschlossen, nein und Luca kann jeden Moment eintreffen.« Ich keuche unter seiner Berührung. Vergessen sind die Hemdknöpfe. »Aber wir hören ja die Schritte auf dem Parkett ...«

»Ach, ist das so?« Er tritt näher und hebt den Kopf.

»Ja ...« Ich beuge mich vor und küsse ihn. Seine Lippen schmecken nach Zitronenlimo. Ich lecke darüber.

Yong-Joon stöhnt und verschränkt die Hände hinter meinem Rücken. »Es war echt blöd, dass wir nur so wenig Zeit für uns hatten.«

Ich hauche Küsse auf sein Gesicht, will jeden kleinen Winkel bedecken. »Wir müssen nur noch heute überstehen, dann haben wir Urlaub.«

»Endlich ...« Er reibt seine Nase an meiner.

Das Geräusch von klappernden Schuhen zerreißt die Stille.

Yong-Joon zuckt zusammen und wir lösen uns voneinander.

»Dann spiele ich mich mal ein.« Ich knöpfe das Hemd zu. Meine Hände zittern. Ich setze mich ans Klavier und spiele einige Tonfolgen. Manchmal verrutschen die Finger.

»Hast du mit Alex darüber gesprochen?« Seine Stimme ist leise.

»Worüber?« Ich erzeuge ein paar Akkorde.

Er setzt sich neben mich auf den Klavierhocker. Unsere Oberarme reiben aneinander. »Wegen deiner Hände.«

»Das mache ich nach dem Konzert.« Ich lehne den Kopf an seine Schulter und schließe kurz die Augen.

Er seufzt und legt mir die Hand auf den Oberschenkel. »Okay ...«

Die Tür öffnet sich und Luca kommt herein. »Fertig? Das Konzert startet gleich.«

»Ja.« Ich drehe mich zu Yong-Joon. »Kommst du mit Backstage oder willst du in die Loge?«

»Lieber Backstage.« Er steht auf und zieht sich Cap, Maske und Sonnenbrille auf.

Ich beäuge ihn. Ganz schön übertrieben!

Es ist weder kalt noch scheint die Sonne in der Halle. Wozu braucht er das? Ich trage nur meine Maske gegen die Allergie.

»Und los geht's, wir sind spät dran.« Luca hält uns die Tür auf und wir laufen zusammen zum Backstage-Bereich.

Yong-Joon schaut immer wieder über seine Schulter.

Seltsam ...

Luca schubst mich fast auf die Bühne. Ich setze mich ans Klavier. Die kreischenden Mädchen im Zuschauerbereich applaudieren.

Die Finger zittern und ein dumpfer Schmerz wandert meinen Unterarm entlang. Ich schüttle sie und spiele den ersten Akkord.

Ich blende das Publikum aus und denke an Yong-Joons Worte nach dem letzten Konzert: »Deine Musik, diese Melodien sind wie ein schlagendes Herz, das mich mit einem Rhythmus erfüllt, der meine Seele und meinen Geist zum Tanzen bringt.«

»Nein, nicht ...«

Ich schrecke aus dem Schlaf. Höre ich wieder Geister? Verwirrt blicke ich mich im dunklen Zimmer um. Ach ja, Hotelzimmer.

»Bitte ... nein ...« Die wimmernden Rufe werden lauter, erinnern mich an meine erste Nacht im letzten Jahr.

Mit dem Unterschied, dass ich jetzt von Yong-Joons Albträumen weiß und er neben mir liegt.

Ich drehe mich um und robbe über die Matratze zu ihm.

Er wirft sich unruhig hin und her. Sein Gesicht ist schmerzverzerrt, die Hände krallen sich in die Bettdecke.

»Yong-Joon.« Ich streiche seine verschwitzte Stirn. »Wach auf.«

Keine Reaktion.

»Ah ...« Er keucht, als hätte er Schmerzen.

Sanft massiere ich die Falte auf seiner Stirn. »Du träumst nur, alles ist gut.«

Er dreht sich von mir weg, schluchzt leise.

Ich lege mich neben ihn, umschlinge seinen Körper mit einem Arm und schiebe den anderen unter seinen Kopf.

Mein Herz zieht sich krampfhaft zusammen. Was ist nur los mit ihm? Irgendwas stimmt ganz und gar nicht.

Am nächsten Morgen fühlt es sich an, als würde mein Körper nicht mehr zu mir gehören. Der Arm ist eingeschlafen, mein Rücken schmerzt und den Nacken kann ich gar nicht mehr bewegen. Hallo Dreißiger. Ächzend öffne ich die Augen.

Ich liege auf dem Bett. Mein Arm hängt leblos über die Kante. Ich greife danach und ziehe ihn auf die Matratze. Im unteren Rücken sticht es. Ich schaue mich um.

Nichts. Wo ist Yong-Joon?

Langsam stehe ich auf. Die Beine kribbeln so sehr wie mein Arm. Ich stütze mich am Bett ab und strecke mich. Im Rücken knackt es laut. Ich verdränge den Schmerz und verlasse das Schlafzimmer.

Yong-Joon steht mit dem Rücken zu mir vor dem großen Fenster. Er presst sein Handy ans Ohr und flüstert vor sich hin. Ich verstehe seine Worte nicht, aber seine Hand klammert sich ums Telefon. Mit dem Bein wippt er auf und ab und er knabbert an seinen Nägeln.

Ich will mich gerade bemerkbar machen, da dreht er sich um. Seine Augen treffen meine und für einen kurzen Augenblick legt sich ein Schatten über sein Gesicht. Er schüttelt den Kopf, flüstert wieder etwas ins Telefon und trennt die Verbindung.

Ich gehe auf ihn zu. »Alles okay?« Ich berühre seinen Arm.

Er zuckt zusammen. »Was?«

Blut rauscht in meinen Ohren. Er benimmt sich schon wieder komisch.

»Ob alles okay ist …?«

»Ja, klar«, murmelt er wenig überzeugend.

Sein Gesichtsausdruck hat sich über Nacht verändert. Er war immer voller Zuneigung und Wärme für mich. Jetzt ist da gar nichts mehr. Und eigentlich vermeidet er es, mir überhaupt in die Augen zu sehen.

»Hey, Yong-Joon.« Ich trete näher an ihn heran, unsere Fußspitzen berühren sich. »Was ist passiert?«

»Nichts.« Er macht einen Schritt zurück. »Wir sollten los, wenn wir unseren Flug bekommen wollen.«

Er dreht mir den Rücken zu und verschwindet aus dem Hotelzimmer.

Ich plumpse auf den Boden und presse zwei Finger gegen meine Schläfe. Was zur Hölle ist in ihn gefahren? Gestern war alles gut zwischen uns, oder? Habe ich etwas verpasst?

Ein dumpfer Schmerz breitet sich in meiner Brust aus.

Ich ziehe mich am Sofa hoch, gehe in Windeseile duschen und packe das Gepäck zusammen. Auf den Rücken klatsche ich mir ein Wärmepflaster und trete auf den Hotelflur.

Ich klopfe heftig an Yong-Joons Tür. »Yong-Joon, mach auf und lass uns reden!«

Keine Antwort.

Ich bollere nochmal gegen das Holz. »Komm schon, was ist los?«

Stille.

»Ich gehe duschen, wir treffen uns nachher unten.« Seine gedämpfte Stimme dringt zu mir.

Ich klopfe fünf weitere Minuten an die Tür, aber nichts regt sich. Blut rauscht in meinen Kopf, er wird mit jedem Klopfen wärmer.

So langsam werde ich sauer. Ich stapfe zurück ins Zimmer und knalle die Tür hinter mir zu. Mein Atem geht stoßweise und ich lasse mich auf den Fußboden fallen. Ich lege den Kopf zwischen die Knie und fasse mir in den Nacken.

In Gedanken spiele ich die letzten Tage durch. Ja, Yong-Joon war seltsam. Schon im Flugzeug und im Hotelzimmer.

Ich raufe mir die Haare.

Aber jetzt? Was habe ich falsch gemacht, dass er sich so verhält? Will er mich nicht mehr?

»Arrrghh ...« Ich richte mich auf und lehne den Kopf an die Tür. Was mache ich nur?

Kurz schließe ich die Augen. Ich muss noch einmal mit ihm reden.

Ich stehe auf und gehe mit Rucksack und Koffer nach unten in die Hotellobby. Dort steht Yong-Joon, vermummt in Cap, Maske und Sonnenbrille. Außerdem trägt er einen übergroßen Hoodie. Ich schreite langsam auf ihn zu und schiebe den Koffer neben seinen.

Er starrt angespannt auf irgendeinen Fleck an der Wand und beachtet mich kaum.

»Okay«, flüstere ich eindringlich, »bitte sag mir, was passiert ist. Sonst werde ich wahnsinnig, okay?«

»Nichts ist passiert«, presst er zwischen zusammengebissenen Zähnen hervor. Durch die Sonnenbrille kann ich seinen Blick nicht deuten.

»Wie lange möchtest du mich noch anlügen.« Ich stelle mich nah neben ihn, unsere Schultern streifen sich. Das Pochen hinter meinen Schläfen nimmt zu.

»Es ist nichts. Alles okay.« Seine Maske zittert, so als würden seine Lippen beben.

»Du kannst mit mir reden, weißt du?« Ich stoße sanft gegen seine Schulter. »So wie ich mit dir.«

Er zuckt unter der Berührung zusammen und schiebt mich zur Seite.

Mein Herz verkrampft sich.

»Mir geht's gut. Lass uns einfach den Flieger kriegen.« Er dreht sich von mir weg und zieht sich die Cap tief ins Gesicht. »Die Zeit wird knapp.«

»Yong-Joon ...«

Luca kommt mit seinem Gepäck angerannt und scheucht uns zum Seitenausgang. Der Mietwagen hat sich in ein Großraumtaxi verwandelt und der Fahrer hilft uns, den Kram ins Auto zu wuchten. Luca sitzt vorne, Yong-Joon und ich steigen hinten ein.

Der Fahrer rast los und schlängelt sich durch Tokios Verkehr.

Yong-Joon hält die ganze Fahrt über den Blick gesenkt und knetet seine Hände ineinander.

Wir kommen zu spät am Flughafen an und hetzen durch das Gebäude. Ab und an beäugen uns fremde Menschen seltsam.

Yong-Joon sieht aus, als würde er vor irgendetwas fliehen, so schnell rennt er vor Luca und mir zum Gate.

Gerade rechtzeitig schaffen wir es nach Aufgabe des Gepäcks zum Boarding und ich lasse mich atemlos auf meinen Platz in der ersten Klasse fallen. Ich warte auf Yong-Joon, doch der setzt sich drei Reihen vor mir hin.

Was ist jetzt los?

Ich verstehe gar nichts mehr.

THE MONSTERS ARE BACK

Yong-Joon

Flughafen Incheon, Anfang März 2021

Der Albtraum ist zurück. Ich umklammere das Telefon in meiner Hand und die Fingerknöchel verlieren ihre Farbe. Meine Lippen beben unter der Maske.

Zu lange habe ich mich in Sicherheit gewägt, zu lange war ich glücklich. Und jetzt bricht das ganze Kartenhaus in sich zusammen.

Ich starre in den Bodenraum, um keine Aufmerksamkeit auf mich zu lenken. Meine Hände schwitzen, selbst der Rücken ist mit kaltem Schweiß bedeckt. Angstschweiß. Das Herz pocht heftig gegen meine Rippen. Es schmerzt.

Den Flug über bewege ich mich keinen Millimeter, ignoriere die Stewardess und reagiere nicht auf Theo, der zwei Mal an mir vorbei auf die Toilette schleicht. Meine Augen brennen höllisch unter der Sonnenbrille. Es tut weh, ihn zu ignorieren.

Aber so ist es besser. Für ihn. Mein Magen rumort und Galle kriecht mir den Hals hoch. Ich schlucke sie runter.

Wie auf dem Hinflug stelle ich mich schlafend.

Nach zwei Stunden landen wir in Seoul. Mir ist kotzübel. Ich schalte das Handy aus dem Flugmodus und sofort springen mir Nachrichten meiner Freunde in unserem Gruppenchat entgegen. Alle sind an mich gerichtet.

Ha-Neul: Der Artikel ist überall in den Medien.

Jae-Ho: Woher haben die Schweine diese Bilder?

Ha-Neul: Ich hole euch ab! Kommt sofort zum Van!

Min-Ho: Ich kontaktiere unseren Anwalt.

Ji-He: Geht es dir gut?

Ich schlucke die Übelkeit herunter und reibe mir über die Brust. Wie soll es mir gut gehen?

Wir werden aufgefordert, das Flugzeug zu verlassen, und ich stecke das Handy in die Tasche. Wie in Trance folge ich Theo durch den Flughafen. Mache mich ganz klein in meinem übergroßen Hoodie Wir holen die Koffer und verabschieden uns von Luca, der direkt nach Deutschland weiterfliegt.

Bei dem Gedanken gleich durch den öffentlichen Bereich zu gehen, schnürt sich mir die Kehle zu. Ein bitterer Geschmack sammelt sich auf meiner Zunge.

»Yong-Joon?« Theo bleibt stehen.

Ich laufe beinahe in ihn rein. »Ja?«

Er sieht mich über die Maske hinweg mit zusammengezogenen Augenbrauen an. »Wo bist du mit deinen Gedanken?«

»Mh?«

»Willst du überhaupt, dass ich mitkomme?« Er reibt den Pulloversaum zwischen den Fingern.

Am liebsten will ich *Nein* schreien.

Nein, bring dich in Sicherheit, vor allem vor mir!

Aber ich will nicht, dass er alleine von den Reportern angefallen wird. Ich blicke mich hastig um. Die Typen würden sich auf ihn stürzen wie wild gewordene Raubtiere auf ihre Beute.

»Natürlich will ich das. Ha-Neul holt uns am Hintereingang ab.« Ich meide seinen Blick und schiebe die Sonnenbrille die Nase hoch. Meine Hand zittert.

Theo kratzt sich am Hals. »Okay ...«

»Komm.« Ich drehe mich um und laufe vorweg, die Cap tief in mein Gesicht gezogen.

Wir verlassen den Sicherheitsbereich.

Sofort höre ich das ekelhafte Klicken der Kameras.

Klick klick klick.

Ignoriere es, Yong-Joon, lauf weiter.

Lass sie nicht merken, dass es dich trifft. Ich starre geradeaus und gehe vorwärts.

Theo eilt mit strammem Schritt neben mir her. Bitte, lass ihn die Reporter nicht sehen.

Klick klick klick.

Geh weiter, Yong-Joon! Jetzt bloß nicht stehenbleiben.

Rot gefärbtes Wasser sickert unter der Tür hindurch.

Nein, Blut ...

Ich fasse mir an den Kopf.

Bleibe stehen.

Ha-Neul tritt die Tür auf.

Ein roter See bedeckt den Fliesenboden ...

Blut bedeckt den Boden.

Keuchend beuge ich mich nach vorne, stütze die Hände auf die Knie. Mein Herz setzt aus, stolpert und rast.

»Yong-Joon?« Jemand streift mich an der Schulter.

Ich schüttle die Hand ab.

Atme, Yong-Joon, atme.

Mein Magen krampft sich zusammen, die saure Galle ist zurück.

Ich richte mich auf. Theo steht vor mir, die Augen geweitet. An seinem Hals prangen rote Flecken.

Das ist meine Schuld. All das passiert wegen mir.

Schon wieder ...

»Wir müssen hier weg!« Ich presse die Lippen aufeinander, um mich nicht in meine Maske zu übergeben. Dann greife ich nach Theos Hand und renne los.

Hinter uns höre ich es: *Klick klick klick.*

Hört der Albtraum denn nie auf?

Klick klick klick.

Kann ich diesem Hamsterrad nie entfliehen?

Klick klick klick.

»Scheiße, warum fotografieren die uns?« Theos Stimme klingt atemlos, keuchend. »Himmel, Yong-Joon, was ist los?«

Ich schleife ihn hinter mir her. »Lauf einfach«, brülle ich und renne weiter in Richtung Ausgang.

Vor mir sehe ich Shin mit seinem strahlenden Lächeln, das alles und jeden für sich gewonnen hat.

Bevor die Gerüchte ihn zerstörten.

Shin, den ich nicht retten konnte.

Und jetzt fängt alles wieder von vorne an.

Ich keuche und die Hände zittern unkontrolliert. In meinem Magen dreht sich alles. Wir erreichen den Hinterausgang.

»Schnell, kommt!« Ha-Neul läuft uns mit Mütze, Maske und Sonnenbrille entgegen. Er greift sich die Koffer und wuchtet sie in den Van. Dann schiebt er mich und Theo auf den Rücksitz.

Ich atme erleichtert auf, berühre die abgedunkelten Scheiben.

Die Tür schließt sich und der Kopf fällt wie von selbst zwischen meine Knie.

Vor meinen Augen flattern die Schlagzeilen wie Motten, die sich nicht vom Licht fernhalten können.

> We finally uncovered the truth about ex-idol JJ and pianist Park Tae-Won! Intimate moments!!
> Has ex-idol JJ found a new boyfriend two years after the death of band member and lover Lee Shin? Read the article for the whole truth.

Jemand streicht mir über den Oberschenkel. Ich presse meine Hände auf die Ohren, will die Welt ausblenden, will vergessen.

Vergessen, dass ich die Schuld trage.

Damals, wie heute.

Weil ich so bin, wie ich bin.

Umarmungen. Hände bei einem Konzert halten.

Wäre ich nicht so, wären die Fans nicht auf solche Gedanken gekommen.

Dann hätten sie Ji-He nicht angegriffen und Shin hätte sich nicht selbst zerstört.

Ein scharfes, stechendes Gefühl rauscht durch meinen Kopf und pocht heftig gegen die Stirn. Er ist kurz davor, zu explodieren. In den Ohren pfeift es laut, sodass ich nicht mehr weiß, wo oben und unten ist.

Es ist meine Schuld, dass das alles passiert ist.

Jetzt werde ich Theo verlieren und ich weiß nicht, ob ich das ertrage. Jedes Mal, wenn er mich in den letzten Stunden mit seinen fragenden Blicken gestreift hat, wollte ich in Tränen ausbrechen. Meine Augen jucken und mein Herz schmerzt so sehr, dass ich das Gefühl habe zu sterben.

So wie Shin.

Warum kann ich nicht einfach alles vergessen?

STOLEN MOMENTS

Theo

Seoul, Anfang März 2021

Ich streiche über Yong-Joons Oberschenkel. Er reagiert nicht. Stattdessen presst er die Hände auf seine Ohren und wiegt sich vor und zurück.

Ich beuge mich zu Ha-Neul. »Was ist mit ihm?«

»Hat er dir nichts gesagt?« Er hält den Blick auf die Straße gerichtet. Das Tachometer zeigt fast 80 Kilometer pro Stunde.

»Nein, er ist plötzlich losgerannt.« Ich lasse die letzten Minuten Revue passieren. »Ich glaube, wir wurden fotografiert.«

»Scheiße!« Er stöhnt und schlägt mit der Hand aufs Lenkrad. »Bitte versuch, ihn zu beruhigen, ja? Wir brauchen noch über eine Stunde, bis wir bei ihm sind.«

»Wie denn?« Ich schaue hektisch von Ha-Neul zu Yong-Joon, der so heftig atmet, dass ich das Gefühl habe, er hyperventiliert gleich. »Kannst du nicht ranfahren?«

»Geht nicht, volle Straße.«

Ich kralle mich an die Nackenlehne des Beifahrersitzes. »Verdammt, was wird hier gespielt? Warum hat man uns abgelichtet? Warum ist er so?« Noch fester und ich habe die Lehne ihn der Hand. Mein Atem geht stoßweise und mein Herz pocht viel zu schnell in der Brust.

Ha-Neuls Schultern sacken nach unten. »Hast du dein Handy dabei?«

Ich betaste meine Hosentasche.

»Mist, das liegt im Rucksack und der ist im Kofferraum.«

»Dann gebe ich besser Gas.« Er tritt das Gaspedal durch, der Motor röhrt. »Scheiß auf die Blitzer.«

Ich raufe mir die Haare.

»Yong-Joon«, flüstere ich und lege die Hand auf seine Schulter. »Rede mit mir, bitte.«

Er schluchzt herzzerreißend, sein Körper bebt. Ich streiche ihm über den Rücken, aber er reagiert nicht. Weder auf die Worte noch auf meine Berührung.

Eine Stunde später halten wir vor seinem Apartmentkomplex. Wie von der Tarantel gestochen springt er auf und verschwindet im Gebäude, bevor ich mich überhaupt bewege.

»Hier. Es tut mir leid, dass du all das auf diese Weise erfährst.« Ha-Neul schiebt sich die Brille hoch und sucht etwas. »Bitte, nimm es ihm nicht übel. Du bedeutest ihm einfach viel.« Er reicht mir sein Handy.

Ich ziehe die Augenbrauen zusammen und nehme es entgegen. »Ich checke gar nichts.«

»Guck dir die Screenshots an, dann verstehst du es.« Er dreht sich nach vorne, legt den Kopf aufs Lenkrad.

Ich lehne mich zurück, starre auf den Bildschirm und weiß wieder, warum ich Social Media meide.

> We finally uncovered the truth about ex-idol JJ and pianist Park Tae-Won. Intimate moments!!

Unter der Schlagzeile taucht eine Fotocollage auf.

Fotos vom Konzert im letzten Jahr. Ein klatschender Yong-Joon auf einem VIP-Platz. Unsere Hände, ineinander verschlungen, während wir anschließend zum Ausgang laufen.

Mir läuft es eiskalt den Rücken herunter. Wann zur Hölle wurden die gemacht?

Fotos von uns, als wir mit Ha-Neul, Ji-He und Shi-Won nach dem Bogenschießen vor der Halle stehen und zum Van gehen. Ich erkenne uns beide auch mit Maske und Sonnenbrille. Die Gesichter der drei anderen sind geschwärzt. Weitere Bilder von uns am Flughafen, beim Konzert in Japan.

Gestohlene Küsse zwischen Bühne und Garderobe.

Mein Magen rumort. Ich presse die Lippen aufeinander. Warum habe ich nichts bemerkt? Wie unaufmerksam war ich die ganze Zeit?

Ich wische zum nächsten Screenshot.

Die Schlagzeile lässt alles Blut aus meinem Gesicht weichen.

> Has ex-idol JJ found a new boyfriend two years after the death of band member and lover Lee Shin?

Mit flachem Atem überfliege ich den Artikel. Ich kralle die Hand in den Oberschenkel.

> News!! For the first time since Lee Shin's dead, ex-idol JJ was spotted at a concert by pianist Park Tae-Won last year.
> The pianist and JJ shared intimate moments together.
> Throughout the year we've been able to gather evidence that the two share a very close relationship.
> But what does that mean for Park Tae-Won?
> Is the next man at JJ's side doomed?

Bittere Säure kriecht mir die Kehle hoch. Meine Hände zittern und schwitzen gleichermaßen. Ich bekomme kaum noch Luft.

Das reicht. Mir reicht es.

Ich schmeiße Ha-Neul das Handy entgegen und stürme ins Gebäude. Ohne auf den Aufzug zu warten, hetze ich die Treppen hoch. Yong-Joons Wohnungstür ist angelehnt und ich hoffe einfach, dass dies ein Zeichen ist, dass er mich nicht aus seinem Leben ausschließt.

I CAN'T ESCAPE THE DARKNESS WITHIN ME

Yong-Joon

Zusammengekauert sitze ich in meinem abgedunkelten Arbeitszimmer auf dem Boden. Ein Zimmer, das mich sonst in die Welt der
Musik trägt, das Leben vergessen lässt. Ich ziehe die Knie enger an
den Oberkörper und umklammere mit den Armen meine Beine.
Irgendwie muss ich mich davor bewahren auseinander zu fallen,
wie alles um mich herum.

Was passiert, wenn Theo die Artikel liest? Wird er wie Shin
reagieren? Was, wenn er dem Druck der Medien nicht standhält?

Mein Magen rebelliert.

Werde ich ihn dann auch verlieren? Wird er mich für immer dafür
hassen? Für das, was ich ihm angetan habe?

Ich kralle die Finger in die Unterschenkel, bis es schmerzt. Doch
der Schmerz in den Beinen kann das Zerreißen meines Herzens
nicht überstrahlen. Ich spüre etwas Salziges auf den Lippen. Mein
Gesicht fühlt sich feucht an, die Tränen strömen mir über die
Wangen.

Ich bin schuld. Ich bin schuld. Ich bin schuld.

Ich wiege mich vor und zurück.

Irgendwann klopft jemand gegen die Tür.

Instinktiv verstecke ich den Kopf zwischen meinen Armen.

Hau ab!, will ich schreien. Lauf weg, solange du noch kannst!
Lass dich nicht von mir in den Abgrund reißen!

Mein Herz schnürt sich zusammen. Ich atme keuchend ein.

»Yong-Joon?« Es ist ein Flüstern. Nur mein Name. Nicht mehr.

Ich stoße die Luft aus. Ich habe Wut erwartet. Hass. Abscheu.

Aber nicht, dass Theo sanft und leise meinen Namen sagt. Weitere Tränen rinnen mir über die Wangen. Ich presse die Fingernägel kräftiger in die Waden.

Er klopft zaghaft. »Mach auf, bitte.«

Sein ›Bitte‹ gibt mir den Rest. Ich kann kaum atmen. Es fühlt sich so an, als würde jemand mein Herz mit der bloßen Hand zerquetschen. Stück für Stück.

Ich kann Theo nicht mehr unter die Augen treten. Ich kann mich ja selbst nicht im Spiegel ansehen. Alles, was ich sehe, ist diese Schuld. Wie ein hungriger Wolf nagt sie an meinem Gewissen.

»Yong-Joon, bitte.« Seine Stimme wird lauter und er bollert gegen das Holz.

Ich hebe den Kopf und schiele zur Tür. Licht scheint unter ihr hindurch ...

Blut sickert unter der Tür hindurch.

Ha-Neul tritt die Tür ein.

Ein See aus rotem Wasser umgibt die Badewanne, in der Shin liegt.

Kalkweiß hängt sein Arm über dem Rand. Blutleer.

Wasser und Blut vermischen sich, tropfen auf die Fliesen.

Plop plop plop.

Mein Magen dreht sich um, bittere Galle schießt die Speiseröhre hoch. Ich beuge mich über den Mülleimer und übergebe mich geräuschvoll. Ich keuche. Mein Herzschlag dröhnt in den Ohren.

Vor der Tür höre ich ein Fluchen.

»Wenn du nicht sofort aufmachst«, Theo hämmert gegen die Tür, »dann trete ich sie ein.«

Ich bewege mich nicht. Die Zunge klebt schwer an meinem Gaumen. Mir ist speiübel.

»Ich schwöre dir«, brüllt er und trommelt gegen das Holz, »ich zähle bis zehn und dann breche ich die Tür auf.«

Ich presse die Hände auf die Ohren. Die Bilder wollen nicht aus meinem Kopf verschwinden und ziehen mich in die Dunkelheit.

Ji-He bricht schreiend neben mir zusammen.

Ich sehe Shins toten Körper.

Ich übergebe mich wieder.

»Acht. Neun.«

Ich nehme seine Stimme kaum wahr. Meine Beine zittern.

»Zehn.«

Mit einem Krachen zersplittert die Tür und Theo fliegt ins Zimmer. Er flucht laut.

Mein ganzer Körper bebt und wird nur von dem wiederholten Würgen unterbrochen. Es riecht beißend und bitter. Ich verstecke das Gesicht zwischen den Knien und schließe die Augen.

Warum rennt er nicht vor mir davon? Merkt er nicht, dass ich ihn zerstöre? Ist ihm nicht klar, dass ich all das hätte wissen müssen? Dass es meine Schuld ist? Ich wiege mich hin und her, schlucke die Galle herunter.

Schritte ertönen um mich herum. Das Geräusch von aufgezogenen Vorhängen durchdringt die Stille. Ich blinzle. Die letzten Sonnenstrahlen des Tages fallen durch die Fenster in mein Musikzimmer.

»Yong-Joon.«

Ich höre ihn direkt neben mir, öffne die Augenlider und sehe seine Schuhspitzen.

»Geh weg«, flüstere ich unverständlich. Meine Stimme ist vom Kotzen rau und der Hals kratzt beim Sprechen.

»Yong-Joon ...«

Die Art und Weise, wie er meinen Namen ausspricht.

Sanft, sogar zärtlich.

Ohne Hass, ohne Wut.

So als würde er mir alle Last von den Schultern nehmen wollen.

Ich schluchze hemmungslos und die Dunkelheit überrennt mich.

Shins Arm hängt leblos über dem Badewannenrand.

Auf dem Boden, in dem Blutmeer, liegt ein Messer.

»Es tut mir so leid.« Meine Schultern beben unkontrolliert. »Es tut mir so leid.«

»Schhh ...« Etwas streift meine Knie. »Ich gehe nicht weg.«

»Geh.« Meine Augen brennen, das Herz rast. »Ich kann dich nicht auch noch verlieren.«

Der Druck an den Knien verstärkt sich. »Du verlierst mich nicht, okay?«

»Das ist alles meine Schuld.« Ich will den Kopf heben, aber es gelingt mir nicht. Zu schwer lasten die Erinnerungen auf mir. Wie ein giftiger Stachel durchbohren sie mein Herz.

»Es ist nicht deine Schuld.« Theos Stimme klingt weich.

Ich weine, wiege mich vor und zurück, als könne das den Schmerz in mir verringern, die Dunkelheit vertreiben.

Ich bin schuld. Ich bin schuld. Ich bin schuld.

Plötzlich legt sich ein Arm um meine Taille und ein anderer greift unter die Knie.

Schlagartig höre ich auf zu schluchzen.

Als wäre ich ein kleines Paket, hebt Theo mich hoch und presst mich nah an seine Brust.

Ich will mich dagegen wehren, ihn von mir wegschieben, damit er sicher vor mir ist. Aber von dem Heulen und Übergeben bin ich entkräftet und müde. Und die Wärme seines Körpers so nah bei mir zu spüren, lässt den letzten Widerstand von mir abfallen.

Erschöpft lege ich den Kopf an seine Brust und höre das flattrige Schlagen seines Herzens.

»Es ist nicht deine Schuld«, murmelt er an meinem Ohr, streicht mir mit der Hand über den Rücken. Er erhebt sich stöhnend.

Stumme Tränen strömen mir übers Gesicht. Ich habe keine Ahnung, wohin wir uns bewegen, bis er mich unter die Dusche setzt. Schweigend zieht er mir die vollgekotzten Klamotten aus und hilft mir aus der Hose. Ich erschaudere.

Warmes Wasser fließt über meinen Körper. Zusammengesunken sitze ich auf dem Boden und wage es nicht, Theo anzusehen. Zu groß ist die Angst, in seinen Augen Vorwürfe und Schuldzuweisungen zu sehen.

Klamotten fallen zu Boden und einige Sekunden später nimmt er den Duschkopf in die Hand und geht in die Hocke. Er trägt nur noch

Jogginghose und Turnschuhe. Sanft wäscht er mir die Haare und entfernt alle Spuren meines Zusammenbruchs. Dabei wird er selbst komplett nass. Er streicht sich feuchte Strähnen aus der Stirn und rückt nah an mich heran, braust meinen Oberkörper ab.

Irgendwann macht er das Wasser aus und nimmt mein Gesicht in die Hände. Er hebt den Kopf zu sich hoch und unsere Blicke treffen sich. Ich will mich abwenden, aber Theo lässt es nicht zu.

»Ich gehe nicht weg, okay?« Seine Unterlippe zittert und er beißt sich darauf.

»Geh weg!« Ich weine wieder. Ziehe die Nase hoch. »Geh, bevor ich dich in den Abgrund reiße.«

»Ich bin hier ...« Er streicht mir über die Wange. In seinen Augen schimmern Tränen.

»Es tut mir so unendlich leid.« Mein Schluchzen hört nicht auf.

Mit dem Daumen wischt er mir die Tränen weg. Unschlüssig betrachtet er mich. Er schließt kurz die Augen, beugt sich vor und haucht mir einen Kuss auf die Nasenspitze.

»Komm ...« Er nimmt mich in seine Arme, hebt mich hoch und verlässt das Bad.

Ich klammere mich so fest an ihn, als wäre er mein Anker während eines Sturms. Den Kopf verberge ich an seiner Schulter. Suche Halt.

Theo setzt mich auf dem Bett ab und ich spüre die weiche Decke unter dem Hintern. Er greift um seinen Hals und löst sanft meine Arme. Meine Zähne klappern unaufhörlich aufeinander und ich zittere am ganzen Körper.

»Warte kurz.« Er streift meine Wange und dreht sich um, holt Jogginghose und Pullover aus dem Schrank.

Irgendwie schaffe ich es, die nassen Boxershorts gegen die frischen Klamotten zu tauschen.

Er wirft mir einen kurzen Blick zu, als würde er überlegen, ob es sicher ist, mich aus den Augen zu lassen. Sein Brustkorb hebt und senkt sich viel zu schnell. Nochmals wendet er sich ab und kramt nach trockenen Klamotten für sich selbst.

Ich rolle mich zusammen und schlinge die Arme um meine Knie. Wie eine Schallplatte mit Sprung flüstere ich ›es tut mir leid‹ vor mich hin.

Die Matratze wird nach unten gedrückt und Theo zieht mich in die längste Umarmung meines Lebens. Eine Umarmung, die mehr Trost spendet, als alle Worte dieser Welt. Seine Nähe strahlt eine wohltuende Wärme aus. Wie die Sonne, die langsam die Dunkelheit vertreibt.

Und in dem Moment wird mir bewusst, dass ich alles, was ich habe, eintauschen würde, wenn ich dafür seine Zuneigung und unsere Verbundenheit nie vermissen müsste.

Er umfasst mit einer Hand meinen Hinterkopf und mit der anderen den Rücken. Meine Knie stoßen gegen seine Beine und kippen auseinander. Er zieht mich halb auf seinen Schoß und ich schlinge die zitternden Arme um seinen Hals, presse das Gesicht an seine Brust.

»Ich bin hier.« Er streichelt sanft meinen Rücken und flüstert mir irgendwelche Worte ins Ohr, die ich nicht verstehe. Seine Stimme klingt belegt, bebend und gleichzeitig ruhig. Mit den langen Fingern fährt er mir immer wieder durch die Haare, zeichnet kleine Kreise in meinem Nacken.

Ich habe keine Ahnung, wie lange er mich so in den Armen hält. Aber irgendwann lässt das Zittern nach und die Tränen versiegen. Meine Muskeln entspannen sich und der Atem wird gleichmäßiger. Ganz langsam verschwindet die Dunkelheit aus meinen Zellen.

Theo summt an meinem Ohr das Wiegenlied. Wie von selbst schließen sich die Augenlider und mein Kopf ist wie leergefegt. Ich nehme nur Theos wärmenden Körper und seine tiefe Stimme wahr. Schlafe ein …

Mit brennendem Hals und einem sauren Kotzegeschmack im Mund wache ich auf. Mein Kopf pocht wie wild, ich fühle mich wie nach einer durchzechten Nacht. Ich fasse mir an die Schläfe und presse zwei Finger dagegen. Artikel, Reporter am Flughafen, die

Fahrt nach Hause, Übelkeit und Shin, der tot in der Wanne voller Blut liegt. Erinnerungen aus Vergangenheit und Gegenwart prallen aufeinander und vermischen sich.

Ich stütze mich auf der Matratze ab und richte mich vorsichtig auf. Meine Augen fühlen sich total verquollen an.

Ich massiere die Augenlider und blicke an mir herunter. Pullover und Jogginghose. Wann habe ich mir das angezogen?

Ich drehe den Kopf zur Seite.

Theo schlummert neben mir halb auf und halb unter der Bettdecke. Er hat die Knie zur Brust gezogen, sein Hals und seine Wangen sind mit roten Flecken überzogen.

Das ist meine Schuld.

Unsichtbare Klauen krallen sich um mein Herz, zerquetschen es. Ich keuche. Wegen mir war er unvorsichtig. Ich habe ihn verletzt.

So wie ich damals Shin verletzt habe.

Ich bin schuld.

Ich beuge mich vor und schiebe vereinzelte Haarsträhnen aus Theos Gesicht. Er seufzt und ich streiche über seine Wangenknochen. Im gleichen Moment kratzt er sich am Ausschlag.

»Oh«, flüstere ich leise und presse die Lippen aufeinander.

An seiner Hand klebt getrocknetes Blut.

Ich reibe mir über die Brust. Auch das ist meine Schuld. So langsam erwachen die Erinnerungen an den gestrigen Abend.

Er hat die Tür eingetreten, um zu mir zu gelangen.

Um zu bleiben.

Anstatt vor mir zu fliehen, ist er auf mich zugekommen.

Ich spüre auch jetzt noch seine Finger, die mir beruhigend durch die Haare gefahren sind und Kreise in den Nacken gezeichnet haben.

Ich nehme seine blutverklebte Hand in meine, damit er sich nicht das Gesicht zerkratzt, und küsse seine Wunde. Mit dem Daumen streiche ich sanft über seine Handfläche, küsse nacheinander die Fingerspitzen.

Er seufzt leise und kuschelt sich in die Bettdecke.

Es ist Zeit, dass ich mich für seine Hilfe revanchiere. Ich stehe auf. Die Glieder schmerzen und in meinem Kopf dreht sich alles. Ich stöhne und schleppe mich ins Bad. Den Blick in den Spiegel vermeide ich und putze mir die Zähne, um den bitteren Geschmack zu vertreiben. Ich wasche das Gesicht und verlasse das Bad.

Auf dem Balkon hängen meine vollgekotzten Sachen. Theo hat sie gewaschen. Ich fahre mir durchs Haar und laufe zum Musikzimmer. Die zerbrochene Tür lehnt an der Wand, der Mülleimer ist leer und die Fenster stehen weit offen. Frische Luft strömt in den Raum.

Ich schüttle ungläubig den Kopf. Wann hat Theo das alles aufgeräumt?

Bis auf die kaputte Tür erinnert nichts mehr an meinen Zusammenbruch. Ich entdecke sogar das Handy auf dem Schreibtisch, das ich gestern in eine Ecke geworfen habe.

Mit Smartphone und einem kleinen Arztkoffer laufe ich zurück und kümmere mich um Theos verletzte Hand.

Er schläft seelenruhig. Ich halte das Ohr über seinen Mund, überprüfe, ob er atmet. Puhh ...

Ich hocke mich neben ihn. Leicht gewellte Haarsträhnen fallen über seine von einem langen Wimpernkranz umrahmten Augen. Sein Mund ist geöffnet und er schnarcht leise. Ich streichle seine Stirn. In meinem Herzen sammelt sich eine Woge der Zuneigung. Es ist ein Wunder, dass er immer noch bei mir ist.

Um ihn nicht zu wecken, beschäftige ich mich mit dem Handy. Ich ignoriere ein paar Nachrichten von meinen Freunden. Noch kann ich mich ihnen nicht stellen. Aber das werde ich.

Ich öffne den Internetbrowser und tauche in die Abgründe des Netzes ab. Das ist nicht gut für mich, aber ich kann nicht anders.

Überall kursieren Fotos von Theo und mir. Nicht nur von dem Konzert im letzten Jahr, sondern auch aus vergangenen Jahren. Ich bin froh, dass er nicht der Mensch ist, der sich gerne in der Öffentlichkeit aufhält. So sind die Bilder von ihm nur bei Auftritten oder genehmigten Interviews entstanden.

Doch die Fotos von uns zusammen zeigen andere Seiten. Private, intime Momente. Und beschissener als die Bilder sind die Kommentare, auch von seinen Fans:

> If JJ destroys our piano god we'll destroy him.
>
> We can't let JJ lead someone to their downfall again.
>
> JJ still owes us talk and answer about what happened to Shin over two years ago.
>
> Shin has been dead for two years. We still don't know why.
>
> Will the same thing happen to Park Tae-Won?
>
> What a monster!!

Mein Magen rebelliert und ich beiße mir auf die Zunge.

»Was liest du da?« Theo nimmt mir das Telefon aus der Hand.

Überrascht drehe ich mich zur Seite. Er sitzt aufrecht und beobachtet mich mit zusammengekniffenen Augenbrauen.

Ich öffne den Mund, doch die Worte bleiben aus.

Er schaut auf den Bildschirm und überfliegt die Kommentare. Seine Fingerknöchel sind blass, so fest hält er das Handy. Er presst die Lippen aufeinander, bis die Farbe aus ihnen entweicht.

»Du weißt doch, dass 99% der Nachrichten Lügen sind.« Sein Körper bebt und er legt das Telefon auf die andere Seite neben sich. Dann kratzt er sich am Hals.

»Oh!« Er schaut auf die verbundene Hand. »Danke!«

Ich lasse den Kopf hängen. »Bedank dich nicht bei mir. Nur meinetwegen bist du verletzt.«

»Yong-Joon.« Seine Stimme stolpert über meinen Namen. »Sieh mich an. Bitte.«

»Es tut mir leid.« Ich wage es nicht, ihn anzuschauen. »Ich bin schuld.«

Er berührt sanft mein Kinn, zwingt mich, den Kopf zu heben. Mit der verletzten Hand umfasst er meine Wange.

Ich blicke auf. In seinen Augen spiegeln sich nur Sorgen und Angst wider. Die Angst, die sich schon so lange wie ein Stein auf meine Brust legt und es mir schwer macht, zu atmen oder vorwärts zu gehen.

»Was tut dir leid, Yong-Joon?«

»Die Artikel, die Fotos von uns. Die schrecklichen Kommentare. Dein Ausschlag.« Ich streiche über die roten Flecken an seinem Hals. »Alles ist meine Schuld. Ich hätte es besser wissen müssen. Ich hätte uns besser beschützen müssen.«

So wie du Shin hättest beschützen müssen, wispert die hässliche Stimme in meinem Kopf, doch du hast es nur schlimmer gemacht.

Salzige Tränen laufen mir über die Lippen, bevor Theos Daumen sie auffängt. Er sucht meinen Blick.

»Yong-Joon.« Er schließt kurz die Augen. »Hast du die Artikel geschrieben?«

Ich schüttle den Kopf.

»Hast du die Bilder geschossen und ins Netz gestellt?«

»Nein, aber …«

»Okay«, er nickt vor sich hin, »und hast du einen der Kommentare geschrieben?«

»Nein, aber ich hätte es wissen sollen!« Ich schiebe ihn von mir. »Ich hätte all das kommen sehen müssen!«

So wie ich damals alle Konsequenzen hätte erkennen müssen.

Mein Herzschlag und mein Atem beschleunigen sich.

Ich greife mir an die Brust.

Ich bin schuld. Ich bin schuld. Ich bin schuld.

Die Dunkelheit ist zurück.

SHOW ME ALL YOUR DEMONS

Theo

Seoul, März 2021

Yong-Joon sitzt keuchend neben mir auf dem Bett und krallt die Finger in seinen Pullover.

Ich versuche sie zu lösen, doch er schiebt mich weg. »Yong-Joon.« Meine Stimme zittert. Wie oft habe ich seinen Namen in den letzten Stunden genannt? »Du machst mir Angst.«

Ich weiß nicht, wie lange ich die Fassung bewahren kann. In meinem Magen dreht sich alles. Klumpt sich langsam, fast schleichend zusammen.

Und neben der Angst spüre ich etwas anderes ...

Yong-Joon schnieft und ich umfasse seine Hände mit meinen, verdränge das unangenehme Gefühl. »Rede bitte mit mir.«

Er blickt auf und in den schwarzen Augen glänzen Tränen. Seine Wangen sind feucht. »Ich habe Angst.«

»Wovor?« Ich schlucke hart.

»Dass du mich hasst.« Sein Weinen geht mir durch Mark und Bein.

Ich ziehe ihn in meine Arme. »O Himmel, warum sollte ich dich hassen?«

»Weil ich gelogen habe«, stößt er unter Tränen hervor und sein Schluchzen wird immer heftiger. Er presst sein Gesicht an meine Brust.

»Beruhige dich erst einmal.« Ich streiche über seinen Rücken. Atme selbst tief ein und aus. »Dann lass uns reden.«

»Ich hätte auf Ji-He und Ha-Neul hören sollen«, murmelt er an meiner Schulter. »Es ist alles meine Schuld.«

»Yong-Joon, bitte.« Das dumpfe Gefühl in der Magengegend ist zurück, ballt sich zusammen. Ich werde noch verrückt. »Rede mit mir. Du kannst mir jetzt alles erzählen. Egal, was es ist, ich hasse dich nicht. Okay?«

Er löst sich von mir, nur seine Hand bleibt an meiner Brust liegen, als bräuchte er die Verbindung zwischen uns.

»Wirklich?« Er reibt sich über die verquollenen Augen.

Ich schlucke gegen den Kloß im Hals an. »Wirklich.«

Er seufzt schwerfällig, atmet tief durch. »Seit ich denken kann, will ich Musik machen. Irgendwann habe ich dann von einer Agentur gehört, die Minderjährige als Trainee aufnimmt.« Er krallt mir seine Finger in die Brust. »Deshalb habe ich Busan verlassen und bin nach Seoul gekommen, wo ich dann mit anderen Jungs zusammenlebte. Ha-Neul kennst du schon. Mit drei weiteren Trainees hat sich unsere Band gebildet.«

»Ich erinnere mich, deine Eltern wollten, dass du Medizin studierst.« Ich spanne die Muskeln am Hals an und presse die Lippen aufeinander.

»Genau. Natürlich besuchten wir die Schule, bekamen aber extra Musikunterricht, Tanztraining und Stimmbildung. Wir waren dabei immer zusammen. Jae-Ho, Ha-Neul, Min-Ho und Shin.« Er kaut auf der Innenseite seiner Wange herum und sein Blick verschleiert sich.

Shin.

Das ist der Name aus den Artikeln.

»Sie wurden zu deiner Familie«, flüstere ich.

»Ja. Nach dem Debüt unserer Band hatten wir schnell sehr viel Erfolg. Wir wurden so bekannt, dass wir weltweit Konzerte gaben.« Yong-Joon hält inne und schließt die Augen. Sein Kopf fällt in den Nacken und er reibt sich über die Brust.

In meinem Kopf rattert es. Erinnerungen und Ereignisse verbinden sich klickend.

»Sag mal, wie hieß die Band?« Ich ziehe die Beine an und trommle mit den Fingern auf meinem Oberschenkel herum.

Nervös. Angespannt.

»*The Sun and The Stars*.« Er streckt die Arme hinter sich und stützt sich auf der Matratze ab. »Ah, das war eine aufregende Zeit. Wenn ich in die strahlenden Augen der Fans geschaut habe ... ich habe es nie bereut.«

Der Bandname zergeht mir auf der Zunge. Was entgeht mir? Ich presse zwei Finger gegen meine pochende Schläfe. Lisas Stimme ploppt in meinen Gedanken auf.

Heute ist der Todestag von einem der Band-Mitglieder.

Vor zwei Jahren ist er gestorben.

Wir Fans hätten schon gerne Klarheit.

Etwas rastet ein.

The Sun and The Stars ist die Band! Die Band, zu der mich meine Schwester vor all den Jahren mitgeschleppt und deren Namen ich vergessen hatte.

Ich starre Yong-Joon an. Mein Herz rast.

Er öffnet seine Augen und sucht meinen Blick. Seine Mundwinkel sind nach unten gezogen und die Unterlippe zittert. Er sieht unendlich traurig aus.

»Mit der Zeit lernten wir die Schattenseiten des Ruhms kennen«, fährt er fort und reibt sich übers Gesicht. »Wir waren überall bekannt, konnten oftmals das Haus nicht verlassen, ohne erkannt zu werden. Außerdem war unser Erfolg an Verträge gebunden, die wir einhalten mussten.«

Ich bohre meine Fingernägel in den Oberschenkel. »Das kenne ich selbst.«

Er atmet tief durch und richtet sich wieder auf. »Irgendwann kamen die ersten Gerüchte auf. Die Fans waren völlig wild darauf, Shin und mich zusammen zu sehen.«

»Das passiert auch heute noch oft.« Ich spanne die Schultern an und beiße mir auf die Zunge. »Gerade bei Boybands und jungen Schauspielern.«

»Ja. Das kommt häufig vor und wäre kein Problem gewesen.« Er greift an mir vorbei, schnappt sich sein Telefon und wischt auf dem Display herum. »Hier, das haben sie damals im Netz geschrieben.« Er hält es mir vors Gesicht.

Ich nehme ihm das Handy ab und betrachte das Bild von einem jungen Musiker mit pinken Haaren.

Ich schnappe nach Luft. Keine Frage ... das ist er. Ich erinnere mich. An damals, an seine Präsenz auf der Bühne. An meinen Sänger. Fast übersehe ich den anderen Jungen neben Yong-Joon. Das muss Shin sein.

Ich überfliege die Kommentare unter dem Foto.

> Shin and JJ are such a cute couple!
>
> I hope they're dating.
>
> I couldn't imagine a better couple.
>
> Aww!!! In this photo they're holding hands!! So sweet!!

Mein Magen rebelliert und ich presse eine Hand auf den Bauch. Bittere Galle gemischt mit einer Portion Wut und irgendwie auch Eifersucht krabbelt die Speiseröhre hoch.

Ich reiche Yong-Joon das Telefon. »War was dran? An den Gerüchten?« Ich knibble am Verband. Auf meiner Zunge sammelt sich ein saurer Geschmack und ich schlucke schwer. Halte den Atem an.

Er schüttelt den Kopf. »Nein. Wir waren beste Freunde.« Tränen rinnen über seine Wangen. »Shin, er war wie ein Bruder für mich und bedeutet mir immer noch viel.«

Die angehaltene Luft zischt zwischen meinen Lippen hervor und die Schultern sacken nach unten. »Okay ...« Ich kratze mich am Hals. »Okay.«

Yong-Joon reibt sich über den Oberarm und ringt sich ein Lächeln ab. »Ja ... die Gerüchte um uns hielten sich hartnäckig viele Monate. Alle Fan-Foren waren voll mit Bildern und Fanfictions von uns.« Er stockt. Seine Stimme ist rau und zittrig. »Es wurde so schlimm, dass unser Manager uns verbot, zusammen zu einem Konzert zu fahren.«

Mit jedem seiner Worte brodelt es mehr in mir. Ich balle die Hände zu Fäusten und spanne den Kiefer an.

»Die Fans beobachteten wie Stalker jede kleine Bewegung von uns. Egal, was wir gemacht haben, am nächsten Tag waren davon Fotos im Netz zu finden.« Er redet sich richtig in Rage. Sein Gesicht ist rot und glüht förmlich. »Ich habe bis heute keine Ahnung, wie die Leute an die ganzen privaten Fotos gekommen sind. Die scheinen zu denken, dass man als Person des öffentlichen Lebens seine Rechte auf ein Privatleben komplett aufgibt.«

Ich will die Menschen finden, die sich so in die Privatsphäre von meinem Freund gedrängt haben. Keinen Schimmer, was ich tun würde, aber sie sollten wissen, was sie angerichtet haben. Ich bohre die Fingernägel tief in meine Handflächen.

»Warum sind Menschen so widerlich?« Die Worte kommen kaum zwischen meinen zusammengepressten Zähnen hervor.

Ich atme mehrfach tief durch, bringe den aufwallenden Zorn unter Kontrolle. Dann beuge ich mich vor und ziehe Yong-Joon in eine Umarmung. »Es tut mir so leid, dass euch das passiert ist.«

Er schlingt die Arme um meinen Hals und vergräbt die Finger im Haar. »Wir hätten das ertragen, aber dann haben die Kommentare Ji-He angegriffen.«

Ich neige den Kopf und ziehe die Brauen zusammen. »Ji-He?«

Er löst sich von mir. »Sie und Shin waren ein Paar. Aber ihre Liebe wurde durch die Anonymität des Internets und durch die hasserfüllten Kommentare zerstört.«

Er reicht mir das Handy. Ein weiterer Screenshot:

> Who is this bitch who tears our favorite couple apart?!
> She is so ugly!
> How can Shin hang out with someone like her?! Slut!
> Shin belongs to JJ! She should go away!!

Ich ramme die Faust in die Matratze. »Das wird ja immer schlimmer.« Meine Hand zittert und mit ihr das Telefon. »Warum sind Menschen so?« Ich könnte kotzen, will losrennen und all die Leute finden, die solche beschissenen Kommentare schreiben.

Keep cool, Theo, stay calm. Ich reiße mich zusammen, damit Yong-Joon seine Geschichte beenden kann.

»Menschen sind Monster.« Er legt sich eine Hand aufs Herz. »Und trotz allem hat Ji-He durchgehalten. Sie hat Shin so sehr geliebt, tut es noch. Sie war so stark, hat sich von den furchtbaren Beleidigungen nicht abschrecken lassen.«

»Sie ist eine tolle Frau.« Ich atme durch und löse die Faust. In meinem Kopf setzen sich die Puzzleteile zusammen. »Und eine klasse Mutter für Shi-Won.«

In Yong-Joons Augen glänzen Tränen. »Shi-Won, der seinen Vater nie kennenlernen wird.« Er wischt auf dem Handy, das ich umklammere, herum. »Shin wurde zum Sündenbock für alles. Er war das neue Ziel der ›Fans‹.«

Ich blicke auf den Screenshot. Unter einem Bild von Shin sind etliche Kommentare zu sehen.

> Liar! Cheater! He plays the happy couple with JJ in front of
> the cameras, but cheats on our sweetheart with that slut.
> Shin should leave the band! He doesn't deserve us to be his
> fans. We don't support such a liar. Why doesn't he just die?

Mit voller Wucht schmeiße ich das Handy vom Bett. Es landet mit einem splitternden Geräusch auf dem Schlafzimmerboden.

»Jetzt mal ernsthaft, warum hast du den Scheiß gespeichert?« Ich schnaufe, kralle meine Hand in die Bettdecke.

Er zuckt mit den Schultern, sein Kopf kippt nach vorne. »Ich weiß nicht. Vielleicht weil ich nie vergessen will, was passiert ist.« Er schlingt die Arme um seinen Körper, wiegt sich vor und zurück. »Damit es nie wieder passiert. Aber das ist es. Und all das ist meine Schuld.« Tränen tropfen auf seine Hände.

»Menschen sind scheiße, aber das ist nicht deine Schuld.« Ich spreize die Finger über seinem Rücken und streichle ihn. »Du bist nicht verantwortlich für die Handlungen anderer.«

»Doch! Dafür schon!« Er verbirgt sein Gesicht zwischen den Knien. »Wäre ich nicht so, wie ich bin, dann wären die Gerüchte nicht entstanden.«

»Es ist egal, wie du dich verhältst. Die Menschen finden immer etwas, was sie aufbauschen können. Sie sehen das, was sie sehen wollen und machen daraus etwas Großes.«

Er wiegt sich weiter hin und her. »Ich trage die Schuld! Ich allein!«

»Ich verstehe nicht, warum du das denkst«, flüstere ich, reibe weiter über seinen Rücken, weiß mir nicht anders zu helfen.

Sein Kopf schießt nach oben. Mit blutunterlaufenen Augen starrt er mich an, die Unterlippe zittert. »Weil ich dem Management zugestimmt habe, die Gerüchte nicht zu dementieren. Es war ein Push für unsere Band, die damals ein Tief hatte.«

Sein ganzer Körper bebt wie verrückt. »Weil ich trotzdem auf der Bühne seine Hand gehalten habe, wenn es mir schlecht ging. Weil ich mich an ihn gelehnt habe, wenn mir all der Stress zu viel wurde. Weil ich mich auf ihn verlassen habe. Ich habe das getan! Nur ich!«

Die Worte treffen mich unvorbereitet. Die Hand rutscht von seinem Rücken. Ich klatsche mir gegen die Wangen, um nicht den Kopf zu verlieren.

Bleib ruhig, Theo. Fall nicht auseinander.

»Das war ...«, ich blicke an die Decke und suche nach passenden Worten, »... vielleicht nicht die allerbeste Idee.«

Yong-Joon schluchzt heftig und kratzt sich über den Handrücken.

»Aber ...«, ich umfasse seine Finger, »... du konntest nicht ahnen, welche Folgen das haben wird.«

»Eine Sache werde ich mir nie verzeihen.« Er stiert auf einen Punkt hinter mir, als hätte er meine Worte und Gesten gar nicht registriert. »Ich habe nicht geahnt, dass Shin sich umbringen will.«

WHEN THE SUNSHINE DISAPPEARD

Yong-Joon

Seoul, Juni 2018

»Lasst uns an der Stelle einen anderen Akkord verwenden.« Ha-Neul deutet auf das Ende der dritten Strophe.

»A-Moll wäre passend.« Ich stimme den Dreiklang auf meiner Gitarre an.

Die Jungs nicken und wir spielen einen neuen Durchgang. Ich drehe mich zu ihnen um.

Min-Ho zupft lustlos an seinem Bass herum und starrt an die weiße Wand des Probenraums. Neben ihm schrammt Jae-Ho über die Saiten seiner Gitarre. Die Töne sind harmonisch und richtig, aber das Gefühl bleibt aus. Shin gibt mit der Bass Drum den stetigen Rhythmus des Liedes vor. Sein Kopf ist gesenkt und er starrt auf die Hi-Hat.

Ich greife daneben und fluche laut.

»Lasst uns aufhören, okay?« Jae-Ho streckt sich und knackt mit den Fingern. Die Gitarre hängt locker um seine Schultern.

Das Wummern der Bass Drum hallt durch den Raum.

»Yo, ich habe eh keinen Bock mehr.« Min-Ho stellt seinen Bass zur Seite. »Bei dem ganzen Scheiß, der im Internet kursiert, will ich das Konzert nicht geben.«

Mein Magen zieht sich krampfhaft zusammen und ich beiße mir auf die Wange.

Ha-Neul wirft Min-Ho vom Keyboard einen warnenden Blick zu. »Sei leise.«

Der stetige Beat verklingt mit einem letzten Zing der Hi-Hat.

Wir wenden uns zu Shin. Er legt die Drumsticks auf die Snare Drum.

»Was ist?« Auf seinen Lippen bildet sich ein Lächeln, doch seine Augen bleiben ausdruckslos.

Ein bitterer Geschmack erfüllt meinem Rachen. Ich mache eine abwinkende Handbewegung. »Nichts, nichts. Wir wollen für heute Schluss machen und uns etwas Pause vor dem Konzert gönnen.«

»Okay, klingt gut.« Shin streift sich seinen Kapuzenpullover über und vergräbt die Hände in der Bauchtasche. »Was macht ihr an den freien Tagen?«

»Familie besuchen.« Min-Ho packt seinen Bass in die Gigbag.

Jae-Ho nickt und verstaut seine Gitarre im schwarzen Koffer. Die losen Notenblätter stopft er zusammengeknittert dazu.

Ha-Neul räumt seine Noten zusammen. »Yong-Joon und ich bleiben in unserer Wohnung.«

Ich löse den Gurt meiner Gitarre und stelle sie in den Ständer. Hinter mir knarrt es leise und ich drehe mich um.

Shin schlüpft in die Jeansjacke. Sein Gesicht ist bleich und mir schmerzt das Herz, ihn so zu sehen. In dem Wissen, dass ich daran Mitschuld trage.

»Was möchtest du machen?«, frage ich ihn und presse die Lippen aufeinander.

Er steckt sich die Drumsticks in die hintere Hosentasche und meidet meinen Blick. »Ich treffe mich mit Ji-He.«

Ich presse die Fingernägel in die Handfläche und schlucke die Galle herunter.

»Macht euch eine schöne Zeit.« Ha-Neul klemmt sich die blond gefärbten Haare mit einer Spange zurück. »Sammle ein wenig Kraft.«

Als ob man so einfach vor der Realität fliehen kann ...

»Wir hauen dann mal ab.« Jae-Ho hält den Gitarrenkoffer in der Hand. »Wir sehen uns beim Konzert.«

Min-Ho steht mit der Gigbag auf dem Rücken neben ihm und setzt sich eine Sonnenbrille auf. »Haltet die Ohren steif!«

Ha-Neul schultert seinen Rucksack und verabschiedet Jae-Ho und Min-Ho mit einer Umarmung. Ich drücke die beiden ebenfalls. Shin kommt hinter den Drums hervor und zieht sie in seine Arme. Winkend verlassen die zwei den Probenraum.

»Ich gehe dann mal.« Shin umarmt Ha-Neul, der ihm auf den Rücken klopft. Sie lösen sich voneinander und ich schließe Shin in die Arme.

»Wir sehen uns«, murmelt Shin an meinem Ohr. Seine Stimme klingt ganz dünn.

Es tut mir leid, will ich sagen. Es tut mir leid, wie all das gelaufen ist. Mit den Gerüchten, dem Management ...

Alles.

Aber ich sage nichts dergleichen.

»Bis nächste Woche.« Ich umarme ihn fest und er erwidert die Geste noch stärker.

Er drückt meinen Arm und verlässt mit einem Lächeln auf den Lippen den Raum.

»Die Haare sind trocken wie Stroh.« Ich fahre mir durch die spröden Strähnen. »Das kommt von dem ewigen Färben.«

»Tja ... steht leider im Vertrag.« Ha-Neul beugt sich über meinen Kopf und klatscht mir eine rosafarbene Paste in die Haare.

Ich schnaube und halte einen nassen Waschlappen vor meine Augen. »Am liebsten würde ich einmal alles abrasieren, damit sie wieder gesund nachwachsen.«

»Den Look würde ich gerne sehen.« Er lacht und sein Körper vibriert an meinem Rücken. »Und jetzt halt still.«

Es dauert eine halbe Ewigkeit, die Farbe in jeder einzelnen Strähne zu verteilen. Mit einem Turban sitze ich auf dem Sofa und warte, dass das Zeug einzieht. Meine Kopfhaut brennt und juckt.

»Wie lange noch?« Ich kratze mich am Nacken und wische die verfärbten Finger an der Hose ab.

Ha-Neul checkt seine Armbanduhr. »Fünf Minuten.«

»Scheiß auf die paar Minuten.« Ich stehe auf und stampfe zum Badezimmer. Das Handtuch fliegt in die Ecke und ich strecke den Kopf unter die Dusche. Lauwarmes Wasser fließt über die Haare. Ich rubble so lange an ihnen herum, bis das Wasser nicht mehr rosa ist und die Strähnen unter meinen Fingern quietschen. Schnell föhne ich mir die Haare, die sich jetzt noch strohiger und spröder anfühlen als vor dem Färben.

Zurück im Wohnzimmer falle ich ächzend auf den Boden.

Mein Handy schrillt.

Ich greife danach und klemme es mir zwischen Ohr und Schulter. »Hi, Ji-He, was gibt's?«

»Hi, sag mal ... äh – hm ... ist Shin bei euch?« Ihre Worte klingen abgehackt.

»Ich dachte, ihr verbringt die Zeit zusammen.« Ich richte mich auf, umfasse das Telefon mit der Hand.

»Nein. I ... ich dachte, er ist ... äh - hm ... bei euch.« Ji-He atmet hektisch in den Lautsprecher und in der Leitung knistert es. »Aber ich erreiche ihn seit zwei Tagen nicht mehr.«

»Was?« Ich tippe Ha-Neul, der mit gegenüber auf dem Boden hockt und ein Handyspiel zockt, gegen ein Bein. Dann schalte ich auf laut. »Wann haben wir Shin das letzte Mal gesehen?«

Ha-Neul zuckt mit den Schultern. »Ich glaube, bei der Probe.«

»Ich mache mir Sorgen.« Ji-He zieht die Nase hoch und schluchzt. »Die schrecklichen Kommentare in den Foren nehmen kein Ende.«

»Vielleicht wollte er mal für sich sein.« Ha-Neul widmet sich wieder seinem Smartphone.

Plötzlich erstarre ich. Ein unangenehmer Schauer rauscht mir eiskalt den Rücken herunter. Mein Herzschlag setzt aus. Ich umklammere das Handy so fest, dass es schmerzt. »Sagt mal ... war es nicht seltsam, wie fest er uns alle beim Abschied umarmt hat?«

Meine Stimme zittert.

Ha-Neuls Kopf schreckt nach oben. Seine Augen weiten sich. »Das kann nicht sein, oder?«

Ich fasse mir an die Brust. »Ji-He! Wir holen dich ab! Lass uns alle Hotels in der Umgebung absuchen!«

O bitte nicht.

Ha-Neul steuert seinen Van durch die Stadt. Ji-He und ich telefonieren mit sämtlichen Hotels im Umkreis. Der Wagen ruckelt bei jeder Kurve.

Natürlich würde Shin nie unter seinem wahren Namen einchecken, dafür ist er zu bekannt.

Ji-He presst das Handy ans Ohr. »Sun Shine? Und er hat vor zwei Tagen eingecheckt? Okay ... ja ... danke!«

»Das klingt nach ihm.« Ich lasse das Telefon sinken und tippe die Hoteladresse in das Navi ein. Meine Finger sind nass geschwitzt und mir ist speiübel.

Shin ist unser Sonnenschein – bis die Gerüchte anfingen, sein Lächeln auszulöschen.

»Bitte, beeil dich.« Ji-He sitzt hinter uns und schluchzt unaufhörlich. Ihre Hände klammern sich um die Nackenlehnen der Vordersitze.

Ha-Neul tritt das Gaspedal durch und rast durch die vollen Straßen. Er trommelt mit den Fingern aufs Lenkrad und schimpft vor sich hin. »Aus dem Weg!«

Er schlängelt sich an langsamen Autos vorbei und steuert auf den Hotelparkplatz zu. Mit quietschenden Reifen bringt er den Van zum Stehen.

Ji-He springt aus dem Wagen, obwohl er noch rollt.

Ich folge ihr, knalle die Tür zu und renne in die Hotellobby. Klackernde Schritte künden Ha-Neul hinter uns an.

Ji-He gibt sich als Shins Frau aus und wir bekommen den Schlüssel.

Wir sprinten durch die Empfangshalle, warten nicht auf den Aufzug und hetzen das Treppenhaus hoch. Meine Lunge brennt, doch das ist nichts gegen den Schmerz meines Herzens.

Keuchend erreichen wir das Hotelzimmer. An der Türklinke hängt ein Bitte-nicht-stören-Schild. Ha-Neul schließt mit bebenden Fingern die Tür auf und wir quetschen uns gleichzeitig in den Raum. Von Shin ist keine Spur zu sehen.

»Shin?!«, brüllt Ji-He unter Tränen.

Wir teilen uns auf, klappern die Räume ab.

»Shin!« Ha-Neuls laute Stimme ertönt, dann ein Hämmern. »O Gott, ich glaube, er ist hier.«

Wir stürmen zur verschlossenen Badezimmertür.

Ich werfe mich dagegen.

Nichts tut sich.

Ji-He steht blass neben uns. Sie starrt auf den Spalt zwischen Tür und Boden. »Was ist ...?« Ihre Stimme bricht.

Wir schauen nach unten. Eine hellrote Flüssigkeit sickert unter dem Spalt hervor.

»Scheiße!« Ich rüttle vergeblich an der Türklinke.

»Weg da!« Ha-Neul stellt sich breitbeinig vor die Tür, hebt das Bein und tritt mit voller Wucht seitlich unterhalb der Klinke dagegen.

Es knarrt und knarzt.

Er rammt den Fuß ein zweites Mal auf die Stelle.

Holz splittert und die Tür fliegt in Richtung Bad auf. Wir stürmen hinein.

Shin liegt in der Badewanne voller Wasser. Rotes Wasser.

Ji-He schreit herzzerreißend. Ihr Schrei geht mir durch Mark und Bein.

Shins Körper ist kalkweiß. Kalt und starr.

Unsichtbare, eisige Finger legen sich an meine Kehle. Drücken zu.

Shins Lippen liegen unter Wasser.

Ich greife mir an den Hals. Ein saurer Geschmack setzt sich auf der Zunge fest. Ich würge und presse die Hand auf den Mund.

Ji-He bricht weinend zusammen. Sie umklammert ihren Körper mit den Armen, schreit unaufhörlich.

Ich will mich bewegen. Es geht nicht. Meine Füße sind wie festgefroren.

Unentwegt starre ich auf Shin. Sein rechter Arm hängt leblos über dem Badewannenrand. An seinen Pulsadern klebt getrocknetes Blut. Auf dem Boden liegt ein Messer.

Ich beuge mich vor. Übergebe mich auf die Schuhe. Meine Beine geben nach. Ich breche neben Ji-He zusammen.

»Shin!« Ji-He krabbelt durch den roten See vor der Badewanne. »O Shin.« Sie umklammert sein rechtes Handgelenk. Ihr ganzer Körper bebt und sie schluchzt heftig.

Plötzlich steht Ha-Neul neben ihr, umfasst ihre Schultern. Sie sinkt an seine Brust und weint.

»Shin ...«, flüstere ich, stehe auf, stolpere durch das Erbrochene zur Badewanne. Mit zitternden Händen greife ich nach Shins Gesicht, ziehe ihn über Wasser.

Es ist kalt und starr.

»Bitte. Du darfst nicht sterben.« Ich taste unkontrolliert nach seinem Puls. »Bitte, sei nicht tot ...«

Das Pochen an seinem Hals bleibt aus.

Ich presse die Stirn an seine. »Atme ... bitte ... atme ...«

Tränen strömen mir über die Wangen. Mein Herz zieht sich schmerzhaft zusammen. Dunkelheit breitet sich in mir aus.

Unser Sonnenschein hat diese Welt verlassen.

Und ich bin schuld.

Ich atme heftig ein und aus. Keine Luft gelangt in meine Lungen.

Dann kippe ich weg.

ALL I CAN DO IS TO BE HERE

Theo

Seoul, Anfang März 2021

»Hier, versuch, etwas zu essen.« Ich setze mich neben den frisch geduschten Yong-Joon aufs Sofa. Beim Anblick seiner verquollenen Augen schnürt sich mein Herz zusammen. Es schmerzt, ihn so zu sehen. Seine Geschichte liegt mir schwer im Magen.

Er nimmt mir den Reisbrei ab. »Danke.« Langsam schiebt er sich einen vollen Löffel in den Mund.

Ich lege den Arm um seine Schultern, habe Angst, dass er zusammenbricht, wenn ich ihn nicht berühre. Hinter meiner Stirn pocht es laut und seine Erzählungen fluten meine Gedanken. Ich massiere mir die Schläfe.

»Sag mal, damals in Japan, als wir uns durch die Wand kennengelernt haben«, ich reibe mir übers Gesicht, »haben dich da die Albträume wachgehalten?«

Er nickt und stellt die Schüssel auf den Couchtisch. »Ich träume immer von dem Moment, als wir Shin gefunden haben.«

Ich ziehe Yong-Joon an der Schulter näher zu mir und lege die Schläfe auf seinen Kopf. »Und, hast du mal darüber nachgedacht, professionelle Hilfe in Anspruch zu nehmen, um deine ganzen Gedanken und Emotionen zu verarbeiten?«

Ich weiß nicht, ob ich mit dieser Frage eine Grenze überschreite. Aber ich bin sein Freund und will, dass es ihm besser geht.

Er lässt den Kopf hängen. »Nicht wirklich. Obwohl meine Freunde und ich sogar eine Organisation gegründet haben, die einen Raum für trauernde Menschen schafft.« Er knetet seine Finger ineinander. »Aber ich weiß nicht ...«

»Das ist eine gute Sache.« Ich lege die Hand auf seinen Oberschenkel und drücke ihn sanft. »Dann habt ihr dort Psychologen, oder?«

»Ja, aber die Agentur und das Management haben uns damals unterschreiben lassen, dass wir den ... Selbstmord«, seine Stimme bricht und er räuspert sich, »nicht an die Öffentlichkeit bringen.«

»Das ist doch schwachsinnig.« Ich nehme seine verkrampften Hände in meine, halte sie fest. »Außerdem haben Ärztinnen und Ärzte eine Schweigepflicht. Niemand wird etwas erfahren.«

Er nickt. »Ja, das ist mir bewusst. Ich denke darüber nach.«

»Mach das, ich würde dich dabei unterstützen.« Ich drehe den Kopf und küsse ihn auf die Schläfe. »Ich gehe nicht weg.«

Das unangenehme Gefühl in meiner Magengegend verdränge ich.

»Wirklich?« Mit seinen blutunterlaufenen Augen schaut er zu mir.

Ich seufze und schlucke gegen den Kloß im Hals an. Warum glaubt er mir nicht?

»Ja, du bist mir so wichtig«, murmle ich und hauche einen Kuss auf seine Wange. »Wie soll ich gehen, wenn mein Herz bei dir sein will?«

Ich wende den Oberkörper in seine Richtung, beuge mich vor. Unsere Nasenspitzen berühren sich. Seine kalt, meine warm.

In seinen Körper kommt Bewegung. Er umfasst mein Gesicht mit den Händen. Langsam streicht er mit dem Daumen über meine Unterlippe.

Ich fokussiere seinen Mund. Unser Atem vermischt sich. Der linke Arm wandert von Yong-Joons Schulter zu seinem Nacken.

»Dann bleib«, flüstert er an meinen Lippen, »bleib bei mir. Bitte.«

Er überbrückt die letzten Millimeter zwischen uns, küsst mich. In dem Augenblick der Zuneigung verschwinden all die Gedanken, als ob sie nie existiert hätten. Ich greife in seine Haare und neige den Kopf, vertiefe den Kuss. Unsere Zungenspitzen tanzen miteinander zu einer Melodie, die nur wir in unseren Herzen hören.

Yong-Joon reißt an meinem T-Shirt und zieht es mir über den Kopf. Er greift nach meinen Unterarmen und schon sitze ich auf seinem Schoß. Seine Erregung drückt sich gegen mich.

Ich stöhne und lehne mich vor. Unsere Oberkörper reiben aneinander.

»Bleib ...«, murmelt er zwischen zwei feuchten Küssen, »bei mir.«

Mein Körper brennt, steht in Flammen. »Ich gehe nicht. Ich bleibe.« Ein kehliger Laut entfährt mir. »Ich bin dein.«

Unsere Lippen prallen aufeinander. Ich lecke mit der Zunge über seine und genieße den betörenden Geschmack des Moments.

Seine Hände sind jetzt überall auf meinem nackten Oberkörper, lassen angenehme Stromstöße durch den Körper zucken.

Ich mache es ihm nach, streiche sanft über seinen Bauch. Mit den Fingern wandere ich unter seinen Pullover bis zum Rippenbogen.

Yong-Joon atmet zischend ein.

»Okay?« Ich löse mich kurz von ihm, suche nach seinem Blick.

Seine Augenlider sind halb geschlossen, sein Atem geht schwer.

Er nickt. »Okay.«

ALL THE FEELINGS IN YOUR SOUNDS

Yong-Joon

Theo ist noch da. Ich spüre ihn. Er liegt halb auf mir, seine Hand ruht auf meiner nackten Brust.

Er ist da.

Sanft streiche ich ihm durch die verschwitzten Haare. Die Spitzen kräuseln sich. Ich beuge mich vor und küsse seine Stirn.

»Mhh ...« Er kuschelt sich an mich und schiebt das Bein über meine Oberschenkel. Noch immer trägt er meine Jogginghose, die sich um seine Waden spannt.

Ich stupse gegen seine Wange. »Bist du wach?«

Er haucht kleine Küsse auf meinen Hals. »Nein ...« Er dreht sein Gesicht zu mir und lächelt.

Es ist dieses ehrliche Lächeln mit den Grübchen und den funkelnden Augen. Das Lächeln, das mein Herz zum Schlagen bringt. Natürlich schlägt mein Herz auch ohne sein Lächeln. Aber wenn er bei mir ist, fühlt es sich nach leben an und nicht mehr nur nach überleben.

Mit dem Daumen streiche ich über die Grübchen. In diesem Moment wird mir klar, dass es sich so anfühlt, sich zu verlieben. Wie ein freier Fall von einer Klippe. Berauschend, beängstigend und völlig außerhalb meiner Kontrolle. Ich beuge den Kopf und küsse Theo zärtlich auf die geöffneten Lippen.

»Hm ... wofür war das?« Er reibt mit Daumen und Zeigefinger mein Ohrläppchen.

»Nur so«, ich küsse ihn nochmal, langsam und intensiv, »weil ich dich so mag.«

Theo lächelt und seine schmale Zahnlücke blitzt auf. »Ich mag dich auch sehr.«

Unsere Lippen treffen sich und eine Hitzewelle strömt durch meinen Körper. Die Küsse sind wie ein Sturm, der über uns hinwegfegt und alles andere vergessen lässt.

Ich verliere mich in einer Welt voller Leidenschaft und Verlangen, in der unsere Lippen die einzige Sprache sind, die wir brauchen.

»Spielst du alle Instrumente, die hier herumstehen?« Theo steht in meinem Musikzimmer und macht eine ausschweifende Handbewegung. Er begutachtet die ganzen Instrumente, die auf dem Boden stehen oder durch spezielle Halterungen an der Wand befestigt sind. Bei der Geige verweilt sein Blick etwas länger und seine Augen weiten sich kurz.

»Zumindest ein bisschen.« Ich hebe den Kopf und strecke die Brust heraus. »Obwohl das für unsere Band nie bedeutsam war. Das Wichtigste waren ein gutes Aussehen und eine schöne Stimme.«

»Das gute Aussehen lässt sich nicht leugnen.« Theo streift meinen Hintern. »Ich möchte gerne mehr über die Band und eure Musik erfahren.«

Ich ziehe ihn zu einem kleinen Regal in der Ecke des Zimmers. »Wir waren eine eher traditionelle Band, weniger Tanzeinlagen als heutzutage.« Aus dem Schrank hole ich die letzten Alben hervor. Auf dem Cover sind wir mit unseren Instrumenten abgebildet und strahlen alle über das ganze Gesicht.

»Also Ha-Neul kenne ich ja.« Theo beugt sich über das Album und scannt das Cover. Er deutet auf den Keyboarder im Hintergrund. »Ist er das?«

»Ja.«

»Wow, ich habe ihn fast nicht erkannt.« Er streicht über die Platte. »Ohne die blond gefärbten Haare und mit der Brille, die er jetzt trägt, sieht er aus wie ein anderer Mensch.«

»Wir haben uns alle verändert.« Ich blinzle kurz und atme hastig ein. »Ha-Neul war unser Gruppenleader. Er nimmt sich aktuell eine Auszeit von der Musik bei seiner Familie, bevor er bald den Militärdienst antritt.«

»Verständlich, dass er eine Pause braucht.« Theo tippt auf das Cover. »Wer sind die anderen?«

»Jae-Ho spielt die Gitarre«, ich streiche über Jae-Ho, der seine Gitarre wie ein Baby im Arm hält, »und daneben steht Min-Ho mit seinem Bass. Er arbeitet jetzt als Studiomusiker, kann die Musik nicht aufgeben.«

»So wie du?« Theo legt sein Kinn auf meine Schulter.

»Ja, wir brauchen die Musik in unseren Leben«, sage ich und fahre mit dem Zeigefinger über das Album. »Und es fühlt sich gut an, dir endlich alles zu erzählen. Das hätte ich eher tun sollen.«

Kurz ballt er die rechte Hand zu einer Faust. »Danke, dass du es mir jetzt sagst.« Sein Atem streicht meine Wange und er schlingt mir von hinten die Arme um die Taille.

»Das ist Shin.« Ich deute auf den breit grinsenden Shin. Seine Haare leuchten in einem Neongrün. »Er war unser Sonnenschein, niemand hatte so ein fröhliches Gemüt wie er. Vor den Gerüchten.«

Allein bei dem Gedanken rebelliert mein Magen. Ich schlucke den sauren Geschmack herunter.

Theo dreht mich in seinen Armen zu sich herum. »Wir müssen jetzt nicht über ihn reden, wenn du dich nicht wohl fühlst.«

Ich küsse ihn auf die Wange. »Danke. Shin war mein bester Freund, der Bruder, nach dem ich mich in meiner Kindheit immer gesehnt habe.«

Sein Bild auf dem Cover löst so viele Erinnerungen in mir aus. Ich presse es zwischen Theos und meinem Körper an die Brust. Erinnerungen, die sich vor mir öffnen wie ein altes Fotoalbum. Und jede Fotografie enthält die Momentaufnahme eines Augenblicks.

Positiv wie negativ.

»Wir haben uns damals am ersten Tag als Trainees kennengelernt«, ich lehne die Stirn an Theos Schulter, »und waren seitdem unzertrennlich. Ich mein, schau dir sein Lächeln an. Sobald er einen Raum betreten hat, haben sich die Menschen ihm zugewandt wie aufblühende Sonnenblumen dem Licht.«

»Das kann ich mir gut vorstellen. Sein Lächeln ist charmant und einnehmend.« Er küsst meinen Scheitel.

»Wenn du willst, kann ich dir später mehr Fotos zeigen.« Ich hebe den Kopf und lächle. »Es wäre toll, wenn Shin für dich greifbarer wird. Immerhin war er einer der wichtigsten Menschen in meinem Leben.«

Theo schluckt und schließt kurz die Augen. Sein Griff um meine Taille wird stärker. »Okay. Und jetzt sag mal, woran arbeitest du? Ich würde gerne deine Musik hören.«

»Aktuell schreibe ich Songs für verschiedene Gruppen, aber das darf ich nicht verraten.« Ich ziehe entschuldigend die Schultern hoch. »Ich würde dir die Lieder gerne vorspielen, doch das untersagen die Verträge. Nach der Veröffentlichung findest du mein Pseudonym auf den Innenseiten der CDs.«

»Ach, apropos Pseudonym, woher kommt der Name JJ?« Er löst sich von mir und kratzt sich am Kinn. »Ich konnte den Artikeln entnehmen, dass du das bist.«

»Äh, ja, das bin ich. Die Agentur fand es passender, uns kurze Namen zu verpassen.« Ich stelle das Album wieder zurück in das Regal. »JJ setzt sich aus den beiden Js in meinem vollen Namen zusammen: Jeong Yong-Joon.«

»Jeong Yong-Joon.« Theo reibt sich über den Nacken und lächelt. »Gefällt mir viel besser als JJ.«

Ich seufze beim Klang seiner tiefen Stimme, die meinen Namen ausspricht, so sanft, so warm. »Sag das nochmal, bitte.«

»Was?«

»Meinen Namen.«

Er umfasst mein Gesicht und beugt sich vor. Seine Lippen streifen meine Ohrmuschel. Eine Gänsehaut kribbelt im Nacken.

»Jeong Yong-Joon.« Theo haucht den Namen, küsst mein Ohr. Ich schaudere.

»Das wird mein neuer Lieblingsklang.« Ich ziehe ihn am T-Shirt zu mir, lecke über seine Unterlippe.

Er stößt ein überraschtes Stöhnen aus und dann liegt sein Mund auf meinem. Seine Hände wandern von den Wangen zu meinem Hintern.

Hitze schießt mir in die Lenden und ich schiebe Theo vor mir her, bis er irgendwo gegen stößt. Mir ist es egal. Ich reibe meine Erektion an ihm, will ihm entzückende Laute entlocken.

»Ich will dich weiter küssen.« Er atmet schwer an meinen Lippen. »Aber etwas sticht mir in den Arsch.«

Widerwillig öffne ich die Augen und schaue nach unten. Sein Hintern drückt gegen die Ecke meines Keyboards. Ich lehne mich vor, will ihn wieder küssen.

Theo dreht sich um. Mit einer Hand streicht er über die Tastatur. Er zieht den Hocker zurück und setzt sich vor das E-Piano.

Langsam stimmt er eine Melodie an. Die Klänge sind geprägt von dunklen Tönen und vielen Molltonarten, die in unangenehme Dissonanzen übergehen.

Aus jedem seiner Töne höre ich die Emotionen heraus, die Theo beim Komponieren gefühlt hat. Angst, Verzweiflung und Ungewissheit. Es ist eine eindringliche Melodie, die im Schatten meines Geistes verweilt.

Ton für Ton verwandeln sich die Moll- in Dur-Tonarten. Sie werden klarer, heller. Strahlende Harmonien ersetzen die klagenden Dissonanzen. Sie erinnern mich an eine Brise, die wispernd durch ein Feld voller Gänseblümchen weht.

Ich erkenne die Melodie.

Die Abfolge der Klänge taucht in vielen von Theos Stücken auf. Und ich bin mir sicher, dass ich sie auch woanders her kenne. Mir fällt nur nicht ein, woher genau.

Seine Finger wandern langsam über die schwarzen und weißen Tasten. Die Akkorde bilden einen sanften Klangteppich. Ich spüre Dankbarkeit, Erleichterung und Glück in jeder Triole, in jeder Pause.

Ein unangenehmer Schmerz breitet sich in meinem Herzen aus. Die Gefühle, die sich in der Musik widerspiegeln, sind bestimmt mit einem Menschen verbunden.

Wer ist diese Person?

Ich stelle mich hinter Theo und streife seine Schultern. »Das ist schön«, das Kinn landet auf seinem Kopf, die Hände auf seiner Brust, »für wen hast du das komponiert?«

Er wendet sich auf dem Hocker herum und zieht mich zwischen seine Knie. »Woher weißt du, dass ich das Lied für jemanden geschrieben habe?«

»Es fühlt sich so an.« Ich beiße mir auf die Wange. »Ich will es wissen.«

Theo lächelt seltsam. »Im Grunde habe ich das Lied für zwei Personen geschrieben.«

»Ja?« Ich ziehe die Augenbrauen zusammen. »Komm schon, lass dir nicht alles aus der Nase ziehen.«

»Für eine Person, die mich in den letzten Jahren immer inspiriert hat«, er umfasst meine Hüfte, »und für die Person, die mir bewusst gemacht hat, dass ich das Klavierspielen nicht aufgeben kann.«

Mir klappt der Mund auf. »Die Person hat definitiv ein Lied verdient. Wer ist es?« Ich lege ihm die Hände auf die Schultern.

Ich will dieser Mensch sein, der ihn zu neuen Stücken inspiriert.

»Komm ein wenig näher.«

Ich beuge mich herunter, nah an sein Gesicht. Unsere Nasenspitzen berühren sich. »Also?«

Er küsst mich und lehnt sich zurück. Seine Augenlider sind halb geschlossen. »Du bist der Mensch, nach dem ich all die Jahre unbewusst gesucht habe.«

OUR SONG

Theo

Yong-Joon starrt mich mit weit aufgerissenen Augen an. Seine Kinnlade hängt fast auf seiner Brust. »Du machst Witze, oder?«

Ich schüttle den Kopf.

»Warum sollte ich darüber scherzen?« Schließlich ist er der junge Sänger, der damals mit seiner Ruhe und Ausstrahlung und vor allem mit seinem Gesang mein Leben beeinflusst hat. Ich streiche mit den Daumen über seine Taille. Die Puzzleteile in meinen Gedanken haben sich endlich vollständig zusammengesetzt.

»Aber wie soll das gehen? Wir kennen uns erst seit einem Jahr.« Er legt die Stirn in Falten.

»Ja, kennen tun wir uns erst seit letztem Jahr«, ich nehme seine Hand, »aber ich habe vor über zehn Jahren ein Konzert von euch besucht. Und deine Leidenschaft für Musik, deine Melodien, deine Gesangsstimme haben mir klar gemacht, dass ich die Musik nicht aufgeben kann.« Ich lehne die Stirn gegen seine Brust, klimpere gegen das Brennen in den Augen an.

»Du warst auf einem unserer Konzerte?« Seine Stimme ist nicht mehr als ein Hauchen.

»Yep, nicht freiwillig, das gebe ich zu.« Ich grinse bei der Erinnerung und hebe den Kopf. »Ich durfte meine Schwester und ihre Freundin babysitten.«

Er schüttelt den Kopf und lässt sich einfach auf den Boden fallen. »Ich bin echt sprachlos.«

»Ich konnte es auch nicht glauben. Vor allem, da mir euer Bandname über die letzten Jahre entfallen war.« Ich rutsche vom

Hocker neben Yong-Joon auf den Zimmerboden. »Es hat seine Zeit gebraucht, bis ich die ganzen Informationen zusammengesetzt habe.«

»Das ist verrückt, dass wir uns so viele Jahre später wiedergefunden haben.« Er stützt sich mit seinen Händen hinter dem Rücken ab und legt den Kopf in den Nacken.

»Das ist es.« Mein Blick schweift wieder über die Instrumente und bleibt an der Geige hängen. Diese kleine Schramme knapp neben dem Saitenhalter kommt mir bekannt vor. »Aber ich glaube, deine Musik hat mich die ganze Zeit begleitet.«

Er setzt sich aufrecht hin und zieht die Augenbraue hoch. »Wie meinst du das?«

Ich deute auf die Geige, die an der Wand befestigt ist. »Seit wann spielst du die Violine?«

»Puhh ...« Yong-Joon fährt sich mit der Hand durch die Haare. »Keine Ahnung, es war das erste Instrument, das mir meine Eltern erlaubt hatten, zu lernen. Dadurch habe ich die Liebe zur Musik entdeckt.«

Ich strecke die Beine aus und beiße mir auf die Zunge. »Spielst du regelmäßig?« Ich muss herausfinden, ob mein Gehirn mir einen Streich spielt oder ob er und *SoloViolin* tatsächlich ein und dieselbe Person sind. Mit schwitzigen Fingern reibe über meinen Oberschenkel.

Aber so viele Zufälle kann es nicht geben, oder?

»Ab und an.« Er schaut mit weichem Blick zu seiner Geige. »Weniger als ich will.«

»Okay, ä–ähm ...« Ich knabbere am Daumen. »Also, falls ich komplett falsch liege, sag mir das direkt, okay?«

»Okay?« Er legt die Stirn in Falten.

Ich atme tief durch. »Du bist nicht rein zufällig auf YouTube unterwegs?«

»Doch, ab und zu mal, nicht oft. Und nur anonym.« Er zieht die Beine an und setzt sich im Schneidersitz hin.

»Hast du zufälligerweise einen Kanal der *SoloViolin* heißt?«

Ich beuge mich vor, streiche über sein Knie und sehe ihn unverwandt an.

»Woher zur Hölle weißt du das?« Er zuckt zurück und die Finger rutschen vom Knie. »Du bist doch kein Stalker, oder?« Seine Pupillen weiten sich und sein Gesicht erbleicht. Die Angst, die sich bei der Frage in seine Augen schleicht, versetzt mir einen Stich.

Ich fasse mir an die Brust und schlucke hart. »Nein! Ich folge dem Kanal seit zehn Jahren, weil ich deine Musik liebe.« Ich rutsche auf dem Boden nach vorne. Meine Beine schlinge ich um Yong-Joon. »Die Melodien, die Stimmung und die Emotionen, die mit der Musik transportiert werden ...«

Seine Gesichtszüge entspannen sich langsam.

»Die Inspiration, die von den Stücken auf mich überspringt.« Ich umfasse seine Wange und fange seinen Blick mit dem meinen ein. »Alles.«

Yong-Joon schmiegt das Gesicht an meine Handfläche. Er presst die zitternden Lippen aufeinander und schließt die Augen. »Okay, wow ... du ... du erlebst mich ein weiteres Mal sprachlos.« Er schnieft leise.

»Dafür findest du aber viele Worte.« Ich streiche mit dem Daumen über seine Augenlider, küsse seine Stirn. »Aber, war der Kanal ein Geheimnis?«

»Nein, nicht wirklich.« Er schüttelt den Kopf und sieht mich an. »Klar, ich habe nirgends offen verkündet, dass ich auf YouTube unterwegs bin. Aber meine Freunde kennen den Kanal.«

Ich rutsche näher an ihn heran. Meine Füße berühren sich hinter seinem Rücken. »Dann ist es okay, wenn ich dir weiterhin folge?«

»Ja, na- Ah!!« Seine Gesichtszüge erhellen sich. Er schlägt sich mit der flachen Hand vor der Stirn. »Jetzt ergibt alles Sinn!«

»Hä?« Ich verziehe den Mund, spüre, dass sich meine Oberlippe kräuselt.

Er lacht.

Zum ersten Mal seit einer gefühlten Ewigkeit lacht er!

Mein Herz macht einen Hüpfer und ich lächle automatisch.

»Mir kam deine Musik seit dem ersten Ton so vertraut vor«, er löst die Hand vom Gesicht und verschränkt sie mit meiner, »als hätte ich sie selbst geschrieben. Jetzt verstehe ich, warum.«

»Tja, die Inspiration durch deine Melodien kann ich nicht leugnen.« Ich küsse seinen Handrücken. Meine Brust füllt sich mit einer wunderbaren Wärme. Ein Wunsch überkommt mich und ich deute auf die Geige. »Spielst du mal für mich?«

Er drückt meine Finger so fest, dass sie sich weiß verfärben. »Jetzt?!«

Ich streiche ihm eine wirre Strähne aus der Stirn. »Ich würde gerne deine Musik hören.« So wie du meine.

Yong-Joon löst sich von mir und reibt über seine Oberschenkel. »Ich weiß ehrlich gesagt nicht, ob ich aktuell eine beschwingte Melodie hinbekomme.«

»Niemand sagt, dass jeder Klang unbeschwert sein muss.« Ich schenke ihm ein Lächeln. »Spiel die Musik, die zu deinen Gefühlen passt.«

»Puh ...« Er trommelt auf seinem Schenkel herum und fährt sich durchs Haar. »Das macht mich jetzt echt nervös.« Er lacht kurz auf und sein rechtes Augenlid zuckt.

»Ich habe ewig nicht mehr vor jemandem gespielt«, flüstert er und senkt den Kopf.

»Ich zwinge dich nicht dazu, wenn du nicht möchtest.« Ich streiche mit den Fingern über seinen Handrücken. »Aber ich würde wahnsinnig gerne deine Musik hören. Wirklich.«

Stille.

»Okay, aber gib mir eine kleine Starthilfe.« Er erhebt sich zwischen meinen Beinen und zieht mich hoch.

Ich schüttle die eingeschlafenen Glieder. »Was meinst du?«

»Spiel nochmal die Melodie von vorhin.« Er berührt das Keyboard, vor dem wir gesessen haben. »Ich will mich in deiner Musik verlieren.«

»Dein Wunsch ist mir Befehl.« Ich küsse ihn flüchtig und setze mich wieder auf den Klavierhocker.

Meine Finger liegen auf der Tastatur und sofort spüre ich ein Kribbeln. Das ist vorhin nicht aufgetaucht.

»Verdammt ...« Ich fluche leise. »Warum jetzt?«

Hier stehe ich nicht auf der Bühne. Es gibt hier keine Fans, nur Yong-Joon, der meine Musik versteht wie niemand sonst.

Er tritt hinter mich. »Konzentrier dich auf mich.«

Ich spüre die Wärme seines Körpers im Rücken und den sanften Druck seiner Hände auf den Schultern. Sein Kinn landet auf meinem Scheitel.

»Denk nicht an deine Hände«, sagt er in einem melodischen Singsang und ich habe keinen Schimmer, warum ich seine Stimme nicht als *die* Stimme erkannt habe. Jetzt da ich ihn als den Sänger von damals identifiziert habe, ist es eindeutig. Meine Schultern sacken nach unten.

Er zieht Kreise über die Schulterblätter. Es sind dieselben Bewegungen wie vor dem Konzert in Seoul. Seine Berührungen haben eine beruhigende Wirkung auf mich.

»Du sollst doch nicht denken.« Er neigt sich an meinem Kopf vorbei, seine Haare streifen die Schläfe. »Konzentrier dich hier drauf.« Er küsst sie.

Ich seufze.

»So ist es gut.« Ein Kuss folgt seinen Worten.

Hitze schießt in meine Lenden. »Mach so weiter ...«, ich überschlage die Beine, »... und du kommst nicht mehr zum Spielen.«

»Schh ... Jetzt berühre die Tasten und stell dir vor, mit jedem Ton streichelst du mich.« Seine Stimme ist leise, nicht mehr als ein Raunen an meinem Ohr.

Himmel!

Ich folge seinen Worten und streife die Klaviatur. Liebevoll. Zärtlich. Mit geschmeidigen Bewegungen fliegen die Finger über die schwarzen und weißen Tasten. Zaubern Klänge, konzipieren Melodien.

»Gut so, spiel weiter.« Seine Wärme verschwindet an meinem Körper.

Ich schließe die Augen. Mit jedem Ton küsse ich seine Stirn, seine Wange ...

Sanfte Violinenklänge ertönen neben mir, fügen sich geschmeidig in meine langsame Melodie ein. Es ist, als würde ich Yong-Joons Hände weiterhin auf mir spüren.

Er spielt eine Abfolge schneller Tonwechsel, springt elegant durch verschiedene Tonarten, ohne den Rhythmus meiner Basslinie zu verlieren.

Mein Körper entspannt sich. Ein angenehmer Schauer rauscht über die Wirbelsäule. So fühlt es sich also an, mit jemandem in perfekter Harmonie zu musizieren, im Einklang.

Mein Kopf sinkt nach vorne und ich folge Yong-Joons Taktwechsel, lasse mich tiefer in die Verbindung unseres Songs fallen.

Mein Gehirn ist wie leergefegt. Ich fühle nur noch.

Fühle, wie sich all die Klangsplitter unserer Herzen zusammenfügen, als hätten sie ein Leben lang auf diesen Moment gewartet. Jeder Ton versetzt nicht nur unsere Instrumente in Schwingung. Mein Herz schlägt im Rhythmus der Musik. Noch nie habe ich mich so mit einem Menschen verbunden gefühlt.

Gerade will ich aufstehen und Yong-Joon küssen, da hämmert es lautstark an der Wohnungstür.

BACK TO REALITY

Yong-Joon

Ich schrecke zusammen und lasse die Violine sinken, deren warme Melodie sich bis eben mit Theos Klangteppich verwebt hat. Eine Melodie, die den Körper mit einem unbekannten Rhythmus füllt und meine Seele zum Tanzen bringt.

»Was war das?« Theos Kopf zuckt zu mir, seine Wangen sind gerötet.

Ich befestige die Geige in ihrer Halterung. »Keine Ahnung, die Tür?«

Er erhebt sich, schleicht zur Zimmertür. »Einbrecher?«

Mein Puls schießt in die Höhe und ich halte ihn auf. »Was, wenn es verrückte Fans sind?«

»Woher sollten die deine Adresse so plötzlich haben?«

»Die finden alles, wenn sie lange genug suchen.« Ich greife mir an die Brust und knalle auf den Boden der Tatsachen zurück. Zurück in die Realität, die ich in den letzten Stunden ausgeblendet habe.

Dank Theo, dank seiner Küsse, seiner Nähe und unserer Musik.

»Warte hier, ich schau durch den Türspion.« Er verlässt das Musikzimmer.

Ich verstecke mich hinter dem Schreibtisch, ziehe die Knie zur Brust und presse die Handballen auf die Augen. Die Beine zittern. Ich atme krampfhaft ein und aus. Meine Lunge schmerzt.

Die Angst von gestern kehrt schlagartig zurück, bricht wie eine Flutwelle über mir zusammen, überwältigt mich und lässt mich verloren in ihrem kraftvollen Griff zurück.

»Yong-Joon.« Jemand berührt mich an der Schulter.

Ich zucke zusammen.

»Hey, Yong-Joon.« Theos Stimme. »Alles gut. Es ist Ha-Neul.«

Vorsichtig löse ich meine Finger von den Augen und hebe den Kopf. Theo steht vor mir und streckt mir die Hand entgegen. Ich ergreife sie und er zieht mich hoch.

Ha-Neul lehnt mit verschränkten Armen an der Zimmertür. Hinter ihm stehen zwei Koffer und ein Rucksack.

»In welcher Blase wart ihr denn verschwunden?« Er zieht die Augenbrauen so hoch, dass sie fast in seinem Haaransatz verschwinden. Seine Brille rutscht die Nase herunter.

Theo legt den Arm um meine Taille. »Wir hatten einige Angelegenheiten zu besprechen und haben auf nichts geachtet.«

Ha-Neul schiebt die Brille zurück. »Das haben wir gemerkt.« Er wendet sich zu mir. »Hörst du dein Handy nicht? Wir haben seit gestern Abend ständig versucht, dich zu erreichen.«

Ich kratze mich an der Schläfe. »Wo ist mein Telefon?«

Theo zuckt mit den Schultern. »Keine Ahnung. Habe ich es nicht im Schlafzimmer hingeschmissen?«

»Ich schaue nach.« Ich löse mich von ihm.

Im Schlafzimmer finde ich das Handy in einer Ecke. Es hat einen Riss im Display und der Akku ist leer. Ich suche das Ladekabel und nehme beides mit ins Wohnzimmer. Ha-Neul und Theo reden.

Ha-Neul hat die Hände in die Hüften gestemmt. »Wir haben uns echt Sorgen gemacht.«

Theo hält Abstand, um ohne Maske keinen allergischen Schock zu riskieren.

»Tut mir leid.« Meine Schultern sacken nach unten. »Ich habe nicht daran gedacht, euch Bescheid zu geben.«

»Schon okay. Hauptsache euch geht's gut.« Ha-Neul seufzt. »Euch geht es gut, oder? Zwischen euch ist alles okay?«

Theo tritt neben mich, legt mir einen Arm um die Schulter. »Bei uns ist alles in Ordnung. Ansonsten geht es uns den Umständen entsprechend.«

»Okay ...« Ha-Neul nimmt die Brille von der Nase und reibt sich übers Gesicht. Er deutet auf die im Zimmer stehenden Gepäckstücke. »Ich habe gestern Abend euer Gepäck vor die Tür gestellt, bevor ich gefahren bin. Du hast auf meine Nachricht aber nicht reagiert.«

»Entschuldige, ich habe alles ignoriert.« Ich lasse mich aufs Sofa fallen und bedeute den beiden, es mir gleich zu tun.

Ha-Neul setzt sich auf den Boden vor den Couchtisch. »Jedenfalls war ich heute Vormittag wieder unten bei deiner Wohnung und musste mich prompt vor einer Horde wütender Fans verstecken.«

»W ... wa ...« Mir bleiben die Worte im Hals stecken.

Theo steht hinter mir und krallt die Fingernägel in meine Schultern. »Bitte was?« Er stößt zischend die Luft aus. »Woher haben die seine Adresse?«

Ich lasse den Kopf hängen. »Ich habe doch gesagt, die finden alles, wenn sie wollen.« Mein Magen zieht sich zusammen. »Die können wie Stalker sein, wenn sie besessen von etwas sind. Besser als das FBI.«

Gerüchte, Schlagzeilen und Fans, die wild darauf sind, ihr Idol zu treffen, egal, was es kostet, fluten meine Gedanken.

»Leider kampieren die jetzt unten vor der Tür.« Ha-Neul stützt die Hände hinter seinem Rücken auf. »Ich bin heute früh zu Ji-He gefahren und wir haben dich hundert Mal angerufen. Nachdem wir bis achtzehn Uhr nichts von dir gehört haben, bin ich wieder hergefahren. Glücklicherweise konnte ich mich durch den Hintereingang stehlen.«

»Das ist doch beschissen.« Theo setzt sich neben mich. »Können wir nicht die Polizei rufen?«

»Solange die Meute nur dasitzt, macht die Polizei leider nichts.« Ha-Neul holt sein Handy aus der Tasche und zeigt uns ein Foto.

In meinem Magen dreht sich alles und ich presse die Lippen aufeinander. Um die zwanzig Fans lungern vor dem Gebäude herum. Manche haben sogar Schlafsäcke dabei.

Theo starrt mit zusammengekniffenen Augen auf den Bildschirm. »Das ist krank.«

»Aber leider die Realität.« Ha-Neul packt das Handy weg und wendet sich an ihn. »Weiß deine Familie Bescheid? Die Artikel haben sich übers ganze Internet verbreitet.«

»Ach scheiße!« Theo springt auf und ist mit drei langen Schritten bei seinem Rucksack. Er wühlt darin herum, zieht sein Telefon heraus und schaltet es ein. »Fuck!«

Ich schlucke gegen den Kloß in meinem Hals an. »Was ist los?«

»Meine Familie hat mir zig Nachrichten geschrieben.« Er scrollt wie wild durch sein Handy. »Lisa rastet aus und selbst meine Eltern haben die Artikel gesehen.«

»Das tut mir leid, das ist meine Schuld.« Ein bitterer Geschmack sammelt sich in meinem Mund.

»Das ist Quatsch, Yong-Joon. Aber ich muss jetzt unbedingt zuhause anrufen.« Er tippt irgendwas auf dem Handy und verschwindet im Schlafzimmer.

HOW ABOUT MY FEELINGS?

Theo

»Weißt du, wie lange wir versucht haben, dich zu erreichen?«, brüllt meine Schwester lautstark.

Ich halte das Handy einen halben Meter vom Ohr entfernt.

»Plötzlich tauchen da diese Artikel im Internet auf und überall sind Fotos von dir und Yong-Joon!«

Ich setze mich auf die Bettkante. »Jetzt reg dich ab, Lisa.«

»Ich soll mich abregen?« Sie schnauft. »Warum sagst du mir nicht, dass du mit einem Idol zusammen bist? Und dann auch noch mit JJ!«

O mein Gott, diese Frau treibt mich an den Rand des Wahnsinns! Ich lasse mich nach hinten auf die Matratze fallen. »Das ist das Einzige, was dir zu der Situation einfällt?«

»Okay, gib mir einen Moment.« Es klappert an meinem Ohr. Ein weiteres Schnaufen ertönt.

Minuten vergehen. Zumindest fühlt es sich so an.

»Lisa?«

Ein tiefes Seufzen. »So, ich habe mich beruhigt. Geht es dir gut?«

»Wie es einem so geht, wenn das Internet mit dem eigenen Gesicht vollgepackt ist.« Ich lege den Unterarm über die Augen. »Aber mir geht es nicht so beschissen wie Yong-Joon. Obwohl er versucht, das zu überspielen.«

»Willst du mir davon erzählen?« Lisas Stimme klingt sanft, ich höre Mitgefühl aus ihr heraus.

Ich richte mich auf und stütze die Ellbogen auf den Knien ab. »Ehrlich? Gerade nicht.«

»Das ist okay, obwohl ich neugierig bin.«

»Aber es gibt Dinge, die sind nicht dafür, weitererzählt zu werden.« Ich stehe auf und laufe vor dem Bett auf und ab.

»Ich würde es niemandem verraten«, sagt sie.

»Da bin ich mir sicher, aber«, ich stütze mich mit der Hand am Kleiderschrank ab, »ich kann Yong-Joons Vertrauen nicht missbrauchen.« Und von den Fans erzähle ich ihr nichts, weil sie daran eh nichts ändern kann.

Sie nuschelt etwas Unverständliches. »Dann ruf doch zumindest unsere Eltern an. Mama dreht sonst am Rad.«

»Das mache ich, aber jetzt will ich für Yong-Joon da sein.« Ich schreite zur Tür und umfasse die Klinke. »Lass uns mal in den nächsten Tagen einen Video-Call planen, okay?«

»Gut, so machen wir das.« Ein Schmatzer ertönt. »Hab dich lieb, Bruderherz.«

Ich lache leise. »Hast du das Handy abgeknutscht?«

»Japp! Bis bald!«

»Hab dich auch lieb, bis bald!« Ich trenne die Verbindung und schiebe das Telefon in die Hosentasche.

Meine Hand rutscht von der Klinke und ich stehe einfach nur still da. Ich lehne die Stirn gegen die Tür und stoße ein langes, tiefes Seufzen aus. Zum ersten Mal seit Yong-Joons Zusammenbruch bin ich allein. In meinem Magen klumpt sich wieder dieses merkwürdige Druckgefühl zusammen. Ich spreize die Finger über dem Bauch und atme tief ein und aus.

Du kannst das, Theo. Es hilft niemanden, wenn du auch zusammenbrichst.

Ich schlucke hart. »Okay, los geht's.« Ich drücke die Klinke herunter und verlasse das Schlafzimmer.

Ha-Neul und Yong-Joon haben sich nicht von der Stelle bewegt.

»War das Gespräch okay?« Yong-Joon streckt die Hand nach mir aus und ich plumpse neben ihn auf die Couch.

»Lisa fand die Tatsache, dass ich mit einem Idol zusammen bin krasser als die Artikel im Internet.« Ich schüttle den Kopf und breite die Arme auf der Lehne aus. »Morgen oder so wollte ich mal mit meinen Eltern einen Video-Call machen.«

Er zieht die Knie zur Brust und legt das Kinn darauf. »Das heißt, du bleibst? Du musst nicht weg?«

Mein Arm rutscht auf seine Schulter. »Als ob ich jetzt abhauen würde.«

»Na, ich denke, das ist mein Stichwort.« Ha-Neul räuspert sich vernehmlich und stemmt sich vom Boden hoch. »Wenn was ist, dann meldet euch. Ach und Theo, ich habe dir meine Nummer aufgeschrieben.« Er deutet auf einen Zettel auf dem Tisch.

Ich greife danach und stecke ihn zum Handy in die Hosentasche. Später schreibe ich ihm, damit er auch meine hat. »Danke. Aber du musst nicht gehen.«

Er winkt ab. »Alles gut. Morgen treffen wir uns alle bei Ji-He.« Ha-Neul geht an der Couch vorbei zur Wohnungstür. »Kommt vorbei, wenn ihr mögt. Ich hole euch gerne ab, ohne dass die Fans was bemerken.«

»Warte kurz!« Yong-Joon springt auf, läuft zu seinem Freund und schließt ihn in eine lange Umarmung. »Danke für alles!«

Ha-Neul klopft ihm auf den Rücken. »Gern geschehen. Schreib mir!«

»Mach ich. Wir sehen uns.« Yong-Joon drückt ihn nochmal und winkt ihm zu. Die Haustür fällt zu.

Er dreht sich um und schnuppert an seinen Klamotten. »Ich glaub, jetzt gehe ich erstmal duschen.«

»Einen kräftigen Geruch habe ich nicht bemerkt.« Ich erhebe mich vom Sofa und öffne die Balkontür. Sicher ist sicher. Frische Abendluft flutet das Wohnzimmer.

»Trotzdem«, er läuft zum Bad, »ich mag kein Risiko eingehen.«

»Mhm ...« Demonstrativ rieche ich an meinen Achseln. »Ich könnte auch eine Dusche gebrauchen. Und frische Klamotten.«

Er zieht eine Augenbraue hoch. »Ach ja?«

»Ist es zu sehr Klischee, wenn ich frage, ob wir zusammen du-schen wollen?« Ich schiebe den Pullisaum hoch.

Yong-Joon schüttelt lachend den Kopf. »Ja, ist es.« Er verschwindet im Bad.

Die Tür geht zu.

Und wieder auf.

Seine Hand erscheint im Türspalt. Und winkt mich zu sich.

Ich grinse und flitze hinterher.

Wahrscheinlich mag er genauso wenig von mir getrennt sein wie ich von ihm.

»Du glaubst nicht, was ich gestern gefunden habe.« Lisa springt aufgeregt auf und ab. In ihrer Hand hält sie ein rechteckiges Papier.

Ich lehne mein Telefon gegen einen Blumentopf auf Yong-Joons Couchtisch. »Was denn?«

Sie dreht das Papier um und hält eine vergilbte, zerknitterte Fotografie in die Kamera. »Yong-Joon! Damals auf dem Konzert. Frag mich nicht, wann ich das Foto gemacht und entwickelt habe. Aber ich hab's in meinen alten Schulsachen gefunden.«

»O wow!« Ich rücke näher heran und starre auf den Bildschirm. »Ich habe vollkommen vergessen, wie jung er damals war. Sehr jung und mit bunten Haaren.«

Yong-Joon steht mit geschlossenen Augen am Mikro und lächelt. Sein charmantes Lächeln, dem ich heute ganz verfallen bin. Eine Welle der Zuneigung überrollt mich. Am liebsten würde ich ins Musikzimmer rennen und meinen Freund so fest umarmen, dass er keine Luft mehr bekommt.

»Lisa, bewahre das Foto gut für mich auf.« Ich lehne mich zurück auf die Couch.

»Mach ich.« Sie entfernt das Bild und zwinkert mir zu. Dann wird sie ernst, nimmt sogar ihr Telefon in die Hand. »Eine Sache interessiert mich jetzt doch, bevor Mama und Papa gleich kommen.« Sie sieht über die Schulter, als würde sie nach irgendwas oder irgendwem Ausschau halten.

Wahrscheinlich nach unseren Eltern, die sie für diesen Video-Call zu sich eingeladen hat. Yong-Joon hat sich derweil in sein

Musikzimmer zurückgezogen. Ich glaube, er hat noch nicht die Kraft meine ganze Familie kennenzulernen. Und das ist okay.

»Was denn?«

»Sei mal ganz ehrlich«, sie legt den Kopf schräg und zieht die Augenbrauen sorgenvoll zusammen, »bist du nicht wütend oder verletzt, dass Yong-Joon etwas so Wichtiges verschwiegen hat? Du wirkst so ruhig und gelassen ...«

Das Druckgefühl ist zurück. Ich presse die Hände auf den Bauch.

»Ich bin ...«

Der Klumpen, der sich über die letzten Tage angesammelt hat, liegt mir hart und schwer im Magen.

Ja, was bin ich eigentlich?

»Es ist in Ordnung, wenn du sauer bist.« Die Falten zwischen ihren Brauen glätten sich. »Du solltest es nur nicht in dich hinein-fressen.«

»Ich habe nicht darüber nachgedacht.« Meine Gedanken wandern zu Yong-Joon, der mich unter Tränen anschaut. »Als er mir gesagt hat, er hat Angst, dass ich ihn hasse ... Wie soll ich ihm da böse sein? Du hättest seinen Blick sehen sollen.«

Meine Schwester schaut mich einfach nur an. »Trifft dich das nicht?«

Ich starre auf einen Punkt an der Wand. Und dann brechen alle Mauern ein, von denen ich nicht einmal wusste, sie in den letzten Tagen errichtet zu haben. Der Knoten im Magen platzt.

»Doch. Es trifft mich.« Ich reibe mit der Hand auf meinem Ober-schenkel hin und her. »Yong-Joon war es, der gesagt hat, wir können uns alles anvertrauen.«

»Was könnt ihr euch anvertrauen?«

»Als ich es nicht geschafft habe, an seinem Geburtstag ein Lied für ihn zu spielen, da hat er gesagt, wir können über alles reden«, sage ich und merke, dass ich die Kontrolle über meine Stimme verliere. Sie ist laut, doch selbst als ich angestrengt schlucke, bleibt das Beben in ihr. »Er hat gesagt, er ist mein Freund und ich kann ihm alles anvertrauen, er hört mir zu.«

Ich balle die Hände krampfhaft zu Fäusten. Vor meinen Augen verschwimmt alles.

Lisas Stimme dringt wie im Nebel zu mir durch. »Okay, hast du denn mi-«

»Und ich habe ihm vertraut und ihm von meinen Problemen erzählt«, rufe ich, bohre die Fingerspitzen in die Handflächen. »Ich habe seine Worte genau im Ohr ...«

»Was für Worte?«

»Schweigen hilft dir nicht weiter, hat er gesagt.« Ich springe vom Sofa hoch und stampfe durchs Zimmer. »Das hat er mir ins Gesicht gesagt und dabei selbst geschwiegen. Über alles! Darüber, wer er ist, über seine Vergangenheit!«

Mit den Fäusten schlage ich gegen die weiße Wohnzimmerwand, haue dabei fast eine Pflanze zu Boden und lasse den Kopf zwischen den Armen hängen.

»Ich habe mich ihm anvertraut«, brülle ich, meine Augen brennen. »Aber er hat mir wohl nicht vertraut.«

Ich reibe mir mit dem Arm übers Gesicht. »So ist es. Er vertraut mir nicht ... Ich öffne mich und er ...«

Wütend stoße ich mich von der Wand ab und laufe im Wohnzimmer hin und her. »Was ist los mit mir?«

»Du bist enttäuscht.« Ihre Stimme ist so leise, ich höre sie kaum.

Ich bewege mich zurück zur Couch und falle kraftlos auf das Polster.

»Enttäuscht, dass er sich dir nicht eher anvertraut hat, und das macht dich wütend.« Ihr Tonfall ist mitfühlend und sanft.

»Dabei will ich nicht wütend auf ihn sein.« Ich wische mir frustriert die Tränen von den Wangen. »Er bedeutet mir so viel.«

»Egal, wie wichtig uns jemand ist«, Lisa streicht mit dem Finger über die Kamera, »wir dürfen auch mal wütend auf diese Person sein oder enttäuscht von einem Verhalten.«

»Fühl dich umarmt, Schwesterherz.« Ich nehme das Handy vom Tisch und drücke es kurz an die Brust. »Danke, dass du mich an meine Gefühle erinnert hast, die ich sonst wieder versteckt hätte.«

Sie lächelt liebevoll. »Dafür bin ich –«

Es klingelt bei ihr im Hintergrund.

»Ah, das sind Mama und Papa. Ich öffne ihnen, warte kurz.« Das Handy ruckelt und auf dem Bildschirm ist nur die Deckenlampe zu sehen.

Ich nutze die Zeit und reibe das Gesicht trocken. Kurz lausche ich in die Stille hinein. Von Yong-Joon ist nichts zu hören. Wundert mich, dass er mein Gebrüll nicht mitbekommen hat. Aber vielleicht hat er seine Kopfhörer auf. Dann verschwindet die ganze Welt um ihn herum.

Ich platziere das Telefon wieder vor der Pflanze.

Es knistert, knarrt und Lisas Gesicht erscheint auf dem Display. »Ich drehe das Handy um. Dann kannst du mit ihnen reden.« Sie verschwindet.

Mama taucht auf und umfasst das Telefon. Zumindest denke ich das, da sie ihre Hände ausstreckt und etwas greift. »Geht es dir gut?«

»Alles in Ordnung, Mama.«

»Bist du sicher?« Das Bild wackelt hin und her. Sie dreht das Telefon in ihren Händen, so als wäre es mein Gesicht. »Deine Augen sehen verquollen aus.«

»Ich hatte was im Auge.« Ich streiche mir darüber. Eine kleine Notlüge, damit sie sich nicht aufregt.

Papa tritt hinter Mama und zwängt sich ins Bild. »Wir haben die Artikel im Internet gelesen.«

»Jetzt lass mich unseren Jungen erstmal anschauen, David!« Mama stößt ihn mit dem Ellbogen in die Seite. »Wir haben ihn seit Monaten nicht gesehen.«

Papa rümpft die Nase. »Jetzt wissen wir, wieso.«

»David!« Sie schiebt ihn aus dem Bild. »Ignoriere deinen Vater, er meint es nicht so.«

»Tut mir leid, dass ich euch nichts von meinem Freund erzählt habe«, sage ich und ziehe die Beine auf die Couch. »Wir wollten uns erst einmal so kennenlernen.«

»Wir hätten es natürlich lieber von dir erfahren, als aus den Nachrichten.« Mama legt die Hand auf ihr Herz.

»Lisa wusste es und euch wollte ich es bald sagen.« Ich schlinge die Arme um die Knie, weil ich meine Mutter nicht umarmen kann.

»Okay, dann sag mir nur eins«, sie lächelt mir zu, »bist du glücklich mit ihm?«

Ich schließe kurz meine Augen.

Bin ich glücklich?

Ich denke an Yong-Joon, der mich mit so einem strahlenden Lächeln empfängt, dass sein kleines Muttermal unter dem Auge hüpft. Yong-Joon der in meine Arme springt und meinen Körper zum Beben bringt. Ich denke an seine Worte über meine Musik und unsere kurze gemeinsame Musiksession.

All die Momente, die mein Herz höher schlagen lassen.

All die Momente, in denen wir einfach wir waren. Nicht Park Tae-Won der Pianist, nicht JJ das Ex-Idol.

Einfach wir.

Die Antwort ist ganz einfach. »Ja, ich bin glücklich.« Ich spüre die Wahrheit in den Worten. »Es ist nicht alles paletti und wir werden über einiges sprechen müssen. Aber wenn ich mit ihm zusammen bin, dann fühlen sich alle Probleme etwas kleiner an.«

Stille.

Der Bildschirm sieht wie eingefroren aus.

Mama bricht in Tränen aus.

Hilflos starre ich aufs Handy. Papa streckt den Kopf ins Bild, Tränen rinnen über seine Wangen.

»O bitte, du nicht auch noch!«

Ich höre Lisas Schluchzen. »Himmel, was habt ihr alle?«

Meine Mutter zieht die Nase hoch. »Wir sind glücklich, dass du nicht mehr alleine bist. Ich dachte, du bleibst dein Leben lang ohne jemanden an deiner Seite. Wegen der Allergie.«

Wie gerne würde ich ihr jetzt den Arm um die Schultern legen. Aber das geht nicht und so umarme ich weiter meine Beine. »Ach Mama, du musst nicht weinen. Es ist alles in Ordnung.«

»Du weißt nicht, wie viele schlaflose Nächte deine Mutter in den letzten Jahren deswegen hatte.« Papa legt ihr an meiner statt den Arm um die Schulter.

»Warum habt ihr nie was gesagt? Ich bin über dreißig, keine zehn.«

»Wir wollten dir das nicht aufhalsen.« Mama kramt irgendwo herum und schnäuzt sich in ein Taschentuch.

Lisa räuspert sich. »Na, das scheint in der Familie zu liegen.« Ihr Ton sagt mir, dass sie zwinkert. »Reden kann so viele Probleme im Keim ersticken.«

»Jetzt reden wir ja.« Ich richte mich auf und strecke die Beine aus.

»Und das ist viel wichtiger«, sagt Mama und steckt das Tuch weg. »Wann lernen wir den jungen Mann kennen?«

»Wenn er dazu bereit ist.«

BUT YOU ARE STILL HERE

Yong-Joon

Ich bin allein.

Ja, okay. Nicht richtig allein.

Theo sitzt nebenan und hat einen Video-Call mit seiner Familie.

Ich habe mich zurückgezogen, um ihm etwas Privatsphäre zu geben. Außerdem traue ich mich noch nicht, seine Familie kennenzulernen.

Mein Blick schweift ohne Fokus durch das Musikzimmer. Es erinnert mich an die letzten Tage. Eng miteinander verbundene glückliche und traurige Erinnerungen.

Die kaputte Tür haben wir heute früh ausgetauscht. Äußerlich deutet nichts mehr auf meinen Zusammenbruch hin.

Ich streiche mit den Fingern über die Klaviatur des Keyboards und sehe Theo vor mir sitzen.

Obwohl er nebenan ist, vermisse ich ihn. Mir fehlen seine Anwesenheit und die Ruhe, die er ausstrahlt. Mir fehlen seine warmen Umarmungen. Ich vermisse seine Küsse, in denen ich mich jedes Mal aufs Neue verliere. Sie sollen nie enden. Mir fehlt der Klang seiner Stimme, wenn er meinen Namen ausspricht. Sanft und voller Zuneigung.

Am liebsten würde ich rüber rennen und mich in seine Arme werfen. Doch ich hole die Kopfhörer vom Schreibtisch und schließe sie ans Keyboard an.

Jetzt, wo er alles über meine Vergangenheit weiß und dennoch geblieben ist, werde ich ihn hüten wie einen Schatz. Ich setze mich auf den Hocker und spiele ein paar Melodien, inspiriert von unserem kurzen Duett. In meinen Gedanken bilden sich Sätze aus Worten und aus Sätzen ganze Strophen.

Noch ein Lied für Theo. Ich spiele es in den Computer ein, füge eine Basslinie und eine Gitarrenspur hinzu. Parallel schreibe ich die Zeilen in mein Notizbuch, bis ich mich vollkommen in der Musik verliere und dich Welt um mich herum verblasst.

And all the demons inside me
Drive me insane
Take you into the abyss with me
Let me burn inside

But you are still here
Let me breathe
Let me live
You won't leave me alone
And I'm so thankful for that

***

»Joon Joon«, quatscht Shi-Won munter und klatscht in die Hände. Er klammert sich an meine Beine und ich nehme ihn hoch. Der Kleine ist ein Sonnenschein und kommt ganz nach seinem Papa. Mein Herz fühlt sich ein winziges bisschen leichter an.

Vorhin habe ich Ha-Neuls Angebot mich abzuholen angenommen. Nach der Musiksession war Theo im Schlafzimmer verschwunden und tief und fest am Schlafen. Wahrscheinlich haben ihn die letzten Tage total erschöpft, auch wenn er das vor mir nicht zeigt.

Über den Hintereingang konnte ich direkt in Ha-Neuls Van springen. Die Fans waren immer noch da. Wie ich das hasse.

Ich trage Shi-Won auf der Hüfte sitzend ins Wohnzimmer, wo meine Freunde versammelt sind. Es ist das erste Mal seit einigen Monaten, dass wir alle zusammenkommen.

Die Schwere auf meinem Herzen bröckelt.

Sie springen auf und stürmen auf mich zu.

Jae-Ho zieht mich als Erster in eine feste Umarmung. Sein Zopf wippt dabei auf und ab. »Ich bin froh, dich zu sehen.« Er löst sich von mir. »Auch, wenn du echt beschissen aussiehst.«

Ich gebe ihm einen Klaps auf den Oberarm. »Na vielen Dank.«

Er streckt mir die Zunge raus. »Komm, ich nehme dir erst einmal Shi-Won ab.«

»Yo«, ruft Min-Ho, dessen Haare in einem hellen Grün glänzen, »ich bin mit Umarmen dran.«

»Dann komm her.« Ich breite die Arme aus und er reißt mich an seine Brust.

»Schön, dass du da bist.« Er klopft mir auf den Rücken. »Und gut, dass Theo jetzt alles weiß.«

»Ja ...« Aber ich hätte es ihm früher sagen müssen. Ich atme tief durch. »Ich muss ...« Ich beiße mir auf die Zunge.

Min-Ho löst sich aus der Umarmung, lässt einen Arm um meine Schultern liegen. Zusammen setzen wir uns auf Ji-Hes Sofa.

»Du siehst aus wie ein Geist, Yong-Joon.« Ji-He nimmt ihren Sohn von Jae-Ho entgegen. »Hattest du Streit mit Theo? Ha-Neul hat nicht viel erzählt, nachdem er bei euch war.«

Ich schüttle den Kopf. »Nein, er hat total toll reagiert und sich um mich gekümmert. Wir haben geredet.« Mir wird warm ums Herz.

»War er gar nicht sauer, dass du ihm alles verschwiegen hast?« Min-Ho runzelt die Stirn. »Ich an seiner Stelle wäre es.«

»Er wirkte so.« Ich rufe mir Theos Gesicht vor Augen. »Aber genau weiß ich das nicht.« Dafür war ich zu sehr mit mir selbst beschäftigt.

Min-Ho kratzt sich am Kinn. »Vielleicht wollte er dich nicht belasten.«

Ich überschlage die Beine. »Ich werde mit ihm sprechen, wenn ich zurück bin und er ausgeschlafen ist. Er hatt heute mit seiner Familie einen Video-Call und war total erschöpft.«

»Hast du sie kennengelernt?« Ha-Neul meldet sich vom Boden. »Es war bestimmt ein Schock für seine Eltern, ihren Sohn plötzlich in solchen Artikeln zu sehen.«

»Noch nicht. Dafür bin ich zu fertig …« Ich schüttle den Kopf und knibble an meinem Fingernagel. »Aber … Theo hat mir vorgeschlagen, eine Therapie zu machen.«

»Na halleluja!« Ha-Neul klatscht in die Hände. »Das raten wir dir schon seit Jahren, aber auf uns hörst du ja nicht.«

»Der Kopf hat wohl auf den Stups zur passenden Zeit gewartet.« Ich zucke mit den Schultern, als wäre das nur eine Kleinigkeit. Dabei ist es für mich ein riesiger Schritt. Und meine Freunde wissen das.

»Dein Theo hat einen guten Einfluss auf dich«, sagt Jae-Ho und reckt den Daumen in die Luft. »Ich mag den Kerl jetzt schon.«

»Ich mag ihn auch, sehr sogar.« Ich lächle ganz automatisch.

»Das ist nicht zu übersehen.« In Ji-Hes Augen glänzen Tränen. »Aber nochmal zurück zur Therapie. Wenn du willst, kann ich dir über die Organisation jemanden vermitteln. Unsere Psychologinnen und Psychologen sind alle verschwiegen und überaus professionell.«

Ich fahre mir übers Gesicht. »Mhm … das wäre eine Möglichkeit.«

Und es wäre auch eine gute Möglichkeit, flüstert diese Stimme in mir, deinen Freunden jetzt die komplette Wahrheit zu sagen.

»Überleg es dir und gib mir dann Bescheid.« Ji-He greift über Shi-Won hinweg und drückt meine Hand. »Egal, wie kurzfristig.«

Jetzt ist deine Chance, Yong-Joon!

»Mach ich, danke!« Obwohl mir bei dem Gedanken an die Vergangenheit mulmig zumute ist. »Ich werde über Shin reden müssen, oder?«

»Ja und das wird weh tun«, sagt Ji-He und drückt ihren Sohn an ihre Brust. »Es schmerzt mich jedes Mal, wenn ich mit meiner Therapeutin über ihn spreche.«

»So geht es uns allen.«

Ha-Neul stützt seine Arme auf den Couchtisch. »Trauer und Schmerz sind tief im Herzen verankert und lösen sich nur langsam auf.«

Min-Ho und Jae-Ho nicken.

»Du glaubst nicht«, murmelt Ji-He, »wie viele Gespräche ich führen musste, um zu verstehen, dass ich keine Schuld an seinem Tod trage.«

Ruckartig drehe ich den Kopf zu ihr. »Ich wusste nicht, dass du damit zu kämpfen hast.« Mein Magen verkrampft sich. Warum habe ich das nicht mitbekommen?

Sie lächelt sanft. »Wir haben bisher nie darüber gesprochen.«

Weil ich abgeblockt habe. Weil mir meine eigene Trauer gefolgt ist wie eine heftige Regenwolke. Egal was passiert, sie wirft immer einen dunklen Schatten auf meine Gedanken.

»Es tut mir leid. Du hast keine Schuld, sondern ich.« Ich vergrabe das Gesicht in den Händen.

»Was ist los?« Jemand legt mir die Hand auf den Rücken. Ist es Min-Ho?

Es ist Zeit für die ganze Wahrheit. Ich schniefe, halte den Kopf gesenkt. »Ich habe euch etwas nicht gesagt ...«

»Was denn?« Das ist Ji-He. »Du kannst uns alles sagen, das weißt du.«

Ich richte mich auf und starre auf den Tisch. »Als die Gerüchte auftraten«, ich presse die Hände auf den Bauch, »da habe ich zugestimmt, sie nicht zu dementieren. Für die Band war das ein Push, den wir gebraucht haben ...«

Meine Augen brennen wie Feuer und ein saurer Geschmack sammelt sich auf der Zunge. Ich wage es nicht meine Freunde anzusehen.

»Das war's?«, fragt Jae-Ho in einem gefassten Tonfall.

Ich hebe den Kopf. »Ja ...«

»Yong-Joon, das wussten wir schon lange.« Min-Ho legt mir den Arm um die Schulter.

Mein Herz stockt. »Aber ... wie?!« Ich halte den Atem an.

»Hast du gedacht, dass Shin und ich nicht miteinander sprechen?« Ji-He hebt ihren Sohn von einem Bein aufs andere. »Er hat mir davon erzählt.«

»Und Ji-He später uns.« Ha-Neul hievt sich vom Boden hoch und setzt sich auf den letzten freien Couchplatz.

Ich stoße die Luft zwischen den Zähnen hervor. »Aber, warum habt ihr nie was gesagt? All die Zeit?!«

»Weil es keine Rolle spielt«, sagt Ji-He lächelnd. »Weder Shin noch du konntet wissen, welche Konsequenzen das haben wird. Das konnte niemand von uns.«

»Hasst ... ihr mich ... nicht?« Ich kratze an meinem Daumennagel herum. »Ich trage die Schuld ...«

»Weißt du. Es hat einige Zeit gebraucht zu verstehen, dass ich keine Schuld trage.« Sie umfasst meine Finger und hält mich vom Kratzen ab. »Und irgendwann wirst du das auch können.«

IT'S OKAY, LET GO

Yong-Joon

Jeju Island, März 2021

»Was machen wir hier?« Theo starrt aus dem Fenster und tippt mit dem Finger auf dem Oberschenkel herum. Seine Shorts sind bis zur Mitte hochgerutscht und im Gegensatz zu mir trägt er eine Maske.

Ich blicke aus den Augenwinkeln zu ihm, umfasse dabei das Lenkrad des Mietwagens fester als notwendig. »Unseren geplanten Urlaub nachholen?«

»Ist das eine Frage?« Er zieht sich die Cap tief ins Gesicht.

»Nein. Ich wollte Zeit für uns.« Ich lenke den Wagen über die leeren Landstraßen von Jeju Island.

Nach dem gestrigen Gespräch mit meinen Freunden habe ich Min-Ho gefragt, ob wir wie geplant das Ferienhaus seiner Familie nutzen dürfen.

Und hier sind wir.

»Mhm ...«, murmelt Theo und verschränkt die Arme vor der Brust. »Kam ganz schön überraschend heute Morgen.«

»Tut mir leid.« Ich drehe mich zu ihm. »Ich dachte, ein bisschen Abstand von allem wäre ganz gut.«

Theo lehnt den Kopf an die Nackenstütze. »Ist es okay, wenn ich schlafe? Ich habe im Flugzeug kein Auge zu gemacht.« Er kratzt sich am Hals.

Eine unangenehme Schwere legt sich über mein Herz. »Ja klar, mach das.« Ich lege die Hand auf seinen Oberschenkel.

Er reagiert nicht.

Die Sonnenstrahlen scheinen durch die Windschutzscheibe und blenden mich. Meine Augen brennen und ich ziehe mir die Sonnenbrille vom Kopf auf die Nase.

Ich habe das Gefühl, dass Theo doch sauer ist. Er verhält sich seit dem Aufstehen distanziert und kurz angebunden. So auch jetzt. Dabei war er die letzten Tage so besonnen und entspannt. Zumindest nach außen hin. Ich muss unbedingt mit ihm reden. Am besten sofort, wenn wir ankommen.

Ich reibe mir über die Brust und konzentriere mich auf die Straße. Zum Glück war ich schon einige Male hier und kenne Schleichwege. Die führen uns schneller Richtung Norden nach Jeju-si. Hier befinden sich eine kleine, unbekannte Privatbucht und das Ferienhaus. Es ist seit Generationen im Familienbesitz. Wir sind sicher vor den Reportern und Fans. Das erleichtert mich. Obwohl es mir jetzt, da die ganze Wahrheit ans Licht gekommen ist, nicht mehr so viel ausmacht.

Seufzend lenke ich den Mietwagen eine schmale Auffahrt hoch. Mit quietschenden Reifen parke ich vor dem Hanok, ein Haus im traditionell koreanischen Stil, und stelle den Motor ab.

Ich stecke mir die Brille in den T-Shirt-Ausschnitt und wende mich zum schlummernden Theo. Sein Mund ist geöffnet und er schnarcht leise. Keine zusammengezogenen Augenbrauen, keine gekräuselte Stirn oder gerümpfte Nase. Im Schlaf ist sein Gesicht entspannt. Eine Haarsträhne hat sich in seinen Wimpern verirrt. Ich streiche sie aus der Stirn und die Cap gleich mit.

Eine Welle der Zuneigung flutet meinen Körper. Ich lege die Hand an seine Wange und küsse ihn oberhalb der Maske. »Theo, wir sind da.«

»Mpf ...« Er schmiegt sich an meine Finger.

»Du kannst drinnen weiterschlafen.« Ich streichle seine Wangenknochen.

Gähnend öffnet er die Augen und legt seine Hand über meine. »Okay, Jooni ...«

Ich schlucke hart. So nennt er mich nie. Außer ...

»Bist du betrunken?«

Er schüttelt den Kopf. »Darf ich dich nicht so nennen?«

»Doch«, murmle ich und hauche einen Kuss auf seine Schläfe. »Aber jetzt komm.«

»Jooni, ich bin so müde.« Er streckt und reckt sich. In seinem Rücken knackt es. »Und ich weiß nicht wieso.«

»Ist okay, dafür machen wir Urlaub. Für eine Pause.« Ich löse mich von ihm und steige aus. Warme Sonnenstrahlen tanzen über mein Gesicht. Mit wenigen Schritten bin ich um das Auto herumgelaufen und öffne seine Tür. »Komm.«

Theo hievt schwerfällig die Beine heraus und lehnt die Stirn gegen meine Schulter.

Was ist heute nur mit ihm los? Ich verstehe seine widersprüchlichen Handlungen nicht. Erst abweisend, zurückhaltend und jetzt verschmust und anhänglich.

Ich ziehe ihn aus dem Auto und schiebe ihn zum Haus.

Vor dem Eingang bleibt er stehen. »Und du bist dir sicher, dass das hier risikofrei für mich ist?« Er zieht sich die Cap vom Kopf und mustert unter halb geschlossenen Augenlidern das Haus.

»Theo, wie ich schon sagte ... Hanoks sind umweltfreundlich und bestehen aus Erde, Stroh, Holz und Papier. Alles frei von Chemikalien. Hast du doch selbst recherchiert.« Ich trete neben ihn und lege den Arm um seine Taille. »Sie sind theosicher. Wirklich.«

»Mh ... ich lasse die Maske vorerst auf.«

Wir holen unser Gepäck aus dem Kofferraum und betreten den Wohnraum, in dem ein großer Tisch steht. Darum herum liegen Sitzkissen. Theo hebt die Maske an und schnuppert.

»Und? Geht es?« Ich beiße mir auf die Unterlippe, halte die Luft an.

»Bisher schon.« Er stellt den Koffer neben der Tür ab. »Lass uns die anderen Räume anschauen.«

Ich führe ihn durch die kleine Küche zu einem der Schlafbereiche. Anstelle eines Bettes werden hier abends Futons zum Schlafen ausgerollt.

»Das Zimmer mag ich am liebsten.« Mit klopfendem Herzen öffne ich die Schiebetür zum nächsten Raum. Hier war ich ewig nicht mehr. »Min-Hos Musikzimmer.«

»Wow!« Theos Augen weiten sich und jetzt zieht er sich doch die Maske vom Gesicht. »Sowas habe ich noch nie in einem Ferienhaus gesehen.«

Ich betrete das Zimmer, stütze mich am Türrahmen ab. »Früher waren wir oft zum Proben hier.« Mein Blick schweift über die Instrumente, die sich seit dem letzten Mal nicht vom Fleck bewegt haben. Ich sehe Min-Ho am Bass, Jae-Ho an der Gitarre, Ha-Neul am Keyboard und Shin an den Drums. Als wäre es gestern gewesen. Ich höre Shins Lachen wie eine ansteckende Melodie, die durch den Raum hallt und ihn mit Freude und Glück füllt.

»Yong-Joon?« Theo berührt meinen Ellbogen. »Wo bist du mit deinen Gedanken?«

Ich durchquere das Zimmer und streiche instinktiv mit dem Finger über Shins Drums.

»Jooni?« Wie aus weiter Ferne dringt Theos bebende Stimme zu mir.

»Ah, in der Vergangenheit.« Dabei wollte ich doch schöne, gemütliche Stunden mit Theo verbringen, ohne an irgendwelche Momente erinnert zu werden. Aber mir hätte klar sein müssen, dass ich hier überall von Shins Geist umgeben bin.

Theo lässt sich auf den Hocker vor dem Keyboard sinken. »Sind wir deshalb hier? Weil du dir die Zeit zurückwünschst?«

Mein Herz zieht sich zusammen. Für einen winzigen Augenblick sehe Ha-Neul in Theo. Doch dann legt er den Kopf schräg und sieht mich mit den grüngesprenkelten Augen an. Ich bin hier, mit ihm. Mit Theo.

Ich greife nach Min-Hos Akkustikgitarre und spiele ein paar Akkorde. »Es waren schöne Zeiten, die wir hier verbracht haben«, ich streiche über den Hals der Gitarre, »aber ich weiß, dass die Vergangenheit ein bereits geschriebenes Buch ist. Das Ende kann ich nicht mehr ändern, egal wie sehr ich es mir wünsche.«

»Mhm ...« Theo schaltet das Keyboard ein. Seine Finger zittern leicht. Er legt sie auf die Klaviatur und spielt eine Melodie, die sich meinen wirren Akkorden erstaunlich gut anpasst. Er schließt die Augen.

»Wir können neue Erinnerungen schaffen«, murmelt er versunken in sein Klavierspiel, »jetzt und in Zukunft. Nur müssen wir dafür wissen, was wir für die Zukunft wollen.«

Die letzten Worte spricht er so leise, als wären sie ausschließlich für ihn und für niemanden sonst bestimmt.

Ich folge seiner melancholischen Melodie, improvisiere Akkorde von Dur zu Moll, bis sie einen harmonischen Klangteppich bilden, der uns in andere Welten transportiert. In eine Welt, in der Zeit und Raum keine Rolle spielen. Hier sind wir wie zwei verschlungene Tänzer, die sich gemeinsam in einem anmutigen und unendlich kosmischen Walzer zur Musik bewegen. Weit weg von unseren Sorgen und Problemen, ohne Erinnerungen an die Vergangenheit, ohne Angst vor der Zukunft.

Mit geschlossenen Augen schwebe ich inmitten dieser Zwischenwelt und sehe Shin mit einem Mal so klar vor mir, wie noch nie. Er trommelt einen beschwingten Rhythmus zu unserer bittersüßen Musik. Auf seinen Lippen breitet sich ein Grinsen aus. Mein Herz schmerzt und fühlt sich gleichzeitig schwerelos an. Shin reckt den Daumen in die Luft, so als wollte er sagen: Es ist okay. Mir geht es gut. Lass mich gehen. Lebe dein Leben. Sei glücklich.

Hinter meinen Augenlidern brennen die Tränen. Ich beiße mir auf die Unterlippe. Die Finger zittern bei den nächsten Tonfolgen.

Und dann lasse ich meinen besten Freund ziehen. Er löst sich einfach so vor mir auf. Zurück bleibt der Nachhall seines Lachens, das ich nie vergessen werde.

Aber ich muss nach vorne sehen. Weitergehen.

Ich öffne die Augen und suche Theo. Er wiegt den Körper hin und her, seine Finger gleiten über die weißen und schwarzen Tasten des Keyboards. Bei seinem Anblick lächle ich und finde zurück in mein Gitarrenspiel.

In diesem Moment sind wir ganz bei uns und der Musik, die uns verbindet. Am liebsten möchte ich aus der Welt, die wir uns erschaffen, nie wieder auftauchen. Ich will neue unvergessliche Erinnerungen kreieren. Mit Theo. Heute und in Zukunft.

Irgendwann verklingt die Melodie und katapultiert uns zurück in die Realität. Eine Realität, die sich viel leichter anfühlt als vor unserem Zusammenspiel. Ich lege eine Hand aufs Herz und atme aus.

»Das war ... wow!« Theo reibt sich über den Nacken und sucht meinen Blick.

»Ja ...« Für mehr Wörter reicht es nicht. Ich kann nicht beschreiben, was passiert ist. Etwas in mir hat sich gelöst.

Theo kramt sein Handy aus der Hosentasche. »Meinst du, wir bekommen das nochmal so hin? Ich muss das aufnehmen.«

»Wieso?«

»Weil ich die Musik, die uns verbindet, nie vergessen möchte.« Seine Augen glänzen und er lehnt das Telefon an die Notenhalterung. »Weder in zehn noch in zwanzig Jahren.«

Eine sanfte Wärme strömt durch meine Brust. Ich reibe mir über die feuchten Augen. »Ich will sie auch nicht vergessen. Lass uns neue Erinnerungen schaffen. Jetzt und in Zukunft.«

Theo strahlt mich an, seine Grübchen hüpfen aufgeregt auf und ab. »Jetzt und in Zukunft!«

Er startet die Aufnahme und wir versinken erneut in der wunderbaren Welt unserer Musik.

»Wir sollten häufiger zusammen Musik machen.« Theo verschränkt die Arme am Hinterkopf. Wir sitzen nebeneinander auf der Terrasse und blicken auf das weite Meer.

»Das hat meine Gedanken zur Ruhe kommen lassen.« Ich lehne mich zurück und denke an Shin. »Ich konnte mich von der Vergangenheit lösen.«

Er dreht sich zu mir, setzt sich aufrecht hin. »Können wir reden? Das ist in den letzten Stunden und Tagen zu kurz gekommen.«

Ich atme tief durch. Jetzt, da ich losgelassen habe, wird es Zeit mit Theo darüber zu sprechen. Erst dann ist es möglich, Klarheit zwischen uns zu schaffen. Und eine Lösung zu finden.

»Okay, lass uns reden.« Ich wende mich ihm zu und verknote die schwitzigen Finger. »Über alles.«

»Bevor wir damit anfangen, solltest du wissen«, er überschlägt die Beine und legt seine Hand über meine, »dass ich dich nicht hasse, okay? Habe ich nie, werde ich nie.«

»Okay.« Ich schlucke.

»Aber, ich würde gerne wissen, warum du mir nichts erzählt hast.« Er massiert sich den Nacken und neigt den Kopf. »Darüber, wer du bist.«

Mein Herz setzt aus. Siehst du, wispert diese hässliche Stimme in meinem Kopf, jetzt verlierst du ihn doch.

»Ich weiß nicht.«

»Vertraust du mir nicht?« Theos Stimme klingt rau, ich spüre eine Verletzlichkeit in seinen Worten, die ich bisher nicht wahrgenommen habe. »Liegt es daran? Am fehlenden Vertrauen?«

»Nein, ich ...« Wo sind die Worte, wenn ich sie so dringend brauche?

»Damals, als ich dir von meinen Problemen erzählt habe«, er löst sich von mir und knackt mit den Fingerknöcheln, »hast du gesagt, schweigen hilft nicht weiter. Gilt das nicht auch für dich?«

Meine Augen brennen. »Nein, das ist es nicht.« Ich reibe mir übers Gesicht. Ich will nicht, dass das Vertrauen zwischen uns zerbricht. Vielleicht ist es das aber schon in all den Momenten, in denen ich geschwiegen habe.

Theo stößt ein frustriertes Seufzen aus und vergräbt das Gesicht zwischen den Händen. »Was ist es dann?« Seine Stimme zittert. Er hebt den Kopf und fummelt an seinem T-Shirt-Saum herum. Die Lippen presst er fest aufeinander.

Ist er nervös? Oder wütend? Ich will nicht, dass er sich so fühlt.

»Es ist schwer, das in Worte zu fassen.« Ich drehe die Ringe an meinen Fingern hin und her. »Ich wollte dir so oft alles sagen.«

»Aber?« Er löst die Hände aus dem Stoff, dessen Farbe an rostiges Metall erinnert.

Ich schlucke schwer, mein Herz kommt aus dem Takt. »Jedes Mal, wenn ich es dir sagen wollte, hat es sich angefühlt, als würde ich dich verlieren. Und dich zu verlieren, ist, als würde mir jemand mit Gewalt ein Stück meines Herzens wegreißen.«

»Ach Mensch, Yong-Joon.« Theo rauft sich die Haare. In seinen Augen schimmern Tränen. »Habe ich dir jemals Anlass dazu gegeben, zu glauben, dass du mich verlierst?«

»Es tut mir leid.« Ich schniefe und etwas Nasses rinnt über meine Wange. »Ich wollte deine Gefühle nicht verletzen.«

Er beugt sich vor und fängt die Träne mit dem Daumen auf. »Ich war wirklich wütend auf dich. Nicht wegen der Artikel oder Fotos. Das ist egal. Sondern weil du mir nicht die Wahrheit über dich gesagt hast.« Langsam lehnt er seine Stirn gegen meine. »Wütend und traurig. Aber vor allem enttäuscht.«

Bei seinen Worten zucke ich zurück. »Warum hast du das nicht eher gesagt?« Ich habe es mir nicht nur eingebildet, dass er sich seltsam verhalten hat.

»Weil ich Angst hatte, dass du dann vollkommen zerbrichst.« Er umfasst mein Gesicht mit beiden Händen. »Ich wusste nicht, wie ich reagieren soll. Über meine eigenen Gefühle habe ich mir zu dem Zeitpunkt keine Gedanken gemacht. Dabei waren da so viele.«

»Es tut mir leid.« Ich lege die Hände über seine. »Ich vertraue dir und du bist mir so wichtig.« Jetzt würde ich ihm gerne die Songs zeigen, die ich für ihn geschrieben habe. Doch das Notizbuch liegt gut behütet in meinem Musikzimmer.

»Ich glaube dir«, sagt Theo und verschränkt unsere Finger miteinander. Er zieht sie auf seinen Schoß. »Du bist mir auch sehr wichtig. Aber bitte versprich mir, mir nichts mehr zu verschweigen, okay? Wir können doch über alles sprechen.«

Ich nicke. »Ich verspreche es dir.« Ich überwinde die Distanz zwischen uns und küsse ihn. Ein Kuss, in den ich all die Gefühle lege, die ich gerade nicht in Worte fassen kann.

Und für die Zukunft nehme ich mir vor, direkt über die Angelegenheiten zu sprechen, die mich bewegen und beschäftigen. Denn nur so kann ich dafür sorgen, dass sich die Vergangenheit nicht wiederholt.

* * *

»Es ist wunderschön hier!« Theo dreht sich mit ausgestreckten Armen im Kreis. Ein seliges Lächeln liegt auf seinen Lippen.

Heute haben wir lange geschlafen und sind danach über die Hauptstraße ins nächste Dorf gefahren, um Lebensmittel zu kaufen. Mir ist nicht entgangen, wie verträumt Theo die idyllische Landschaft beobachtet hat. Vor allem die weiten Rapsfelder, die von März bis April in ihrer vollen Blüte stehen, hatten seine Aufmerksamkeit geweckt. Das knallige Gelb bildete einen schönen Kontrast zwischen dem rötlich-braunen Boden und dem azurfarbenen Himmel. Das Glitzern in Theos Augen hat mein Herz schneller schlagen lassen.

Jetzt sind wir zurück in der Bucht und laufen barfuß durch den Sand am Meer. Weit und breit ist niemand zu sehen, sodass ich es wage, meine Verkleidung abzulegen. Nur die Sonnenbrille bleibt auf der Nase.

Ich grabe die nackten Zehen in den warmen Sand. Die sanfte Meeresbrise streicht durch mein Haar und ich genieße den weiten Blick auf das endlose Blau des Ozeans. Das Rauschen der Wellen erfüllt die Luft und vertreibt den Alltagsstress.

Ich laufe rückwärts durch den Sand, um Theo nicht aus den Augen zu verlieren. Jeder meiner Schritte hinterlässt eine Spur im Sand. Ich recke die Arme gen Himmel und stoße die Luft aus. »Ja. Hier habe ich endlich ein Gefühl von Freiheit.«

»Hier riecht es so anders als in der Stadt.« Theo joggt auf mich zu. »So frisch nach See und Sonne. Nicht so viel Staub und Abgase.«

»Das stimmt, hier kann ich frei atmen.« Ich lasse mich in den Sand fallen, lege mich auf den Rücken. »So war es schon immer.«

Er legt sich dazu und verschränkt die Arme unter dem Kopf. »Die Wolken sehen interessant aus.« Er greift mit einer Hand nach oben, als würde er die Wolken vom Himmel holen wollen.

»Sie sehen aus wie fluffige Kissen, die in einem blauen See schwimmen.« Ich zeichne mit dem Finger die Formen nach.

»Na ja, weniger Kissen, als viele winzige Wassertröpfchen, die in verschiedenen Höhen am Himmel schweben.« Theo dreht sich auf die Seite und stützt sich mit dem Ellbogen ab. »Sie bilden sich immer dann, wenn aufsteigende warme und feuchte Luft abkühlt und die warme Luft hilft deinen Kissen am Himmel zu schweben.«

Ich verdrehe die Augen. »Du bist echt ein Klugscheißer.«

»Das sagt meine Familie auch immer.« Er setzt sich auf und lässt die winzigen Sandpartikel durch seine Finger gleiten. »Apropos Familie: ich hatte ja mit meiner einen Video-Call und sie würden dich gerne mal kennenlernen.«

Das Gefühl nach Freiheit klappt in sich zusammen. »Haben sie die Artikel gelesen?«

»Ja ...« Er legt den Kopf schräg. »Aber sie hat es mehr interessiert, ob ich mit dir glücklich bin.«

Mein Herzschlag beschleunigt sich. »Und? Bist du das?«

Theo grinst breit. Seine Grübchen hüpfen, die Augen funkeln. »Ja, bin ich.«

Ich atme erleichtert auf. »Ich bin es auch. Und es wäre mir eine Ehre, deine Familie kennenzulernen.«

»Dann lass uns doch demnächst mit ihnen facetimen. Das geht erstmal schneller als in Person. Okay?« Er schnippt eine Ladung Sand auf meinen Bauch.

»Das klingt nach einem Plan!« Ich setze mich auf und grabe die Hand in den Sand. »Uuuund jetzt: Attacke!« Eine volle Ladung landet auf Theos Hose.

»Hey!« Er beugt sich vor und wirft sich auf mich.

Lachend rollen wir durch den Sand.

Die Sonne scheint warm auf unsere Gesichter und die feinen Sandkörner kitzeln zwischen den Fingern. Spielerisch kämpfen wir miteinander, nur um eng aneinandergeschmiegt zum Liegen zu kommen.

Ich presse die Nase gegen Theos sandige Wange und küsse ihn. »Lecker ...«

»Willst du mehr?« Er lacht laut und reibt mir seine raue Handfläche über die Lippen. Sein Mund folgt und bedeckt mein Gesicht mit klitzekleinen Küssen.

Außer Atem und mit Sand überall an unseren Körpern liegen wir am Strand. Wir verschränken die Finger und genießen den unbeschwerten Augenblick ausgelassener Freude.

»Sehe ich okay aus?« Theo streicht sich den Sand von den Shorts und klopft sein schwarzes Shirt ab.

Wir steigen die Treppen von der Bucht zum Haus hoch. Vorhin schrieb Min-Ho eine Nachricht. Er und Jae-Ho warten am Hanok auf uns. Sie wollen Theo kennenlernen.

»Etwas sandig, aber ansonsten gut wie immer.« Ich zwinkere ihm zu und klopfe ihm die letzten Körner vom Hintern. »Wenn du jetzt lächelst und deine Grübchen zeigst ...«

»Ja?« Theo legt mir den Arm um die Schultern und reibt Sand von meiner Wange.

»Dann verfällt dir jeder sofort.« Ich greife um seine Taille. »Wobei ... das fände ich nicht so toll, also versteck die Grübchen besser!«

Er lacht laut. Sein Körper vibriert neben mir. »Alles klar, Jooni!«

Wir erklimmen die letzten Stufen nach oben. Auf der Terrasse sitzt Min-Ho, dessen grüne Haare vom Wind zerzaust sind. Er winkt.

»Ahhh«, ruft er uns entgegen, »da seid ihr ja.« Elegant springt er auf die Füße.

»Hi, du musst Min-Ho sein.« Theo hebt die Hand zum Gruß. »Yong-Joon hat mir von deinem Hang zu bunten Haaren erzählt.«

»Yo! Davon komme ich auch nach Bandzeiten nicht los.« Er grinst und fährt sich durch seine Mähne. »Hallo Theo.«

»Danke, dass wir das Haus nutzen dürfen.« Mein Freund deutet auf das Gebäude hinter uns. »Es war ja doch kurzfristig.«

»Ach, kein Problem.« Min-Ho verschränkt die Arme vor der Brust. »Meine Eltern sind so selten hier, die freuen sich, wenn das Haus nicht verstaubt.«

»Begrüßt du mich auch noch, oder soll ich euch alleine lassen?« Ich löse mich von Theo und mache einen Schritt auf Min-Ho zu.

»Na klar, komm her und lass dich umarmen.« Er zieht mich in seine Arme und klopft mir auf den Rücken. »Dein Freund ist ein guter Fang und echt heiß.«

»Ich weiß.« Ich löse mich und gebe ihm einen Klaps auf den Oberarm. »Wo ist Jae-Ho?«

»Im Haus, musste dringend pinkeln.« Min-Ho grinst und ich verdrehe die Augen.

Besagter Kerl erscheint auf der Terrasse. Seine schwarzen Haare liegen locker auf den Schultern. »Puh, die Fahrt vom Flughafen war einfach zu lang.« Er wischt sich die feuchten Hände an der Jeans ab.

»Danke für die Info«, sage ich und begrüße ihn trotzdem mit einer Umarmung. »Ich hoffe, du hast dir die Finger gewaschen.«

»Hey, wofür hältst du mich?!« Er boxt mich in die Seite. »Und jetzt stell mich deinem Freund vor.«

Ich schiebe ihn zu Theo und Min-Ho. »Also Theo, das ist Jae-Ho. Jae-Ho, Theo.«

»Freut mich, dich kennenzulernen«, sagt Theo, verzichtet aber auf den Händedruck.

»Hey! Ich habe mir echt die Hände gewaschen.« Jae-Ho lacht und packt sich wie zum Beweis ins Gesicht.

»Ja, wir glauben dir.« Min-Ho legt ihm den Arm um die Schultern.

»Sollen wir reingehen?« Ich verschränke meine Finger mit Theos.

Die Männer nicken und laufen vor, doch Theo hält mich zurück.

»Was ist los?«

»Hast du meine Allergie vergessen?« Er tritt von einem Fuß auf den anderen. »Ich weiß nicht, ob ich mit deinen Freunden in einem Raum sein kann. Min-Ho roch echt schwer nach Aftershave.«

Fuck!

»Scheiße!« Ich raufe mir die Haare und rieche an meinem Shirt. »Das habe ich total vergessen. Fuck. Mir ist der Geruch nicht aufgefallen.«

»Der Wind hat ihn genau in meine Nase geweht.« Theo kratzt sich am Hals. Rote Flecken zieren seine Haut.

»Mist, mist, mist! Das tut mir so leid!« Ich stoße ruckartig die Luft aus und würde mir am liebsten eine Ohrfeige verpassen. »Was machen wir denn jetzt?«

I AM PROUD OF YOU

Theo

»Tut mir leid, dass wir wegen mir draußen essen müssen.« Meine Augenlider senken sich leicht und ich verziehe die Lippen zu einem bedauernden Lächeln. Yong-Joons Freunde bauen einen Grill auf. Keinen Schimmer, woher sie den haben.

Min-Ho zuckt mit den Schultern. »Halb so wild. Wir wollen schließlich nicht für deinen Tod verantwortlich sein.«

»Darüber scherzt man nicht!« Yong-Joon springt vom Stuhl auf und zieht die Augenbrauen zusammen. Eine dicke Falte bildet sich auf seiner Stirn.

»Entschuldige, ist mir so rausgerutscht.« Min-Ho hebt abwehrend die Hände und riecht an seinen Klamotten. »Ich war übrigens duschen. Der Geruch sollte weg sein.«

Yong-Joon setzt sich wieder.

Ich lege ihm beruhigend eine Hand auf den Oberschenkel.

»Danke dafür«, sage ich zu Min-Ho, »das machen selten Menschen für mich. Also rechne ich dir das hoch an.«

Jae-Ho kommt zu mir und klopft mir auf die Schulter. »Du bist Yong-Joons Freund und gehörst jetzt auch zu uns.« Er grinst und bindet sich die Haare zusammen. Mit einer Zange stochert er im Grill herum.

»Eben. Yong-Joon soll lange was von dir haben.« Min-Ho legt einen Gemüsespieß auf den Rost.

»Wie großzügig von euch.« Mein Freund verdreht die Augen.

»Nicht wahr?« Min-Ho streckt ihm die Zunge raus und wendet den Spieß.

Ich schüttle amüsiert den Kopf. Es ist toll, Yong-Joon in der Gegenwart seiner Freunde – nein, seiner Familie – so gelöst und entspannt zu sehen. Ich bin froh, dass er sie an seiner Seite hat.

Wir belegen den Grill mit den verschiedensten Sachen, die die beiden mitgebracht haben. Bald riecht es herrlich nach gedünsteten Tomaten und Paprika.

Yong-Joon knabbert an einem Gemüsespieß. Sein Blick wandert abwechselnd zwischen seinen beiden Freunden hin und her. »So und jetzt sagt, warum ihr wirklich hier seid.«

Jae-Ho räuspert sich und schielt zu Min-Ho, der sich durch die grünen Haare fährt. Die beiden tauschen einen kurzen Blick aus.

»Okay, gut«, sagt er, »Ji-He hat sich Sorgen gemacht und wollte, dass wir nach dir schauen. Sie wäre selbst gekommen, aber das geht mit Shi-Won nicht. Und Ha-Neul ist gestern los zum Militärdienst.«

Mein Freund seufzt tief. »Sie braucht sich keine Sorgen machen. Ich bin in den besten Händen.« Bei den letzten Worten greift er nach meinen Fingern.

Ich drücke sie. »Das bist du.«

»Ja, das sehen wir.« Auf Min-Hos Gesicht breitet sich ein erleichtertes Lächeln aus und seine Schultern entspannen sich.

Ich lächle in die Runde.

»Und jetzt, wo wir das geklärt haben«, Jae-Ho streicht sich eine Haarsträhne aus der Stirn, »gibt es Neuigkeiten.«

»Und zwar?«, fragt Yong-Joon abwartend und seine Augenbrauen heben sich leicht. Er greift nach seinem Glas und trinkt etwas Wasser.

»Ha-Na und ich ...« Jae-Ho löst seinen Zopf und spielt nervös mit den langen Haarsträhnen.

»Sorry, kurze Frage«, ich beuge mich vor, »wer ist Ha-Na?«

»Ah, meine Freundin«, sagt er und seine Mundwinkel umspielt ein Lächeln. »Ha-Na und ich, wir haben beschlossen zu heiraten.«

Yong-Joon spuckt das Wasser aus. »Was? Ernsthaft?«

Jae-Ho nickt. Seine Wangen sind rot vor Freude.

»Mann, herzlichen Glückwunsch! Das freut mich für euch.« Ich recke den Daumen in die Luft und klopfe mit der anderen Hand Yong-Joon auf den Rücken.

»Danke dir!« Jae-Ho grinst jetzt übers ganze Gesicht.

Yong-Joon hat sich erholt, springt auf und reißt ihn in eine Umarmung. »Das ist der Wahnsinn! Herzlichen Glückwunsch!«

»Ich wusste es«, sagt Min-Ho verschwörerisch hinter vorgehaltener Hand zu mir.

»Habt ihr schon einen Termin?« Ich schnappe mir eine Karotte und knabbere daran.

Yong-Joon setzt sich wieder neben mich und reibt sich mit der Serviette über das feuchte T-Shirt. Ich betrachte ihn amüsiert.

»Tja, das ist der Haken an der Geschichte.« Jae-Ho zupft an seinem Haar. »Und einer der Gründe, warum wir hier sind.«

Ich verschränke die Arme vor der Brust. »Okay? Das hört sich ernst an.«

»Wir wollen in einer Woche heiraten, bei Ha-Nas Familie zuhause. Bevor es für mich zum Militärdienst geht. Und wir hätten euch gerne dabei.« Er schaut zu Yong-Joon und zu mir. »Dich auch, Theo.«

Mir geht das Herz auf bei dieser Freundlichkeit. »Das ist nett von euch, aber ich weiß nicht, ob ich das überleben würde.« Ich tippe mit dem Finger gegen meine Nasenspitze und verziehe die Lippen zu einem, wie ich hoffe, entschuldigenden Lächeln.

»Ach man, daran haben wir nicht gedacht. Das ist sehr schade, aber verständlich«, sagt Jae-Ho und lehnt sich in seinem Stuhl zurück. »Und was ist mit dir, Yong-Joon? Du kommst doch, oder? Schließlich ist Ha-Na die Schwester von Ha-Neul und gehört zur Familie.«

»Ich weiß nicht …« Sein Blick huscht zu mir und er spielt mit einem der Ringe an seinen Fingern. »Eigentlich wollten wir Url-«

»Yong-Joon.« Ich unterbreche ihn sanft. Klar freut es mich, dass er Zeit mit mir verbringen will. Aber er soll dafür nicht die Hochzeit seiner engsten Freunde verpassen. »Natürlich gehst du zu der

Hochzeit. Das ist deine Familie. Wir können unseren Urlaub jederzeit nachholen, okay? Aber die Hochzeit gibt es nur einmal.« Und ich meine es genauso.

»Bestenfalls«, sagt Min-Ho grinsend und kassiert dafür von Jae-Ho einen Schlag auf den Rücken. »Sorry!«

Die beiden unterhalten sich leise. Ich denke, sie wollen uns etwas Raum geben.

Yong-Joon schirmt seine Augen vor der tiefstehenden Sonne ab. »Bist du sicher, Theo?«

»Ja, das bin ich.« Ich lege den Arm um seine Schultern. »Du gehst zur Hochzeit und ich werde in der Zeit nach Hause fliegen.« Und mich endlich um meine Probleme kümmern. Das habe ich schon zu lange vor mir hergeschoben.

»Mir gefällt es nicht, dass wir uns wieder voneinander trennen.« Er reibt sich über die Handfläche.

»Wir trennen uns ja nicht.« Ich streiche über seinen Oberarm. »Und ich bin mir sicher, du wärst nachher echt traurig, wenn du nicht zu der Hochzeit gehst. Zumindest hätte ich mich so gefühlt, wenn ich Lisas verpasst hätte.«

»Okay. Danke.« Er haucht mir einen Kuss auf die Wange.

Wärme schießt in meine Ohrläppchen.

»Wollt ihr euch ein Zimmer nehmen?« Min-Ho klopft auf den Tisch und zwinkert uns zu.

»Dagegen hätte ich nichts einzuwenden«, murmelt Yong-Joon an meinem Ohr und ich lache.

»Also, du kommst zur Hochzeit?« Jae-Ho stützt die Unterarme auf die Tischplatte.

Mein Freund lächelt sanft. »Ja. Ich bin dabei.«

Jae-Ho strahlt übers ganze Gesicht. »Das freut mich riesig. Danke!«

Und ich bin froh, dass ich Yong-Joon dazu überreden konnte.

»Ist das wirklich okay für dich?« Yong-Joon liegt auf dem Futon. Er hat die dünne Wolldecke bis zur Hüfte hochgezogen.

»Mh?« Ich gähne herzhaft und rolle mich zu ihm.

»Dass ich zur Hochzeit fliege und du nach Hause.« Er rutscht näher zu mir heran und streicht mir eine Locke aus den Wimpern.

»Ja klar, sonst hätte ich das nicht gesagt.«

Ich presse meine Nasenspitze gegen seine. Sein typischer Duft nach Natur und Sommerluft steigt mir in die Nase. »Und unseren Urlaub holen wir nach. Vielleicht müssen wir uns dann nicht mehr so verstecken, wenn sich die Schlagzeilen beruhigt haben.«

»Werden sie das jemals?« Er stößt einen schweren, fast schon resignierten Atemzug aus. »Es sind bald drei Jahre seit Shins Tod vergangen und im Internet gibt es immer noch diese Kommentare.«

Mein Herz zieht sich zusammen. Es tut weh, zu sehen, wie sehr ihn das alles belastet.

Dabei habe ich nach unserer Musiksession gedacht, dass wir endlich in die Zukunft sehen. Aber den Tod eines geliebten Menschen vergisst man nicht einfach.

Ich schlinge den Arm um seine Taille und zeichne kleine Kreise auf seinen Rücken. »Die Kommentare werden womöglich nie aufhören. Du weißt ja, wie unsagbar scheiße Menschen sein können. Wir müssen uns davon loslösen.«

»Das fällt mir schwer.« Er vergräbt das Gesicht an meiner Brust. »Aber ich möchte es. Ich möchte frei davon sein.«

»Hast du über den Vorschlag nachgedacht?« Ich streiche ihm übers Haar. Meine Augen brennen und ich schlucke hart gegen einen Kloß im Hals an.

Sein Kopf bewegt sich und seine Haarspitzen kitzeln mich am Kinn. »Ja, ich habe auch mit Ji-He und den anderen gesprochen.«

Ich rutsche ein bisschen zurück, um ihn anzusehen. »Und zu welchem Entschluss bist du gekommen?«

»Ich war mir sehr unsicher. Aber nach all dem, was in den letzten Tagen passiert ist, werde ich eine Therapie machen.« Er spricht langsam, doch mit jedem Wort wirkt seine Stimme kräftiger und selbstbewusster. »Ich schaffe es nicht alleine, den Nebel aus den

Gedanken zu treiben, selbst, wenn ich mich von Shin löse. Dafür brauche ich professionelle Hilfe.«

Ich blinzle eine Träne aus den Augenwinkeln. »Du weißt gar nicht, wie unfassbar stolz ich auf dich bin. Das zu sagen, hat dich bestimmt viel Kraft gekostet.«

Ich küsse ihn sanft auf die Lippen und schließe ihn in eine feste, warme Umarmung.

»Danke. Danke für deine Worte und deine Unterstützung.« Er streicht über meinen Rücken. »Ich weiß das zu schätzen, wirklich. Ich wünschte nur, ich hätte die Therapie direkt nach Shins Tod gestartet.«

»Yong-Joon«, ich drücke ihn fester an mich, »jeder Mensch trauert anders. Und das ist okay.«

Er schnieft leise. »Ich habe ihn gesehen, weißt du?«

»Mh? Wen?« Woher kommt das jetzt?

Er klammert sich an mein T-Shirt. »Als wir zusammen Musik gemacht haben, war Shin da.«

Die Worte dringen tief in meine Seele ein und schnüren mir die Kehle zu. Ich presse die Lippen zusammen und atme krampfhaft ein. Alles in mir sträubt sich dagegen, zu wissen, dass wir in diesem kostbaren Moment nicht alleine waren.

Es hinterlässt einen bitteren Nachgeschmack.

»Aha ...« Ich stoße die Luft aus und wage es nicht, ihn anzusehen.

»Ja, ich glaube, er wollte sich verabschieden.« Yong-Joon löst sich von mir und umfasst mein Gesicht. »Und ich war endlich bereit, ihn gehen zu lassen. Die Vergangenheit ist vorbei, aber die Zeit im Hier und Jetzt, die wird gerade erst geschrieben.«

Eine riesige Last weicht von meiner Brust. Eine Last, von der ich gar nicht wusste, dass sie so schwer wog.

Yong-Joon streicht über meine Wangen. »Hier und Jetzt, mit dir, da will ich sein. Genau hier.« Er legt die Hand über mein pochendes Herz.

»Ich ...« Mir fehlen die Worte. Also beuge ich mich vor und küsse ihn direkt über seine Halsschlagader.

»Danke, dass wir uns kennengelernt haben.« Er erschaudert unter meinen Lippen. »Wirklich, ich danke dir von ganzem Herzen.«

»Wie wäre es mit einem Kuss als Dankeschön?« Ich reibe mit der Nasenspitze über die Haut an seinem Hals.

»Ein Kleiner.« Er nimmt meinen Kopf wieder in seine Hände und küsst mich flüchtig auf den Mund.

»Mhm ...« Ich schiebe die Unterlippe vor. »Noch einer?«

Yong-Joon haucht einen weiteren Kuss auf meine Lippen und dieses Mal lasse ich ihn nicht entwischen.

MOVE ON WITHOUT FORGETTING

Yong-Joon

Jeju Island, Mitte März 2021

Mit einem *kling* öffnet sich die Tür zu dem kleinen Studio im nächsten Ort. Min-Ho, Theo, Jae-Ho und ich quetschen uns durch den Türrahmen. Wir alle tragen Masken, Sonnenbrillen und Caps.

Min-Ho schiebt sich die bunten Haare unter die Mütze. »Ich kann kaum glauben, dass du herkommen wolltest, Yong-Joon. Du hast doch Angst vor Nadeln.«

Ich ramme ihm den Ellbogen in die Seite. »Psst! Das muss nicht jeder wissen.«

Theo legt mir den Arm um die Schultern und drückt mich an sich. Seitdem wir uns ausgesprochen haben, weicht er mir kaum von der Seite. »Ich find's super, dass du dich deiner Angst stellst. Und du bist ja nicht alleine hier.« Er deutet auf sich und meine Freunde, die aufmunternd grinsen.

»Hi, willkommen!« Eine junge Frau tritt aus einem Hinterraum in das Foyer. Sie hat langes, seidiges Haar, das in einem leuchtenden Violett gefärbt ist und als kunstvoll geflochtener Zopf über ihre Schulter fließt. »Wie kann ich euch helfen?«

»Ähm ...« Min-Ho versteckt sich hinter Jae-Ho und drängt unseren Freund in den Vordergrund.

»Was soll das denn?«, zischt dieser ihm zu und streicht sich ein paar Strähnen aus der Stirn.

»Ihr müsst keine Angst haben.« Die Frau verschränkt die Arme vor ihrem schwarzen, eng anliegenden Oberteil. Beinahe nahtlos geht der dünne Pullover in die künstlerischen Tätowierungen ihrer Hände über.

»Die drei sind ein wenig nervös.« Theo löst sich von mir und neigt den Kopf zur Begrüßung. »Es ist ihr erstes Tattoo.«

Sie klatscht in die Hände. »Ach, dann passt auf! Fängt man einmal an, wird man süchtig.«

»Vielleicht gehen wir lieber wieder«, flüstere ich hinter Theo und zupfe an seinem senfgelben Pullover.

Er dreht sich um und nimmt meine Hand. »Quatsch. Du redest doch seit dem Frühstück von nichts anderem mehr. Das hier ist eine gute Idee.«

»Wenn die Herren mir dann sagen, was sie möchten ...« Die Stimme der Tätowiererin zieht unsere Aufmerksamkeit auf sich.

Ich stupse Theo in den Rücken. »Hast du das Foto, was ich dir geschickte habe?«

Er nickt, kramt das Handy aus der Jeanshose und wischt darauf herum. Mit ausgestrecktem Arm hält er es der jungen Frau entgegen. »Hier, das würden die drei sich gerne stechen lassen. Geht das heute oder sollen wir einen Termin ausmachen? Allerdings sind wir nur für ein paar Tage auf Jeju.«

Die Dame nimmt ihm das Telefon aus der Hand und betrachtet das Bild. »Es ist nur ein kleines Motiv und dauert zwanzig Minuten pro Person. Das schaffe ich vor meinem nächsten Termin.« Sie gibt Theo das Handy zurück.

»Setzt euch gerne hier hin«, sie deutet auf eine Couch und zwei Sessel inmitten des Raumes, »ich bereite alles vor. Überlegt doch schon einmal, wer zuerst möchte.«

Wir setzen uns hin. Niemand sagt ein Wort. Ich glaube, wir haben alle nicht damit gerechnet, dass es so schnell geht.

»Was schaut ihr mich so an?« Theo hebt abwehrend die Hände und legt den Arm auf die Sofalehne. »Ich bin nur zur seelischen Unterstützung hier.«

»Wer will zuerst?« Min-Ho sieht mit flehendem Blick von Jae-Ho zu mir.

»Immer der, der fragt.« Jae-Ho zwinkert ihm zu und nimmt die Sonnenbrille ab.

Min-Ho schnaubt. »Hey, das ist fies.«

Wir lachen und Jae-Ho klopft ihm aufmunternd auf den Rücken.

»Aber gut, ich mache den Anfang.« Er steht auf und streckt mutig den Kopf durch den Türrahmen zum Hinterzimmer. »Darf ich reinkommen?«

»Klar.« Die Stimme der Tätowiererin klingt amüsiert. »Wenn du dich denn traust.«

»Soll ich mitkommen?« Theo tippt mit den Fingern auf meinem Oberschenkel herum. Er scheint nervöser zu sein als ich selbst.

Min-Ho hat sein Motiv am Fußknöchel stolz präsentiert und ist jetzt unterwegs uns etwas Kühles zu trinken zu besorgen.

Ich ziehe die Cap vom Kopf und fahre mir durchs Haar. »Ja, bitte. Ich habe echt Schiss vor Nadeln. Geht das mit deiner Allergie?«

»Wieso eigentlich?« Der Rhythmus des Tippens wird schneller. »Und ja, ich trage meine spezielle Maske, alles gut.«

»Nach einem Konzert war ich so erschöpft, dass ich eine Infusion brauchte. Leider wurde der Zugang nicht sofort gefunden und mein Arm war tagelang blau und geschwollen.« Ich erschaudere bei der Erinnerung und die Nackenhaare stellen sich auf.

»Oh, das kenne ich.« Er streicht mir über den Unterarm. »Aber hier weißt du ja, dass aus diesem kurzzeitigen Schmerz etwas Brillantes entsteht. Etwas, das bleibt.«

Ich nicke und schaue in Richtung Vorhang, der den Durchblick zum hinteren Teil des Studios verwehrt. »Min-Hos Tattoo sah fantastisch aus. Trotz Rötung. So filigran und detailliert.«

»Und wir haben uns ja vorher die Motive der Künstlerin im Internet angeschaut. Sie zeichnet wunderschön.« Er zupft seine Maske zurecht und schiebt sich die Sonnenbrille ins Haar.

Jae-Ho streckt den Kopf durch den Türrahmen. Sein Gesicht ist ganz blass.

»Du bist dran Yong-Joon.«

Ich stehe auf und ziehe Theo mit mir hoch. »Tat es weh?«

Mein Kumpel legt sich die Hand über seine Rippe und verzieht das Gesicht. »Such dir lieber eine andere Stelle aus. Kurzzeitig hatte ich das Gefühl, mir werden zig Messer in die Haut gerammt.«

»Jetzt übertreibst du aber«, ruft die junge Tätowiererin, die sich inzwischen mit Yun-Seo vorgestellt hat. »Und der nächste bitte.«

»Los geht's.« Theo legt mir die Hände in den Rücken und schiebt mich in Richtung Hinterraum.

Jae-Ho klopft mir auf die Schulter. »Du schaffst das. Denk daran, warum wir hier sind und das durchziehen. Glaub mir, danach fühlst du dich freier. Zumindest geht es mir so. Ich suche dann mal Min-Ho. Bis später.« Er verschwindet nach draußen.

Gemeinsam mit Theo betrete ich den Raum. Eine schwarze Liege füllt das kleine Zimmer aus. An der Wand steht ein Tisch mit unzähligen Materialien, von denen ich nicht die geringste Ahnung habe. Yun-Seo sitzt mit überschlagenen Beinen auf einem Stuhl, die Nadel hält sie wie eine Waffe erhoben in der Hand.

»Bereit?« Kleine Fältchen zieren ihre Augenwinkel. Auch sie trägt eine Maske. »Hast du dich für eine Stelle entschieden?«

Langsam schreite ich auf die Liege zu und bleibe unschlüssig davor stehen. »Ja, im Nacken.«

»Okay, setz dich mit dem Rücken zu mir und ich zeichne zunächst das Motiv vor. Dann kannst du schauen, ob es dir gefällt.« Sie legt die Nadel beiseite und greift nach einem speziellen Stift.

»Los.« Theo nickt mir aufmunternd zu.

»Dein Freund kann sich gern zu dir auf die Liege setzen, wenn dir das hilft.« Sie winkt ihn zu uns.

Er schwingt ein Bein über die Pritsche. »Komm Yong-Joon, du packst das.«

»Also dann …« Ich setze mich ihm zugewandt auf die schwarze, kühle Oberfläche und streiche mir das Haar aus dem Nacken. Mit zwei Spangen klemme ich es am Hinterkopf fest.

»Ich starte.« Yun-Seo macht sich an die Arbeit und zeichnet mit sanftem Druck das Motiv in den Nacken.

Mit dem Ergebnis bin ich mehr als zufrieden und dann setzt sie die Nadel an. Diese dringt in die Haut ein und erzeugt ein prickelndes Kribbeln, das sich wie winzige elektrische Impulse anfühlt. Jeder Impuls hinterlässt eine Spur von Hitze. Langsam breitet sie sich in meinem Nacken aus und vermischt sich mit dem qualvollen und zugleich berauschenden Schmerz der tausend Nadelstiche.

Ich kralle die Hände in Theos Oberschenkel und atme heftig ein. »Fuck.«

»Deine Fingernägel ziepen sicher mehr, als die Nadel.« Er presst die Worte ächzend hervor.

»Denk an was Schönes«, sagt Yun-Seo und beugt sich über meinen Nacken.

Die Nadel gleitet geschmeidig über die Haut, als ob sie eine geheimnisvolle Geschichte erzählt, die nur ich verstehe. Jeder Stich erinnert mich an einen Pinselstrich auf einer Leinwand, der die Farben der Erinnerungen auf meinem Körper zum Leben erweckt.

Keuchend bohre ich die Finger tiefer in Theos Beine. Ich spüre förmlich, wie die Tinte in die Haut einsickert, sich mit ihr verflicht und eine ewigwährende Verbindung erschafft.

Ich blinzle, schaue im Zimmer umher, um den brennenden Schmerz zu verdrängen. Die Sonnenstrahlen dringen durch das Fenster gegenüber von der Liege und tauchen den Raum in ein warmes, goldenes Licht. Es passt so gut zu dem Motiv, dass mein Herz vor Vorfreude und Nervosität zugleich in der Brust pocht.

Obwohl der Nacken schmerzt, überrollt mich eine Welle der Erleichterung. Jeder Stich ist wie ein kleiner Schritt auf dem Weg des Loslassens. Ein Tanz zwischen Schmerz und Befreiung. Zwischen Vergänglichkeit und Unsterblichkeit.

Die Tinte dringt in die Haut ein, verewigt die Erinnerungen an die verflossen Zeiten auf meinem Körper.

All die gemeinsamen Abenteuer, die wir erlebt haben.

Als Band, als Kollegen, als beste Freunde. Zusammen lachen und weinen. Auf der Bühne stehen und in die Gesichter Tausender Fans blicken. All die Momente, die wir geteilt haben. All die Augenblicke, die verloren sind.

Das leise Rattern der Nadel verwandelt die Haut im Nacken in den Abdruck der Vergangenheit. Eine Vergangenheit, die ich jetzt bereit bin loszulassen. Es ist Zeit für neue Erinnerungen.

Theo streicht mir zärtlich über den Handrücken. In seinen Augen schimmern Tränen und spiegeln damit den Ausdruck in meinen eigenen wider. Ich will mir das Gesicht reiben, aber die Nadel im Nacken hält mich davon ab.

»Wir sind so gut wie fertig«, sagt Yun-Seo hinter mir und setzt die Nadel wieder an. »Halte noch drei Minuten durch.«

»Okay.« Meine Stimme ist nicht mehr als ein raues Krächzen.

»Du schaffst das.« Theo nickt mir zu und klimpert seine Tränen weg.

Ich wage es nicht zu sprechen, halte die Luft an. Aber mit jedem der Nadelstiche verändert sich etwas Tiefes in mir. Es ist, als würden die Schuldgefühle der vergangenen Jahre, die mich wie ein erstickendes Gefängnis umschlossen haben, langsam ihre Macht verlieren. Jeder Stich ist ein Akt der Befreiung, der die Ketten der Reue und des Selbstzweifels zerschneidet. Die Tinte fließt in meine Haut und versiegelt wie ein heilendes Elixier die Wunden der Vergangenheit.

»Und fertig.« Yun-Seo setzt die Nadel ab und das leise Surren verklingt. »Ich reinige das Tattoo und klebe eine Folie darüber, dann kannst du es sehen.«

Ich atme geräuschvoll aus. »Okay. Danke.« Ich verschlinge die Finger mit Theos und drücke sie fest.

Er beugt sich vor und küsst mich durch seine Maske auf die Stirn. »Gut gemacht, Jooni.«

Yun-Seo sprüht mir etwas Kaltes in den Nacken, wischt darüber und klebt eine Folie über die wunde Stelle. »Hier, halte den Spiegel vor dich, so kannst du das Tattoo im anderen Spiegel hinter dir sehen.«

Statt meiner nimmt Theo das Teil entgegen. Er hält ihn vor mich.

Ich kneife die Augen zu.

»Du musst sie schon öffnen, um es zu sehen. Vertrau mir, es ist wundervoll«, flüstert er.

»Sicher?«

»Ja. Und jetzt mach die Augen auf.«

Langsam öffne ich die Augenlider und starre in den Spiegel. Das filigrane Tattoo der Sonnenblume ist eine wunderschöne Darstellung von Eleganz und Feinheit. Komplett in Schwarz-weiß gehalten verleiht es ihm eine zeitlose Ästhetik. Es erinnert mich so sehr an die Sonnenblumen vor dem Krematorium.

»Wow.« Ich schlucke gegen einen harten Kloß in meinem Hals an und fasse mir an die Kehle. »Es ist besser als auf dem Foto.«

Das Motiv ist kunstvoll gestaltet: Die Linien sind präzise und zart, wodurch die feinen Konturen der Blütenblätter zum Ausdruck kommen. Diese sehen so aus, als würden sie sich sanft im Wind wiegen. Die subtilen Schattierungen zaubern dem Tattoo Tiefe und erzeugen einen Kontrast zwischen Licht und Schatten, was der Sonnenblume Lebendigkeit einhaucht.

»Es ist perfekt.« Ich beiße mir auf die Innenseite der Wange. Das Tattoo passt zu Shin. Es sorgt dafür, dass ich ihn nie vergesse.

»Schön, dass es dir gefällt.« Yun-Seo legt den Spiegel beiseite.

Theo und ich erheben uns von der Liege. Aus einem Impuls heraus beuge ich mich vor und umarme die junge Künstlerin. »Danke!«

»Huch, gerne.« Sie klopft mir kurz auf den Rücken. »Darf ich fragen, warum ihr euch das gleiche Tattoo habt stechen lassen?«

»Um uns an einen Menschen zu erinnern, mit dem wir eine gemeinsame Vergangenheit teilen.« Hauchzart streiche ich über das Tattoo und presse die Lippen zusammen. »Aber auch, um mit der Vergangenheit abzuschließen und Raum für Neues zu schaffen. Damit ich weitergehen kann – ohne zu vergessen.«

Ich werfe Theo einen Blick zu, sehe den Stolz und die Zuneigung in seinen Augen. »Platz für neue Erinnerungen.«

I DON'T WANT TO LEAVE (YOU)

Theo

Jeju Island, Mitte März 2021

»Hier!« Yong-Joon reicht mir einen Strauß Rapsblüten.

Meine Brust weitet sich vor Freude und ich spüre, wie sich die Lippen zu einem breiten Lächeln verziehen. Ich nehme ihm den Strauß ab. »Oh, Dankeschön! Woher hast du die denn?«

»Ich habe bemerkt, wie du in den letzten Tagen die Felder bewundert hast, und hier in der Nähe gibt es eins.« Yong-Joons Augen strahlen und er wippt aufgeregt auf den Füßen vor und zurück.

Ich schnuppere vorsichtig an den leuchtend gelben Blüten. Sie verströmen einen süßlichen Duft. »Wow, dass dir das aufgefallen ist. Danke! Ich freue mich.« Ich schenke ihm einen flüchtigen Kuss. »Ehrlich, ich habe mich noch nie so über Blumen gefreut.«

»Und ich freue mich, dass sie dir gefallen.« Er grinst von einem Ohr zum anderen. »Gut, dass es das Feld vor dem Nachbarhaus gab.«

»Moment mal. Du hast sie gestohlen?« Ich ziehe eine Augenbraue hoch.

»Ach, die drei Blüten werden schon nicht auffallen.« Er zwinkert mir zu. »Und ich hoffe, sie erinnern dich an unsere Zeit hier. Auch, wenn Min-Ho und Jae-Ho bis gestern ständig an uns geklebt haben.«

Ich winke ab. »War doch lustig und ihr konntet euch zusammen das Tattoo stechen lassen.« Sanft streiche ich über die Sonnenblume in seinem Nacken. »Aber ich bin froh, dass wir jetzt ein bisschen Zeit alleine haben.« Und wenn es nur der Rückflug nach Seoul ist.

»Ich auch.« Er greift nach meinem Arm und wirft einen Blick auf die Uhr. »Wollen wir?«

»Los geht's.«

Wir hetzen durch den Flughafen. Keinen Schimmer, wie sie uns gefunden haben, aber einige Paparazzi lauern mit ihren riesigen Kameras vor der Gepäckabgabe.

Ich schnappe mir Yong-Joons schwitzige Hand und ziehe ihn hinter mir her. Die Blumen klemmen unter meinem Arm.

»Ich hasse das«, ruft er mir zu und zieht sich das Cap tief in die Stirn.

»Ignorier die Leute einfach.« Ich sprinte weiter. Die Smartwatch vibriert am Handgelenk. »Wenn wir uns nicht beeilen, verpassen wir den Flug.«

Wir schaffen es gerade noch pünktlich zum Boarding. Keuchend lassen wir uns in der ersten Klasse auf die Plätze fallen. Vom ganzen Rennen brennt meine Lunge.

»Ist alles okay?« Yong-Joon lehnt sich zu mir. »Du atmest so schwer.«

»Alles gut, ich war lange nicht mehr Joggen.« Ich lege mir die Hand auf die Brust. Das Herz pocht wild dagegen.

»Sicher?« Er beugt sich weiter zu mir. Mit den Fingern streift er meinen Hals. »Du hast sogar wieder rote Flecken. Liegt es vielleicht an den Blumen?«

»Ach quatsch.« Ich winke ab und strecke die Beine aus. »Das ist der Stress. Die Reporter, das Rennen! Ich bin schließlich nicht mehr Mitte zwanzig.« Ich zwinkere ihm zu.

»Aber auch nicht achtzig«, sagt Yong-Joon und schüttelt belustigt den Kopf.

Bevor wie es uns bequem machen können, landet der Flieger in Seoul. Mit Rucksack und Blumen stehe ich vor Yong-Joon. Er geht gleich zur Gepäckausgabe und ich muss meinen Anschlussflieger nach Deutschland bekommen.

»Können wir uns umarmen?« Ich will ihn nicht gehen lassen.

Mir schmerzt das Herz, mich schon wieder von ihm zu trennen. Unsere Zeit auf Jeju Island war zu kurz. Da will ich vorher noch einmal diesen Moment der Nähe und Verbundenheit spüren.

Er schaut sich um, knetet seine Hände ineinander. »Ich sehe keine Reporter.« Er öffnet die Arme.

Wir umarmen uns innig.

Ich presse das Gesicht an seinen Hals, atme tief seinen Duft ein. Will ihn nicht vergessen. »Ich besuche dich, sobald es geht.«

»Ich vermisse dich jetzt schon.« Yong-Joon streicht mir sanft über den Nacken.

Ein Prickeln saust meine Wirbelsäule herunter. »Du wirst mir fehlen.« Ich reibe mir über die Augen, um das Brennen in ihnen zu verdrängen.

Langsam lösen wir uns voneinander, nur die kleinen Finger verhaken sich. Niemand will den anderen loslassen.

»Richte Jae-Ho und Ha-Na Glückwünsche aus.« Meine Stimme klingt rau und belegt. Aber das wundert mich nicht. Ich muss mich enorm zusammenreißen, nicht loszuheulen.

»Das mache ich.« Er schnieft leise. »Man, ich will dich nicht gehen lassen.«

»Ich weiß. Ich will das auch nicht.« Ich umarme ihn noch einmal und küsse ihn durch meine Maske hinweg auf die Wange.

»Wir sehen uns bald, ja?« Er dreht sich um und geht schleppend in Richtung Gepäckausgabe.

»Ja. Bis bald, Jooni.« Ich schaue ihm hinterher, bis er sich umdreht. Unsere Blicke treffen sich ein letztes Mal und ich winke. Dann verschwindet er aus meinem Sichtfeld.

Ich schaue auf die Uhr und renne los, um den Anschlussflug zu bekommen. Der Rucksack knallt bei jedem Schritt gegen die Wirbelsäule und ich muss aufpassen, dass ich den Rapsblüten nicht aus Versehen den Kopf abreiße.

Atemlos erreiche ich das Gate und begebe mich direkt zum Boarding. Mit piepender Smartwatch sinke ich auf den Sitzplatz. Hinter meinen Schläfen pocht es und ich schnaufe schwer.

Schnell schreibe ich Yong-Joon und Lisa eine Nachricht, dass der Flug startet. Nach wenigen Minuten haben wir die Flughöhe erreicht.

Eine Stewardess, deren Gesicht ich unter der Maske und dicker Hornbrille kaum erkenne, kommt zu meinem Platz. Sie reicht mir die kleine Menükarte. »Was kann ich Ihnen bringen?«

Ich kratze mich am Hals. »Ein Wasser, bitte.«

»Kommt sofort.« Sie verbeugt sich leicht und verschwindet.

Keine zwei Minuten später ist sie zurück und ich nehme dankend das Glas Wasser entgegen. Ich ziehe die Maske herunter, leere es mit einem Zug und setze die Maske wieder auf. Hoffentlich hilft das gegen die Kopfschmerzen.

Ich schließe die Augen, entspanne mich und döse ein.

Eine Stimme weckt mich. »Abendessen, was möchten Sie?«

Ich öffne die Augen. Ein schweres, drückendes Gefühl lastet auf den Lidern, als ob sie mit unsichtbaren Gewichten beschwert wären. Mir tut alles weh, weil ich viele Stunden in einer Position verharrt bin.

»Ähm«, ich räuspere mich, »Bibimbap?«

»Ist das eine Frage?« Die Stewardess steht vor ihrem Servier-wagen und tippt ungeduldig auf der Oberfläche herum. Es ist nicht die Frau von vorhin. Ein opulenter Duft nach schwerem Parfum liegt in der Luft.

»Äh, nein. Bibimbap, bitte.« Ich reibe mir übers Gesicht.

»Einen Moment bitte.« Sie kramt in dem Wagen herum.

Ich greife nach den Rapsblumen, die vom Sitz gefallen sind. Wahrscheinlich habe ich sie im Schlaf heruntergeschmissen.

Ich rieche daran. Der süßliche Duft erinnert mich an Sonnen-creme.

Mein Hals kratzt und ich huste.

»So, bitte sehr, Ihr Abendessen.« Die Frau beugt sich zu mir herunter und stellt das eingepackte Essen vor mir ab.

Mein Herz fängt an zu rasen. Das Jucken am Hals wandert übers Kinn und erreicht meine Wangen. Ein prickelndes Kribbeln breitet sich im Mund aus, so als ob sich unsichtbare Blasen unter der Oberfläche bilden und ihn anschwellen lassen. Ich reiße mir die Maske vom Gesicht.

Meine Brust fühlt sich an, als würde sie von einem Elefanten zusammengedrückt. Die Smartwatch am Arm piept laut. Ich greife mir an die Brust.

Alles um mich herum verschwimmt in Dunkelheit.

LOVE LIKE THERE IS NO TOMORROW

Yong-Joon

Seoul, Mitte März 2021

»Ist es schlimm, dass ich keinen Anzug dabeihabe?« Ich sitze in Ha-Neuls Musikzimmer im Haus seiner Familie. Für die Hochzeit seiner Schwester hat er sehr kurzfristig Urlaub bekommen und mich heute Mittag vom Flughafen abgeholt.

»Quatsch, die Hochzeit wird total lässig.« Er spielt am Keyboard ein paar Akkorde. »Fieser finde ich eher, dass ihr euch ohne mich ein so bedeutsames Tattoo habt stechen lassen.«

»Sorry, aber es hat sich so ergeben und es hat sich richtig angefühlt.« Ich werfe ihm einen entschuldigenden Blick zu und streiche sanft über die wunde Haut in meinem Nacken. Die Folie klebt noch immer über der filigranen Sonnenblume.

»Alles gut, ich hole es so bald wie möglich nach.« Er winkt ab und widmet sich wieder dem E-Piano.

Die Klänge erinnern mich an Theo und unsere Musiksession auf Jeju. Ein warmes und gleichzeitig stechendes Gefühl flutet meinen Körper. Ich sehne mich nach ihm. Will ihn bei mir haben. Ich beiße mir auf die Innenseite der Wange, um den Schmerz zu verdrängen. Ein Schmerz, der schwerer wiegt als die spitzen Nadelstiche auf der Haut.

»Ein Geschenk habe ich auch nicht.« Ich hänge mir Ha-Neuls Gitarre um den Hals und stimme in seine Akkorde ein. »Die Hochzeit kommt recht plötzlich.«

»Stimmt. Deshalb feiern wir hier im Haus ohne zig Verwandte.«

Er schaltet das Keyboard aus und streicht sich übers kurzgeschorene Haar. »Nur die enge Familie. Was das Geschenk angeht, habe ich mir etwas überlegt, falls Min-Ho und du einverstanden seid.«

Die Töne der Gitarre verklingen. »Was denn?«

»Wie wäre es mit einem Song? Wir haben ewig nicht gespielt.« Er steht auf und kommt zu mir. »Und vielleicht tut es uns gut, bei so einem schönen Anlass wieder zusammen zu musizieren. Hier, im kleinsten Kreis.«

Ich schlucke und mein Herz flattert vor Aufregung. »Ich glaube, das fände ich gut.«

»Du glaubst?« Er rückt seine Brille zurecht und runzelt die Stirn.

»Lass es uns machen!«, sage ich mit fester Stimme. »Ich vermisse es, mit euch zu spielen.«

»Okay, jetzt müssen wir nur Min-Ho fragen.«

»Was müsst ihr mich fragen?« Besagter Kerl steckt den Kopf ins Zimmer, als hätte er geahnt, dass wir über ihn reden.

Ha-Neul winkt ihn zu uns. »Würdest du zusammen mit uns einen Song für meine Schwester und Jae-Ho vorführen?«

»Auf jeden Fall!« Ein Strahlen, das ich lange nicht bei ihm gesehen habe, erhellt Min-Hos Gesicht. »Was spielen wir?«

»Yes!« Ha-Neul reckt die Faust in die Luft.

Wir grinsen kollektiv und die nächste halbe Stunde gehen wir ein paar unserer alten Songs durch. Am Ende entscheiden wir uns jedoch für eine Akustikversion des Liedes *Grow old with me* von Tom Odell.

»Jae-Ho wird so heulen.« Min-Ho reibt sich grinsend die Hände.

»Ich denke, da wird er nicht der Einzige sein«, sage ich leise und reibe mir über die Brust. Mein Herz pocht so laut, dass ich den Nachhall bis die Ohren spüre. Ich wünsche mir einmal mehr, dass Theo in diesem Moment hier wäre. Bei mir.

»Es freut mich, dass wir heute zu der spontanen Hochzeit von Kim Ha-Na und Yoon Jae-Ho zusammengekommen sind.« Ha-Neuls und Ha-Nas Onkel, der uns durch die Hochzeitszeremonie führt, breitet die Arme aus. »Eine Hochzeit vergleiche ich gerne mit einem romantischen Blumengarten ...«

Min-Ho lehnt sich zu mir. »Das hat er gewiss im Internet gelesen.«

Ich schmunzle.

Ha-Neuls Onkel schaut auf seinen Zettel. »In dem Garten pflanzen zwei Menschen, Ha-Na und Jae-Ho, die Samen der Liebe und Verbundenheit und wir alle werden Zeuge davon werden, wie ihre Beziehung weiter aufblüht und über die Zeit wächst.«

»Definitiv aus dem Netz«, flüstert Min-Ho und fängt sich dafür einen scharfen Blick von Ji-He ein, die mit Shi-Won neben mir sitzt.

Meine Mundwinkel zucken. Schnell checke ich das Handy. Seit Stunden habe ich keine Nachricht von Theo erhalten.

»Kommen wir zum Tausch der Ringe, bevor wir zusammen feiern.« Ha-Neuls Onkel schielt wieder auf seinen Zettel. »Ein Hochzeitsfest, das wie ein Bankett voller Hoffnung und Freude ist, wo die Liebe der Hauptgang ist und Glückseligkeit als Nachtisch serviert wird.«

»O Gott, jetzt mal ernsthaft«, Min-Ho hält sich die Hand vor den Mund, seine Schultern beben, »woher hat er das?«

Ich würde ihm gerne antworten, bin aber zu sehr damit beschäftigt, mein eigenes Lachen zu unterdrücken. Leider verpasse ich dadurch den Ringaustausch.

»Und nun besiegelt eure Verbindung mit einem Kuss.«

Jae-Ho und Ha-Na fallen sich in die Arme und vereinen sich zu einem leidenschaftlichen Kuss. Mir kommt es so vor, als würde ein elektrisierender Hauch der Liebe von ihnen ausgehen und sich wie ein sanfter Nebel über die Gäste legen.

Ich schiele auf mein Handy. Theo fehlt mir. Ob ich jemals so einen Kuss mit ihm haben werde? Vor unseren Familien ...

Die Gäste brechen in stürmischen Applaus aus und reißen mich aus den Gedanken. Min-Ho johlt sogar. Vorne im geräumigen Wohnzimmer räuspert sich Ha-Neul. Er sitzt bei seinen Eltern.

»Zu Ehren des Brautpaares«, er wirft seiner Schwester und seinem Schwager einen weichen Blick zu, »möchten Min-Ho, Yong-Joon und ich ein Lied für euch spielen. Kommt doch dazu bitte in unser Musikzimmer.«

Ein Raunen zischt durch die kleine Hochzeitsgesellschaft. Überall erklingt Geflüster.

Ich knete die Finger ineinander und drehe nervös an meinen Ringen.

Ji-He lehnt sich an meine Schulter. »Wirklich? Ihr spielt?«

»Ja, wir möchten es.« Ich schenke ihr ein Lächeln. »Filmst du uns? Ich würde das gerne mit Theo teilen. Wenn er schon nicht hier ist.«

Ach, warum ist er nur nicht hier …

»Nervös?« Ha-Neul steht hinter dem Keyboard und spielt sich warm.

Ich nicke und beiße mir auf die Unterlippe. »O ja. Meine Finger schwitzen total.« Ich reibe sie aneinander, doch es hilft nichts.

»Meine auch.« Min-Ho stimmt den Bass. »Hoffentlich treffe ich die Töne.«

Ha-Neul dehnt seine Hände. »Im Gegensatz zu mir habt ihr regelmäßig gespielt.«

»Das wird schon, wir sind hier unter uns.« Min-Ho reckt den Daumen in die Luft.

Die Hochzeitsgesellschaft betritt das Musikzimmer, bis jeder Zentimeter an Platz ausgenutzt ist. Das Brautpaar steht vorne, mit seinen Eltern an der Seite. Dahinter folgen Onkel und Tanten mit Kindern.

Am Rand hat sich Ji-He mit ihrem gezückten Handy positioniert. Shi-Won spielt auf dem Boden mit einem Holztraktor.

»Also«, sage ich zum Brautpaar, »das Lied ist für euch. Herzlichen Glückwunsch zur Hochzeit Ha-Na und Jae-Ho. Wir wünschen euch viele kleine Momente voller Liebe, Erinnerungen, die euch zum Lächeln bringen und tiefe Verbundenheit.«

»Gut gesagt.« Min-Ho zupft eine improvisierte Basslinie und führt uns in den Song.

Ha-Neul fügt seine Akkorde elegant in den Bass ein. Meine Akustikgitarre folgt ihnen. Nach einem kurzen Intro fange ich an zu singen. Es ist das erste Mal seit fast drei Jahren.

Bei den einleitenden Tönen klingt meine Stimme rau, doch mit jeder Zeile, mit jedem Vers wird sie voller und selbstbewusster. Ich schließe die Augen und gebe mich der Musik hin, bewege mich immer weiter in sie hinein.

Die Melodie berührt etwas tief ihn mir. Jede Tonfolge strömt direkt aus meinem Herzen in die Finger. Die Rauheit meiner Stimme weicht einer Wärme und Klarheit, die ich schon lange nicht mehr gespürt habe.

Ha-Neuls Akkorde und meine Gitarre verschmelzen zu einer harmonischen Einheit. Gemeinsam mit Min-Hos Bass erfüllen wir den Raum mit einer magischen Energie. Ich wiege mich zum Rhythmus hin und her. Das hat mir gefehlt. Mit meinen besten Freunden Musik zu machen.

Es fühlt sich an wie eine wunderschöne Symphonie, in der jedes Instrument und jeder Musiker seine einzigartige Stimme besitzt. Und trotzdem kreieren wir eine solch harmonische Melodie. Meine Gedanken ergänzen von alleine Jae-Hos Gitarre und Shins Drums. Und diesmal ist da kein Schmerz. Es ist vielmehr so, als würde er sich freuen, dass seine Freunde endlich wieder zusammen spielen. Und er wacht von nun an über uns und unsere Musik.

Ich öffne die Augen und sehe, wie Ha-Neul mit einem breiten Lächeln seine Akkorde spielt. Auch Min-Ho strahlt übers ganze Gesicht. So fühlt sich nach Hause kommen an.

Schade, dass ich diesen Augenblick nicht mit Theo teilen kann. Ich würde alles dafür geben, ihn hier bei mir zu haben.

Die Musik trägt uns weiter.

Ich singe die letzte Zeile des Songs, begleitet von Ha-Neuls kurzem Outro. Der Schlusston verhallt und ein Moment der Stille liegt in der Luft.

Dann wirft sich Jae-Ho mit Tränen in den Augen in meine Arme, die Gitarre wird zwischen uns eingeklemmt. Ich blinzle mehrfach, um meine eigenen Tränen zu verscheuchen.

Hinter uns füllt sich der Raum mit einem tosenden Applaus.

Unendliche Dankbarkeit flutet mein Herz. Dankbarkeit, diesen Augenblick erlebt zu haben. Endlich bin ich wieder in der Lage, meine Leidenschaft auszuleben und andere Menschen damit zu berühren.

»Danke, tausend Dank!« Jae-Ho heult an meiner Schulter. »Das ist das perfekte Geschenk. Und ich bin mir sicher, dass Shin bei uns war. Ich habe es gespürt.«

»Ich auch.« Ich wische mir mit dem Handrücken über die brennenden Augen. »Ich auch.«

Jae-Ho löst sich aus der Umarmung und widmet sich Ha-Neul und Min-Ho. Ha-Na folgt seinem Beispiel und schließt uns ebenfalls in die Arme.

»Es tut mir so leid.« Ji-He steht vor mir. Ihre Wimperntusche ist völlig verschmiert, die Augen feuerrot. »Auf dem Video wirst du mein Schluchzen hören.«

Ich lache und gleichzeitig rinnen mir die Tränen über die Wangen. »Das ist okay.« Ich lecke mir über die Lippen. Sie schmecken salzig.

»Es war wunderschön.« Ji-He lächelt und zum ersten Mal seit langer Zeit erreicht das Lächeln ihre Augen. »Ich habe Shin ganz nah bei mir gespürt.«

Das ist es, was ich an der Musik so liebe. Sie ist wie Magie und kann uns in andere Welten tragen. Welten, in denen auch verstorbene Menschen ihre Melodie mit uns teilen.

Irgendwann am Abend schicke ich Theo das Video von unserem Auftritt, erwarte aber keine Antwort. Vermutlich sitzt er im Flugzeug.

Ich koste die Zeit mit meinen besten Freunden, meiner Familie in vollen Zügen aus. Wir machen Fotos zusammen mit dem Brautpaar und tanzen ausgelassen im Wohnzimmer von Ha-Neuls Elternhaus.

Alle Verwandten haben Speisen zubereitet, die als Buffet in der Küche aufgestellt sind. Es gibt typische koreanische Gerichte wie Mandu – mit Fleisch und Gemüse gefüllte Teigtaschen –, Gimbap und Bulgogi, aber auch verschiedene Salate und Kimchi. Dazu wird Makgeolli und Soju gereicht. Offenbar will das Brautpaar die Gäste zügig abfüllen, damit es die Zweisamkeit genießen kann.

Ich trinke selten Alkohol, aber heute gönne ich mir einige Gläser Soju mit meinen Freunden. Die Zeit an diesem Abend rast mit jedem Shot mehr.

»Nicht so schlimm, wie ich es in Erinnerung hatte.« Von dem milden, leicht süßlichen Geschmack muss ich nicht einmal husten. Im Abgang schmeckt er sogar einen Hauch fruchtig.

»Dann nimm noch ne Runde«, ruft Min-Ho und kippt mir die klare Flüssigkeit in das Schnapsglas.

Wir prosten uns zu und kippen den Soju herunter.

»Ahhhh ...« Ha-Neul leert seinen Kurzen und seufzt laut. »Das tut gut.«

Min-Ho hält uns die Flasche hin. »Noch eins?«

Ich schüttle den Kopf und vor meinen Augen dreht sich alles. »Wenn ich mehr trinke, kann ich nicht mehr geradeaus gehen.« Obwohl ich auf dem Stuhl sitze, schwanke ich leicht hin und her.

»Schade, dass dein Freund nicht hier ist.« Min-Ho trinkt ein weiteres volles Glas Soju.

»Ja, es wäre toll, wenn er hier sein könnte.« Ich hole das Handy aus der Hosentasche und checke die Nachrichten. Mittlerweile müsste Theo gelandet sein.

Ha-Neul legt sein Kinn auf meiner Schulter ab. »Keine Antwort?«

»Bisher nicht, alle Nachrichten sind ungelesen.« Ich scrolle durch den Chat.

Immer mal wieder habe ich Fotos von dem Abend und der Nacht geschickt. Bilder von der Zeremonie. Unsere verheulten Gesichter nach dem Auftritt. Verwackelte Selfies mit Shotglas in der Hand.

»Vielleicht ist sein Akku leer oder er ist so kaputt von dem langen Flug, dass er sich hingelegt hat.« Ha-Neul hickst mir ins Ohr.

Ich schiebe ihn von meiner Schulter. »So wird es sein.«

»Dann lasst uns einen Letzten trinken«, ruft Min-Ho und füllt unsere Gläser auf. Wir stoßen lachend miteinander an.

»건배!« *Prost!*

Ein Taxi transportiert meinen Koffer und mich später nach Hause. Ha-Neuls Angebot, bei ihm zu übernachten, habe ich abgelehnt. Ich sehne mich nach Theos Stimme und will mit ihm sprechen. Über die Hochzeit, über unseren Song, über alles. Ich klicke auf seinen Chat. Mal wieder. Bisher hat er nicht auf die Nachrichten reagiert. Ich seufze und lehne den Kopf an die kühle Fensterscheibe. Die aufgehende Sonne verfärbt die Stadt in einem Orangerosa.

Berauscht von der Feier betrete ich die Wohnung. Der Kopf pocht leicht und der Alkohol rauscht durch meine Adern. Ich torkle durch den Flur und taste nach dem Lichtschalter. Die Möbel verschwimmen vor meinen Augen. Ich verfluche mich dafür, so viel gesoffen zu haben. Ich halte mir das Telefon nah vors Gesicht und suche nach Theos Kontakt.

Da schrillt es plötzlich los. Ji-He ruft an. Sie ist mit Shi-Won vor dem Alkoholgelage gegangen.

Ich klemme mir das Handy zwischen Schulter und Ohr und streife mir ungelenk die Schuhe von den Füßen. »Was gibt's?«

»Okay, du musst jetzt ruhig bleiben.« Ji-Hes Stimme klingt aufgeregt. Panisch.

Der Schuh fällt mir aus der Hand. »Was ist passiert?« Mein Herz rast. Ich laufe hektisch hin und her.

»Am besten setzt du dich hin.« Ji-He zieht die Nase hoch. »Sitzt du?«

Ich bleibe mitten im Wohnzimmer stehen, fasse mir an die Brust. »Ji-He, jetzt sag mir endlich, was los ist.« Meine Lippen beben.

Ji-he räuspert sich. »Mach die Nachrichten an, es ist überall.«

»Was?« Ich suche nach der Fernbedienung. Meine Hände zittern so sehr, dass ich kaum die On-Taste finde. Ich schalte den Fernseher an und erstarre.

Schlagartig bin ich nüchtern.

Breaking news:

Pianist Park Tae-Won, who recently made headlines with ex-idol JJ, suffers anaphylactic shock on a plane. The plane had to make an emergency landing.

Park Tae-Won is currently in mortal danger. More detailed information is unknown.

HOW AM I SUPPOSED TO LIVE?

Yong-Joon

Meine Beine geben nach und ich breche mitten im Wohnzimmer zusammen. Das Handy fällt mir aus der Hand. Mir ist speiübel.

»Ha ... llo? ... du ... noch ... ?« Ji-Hes Stimme aus dem Telefon höre ich kaum.

Eine eisige Kälte frisst sich durch meinen Körper. Im Sichtfeld tummeln sich schwarze Punkte und eine seltsame Benommenheit fängt mich ein. Mein Herz rast, stolpert und zieht sich zusammen. So als würde es zerspringen wollen, wie ein zerschlagender Spiegel, dessen tausend Teile all meinen Schmerz reflektieren. Ich presse die Hände gegen die Brust. Die Fingerspitzen kribbeln wie verrückt und das Kribbeln breitet sich unaufhaltsam als ein unkontrolliertes Zittern bis in meine Füße aus.

Ich keuche, atme krampfhaft ein und aus. Keine Luft gelangt in die Lungen.

»Yong-Joon??« Ji-He schreit, aber es ist mir egal.

Ich schalte das Handy aus.

Meine Augen brennen wie Feuer. Eine Schlinge zieht sich mir fest um den Hals. Keuchend beuge ich mich nach vorne, stütze die Hände auf den Boden. Alles verschwimmt.

Nicht Theo. Bitte nicht Theo.

Heftiges Schluchzen schüttelt mich.

Ich würge.

Keuche. Ächze.

Die Splitter meines Herzens bohren sich in jede Faser meines Körpers. Es tut weh. So weh.

Nicht Theo ...

Mein Magen krampft sich zusammen. Ein bitterer Geschmack schießt mir die Kehle hoch. Ich würge heftig. Übergebe mich. Tränen vermischen sich mit Erbrochenem. Mein Körper bebt.

Ich umklammere meinen Oberkörper. Krümme mich. Unaufhörlich strömen mir Tränen über das Gesicht. Der Schmerz rauscht in meinen Ohren.

Ich ringe nach Luft. Werde von meinen Emotionen überwältigt.

Ein Hämmern reißt mich aus meiner Starre. Wie ein Embryo liege ich auf dem Boden. Vor mir ein Meer aus Tränen, Speichel und Kotze.

Es poltert erneut. Heftiger. Lauter. »Yong-Joon!!«

Ich hebe den Kopf und reibe mir über die feuchten Wangen. Ein beißender, saurer Geruch steigt mir in die Nase. Mein Magen dreht sich und ich presse die Lippen aufeinander.

»Yong-Joon, mach die verdammte Tür auf!!« Die Stimme ist dumpf. Sie kommt mir vertraut vor. Ist das Shin?

Langsam wuchte ich mich hoch, fasse mir an den Nacken. Meine Finger zittern. Ich stolpere durch die Wohnung zur Tür und öffne sie.

Ha-Neul fällt mir entgegen. Sein Gesicht ist gerötet, die Brille sitzt schief auf seiner Nase. Er murmelt irgendwas.

Ich wimmere. »Theo ...« Meine Knie geben nach. »Theo, er ist ...«

Ha-Neul zieht mich in die Arme, hält mich fest. An seiner Schulter weine und schluchze ich hemmungslos. Löse mich in Tränen auf.

»Noch wissen wir nichts.« Er schiebt mich sanft in die Wohnung und schließt die Tür. »Setz dich.«

Ich falle auf die Couch und starre ins Leere. Mein Körper fühlt sich schwer an, als könne er der Schwerkraft nicht mehr standhalten. In meinem Kopf tobt ein Wirbelsturm aus furchtbaren Gedanken. Ich sehe Theo, wie er nach Luft ringt. Sich mit den Händen an die Kehle greift. Die vor Angst und Panik erweiterten Pupillen.

Spüre sein rasendes Herz als wäre es meins. Ich sehe ihn bewusstlos am Boden liegen. Passagiere, die sich panisch über ihn beugen. Ihm nicht helfen.

Krampfhaft atme ich ein und aus. Jeder Atemzug ist eine Qual. Mein Körper fühlt sich an, als würde er unter der Last der Gedanken erdrückt.

Was, wenn ich nie wieder Theos Hand halte?

Was, wenn ich seine Grübchen für immer verliere?

Was, wenn unser gemeinsames Lied in diesem Moment verklingt?

Ich keuche, presse die Hände auf die Ohren. Wiege mich vor und zurück.

Am liebsten würde ich verschwinden.

Ha-Neul läuft durch die Wohnung, seine Schritte klackern hohl auf dem Fußboden. Es raschelt.

Wischt er meine Kotze weg? Ich schaue nicht nach.

Wie ferngesteuert ergreife ich die Fernbedienung und schalte den Fernseher ein. Irgendwann hat er sich von selbst ausgeschaltet. Ich zappe durch die Kanäle, bis ich einen internationalen Sender erwische.

> Pianist Park Tae-Won was hospitalized. His management makes no comments. Only a blurry image from the plane was leaked.

Ein Foto erscheint. Meine Hände krallen sich in die Couch. Theo ist kaum zu erkennen, so unscharf ist das Bild. Doch was ich nicht übersehen kann, sind die goldgelben Rapsblüten, die er umklammert. »O Gott …« Mir wird wieder schlecht.

Ha-Neul taucht in meinem Sichtfeld auf, stellt sich vor den Bildschirm. »Hast du versucht, ihn zu erreichen?«

»Ich bin schuld.« Das Foto von Theo mit den Rapsblüten klebt mir vor den Augen. »Ich habe ihm die Blumen geschenkt. Es ist alles meine Schuld!«

Mein Magen rebelliert und ich kann die Übelkeit gerade so herunterschlucken.

»Das weißt du nicht.« Ha-Neul schaltet den Fernseher aus. Er setzt sich neben mich und legt mir einen Arm um die Schultern. »Ich rufe Theo an, okay?«

Ich nicke, nicht im Stande etwas zu sagen, weil ich mich sonst mit Sicherheit übergebe.

Er kramt sein Telefon aus der Hosentasche und klickt auf Theos Kontakt. Den hat er seit dem Artikel-Horror. Er stellt auf Lautsprecher.

»Der gewünschte Gesprächspartner ist zur Zeit nicht erreichbar.«

»Vermutlich ist sein Handy aus.« Ha-Neul drückt den Anruf weg. »Hast du die Nummer seiner Familie?«

»Nein.« Ich presse den Daumen gegen die Handfläche.

»Dann versuchen wir es immer wieder.« Er drückt meine Schulter. »Lass uns fürs Erste ruhig bleiben.«

Ich springe auf, als hätte man mir einen spitzen Gegenstand in den Rücken gerammt.

»Ruhig? Wie soll ich jetzt ruhig bleiben? Es wiederholt sich alles! Alles! Merkst du das nicht?« Ich brülle. Am Ende bricht meine Stimme und ich schluchze.

»Ich will ihn nicht verlieren. Ich kann ihn nicht verlieren!« Eine tiefe Schwere drückt mir auf die Brust, erfüllt mich mit einer unendlichen Traurigkeit. Ich wische mir über die feuchten Wangen. »Ihm gehört doch mein Herz. Und wie soll ich ohne Herz überleben?«

Ha-Neul stößt einen Seufzer aus. Er steht auf, kommt langsam auf mich zu und verschränkt die Arme. »Yong-Joon, ich weiß, dass das schrecklich ist, hier zu sitzen und nichts tun zu können. Aber wir dürfen uns nicht das Schlimmste vorstellen. Theo ist stark. Er packt das.«

Nein, du weißt gar nichts!

Überhaupt nichts.

Die düstere Stimme in meinem Kopf flüstert mir gehässig zu: Du trägst Schuld. Deine Blumen haben ihn in diesen Zustand gebracht. Jetzt verlierst du ihn.

Ich schiebe Ha-Neul von mir weg. »Ich will jetzt alleine sein.«

»Bist du dir sicher? Ich kann bleiben.« Er zieht die Augenbrauen hinter seiner Brille zusammen.

»Ich bin mir sicher.« Die einzige Person, die ich bei mir haben will, ist Theo.

»Aber ruf mich an, wenn du was brauchst. Oder Ji-He, Min-Ho oder Jae-Ho. Egal wann. Du bist nicht allein«, sagt Ha-Neul und verabschiedet sich mit einem Nicken.

Er verlässt die Wohnung und ich schließe mich in meinem Musikzimmer ein. Dann rufe ich Theo an.

Wieder und wieder.

Und wieder.

Doch in der Leitung bleibt es still.

Es vergehen zwei Tage, in denen ich ständig Theos Nummer wähle. Eine Antwort bleibt aus. Selbst die Nachrichten bringen keine Neuigkeiten mehr.

Also suche ich im Internet.

Die Schlagzeilen über Theo und mich sind keinen Monat alt und finden sich mit wenigen Klicks wieder. Ich öffne einen Artikel, der heute früh veröffentlicht wurde und mehr als hundert Kommentare hat. Unter dem Titel ist das verschwommene Bild von Theo aus dem Fernsehen zu sehen. Ich überfliege den Abschnitt:

> Pianist Park Tae-Won recently caused a stir when his close relationship with ex-idol JJ (of „The Sun and the Stars") was revealed. He is currently in mortal danger after collapsing on a plane.
> We've done some research and we've new information for you: A few days ago, pianist Park Tae-Won and JJ were spotted saying goodbye at Incheon Airport (see photo

below). Afterwards, Park Tae-Won suffered an allergic
shock.
Is ex-idol JJ to blame for this incident?
Is the past repeating itself and is the next man really
doomed?
Stay tuned for more news!

Kalter Schweiß klebt an meiner Stirn. Der Raum um mich herum dreht sich.

Ich scrolle zu dem Bild herunter. Es zeigt Theo und mich, in inniger Umarmung. Zwar nur aus der Ferne, aber ich erkenne uns an den gelben Rapsblüten, die er an sich presst.

Warum habe ich gar nicht bemerkt, was die Blumen mit ihm machen?

Warum bin ich schon wieder schuld daran, dass ich jemanden verliere, der mir so viel bedeutet?

Ich streife mit der Hand über das Tattoo im Nacken.

Mein Magen krampft sich zusammen. Ich drehe mich zur Seite und kotze in den Blumentopf.

Wenn ich sowieso alle um mich herum verletze, sollte ich vielleicht einfach verschwinden ...

THAT'S ALL THAT MATTERS TO ME

Theo

In der Dunkelheit

Es ist dunkel. Alles um mich herum verlangsamt sich. Ich gleite mit Leichtigkeit durch die Finsternis. Wie eine Feder, die sanft im Wind schwebt. Mein Kopf ist leer, ohne Erinnerungen.

Vielleicht bleibe ich einfach hier, wo ich schweben kann …

Piep. Piep.

Piep. Piep.

Piep. Piep.

Piep. Piep.

Ich will die Augen öffnen. Doch die Lider fühlen sich so schwer an, als würde jemand seine Fäuste darauf pressen.

Piep. Piep.

Piep. Piep.

Piep. Piep.

Piep. Piep.

Ein brennendes Gefühl schießt durch meine Augenlider. Egal, wie sehr ich es versuche, es will mir nicht gelingen, sie zu öffnen. Der Körper ist zugleich leicht und schwer.

Atme ich überhaupt noch? In meinem Hals spüre ich einen harten Widerstand.

Ich weiß nicht, was mit mir passiert.

Piep. Piep.

Piep. Piep.

Piep. Piep.

Piep. Piep.

Die Dunkelheit umfängt mich, trägt mich fort …

Piep. Piep.

Piep. Piep.

Piep. Piep.

Piep. Piep.

Der Arm tut weh, ein stechender Schmerz breitet sich bis in die Hände aus. Ist es überhaupt mein Arm? Ich spüre meinen Körper kaum, nur das unangenehme Gefühl im Hals bleibt.

Was passiert hier?

Piep. Piep.

Piep. Piep.

Piep. Piep.

Piep. Piep.

Das Geräusch im Kopf wird immer lauter, unerträglicher. Pocht unaufhörlich gegen meine Schläfe. Ich will die Leere zurück.

Das Schweben.

Die Leichtigkeit.

Piep. Piep.

Piep. Piep.

Piep. Piep.

Piep. Piep.

Warum kann es nicht endlich still sein?

Ein kühler Schauer streift über die Wange und hinterlässt eine feuchte Spur.

Was ist das nur?

Mein Herzschlag beschleunigt sich.

Da ist es wieder …

Piep. Piep.

Piep.

Piep. Piep.

Wann hört das endlich auf?

Langsam verschwindet die Schwere aus meinem Körper. Die Dunkelheit um mich herum verschwimmt zu einem undurchdringlichen Nebel. Kein Licht. Hier ist nur endlose Leere.

In diesem Schwebezustand habe ich jegliches Gefühl für Raum und Zeit verloren.

Piep.

Piep. Piep.

Piep.

Körper und Geist verweilen in einem merkwürdigen Dämmerzustand. Meine Glieder sind schwer und träge. Unsichtbare Fesseln halten sie bewegungslos.

Bin ich wach? Oder schlafe ich?

Obwohl meine Gedanken klarer werden, verstecken sie sich die meiste Zeit hinter einer dichten Nebelwand.

Piep.

Piep.

Piep.

Die Geräusche im Kopf sind jetzt gleichmäßiger, klopfen nicht mehr hektisch gegen meine Schläfe.

Der Arm pulsiert in stetigem Rhythmus. Der Schmerz zieht bis in die Fingerspitzen. Vielleicht gelingt es mir demnächst, die Augen zu öffnen.

Noch nicht jetzt, aber bald …

Hinter meinen Augenlidern flimmert ein grelles Licht.

Die Dunkelheit zieht sich endlich zurück. Der Druck im Hals ist verschwunden. Ein brennender Geruch erreicht meine Nase. Der Geruch kommt mir bekannt vor.

Desinfektionsmittel?

Mein Hals kratzt. Ich will ihn mit den Fingern berühren, doch die Arme sind zu schwer, lassen sich nicht anheben.

Piep.

Piep.

Piep.

Ich atme tief ein, frische Luft strömt in meinen Brustkorb. Die Schwere verschwindet. Ich schlage die Augen auf und starre in blendendes Weiß.

»Oh, Gott sein Dank!«, ruft eine vertraute Stimme. Jemand drückt meine Hand.

Meine Augen richten sich weiterhin auf das Weiße. Ist das eine Zimmerdecke?

Ein verschwommenes Gesicht beugt sich über mich und langsam werden die Umrisse schärfer. Ich erkenne dunkle Haare und eine Brille.

Mama, will ich sagen, doch kein Ton verlässt den Mund. Die Lippen teilen sich. Ein Hustenanfall schüttelt meinen ganzen Körper durch.

»Schh ... ruhig«, murmelt Mama. Ich spüre ein Kitzeln an der Stirn. »Jetzt wird alles gut.«

Was wird gut?

Ihre Augen sind rot unterlaufen. Sie lächelt sanft und dreht sich weg.

»Er ist wach.« Sie spricht leise mit irgendeiner Person, die ich nicht sehe. »Holt bitte einen Arzt.«

Arzt?

Wo bin ich?

Mein Hals kratzt, innen wie außen. Ein lautes, rasselndes Husten durchbricht die Stille. Mein ganzer Körper bebt.

»Wo bin ich?« Es ist nicht mehr als ein Flüstern und meine Stimme klingt rau und fremd, als hätte ich eine lange Zeit nicht gesprochen.

Mamas Gesicht erscheint wieder im Blickfeld. Zärtlich streicht sie Haarsträhnen aus meinen Augenwinkeln.

»Du bist im Krankenhaus, Schatz.« Sie legt eine Hand an meine Wange. Ihre Finger sind kalt.

»Warum?« Ich kann mich an nichts erinnern.

»Im Flugzeug hattest du einen allergischen Schock.« Tränen treten ihr in die Augen. Ihre Stimme bricht. »Es gab eine Notlan-

dung und Erstversorgung in Istanbul, bevor man dich dann hergeflogen hat.«

Allergischer Schock? Notlandung? Versorgung in Istanbul?

Das sind viel zu viele Informationen auf einmal. Mein Gehirn
kommt nicht mit. Wie von selbst fallen die Augenlider zu. Die
Gedanken verlieren sich im Nebel.

Mamas Stimme wird zu einem entfernten Summen und verhallt
in meinen Ohren.

Ich drifte ab …

* * *

»Keine Sorge, Frau Park.« Eine unbekannte Stimme holt mich aus
meinem Dämmerzustand. Sie ist so nah. Ich habe das Gefühl, sie
greifen zu können. »Theo geht es besser, er ist nicht mehr in
Lebensgefahr. Lassen Sie ihm Zeit.«

»Aber er schläft seit Tagen.« Mama klingt erstickt, als hätte sie
geweint.

»Er braucht Zeit, Kraft zu tanken.« Schritte entfernen sich.

Vorsichtig öffne ich die Augen. Es fällt mir leichter als beim
letzten Mal. Der Schmerz im Arm ist noch da, aber das Kratzen im
Hals ist besser.

»Hey, Mama«, murmle ich, will mich aufrichten. Es klappt nicht.

Meine Mutter ist sofort bei mir. »Theo …« Wieder sind da Tränen
in ihren Augen. »Was brauchst du?«

»Wasser«, krächze ich.

Mama verschwindet aus meinem Sichtfeld. Sie hält mir einen
Strohhalm an die Lippen. Gierig sauge ich daran und die klare,
kalte Flüssigkeit fühlt sich wie ein beruhigender Balsam für den
schmerzenden Hals an.

Den leeren Becher stellt meine Mutter zur Seite. »Willst du dich
aufsetzen?«

Ich nicke, kann mich jedoch nicht bewegen. Der Schmerz im Arm
wird von einem Kribbeln in den Fingerspitzen begleitet.

»Moment.« Mama macht irgendetwas außerhalb meines Blickfeldes. Kurz darauf ertönt ein Surren und mein Oberkörper wird in eine aufrechte Position befördert.

Vorsichtig drehe ich den Kopf. Meine Mutter sitzt neben mir, umfasst die Hand, aus deren Handrücken ein dünner Schlauch verläuft. Ich kenne solche Schläuche aus früheren Krankenhausaufenthalten. Eine Infusion.

Neben dem Bett entdecke ich ein EKG, was endlich dieses nervige Geräusch hinter meinen Schläfen erklärt. Jetzt, da ich wach bin, nehme ich es nicht mehr so laut wahr. Ich wende mich zurück zur anderen Seite. Hier stehen weitere Monitore, die ich nicht zuordnen kann.

Mit der rechten Hand fahre ich mir übers Gesicht und kratze mich am Hals. Ich halte mir den Arm vor die Augen. Das sind nicht meine Klamotten.

Irgendjemand hat mir ein Krankenhaushemd angezogen. Der Geruch nach Desinfektionsmittel brennt mir weiterhin in der Nase.

»Was ist passiert?« Meine Stimme klingt kräftiger, nicht mehr so rau und brüchig.

Mama seufzt tief. »Du hast nach dem anaphylaktischen Schock fast drei Wochen im Koma gelegen.«

»Drei Wochen?!?!« Mir stockt der Atem. Ich sauge krampfhaft die Luft ein und ein Hustenkrampf schüttelt mich.

»Ja, wir haben uns alle so große Sorgen gemacht.« Sie schnieft und wischt sich die Tränen aus den Augenwinkeln. »Leider durfte niemand zu dir, als du auf der Intensivstation lagst. Ich bin erst seit einer Woche hier.«

»Okay, wow.« In meinem Kopf dreht sich alles. »Warum hatte ich diese allergische Reaktion? Ich kann mich an nichts mehr erinnern, seitdem ich in das Flugzeug gestiegen bin.«

»Der Notarzt vor Ort meinte, du hättest einen Strauß Rapsblüten bei dir gehabt, die einen sehr prägnanten Geruch verströmt haben. Vermutlich ist das der Auslöser gewesen.« Sie schnäuzt sich geräuschvoll.

In meinem Gehirn rattert es. Eine Sekunde, zwei, drei …

Es macht *Klick* und vor meinem inneren Auge spielen sich Erinnerungen ab: Yong-Joon, der mir vor der Abfahrt auf Jeju stolz einen Rapsblütenstrauß reicht. Der süßliche Geruch.

Meine Kopfschmerzen.

Yong-Joon, der mich fest umarmt, bevor wir uns am Flughafen trennen. Der juckende Hals und die Müdigkeit. Der Strauß auf dem Schoß …

Ruckartig drehe ich mich nach rechts und links. »Wo ist mein Handy?«

»Handy? Willst du dich nicht aus-«

»Wo ist mein Telefon?« Hektisch werfe ich mich im Bett hin und her. »Ich brauche es sofort!«

»Lisa hat es für dich aufgeladen und mir mitgegeben. Warte einen Augenblick.« Mama erhebt sich. Sie geht zu einem kleinen Schrank in einer Ecke des Raumes. Mit dem Telefon kommt sie zurück.

Ich entreiße es ihr und schalte es ein.

Sofort springen mir hunderte Anrufe und Nachrichten entgegen. Ein paar sind von Ha-Neul, doch die meisten von Yong-Joon. Ich klicke auf unseren Chat.

> Theo, ich kann dich nicht erreichen.
> Die Medien schreiben schreckliche Dinge und ich weiß nicht, was davon wahr ist.
> Theo, was ist mit dir?
> Theo, es tut mir so leid.
> Es ist alles meine Schuld.
> Schon wieder.
> Es tut mir leid. So leid.

Seine letzte Nachricht kam vor zehn Tagen, danach hören die Anrufe auf. Mein Herzschlag beschleunigt sich. Ich keuche.

Piep. Piep.

Piep.

Piep. Piep.

Piep.

»Theo?« Mama streift meinen Arm.

Ich schiebe sie weg. In meinem Kopf formt sich ein schreckliches Bild. »Mama, war der Unfall in den Medien?«

»Ja … es gab einige Nachrichten dazu.«

Ich drehe mich zu ihr, mein Puls rauscht in den Ohren. »Hat jemand von euch Yong-Joon erreicht?«

Mama schluckt und hebt abwehrend die Hände. »Wir hatten seine Nummer nicht und dein Telefon war aus …«

»Scheiße.« Ich presse die Lippen zusammen.

Schnell klicke ich auf Yong-Joons Namen und drücke das Handy ans Ohr. Das Kribbeln in meinen Fingern wird zu einem unkontrollierbaren Zittern.

Ich warte Sekunden, Minuten …

Das Gespräch wird nicht entgegengenommen. Ich lege auf, versuche es direkt wieder.

Nichts passiert.

Scheiße!

»Er geht nicht ran.« Ich umklammere das Telefon. Schnell wähle ich Ha-Neuls Nummer.

»Theo?« Ha-Neul keucht am anderen Ende der Leitung.

»Ja, ich bin's.«

»Dem Himmel sei Dank.« Ein erleichtertes Ächzen erklingt. »Wir hab-«

»Wo ist Yong-Joon?« Das ist alles, was für mich zählt. »Ich erreiche ihn nicht.«

»Theo, hör zu«, er atmet laut und rasselnd ein, »Yong-Joon ist verschwunden.«

MAYBE I'LL JUST DISAPPEAR

Yong-Joon

Ende April 2021

Der schwarze Nebel frisst sich wie Gift durch meinen Körper, verschlingt die Zellen eine nach der anderen.

Das Bild von Theos lebloser Gestalt blitzt in meinen Gedanken auf.

Ich bin schuld.

Ich bin schuld.

Ich bin schuld.

Jeder der in meiner Nähe ist, wird von mir in den Abgrund gezogen. Ein Abgrund, aus dem es kein Entkommen gibt.

Nie mehr.

Ich sollte in diesem Abgrund verschwinden.

Dann geht es allen besser.

ALL THE SILENT WORDS

Theo

Düsseldorf, Ende April/Anfang Mai 2021

Mit leerem Blick starre ich aufs Handy. Eine halbe Stunde nach dem Gespräch mit Ha-Neul umklammere ich es immer noch. Ich befinde mich in einem Tunnel, nehme nichts wahr, außer seinen Worte, die sich in meinem Kopf wiederholen.

Yong-Joon ist verschwunden.

Wir wissen nicht, wo er ist.

Mein Herz zieht sich schmerzhaft zusammen und sofort schlägt das EKG an.

Piep. Piep.

Piep.

Piep. Piep.

Piep ...

»Theo?« Mamas Stimme dringt aus der Ferne zu mir hindurch. »Was ist passiert?«

Ich ignoriere sie. Das Telefon fällt auf die Bettdecke. Die zitternden Finger wandern zum Handrücken und umfassen den Schlauch der Infusion.

Eine kalte Hand greift nach meiner. »Was um alles in der Welt machst du da?«

Bei Mamas angsterfüllten Stimme blicke ich auf. Mit geweiteten Augen sitzt sie neben mir und hält mich davon ab, mir die Infusion aus dem Arm zu reißen.

»Ich muss hier raus.« Ich klinge unnatürlich hohl. »Sofort.«

»Du bist gerade aus dem Koma aufgewacht.« Mama hält mich fest. »Du kannst jetzt nicht hier raus.«

»Ich muss!« Ein Husten schüttelt meinen Körper, hindert mich am Atmen.

»Theo, nein. Das geht nicht.« Sie drückt irgendeinen Knopf neben dem Bett. Lässt mich nicht aus den Augen.

Kurz darauf eilt eine Krankenschwester mit ergrautem Haar ins Zimmer. Sie hält eine Spritze in der Hand.

»Was machen Sie da?« Ich will mich meiner Mutter entziehen, doch ihr Griff ist erstaunlich kraftvoll.

Die Schwester nähert sich dem Schlauch. »Sie haben Schmerzen?«

»Ich will gehen«, sage ich, aber der erneute Hustenkrampf zerstört die Überzeugungskraft. Mein Körper bebt heftig.

»Er hat starke Schmerzen«, sagt Mama und ich bin unfähig etwas zu erwidern.

»Das haben wir gleich.« Die Krankenschwester setzt die Spritze an ein Ventil, drückt zu und kurz darauf wird der Körper schwer, mein Geist leer und alles dunkel.

* * *

»Ah, da bist du wieder.« Lisa beugt sich über mich.

Ich setze mich auf. Dieses Mal funktioniert es ohne Probleme. Nur mein Gehirn fühlt sich noch an wie mit Watte ausgestopft.

Wie lange habe ich geschlafen?

Ich huste heftig. »Wo ist Mama?«

»Ich habe sie überzeugt, sich zuhause auszuruhen.« Meine Schwester tupft mir mit einem Waschlappen über die Stirn. »Papa ist bei ihr, sie passen auf Mia auf.«

»Und Alex?«

»Der holt mir etwas zu trinken.«

»Aha ...« Ich krame in meinen Erinnerungen. Irgendetwas habe ich vergessen.

Was war es?

»Tut mir übrigens leid«, sagt sie und legt den Lappen zurück in eine Schüssel.

Ich runzle die Stirn. »Was?«

»Dass dir das hier passiert ist. Und das mit Yong-Joon.«

Kurz bin ich verwirrt.

FUCK!

Piep. Piep.

Piep.

Yong-Joon ist verschwunden.

Piep. Piep.

Piep.

»Er ist weg«, murmle ich vor mich hin. »Ich muss ihn finden.«

Ich habe mit Ha-Neul telefoniert und wollte hier raus. »Die haben mich einfach in den Schlaf geschickt.«

»Mama tut das ehrlich leid«, Lisa senkt den Blick, »aber du musst sie verstehen. Du bist gerade aus dem Koma erwacht. Da kannst du nicht mal eben aus dem Krankenhaus fliehen.«

Kribbeln breitet sich als dumpfer Schmerz in die Unterarme aus. »Hast du mich nicht verstanden?« Meine Stimme klingt rau, aber bestimmt. »Yong-Joon, mein Freund, ist verschwunden! Und ihr verlangt von mir, seelenruhig im Bett zu liegen? Was würdest du machen, wenn Alex weg wäre?«

»Theo, du bist fast gestorben!« Sie wird mit jedem ihrer Worte lauter. »Denk doch einmal an dich, verdammt! Ich will meinen Bruder nicht verlieren!«

»Und ich will Yong-Joon nicht verlieren!« Die Hände zittern so heftig, dass ich sie kaum kontrollieren kann. Keuchend atme ich ein und aus. Meine Lunge schmerzt.

Die Erinnerungen springen so unerwartet ins Flugzeug, dass ich sie nicht aufhalten kann. Ich sehe die Rapsblüten, die Yong-Joon mir geschenkt hat. Ihr süßlicher Geruch legt sich über meine Gedanken wie eine dicke Wolke.

Das war der Grund – für all das hier. Es waren die Blüten.

Jetzt erinnere ich mich, dass ich schon vor dem Flug so ein Jucken verspürt habe. Alles fing an, als Yong-Joon mir die Rapsblüten gab. Und wenn davon etwas in die Medien gelangt ist ...

O Gott.

»Theo?« Lisa stupst gegen meinen Arm. »Was ist plötzlich los? Du bist ganz weiß im Gesicht.«

Mein Körper vibriert. Bebt.

Piep. Piep.

Piep.

»Lisa, ich glaube ...«, meine Stimme wird von einem Schluchzen erstickt, »Yong-Joon denkt, er ist schuld an all dem hier.«

Sie streicht beruhigend über meinen Arm. »Warum sollte er das denken?«

»Was wurde in den Medien gezeigt?« Ich wische die Tränen weg.

Lisa kramt ihr Handy hervor und zeigt mir einen Artikel mit einem unscharfen Bild. Die gelben Rapsblüten sind verschwommen, aber nicht zu übersehen.

»Die Blumen hat Yong-Joon mir geschenkt«, sage ich, mein Herz pocht heftig gegen die Rippen. »Wenn er das gesehen hat ...«

Piep. Piep.

Piep.

Ich greife mit zitternden Händen zum Infusionsschlauch und dieses Mal hält mich niemand auf. Mit einem kräftigen Ruck reiße ihn heraus.

Lisas Schreie erreichen meine Ohren wie ein gedämpfter Klang. Sie verschwimmen zu einem fernen Echo.

Sie greift nach meinem Arm. »Bist du wahnsinnig geworden?«

»Ja, vielleicht bin ich das.« Ich entziehe mich ihr und schiebe die Beine zur Seite.

»Theo, bitte.« Ihre Stimme ist flehend. »Du verletzt dich.«

Was interessiert es mich, ob ich mich verletze?

Wenn Yong-Joon ganz andere Dinge tun könnte, weil er sich die Schuld gibt.

Schon wieder.

Ein eisiger Schauer durchzuckt mich. Die glatte, kalte Oberfläche unter meinen Füßen fühlt sich an wie gefrorener Marmor. Ich stoße mich mit zitternden Armen von der Bettkante ab.

Eine Sekunde stehe ich.

Dann klappe ich zusammen.

Ich schlage mit einem lauten Rumms auf dem Boden auf. Ein stechender Schmerz rast durch meinen Körper.

»THEO!«

Sofort umfassen Hände meine Schultern, wollen mich aufrichten. Knie und Handgelenke ziepen.

»Was machst du?« Ich erkenne Alex' Stimme nah am Ohr. Seine Arme stützen mich. Er wuchtet mich auf die Matratze.

Ich habe keinen Schimmer, wie er das schafft. Mein Körper ist bleischwer. Wie ein Sack Kartoffeln falle ich aufs Bett.

Lisa taucht in meinem Gesichtsfeld auf. »Bist du ganz von Sinnen?«

Sie greift nach meinen zitternden Händen. Die hängen leblos zu beiden Seiten meines Körpers herunter.

»Willst du deine Gesundheit und Zukunft zerstören?« Ihre Stimme bricht.

Alex hockt sich vor mich. Sein Gesichtsausdruck ist starr. »Was machst du, wenn du einen weiteren Anfall hast? Mit schlimmeren Auswirkungen als ein Koma?«

»Ist dir das alles egal?« In Lisas Augen sammeln sich Tränen. »Deine Gesundheit und dein eigenes Leben?«

In mir brodelt ein Feuer. Ich entreiße ihr meine Finger und balle sie zu Fäusten zusammen. Keine Sekunde länger ertrage ich Lisas mitleidigen Blick und die Angst in Alex' Augen.

»Ja, das alles ist mir scheißegal«, rufe ich mit bebender Stimme. Meine Gedanken überschlagen sich, wirbeln durcheinander. »Mir egal, dass der Hals brennt und mein Herz unregelmäßig pocht. Mir ist egal, dass es wieder passieren könnte. Scheiß auf die Zukunft! Ich will schon lange nicht mehr auf der Bühne stehen. Was macht es da für einen Unterschied, wenn ich nicht mehr spielen kann.

Wen interessiert überhaupt meine Musik? Sie alle wollen irgendeinen Star anhimmeln, der ich nicht bin und nie sein werde.«

»Theo ...« Ein Ausdruck des Unglaubens huscht über Alex' Gesicht. Sein Mund öffnet sich leicht.

Tränen laufen über Lisas Wangen. »Das meinst du nicht so.«

»Ich meine es genau so.« Die Worte sind kräftig, nachdrücklich. Das Feuer breitet sich im ganzen Körper aus. Mein Herz schlägt aus dem Takt.

Piep.

Piep. Piep.

Ich fasse mir an die Brust. »Seit so vielen Monaten versuche ich, die Worte endlich auszusprechen. Ich kann einfach nicht mehr. Jetzt ist eh alles egal. Ich muss zu ihm!«

Schweiß läuft mir den Nacken herunter.

»Warum hast du nichts gesagt?« Lisa weint hemmungslos und ich weiß nicht, warum.

Weint sie, weil ich geschwiegen habe?

Weil ich die Karriere aufgeben will?

Oder weil ich jetzt hier weg muss?

Ich raufe mir die Haare, mein ganzer Körper schmerzt bei der Bewegung.

Ja, warum eigentlich? Warum habe ich nichts gesagt?

Lisa und Alex sehen mich schweigend an.

»Weil ...«, ich blicke an die weiße Decke, als würde ich dort die Antworten finden, die ich suche, »... ich es selber nicht wahrhaben wollte. Wie viele Jahre habe ich der Musik und der Bühne alles von mir gegeben? Das war mein Leben. Die Musik war mein Leben. Ich wollte mich selbst und euch nicht enttäuschen. Mir eingestehen, dass es nicht das Leben ist, das ich mir erhofft habe. Jetzt will ich nur noch ihn. Ihn und seine Musik.«

Als hätte ich endlich ausgesprochen, was lange in mir brodelt, erlischt das Feuer in meinem Körper ohne Vorwarnung. Ein letztes Mal schießt eine ungewohnte Hitze durch die Glieder. Alles wird kalt und ich falle in die kühlende Umarmung der Dunkelheit.

LIKE A SHATTERED MIRROR

Yong-Joon

Anfang Mai 2021

Zusammengekauert hocke ich in der Dunkelheit. Der düstere Nebel ist immer noch da.

Nur ganz langsam zieht er sich zurück. Verlässt meinen Körper.

Ich greife nach dem Notizbuch. Muss die Gefühle, die in mir schreien, zu Papier bringen. Um nicht völlig daran zu zerbrechen.

Mit zittrigen Fingern schreibe ich die Zeilen.

Black mist eats into my soul
Like poison, devouring my cells.
I feel the guilt pounding
Through my veins.
Why don't I just disappear
Into the abyss
That swallows everything?

It feels like my heart
Is about to shatter
Like a shattered mirror,
Its thousand pieces reflecting all my pain.
And the splinters of my heart
Pierce every fiber of my body.
I can't lose you, not you ...

Ich lege den Stift beiseite.

Und weine.

MY HEART BELONGS TO YOU

Theo

Düsseldorf, Anfang Mai 2021

Piep. Piep.
   Piep.
   Piep. Piep.
   Piep.
   Piep. Piep.
   Das Geräusch ist wieder da. Ebenso der beißende Geruch nach Desinfektionsmitteln.
   Ein stechender Schmerz schießt durch meine Hand.
   Die Infusion?
   Langsam öffne ich die Augen und sehe an die weiße Krankenhausdecke. Der Film wiederholt sich. Nur, dass meine Gedanken jetzt klarer sind. Die Watte hat sich verzogen.
   Endlich kann ich mich wieder auf das fokussieren, was mir wirklich wichtig ist.
   Yong-Joon.
   Ich blicke mich um. Im Handrücken steckt tatsächlich ein neuer Zugang. Lisa ist auf der Couch unter dem Fenster eingeschlafen. Alex ist nirgends zu sehen.
   Vorsichtig bewege ich die Gliedmaßen, die immer noch von dem Sturz schmerzen. Das Zittern meiner Hände hat aufgehört.
   Langsam richte ich mich auf und taste nach dem Handy auf der Ablage neben dem Bett. Keine Anrufe oder Nachrichten von Jooni. Ich wähle seine Nummer.

Sein Handy ist ausgeschaltet.

Ich drücke den kleinen Knopf neben dem Bett, um Lisa nicht zu wecken. Kurz darauf betritt ein Krankenpfleger das Zimmer. Er hat einen kahl geschorenen Kopf und seine Oberarme sind breiter als meine Oberschenkel.

Ich schlucke den Kloß im Hals herunter.

»Was gibt's?« Er bleibt mit verschränkten Armen neben dem Bett stehen. Dabei sprengt er fast sein Oberteil.

»Ähm, ich würde gerne gehen?« Warum hört sich das wie eine Frage an? Meine Stimme klingt zittrig.

»Aha, der Herr ist gerade wach geworden und möchte gehen.« Der Kerl mustert mich mit ausdruckslosem Blick. »Weil das beim letzten Mal so gut geklappt hat.«

O Mist, er weiß von meinem gescheiterten Fluchtversuch.

Ich räuspere mich. »Deshalb brauche ich Hilfe.«

»Das sehe ich.« Der Krankenpfleger lässt seine Muskeln spielen. Er schaut er zur schlafenden Lisa. »Ihre Familie wird davon nicht begeistert sein.«

»Ich weiß!« Ich stoße einen tiefen Seufzer aus. »Aber es gibt da etwas sehr Wichtiges, um das ich mich kümmern muss.«

»Was kann wichtiger sein, als Ihre Gesundheit?«

»Der Mann, dem ich mein Herz geschenkt habe.« Die Worte verlassen meinen Mund, bevor ich darüber nachdenken kann. Und die Wärme, die dabei durch meinen Körper fließt, ist so ganz anders, als das Feuer, das alles niedergebrannt hat. Ich spüre die Wahrheit in jeder Zelle meines Seins.

Es tut gut, diese Worte auszusprechen, ich trage sie viel zu lange mit mir herum.

Der Krankenpfleger starrt mich einen Moment regungslos an. Sein Gesichtsausdruck wird weich und auf seinen Lippen bildet sich ein Lächeln. »Ich kann Sie nicht zwingen hierzubleiben, jetzt da Sie wach sind ...«

Ich atme erleichtert auf.

»Danke!«

»Obwohl ich es Ihnen dringend raten würde.« Er lockert seine Arme. »Sie haben eine schwere Zeit hinter sich.«

»Ich gehe das Risiko ein.« Ich deute auf die Verkabelung mit dem EKG und die Infusion.

Kopfschüttelnd bewegt er sich zu den Gerätschaften. Er schaltet das EKG auf stumm, entfernt alle Kabel und den Schlauch der Infusion.

»Bevor Sie gehen, müssen sie eine rechtliche Verfügung unterschreiben, dass sie entgegen ärztlichem Rat, auf eigene Verantwortung das Krankenhaus verlassen.« Er reicht mir aus dem Schrank meine Tasche.

Scheinbar kennt er sich hier besser aus als ich. Ob er sich um mich gekümmert hat, als ich im Koma lag?

Mein Mundwinkel hebt sich an. Ich hoffe, er sieht darin ein dankbares Lächeln.

Ich nehme die Tasche entgegen. »Okay, das ist kein Problem.«

»Ihnen muss bewusst sein, dass Ihr behandelnder Arzt und das Krankenhaus keine Haftung dafür übernehmen, wenn später weitere gesundheitliche Probleme auftreten.« Er flüstert, schaut immer wieder kurz zu meiner Schwester.

»Ich weiß, damit kann ich leben.« Ich muss zu Yong-Joon, um alles andere kümmere ich mich später. »Lassen Sie uns gehen.«

Er zieht eine buschige Augenbraue in die Höhe. »In dem Aufzug?«

Ich blicke an mir herunter. »Oh.«

Ich trage nichts weiter als ein Krankenhausleibchen, das hinten mit ein paar Bändern zusammengehalten wird. Und keine Unterwäsche. Großartig. Ohne hinzusehen, wühle ich in der Tasche, bis ich Boxershorts, T-Shirt und Jogginghose in die Hände bekomme.

Der Krankenpfleger hilft mir beim Anziehen. In der Tasche finde ich außerdem alles, was ich für mein Vorhaben brauche: Reisepass, Portemonnaie und Jacke.

Ich werfe der schlummernden Lisa einen entschuldigenden Blick zu. Gestützt von dem netten Pfleger verlasse das Zimmer.

Und laufe direkt in Alex hinein.

Mit hochgezogenen Augenbrauen schaut er mich an. »Wo willst du denn hin?«

»Weg.« Ich zwänge mich an ihm vorbei.

Der Krankenpfleger hält meinen Arm fest, damit ich nicht umkippe. Vielleicht sollte er lieber einen Rollstuhl holen.

»In deinem Zustand?« Alex stellt sich mir in den Weg, hält mich am anderen Arm fest und betrachtet meine wackeligen Beine. »Du kannst dich kaum aufrecht halten. Weiß deine Schwester davon? Deine Eltern?«

Ich verdrehe die Augen. »Natürlich nicht, oder meinst du, sie würden mich in diesem Zustand abhauen lassen?«

Alex seufzt so tief, dass ich das Gefühl habe, auf seinen Schultern liegt gerade die Last der ganzen Welt. »Kannst du nicht warten, bis es dir besser geht? Du riskierst deine Gesundheit, Theo. Nach Wochen im Koma direkt wieder voll durchstarten ist nicht die beste Idee.«

»Alex, mir ist es vollkommen egal, wie es mir geht.« Ich balle die Hände zu Fäusten. »Ich kann Yong-Joon nicht erreichen.«

Die Angst kriecht in meinen Nacken. Angst, dass Yong-Joon irgendetwas anstellt, weil er sich die Schuld an all dem hier gibt. Ich kenne ihn inzwischen gut genug, um zu wissen, wie sehr er sich etwas zu Herzen nimmt. Wenn er sich nur ansatzweise so fühlt, wie nach Shins Tod, dann weiß ich nicht, was er machen wird, um seine Gefühle zu kompensieren.

Keine Ahnung, was Alex in meinem Gesicht sieht, aber seine Gesichtszüge werden sanfter. Er lässt mich los und holt sein Handy aus der Tasche. »Okay. Dann lass uns gehen.«

»Bitte?« Verwirrt starre ich ihn an.

Der Krankenpfleger gibt ein tiefes, leises Brummen von sich. Den Kerl hatte ich glatt vergessen.

»Na, alleine kannst du Yong-Joon nicht suchen.« Alex zwinkert mir zu. »Nicht, wenn du jeden Moment kurz davor bist, abzukacken.«

»Wie nett.«

Alex ignoriert mich und wendet sich dem Krankenpfleger zu. »Wo müssen wir unterzeichnen?«

»Hier entlang.« Der Kerl führt uns zum Empfangsbereich. Er holt einige Zettel hinter dem Tresen hervor und füllt etwas aus. »Wenn Sie hier unterschreiben, dann tragen Sie komplette Verantwortung für alles, was passiert, sobald Sie das Krankenhaus verlassen.«

Er reicht mir einen Kugelschreiber.

Ich nicke und nehme den Stift entgegen. »In Ordnung.« Ohne zu zögern unterzeichne ich.

»Deine Familie killt mich, wenn sie merken, dass du verschwunden bist.« Alex schnaubt und flucht unaufhörlich neben mir.

Wir sitzen im Flugzeug nach Japan. Keinen Schimmer, wie er es geschafft hat, uns trotz Corona-Auflagen einen Flug zu ergattern.

Ich frage nicht.

»Mach dir keine Sorgen. Ich habe ihnen geschrieben und alles erklärt. Vielleicht sind sie jetzt wütend, aber nur auf mich.« Ich zeige Alex die Nachrichten an Lisa und meine Eltern in unserem Gruppenchat.

> **Theo:** Es tut mir leid, dass ich klammheimlich abhaue. Aber ich muss Yong-Joon finden. Ihr wisst, was er durchgemacht hat und was er mir bedeutet. Ich kann ihn damit nicht alleine lassen. Das würde ich mir nicht verzeihen.

Auch beim erneuten Lesen füllt sich mein Herz mit einer tiefen Zuneigung und Verbundenheit meinem Freund gegenüber.

Ich werde alles tun, damit ich ihn nicht verliere.

> **Lisa:** Vorweg: Bist du wahnsinnig geworden, aus dem Krankenhaus zu verschwinden?????

> **Aber:** Ich hätte es genauso gemacht, wenn es um Alex
> ginge. Pass auf dich auf.
> **Mama:** Mir fehlen die Worte, Theo. Ich kann nicht verstehen,
> dass du so mit deiner Gesundheit spielst. Das ist unverant-
> wortlich. Aber es ist dein Leben und ich möchte nur, dass du
> glücklich bist. Und wenn du dafür so handeln musst, dann
> mach das. Doch übertreibe es nicht und denk auch an dich.

Ich beiße mir auf die Lippen. Meine Augen brennen. Ja, es ist mein Leben. Und das gehört nun mal nicht mehr mir allein.

> **Papa:** Wenn der Kerl dich unglücklich macht, dann bringe ich
> ihn eigenhändig um.
> **Theo:** Ich melde mich. Danke.

Bei Papas Worten lache ich unter der Maske. Ich ziehe das Handy zurück und schalte es aus.

»Hört sich nicht so wütend an«, sagt Alex.

Ich zucke mit den Schultern. »Ich denke, sie halten sich zurück, weil sie jetzt eh nichts an der Situation ändern können.«

»Warum eigentlich Japan? Sollten wir nicht nach Seoul fliegen?« Alex schaut aus dem kleinen Fenster in der ersten Klasse.

»Ich habe auf dem Weg zum Flughafen mit seinen Freunden geschrieben.« Ich verstaue das Telefon in der Tasche. »Sie haben ihn überall da gesucht, wo er sein könnte: In seiner Wohnung, in der Halle vom Bogenschießen. Min-Ho hat sogar Bekannte der Familie angerufen, die auf Jeju-Island leben, um beim Ferienhaus vorbeizuschauen. Er war nirgends zu finden.«

Alex legt die Stirn in Falten. »Südkorea besteht aus mehr Orten als diese drei.«

»Schon, aber er kann sich nicht unbemerkt an öffentlichen Orten aufhalten.« Ich stelle mir vor, wie die kreischenden Fans ihn belagern würden, sobald er sich in einem Café zeigt. »Besonders nicht nach all den Nachrichten in den sozialen Medien.«

»Und meinst du nicht, die Reporter hätten es längst herausgefunden, wenn er sich in Japan aufhält?«

»Keinen Schimmer. Vielleicht, vielleicht auch nicht.« Mein Kopf fällt erschöpft gegen die Rückenlehne. Ich bekomme schlecht Luft unter der Maske, aber abnehmen ist keine Option. »Ich habe so ein Gefühl, dass er sich an einen bestimmten Ort zurückzieht.«

Den Ort, an dem wir uns kennengelernt haben.

»Okay, wir versuchen es.« Alex' Kiefermuskeln spannen sich an. »Können wir in der Zeit über das reden, was du im Krankenhaus gesagt hast? Immerhin haben wir einige Stunden Zeit.«

»Du meinst, dass ich nicht mehr auf der Bühne stehen will?« Es fällt mir leicht, darüber zu sprechen.

Vielleicht, weil der Knoten im Inneren endlich geplatzt ist.

Vielleicht, weil mir jetzt andere Dinge wichtiger sind.

Oder vielleicht, weil ein Ende der Bühne nicht gleichzeitig ein Ende der Musik bedeutet. Denn die liebe ich weiterhin.

Alex nickt. »Meintest du das ernst?«

»Ja, ich kann das nicht mehr. Es fühlt sich nicht richtig an. Die kreischenden Fans, die kräftezehrenden Konzerte, Menschen, die meine Musik nicht wirklich hören.« Ich knete die Hände. »Und durch die Zeit mit Yong-Joon ist mir das nochmal mehr bewusst geworden. Was mir die Musik tatsächlich bedeutet. Die Musik, aber eben nicht die Bühne.«

Alex' Nasenflügel beben. Zumindest interpretiere ich das Verrutschen seiner Maske so. »Hörst du wegen ihm auf?«

Es soll bestimmt nicht abschätzig klingen, doch ein merkwürdiger Unterton schwingt in seinen Worten mit. Ein Ton, der mir einen Stich versetzt.

»Nein, wegen ihm habe ich überhaupt so lange durchgehalten.« Ich lächle unter meiner Maske. Kein Fakelächeln, ein Echtes.

»Hä?«

»Lange Geschichte.«

»Wir haben Zeit.« Alex setzt sich aufrechter hin und neigt den Kopf zur Seite.

Ich erzähle ihm die Kurzversion. Anfangen bei der Handverletzung, berichte ich ihm von Yong-Joons Konzert und welche Wirkung er dort auf mich hatte. Wozu er mich motiviert hat. Ich erwähne sogar den Geigenspieler, der mich all die letzten Jahre begleitet und inspiriert hat und dass ich niemanden enttäuschen wollte.

»Aber als wir, also Yong-Joon und ich, zusammen musiziert haben«, sage ich und denke an die magischen Minuten, in denen sich unsere verstreuten Klangsplitter zu einer harmonischen Melodie verbunden haben, »ist mir klar geworden, dass ich genau das für mein Leben möchte.«

Alex hebt den Mundwinkel, kratzt sich am Kinn. »Was genau?«

»Yong-Joon und die Musik, beides zusammen. Das ist es, was mein Herz mit Glück und Zufriedenheit erfüllt.« Die Wahrheit fließt in Form einer wohltuenden Wärme durch meinen Körper.

»Musik mit Yong-Joon zu machen, das möchte ich für die Zukunft. Wenn er das auch will. Egal in welcher Art und Weise. Dafür brauche ich keine Bühne.« Ich halte kurz inne. »Hilfst du mir dabei?«

»Gott sei Dank.« Seufzend reibt er sich über die Stirn. »Ich hatte Angst, du willst die Musik aufgeben und mein Job ist unnötig.« Er lacht, als hätte er einen Witz erzählt. Doch die Intensität, mit der er spricht, vermittelt eine tiefe Ernsthaftigkeit.

»Alex, mal ehrlich, was wäre ich ohne dich?« Ich lege eine Hand auf seinen Arm. Die Finger sind zum ersten Mal seit langem ruhig. »Vermutlich wäre ich nach meinem Debüt schreiend weggerannt, weil ich keine Ahnung hatte, wie ich die tausend Sachen schaffen soll. Dank dir konnte ich mich immer auf die Musik konzentrieren. Dafür kann ich dir nicht genug danken.«

»Es war mir stets ein Vergnügen.« Alex drückt meine Hand mit seiner. »Wird es auch in Zukunft, wenn du das willst. Aber jetzt lass uns deinen Freund find-«

»Kann ich Ihnen etwas zu trinken anbieten?« Die Flugbegleiterin unterbricht ihn und deutet auf ihren Getränkewagen.

Er löst seine Hand von mir und wendet sich zu der Dame. »Gerne, wir würden etwas Wasser nehmen.«

»Bitte.« Sie beugt sich zu uns herunter.

Ein süßlicher Geruch dringt in meine Nase.

Erinnerungen fluten meinen Kopf: Die Stewardess, die mir auf dem Rückflug das Essen brachte. Der Geruch nach Parfum, den ich ganz vergessen hatte. Die Symptome der Allergie, die augenblicklich zunahmen.

NEXT TIME I'LL COME TO YOU

Yong-Joon

Tokio, Anfang Mai 2021

Theos Körper liegt leblos auf einer Trage.
  Gelbe Rapsblüten sind über seinen Körper verstreut.
  Er wird weggebracht ... Für immer ...
Schweißgebadet schrecke ich aus dem Schlaf. Ich fasse mir an die Brust und versuche zu atmen. Zen-Atmung, wo bist du? Zischend ziehe ich Luft in meine Lungen. Ächze.

Es war ein Albtraum. Nur ein Albtraum.

Einatmen. Ausatmen. Und nochmal von vorne.

Lange starre ich an die Decke des Hotelzimmers. Mein Herz rast, ist kaum zu beruhigen. Ein furchtbares Spannungsgefühl zieht sich durch Kopf und Nacken.

Ob das an den letzten Tagen liegt?

Den Tagen, in denen ich geflohen bin und mich hier in der Dunkelheit versteckt habe.

Versteckt vor der Angst und dem Schmerz.

Vor meiner Angst, Theo verloren zu haben.

Vor dem Schmerz, daran schuld zu tragen.

Ich wollte verschwinden und alles hinter mir lassen. Aber mit dem Wegrennen ist es so, als würde ich versuchen, vor meinem eigenen Schatten zu fliehen: Egal, wie schnell ich renne, er wird mir immer folgen.

Und wie ein Schleier tanzen die Fluchtgedanken in meinem Geist. Gleichzeitig ist da jedoch auch das leise Bewusstsein, dass die wahre Stärke darin liegt, mich der Situation zu stellen. Mich nicht zu verstecken. Nicht hinter meiner Angst. Nicht hinter dem Schmerz.

Langsam richte ich mich auf und laufe durch das abgedunkelte Hotelzimmer. Ich weiß nicht, warum ich wieder hier bin.

Vielleicht, weil ich hier schon einmal Zuflucht gefunden habe. Oder aber, weil ich hier eine Verbindung zu Theo aufgebaut habe und die immer noch spüre. Ich kann seine Musik beinahe durch die Wand hören, wenn ich mich auf die Erinnerung konzentriere.

Vielleicht hätte ich stattdessen lieber nach Deutschland fliegen sollen. Doch die Angst vor dem, was ich eventuell vorfinden könnte, war zu groß.

Ich könnte es nicht ertragen, Theo zu verlieren.

»Fuck!« Ich stoße die Luft zwischen den zusammengepressten Lippen hervor. »Warum kann ich nicht endlich meine ganzen Zweifel und die Angst ablegen? Für uns kämpfen?«

Keine Ahnung, warum ich mit mir selbst rede.

Vielleicht, weil ich es hören muss.

Vielleicht, um mir Mut zu zusprechen.

Ich trinke etwas Wasser und bilde mir ein, dass die Kopfschmerzen nachlassen. Im Zimmer suche ich nach meinem Handy und schaue, ob der Akku sich wie durch ein Wunder von selbst aufgeladen hat.

Hat er nicht. Wie auch. Ich war so dämlich, das Ladekabel zu vergessen.

Ich lasse mich aufs Sofa fallen und schalte den Fernseher ein. Ich habe jegliches Zeitgefühl verloren. Nur die Nachrichten zeigen mir, wie viel Uhr wir haben. Ohne wirklich etwas zu sehen, starre ich auf den Bildschirm. Meine Gedanken kreisen immer wieder um Theo.

Lebt er? Ist er im Krankenhaus?

Mein Herz rast.

»Beruhige dich, Yong-Joon.« Ich schließe die Augen und denke an all die schönen Momente, die wir zusammen hatten. Erinnere mich daran, wie wir uns zum ersten Mal trafen und sofort eine Verbindung zwischen uns spürten.

Eine Verbindung, geschaffen durch unvergessliche Melodien, Musikfragmente, die eins wurden.

Die sanfte Melodie seiner Stimme halt in meinen Gedanken wider. Ich sehne mich danach, sie wieder zu hören. Ich sehne mich nach dem Gefühl von Wärme und Geborgenheit, das sie in mir auslöst.

Man, ich vermisse ihn so sehr.

Ihn und die Musik, die wir zusammen erschaffen.

Ich schlage die Lider auf und greife nach meinem Notizbuch. In diesem stehen all die Gedanken und Songs, die ich für Theo geschrieben habe. Ich bereue es, sie ihm bisher nicht gezeigt zu haben. Meine Schultern sacken nach unten.

Was, wenn ich dazu nie wieder die Chance habe?

Allein der Gedanke daran dreht mir den Magen um. Ich schmeiße das Büchlein zur Seite und sprinte zum Klo. Zweimal würge ich und das Wasser kommt wieder raus.

Erschöpft schleppe ich mich zurück ins Bett.

Morgen ...

Morgen werde ich endlich versuchen, mein Leben in den Griff zu kriegen.

Weiche Melodien durchdringen meinen Körper, hüllen mich in eine warme, schützende Umarmung. Ich lasse mich tief in die sanften Klänge fallen. Klänge, die sich wie ein heilender Balsam um meine Seele schmiegen. Selten habe ich mich so leicht und geborgen gefühlt. Ich kann Theos Finger beinahe vor mir sehen, die wie ein rauschender Fluss über die Tasten fließen und mich weit weg tragen mit seinem sanften Wiegenlied.

Ich reibe mir über die Augenlider.

Das war ein schöner Traum. Ob er zurückkommt, wenn ich wieder einschlafe?

Ich versuche es zumindest.

Leise, langsam, aber voller Zuneigung und Wärme dringt die Melodie an mein Ohr. Vorsichtig hebe ich eine Hand und streiche über die Wand. Es fühlt sich an wie beim ersten Mal. Mir ist es egal, dass das hier nur eine Mischung aus Traum und Erinnerung ist.

»Du fehlst mir so, Theo.« Meine Stimme ist nicht mehr als ein Flüstern. Ich klopfe gegen die Wand, unsere Methode der Kommunikation.

Die Melodie verklingt und ich lasse die Hand sinken. Der Traum ist vorbei, die Erinnerung verblasst.

Es ist Zeit, mich der Realität zu stellen.

Und für Theo zu kämpfen. Für uns.

Ich rolle mich aus dem Bett.

Klopf, klopf.

Vor Schreck verheddere ich mich in der Bettdecke und stürze auf den Boden.

»Au, verdammt!« Stöhnend reibe ich mir die schmerzenden Knie.

Klopf, klopf.

Ist das ein Geist?

Mühsam komme ich auf die Füße und klettere zurück aufs Bett. Ich presse das Ohr an die Wand und lausche.

Nichts. Mein Herz zieht sich zusammen.

Ich warte. Beiße mir auf die Zunge.

Leide ich an Wahnvorstellungen?

Vorsichtig klopfe ich erneut.

Stille.

»Nur ein Traum.« Ich lehne den Kopf an die Wand, reibe mir über die Brust.

Klopf, klopf.

Das ist sicher nur Einbildung. Mein Herz sinkt nach unten, wiegt schwer in meinem Magen.

Das Klopfen wird lauter … und es kommt nicht aus der Wand!

Ich zucke zusammen, klatsche mir mit der flachen Hand gegen die Wangen. Bin ich wach? Oder schlafe ich noch?

Es kommt von der Tür. Aber wer sollte das sein? Bei meiner Ankunft habe ich klar und deutlich gesagt, dass ich nicht gestört werden will. Bisher hat sich das Hotel daran gehalten.

Das Geräusch dringt weiter zu mir, lauter, polternder.

Ich klettere aus dem Bett und werfe mir einen Pullover über. Erschöpft trotte ich zur Tür und greife nach der Klinke.

»Ich hatte doch darum gebeten«, ich öffne die Tür, »nicht gestört zu wer-«

»Oh, Gott sei Dank! Du lebst!«

Theo.

Er steht vor mir. Blass, mit geröteten Augen und schmaler als in meiner Erinnerung. Wie ein Geist sieht er aus. Doch er ist es.

Oder bilde ich mir das auch nur ein, so wie die Musik, die mich in meinen Träumen besucht hat?

»Du bist hier …« Theo reibt sich über das blasse Gesicht. »Ich dachte, ich verliere dich.« Seine Augäpfel drehen sich nach hinten.

Es gelingt mir gerade so, ihn aufzufangen, bevor er auf den Boden knallt. Wir sinken zusammen auf den Hotelflur.

Ich greife mit den Armen um seinen Körper, sein Kopf lehnt an meiner Brust. »Theo?«

Panik wächst in mir heran. Mein Atem geht flach. »Theo??«

Als wäre er aus Porzellan, streife ich seine Wange. Sie ist eiskalt. Ich lege die Hand auf seine Brust und atme erleichtert auf. Sein Herz schlägt kräftig.

Aber er regt sich nicht. Ich rufe laut um Hilfe. Was lächerlich ist. Auf dieser Etage ist niemand.

Wie durch ein Wunder öffnet sich die Tür des einzig anderen Zimmers auf dem Flur gegenüber und ein Mann tritt heraus.

»Alex?« Ich starre ihn an.

Mit kurzen Blicken sondiert er die Lage. Er kniet sich neben uns auf den Boden.

»Ich habe ihm gesagt, er soll sich nicht überanstrengen. Doch er wollte nicht hören.« Er stöhnt frustriert. »Er ist äußerst stur, wenn es um dich geht.«

Keine Ahnung, ob die Worte für mich bestimmt sind. Also sage ich nichts und fasse stattdessen um Theos Taille.

Alex legt sich seinen Arm um die Schulter und wir schleppen ihn in das Hotelzimmer. Meins wäre näher, aber nicht theosicher.

In dem Raum ist es genauso dunkel wie in meinem und es riecht nach Desinfektionsmittel. Eine Tasche liegt lieblos neben der Tür, so als hätte sie jemand ungeachtet dorthin geschmissen.

Wir tragen Theo bis zur Couch.

Ich setze mich an das Kopfende und bette seinen Kopf auf meinen Schoß. Sanft streiche ich ihm über die Haare. Ich presse die Lippen zusammen, will ein Wimmern unterdrücken.

Mein Körper bebt und das Schluchzen entfährt mir. Fahrig wische ich mir die Tränen aus den Augen. Doch ich kann einfach nicht aufhören zu weinen.

»O Theo«, ich ziehe die Nase hoch, »es tut mir so leid. All das ist nur wegen mir passiert.«

Tränen fallen auf sein Gesicht wie Regentropfen aus einem stürmischen Himmel. Theos Augenlider zucken, aber er öffnet sie nicht.

Jemand streift meine Schulter. »Hey, Yong-Joon.« Alex steht neben dem Sofa.

Ihn hatte ich total vergessen. »Mh?«

»Ich bin froh, dass du in Ordnung bist«, er drückt meine Schulter kurz, »aber bitte, mach Theo nie mehr solche Angst. Okay?«

»Ich habe ihm Angst eingejagt?« Ich spüre, dass sich meine Augen vor Überraschung weiten, selbst die Tränen versiegen.

»Was denkst du denn?« Alex setzt sich auf den Couchtisch und fährt sich durch die Haare. Er hat dunkle Augenringe und seine Haut wirkt blass. Selbst seine Stimme klingt erschöpft und energielos. »Als er nach Wochen im Krankenhaus wach wurde und dich nicht erreichen konnte, ist er zusammengebrochen. Dann hat er von Ha-Neul erfahren, dass du verschwunden bist, und hier sind wir. Gegen den Rat seiner Ärzte hat er sich aus dem Krankenhaus entlassen, um dich zu finden. Keine Ahnung, warum er dachte, du könntest hier sein, aber ich bin froh, dass du es bist. Länger hätte Theos Körper nicht durchgehalten.«

»Ab - aber wa - warum?« Ich stottere, bringe die nächsten Worte kaum heraus. »Es ist doch meine Schuld. Ich trage die Verantwortung dafür, dass es Theo so schlecht ging. Warum sollte er mich suchen? Weiß er nicht, dass ich für all das hier verantwortlich bin?« Meine Augen brennen und die Stimme zittert. Mit den Händen streiche ich sanft über Theos Gesicht.

Auf einmal spüre ich etwas Kaltes an den Fingern. Ich senke den Blick. Theo ist wach und es ist seine Hand, die sich um meine Finger schließt.

»Du bist für nichts verantwortlich«, sagt er so leise, dass ich den Kopf senken muss, um ihn zu verstehen. »Nur dafür, einfach zu verschwinden.«

Die Nase streift Theos Stirn und ich merke, dass ich wieder weine. »Es tut mir so leid, Theo.«

»Das hatten wir doch schon.« Er zieht sanft an meinen Fingern, bis sie seine Lippen berühren. »Nichts, was mir passiert ist, ist deine Schuld. Du hast geglaubt, was die Medien gezeigt haben. Aber in Wahrheit lag es an dem Parfum der Stewardess, nicht an den Rapsblüten.« Seine Stimme wird mit jedem Wort leiser, bis er am Ende nur noch flüstert. Dann flattern seine Augenlider und die Hand rutscht von meinen Fingern.

»Was ist mit ihm?« Panisch drehe ich mich um.

Alex sitzt schweigend auf dem Couchtisch.

»Na ja, nicht jeder wacht mal eben so aus dem Koma auf, fliegt um die halbe Welt und ist putzmunter«, sagt er mit abwesendem Blick. Seine Körperhaltung ist schlaff.

Sofort drückt das schlechte Gewissen wie ein schwerer Stein auf meine Brust. Jedoch nur für einen Moment. Denn Theo ist hier bei mir. Viel mehr schmerzt der Gedanke, dass ich ihn fast verloren hätte. »Koma?«

»Ja, das kam in den Nachrichten.« Alex' Gesichtsausdruck wird weicher. »Er lag einige Wochen im Koma, um sich von dem anaphylaktischen Schock zu erholen. Zum Glück hatte er im Flugzeug seinen Epi-Pen dabei. Der hat ihm das Leben gerettet.«

Ich ziehe die Nase hoch. »Davon stand nichts in den Medien.«

»Natürlich nicht. Die Maschine ist in Istanbul notgelandet und wir haben daraufhin veranlasst, dass Theo nach Deutschland geflogen wird.« Alex' Blick huscht zu Theo und zurück zu mir. Er stützt die Unterarme auf die Oberschenkel und beugt den Oberkörper vor. »Es wurde nichts an die große Glocke gehangen. Das hätte Theo nicht gewollt. Und dann schreiben die Medien eben das, was sie wollen, egal ob es der Wahrheit entspricht oder nicht.«

Ich lege meine Stirn an Theos, brauche die Verbindung zwischen uns. »Ich weiß nicht, was ich sagen soll.«

»Manchmal ist es okay, nichts zu sagen.« Alex reibt sich über die Schenkel und dehnt den Nacken.

»Es tut mir ehrlich leid.« Ich küsse Theos Nasenspitze.

»Theo hat es schon gesagt: Dich trifft keine Schuld an dem, was passiert ist. Als wir hierher im Flugzeug saßen, hat Theo sich erinnert, was passiert ist. Die Stewardess hat gewechselt und ein Parfum getragen, auf dessen Geruch Theo hochgradig allergisch ist. Die Rapsblüten haben lediglich für Kopfschmerzen und Ausschlag gesorgt, nicht aber für den anaphylaktischen Schock.« Alex hievt sich vom Tisch hoch. »Und jetzt lass uns den Kerl ins Bett tragen, damit er sich erholt.«

Ich nicke, weil ich keine Worte für meine Gefühle finde. Pure Erleichterung flutet wie klares Wasser meine Gedanken. Es wird alles gut werden.

Ich kann endlich diese Schuldgefühle loslassen.

Und für uns kämpfen.

Alex verschwindet kurz und sprüht das Schlafzimmer mit irgendeinem Zeug ein. Wahrscheinlich, um den Geruch der Waschmittel zu neutralisieren. Zusammen tragen wir Theo zum Hotelbett.

»Ich lass euch mal allein und rufe meine Frau an.« Alex hebt die Hand und zieht sich zurück.

Ich setze mich neben Theo auf das Bett und beobachte ihm beim Schlafen, bis mein Körper vor Müdigkeit zur Seite wegkippt.

Irgendetwas wiegt schwer auf mir. Langsam öffne ich die Augen. Was ist das?

Im Schlaf hat Theo sich zur Seite gedreht.

Ein Bein liegt über meinen Oberschenkeln. Er regt sich und klatscht mir die Hand ins Gesicht. Vorsichtig schiebe ich sie von den Wangen zur Brust.

Seine Augen sind dunkel unterlaufen, doch seine Haut hat eine gesündere Farbe angenommen. Er atmet gleichmäßig. Nur am Hals entdecke ich ein paar rote Flecken.

Sanft streichle ich darüber. Ich beuge mich vor und hauche ihm einen Kuss auf die Stirn.

Er ist wirklich hier. Theo ist hier bei mir.

Ich habe ihn nicht verloren.

Die Erkenntnis trifft mich unvorbereitet. Sie ist wie eine Glühbirne, die in einem dunklen Raum angeknipst wird und alles erhellt, was vorher verborgen war. Das Licht vertreibt die Schatten aus den Gedanken und sorgt dafür, dass sich das Gift aus meinen Zellen zurückzieht. Was bleibt, sind Erleichterung und Freude. Ich spüre ein angenehmes Kribbeln im Bauch.

Endlich kann ich wieder frei atmen. Der Knoten in der Brust löst sich und es fühlt sich an, als würde zum ersten Mal seit Wochen frische Luft in meine Lungen strömen.

»Du bist so bequem, Jooni.« Theo nuschelt mehr, als dass er spricht, und kuschelt sich an mich. Sein Arm schlingt sich um meinen Oberkörper und seine Lippen berühren meinen Hals.

Mir bleibt die Luft weg.

Ich fahre sanft durch sein dunkles Haar, das ihm in die Augen fällt. Es ist länger als bei unserer letzten Begegnung und fettig, so als hätte er eine Weile nicht geduscht. »Wie fühlst du dich?«

Theo murmelt etwas Unverständliches, schmiegt sich enger an mich.

Ich stupse ihn sacht in die Wange. »Was war das?«

»Ich fühl mich scheiße«, er ächzt und hustet, »aber das ist egal, du bist bei mir.«

»Ich will nicht, dass es dir scheiße geht.«

»Mir geht's schon weniger scheiße, weil ich jetzt weiß, dass es dir gut geht.« Theo küsst meinen Hals.

Mit den Fingern zeichne ich Kreise auf seinem Arm. »Dir soll's auch gut gehen.«

»Das wird es, Yong-Joon, das wird es.« Er umarmt mich ein bisschen fester.

»Wirklich?« Ich glaube das aktuell noch nicht. Gestern ist er vor meinen Augen zusammengeklappt.

»Duschen und Zähneputzen wären ein guter Anfang.« Er richtet sich langsam auf. Unter schweren Lidern schaut er mich an. »Das letzte Mal ist zu lange her.«

»Soll ich mitkommen?« Ich denke an seine wackeligen Beine.

Theo zieht die Braue hoch.

»Damit du nicht umkippst«, sage ich und verdrehe die Augen.

»Ich glaube, ich schaffe es alleine.« Theo krabbelt über mich hinweg und setzt sich auf den Bettrand. Dort verharrt er einen Moment. Er steht auf und streckt die Arme in die Luft, um sich zu dehnen. »Ah, mir tut alles weh.«

Ich betrachte ihn zweifelnd. »Sicher, dass du es schaffst?«

»Klar, aber wenn du willst, lasse ich die Tür angelehnt. Dann hörst du, falls ich in der Dusche ohnmächtig werde.« Er lässt die Knöchel knacken.

»Das ist nicht witzig, Theo.«

»Nein, ist es nicht.« Er liebkost kurz meine Wange. »Kannst du mir Klamotten aus der Tasche ins Bad bringen? Falls da überhaupt was Frisches drinnen ist. Ich habe nicht sonderlich nachgedacht, bevor ich hergeflogen bin.«

»Du hättest erst gar nicht herkommen sollen.« Ich löse mich von ihm. Mein Herz schmerzt. »Ich hätte zu dir fliegen müssen. Ich hätte dich suchen und bei dir sein müssen, als du im Koma lagst.«

Theo setzt sich auf die Matratze. »Ja, das wäre schön gewesen, aber du –«

»Was habe ich stattdessen getan?« Ich ziehe die Knie zur Brust und weiche seinem Blick aus. »Ich bin weggerannt, habe nur an mich gedacht. Und trotzdem bist du hier. Du hast nach mir gesucht, anstatt an dich und deine Gesundheit zu denken.«

»Weißt du, was ich denke?« Er umfasst mit beiden Händen meine Wangen und stupst mit seiner Nasenspitze gegen meine. »Du hattest Angst, so wie ich. Und jeder reagiert da anders. Aber ich glaube auch, dass du diese Angst überwunden hättest und zu mir gekommen wärst.«

Ein sanftes Lächeln umspielt seine Lippen. »Ich war nur einen Ticken flotter.«

Ich verberge das Gesicht an seiner Schulter. »Beim nächsten Mal bin ich schneller.«

»Abgemacht.« Er küsst meinen Schopf. »Bringst du mir jetzt die Klamotten?«

Ich lehne mich zurück und lächle. »Mach ich.«

Theo erhebt sich und verschwindet aus dem Schlafzimmer. Ich höre ihn leise mit Alex reden. Kurz darauf ertönt das Wasserrauschen der Dusche. Ich stehe auf und suche nach Theos Tasche. Sie steht neben dem Eingang. Dabei komme ich an Alex vorbei. Er sitzt auf der Couch und tippt auf seinem Handy herum.

»Hi Alex.« Ich stelle die Tasche auf den Couchtisch und wühle nach Klamotten. »Was machst du da?«

»Einen Flug für morgen buchen, nach Deutschland.« Er zeigt mir die Seite auf dem Bildschirm. »Theo sollte zurück ins Krankenhaus, um sich zu erholen.«

»Buch einen Flug für mich mit, geht das?« Ich denke nicht darüber nach, es ist das Einzige, was sich richtig anfühlt. Theo jetzt alleine zu lassen, kommt nicht infrage. Das habe ich zu lange getan. Und werde ich nie mehr.

»Geht das klar für dich?« Alex legt die Stirn in Falten. »Ich kann nicht garantieren, dass uns keine Reporter auflauern.«

»Egal. Hauptsache, ich bin bei Theo«, sage ich und meine es genauso.

»Okay, wenn du das willst.« Alex tippt wieder auf seinem Handy herum und ich bringe Theo die Klamotten ins Bad.

Ich setze mich auf den Klodeckel und starre auf das milchige Glas der Dusche. Ganz leicht erkenne ich seine Silhouette. »Alles okay bei dir?«

»Ich stehe.« Theo brüllt gegen das Wasserrauschen an.

»Deine Klamotten liegen hier. Ich habe sogar eine Zahnbürste in der Tasche gefunden.«

»Perfekt! Danke, Jooni.«

Ich stehe auf. »Ruf, wenn du was brauchst.«

»Bis gleich.«

Ich verlasse das Bad und setze mich zu Alex auf die Couch. »Sag mal, hast du ein Ladekabel? Ich habe meins vergessen und das Handy ist seit Tagen ausgeschaltet.«

»Ah, deshalb haben wir dich nicht erreicht.« Er kramt in einem Beutel neben sich. Anstelle eines Ladekabels reicht er mir eine Powerbank mit Verbindungskabel.

»Ja, das war nicht die beste Idee.« Ich nehme das Gerät entgegen. »Danke. Ich hole eben das Handy.«

In Windeseile laufe ich rüber in mein Zimmer, suche das Telefon in den Tiefen des Koffers und sprinte wieder zurück. Dann stecke ich das Kabel in das Handy und warte einen Augenblick. Das Akkusymbol blinkt auf und ich schalte es ein. Zig Nachrichten und Anrufe von meinen Freunden ploppen auf dem Bildschirm auf.

Ha-Neul: Ich kann nicht glauben, dass du ernsthaft abgehauen bist!

Min-Ho: Bau keinen Scheiß, Mann!

Jae-Ho: Du weißt doch, dass das Internet oft Mist verbreitet.

Ji-He: Yong-Joon, wo bist du?

Ha-Na: Wir machen uns Sorgen.

Min-Ho: Lass den Scheiß und komm heim!

Schnell schreibe ich, dass es mir und Theo gut geht, damit sie sich keine Sorgen mehr machen. Wenn ich wieder zurück bin, werde ich mich bei ihnen entschuldigen, dass ich abgehauen bin.

Mehr als ein paar Nachrichten schaffe ich nicht.

Ich scrolle weiter durchs Handy.

Im Vergleich zu Theos zig Anrufen und Mitteilungen sind die meiner Freunde nichts. Mit Tränen in den Augen überfliege ich die Zeilen.

> Yong-Joon, wo zur Hölle bist du?
>
> Mir geht es gut, also bitte, komm zurück, ja?
>
> Warum kann ich dich nicht erreichen?
>
> Wo bist du?
>
> Mach nichts Unüberlegtes, ja?
>
> Du trägst keine Schuld, nie.
>
> Yong-Joon????
>
> Verlass mich bitte nicht ...

Ich wische mir übers Gesicht und presse die bebenden Lippen aufeinander. Schnell schalte ich das Handy aus und lege es auf den Tisch.

Theo kommt in Shorts und T-Shirt aus dem Bad und schüttelt seine nassen Haare aus. Frisch geduscht sieht er gesünder aus. Etwas Farbe ist in sein Gesicht zurückgekehrt, seine Haarspitzen kräuseln sich an seinen Wangen. Die dunklen Ringe unter den Augen sind verblasst.

Er streckt die Arme über den Kopf. »Ah, ich fühle mich wie neu geboren.«

Am liebsten würde ich mich in seine Arme werfen. Doch auch ich hätte eine Dusche und Zähneputzen bitter nötig. Und etwas Zeit, meine Tränen zu trocknen.

»Ich flitze mal eben rüber und gehe duschen.« Ich stehe auf und wende mich zu Alex. »Wann geht der Flug?«

»Welcher Flug?« Theo schaut skeptisch zu Alex.

»Der Flug zurück nach Deutschland.« Er zeigt ihm die Buchung. »In ein paar Stunden müssen wir los. Es bleibt aber noch genug Zeit, damit wir uns ausruhen können.«

Theos Hände ballen sich zu Fäusten. »Ich lasse Yong-Joon hier nicht zurück. Nicht jetzt, wo ich ihn gefunden habe.«

Ich gehe zu ihm, streichle seine Faust. »Du lässt mich nicht zurück, ich fliege mit.«

Sofort entspannt er sich. Seine Schultern sacken nach unten. »Wirklich?«

Unsere Finger verschränken sich ineinander.

»Wirklich.« Denn ich bin nicht bereit, dich ohne mich an deiner Seite gehen zu lassen.

»Puh, okay. Gut. Dann geh schnell duschen, pack deinen Kram und komm rüber, okay?« Er zieht mich in eine innige Umarmung.

Mein Herz flattert wie ein zarter Schmetterling in der Brust. Die Flügel schlagen voller Aufregung und Leichtigkeit, als ob er versucht, die ganze Welt mit seiner Energie zu erfüllen.

Ich schmiege mich an Theo. »Okay.«

WITH A FLOOD OF FEELINGS

Theo

Tokio-Düsseldorf, Anfang Mai 2021

Ich bemerke die Reporter, die am Flughafen beim Boarding Fotos von uns schießen.

Es ist mir egal.

Ich nehme die zwei Teenagermädchen wahr, die uns mit ihren Handys filmen, als wir das Flugzeug betreten.

Scheiß drauf.

Selbst die merkwürdigen Blicke der Leute im Flieger ignoriere ich, während wir in die erste Klasse laufen.

Einzig und allein Yong-Joons warme Hand, die fest in meiner liegt und mich daran erinnert, warum ich hier bin, zählt für mich.

Zusammen folgen wir Alex und erreichen unsere Plätze.

Yong-Joon rutscht bis an Fenster durch und ich setze mich neben ihn. Alex sitzt auf der anderen Seite des schmalen Ganges. Er schläft ein, sobald sein Kopf die Lehne berührt.

Seufzend bette ich den Kopf an Yong-Joons Schulter. Ich bin fix und fertig von den letzten achtundvierzig Stunden. Müde greife ich nach seiner Hand und streiche mit dem Daumen über seinen Handrücken.

»Das fühlt sich alles surreal an.« Die FFP2-Maske dämpft seine Stimme.

»Was genau?« Ich strecke die Beine von mir und gähne herzhaft.

Er legt seinen Kopf auf meinen. »Die ganzen letzten Stunden, Tage, Wochen.«

»Ja, das stimmt. Es ist viel passiert in den vergangenen zwei Monaten.« Ich umfasse seine Hand fester. »Wir hatten kaum Zeit, alles zu verarbeiten.«

»Aber das werden wir schaffen, oder?«

Bei dem Zweifel, den ich in Yong-Joons Stimme höre, wende mich ihm zu.

»Vielleicht nicht ohne Hilfe«, sage ich nach kurzer Überlegung, »und nicht gleich morgen, aber wir schaffen das.«

Die Lider senken sich langsam und die Muskeln um seine Augen lockern sich. Ein sanfter Hauch von Erleichterung gleitet über sein Gesicht.

»Ich werde Ji-He bitten, mir einen Therapeuten oder eine Therapeutin zu empfehlen. Es wird Zeit.« Er fährt sich durch die schwarzen Haare, die ihm widerspenstig in die Stirn fallen. Kurz berührt er das Tattoo im Nacken. »Als du plötzlich weg warst, waren diese ganzen dunklen Gedanken wieder da. Die Schuld und die Angst. Es hat mich so viel Mühe und Anstrengung gekostet, der Dunkelheit nicht zu folgen.«

Ein leiser, verblüffter Atemzug entweicht meinen Lippen. Meine Kiefermuskeln verharren für einen Moment in der Schwebe. Sein Geständnis überrascht mich, obwohl ich damit gerechnet habe. Gerade weil ich seinen Zusammenbruch im März miterlebt habe, hatte ich solche Angst um ihn, als er nicht erreichbar war.

»Und ich bin sehr stolz auf dich, dass du es geschafft hast.« Ich lege den Kopf zurück auf seine Schulter, unsere Finger sind ineinander verschlungen.

Yong-Joon stützt die Wange auf meinen Schopf. »Ich bin froh und erleichtert, dass es dir einigermaßen gut geht. Dass du nicht aus meinem Leben verschwunden bist. Dass ich dich nicht verloren habe.«

»Keine Sorge, so schnell wirst du mich nicht los.« Ich schiebe mein Bein unter seins, will keine Distanz zwischen uns lassen.

»Gut, ich will noch so viel mit dir zusammen erleben.« Seine Stimme ist leise.

Und mein Herz dafür ganz laut. Es tanzt und jubelt und schreit. Vor Glück. Vor Zuneigung.

Vor Liebe.

»Was denn alles?« Ich streichle seinen Oberschenkel.

»Durch die Straßen von Seoul laufen und dabei deine Hand halten. Zusammen kochen - okay, du kochst, ich esse - und Disney-Filme schauen. Vom Namsan Tower die Aussicht über den Park genießen, egal wie die Leute gucken. Deine Eltern und Lisa kennenlernen.« Yong-Joon stockt kurz, drückt meine Finger. »Ich wünsche mir, dass Ji-He deine Schwester kennenlernt und Mia mit Shi-Won spielt. Dass meine Freunde deine Familie treffen und sie sich gut verstehen. Die nächste Kischblütensaison gemeinsam erleben ...«

»Das wäre toll«, murmle ich leise in die Maske. Mein Magen rebelliert. Aber nicht wegen Übelkeit. Nein, es ist Aufregung. Vorfreude.

»Aber vor allem möchte ich mit dir zusammen Musik machen«, sagt Yong-Joon nach einer kurzen Pause, »denn ich habe mich selten so vollkommen gefühlt, wie in den Momenten, in denen wir unsere Klänge verbunden und neue Melodien erschaffen haben.«

Mein Herz vollführt einen Salto in der Brust. Ich spüre, wie Hitze in die Wangen schießt. Meine Augen brennen und das fühlt sich ausnahmsweise mal gut an.

»Genau das habe ich auf dem Hinflug zu Alex gesagt. Ich möchte die Zukunft damit verbringen, mit dir Musik zu machen. Nichts erfüllt mich so mit Zufriedenheit, wie die Verbindung unserer einzelnen Töne.« Ich hebe den Kopf von seiner Schulter und er dreht sein Gesicht zu mir.

Lange schaue ich ihn einfach nur intensiv an. Bis sich kleine Lachfältchen um seine Augen bilden.

* * *

Ich kehre nicht mehr ins Krankenhaus zurück. Keine zehn Pferde kriegen mich an die Infusion und ans EKG. Egal, wie unvernünftig das ist. Stattdessen fahren Yong-Joon und ich mit dem Taxi vom Flughafen zu meiner Wohnung in die Düsseldorfer Altstadt.

Alex ist nach Hause unterwegs.

Die Treppen bis zur Wohnung stützt Yong-Joon mich, da ich wackelig auf den Beinen bin. Nacheinander gehen wir duschen, essen eine Kleinigkeit und fallen hundemüde ins Bett.

Nach einer traumlosen Nacht fühle ich mich zum ersten Mal seit langem ausgeschlafen und erholt. Der Körper schmerzt nicht mehr und die Hände sind entspannt. Ich beobachte meinen schlafenden Freund, der die Arme über den Kopf gelegt hat und leicht sabbert. Vorsichtig, um ihn nicht zu wecken, ziehe ich die Decke bis zu seiner Brust hoch.

Die letzten Wochen sind nicht spurlos an ihm vorbeigezogen. Seine Wangen sind eingefallen und unter seinen Augen entdecke ich dunkle Schatten. Es schmerzt, zu sehen, wie er unter all dem gelitten hat. Umso mehr erleichtert es mein Herz, dass es nun besser wird. Das muss es. Ich berühre sein kleines Muttermal unter dem linken Auge.

Yong-Joons Körper zuckt, doch er wacht nicht auf. Also beuge ich mich näher zu ihm und küsse seine Wange und seinen Hals.

»Mhm ...« Er dreht sich zur Seite und vergräbt seine Hand in meinem T-Shirt.

Sanft stupse ich gegen seine Nasenspitze. »Hey, bist du wach?«

»Ne ...«

»Redest du im Schlaf?«

»Ja ...«

Ich lache leise. »Coole Fähigkeit.«

»Mmpf.«

»Kann ich das auch lernen?«

»Ne.« Yong-Joon schlägt die Augen auf. »Das können nur coole Leute.«

»Ach«, sage ich und beuge mich näher zu ihm. Unsere Lippen streifen sich. »Und was halten diese coolen Leute von einem kleinen Kuss?«

Ein sanftes Lächeln bildet sich auf seinen Lippen.

»Das finden die coolen Leute super.« Er lehnt sich vor, küsst mich.

Er öffnet die Lippen und fordert mit seiner Zungenspitze Einlass. Am T-Shirt zieht er mich zu sich heran. Seine Hand ruht auf meiner Brust.

Ich umfasse seinen Hinterkopf, spiele mit den weichen Haarspitzen. Er unterbricht den Kuss. Sein Atem geht schwer an meinem Mund.

»Dein Herz pocht so wild, wie ein Kolibri mit seinen Flügeln schlägt.« Er fährt mit der Hand unter mein Shirt und streichelt den nackten Bauch.

»Das liegt an dir«, sage ich stöhnend. »Aber wir sollten es nicht übertreiben. Ich möchte ungern wieder ins Krankenhaus.«

Vorsichtshalber umschließe ich Yong-Joon fest mit den Armen, damit er nicht aus Panik von mir wegrutscht.

Anstatt sich von mir zu entfernen, küsst er mich wieder. »Darf ich dir was zeigen? Ich wollte es längst tun. Aber es gab nie die richtige Gelegenheit.«

»Klar. Was denn?« Ich reibe die Nase an seiner Wange.

»Dafür müsstest du mich kurz loslassen.« Er lacht leise, als ich ihn demonstrativ enger an mich ziehe.

»Muss ich?«

»So kann ich mich schlecht bewegen.«

Begleitet von einem Murren lasse ich von ihm ab und er rollt sich aus dem Bett.

»Bin gleich zurück«, sagt er und verschwindet aus dem Schlafzimmer.

»Beeil dich.« Ich rolle mich auf den Rücken.

»Bin wieder da.« Yong-Joon lässt sich neben mich fallen. In der Hand hält er ein schwarzes Buch.

Ich stütze mich auf die Unterarme. »Was ist das?«

»Mein Notenbuch, in das ich Songs reinschreibe.« In seiner Stimme schwingt ein aufgeregter Unterton mit.

»Für deinen Job?« Ich richte mich auf und lehne mich an die Wand. »Das darfst du mir doch nicht zeigen.«

Er schüttelt den Kopf. »Nein, das sind meine Gedanken und Songs. Songs, die ich nur für mich geschrieben habe.« Er räuspert sich kurz und seine Wangen verfärben sich Rosa. »Oder besser gesagt, Songs, die ich für dich geschrieben habe.«

»Für mich?« Ich ziehe die Beine an und setze mich im Schneidersitz hin. Meine Augen fixieren ihn und für einen Moment verschwimmt die Umgebung um uns herum.

»Ja. Seit wir uns kennen, konnte ich ehrlich gesagt nicht mehr damit aufhören. Manchmal sind es nur ein paar Gedanken, Fragmente eines Liedes. Und dann wieder komplette Songs, die ich gar nicht beenden wollte.« Yong-Joon lächelt sanft, streicht mit den Fingern über das Büchlein. »Irgendwo mussten meine ganzen neuen Gefühle Raum zur Entfaltung finden. Es ist wie ein Tagebuch für mich geworden.«

»Ich bin sprachlos.« Weil ich keine vernünftigen Worte auf die Kette kriege, beuge ich mich vor und küsse ihn zärtlich.

»Ich will, dass du es liest.« Entschlossen drückt er mir das Notizbuch in die Hand. »Es würde mir viel bedeuten.«

»Bist du dir sicher? Normalerweise liest man nicht das Tagebuch von anderen Menschen.« Ich runzle die Stirn, nehme das Buch nur zaghaft entgegen.

»Alles, was zu mir gehört«, er legt seine Hand auf mein Herz, »gehört auch zu dir.«

Vor Rührung schlägt mein Herz schneller. Mein Mund klappt auf, aber kein Laut dringt nach außen. Ich bin sprachlos von Yong-Joons Worten. Schon wieder. Ich presse die freie Hand auf die Brust, um das überwältigende Gefühl in mir zu beruhigen. Ein Gefühl der tiefen Verbundenheit.

Ich klappe das Buch auf. Meine Augen fliegen über die Zeilen, geschrieben in Yong-Joons etwas krakeliger Schrift.

Es ist unsere Geschichte, unser Kennenlernen. Zum ersten Mal sehe ich uns durch seine Augen. Ich blättere die nächste Seite um und schlucke hart. Die Zeilen erzählen von Yong-Joons neuen, unbekannten Gefühlen. Die schönen Momente tauchen vor meinem inneren Auge auf, als ich die Verse über die Kirschblüten lese. Ich halte den Blick starr auf Yong-Joons Worte gerichtet. Wenn ich ihn jetzt anschaue, breche ich in Tränen aus.

> *I feel lonely,*
> *All lost without you.*
> *Is this how it feels*
> *To miss someone?*
> *Like walking through a dark forest*
> *With no light to show the way ...*

Schnell blättere ich weiter und ein fetter Kloß bildet sich im Hals.

Mein Herz zieht sich zusammen. Ich wünschte, Yong-Joon hätte mir all das viel früher gezeigt oder mir gesagt.

In meinen Augen schwimmen Tränen, doch ich schlage die nächste Seite auf und lese weiter. Eine geballte Ladung voller Gefühle schlägt mir entgegen. Ich reibe mir mit der Hand übers Gesicht.

> *I kiss you clumsy and yet*
> *With a flood of feelings*
> *That overwhelm me.*
> *Hold me tight, don't let go.*
> *A moment as fleeting*
> *But magical as a shooting star ...*
> *I am lost*
> *And yet found.*
> *And the fear*
> *Of losing it all,*
> *Losing us*
> *Is killing me inside.*

»Du machst mich hier echt fertig«, flüstere ich und weiß nicht, ob er es hört. Gerade ist es mir egal. Seine Worte, seine Gedanken und seine Gefühle ziehen mich in seinen Bann.

Ich blättere weiter und erreiche die letzte Doppelseite. Bei den Zeilen über die letzten Wochen bricht mir fast das Herz.

I feel the guilt pounding
through my veins.
Why don't I just disappear
Into the abyss that swallows everything?

I can't give up.
Not me.
Not you.
Not us.

I will fight.
For me.
For you.
For us.

EVERYTHING HAPPENS FOR A REASON

Yong-Joon

Düsseldorf, Mai 2021

»Ich reiße mich echt zusammen, um nicht wie ein Baby zu heulen.« Theo seufzt und zieht die Nase hoch. Nach zehn Minuten der Stille klappt er das Buch zusammen. Er hebt den Blick. Tränen glitzern in seinen Augen wie Sterne in der Unendlichkeit des Universums.

»Ist okay, du kannst heulen.« Ich schenke ihm ein leichtes Lächeln, lege die Hand auf seinen Oberschenkel.

Er wischt sich übers Gesicht. »Yong-Joon, solche schönen und berührenden Worte hat noch nie jemand für mich geschrieben. Ich kann dich und deine Gefühle jetzt besser verstehen. Danke. Du glaubst nicht, wie viel mir das bedeutet. Besonders, nachdem ich solche Angst hatte, dich zu verlieren.«

»Ich wollte dir das schon lange zeigen.« Ich streichle seine Wange und fange eine Träne auf, die sich aus seinem Augenwinkel löst. »Doch es ergab sich nie. Und mir ist in dem letzten Monat klar geworden, dass ich, egal wie stark die Dunkelheit um mich herum ist, nicht aufgeben kann. Nicht mich, nicht dich und schon gar nicht uns. Ich will für all das, was wir haben, kämpfen und mich nicht von der Finsternis überwältigen lassen. Für mich, für dich und vor allem für uns. Damit wir wir sein können.«

Bei den letzten Worten versagt mir die Stimme, Tränen schießen mir in die Augen. Theo legt die Hand über meine Finger. Seine Unterlippe zittert.

»Mein Wortschatz reicht absolut nicht aus, um deinen Worten ebenbürtig zu sein.«

»Das ist kein Wettbewerb«, ich schniefe und beuge mich zu ihm, »außerdem schwingen in all deinen Melodien deine ganzen Gefühle mit. Du musst nichts sagen, ich spüre sie in jedem Ton.«

»Du machst mich echt fertig.« Er überbrückt die letzte Distanz zwischen uns, küsst mich. »Okay?«

»Ja.«

In diesem Moment verschmelzen unsere Lippen miteinander. Der zarte Kuss elektrisiert die Luft zwischen uns. Ich ziehe ihn näher zu mir heran, spüre, wie mein Herz schneller schlägt. Die Finger gleiten von seiner feuchten Wange in sein Haar, das wirr von der Nacht absteht. Die zerzausten Strähnen verfangen sich zwischen meinen Fingern.

Theos Zunge streicht sanft über meine Unterlippe. Behutsam dringt sie in meinen Mund ein und ein leises Seufzen entweicht mir. Ein Gefühl von Verlangen und Vertrautheit durchströmt meinen Körper. Die Welt um uns herum verschwindet und es gibt nur noch uns beide, die wir uns in diesem innigen Kuss verlieren.

Theo stöhnt an meinen Lippen. »Willst du immer noch meine Grübchen küssen?«

Ich stocke inmitten des Kusses. Warum redet er? »Ja.«

»Sie gehören ganz dir.« Er löst sich ein Stückchen von mir, sodass ich sein Gesicht sehen kann. Die Augenlider sind halb geschlossen, sein Blick ist verschleiert und sein Atem geht schnell.

Ich greife in seinen Nacken, beuge mich vor. Mein Herz pocht gegen meine Brust. Ich küsse seine Grübchen, erst links, dann rechts. Küsse sie Sekunden, Minuten, Stunden, bis Zeit und Raum um uns an Bedeutung verlieren und nichts mehr zählt außer wir.

* * *

»Sag mal, Theo ...« Ich streiche ihm ein paar Haarsträhnen aus der Stirn, sein Kopf liegt auf meinem Schoß. »Eine Sache frage ich

mich, seit du mich vor zwei Wochen in Japan gefunden hast.«
Seitdem kümmere ich mich hingebungsvoll und natürlich total
uneigennützig um meinen Freund.

Er blinzelt. »Mh?«

»In der Zeit habe ich dich so sehr vermisst, da hatte ich einige
Träume und Erinnerungen, die sich mit der Realität vermischt
haben.« Ich lege die Hand auf seine Brust, die sich entspannt hebt
und senkt. »Mir ist wieder klar geworden, wie fragil das Leben ist.
Wie schnell es vorbei sein kann. Ich möchte nichts mehr zurückhalten und verstecken.«

»Du hast mir auch gefehlt«, sagt Theo und küsst jeden Einzelnen
meiner Finger. Sein Gesicht hat einen erfrischten Ausdruck angenommen, die Augenringe verschwinden langsam. »Was möchtest
du wissen?«

»Kurz bevor du geklopft hast, da habe ich von deinem Wiegenlied geträumt.« Ich tippe im Rhythmus der Melodie auf Theos
Brust. »Und dann war es, als wäre sie plötzlich da, wie ein Geist
hinter der Wand. Warst du das?«

»Wer sonst?« Theo lächelt. Seine Grübchen bilden sich. »Ich bin
immer da, wenn du mich brauchst. Egal, was ist. Ich kann dir nicht
versprechen, dass sich all unsere Probleme in Luft auflösen, nur
weil wir zusammen sind. Aber ich glaube an uns, daran, gemeinsam den Weg zu gehen. Egal, was in Zukunft auf uns zukommt, ich
haue nicht ab. Nichts und niemand macht mich so glücklich wie
du.«

Und in diesem Moment weiß ich plötzlich, dass sich all die
harten Zeiten gelohnt haben, weil ich dadurch Theo kennenlernen
durfte. Ihn und das Gefühl, mit einem Menschen in völligem
Einklang zu sein. Melodien der Zuneigung und Liebe, die wie ein
wunderschöner Klangteppich sind, bei dem sich jeder Ton zu
einem atemberaubenden Kunstwerk zusammenfügt.

So wie die verlorenen Klangsplitter meiner Seele.

EPILOG
JUST A SLICE OF OUR LIFE

Theo

Düsseldorf, Dezember 2024

»Bist du nervös?« Yong-Joon steht hinter mir und massiert mir die verspannten Schultern. Mit den Fingern streicht er über meinen Nacken.

Ich erschaudere, spüre, wie sich die Härchen dort aufstellen. »Es wäre gelogen, wenn ich ›Nein‹ sage.« Ich lege die Hände auf die Klaviertasten.

Es ist gleich das erste Mal seit mehr als drei Jahren, dass ich live vor Menschen spiele. Okay, nur für Familie und Freunde in einem Raum der Agentur und nur ein Weihnachtskonzert. Trotzdem ist mein ganzer Körper angespannt. Ich senke den Kopf und konzentriere mich auf die Klaviatur.

Yong-Joon streift mein rechtes Ohrläppchen. »Ich glaube an dich«, er drückt mir einen Kuss mitten auf den Scheitel, »habe ich immer.«

Ich lasse mich nach hinten fallen, bis der Kopf an seiner Brust liegt. »Danke! Das bedeutet mir viel.«

Er streicht über meine Schultern, legt mir seine Hände auf die Brust und stützt sein Kinn auf meinem Kopf ab.

Ich greife nach seinen Fingern und verschränke sie mit meinen. Das ist wieder einer dieser Momente, die ich am liebsten in ein Marmeladenglas packen möchte. Die Wärme wandert von den Ohrläppchen durch den gesamten Körper, füllt jede Zelle mit einer angenehmen Ruhe aus.

Meine Muskeln lockern sich und jede Anspannung fällt von mir ab. Wir genießen die Stille des Augenblicks und ich denke an die letzten gemeinsamen Jahre. Natürlich war nicht sofort alles Friede-Freude-Eierkuchen, nur weil wir zusammen sind. Jedes Jahr an Shins Geburtstag reagierten Fans mit unschönen Kommentaren, aber es wurde weniger.

Yong-Joon hilft die Therapie sehr. Ab und an begleite ich ihn, wenn er das möchte.

All die schönen Momente, die ich mit diesem Mann teilen darf, überwiegen. Instinktiv zucken meine Mundwinkel nach oben.

»Woran denkst du?« Besagter Mann hat das Lächeln bemerkt. Er findet, mein ganzer Körper entspannt sich jedes Mal, wenn ich von Herzen lächle. Dank ihm mache ich das jetzt oft.

»An dich!« Das ist die Wahrheit. Ich denke ständig an ihn. Aber ich verrate es ihm nicht immer.

Er reibt mir mit dem Kinn sacht über den Scheitel. »Das gefällt mir, Theo.« Er streichelt meinen Daumen mit seinem. »Ich denke auch an dich.«

Mein Herz macht einen Satz. Das hat sich in all den Jahren nicht geändert. »Gut!« Und ich hoffe, das wird eine lange Zeit so bleiben.

Zwei Jahre sind wir ständig hin- und hergeflogen, bis wir einen Kompromiss für uns gefunden haben. Jeweils drei Monate leben wir entweder bei ihm oder bei mir. Niemand von uns will aus seiner Heimat weg, Freunde und Familie verlassen. Womöglich ändert sich das in Zukunft, aber für den Moment sind wir damit zufrieden. Und das ist das Wichtigste.

Ich stoße ein Seufzen aus.

»Was ist los?« Yong-Joon löst das Kinn vom Kopf und küsst wieder meinen Scheitel.

»Ich habe daran gedacht, wie weit wir gekommen sind.« Ich drücke seine Hand kurz und spiele ein paar Töne.

»Da hast du recht.« Er haucht einen Kuss auf meine Ohrmuschel, was mich zum Erschaudern bringt. »Auf jedes Ende folgt immer ein Neuanfang.«

»Das trifft den Nagel auf den Kopf.« Meine Finger gleiten über die Klaviatur. Mit jedem Jahr wurde der Druck, der mich belastet hat, weniger und ich fühle mich mental viel ausgeglichener.

Neben meiner eigenen Musik beteilige ich mich an Soundtracks für Filme und Serien. Das funktioniert überall auf der Welt.

Das schönste Glück und die größte Erfüllung empfinde ich jedoch, wenn ich mit Yong-Joon zusammen neue Melodien erschaffe. Es fühlt sich jedes Mal an, als würde ich endlich heimkommen. Wir musizieren sogar gemeinsam auf seinem YouTube-Kanal und finden dort großen Zuspruch. Noch sind wir anonym unterwegs, aber das werden wir irgendwann ändern.

Mein Freund begnügt sich jetzt damit, weiter mit meinem Haaren im Nacken zu spielen. Die Gänsehaut verschwindet nicht. Ob das jemals passiert?

Ich hoffe nicht.

Luca stürmt in den Vorbereitungsraum. Er hat zuvor den Livestream für YouTube vorbereitet. Heute performt statt *SoloViolin* mal *SoloPiano*.

»Fünf Minuten.« Er ist aufgeregter als ich, fummelt hektisch an seinem Schal herum, den er sich dreimal um den Hals gewickelt hat. Ich habe Angst, dass er sich damit stranguliert. »Bist du soweit, Theo?«

»Alles in Ordnung, Luca.« Yong-Joon antwortet an meiner statt in einem ruhigen Tonfall.

Ich bin überrascht, wie toll sich sein Deutsch in den letzten Jahren entwickelt hat. Seine Sätze sind grammatikalisch gesehen manchmal fragwürdig, aber mit simplen Worten verständigt er sich echt super. Und sein Akzent klingt dabei hinreißend.

Ab und zu bitte ich ihn, irgendwelche schwierigen Wörter für mich auf Deutsch zu sagen. Es ist herrlich, wie er sich bei Begriffen wie Eichhörnchen, Quietscheentchen, Streichholzschächtelchen oder Fünfhundertfünfundfünfzig wortwörtlich die Zunge verdreht. Oft ist er genervt und sucht immer nach einem passenden Ausgleich auf Koreanisch.

Ich drehe mich zu ihm um und grinse ihn an. Unsere Blicke treffen sich und er gibt mir einen leichten Klaps auf die Schulter. Ich strecke ihm die Zunge raus.

»Es kann losgehen.« Was soll schiefgehen, wenn ich diesen Menschen an meiner Seite habe? Jemand, der mich und meine Musik so versteht, wie ich seine. Melodien, die sich ergänzen. Wir spielen im Einklang und das nicht nur auf musikalischer Ebene. Es passt einfach mit uns, hat es von der ersten Sekunde. Auch wenn wir es damals nicht wussten.

Und das ist das Schöne an der Liebe. Du liebst einen Menschen, sein Wesen und seine Seele.

»Du sabberst.« Yong-Joon kneift mir in die Wange und holt mich lachend aus meinen Gedanken zurück.

»Ach, ist das so?« Ich wische mir über die Lippen, obwohl da kein Speichel ist. »Dann lass uns zusammen sabbern!« Ich stehe auf und küsse ihn auf den Mund. Unter Lachen reibe ich unsere Lippen aneinander und lecke an seinen.

»Wer ist jetzt das Tier?« Er schiebt mich von sich, sein Körper vibriert.

Ich schlinge die Arme um seinen Hals und küsse ihn flüchtig auf die Nasenspitze. »Du beißt ständig in meine Grübchen ...«

»Okay«, er grinst und pikst mir in die Wange, »dem kann ich nicht widersprechen.«

»Siehst du.« Ich zwinkere und löse mich von ihm.

»Jetzt lass mich dir helfen.« Er fummelt an meiner Krawatte, bis sie so sitzt, wie er sich das vorstellt.

Mia hat sie mir zu Weihnachten geschenkt. Sie ist grün und auf ihr tanzen viele Weihnachtsmänner mit glitzernden Mützen herum. Yong-Joon trägt die passende Fliege dazu. Ich bin mir sicher, dass Lisa hinter diesem Pärchenoutfit steckt. Sie ist unser Nummer-Eins-Fan und hat mich von Anfang an darin bestärkt, meinen Gefühlen zu folgen.

»So sitzt sie perfekt«, sagt Yong-Joon und fängt meinen Blick ein. In seinen Augen spiegelt sich wider, was ich empfinde, wenn ich ihn betrachte – manchmal heimlich. Zuneigung, Dankbarkeit, Glück und vor allem Liebe.

Ich lächle und er drückt mir einen Kuss auf die Lippen. Daraufhin strubble ich ihm durch die Haare, wofür ich einen bösen Blick kassiere.

»Wir sehen uns gleich.« Ich lege die Hand an seine Wange, streiche über das kleine Muttermal unter seinem Auge und wende mich zur Tür. »Ach und 생일 축하해.«

Happy Birthday.

Yong-Joon

Theo betritt den Raum, setzt sich an den Flügel. Meine Freunde, die extra aus Korea angereist sind, und Theos Familie applaudieren. Für unser kleines Publikum wurden ein paar Stühle im hinteren Bereich aufgestellt. Direkt vor dem Flügel steht eine Kamera, die diese Vorstellung auf YouTube streamt.

Ich rücke die Fliege zurecht. Heute trage ich dazu einen schwarzen Anzug und ein weißes Hemd. Meine Hände sind vor Aufregung nass geschwitzt.

Obwohl Theo, so wie ich, mit seinem Leben auf der Bühne abgeschlossen hat, hat er sich nie von der Musik getrennt. In diesen Punkten bewegen wir uns auf derselben Wellenlänge. Wir können nicht ohne die Musik leben.

Nachdem wir ein paar Mal zusammen musiziert haben, hat er mich sogar dazu gebracht, ein Stück mit ihm zu schreiben. Und aus einem Stück wurden zwei, dann drei ...

Sobald wir angefangen haben, unsere Musik zu verbinden, konnten wir nicht mehr damit aufhören. So als hätten wir unser Leben lang darauf gewartet, miteinander neue Klänge in die Welt zu setzen. Es ist unsere Art, Gefühle auszudrücken. Ich glaube, Theo hat mir bisher nie seine Liebe gestanden, aber aus jedem seiner Lieder strömt die Zuneigung und Verbundenheit zu mir. Wir brauchen keine Worte. Ein Blick, ein Ton.

Das genügt.

Ich werde dieses kleine Stückchen Glück, was uns geschenkt wurde, mein Leben lang beschützen.

Langsam gehe ich zur Tür, die den Vorbereitungsraum von der kleinen Halle trennt. Theo sitzt mit geschlossenen Augen am Klavier und spielt mein Wiegenlied zum ersten Mal vor Publikum. Bisher hat er es nur für mich gespielt. Das Lied, was uns zusammengebracht hat, uns verbindet.

Moment mal ...

Das Wiegenlied verändert seine Klänge. Die weichen, sanften Töne verwandeln sich in tanzende Triolen und rhythmische Achtel. Ich spüre die Liebe und Vertrautheit in jedem Harmoniewechsel.

Meine Augen weiten sich. Theos *Happy Birthday* ergibt endlich Sinn. Ich erinnere mich an meinen Geburtstag vor vier Jahren.

Theo dreht seinen Kopf kurz zu mir und zwinkert. *Nur für dich*, formt er lautlos mit den Lippen.

Danke! Ich wische mir die Tränen aus den Augenwinkeln.

Er lächelt und konzentriert sich auf die letzten Töne des Liedes.

Luca erscheint neben mir. »Bereit für deine Überraschung?« Er knetet die Hände ineinander.

»Du meinst Theos Überraschung.« Ich fahre mir durchs Haar.

»Ja. Wird er damit klarkommen?« Er wirft einen schnellen Blick zum Flügel, vor dem Theo sich verbeugt.

»Er hat keine andere Wahl.« Ich grinse schief und klopfe Luca auf die Schulter. »Keine Bange, wird schon gutgehen.«

Theo liebt Überraschungen nicht. Aber er hat mich mit dem Lied überrascht. Und jetzt ist es an mir, ihm ein Geschenk zu machen.

»Ich sag es ihm.« Luca nickt mir zu und huscht durch die Tür zu meinem Freund.

Verwirrt starrt dieser von Luca, der ihm die Neuigkeiten ins Ohr flüstert, zu mir. Er fasst sich ans Herz. *Meinst du das ernst?*, fragt er lautlos und seine Augen weiten sich.

Mit der Hand reibt er sich übers Gesicht. Seine Grübchen bilden sich. Er strahlt.

Ich nicke. Wir haben nie groß darüber gesprochen, wann wir uns nicht mehr hinter der Anonymität verstecken. Heute fühle ich mich bereit dazu.

Luca flüstert wieder etwas, drückt Theo einen Haufen Noten in die Hand und kommt zurück zu mir.

»Hast du ihm gesagt, wie er uns ankündigen soll?« Ich drehe den einzigen Ring an meinem Finger hin und her, beiße mir auf die Unterlippe.

»Guck ihn dir an, sein Gesicht schmerzt gewiss vom ganzen Grinsen«, sagt er und deutet zu Theo. »Ich glaube, er hat sich vor Glück in die Hose gepinkelt.«

Das ist übertrieben, bringt mich aber zum Lachen.

»Hier, nicht vergessen.« Luca reicht mir meine Geige.

Ich neige kurz den Kopf. »Danke!«

Er läuft zur Kamera und justiert sie so, dass man nicht mehr nur die Füße des Flügels sieht, sondern die komplette improvisierte Bühne. Inklusive Theo in seinem anthrazitfarbenen Anzug und der bunten Krawatte.

In den letzten Tagen haben Luca und ich ein paar Mal geübt, um die perfekte Einstellung und Position für die Kamera zu finden.

Etwas verloren steht mein Freund vor dem Klavier und beäugt diese, die nun genau auf ihn gerichtet ist. Die Noten hat er auf den Notenständer gelegt.

»Ähm, hi.« Mit zittriger Stimme spricht er auf Englisch ins Mikro. Er lacht verlegen, reibt sich über den Nacken. »Eigentlich ist die kleine Weihnachtssession vorbei, das dachte ich zumindest.« Er wirft mir einen kurzen Seitenblick zu.

Ich recke einen Daumen in die Luft.

»Aber anscheinend gibt es einen Überraschungsauftritt, von dem ich bis vor wenigen Sekunden selbst nichts wusste.« Seine Stimme wird mit jedem Wort kräftiger und seine Schultern sacken entspannt nach unten.

»Freut euch auf ein letztes Stück«, wieder ein Blick in meine Richtung und ich lächle, »zusammen mit dem Menschen, der nicht nur meine Musik komplettiert, sondern auch mein Leben.«

Bei den letzten Worten läuft er feuerrot an und versteckt sich hinter dem Klavier.

Ich höre Lisa grölen wie auf einem K-Pop-Konzert. Der Rest unseres Publikums klatscht vereinzelt, wird aber mit jedem Johlen von Theos Schwester lauter.

Von ihrer Euphorie angesteckt betrete ich langsam den Raum. Ich nicke den Leuten freundlich zu, laufe zu Theo und stelle mich neben ihn.

»Überraschung«, flüstere ich grinsend.

»Ich kann das nicht glauben.« Seine Pupillen sind geweitet und die grünen Sprenkel leuchten wie Sterne. Er reibt sich über die glühenden Ohren und Wangen. An seinem Finger glänzt ein silberner Ring.

Ich lächle sanft. »Verlieb dich nur nicht in mich.«

»Zu spät, Yong-Joon.« Er umfasst meine freie Hand und streicht mir mit dem Daumen über den Handrücken. Ein kribbliges Gefühl saust durch meinen Körper und die Nackenhaare stellen sich auf. »Viel zu spät …«

An dem Dezemberabend spielen wir zum ersten Mal ohne uns hinter der Anonymität zu verstecken.

Mit dem Lied, das wir zusammen komponiert haben, teilen wir mit der Welt unsere Geschichte. Zeigen ein Stück aus unserem Leben.

Und genau hier, mit Theo und der Musik verbunden, will ich sein.

ENDE

INHALTSWARNUNGEN/CONTENT NOTES

Panikattacken
Blut, Erbrechen
Alkoholkonsum
Cybermobbing
Selbstverletzung, Suizid
Tod

Bitte achte auf dich und deine Gefühle.

DANKSAGUNG

Nach knapp vier Jahren Arbeitszeit findet die Geschichte von Theo und Yong-Joon ihr wohlverdientes Ende. Obwohl ich traurig bin, die beiden Charaktere gehen zu lassen, freue ich mich auf neue Projekte.

Bevor ich jedoch zu neuen Ufern aufbreche, möchte ich ein paar Menschen danken, die mir auf meinem Weg zur ersten eigenen Buchveröffentlichung geholfen haben:

Danke Raphaela für das konstruktive und lehrreiche Lektorat - es hat sich definitiv gelohnt, ein paar Figuren zu streichen und 70 % der Story noch einmal neu zu schreiben.

Danke Sabine für das wunderschöne Cover! Es war toll mit dir zu arbeiten und gemeinsam zu diesem Ergebnis zu gelangen.

Danke an D. und H. fürs Testlesen und Feedback geben.

Der größte Dank geht an meine Mama, die meine Geschichten liest seit ich schreiben kann, mich immer unterstützt und diese Geschichte bestimmt schon zehn Mal Korrektur gelesen hat. DANKE!

ÜBER DIE AUTORIN

Rosie Lu entdeckte bereits in der Kindheit ihre Leidenschaft für das Schreiben und hat seitdem unermüdlich daran gearbeitet, ihre Gedanken und Ideen in fesselnde Geschichten zu verwandeln. Im Laufe der Jahrzehnte entwickelte sie eine besondere Vorliebe für Slice-of-Life-Erzählungen, die die kleinen, oft übersehenen Momente im Leben ihrer Charaktere einfangen.

Neben dem Schreiben ist Rosie eine begeisterte Vielleserin und widmet sich dem Erlernen von Japanisch und Koreanisch. Ihre Faszination für K-Dramen, J-Dramen und andere kulturelle Medien bereichert ihre Perspektive und inspiriert sie zu neuen Geschichten.

Mit ihrem Debütroman *Ein Stück aus unserem Leben* erfüllt sie sich einen lang gehegten Kindheitstraum und lädt die Lesenden ein, in die Welt ihrer einfühlsamen, musikalischen Erzählungen einzutauchen.

Edit: Okay, es macht keinen Spaß, über mich selbst in der dritten Person zu schreiben. Wenn du gerne mehr über meine Projekte erfahren möchtest, dann schau auf meinem Instagram-Account vorbei (obwohl ich dort nicht sehr aktiv bin):

sliceoflife.stories